文学史的认知与阐释

李昌集自选论文集

李昌集 著

凤凰出版社

图书在版编目（CIP）数据

文学史的认知与阐释 : 李昌集自选论文集 / 李昌集著. -- 南京 : 凤凰出版社, 2019.10
ISBN 978-7-5506-3022-2

Ⅰ. ①文… Ⅱ. ①李… Ⅲ. ①中国文学－古代文学史－文学史研究－文集 Ⅳ. ①I209.2-53

中国版本图书馆CIP数据核字(2019)第224768号

书名	文学史的认知与阐释——李昌集自选论文集
著者	李昌集
责任编辑	樊昕
出版发行	凤凰出版社(原江苏古籍出版社) 发行部电话025-83223462
出版社地址	南京市中央路165号,邮编:210009
出版社网址	http://www.fhcbs.com
照排	凤凰零距离数字印前中心
印刷	苏州市越洋印刷有限公司 苏州市吴中区南官渡路20号　邮编:215104
开本	880×1230毫米　1/32
印张	16.5
字数	444千字
版次	2019年10月第1版　2019年10月第1次印刷
标准书号	ISBN 978-7-5506-3022-2
定价	88.00元 (本书凡印装错误可向承印厂调换,电话:0512-68180638)

李昌集

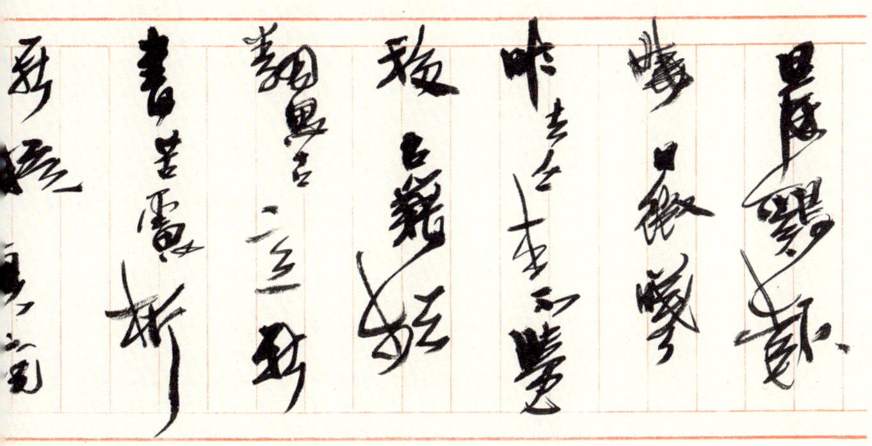

晨鸡报晓日微曦，昨去今来不觉移。

古籍频翻思古意，新书苦虑析新疑。

填词协律遵唐宋，挥笔游龙效献之。

吞吐文章千万字，白头依旧一书痴。

七律一首。公元二千一十九年，余入古稀之年。回首往事，历历在目，乃书旧作一首自贺吾寿。

李昌集

目　录

序

蒋　寅

常看到学界这个也称才子，那个也称才子，才子一何多！但那多半是存心恭维罢？究竟有多少真才子很难说。我心目中的才子，必具过人的感受力、判断力和表现力。而表现力又是有决定意义的。灵秀蕴于内而光华发于外，拥有过人的表现能力，挥洒之间令人由衷倾倒其不凡的造诣。这才是我心目中的才子！放眼学界，这样的人并不多。在我熟悉的朋友中，李昌集学长乃是其中一位。这不是我今天才有的看法，放在心里起码已四十年了。

四十年前，我就读于扬州师范学院中文系，与昌集兄同窗受学。彼时全年级近二百名同学，分为四个班，第一班都是28岁以上的老大哥老大姐，其余三个班是27岁以下的小弟妹。彼此年纪相差最大的有20岁，知识、能力和阅历都不可同日而语。(一)班同学中都有发表过一些作品、在当地小有名气的作者，另三个班则尚有像我这样不知道散文和评论为何物的吴下阿蒙。那时昌集兄在同学中很引人瞩目，除了读书多外，还有两项才艺无人可及。一是书法，获得第一届全国大学生书法比赛二等奖，后来他的书艺更是名满天下，出任扬州市书法家协会主席；二是演唱，专业的美声唱法，曾报考过音乐学院的声乐专业。仅此两项同学中已无人可及，更何况他后来治散曲有大成，名列学界有数的几位词曲专家之中。

所以，无论从哪方面看，昌集兄都可以说是真才子，实打实的才子。他的才情，只要听他聊天或即兴发言，随时都能感觉得到。他的热情、机敏，和随时相伴的诙谐、幽默，无不在释放他满溢的才华和学养。

昌集兄毕业后以成绩优异留校任教。当时系里怕人才流失，不允许年轻老师考外校的研究生，昌集兄没有考研，而是就读于华东师大助教进修班，受教于万云骏、苏渊雷、蒋星煜、郭豫适、陈伯海等老一辈专家，得窥学术门径，并涉足于词曲、小说研究。八十年代末发表的《北宋文人俗词论》（《文学遗产》1987 年第 3 期）、《情感结节与戏剧高潮——元杂剧结构方式的研究》（《艺术百家》1987 年第 3 期）、《戏剧性及其发生机制——元杂剧结构研究之二》（《艺术百家》1988 年第 4 期）、《中国早期小说观的历史衍变》（《文学遗产》1988 年第 3 期）、《论宋代诗词异同之争》（《扬州师院学报》1989 年第 2 期）、《历史的渊源与时代的新意——〈红楼梦〉哲理内蕴分析》（《红楼梦学刊》1990 年第 4 期）等论文，便是助教班的学习成果。后来他考取任二北先生的博士生，从任先生治词曲。博士论文以“中国古代散曲史”为题，撰写了中国第一部散曲通史。

昌集兄的才学正像苏东坡说自己的文章，如万斛泉涌，不择地而出，他的学术兴趣也像他的学识一样广泛。我们这一代学人登上学术舞台，正值学界大力引进新理论、新方法，热衷于文学史宏观研究和学术史反思之际，无意中都成了那股浪潮中的弄潮儿。印象中和昌集兄聚首都是在那种新方法讨论和文学史规律反思之类的论坛上，他的发言从来不在概念上兜圈子，总能敏锐地触及问题的核心，让我心有戚戚之余更为他的雄辩和说服力所折服。经过 20 世纪末的方法论鼓吹、文学史宏观研究、文学史规律论争热潮，进入新世纪，学界逐渐从抽象、空洞而不接地气的玄思中冷静下来，开始尝试脚踏实地、进入过程的实证性研究。正是在这一背景下，昌集兄凭着前期诸多个案研究的积累，对以词曲为主的音乐文学研究展开他新一轮富有历史洞见的理论思索。

在 2005 年发表的《文学史中的主流、非主流与“文学史”建构——兼论“书写文学史”与“事实文学史”的对应》（《文学遗产》2005 年第 2 期）一文中，昌集兄在关注当时“非主流文学”研究走热趋势之余，也注意到存在的问题：

> 在研究对象上，多寻觅边边角角孤立研究，并没有自觉地置于文学的“全社会图景”中加以考察和阐述；在研究方式上，则仍以解说“主流文学”的模式来解析，缺乏对“非主流”自身特性的说明，从而并不能整合到“文学史”的总体研究中去。

为此他由“事实文学史”和“话语文学史”的不对应关系入手，将文学史上“主流”与“非主流”间复杂的动态关系作了透彻的厘析。最后提出：“在当今的文学史研究中，对任何一种文学现象和‘文学史流’的考察和阐述，都应当有一个明确的‘话语限定’：文化空间的、历史时段的、文化内涵的、艺术风格的、传播方式的、创作群体与接受群落的等等，尤其需要将‘主流’与‘非主流’作一整体的、联系的深层把握和理解。”这与当代文学理论放弃简单化的本质主义思维的学术倾向是相一致的，同时也是符合文学史自身发展的复杂态势的，显示了深刻的理论洞察力。

很显然，昌集兄的这些见解酝酿于他探究早期小说观和唐宋俗词历史衍变那两篇论文的学术积累，是从具体的个案研究生发出来的理论思考，故而言之有物，见解独深。他的一些宏观论述和理论反思都建立在这种历史过程的深入发掘上，每每能由点到面，由具体上升为抽象，无论是案例还是论断都给人耳目一新的感觉。而思理的清晰和语言的隽快，更让读者随处感受到作者的卓荦才情。我们读他考论词体起源问题的《华乐、胡乐与词：词体发生再论》《词之起源：一个千年学案的当代反思》这两篇力作，同样也感到扑面而来的雄辩气势，这是昌集兄论文特有的魅力。记得有一次会议间隙，听他兴致勃勃地畅述自己的想法，至今记忆犹新。当时我就觉得他把这个歧见纷陈的历史难题梳理得格外清楚，把相关研究大大推进了一步。

可能是我们都成长于上世纪末那个热衷于讨论文学史问题的学术氛围中吧，读昌集兄的论文我时有会心不远的感觉。我去年出版的论文集题作“视角与方法：中国文学史探索”，自觉与昌集兄很相似的一点是，即便研究一些具体问题，也都秉持一种力图上升到文学史高度去认识和解决问题的立场和态度，即总有一个文学史的意识盘踞在脑海中。昌集兄在2005年发表的《中国古代文学研究缺失什么》（《文艺报》2005年6月30日）虽是作为会议综述发表的，但在他整理的各种言说中，始终贯穿着他的评论和判断，针对会上热议的文学史编纂体例问题，最后他提出如下总结性的意见：

> 所谓"动态"的文学史，重要的一条就是把文学置于人们的社会活动中去展示，以寻求我们过去文学史书写所建立的文学史链中的空缺，努力寻找那些文学史书写中失落的历史环节。比如"诗三百"从先秦隶属于礼乐文化到汉代成为官方确定的经学，在文学史上有何重要意义？文学在古代的童蒙教育中具有怎样的意义，对文学家幼年的成长具有怎样的影响？在上层文化圈与下层文化圈，文学的生成和运行机制有何差异？文学传播的渠道和方式的历史变迁对文学演进具有怎样的影响？清代"花部"的形态远远不如杂剧和传奇"高级"，却为什么能上下风靡？如此等等，还有许多问题需要探究。做这样的研究有一点要注意，就是把我们所习惯的那种总是盯着大传统的"整体叙述"改变为对小传统的细致考察，先不忙总结某种"规律"，把一个个历史细节先搞清楚，然后再看看"宏观叙事"是否有可能。所以，我们今天讨论文学史的书写，只是一种方法上和书写原则的探讨，不必匆忙地定出什么"体例"。

他的看法深得我心。我也觉得，相比作家作品研究，20世纪的文学史研究在历史过程的考察上显得较为薄弱，以致我们一谈到更广大的长时段问题或理论命题时，就缺乏坚实的基础研究可支撑，缺乏清晰而可靠的文学史知识可依据。这使我迫切感到中观研究（相对宏观而言）即文学史过程研究实乃当务之急。而文学史研究的视角一旦框定于文学史过程，就必与特定的文化语境发生交集。昌集兄例举的若干引人深思的课题，正体现了他敏锐的问题意识。多年后他在《中国古代文学研究"现代化"的点滴思考》（《文学遗产》2014年第2

期)一文中,又从生态、功能和行为三个方面扩展文体学的容涵,提出“文化文体学”的构想,将传统的文体形态学拓展为文体文化学。之后在《中国社会科学》第7期发表《周诗体式生成论:文化文体学的视角》一文,就诗体在周代定形为四言背后的文化机制提出新的阐说,再度以生态、功能和行为三方面的分析成功地作了文化文体学的尝试。

时光荏苒,回首当年同窗共读犹如昨日,而弹指间已四十年过去。昌集兄虽倜傥如昔,风采依旧,却也届悬车之年了。为了在人生和学术的这一站做个总结,他从历年撰写的论文中选编出这部《文学史的认知与阐释》,内容包括五个方面:(一)关于文学史研究方法论问题的思考;(二)唐宋音乐与乐府、词体关系研究;(三)散曲历史考论及学术史反思;(四)元杂剧艺术及戏曲史研究;(五)书法艺术史论及有关书画关系的理论思考。这些论文整体显示了昌集兄在文学史的整体思考下,就词曲为主体的音乐文学所做的深入探索和反思。除了上面提到的几篇论文外,词曲研究是主体,也是昌集兄的专家之学,为全书菁华所在。另外几篇阐述书画理论的文章,更是像他这样博学多能的行家才能横逸旁出的绝学。昌集兄在这些方面的成就,学界有目共睹,无须赘言。

昌集兄文稿杀青,以我多年同学,且同治古典文学,相知独深,嘱我写个前言以为纪念。集中所收论文,相当一部分曾经拜读,此刻重温这些才情洋溢的文字,历历回想四十年交谊,钦敬之情、亲切之感并集胸臆。又得知倾力撰写多年的《先秦诗歌源流史:口头与文本、文化与文体、发生与流变》即将杀青,不觉鼓舞踊跃,欣然驰笔,更不计文辞之工拙。江湖有尽,明月无边。书不尽言,言不竭意。奈何奈何!谨集古诗四句,与昌集兄共勉:

努力崇明德,随时爱景光。生年不满百,欢乐殊未央。

二〇一九年九月廿三日同学弟蒋寅于花城信可乐斋

文学史中的主流、非主流与“文学史”建构

——兼论“书写文学史”与“事实文学史”的对应

一、问题的提出

近来，在学界同仁们的交谈中，经常提到一个概念：“非主流文学”（或曰“边缘文学”）。这一概念的提出，是与这样一种学术趋势联系在一起的：一些学人对长期以来文学史书写中不太顾及的“边缘”文学现象（如女性文学、僧侣文学、文人“俗词”等）、对传统文学史话语甚少言及的“非主流文体”（如讲唱、“小小说”、单折短剧等），研究兴趣正悄然增长；在对诗歌、散文等“主流文体”的研究中，学人也正对其中的“非主流”内容（如“游戏文学”、酬赠文学、清玩小品等）加以探讨。这一学术趋势的未来，现在还无法估计；但其目前显示的学术价值和存在的问题都值得关注和反思。

就学术价值言，对各种“非主流文学”的研究，有助于将文学史研究引向对文学“全社会图景”的多方位考察，从而更全面、生动地展现和说明文学的多样化生存状态，深化对文学史的把握和解释。

不过，目前“非主流文学”的研究也有值得推敲之处：在研究对象上，多寻觅边边角角孤立研究而没有自觉地置于文学的“全社会图景”中加以考察和阐述；在研究方式上，则仍以解说“主流文学”的模式解析，缺乏对“非主流”自身特性的说明，从而并不能整合到“文学史”的总

体研究中去。因此，有必要对“非主流文学”的研究加以理论上的探讨。

二、古代“书写文学史”中的“主流”与“非主流”

“主流文学”与“非主流文学”，属于“文学史”的一对相关范畴。而“文学史”，则有“事实文学史”与“书写文学史”（或曰“话语文学史”）。前者，指历史地存在着的文学运行；后者，则是前者的书写形式。“书写文学史”绝非是任意杜撰，其根本基础和不可逾越的底线乃是“事实文学史”。“书写文学史”具有某种“无限性”，体现为双重向度，一为对历史的当下理解，二在对事实的不断发现。新的发现促进新的理解；新的理解又推动新的发现。故每一时代的“书写文学史”都在修正和革新此前的“书写文学史”，而每一新的、有意义的文学史书写，又必须以呈现更多、更广的文学史事实为支撑。在此学术意义上，有限的“事实文学史”才成为“无限”：是为“书写文学史”和“事实文学史”最基本的关系。由此关系所决定，一切“文学史书写”都不可能是终极话语。在文学史书写中，“话语”对事实的发现和阐释也不可能都是对应的、正确的、圆满的，而可能是错位的、谬误的、片面的，因此，不断地用事实弥补或纠正“话语”的不足或谬误，不断地用新的“话语”扩展、深化、弥补和纠正旧“话语”对事实认知的肤浅、偏狭和误解，乃是文学史研究中最富有意义的命题。

“文学史”中的“主流”和“非主流”，既属于“事实文学史”，又属于“书写文学史”。这里，我们先以基础性的第一步工作入手——从现象层面上考察在“事实文学史”和“书写文学史”中，是否有“主流”与“非主流”的存在，二者的关系又是如何，从而将我们对“主流”、“非主流”的理解先包含在现象的考察之中，在此基础上再对之作某种说明。

先从“书写文学史”说起。

在“书写文学史”中，“主流”与“非主流”是极为明显的。古代的情形，姑以具有“文学史书写”意义的三部文献为例说明之。

第一部:东汉班固的《汉书·艺文志》。

《艺文志》是今天可见中国古代最早具有某种系统性“文学史书写”意义的文献,于上古时期“文”之源流多有阐述。《艺文志》之“艺文”,指合乎“六艺”指归的“文”,“六艺”,即“六经”。《艺文志》首列“六艺”,意在以六经为“文”之最高典范,标示“艺文”的六项宗旨,同时也是“艺文”的六大分类。

“六艺”在“文”的分类学意义上大约相当于今日统称的“文科”,“诗”则为“文学”类的典范代表。

《艺文志》释“诗”曰:“哀乐之心感,而歌咏之声发。诵其言谓之诗,咏其声谓之歌。”这里的“诗”,指“歌诗”。“歌诗”在“文”的性质上与《诗》完全相同,二者本为一类。“赋”与“诗”一脉相承,同为一“类”。而其共同点,则在创作动源皆在“哀乐之心感”,今言之即“诉诸情感”,是为“文学”最根本的特征之一。因此,完全有理由说,《艺文志》已有某种“文学”概念意识,虽然班固没有将之称为“语言文学”。

但“《诗》”与“诗赋”虽同为“文学类”,却有“主流”与“非主流”的区别:《诗》为“经”,自然属“主流文学”,荀况、屈原的“赋”,“咸有恻隐古诗之义”,所以也是“主流”,但班固认为从宋玉的“赋”到汉大赋,其“文”的志趣皆不合“孔门”之旨,是为“非主流”。这也许是中国古代文人最早从观念上确定“主流”与“非主流”的“文学史话语”。

第二部:南朝梁刘勰的《文心雕龙》。

《文心雕龙》所谓“文”,也不是单纯的“文学”概念,而是所有文类的统称,但这并不意味着其在观念上将“文章”与“文学”混为一体,从《文心雕龙》的分卷结构看,卷一诸篇,与《艺文志》“六艺”用意大体相同:《原道》篇阐述一切“文”皆“道之文”,是为“文”的“哲学阐释”;《征圣》篇提出“衔华佩实”之“圣文”的“雅丽”风范,所谓“言以见志,文以足言”,“情欲信,辞欲巧”,是为一切“作文”的最高准则;《宗经》篇则以“五经”为“文”之分类的依据:“《易》惟谈天”“《书》实记言”“《诗》主言志”“《礼》以立体”“《春秋》辨理”,从而将诸“文”依“五经”而分为五大

“文类”：

> 故论、说、辞、序，则《易》统其首；诏、策、章、奏，则《书》发其源；赋、颂、歌、赞，则《诗》立其本；铭、诔、箴、祝，则《礼》总其端；纪、传、盟、檄，则《春秋》为根；并穷高以树表，极远以启疆，所以百家腾跃，终入环内者也。

可以看出，在《文心雕龙》“文类”的特定语境中，诸“经”已成文的某种分类符号，各种文体依诸“经”的文化内涵，在“语文方式”的立场上归类，从而弱化了《艺文志》的“文科”意识，“语文”意义则有所提升——将《乐》取消而唯存《礼》，突出《春秋》的“辨理”而不是历史性的“记事”，不言《书》的“知之术”而仅曰“记言”，尤其是在“征圣”的名义下提出文辞的“雅丽”标范，极明显地体现了一种从“文科”立场向“文章”立场的转移。但是，必须充分注意：《文心雕龙》关于“文类”的观念，在根本上仍与《艺文志》血脉相通，其中“《诗》立其本”者，显然属“文学类”——“诗者，持也，持人情性。”“人秉七情，应物斯感，感物吟志，莫非自然。”（《明诗第六》）可见从《艺文志》到《文心雕龙》，“本于情性”之“文”自成一“类”的意识并无改变。从诗“持人情性”的定义，可以这么说：中国古代的“诗”，在“文类”内涵上大致相当于今天的“文学”概念。且至迟从汉代开始，此一观念即是某种共识。

《文心雕龙》与《艺文志》“文学”的基本观念大体相同，但“文学史话语”却有很大不同。与本文论题相关者，最重要的有两点——

其一，《文心雕龙》称《离骚》为“骚经”，将之列为继《诗》之后的“文学”典范，其对屈原的高度评价，反映了“文学观念”上的一个重要变化——“文学”之语言技巧意义的提升，符合经义与否，并不是“文学”评价的唯一至上标准，文辞的“雅丽”及其体现的不同风格，亦为“文学”的要义之一。其最明显的表征，是前所未有地提出了“辞家”称谓，将之与“诗人”相连并举，并显然剔除了扬雄、班固所称“词人”中的贬意。在这样的“文学观念”中，《文心雕龙·诠赋》便改写了《艺文志》的

“赋文学史”，将“竞为侈丽宏衍之词”诸家及东汉的班、张，皆推许为“辞赋之英杰”，《艺文志》中“非主流”的“词人之赋”，在这里成了“主流”，“非主流”的乃是“逐末之俦”——“繁华损枝，膏腴害骨，无贵风规，莫益劝戒”。而“逐末之俦”的赋是何面貌？刘勰提出的例子为《雾縠》赋，亦即扬雄讥为“女工之蠹”的那一篇（扬雄《法言·吾子篇》），惜今无传（早在《文选》中即无载），刘勰是否看过，不知道。而刘勰又没有作稍稍具体一些的说明，仅在《诠赋》篇末尾轻带一句，颇有点不关痛痒。因此，《艺文志》引用扬雄“诗人之赋丽以则，词人之赋丽以淫”及“壮夫不为”的“追悔”之言，是认同的、认真的，而刘勰同样引用扬雄语，却多少有装潢“宗经”门面之感。总之，《文心雕龙》的“文学史话语”较《艺文志》发生了一次大“转换”——“非主流”跻入“主流”。

其二，在《明诗》与《乐府》中，也有这样的“转换”，其意味更值得深究。

《明诗》篇的“文学史话语”，仍然是今日文学史书写中的主话语，治古代文学者想必都熟悉，故不须引录。所要说的是：《明诗》篇书写的乃是一部“文人诗史”，与《诠赋》篇共同构成中国古代“文学史书写”中最早的“文人文学史”。然“赋”本为文人文学，而“诗”则大不同。与《艺文志》相比较，班固书写的上古至汉代的“诗史”，含三个部分：一为祭祀歌诗，二为民间歌诗，三为文人歌诗，而以前二者为主。文人歌诗，《艺文志》所载极少，解说中更未置一辞，反映了文人歌诗在当时不过是“非主流”。是为《文心雕龙》与《艺文志》“文学史话语”最大不同所在——以“文人文学”为书写文学史的“主流”，《文心雕龙》可谓“开山”。与之相应的是：《艺文志》之“六经”标范中的“乐”在《文心雕龙》中被剔除，只“略具乐篇”（《乐府》篇），以示“诗与歌别”，而对历代文人的歌诗，显然不太重视，整个评价要比文人诗（徒诗）低得多。至于民间歌诗，更仅在篇首以“匹夫庶妇，讴吟土风”云云泛言之，对汉乐府民歌则未予一顾。从此，“民间文学”在文人的“书写文学史”中“边缘化”而成了“非主流文学”；文人的“音乐文学”则在文人文学中“边缘化”，除非将之置于“诗”（徒诗）系统中确认，而与“郑声”之音乐剥离。

第三部:《四库全书总目》。

《四库全书总目》是中国古代晚期具有“文学史书写”意义的重要文献。全面总结其“文学史话语”的构架和意义,非区区本文所能胜任,这里仅拈出一例说明其“主流”与“非主流”观。《四库全书总目·集部五十一·词曲类一》:

> 词、曲二体,在文章技艺之间。厥品颇卑,作者弗贵,特才华之士以绮语相高耳。然三百篇变而古诗,古诗变而近体,近体变而词,词变而曲,层累而降,莫知其然。究厥渊源,实亦乐府之余音,风人之末派。其于文苑,同属附庸,亦未可全斥为俳优也。

《四库全书总目·集部五十三·词曲类存目·后山词一卷》:

> 宋陈师道撰。师道有《后山丛谈》,已著录。其诗余一卷……宋时本集外别行也。胡仔《渔隐丛话》述师道自矜语……自负良为不浅。然师道诗,冥心孤诣,自是北宋巨擘。至强回笔端,倚声度曲,则非所擅长。……其《诗话》谓曾子开、秦少游诗如词,而不自知词如诗,盖人各有能有不能,固不必事事第一也。

这两段文字,用今天的话说,前者乃“宏观”,后者乃“微观”。显然,在“宏观文学史话语”中,词曲皆“厥品颇卑,作者弗贵”,是为“非主流”耳,其间回荡的乃是《文心雕龙》重“诗”轻“乐府”的“主流”与“非主流”观。

但问题是:“词”若归化“诗”而“主流”起来也不行,陈师道“词如诗”,便受到《四库全书》的委婉指责而入“存目”。然令人玩味的是:被四库馆臣目为“词如诗”的陈师道,据说在当时却戏云东坡词“似教坊雷大使舞”,颇认为苏东坡是“以诗为词”的“外行”。参以两宋时期的“诗词异同之争”,胡仔、王灼等曰词乃“诗之傍行”,高赞东坡词“指出向上一路,一新天下人耳目”,但李清照则坚决主张词“别是一家”,连晏殊词亦讥为“句读不葺之诗耳”。直到宋末元初，方有沈义父、张炎等以“雅词说”调和之，而其“雅”的核心，一在“声律”，一在“婉约”，只不过主张“婉约”中要有一点“香草美人之喻”，张扬的仍然是“词人之词”，而非“诗人之词”①。《四库全书总目》贯彻的便是这一观念。由此看来，在古代文人文学系统中为“非主流”的词，在自身系统中，恰以坚持“非主流性”为其“主流”。既曰“厥品颇卑”，但偏要执著其“卑”，似乎词一旦“诗化”便是“越位”，“非主流”便只能自守“边缘”。这一看似违背逻辑的现象，其原因何在？古人没有说，今说者屡屡论及的是词体的“文学特色”如何如何，大率云词一旦“诗化”便失去了自身特性。当然很有道理，但似乎不能作为词文学“非主流化”的根本解释，文学的“非主流化”，并非单单是“文学”自身的问题，而有着社会的、文化的等等更深层的缘由，因而只有对“非主流”现象作一整体的、认真的探究，或许方能加深和推进我们的理解。

以上所举三部文献，仅可见古代“书写文学史”中“主流”、“非主流”之一斑。但仅此已展示：在“书写文学史”中，确有“主流”与“非主流”的存在，尤其是二者的界域、转化和定位，颇为复杂——对学术研究而言，“复杂”便意味着学术含量不菲。

三、“事实文学史”在“书写文学史”中的失落与“主流”“非主流”的错位

前文曾言：“文学史”不仅是“书写文学史”，同时还有“事实文学史”，二者并不简单等同。由此，“书写文学史”与“事实文学史”的比照，便势必成为古代文学史研究中的一个基础命题。“主流”与“非主流”的问题，自在其内。而其显而易见的首要论题便是：“书写文学史”

---

① 以上所述，参见拙文《论宋代诗词异同之争》，《扬州师院学报》1989 年第 2 期。

中的“主流”与“非主流”，与“事实文学史”是否对应？

讨论之前，首先需要解决一个学理问题：怎样确认文献中哪些是“文学史事实”而不是“文学史话语”？

须知，所有文献对“文学史”的叙述，从理论上说都已经过了某种“话语”的转换。如此，所谓“比照”，岂不陷入仅仅是“话语”自身的比照，而与事实无涉。这一“文学史”研究面临的诘问，完满解答有待学界诸君共同商讨，这里仅初步地提出两点：其一，用“知识考古学”的原理，发掘“文献背后的事实”。虽然，“文献背后的事实”仍然主要依靠文献的解读，但这里用以“比照”的文献，指尚未进入某种有意识的“文学史书写”系统的“文学现象”的陈述，以及与之相关事实的客观记录，如文献中对文学创作的场合、目的、传播情形的记载等等。其二，充分利用现存的文学作品文献，在解析其“思想”、“艺术”等等之外，将静态的文学文献考察，转化为还原性的动态追究：从其生成过程、生存环境、生存方式、生存目的及功能等角度，对其产生与传播的不同方式、其所以如此的背景、其历史沿革的诸多缘由等等方面，尽可能追索和探究“文学”的历史生存状态。在此两点基础上，也许我们便可以相对客观地发现和总结“事实文学史”，从而使之与“书写文学史”的对比具有某种有效性。

当然，对比并非轻而易举。今天的学人，似乎大多自然而然地认为古代的“文学史书写”就是“事实”，习惯于不加思索地认为自己书写的就是“事实文学史”。但情况未必如此。“事实文学史”在“书写文学史”中的失落及二者的错位，或许在每一部书写文学史中都不同程度地存在，姑举两个今日“文学史书写”中的通见之例，提请学界同仁予以讨论——

其一，古今“书写文学史”所言的“宋词”，几乎都是文人词。这当然无可厚非。但若放眼宋代歌辞文学的“全社会图景”，便发现今言“宋词史”者多忽略了民间词的存在。明显的事实是：宋金时期至南宋初盛行于勾栏的“诸宫调”、南宋勾栏盛行不衰的“唱赚”、南北宋之交被文人发现、在民间一直到元代均颇为盛行的“南戏”，其歌曲之母体，或者说其采用的曲调，相当一部分为宋文人词调所无，应该是当时民间传唱的曲调，可惜其原始歌词极少有记载，但我们不能忽略此文献背后的事实——在宋代，民间“歌词文学”也是极为兴盛的。或曰：提此没有“作品”的“文学史事实”又有何意义？事情也许并不这么简单——今天研究宋代文人词，言其“婉约”、言其“豪放”乃至种种“范式”，颇多精辟之论，而“俚俗”一类，则鲜有问津。但“文人俗词”也是宋金文人词中的事实，虽是文人词中的“非主流”，但却涉及到“雅、俗文学关系”这一古代文学史上极有趣味的贯穿命题，涉及到宋金文人词与元文人散曲在文学上的历史联系①，即使在“艺术手法”的分析中，如文人词“叙事”一类的构架特点、“心理独白”之运用，乃至“铺叙”之形成等，如果增加对民间歌词文学这一与文人词共存并显然对文人词有所影响之事实的考察，由此进一步注意到北宋早期下层文人（如柳永）词在篇章、句构、语态、叙述方式等方面颇异于唐五代文人词，而与唐敦煌写本民间歌词反而更接近，再进一步探究其文献背后的事实，相信对宋文人词史研究的深化是颇有裨益的。“书写文学史”中失落的“边缘”，在对“主流”的研究中并非是无价值的存在。况且，如果换一个思路，在下层文化空间之市井、“民甿”中，“主流文学”是今日称道的文人词么②？意识到此，我们还会因循古人的“文学史话语”，将“宋词”视为文人词的一统天下，将词体的发生衍变看成仅仅是文人的“自家事”？我想，大概不会。

其二，再举一个复杂一些、希望引起进一步讨论的例子。

如果有谁提出：能不能探讨一下，“小说”在汉代是不是“主流文学”？不少人或许认为这问题本身便很荒谬。但且慢，不妨先看一看《汉书·艺文志》中的两个数字：小说十五家，千三百八十篇；赋二十家，三百六十一篇。还要说明的是：“小说十五家”中的“百家”百三十

① 参见拙文《北宋文人俗词论》，《文学遗产》1987年第3期；《中国古代散曲史·金文人词中的俚词俗调》，华东师范大学出版社1997年版。

② 如今日出土的宋代民间瓷枕上的“词”，还没有发现一首古今“宋词史”书写中的“大家”作品。

九卷，“百家”究竟何意，“百三十九卷”究竟多少“篇”，似乎还当深究（按：其他诸家皆曰“篇”，惟此“家”独称“卷”）；而所谓“虞初《周说》九百四十三篇”，班固云虞初为汉武帝时河南人，以方士为侍郎，号“黄车使者”。颜师古注引应劭说，曰《周说》“以《周书》为本”，故大致可认为《周说》乃敷演《周书》故事，是为今知中国古代最早的“长篇历史小说”（或“系列小说”），惜今佚。但张衡《西京赋》中有曰“小说九百，本自虞初”，可见其从西汉到东汉一直很流行，且根据《西京赋》“车载”云云，此“小说”已具有了文本形式。同时，既曰“本自虞初”，可见当时说《周书》故事或根据虞初“小说”而再创作的远远不止一人。还要考虑的是：这里还没有将汉代流行的、今天认为类似小说的古代神话、“笔记小说”等包括在内，故“小说”在汉代的情况颇需重新审视。

所谓“小说”，最基本的意义就是“说故事”。而在先秦，染有某种官方色彩的“小说”传播者居然是文化学术意义上“诸子”中的一“家”。《汉书·艺文志》有云：

> 小说家者流，盖出于稗官。街谈巷语，道听途说者之所造也。孔子曰：“虽小道，必有可观者焉，致远恐泥，是以君子弗为也。”然亦弗灭也。闾里小知者之所及，亦使缀而不忘。如或一言可采，此亦刍荛狂夫之议也。

由此可见，“小说家”之“文”，本出于“街谈巷语，道听途说”，也就是民间传说的各种言论和故事，尽管这“小说”的形态比较“原始”，但“原始小说”毕竟已经是“小说”，是“文学”（口头文学）①。我们不能以今之“小说文学”样态为标准衡量之。

班固对“小说家”颇为不屑，曰：“诸子十家，其可观者九家而已。”那第十家，即“小说家”。但“小说家”能跻入“十家”之一，以致《艺文志》不能不记之，却说明其在当时声势不弱。而班固云“小说家”“出于

① 参见拙文《中国早期小说观念的历史衍变》，《文学遗产》1988年第3期。

稗官”，更值得深究。余嘉锡《小说家出于稗官考》(《余嘉锡论文杂著》)述之颇详。虽然学界在“稗官”的名实辨析上尚有分歧，但有一点是共同的：“街谈巷语，道听途说”之“口头文学”所以成“小说”，进而蔚为“一家”，与先秦某种文化制度相关。《春秋·襄公十四年》：“史为书，瞽为诗，工诵箴谏，大夫规诲，士传言。”这“传言”的“士”，大约便是“稗官”一流，所传之言，即“街谈巷语，道听途说”，是为民间口传的、具有反映“民愿”和“观风”意义的言论事件，以及相传已久的“历史故事”，正是在这个意义上，汉桓谭《新论》云：小说家“合丛残小语，近取譬论，以作短书，有可观之辞”。魏曹植云：“夫街谈巷说，必有可采；《击壤》之歌，有应《风》《雅》，匹夫之思，未易轻弃也。辞赋小道，固未足以揄扬大义，彰示来世也。”(《与杨德祖书》)可见在一些文人的观念中，“小说”乃“一家”言，价值犹在不入“家”的辞赋之上。

“巷语”“途说”之“小说”中的历史故事，尤为重要。中国上古史籍，有一个从口传形态转化为文本形态的过程。《周礼·春官》中有“外史”一职，主要职责为“掌四方之志”和“掌三皇五帝之书”。前者主要记录诸国政事、风俗等，是为当下之事；“三皇五帝之书”，则是记载远古事迹的典籍，郑玄注指其为《左传·昭公十二年》中楚灵王说的“三坟五典”。然“三皇”时文字且无，“书”从何来？贾公彦疏曰：“以有文字之后，仰录三皇时事。”“三坟”情况渺不可稽，故其“仰录”的具体情形没法说，“五典”或可从《尚书·尧典》等依稀想见，而“仰录”的最典型之例，则有西晋时楚襄王墓出土《汲冢书》中的《穆天子传》。“穆天子”或谓周穆王，《传》中述其见西王母等事迹，从其他文献无从考述，审慎的学者便泛言之为“古帝”。此“古帝”之事既非文本史传，来源只能是民间代代相沿的口传故事，再逐步转换成文本。由此思路再看司马迁《史记》，其史料来源之一为广采民间传说，已是常识；再往后看，裴松之《三国志注》中的若干“故事”、晋葛洪《西京杂记》托言是班固作《汉书》而未用的史料，其实都是汉代以来口耳相传的“巷语”“途说”之“小说家言”，可见从先秦到两汉，“历史故事”在民间是十分兴盛的。因此，所谓“正史”、“野史”，在两汉魏晋，分渠并不像以后那么明显。今天我们所说的“正史”，其实性质并不尽相同，一类具有某种口传史转化为文本史的性质（至少其中有若干部分为口传史转化成的文本史），一类则主要是根据各种“实录”文献官修的单纯文本史。从这一角度看，如果将先秦至两汉“小说”或曰“故事文学”作一整体观，是不是可以视为“事实”上的“主流文学”？

如此说来，从先秦到两汉，“事实文学史”中的“主流文学”在今日“书写文学史”中的“错位”和“失落”，至少有两个方面：其一，在韵文领域，“主流文学”乃是以“民间文学”为主体的歌诗文学，其中很小的一部分“诗三百”在汉代转化为文人“诠释”意义上的文人文学；而楚辞，则是一个局部地域中的文学现象；汉赋（韵赋与散赋），则是一个局部群落中的文学现象，从文学的“全社会图景”看，二者都不是广域性、广众化文学而属“非主流”（当然，如果从“宫廷文学”的角度言，“赋”无疑是“主流文学”）。其二，在散文领域，主流之一为先秦诸子及汉文人承“子学”传统的学术论著，窃以为算不得今天所说的“文学”（但是当时的“文学”正宗和“好文章”①）；而真正的“主流文学”，应当是“故事文学”——包括“小说”文学与“史家”文学。后者，是文人创作的、整合民间文学后的文人文学；前者的主体，则是文献无载、为“书写文学史”所失落的民间文学——虽然我们只能从“文献背后的事实”发现之。由此得到的启示是：当代的“书写文学史”不应当使前代“文学史”书写中丢失的“事实文学史”继续沉沦，使“书写”和“事实”继续错位。文学史研究，首先考察的是历史的文学运动，应当努力追求展示文学历史运动的全社会图景，而不能将平面的、单线条的历史局部替代立体的、多元化的丰富历史。“主流”与“非主流”的问题，只是其中一个方面的内容而已。“文学史研究”与“文学研究”的不同，在其不仅要解读历史留存的“文学”，更要探究“文学”生存和运行的“历史”。文学作品解读，在意义和审美感受上，不妨见仁见智，而文学“史”的事实，从根本上说，乃是

① “子学”之文有一些颇富文学性乃至小说性，如《庄子》《论语》，是另一极富深意的话题。

“唯一”的——尽管对同一事实,也可能会有各种不同的理解和阐释。

四、“主流”、“非主流”与“文学史”建构

前文的论述,旨在从现象层面上说明:在“主流文学”与“非主流文学”的界定和阐述中,存在着“书写文学史”与“事实文学史”的某种非对应。由之引申的学术命题是:当代“文学史”书写应当如何建构更贴近“事实文学史”的话语方式和话语体系?从目前的学术状况看,“主流”与“非主流”是值得讨论的书写角度之一。至此,应当回到本文的起点,对文学史之“主流”与“非主流”和二者的关系作一探讨性的说明。

本文认为:“文学史”中所谓“主流”、“非主流”的“流”,乃指文学运行的某种历史过程,从本质上说,二者都是“书写文学史”中的学术范畴,但其概念的根本指向则是“事实文学史”,其将具有下列“事实条件”的文学现象,视为“主流文学”:

其一,具有广域性的生存和传播空间。

其二,具有相当长度的存在时间和历史影响。

其三,具有相对稳定的创作群体和接受群落。

其四,具有广泛采用的文体和相当数量的作品。

其五,具有共指性的文化归宿和情感倾向。

其六,具有普遍性的美学内涵和艺术方式。

此六点,相互依托,合之者为“主流”,反之为“非主流”。此外,在二者之间,还存在着一种尚不构成“流”的“非流”文学现象①。在文学的历史运行中,此三“流”是动态的存在:“主流”可能转化为“非主流”;“非主流”也可能转化为“主流”;“非流”可能一瞬即逝,也可能经一段

① “非流”文学,是从本文“流”的定义出发自拟的概念,不具有公约性。其意指在一定的历史阶段中散在的、不构成影响的文学现象,或可称为“孤独文学”。

时期的沉沦，在新的历史条件下被发现和继承而发展为“流”——“主流”或“非主流”。因此，“主流”与“非主流”乃是相对现象、相对概念——从文学生存空间的角度言，文人文化圈中的“主流文学”，在市井、乡村文化圈，可能恰恰是“非主流”，反之亦然；而某种社会群落中的文学主流，在另一群落中可能恰恰是“非主流”；从文学生存时间的角度言，不同时段的“主流”与“非主流”，可能相互转化；从文学传播方式的角度言，不同传播方式中的“主流”与“非主流”，可能正相反；从文学形式自身的角度言，某种“主流文体”，在内容上未必皆为“主流”；“主流文体”之文学，在思想情趣、文学风格上亦有“主流”与“非主流”的分渠。而任何历史时期的“主流”和“非主流”，都不是唯一的，“思想内涵”与“文学风格”层面上的“主流”与“非主流”，也不是必然同一的。所以，在当今的文学史研究中，对任何一种文学现象和“文学史流”的考察和阐述，都应当有一个明确的“话语限定”：文化空间的、历史时段的、文化内涵的、艺术风格的、传播方式的、创作群体与接受群落的等等，尤其需要将“主流”与“非主流”作一整体的、联系的深层把握和理解——作为“事实文学史”中的现象，“边缘”与“中心”、“主流”与“非主流”，相依相存，无此则无彼。因此，“主流”与“非主流”并非毫不相干，在研究中更不是要将二者绝然分解。实际上，本文的出发点之一，正是有感于时下有将“非主流文学”孤立化研究的倾向，认为合理的学术路径，是将“主流”与“非主流”作为一种相互参照的学术意识贯穿在研究之中，如果以某种“非主流”为研究对象，则重在探寻特定时空中其所以成为“非主流”的历史原因，考察和解释其“边缘化”的历史过程，同时也就潜在地包含了对相应之“主流”所以成为主流、又怎样“中心化”过程的理解。研究“主流”，思路也应当如此。对目前若干学人研究“非主流”的趣向，笔者持赞同态度，其探索成功与否，都有利于当代“文学史”的话语建构。但是，如果这种研究只是对传统“书写文学史”的一种拾遗补缺，或者只是一种单纯的猎偏搜奇，并非无意义，但窃以为价值不大。“非主流文学”研究的意义，绝不止于“非主流”，同时也要导向对“主流”的把握和理解，如此，其研究才可能成为当代“书写文学史”建构的一个有机组成。

以上所述，泛泛言之易，具体操作难。姑举例再作说明——

在中国古代的“事实文学史”上，有一众目共睹的现象：汉代，文人几无诗（徒诗），魏晋以后，作诗方成文人阶层的普遍之事。换言之，诗文学在汉以前为文人文学中的“边缘”，魏晋以后方成“主流”。为什么？古今“书写文学史”中好像很少有人说，但窃以为是研究古代文学史最关键的命题之一。作诗成为文人层的普遍行为，由之导向的“诗性”精神在文人层的普及、诗的美学艺术方式对其他文体的影响等等，在中国古代文学史上具有极为重大的意义。有云魏晋乃中国古代的“文学自觉”时代，今解释所谓“自觉”者，大都云其时文学作品大量涌现、文学理论产生，乃至“生命意识觉醒”等等，然窃以为所述皆是现象而非实质——所谓“自觉”，谓主动的自我意识，但魏晋之前，屈原作《离骚》，岂不“自觉”？汉代一些文人作赋，也“自觉”得很。因此，魏晋时期文学状况与前代的根本不同，在从魏晋起，以“感于哀乐”之“诗”为代表的文学创作才成为整个文人阶层主动的集体普遍行为，作诗成为文人必具的才能；经过经学向文学的渗透融入，赋（及由赋体衍生的散文）受“诗性”“诗意”“诗才”的浸淫濡染，渐渐超越以“辞华”为主的辞章技艺而注入深沉的文学品格，诗则从赋的辞华中汲取大量的营养，从此，诗赋散文成了中国古代文人文学中最为突出的“主流文学”。从魏晋起，无诗文之“文学创作”，便无以为“文人”——这，才是所谓文人“文学自觉”的历史内涵和实质所在。

与上述“事实”相应的现象是：文人作诗，使“诗文化”的社会性质为之一变，文人成为新的“诗文化”的承载主体，在文人的“文学史”书写中，此前作为“主流文学”的民间歌诗渐渐消沉，“边缘化”和“失落”现象日益严重，尽管历代文人从未断绝向民间歌辞汲取营养，但在文人的“书写文学史”中，却日益成为文献背后的事实。只是到了明中叶后，在市民文化兴盛、王阳明“心学”启发的“新人文思潮”催动下，以市民文人为主体的“文学史”书写中才涌出“小曲”惊人的波光潋滟之“流”，从而使敏感的学者回过头去，追究文人的“唐宋词”、“元散曲”等文献背后的事实，探寻不同历史时期、不同文化圈中“小曲”（民间歌辞）的“历史之流”。

“小说”的情况，稍有不同，魏晋之前作为“主流”的“小说”——“故事文学”，民间“小说”的命运与“小曲”一样，也复归民间状态而滋长，成为文人“书写文学史”中的“暗流”。“故事小说”，在诗文之“主流文学”的覆盖下，很难在文人文化圈中得到突破的机会，虽有进展（如唐传奇），但免不了“非主流”化的命运。直至元末以后，一些下层文人方以民间“说话”为样本，开始了“文学性”的长篇小说创作；明中叶后，反映世俗情趣的“事假理真”之文人“拟话本”日益增多，越来越多的市民文人成为“小说”作者，市民小说渐成城市“娱乐文化”中的重要内容，成为市井文学传播中的“主流”。但是，在“士君子”的观念和“话语”中，小说一直是“非主流文学”，小说之作，终古代而未能成为整个文人层的集体行为，所以不可能有诗文领域诸“体”纷呈、百舸争流的辉煌景象。

以上对古代文人诗“主流化”过程及其历史影响的阐释，只是从“事实文学史”的角度撷取一例，对本文“主流”与“非主流”文学的定义作一大致印证，对二者的动态存在和相互关系作一粗线条描述。至于支撑和决定文学演变的“社会底层运动”（政治的、文化的等等）、若干具体的历史细节、许多细微的历史波澜，许多学者比笔者熟悉得多，故本文重在提出思路而求得“会意”，所提出的观点，专攻相关文学史的同仁当有更为深刻或不同的阐述。总之，本文思路的根本出发点，在认为当代“书写文学史”（尤其是各种“通史”）的建构，可于作家、作品、流派、思想内涵、艺术风格等静态的、平面化解说的书写模式外，考虑一种描述和阐释文学的动态生存方式、文学之社会运动历史过程的“书写话语”，将追求“书写文学史”与“事实文学史”的对应作为“文学史”建构的根本学术目标，为文学的各种艺术方式和风格形态的阐释，提供“文学”之“生存史”“运行史”的支撑和依托。本文提出的“主流文学”与“非主流文学”，只是一个理论上和视角上的切入点，目的在阐述当前“书写文学史”的建构、说明“书写文学史”与“事实文学史”的“对应”时，尽量避免一味“理论”而凿空和泛泛而言。从理论上说，“书写文学史”与“事实文学史”的“对应”，永远只是一种学术追求，一种学术理想，其“对应”，永远不可能绝对圆满。然而，惟其如此，“书写文学史”才是一种严肃的学术行为而不是任意编造的“神话”，才有不断延续的价值，才有学术的“永恒魅力”！

（原载《文学遗产》2005 年第 2 期）

中国古代文学研究缺失什么

2005年4月上旬,“21世纪中国古代文学研究论坛”在徐州师范大学举行。刘跃进、蒋寅、李昌集、郭英德、左东岭、赵敏俐、陶文鹏、黄霖等来自二十余所高校和科研单位的学者三十余人聚集在云龙湖畔,围绕“中国古代文学研究现状”以及“中国古代文学研究缺失什么”展开讨论与争鸣。言谈既热烈又轻松,话语既中肯又尖锐。现将学者们的观点概括阐述其要,以飨广大学人。

我们所缺的首先是学人的尊严,学术的尊严

古代文学研究,当前最缺的是学人的自尊自重意识。

学者们认为学术研究是人做的,学术上能取得多大成功,首先看你怎么对待它。古代文学研究与别的文学研究的不同,是面临着几千年的文学史和学术史,哪怕一个小问题,也要寻找很多历史资料,把已有的相关研究弄清楚,需要长期的知识涵养和功夫的修炼,厚积薄发才能出精品。而现在读书粗疏、急功近利的情况却十分普遍。学人扪心自问,每天定定心心看原典能有几个小时?弄上几条资料,就写大文章,真正爬梳原典把资料搞透的不多见,弄了半天,人家早就说过了,而且说得比你还要好。

如果真正是自己搞出来的东西，倒还说得过去。学力有欠，见识不广，与过去的研究“暗合”，还不是大问题。大问题是有意识的抄袭。抄现在的，偷过去的。把张三李四论著的材料和观点拼一下，语言上换一换，就成了自己的“成果”。这种“软剽窃”，没有“硬伤”，说起来只是“新意不多”，没法定剽窃。聪明一些的抄袭上世纪初学者的成果，一时能瞒过一些人。在参考文献中，凡是与自己的“论文”直接相关的反而故意不提，不关痛痒的倒列上一大堆。

这些情况，恐怕和当下的科研管理制度有关系。现在什么都是“量化管理”，只看数量，只看发表的刊物的级别。科研成果的时效最多只有 5 年，5 年前的东西表上就不算，圆寂了可以算总账，活着的时候只能算 5 年。学人也要吃饭，要职称啊，古代文学又这么难，只有抄一点呗。钟敬文先生说他最得意的文章只有两篇半，两篇是自己发现问题自己解决的，半篇是人家提出的问题由他解决的。两篇半，副教授都评不上。钟老是谦虚，但给我们很多启发。现在评了教授还要评岗，每年没有成果就下岗，下岗太没面子了，能深思熟虑出精品么？万不得已只好用老“思想”包装点新货色。再说现在评职称，当评委的很犯难。有的实在水平够不上，但要体现人道主义啊，老大不小了，不给职称，面子上也不好看。条件又是死的，5 年之内，核心刊物要 8 篇，专著可以抵三篇，古代文学研究又不能信口胡来，“理论”一番就完事，不参考一点怎么办？像陈寅恪一篇文章还没有，梁启超就推荐他做清华国学导师，现在哪个校长和人事部门敢批？

学风浮躁，外部条件是一个因素，但学人甘于自轻自贱更可怕。古代文学研究的职业化，最堪担忧的是学人缺失了一种虔诚的生命投入和学术激情，“著书只为稻粱谋”。哪个学人愿意偷？但久而长之变成一种心安理得的职业习惯和潜意识，老是喜欢把人家说过的问题再“发挥”，比如“玄学”对六朝文学的影响之类，说了又说，你的新意在哪里？把人家说的交代清楚，你有一点新见就讲一点，没有就不说，硬要正儿八经说一通，结果是重复性阐释游戏太多。没有自己的问题，老是习惯于跟风，这样下去，学术贬值必不可免。如果不注意扭转，总有一天，我们会为今天的学术脸红。

文学研究的“文学”在哪里？我们是不是太热心为别人打工？

学者们还对学术“内部”的问题进行了探讨。

说到“内部”，现在有些人开玩笑说，古代文学研究需要来一个“清理门户”。古代文学研究中“文学”的迷失，已成一个大问题。很多古代文学的研究，实际上成了文化学、哲学、历史学的附庸，文学作品成了解释某种文化或历史的资料，文学研究在为别的学科打工。比如研究汉赋中的“都市文化”、戏剧中的“民俗文化”、晚明小说中的“商业文化”等等，算不算“文学研究”？我们当然需要多学科的贯通，但最后的归宿是“文学”。我们当然需要对文学作哲学、文化学和历史学的理解，需要在研究中融入科学精神，但如果把文学研究简单理解为某种“科学”，则违背了文学研究的本性。

“打工热”的深处，恐怕是古代文学的研究者缺乏“文学的自信”，忽略了文学的重要功能在于解构科学，解脱人生的重压，文学的灵魂是人生。当前文学研究的“文化热”和某种“科学化”倾向，有积极的一面，但必须警惕其负面影响。

说到“清理门户”，“回归文学”，请问文学的“门户”是什么？文学的门户本来就是开放的，凡所见、所闻、所感的一切，都是文学表现的对象。文学没有一个绝对的自身世界。勉强说起来，那大概只有“文体”和“艺术手法”算是自家的。但“文体”也不是为了“文学”产生的，而是由文学所服务的那个对象决定的，比如诗吧，最初是为了口耳相传、便于记忆才成为这个样子，大约经过仪式歌唱和书面记录而定型。我们要解释文体的生成，就要把它服务的对象说清楚，为什么要如此服务，服务的过程又是怎样一一弄明白，这样才能知根知底，否则便只能仅仅停留在形式表层上。艺术手法，也和古人的思维习惯以及对世界的认知方式相联系。谈艺术，分析它的手法和效果是一个层面，但之所以形成这样的艺术方式，之所以能够取得效果而对接受者产生影响，没有个“文化语境”怎么行？是不是对这些内容的研究就算“外部研究”?

大家认为,我们要对“回归文学”的涵义有一个恰当的理解。所谓文学,艺术表现方式和美学意味是根本要义之一,大概不会有争议,否则文学和行政通知、产品广告还有什么区别?西方美术界的“波普艺术”乃至“行为艺术”宣称要解构艺术,取消艺术样式和一般样式的界限,好像并不成功。文学界这样的尝试不多,说明文学还是有一个自己的世界,虽然这个世界并不是靠文学自己独立营造的。诚然,目前古代文学研究的一个普遍缺失,是对文学如何生成的解释。比如研究唐诗怎么写出来的,唐代类书与唐诗的关系便是一个很有意味的课题;研究汉赋,则离不开对汉代宫廷文学活动的考察。而研究诸如古代神话中的“水文化”、明代小说中的商业文化等等,算不算“文学研究”,当然不必太拘泥。但我们从文化角度展开对文学的研究,探究的是“文化中的文学”,而不只是“文学中的文化”。

人间的一切几乎都可以在文学中找到,但这“人间”毕竟是文学反映的人间,而不就是人间本身。文学本身也是人间的存在,但文学根本精神是通向一个理想世界,古代文学描绘的人间,最终指向的大多是当时现实生活中没法存在和没法实现的,所以“文学”和“历史”不同,文学不仅满足求知欲,更在宣泄人们的失望和追求。这大概是文学魅力的根本所在。所以,文学研究“回归文学”,根本精神之一,就是注重“文学世界”和现实人生现象的比较阐释,说明文学是怎样创造自身世界的。正是在这一点上,过去我们所做的研究太肤浅。“回归文学”,不是回到单纯的鉴赏式的文学解说,把文学解释弄成标本展览,解释得越多越像医学解剖,林庚先生早就批评过,现在这样的东西学术刊物是很少发了。但我们也不能把文学弄得无所归依,只有从题目上看出和文学作品有关系,内容上和文学一点挂不上钩。古代文学的“外部研究”,也要从文学研究的需要出发,现在我们的“外部研究”不算少,但缺失对文学生态的细致考察,缺乏对古代文学的生成和传播过程的生动解说。我们应当提倡各种研究共存，为人家打工固无不可，但不能忘记最终目的是把自己的活儿干得更好。

学者们认为："打工"作为一个比方，很生动形象，让人一下子抓住"回归文学"的要义。但我们自认为替人家打工，人家未必领情。现在的学科分类，门户过于森然，但各个学科有自己的行规，有自己的专门问题和学术指向还是必要的。我们说文学研究需要超越文学，才能在一个更高的层次上回归文学，并不是要消解文学的自身性，所谓"外部研究"，真正的问题应当都是从文学研究中生发出来的，是研究文学之需要。这样，虽然有些研究看起来和文学关系很远，但文学研究者关注的政治、经济、文化等等问题，和这些专门学科的人想法还是不大一样的。当然，探究其他领域的问题，比如文化上的问题吧，就得遵守文化学的学术规范，遵循其研究方法和基本原理，如果发现不够，就会有补充，有扩展。比如佛学研究界所著述的佛教史，有一点不太充分，就是不大关注民间对佛教义理的接受和理解。而在文学中，比如小说吧，其反映的民间对佛教的理解，与佛经上所说的有许多其实并不相同。佛教史对佛教世俗传播中教义的变异，目前的阐释似乎不多。但在小说戏曲中却可以发现不少。一些在中华本土产生的佛教宣讲经义的文本，也许在文学中可以发窥其思想根源。所以，仅从研究佛教的专著或者从《佛教大辞典》之类的书上讨点资料，然后去解释若干作家和文学作品中的佛教思想，这样的"打工"，其实人家很不屑。如果你能把文学作品中的佛教思想与佛教的正宗教义有什么异同说清楚，这才是有价值的"打工"。把人家说过的东西往文学上一套，这算什么"打工"？人家不会给你发工资。

如果能做到这一步当然很好，但恐怕太难，汲取其他学科的研究成果为我所用，是正常的。当然，仅仅用文学印证一些诸如思想史、文化史上的某些常识，算不上是高明的研究，这不就回到我们的话题上来了么——倘若这样的研究最终导向了对文学深层内涵的理解，就是好的"文学研究"。怕就怕既没有替人家打什么工，也没有替自己干多少活儿。

实际上，所有学科，都是互相支持的，大家都在为自己打工，也为人家打工，大家扯平。

理论指导研究还是研究建构理论？

学者们还指出，在近二十多年的古代文学研究中，曾有过一段热衷“方法论”的热潮。但近几年来，古代文学研究中“理论”的名声却不太好。不少“文学研究”，变成了某种“理论”的解释题，研究文学作品，先用西方的某理论设定一个框架；阐述文学现象，以西方的某理论作为既定的结论，作品和文学现象本身反而不加深究，用洋酒瓶装中国酒，“理论阐述”成了贴标签。

与一些国外搞汉学的友人，尤其是研究中国古代文学的谈起来，他们现在对中国大陆的论著，最不感兴趣的就是玩理论的一类。这给了我们一个警告：我们自认为很有“理论”、很有“思想”的东西，在人家眼里却既没有理论，也没有思想。因为这些“理论”和“思想”都是人家已经说得熟烂的东西，一点新意也没有。现在，像上世纪八十年代到九十年代初那样，直接用“系统论”“耗散结构”解释文学史，用弗洛伊德学说分析《牡丹亭》什么的，是不大看到了，但以西方文化人类学、阐释学等等为框架的研究却不少见。将西方文艺学、美学的一两条理论拿来，把古代文学的“艺术”说得玄玄乎乎，也时而可见。西方理论加中国事例，成为一些人的“学术”秘诀。有人说，这就是“深化”。

从某种意义上说，上述这些现象也是目前古代文学研究的某种“特征”，只不过是一种负面的表现。从上世纪以来二十多年的新一波西学东渐，是当代学术品格形成的重要背景，一些学人对西学有些食而不化，可以理解，投机取巧的也不是没有。但我们也须注意不要过分夸大负面。西学在这么短的时间里如此大规模地涌入中国，研究中出现中学与西学不同思维习惯的碰撞是必然的，今天我们的讨论就也有碰撞。中国的传统理论重人生经验和直观感悟，习惯于综合性融会贯通，与西方重在归纳抽象和逻辑分析有所不同。古代和今天书面语言的不同，也使我们很难直接运用传统的理论语言和表述方式，出现“洋瓶中酒”的现象并不奇怪。

现在我们的一些研究生，论文不用上一串洋化术语就不甘心。比如现在大家都在说的“解构”吧，问是什么意思，说了半天也没有说得清，以为“解构”就是拆散和抛弃，其实“解构”是对被解构者内容结构的分解、剥离和重新提取，“解构”和某种“重构”是紧密相联的。文学史上的新旧交替现象，能不能都理解为解构，要看情况，比如汉末魏晋的抒情小赋与汉大赋，非要说小赋是对大赋的“解构”，不贴上洋标签就觉得不过瘾。为什么非得用“解构”这个概念？又没有什么特别的新见解，似是而非地用一些新术语，就能使研究高明起来？其实并不然。理论上的术语，归根结底是一种对存在的理解和研究方法的指示，而不是让你贴标签用的。

理论的滥用、误用是一回事，研究中的理论指导又是一回事。我们不能因为有滥用理论的现象便排斥理论，拒绝西学，西方也在吸收中学嘛。理论的问题，不单是中西方的问题，更在于时代需要新的理论。王国维早就说过，从根本上说，学无中西。当代的古代文学研究，理论建构的缺失仍然是个大问题，考据遮蔽思想、技术伪装学问的现象相当普遍。我们应当提倡以思想为出发点的有意味考证，提倡发现问题中的现象描述。这里就有个理论指导、理论建构的问题。

问题在于怎样进行理论建构。“以思想为出发点”，这“思想”从哪里来？“意味”是什么？“理论指导”，就是从某种理论来的吗？“理论指导”还是谨慎一些好，“理论指导”和“理论意识”并不是一回事。理论的目的和价值是为了认知事物，把握事物，光是理论有什么意义？所以，我主张把各种理论——包括西方的理论和传统的理论，理解为一种认知方式和思维方式，“得意忘言”，解决研究中的实际问题。高水平的研究，其实都包含着一种内在的学理建构，只不过不是摆在脸上，而是融化在整个研究的分析材料、提出问题、解决问题之中。如果同意这也是一种理论建构的方式，那么就是研究建构理论而不是理论指导研究。如果一开始就想到用某种理论来“指导”，很容易变成一种贴标签，美酒饮之而醉，不是看到“此乃百年威士忌”就醉的。

大家认为，有人说的“理论指导”和“理论意识”好像没有根本分歧。只不过“指导”容易让人误解“理论先行”。大家关心理论问题，实际上是要求学术品格的提升。其实，学术品格的提升，根本标志并不在理论的新旧。我们所接受的西方理论，其实新的也不是很多，相当部分恐怕已经是“旧”的。其实，新理论未见得就全高明，“旧”理论也未见得都不管用，善用之则灵。要谈理论建构，我们还没有自己很像样子的当代“文学理论”，学界不少人呼吁建构中国自己的理论，虽然这是理论研究家们的事情，但古代文学的研究也应该出点力。目前一些学者探索从古代文学创作中提炼理论内涵，与传统的和西方的文学理论加以融会整合，是有创意的。当然，古代文学研究的主要任务不是构造理论，古代文学研究的理论建构，在于把思想的结晶融化到具体的文学研究之中。古代文学研究的理论意识，第一条就是关注中国文学本身，从中国历史、中国文化出发研究中国文学。离开这个“理论指导”，恐怕不行。有了这个“指导”，大概就不会生搬硬套某个现成的理论来指导研究，才会有真正融化在研究中的“理论意识”。理论，说到底是对存在方式、存在结构、存在演化的一种认识的提炼，所以，任何理论都可以从方法论的角度加以理解。落实到具体研究中，就是怎样对待研究材料的问题。所以，无论是“理论指导”还是“理论意识”，从事实出发而不是从某种理论出发，乃是一切学术研究的根本原则。

找回历史感，探寻文学史书写的空白

学者们认为，既然理论的问题要在研究中体现，我们就回到古代文学研究本身。

古代文学研究，面临的是几千年的文学。从事实存在的角度说，是一个既定的存在。这笔遗产实在是太丰厚了，但现在不少搞古代文学研究的都在感叹，研究课题不好找。现在的古代文学研究生，论题难找也是最头疼的问题。这真是一个很奇怪的事情。

现在，作家作品的研究已经很难做，大家都在说，一流的作家作品都研究透了，“出新”的空间实在是太小；公认的二流的作家也几乎没有什么漏掉的，寂寞山中花自开的恐怕已经没有。有人力图定出几个“新”的大家来，能真正引起注意和学界一致公认的实在不多，三流作家嘛，似乎研究价值不大，花了大力气，怕产生不了影响。所以，现在做纯粹作家作品论的越来越少。这是目前大家都感到的古代文学研究的困境之一。

这种情况，恐怕并不是作家作品已研究透了无可再研究，而是我们没有找到一个作家作品研究的新路径。老一套的生平、思想、艺术、影响的阐释框架已引不起人们的兴趣，在这样的框架中，确实已出不了什么新意。一段时间里，作家作品的比较研究风行过一阵，但还是在这个框架中转圈子，把已有的研究拼在一起，当然也引不起人们的多大兴趣。但我们如果开拓一下思路，可能就会发现一些新的课题。比如说吧，屈原流放中所作的《离骚》，是怎么流传出去的？如果不是司马迁的高度赞扬，屈原还会像今天这样活在后世直到今天人们的心中吗？也就是说，古代文学“家”究竟是怎样出名的？评价机制又是什么？这评价机制在古代不同历史时期的情况又有哪些同异？苏轼是他老子调教出来的，老子的名气本来并不比儿子小，为什么欧阳修一下子就看中了苏东坡？这些耳熟能详之事，其实大有深意焉，但至今好像并没有说得很明白。作家作品的研究，不是一点空间也没有，关键是我们的思路要拓宽。

这实际上已经不单纯是作家作品的问题，而是文学史的问题了。当然，古代文学中的每一个点，其实都和文学史有关。现在，我们有了好多部文学通史，也有各种词史、诗史、散曲史、小说史等等专体文学史，专题文学史如山水诗史、专类文学史如女性词史、女道士的诗史等等，也开始出现。但是在“史”的框架上还是大同小异，差不多都是以作家作品的静态流程为“史”的纲目。这当然是有意义的，但我们能不能考虑另一种书写方式呢？一些学者预测，文学的传播研究将会成为21世纪文学研究的重要课题，是有理由的。因为文学的生命和价值的体现，是在传播中实现的。文学既是私人化的创作，也是一种社会的存在，与社会的各种活动交织在一起，但我们现在通常只是把一个大的“时代背景”作为映衬，缺乏生动具体的文学生态环境的描述。现在不少论文倒是注意“小环境”的描述，但似乎还很不够。

这里说的实际上是找回古代文学研究的历史感问题。古代文学研究的历史感，是一个复杂的问题。先说一个最基本的问题：古代文学研究的“文学”，是“古代”的文学，而我们的研究者总是非常自然地以现在的“文学”观念去理解古代文学。20世纪初，就有人试图从古代的文字作品中分出诗啊、抒情散文等等“美文”一类，和诸子散文等等政治、伦理道德论文分开作为真正的“文学史”，结果没有行得通。80年代，陈伯海先生提出古代文学观念是一种“杂文学”观，即把所有的文章和诗词小说都看作“文学”，很有启迪。但我们应当怎样看待这种现象，怎样在“文学史”中恰当地描述和分析这种现象，其对“文学史”有何影响，至今似乎也还没有一个好说法。这就碰到一个问题：我们既要立足当代的文学观念，又要把握古代的文学理念和“文学”实际，怎样沟通当代文学观与古代文学现实，怎样对待中国古代“文学”与“文章”的模糊关系，如何描述古代文学的多元生存样态，至今还是一个有待解决的问题。目前的古代文学史书写，还只能把历史散文、议论散文和抒情散文作为同一个系列，用差不多的分析方法评析。如果不深入到古代“文学”的生态环境中去，对各种不同“文学”的具体功能进行一番探究，想要深化对这个问题的理解恐怕不容易。

目前，一些学者对“文学生态学”和“文学功能学”这两个概念很感兴趣。如果从这两个角度出发，我们的文学史书写，可以拓宽的地方就很多。比如戏曲和小说吧，二者的功能有许多相似性，但又有若干不同，古人对此就有过不少表述。小说转化为戏曲，戏曲转化为小说，也是一个很值得注意的现象。我们过去已做了一些这方面的基础性资料工作，但从“理论意识”上去进一步研究，从小说、戏曲的生存状况中探究个中缘由，可以说还没有很好地展开。这样，我们在文学史书写中只能以思想啊、形象啊、矛盾冲突啊等等同一模式对小说、戏曲做分析，更不用说对戏曲的场上形态与文本形式的关系有所开掘了。中山大学研究戏曲的同仁对戏曲的场上形态研究下了很大的功夫，徐州师大的同仁准备把戏曲的文本传播研究作为一个重点，把场上传播和文本传播的相互关系作为中心。这不容易做，但做起来很有意义。

当代文学史书写的拓宽和改观，最大的问题恐怕是对文学史链的重新理解。刚才谈到的“文学生态学”和“文学功能学”，是一个很有趣味的角度，有助于在“文学史”静态的描述中增加对文学生存状况的动态描述。现在的文学史作为大学教材，还是有它的优点。现在的文学史著述，一种是做教材用的，一种是给专家们看的，一种是普及性的，三种写法，各有不同。我们不妨保留多样化的格局。现在通行的文学史，主要陈述基本的系统化的文学史知识，感受古代文学的意境情趣，这也是很重要的。“静态”的文学史，也有静态的好处。动态的书写，怎么个“动”法很重要。现在是静的动不起来，动的静不起来，怎么将动与静有机地结合，是个课题。

当然，文学史书写只有多样化才能使文学史书写更丰满。所谓“动态”的文学史，重要的一条就是把文学置于人们的社会活动中去展示，寻求过去文学史书写的文学史链中的空缺，努力寻找那些文学史书写中失落的历史环节。比如“诗三百”从先秦隶属于礼乐文化到汉代成为官方确定的经学，在文学史上有何重要意义？文学在古代的童蒙教育中具有怎样的意义？对文学家幼年的成长具有怎样的影响？在上层文化圈与下层文化圈，文学的生成和运行机制有何差异？文学传播的渠道和方式的历史变迁对文学演进具有怎样的影响？清代“花部”的形态远远不如杂剧和传奇“高级”，却为什么能上下风靡？如此等等，还有许多问题需要探究。做这样的研究有一点要注意，就是把我们所习惯的那种总是盯着大传统的“整体叙述”改变为对小传统的细致考察，先不忙总结某种“规律”，把一个个历史细节先搞清楚，然后再看看“宏观叙事”是否有可能。所以，我们今天讨论文学史的书写，只是一种方法上和书写原则的探讨，不必匆忙地定出什么“体例”。“历史感”是个大原则，每个书写者的历史感不会一样，每个人寻找失落的历史，也可能不一样。葛兆光说：历史总是不断地既做加法，也做减法。我们要在文学史书写中做加法，一个重要的视角也许就是把过去文学史书写中减去的历史再加上去，同时也把加上去的一些东西清理掉，从而增加我们对历史的认知和理解。具体做什么样的加法和减法，见仁见智，共同的目标则是追问历史的本来。对历史认知的变迁往往是一个时代文化精神变迁的标志，所以，一个变革时代的人们往往体现着一种自觉的反思精神，这也许是我们今天反思“中国古代文学研究缺失什么”最根本的动力所在。

（原载《文艺报》2005 年 6 月 30 日第 007 版）

中国古代文学研究“现代化”的点滴思考

中国古代文学研究的现代化转型，是从清末民初开始的，直接标志是对西学的引进。转型的背景——说起来有点不舒服——是被西方列强逼出来的“变法维新”。变法的重要一项是革新教育体制，以改变国家“有用之才”的知识结构和思想方式。宣统年间上海商务印书馆所刊《大清光绪新法令》的“上谕”中有这样语气沉重的一段话：

> 科举抡材大典，我朝沿用前明旧制，以八股文取士，名臣硕儒多出其中，当时学者皆潜心经史，文藻特其余绪。乃行之二百余年，流弊日深，士子但视为弋取科名之具，剿袭庸滥于经史，大义无所发明。急宜讲求实学，挽回积习。况近各国交通，智巧日辟，尤贵博通中外，储为有用之材。所有各项考试，不得不因时变通，以资造就。①

“因时变通”的具体举措，是广开学校，设数、理、化、工、文等各项专科，是为中国近代“人才”知识结构一次意义重大的“现代化”转型。知识结构的转型，必导致思维方式和“思想”的转型。转型的参照，西学也。

时风所披，“古代文学研究”亦不例外。王国维《论近年之学术界》有云：“外界之势力之影响于学术，岂不大哉！……至今日而第二之佛

---

①《大清光绪新法令》，第1册，第3页，宣统三年(1911)刻本。

教又见告矣——西洋之思想是也。”一时间，关于中西学辩论纷纷，独静安先生于《〈国学丛刊〉序》提出“学无中西”：“世界学问，不出科学、史学、文学。故中国之学，西国类皆有之，西国之学，我国亦类皆有之；所异者，广狭疏密耳。……则夫虑西学之盛之妨中学，与虑中学之盛之妨西学者，均不根之说也。”西学“非与我中国固有之思想相化，决不能保其势力”，“未有西学不兴，而中学能兴者；亦未有中学不兴，而西学能兴者”。

静安先生之言令人深思，“相化”之言尤为深刻。然中西学并非仅广狭疏密之分，“学无中西”广义上说当然不错，但要“化”，恐怕首先要弄清中西学的差异在哪里，更需明白“化”的目的是什么，然后才能“通”之“化”之。

文学研究的中西学差异，宏观言之，首在目的之差异，由之而生思维方式和学术方式之差异。中学以“知行合一”为归宿，旨在通古而用今，研究价值最终落实在文学创作，重在“我心”会“文心”，求文学之意趣，故多感性领悟，以直观抽象为思维方式；西学以认知为指归，追究文学的存在理由与存在方式，故多理性思维，重在提出种种关于文学的理论阐述。因此，中学的最高境界乃“游于艺”，西学则为一种科学化的“格致”。

正由于此，当“白话文运动”成功实现了中国文学的现代转型，“古代文学”作为“旧体”，已不再是社会的通行样式，不再是文人群体的精神源泉。以往文学之“古代”与“当下”本质上一体化的现象消逝，“古代文学”成为现代人们的认知对象，科学的“对象化”认知模式，势必成为古代文学研究的主流。因此，清末以来学者们对西学热情不减，就不仅是弱国思强所致，更由古代文学研究的自身需求决定。

时至今日，我们已习惯了西学思维方法和认知模式。小学的语、数，初高中的语、数、理、化、史、地等课程群，使我们从小就培养起了“现代思维”，当初“不得不因时变通”而引进的“格致”思维已内化为我们自己的智力，传统的思维方式似乎离我们已十分遥远。这也是今日古代文学研究“能够”且“喜欢”各式各样西学的原因之一。

这是事实，并不丢脸，也不必忧虑。但问题是：我们研究的是“中国古代文学”，其文学形式、文学内涵、文化品质和文化意趣，并不因为研究的思维方式和技术手段的改变而改变。该忧虑的不是我们以现代思维去研究，而是把思维方法表面化，把研究手段当成了研究目的，急于用新理论和新术语将古代文学“现代化”，为自己的研究贴上新标签。例如，“接受学”曾是学人们热衷的“方法论”之一，但一些研究者只是把比如以往所说的“辛派词人”代换为“稼轩词的接受者”，或者把历代关于某作家的品评串联起来，将文学传承一般现象的描述称作某某“接受史”，不了解“接受学”的理论精髓是对文学接受机制的揭示。如此“研究”，在西方“接受学”面前倒是让人觉得有些丢脸的。再如，受西方“女权主义”影响，一段时间以来出现不少“女性视角”的研究论著，但究竟什么是“女性视角”，却笼统模糊而甚少有明确解释。“女性视角”是一个具有历史限定性的概念，汉唐明清直至今天的“女性视角”，不可同日而语，以今天的“女性视角”和女权观念解读古代文学作品，或怜惜其中女性人格之懦弱，或痛斥其中男性霸权之混账，有什么意义？一点也没有，并未扩展和增加对历史的认知。如果改变一下思路和研究点，回归特定历史情境中的“女性视角”——比如着眼于宋代历史语境中李清照“社会性别”意义上的“女性视角”，解读她的词作，阐释其“女性视角”也融入了相当的“男性视角”，说明一个面对“男性主流阅读圈”的女性文学的复杂性，探究一个宋代的知识女性对传统的、当下的“男性话语”文学的“接受”，探讨中国古代女性写作与男性写作的关系，会有意义得多。

由之延伸的问题是：用西学来研究未染西学的中国古代文学，在什么范围、什么意义上是合理有效的？西方文论得以建立的基础是西方的文学实践，与中国古代文学当然有若干共性，但我们的研究更当关注的是中国古代文学的个性，不管采用什么理论、什么方法，我们研究的首先是中国古代文学的本来事实，汲取西学的目的在提升思维能力，扩展学术视野和研究方法，以认知和阐释中国文学自身的种种真相和特质，而不是将中国文学直接纳入某种西方理论框架中去观照和解释，把中国文学变成西方理论的注脚。汲取西方现代种种方法论，根本精髓在其发明精神，而不是低着头跟在人家后面跑。

因此，学界的这样一种观点值得重视：不要急于生硬地“落实”某某方法论和理论概念，而要“化”之以汲取思维营养，扩展视野，深化研究，以增进对古代文学和文学史真相的认知理解，体察和揭示中国的本有文化。如果于此有所突破，我们自己的“新理论”“新方法”也就蕴含其中了。例如，文体学是古代文学研究的专项领域之一，诗词曲体尤为突出，至今仍为一门专学，也许是至今甚少受西学影响的领域。然古今之研究，多专注于形式本体，欲扩展之、深化之，可行的路径之一，是“化”入各种现代学术思路、研究成果和研究方法，在传统文体形态学基础上扩展“文体生态学”“文体行为学”和“文体功能学”的贯通研究——当我们的视野扩展到“文体生态”时，势必要“化”入传统的历史学与现代史学、社会学、文化学、传播学等研究视角，将诗词曲体在“雅”“俗”两个文化圈既平行又互动的发生演化轨迹予以更深入的考察和分析；当我们的视野扩展到“文体行为”时，势必要“化”入历代诗词曲体的创作目的论与现代行为学、接受学等研究视角，将诗词曲体的音乐传唱与文本写作的相互转化、文字语言对口头语言的汲取和转化、文体“范式”的集体确认机制等予以更深入的分析研究；当我们的视野扩展到“文体功能”时，势必要“化”入历代的诗词曲体功能异同论与现代的社会文化学、文体应用学、语体功能学等研究视角，对古代“乐统”与“文统”观念的历史交叉和衍变、诗词曲体的仪式功能与娱乐功能的交叉转化、言志抒情与休闲清玩功能在时代变迁中的导向转移等等，予以细致深入的考察和研究。所有这一切，最终结穴在对诗词曲体的生成递变予以更生动的深度阐释，将传统静态的、单一的文体形态学转化为动态的、立体的、具有现代学术品质的文体形态学与文体发生学的贯通研究。笔者将这一学术框架拟称为“文化文体学”。关于此，学界已颇有一些相关成果，今后要做的，是“文化文体学”的整体学理建构和方法论的理论总结。举此一例，意在说明：似乎可以不受种种现代之“学”干扰的传统专学，也有“现代化”的可能与必要。

另一方面，似乎已经颇为“现代化”的若干研究，则很有必要重视和深化传统的“中学”。例如，古代文学释读品评的“自我化”传统，就应该充分关注。

文学释读和品评的“自我化”，是笔者对古云“诗无达诂”深层意味的一种简要概括，其内涵指向文学的这一本质功能：文学，归根结底是人的认知、思想、意志、情感和兴趣的一种表达方式。文学的接受，是接受者和创作者生命体验的交流和心灵对话。文学的研究者，也是对话者，只有其自我生命体验与文学表达的生命体验相交融，才能真正“读懂”文学，尽管在程度和旨趣上因人而异。从这个意义上说，文学的解读和研究也是一种潜在的“自我解读”和“自我研究”，一种对文学唤起的生活经验与生命体验的回味、诘问和反思。

但是，这样的解读和研究意识似乎离我们越来越远。我们只重视文学研究的认知价值，把文学作为外在于自己的对象，把“对象化”研究视为学术的高水平、高层次，文学的“自我化”解读和研究的传统日益淡化，以致我们不得不面对这样的质问：这种单一的“对象化”研究是否忽视了文学的本质？

这一质问当然并不否认“对象化”研究的重要价值和意义。也许，处在新文化中的我们，古代文学的“对象化”已无可避免，与古人文学作品进行心灵对话，已从过去的集体意识变成私人兴趣，成为学校文学教育中的一大问题。但古代文学的研究，却不能放弃对古代“自我化”文学品读这一主流传统的关注。作为古代文学历史演变的一个重要内在机制，理解之、探讨之是古代文学和文学史研究的题中应有之义。例如：陶诗的一流地位与东坡的极力推崇分不开，为什么东坡推崇陶渊明？钟嵘《诗品》对陶诗也有类似的品评，为什么陶诗的“范式”意义至宋代方获得集体确认？对此，有关的论述多在现象层面上展开而深入揭示较少，如果引入古代文学解读的“自我化”视角，则可发现：东坡《书李简夫诗集后》曰渊明“欲仕则仕，不以求之为嫌；欲隐则隐，不以去之为高”，实际上即东坡的自我写照，对陶诗的解读和推崇，也是东坡生命体验的凝练与自我肯定，东坡诗词风格的形成，不能不说与其对陶诗的“自我化”解读和接受相关。从宋代起，文人“静心”而游于仕、隐之间，乃是一种普遍的人生体验和自我陶醉、自我崇拜。而六朝至唐，这一“生命范式”尚在培育之中，还未成为文人普遍推崇的“集体范式”，是为陶诗的范式意义之所以在宋代确立的根本原因。由此扩展深究下去，相信会深化对古代诗歌“范式”的生成及其与文学“史”关系的理解。

同时我们也要注意：文学的“自我化”品读也可能导致误读。这一思路，乃受现代阐释学和接受学关于“误读”的启发。由之看“国学”——如《诗经》学，宋代以来对传统的《毛诗》“小序”多有颠覆，打破了“疏不破注”的经学传统，意义十分深远。然孰为误读，则颇当细辨。如《唐风·蟋蟀》，《毛诗》小序云：“刺晋僖公也。”清方玉润则坚决反对，所著《诗经原始》曰：“今观诗意，无所谓‘刺’，亦无所谓‘俭不中礼’，安见其必为僖公发哉？”直斥小序为附会而“断不可从”；宋王质《诗总闻》亦不认可“刺僖公”，而将之解读为“大夫之相警戒者也”；今有论者，则解读为“虽每章皆申‘好乐无荒’之戒，宗旨归于及时行乐”。依此一说，则诗中“今我不乐，日月其除”的释义为：“今天我不快乐，岁月很快就过去啦！”但问题是：先秦时代很难找到“及时行乐”思想，即如庄子之“逍遥”，也与“及时行乐”旨趣大异。也就是说，先秦虽有贪图享乐的，但还没有后世基于“生命意识”的“及时行乐”观念。由此看来，有可能倒是解诗者以当世的“自我化”观念误读了《蟋蟀》。如果按宋王质“大夫相警戒”的释义，《蟋蟀》便是另一种释读：“年底啦！我还没有享受安乐，时间就这么过去了。所以不能安逸，因为有职守在身。人都想快乐但不能荒废正业，良士们可要警惕！”（“蟋蟀在堂，岁聿其莫。今我不乐，日月其除。无已大康，职思其居。好乐无荒，良士瞿瞿。”）如此释读，似乎还通顺一些。

《蟋蟀》究竟怎么解读，自可继续讨论，而由此个案生发的“方法论”思考是：面对前人的文学释读，我们首先要探究和判断其释读的立场和依据，一旦进入文学之“历史语境”的阐释，“自我化”释读的有效性便受到了限制。方玉润未涉先秦作诗、用诗的历史语境，仅以自己的释读否定小序，不足为据；“大夫相戒”与“及时行乐”说，也都有各自的“自我化”释读印记。因此，对小序的“刺僖公”云云和各家的解读，就应该回到《蟋蟀》本来的历史语境中再加探究，既不能轻率否定或肯定小序之说，也不能简单认定某家之说而作为今日研究的直接前提和依据。此“方法”，初中学数学时老师就教过我们：未知项尚未确定的方程式，是不能求得真解的。

以上所述之点点滴滴，归之于“方法”，可一言蔽之：基于事实的实证，合乎逻辑的推理，发现和揭示现象存在的内在联系，是为一切“方法”之根本。今天的西方用这样的方法，对他们熟悉的文学现象提出了种种解释和解释的理论，今天的中国也在用这样的方法对自己熟悉的文学现象提出种种解释和解释的理论。合观之，二者都是对“世界文学”的“现代化”阐释。古代文学研究的“现代化”指什么？光绪“上谕”所云“博通中外”，静安先生所曰中西学之“相化”。而“化”的目的和结果，“中国化”也，“世界化”也。

（原载《文学遗产》2014年第2期）

乐府学研究的当下和走向

——第三届乐府学年会暨第六届乐府歌诗国际学术研讨会总结发言

各位同仁：

我受吴相洲会长的委托，对本次学术研讨会作一个简要的总结。我想谈一谈参加这次会议的感受和一些想法，与诸位同仁交流，请各位指正。

这次学术研讨会提交的论文有 64 篇，其中 27 篇是对乐府诗等各类音乐文学的研究，37 篇是对乐府制度、运行活动等今天统称为“乐府文化”的研究，反映了当前乐府学研究的基本格局，体现了当下学术语境中乐府学研究的扩展。

“乐府学”，是古代的一门传统学问，而明确提出“乐府学”这个学术概念并为学界接受，是近十几年的事。2013 年，乐府学会经民政部批复成立，《乐府学》创刊；2015 年，吴相洲《乐府学概论》（专著）、《乐府相关概念辨析》（论文），从内容到方法论对作为一个学术领域的“乐府学”予以了框架性阐释。此前相当长一段时间里，文学界所言的“乐府”通常是“乐府诗”的省称，而今天“乐府学”范畴的“乐府”，是一个多视域、多层面的综合概念：其原本专指对象，为汉代中央设立的司乐机构及所辖军队到地方的司乐系统，此后从魏晋南北朝直到清，中央、军队、地方的司乐机构有不同的名称，性质上则与“乐府”一脉相承，或时而以“乐府”概称之。乐府之“乐”，从文化属性言，包括雅乐和俗乐；在乐用场合和功能类别上，有祭祀乐、燕乐、军乐，等等，既有庄重的仪式功能，又有活跃的娱乐功能；在乐种曲类上，有横吹乐、鼓吹乐、相和歌、清商乐，等等；在表演艺术形态上，包括器乐、歌乐、舞蹈和广义的戏剧，是音乐、文学、舞蹈的交融组合；在文学层面上，乐府诗歌涵盖了庙堂文学、文人文学和民间文学；在社会文化学意义上，乐府是一种文化制度和行政制度，乐府活动是中国古代文化运行的一种方式；在文化精神上，乐府文艺既宣示中国古代的文化信仰、集体意志、普遍情感，同时也表达个体的生活经验、认知观念和生命感悟。

上述"乐府"概念的内涵和外延，已成当今学术界的共识。近若干年来，各种乐府学专著和《乐府学》等学术刊物发表的论文，呈现了当代乐府学超越以往乐府研究范围的趋势，本次会议提交的论文，研究内容涉及历代乐府文化的活动场境和行为主体，各种文学形式和表演形式；涉及乐府文化在历史运行中的延续、演化、发展和变易。本次学术会议可谓当代乐府学现状和走向的一个信号：乐府学，已成为一个具有自身体系的学术领域，兼容社会学、文化学、历史学、艺术学、音乐学和文学，是古代中华文艺学的一个重要分支。乐府学研究的现状和走向，突破了过去较单一的文学研究格局，在一个更广阔的视野中进行更丰富、更细致的多元探索，将文学、艺术、文化的研究贯通为富有生气、富有意味的当代"乐府学"。

本次研讨会反映的另一个有意味的趋向，是学人们研究视野的扩展和对新视角、新方法的追求。在文学研究方面，既有长期以来我们习惯的研究模式，如单篇名作的解析和考证、乐府诗作家的专案研究等，其中既有大家熟悉的作家如杜甫的歌行、孟郊的乐府诗，名篇如《木兰诗》《陌上桑》《病妇行》《妾薄命》《蜀道难》等，也有以往关注较少的作家，如南朝僧人惠休、女诗人梁佩兰的乐府诗。在讨论中，争议比较激烈的是关于《九歌》的作者问题，这是乐府学应当关注的乐府文学史源中的问题。20世纪，朱东润先生等即提出了对《九歌》作者的质疑，若干年来，中、日学者围绕屈原和楚辞作者进行了激烈的争论。张树国从《九歌》文本的深度解读入手，结合其他资料提出自己的见解，引起了同仁的热烈争论，是个好气象！有争论，才是生气勃勃的学术研讨会。对一些问题，我们不指望一次会议、一次争论就能解决问题，甚至不指望在短期内取得共识，优秀的学者总会有一种学术自信和一种学术固执，我们应该提倡学术自信，尊重和包容学术固执，有争论才会引发进一步研究，从这个角度说，学术争论比结论更有意义。

对文学题材予以多层面、多角度解析，是文学研究不可或缺的常规命题。日本学者柳川顺子从文学题材和书写内容的角度，对魏晋乐府诗与说唱艺术的关系进行了探讨，展示了一个富有启发意义的新视角。台湾学者廖美玉研究的乐府农事诗，是近来不少学人关注的题材，在我今年评审的国家社科基金项目中，就有三项申请农事诗研究的选题。一段时间以来，文学题材的分类研究呈现出扩展和细化的趋势，例如将田园诗中的"田"和"园"再分为"农事诗"和"园林诗"，农事诗又细分为描写农人劳作的农事诗和文人叙述自己耕作的"稼圃诗"，等等。诗歌题材分类研究的细化，有助于文学研究的深入，在积累了相当成果后，或许会出现这样一个图景：建立一个古代文学题材分类的大数据库，对古代文学的题材分类进行全面的梳理和呈现，对不同文体、不同时代、不同创作群体的各类文学题材作品的数量和比例予以对照分析，可以对古代文学和文学史获得更细致的认知理解，并开发出若干有意义的新命题。这是一个浩大的学术工程，需要学人们一步一个脚印，从一种文体、一个时期、一个地方、一个群体做起。当然，我们也要进行一些学理思考：文学题材分类的依据和标准是什么？怎样的分类才是有意义的分类？"类"分得越细，就越会碰到"类"的交叉问题，如何处理？对此，西方的文学母题研究提供了一定的学术经验，同时更需要我们探索和建构符合中国古代文学实际的研究框架和学理体系。

文学创作主体的群类研究，是近些年来文学研究的新动向之一，也是本次会议讨论中涉及的一个话题。在文学的各种分类研究中，必然会直接间接涉及对应的作者群类，当我们将乐府文学划分为庙堂诗歌、民间诗歌和文人诗歌时，实际上也就包含了对作者群类的划分。近几十年来，文学创作主体的群类研究在一个新的层次上展开，20 世纪90年代，在关于“俗文学”和“俗文学史”的讨论中，学界对“俗文学”的定义、范围、作者群的划分进行了讨论和争辩，观点纷纭，至今还是个悬而未决的问题，但大家都认同这样一个观点：无论雅、俗文学，仅仅进行作家的个体研究是不够的，即使是无主名的民间俗文学，创作主体也有乡村群体和市井群体的分类，二者的迁徙流动与交叉影响是一个富有意味的研究命题。文学史进程和演化的内在逻辑，在作者类群的研究中可以获得更深入的理解。正是在这样的学理意识中，基于各种视角的作家群类研究纷纷展开，如女性文学、地缘文学、家族文学、僧尼文学，等等，乐府文学的研究，也正在加强对这一研究的关注。需要进一步思考的是：创作主体的群类研究，不能仅仅停留在表层，把群体研究变成老一套个体作家解说的“群组合”。在具体操作上，也有些问题需要解决，如有些诗歌作者的群体分属并不简单明朗，尤其是民间诗歌——如乐府民歌中以女性口吻书写的无主名作品，是经过采录后的文本样式，在什么程度、什么角度、什么意义上可视为民间女性创作的“女性文学”？魏晋南北朝文人的拟乐府古题，从地缘作家的角度分类比较好处理，如果以社会身份分类，若干作者一生经历了上层与下层、仕宦与隐逸的交叉转换，考虑的因素就要多一些了。这就涉及群类划分的不同角度、不同层次和划分的意义，共时性群体与历时性群体的“群类”意义的区别，以及其“群”生成的不同条件和机制。作者的群类研究比个体研究涉及的内容更丰富，关系到时代大语境与不同群体小语境之间的呼应或相斥的复杂关系，需要我们进一步探究和深入思考。

乐府诗歌的传播研究，是本次学术会议一个醒目的话题。日本学者长谷部刚，提供了中国乐府诗歌在日本的传播及日本乐府文学本土化生长的概貌，中国年轻学者文艳蓉讲述了《新乐府》在日本的流传与受容，是同仁们接触不多的话题。中国古代文学的域外传播和汉文化与外族文化的交流，是近几十年来古代文学研究开拓的新领域，本次会议论文中也有汉、胡音乐交流的论题，在乐府学领域，目前我们关注的还不多。在传播媒介上，乐府的特色当行是乐舞表演，本次会议论文中关于房中乐、两晋鞞舞、唐代燕射乐、破阵乐的研究，可谓乐府学中的专属课题。朱存明和他的研究生提供的汉画像石中的乐舞图像资料，为乐府文化的表演传播提供了一个新的考察路径。以图像、器物为媒介的文学传播和文化扩散，是二十多年来文学研究界兴趣盎然的新面向，以文学典故为题材的古代绘画、绘画中的题诗题词、宋代瓷枕上民间书写的诗词、明清戏曲绣像本和连环画，一些瓷器、笔筒、壁画、砖画中与文学相关的图像，正在进入文学研究者的视野。在汉画像石和敦煌壁画中，有很多与乐府文化相关的音乐、舞蹈现场的图像资料，可谓乐府学研究的“图像资料库”，与文献中描述的乐府表演可以相互参证，使我们的研究更有深度，更有趣味。

本次学术会议的一大亮点，是音乐学层面的乐府学研究。李铠先生向大会报告了《红楼梦散套曲谱》与宋词元曲及当代地方传统音乐之曲牌的比较研究，李健正先生介绍了一种自己创立的古曲记谱法，老骥伏枥的精神令人感动。音乐学专家李玫的论文和大会发言，引起了大家的浓厚兴趣，其对七言诗体起源的音乐考古学研究和学术猜想，具有重要的学术价值和方法论启示。文化考古学是文化人类学的重要学术方法，李玫将之引入音乐与诗体关系的研究，令文学界同仁耳目一新。七言诗体的起源，是长期以来文学界不断探讨的问题，论者持说不一，有的认为与音乐相关，也有的认为歌辞体式并非是音乐形式的派生，认为原生态的口头传唱，歌词与音乐是弹性的结合，没有绝对不可变的对应关系，起源于民间的七言诗体是在书面记录中修饰后的样式。故有一种观点认为七言诗体源于战国荀子《成相篇》，是采用杂言体民歌中的七言句式重新建构的韵文样式；还有一种观点则认为七言体是抽取了楚辞中七言句式而重新建构的诗体。两种观点虽有差异，但共同之处则都认为七言体的发生与音乐没有直接的关联，至于后世民歌的七言体，则是经过整合重构后的七言体向民间的反扩散。这就使我们思考：怎样将音乐学界和文学界的研究观点统一起来？如果有矛盾，矛盾的关节点在哪里？怎样寻找一个双方都能接受的对话切入口？我个人认为，李玫的研究很值得我们文学研究者汲取，而音乐学界和文学界同仁联手进行音乐文学的研究，是本次学术会议最有意义的亮点之一，希望今后能在共同研究中建构起一个科学的、符合中国古代实际的音乐与歌辞文体关系的学理框架。

本次会议提交的论文，在研究对象的时间段上几乎覆盖了整个中国古代，研究的乐府诗歌涉及“唐乐府”“宋乐府”和明人的“新乐府诗”。在近十多年来的文学博士和硕士学位论文中，也出现了“唐乐府”“宋乐府”“明乐府”“清乐府”的研究，说明当下学界的“乐府文学史”概念较以往有了很大拓展。20 世纪 70 年代我读大学的时候，“乐府文学史”主要是汉魏六朝的断代概念，萧涤非先生的《汉魏六朝乐府文学史》，当时中文系的学生大概都读过。在相当一段时间里，我们的古代文学史常识是：乐府诗歌是汉代诗歌史的主体，魏晋南北朝的诗歌史，则是雅俗两脉的乐府诗歌、文人拟乐府和徒诗的并举同行；隋唐以后至清，诗史以文人诗为主流，虽然唐代的“新乐府运动”衍生出后世的“新乐府”一脉，但与汉魏六朝乐府没有直接的渊源；隋唐以后，在音乐文学性质上与乐府诗歌相同的声诗、曲子词、散曲、小曲等，已非“乐府”，古代虽或有人称之为“乐府”，但学术界并不视之为“乐府文学”。所以，“乐府诗”只是文学史上的一个阶段性概念。这样的文学史观大体不错，但未必周全，也不是唯一的思路。当代乐府诗史研究的趋势，是从断代走向通史，唐、宋、元、明、清“乐府”的提出——虽然其内涵与汉魏六朝“乐府”并不简单等同，但反映了学人们的一种乐府诗歌通史意识，“中国古代乐府诗歌通史”的概念和操作已浮出水面，其引发的思考，必将促使我们发现和探究一系列新的学术问题。

首先是“乐府诗”的界定和范围。这是近些年来同仁们经常谈论的话题。乐府诗，肇始于汉，《汉书·艺文志》“诗赋略”说汉武帝时的中央乐府实施了采诗制，故“代赵之讴、秦楚之风”得以传入上层社会，后世“乐府诗”的称名，即源出于此。但值得深思的是：汉代并没有“乐府诗”称名，在传世文献中，唐人房玄龄所撰的《晋书》中说晋代或有人称文人乐府为“乐府歌”，这里的“歌”大约是歌诗的意思。在文学选集中将“乐府”划为一个诗类，始于梁代《文选》，于“诗”部中专设“乐府”

为一门，所录鲍照《松柏篇》诗序称西晋傅玄《松柏篇》为“乐府诗”，是最早直称“乐府诗”之例。最早将“乐府”作为一个诗类进行具有理论意味的阐述，则是与《文选》同时期的《文心雕龙·乐府篇》，继《乐府篇》之后，对“乐府”予以理论说明最重要的文献，是唐代元稹的《乐府古题序》。诸家所称“乐府”，皆是“乐府诗”的省称，然何为“乐府诗”，诸家观点却不尽相同，直到宋代郭茂倩的《乐府诗集》，是第一部从汉到唐的乐府专类诗歌总集，其对乐府诗范围的界定，成为后世研究汉魏六朝乐府的权威文献，也是今天界定乐府诗的公认标准。

因此，“乐府诗”是对文学史上的一种诗歌实体认知以后赋予的称名，本质上是一个文学史学的认知概念。但问题是：从六朝到宋，对“乐府”诗类及其范围的表述和指认是大有不同的。汉朝文人重赋而极少写诗，没有形成诗人群体，不足以构成一类，所以《汉书·艺文志》说“乐府”，只言“自孝武立乐府而采歌谣”而未及文人诗歌。到了梁代就不同了，文人诗已成为社会集体意识中的诗歌主流，作品既有新体，也有乐府古题，既有可以合乐的歌诗，也有不唱的徒诗，诗歌的分类就成了一个学术问题，所以《文选》“诗”部特分出“乐府”类，刘勰为了解决这个问题而在《文心雕龙》中作了《明诗》和《乐府》二篇，将“乐府”确定为一个特定的诗类，以和一般的“诗”相区分，其“类”的根本属性，在于和“乐”直接相关，故乐府诗又被称为“乐篇”。这样，“乐府”就成了与一般的诗“以标区界”的概念，所指认的乐府诗范围，则将文人的乐府古题与“斩伎鼓吹，汉世铙挽，虽戎丧殊事，而并总入乐府”。后来《乐府诗集》的编辑体例，即是从《文心雕龙》的乐府理论而来。

到了唐代，情况发生大变，传统的“乐府”概念分化，产生了“古乐府”与“新乐府”两个概念。这是乐府诗史和乐府学史上极其重要的转折点——从中唐开始，乐府诗史上文人诗的“古乐府”统绪实质上终结，“新乐府”诗统在观念上和创作中诞生。这一转折，理论上的标志是元稹的《乐府古题序》，与我们话题直接相关的主要有三点：其一，合乐与否不是“乐府”的根本，乐府诗可合乐，亦可不合乐；其二，乐府诗写作，可拟古题亦可自创新题，拟古题也可以“虽用古题，全无古义”——即不必按照乐府古题的题意写作，“若《出门行》不言离别，《将进酒》特书列女之类是也”；其三，“乐府”的根本精神，“莫非讽兴当时之事”，统绪非始汉魏而乃《诗》《骚》。此三点，对六朝人的“乐府”诗统观可谓是彻底颠覆，以一个新的“乐府”诗统替代了“古乐府”，故曰“新乐府”。在写作实践上，最有影响的代表即白居易的诗集《新乐府》。

唐人提出的“新乐府”，在根本上不是一个文学史认知概念，而是一个经学思维中的文学精神符号和诗歌创作论。虽然其观念根源于实践，新的“乐府”在六朝文人的乐府写作中已露端倪，到了盛唐更已颇具气象，但在理论上提出“新乐府”并大规模地在创作中践行，是从中唐开始的。

新乐府的“新”使有些学人感到有点困惑，我的研究生就问我：“新乐府”与“古乐府”截然两分，一点没有连接吗？我说，不尽然。那么连接点在哪里？我说：也许我们对一个细节没有充分考虑：新乐府毕竟沿用了“乐府”之名，既谓之“乐府”，就没有彻底切断和古乐府诗统的关联，究其关联点，主要有二：一是在文体上，新乐府与古乐府都是一种形式比较自由的诗体，这是新乐府与近体诗和当时初兴的曲子词最直观的区别，《乐府古题序》标举的新乐府诗体，虽然已非“古题”，但仍是源出古乐府的“歌”“行”体，推崇的典范作品为杜甫的《悲陈陶》《哀江头》《兵车行》《丽人行》。二是在艺术构造上，新乐府以叙事性为主要特征，与古乐府的叙事传统一脉相承，亦即班固所云“代赵之讴、秦楚之风”的“感于哀乐，缘事而发”。从这个意义上说，“新乐府”传承汲取了汉魏乐府民歌中叙事诗的营养，是意味深长的雅、俗文学精神和艺术方式穿越历史的融合。

唐人的“新乐府”观，没有为郭茂倩接受，因为他是在认知诗史的学术立场上编辑《乐府诗集》的，所以唐人“无复倚傍”的新题乐府一概不选，严格遵循汉魏六朝以来实践中形成的“乐府”传统，信守《文心雕龙》的乐府诗统观，只将唐代的祭祀歌辞、文人的一些拟乐府古题及少量的杂体诗歌收入集中。

但是，郭茂倩严谨的学术态度却未能影响后世文人的文学行为。

唐以后的文人乐府一脉，"新乐府"始终是主流，诸家作品，无论标称"新乐府"还是"拟古乐府"，都是"即事名篇，无复倚傍"，用乐府古题也是"不合古义"。一些文人更将"乐府"变成一个诗学概念，宋人取其中的合乐之义而移称词；元人赋予"乐府"古雅之义而与俚歌对举以称文人散曲；明清人则因词、曲本原为歌辞而或标称之"乐府"，这些语境中的"乐府"，实际上与古、新乐府诗统都已经没有什么关系，只在宏观的音乐文化层面上有所关联，词、曲不被视为乐府文学是合理的。

以上对古代乐府诗统观念的粗略陈述，是想请诸位同仁一起来讨论：研究"中国古代乐府诗歌通史"需要解决哪些绕不开的学理问题。我的初步想法，"通史"恐怕要分上、下两部，依循"乐府"的"古""新"两个诗统来书写，考察两个统绪在特定的历史多重语境中现实的展开，探究其发生缘由、发展演变与转型重构的历史轨迹和历史逻辑，以作品解读为基础，将创作个体和群类予以贯通研究，多层面、多角度审察和透视"乐府诗史"的文化意蕴，宏观把握与历史地叙述相结合，呈现乐府文学的精神世界与艺术世界。具体的书写模式可以多种多样，如常见的以朝代和作家作品为纲目的通史模式、以乐类为纲目的分类史模式、乐府诗的断代史研究，等等。吴相洲教授主持完成的《〈乐府诗集〉研究》系列专著，即是以歌辞的乐类为块面的分类史研究，据我所知，《唐乐府》《宋乐府》不久也将出版面世。一些专题性的通史、断代史研究，如文人乐府诗史、乐府古题演变史、汉魏六朝乐府民歌史，等等，也是很有价值的可选课题，我主持的国家项目组正在做的是乐府文体史研究。

当然，乐府诗史的研究，并非仅指撰写几部专著，更重要的是将"乐府通史"作为当代乐府学的一个重要领域和学术思路，从中发现和选择具有学术延伸意义的若干研究点。文学现象中任何一个"点"的研究，其实都和"史"相关联，具有通史意识的个案研究才可能更具有学术深度。关键的一点，在于富有创意地探究通史之"通"的内在理路。乐府文学史的书写，要有不同于一般诗歌史的自身命题，其"史"的文化语境主要是"乐府文化"及其时代变迁，其中诗、乐关系的贯通研究尤为重要。所谓诗、乐关系，包括文化生态和诗体形式两个方面。我个人的兴趣，比较注重音乐文学的口头传播与文本传播的双重生态及由此产生的张力。中国古代口传的、表演的文学，自从有了文本以后，就形成了二重生态，既是口头乐歌，又是文本文学，二者既相通又各自成体，既有全域接受群，又有相对疏远的不同文化圈受众。在多层次的雅、俗文化圈中，文学的传播和接受，传播的动机和目的、方式和途径，接受的方式、取向与传播和接受中的共振效应，是今天文学史研究中重要的关注点，一些诗歌文本解读、文体形态流变的问题，或许会获得新的解释。例如汉乐府中的民歌一类，就存在地方传播与共域传播的交叉转移，口头形态与文本形态的转化及交叉影响。西方口传文学研究的理论观点，认为口传文学是一种动态的存在和发展，口传文学的文本记录可能存在累积性的时代印记，不能以今存文本中的某个时代印记来确定其原始发生时间，而只能确定最后的写定年代。这对研究汉乐府诗体的发生演变颇有启示，汉乐府有杂言、齐言二体，至今我们对其发生缘由似乎还没有做出完满的解释，如果将之置于不同文化圈的交叉传播来考察，注意乐府诗歌从民间传播向上层传播的转移，注意音乐传播与文本传播的反复更迭转化，或许会得出一些新的解释。总而言之，书写当代视野和理论水准的乐府诗史，需要发现新的问题和建构富有新意的研究框架，融会贯通古今中外的相关理论，从而在继承前人学术成果的基础上，将乐府诗史的研究推进一步。

最后想说一点学术史范畴的“乐府学”研究。本次会议提交的论文，一个富有新意的研究点是“乐府学”的学术史研究。会议论文中有对类书的乐部文献之乐府学价值的思考、对历代乐府观念的分析、对明清乐府文学批评经学化倾向的论述，以及文人乐府论的个案研究。中国历代的乐府学及由之构成的乐府学史，是以往尚未系统开展的一个具有吸引力的学术史研究领域。学术史，不同于理论批评史，从同仁们有关乐府学史的研究文章看，或从点，或从面，或点面相结合，大体说来有三个板块：其一是各种文献中的古代乐府诗论，包括乐府诗的文学阐发，诗、乐关系论以及所关涉的“乐府文化”背景，这是研究古代“乐府学”及其学术史的直接对象。其二是历代乐府诗总集和选集。这一板块，在乐府学的立场上主要是“选学”角度的研究，通过透视编者的“选家手眼”，分析其中覆涵的乐府观、诗史观，提炼和阐释其中对乐府文学精神和艺术风格的理解。这一研究的学理依据，出于这样的文学史认知观念：今天我们所见“文学史”基本实体的文学作品，并不直接就是原生历史的全部，而是经过历代人们“选”出来的历史面貌，选择的标准和观念反映了历代人们对历史、文学、艺术的认知和评价，古代的文学作品总集和选集也是一种学术形式。由之以观古代各种乐府诗集，完全可以将之视为古代“乐府学”的一种载体和传承形式。其三是历代乐志、类书中的乐部文献、政书（如《通典》《通志》《文献通考》）中的乐部文献、各种杂记和笔记中与“乐府文化”相关的内容。这一板块的研究，从文学专业的角度说，属于“外围”的研究，但很重要。现在古代文学研究界有一种呼声，认为种种文学“外围”的研究包围乃至快要消灭了文学作品的本体研究，似乎“外围”的研究才是有学问的高大上。这确实是一个问题，原因或许在我们的“本体”研究话语体系太老一套，很少有，也不大容易有新意。这当然应该反思，但也不能因此忽略而淡漠“外围”，如果“本体”上一时做不出什么新玩意，我觉得做做“外围”也挺好。

上面所说三个板块的古代乐府学理论和学术史的研究，需要资料上的基础建设，我想是不是可以考虑搞一个《中国古代乐府学资料汇编》，按上面所说的三个板块分为三卷，当然也可以独立成编，如《中国古代乐府制度资料汇编》，就包括机构、部门、官职、乐人、职能、运行等，专门一点，若《中国古代乐人资料汇编》《古代乐府表演资料汇编》（包括图像资料）等，也可以独立成编。资料整理很辛苦，做起来有时会感觉很枯燥，但在进入数字化时代的今天，资料整理比过去条件好多了。有些文献整理，可以化整为零让研究生做一做，在座诸位有很多博士、硕士导师，在场的还有一些研究生，我以为现在的研究生除了加强作品解读能力外，更需要下一点资料搜集和文献整理功夫，我想

《乐府学》是不是可以开辟一个专栏，约请和组织一些专家和研究生，每期选登若干条乐府学资料，为同仁们的研究提供方便，也为研究生发表文章提供一个务实的窗口。现在的研究生发表论文是一项指标，但僧多粥少，难啊！不少论文是抄来抄去，还要花钱想办法去发表，倒不如切实搞一点有价值的资料，既提高自己也惠及他人。

以上是我个人的一些看法，挂一漏万，谨请诸位参考并指正！

（原载《乐府学》2018 年第 1 期）

周诗体式生成论:文化文体学的视角

引　言

本文拟称的“文化文体学”,是针对中国古代文体研究提出的。文体是文学研究的专门领域之一,今之学界对古代文体的研究日渐深入,但有一视角尚未得到应有的重视:文体,归根结底是人的创造,是人的实践活动和精神活动的产物。从这个意义上说,文体是人类文化的一种现实成果,是在人的活动和各种文化关系中生成的。因此,文体的底层内涵,是文体生成中人的活动赋予的人学意义,本文提出的“文化文体学”,根本学术指向即在此。

“文化文体学”的学术框架和理论表述,尚无成例可依,需要学界同仁共同探讨之。笔者初步思考有三个视角:(一)文体生态学;(二)文体功能学;(三)文体行为学。简言之:文体生态,指文体在人们文化活动中的存在方式和状况,大致有存在方式(如口头传唱、案头写作、文本传播等)和生存空间(如地域、文化圈、宫廷、民间等)两个方面;文体功能,指达成人之目的和预期的文体应用效果;文体行为,指人们应用文体的各种行为和行为方式。三个视角,相互包含、相互依托、相互贯通,在历史的现实表现中浑然一体而不可绝然分开。学术视角,是为了拓展和深化认知,加强思维和阐述条理而设定的学术方法和研究策略,而不是人为地割裂历史的存在。出于笔者的学术兴趣,本文不拟作纯理论的阐述，而以周诗文体形式(以下简称为“周诗体”)的生成与建构为具体研究对象，将本文提出的三个视角融化在研究中，由之引申“文化文体学”基本理论与方法论的探讨。

周诗体的建构过程及其典范形式，是由春秋时代最终定型的《诗》——汉以后称为《诗经》集中展示的。因此，本文对周诗体生成过程的研究，以《诗经》为对象。学界普遍认为：《诗经》中的所有篇章，本原为传唱的歌曲之辞，因此，探究周诗体的发生建构过程，起点是作为歌辞的“诗”。

歌辞的原生态，是与歌曲共生共存的一种旋律化“声音语言”，这种“旋律化语言”并非口语自然生长的结果，而是人们在各种文化活动中，基于口语和吸取其他声音形式再创造的一种“有意味的形式”。同时，当人们因种种需要将歌辞用文字记录下来，歌辞便脱离音乐而成为一种单纯的文本，歌辞的“文体”亦随之而生。由此，歌辞便具有了双重身份与二重生态：口头的音乐歌曲与文本的“歌辞文学”，由之牵引的歌曲文化功能的扩展和变迁、相关行为方式的改变，成为中国古代歌曲文化史上最富有意义的内容之一，也是本文研究的中心。

中国古代歌曲文化发端于远古，延绵至商代而成为一种歌曲文化传统，成为周代歌曲文化的生态基础。一定历史阶段的文化生态，主要取决于两个方面：其一是该文化的前历史传统，任何文化都有其传统之根，当下文化生态的形成，传统文化生态的遗传和惯性起着十分重要的作用；其二是文化生长的当下条件，任何文化的生长趋势与文化品种的形成，总是由现实提供的条件决定的。周诗体，即是在传统歌曲文化基础上和周代歌曲文化活动中，逐渐生长为中国最早的诗体品种。而其根，则通向悠悠之远古。

一、远古歌曲文化：周诗体的文化寻根

近百年来，考古发现的新石器时代乐器和祭坛、各种原始绘画中

的乐舞歌唱①,充分证明中国远古时代便产生了“歌曲文化”,使我们有理由相信:中国早期文献中记录的远古歌辞,有着某种代代相传的遥远历史记忆。于是,学人们普遍认为:周诗“四言体”的历史源头,是远古时代的原始歌辞。依据是远古歌辞中已有“二言体”和“四言体”,前者如《吴越春秋》传录的《弹歌》、后者如《礼记·郊特牲》传录的《蜡辞》等。这一看法宏观上不无可取,但在学理上要解决这样的问题:远古尚无文字,文献中的远古歌辞均为后世的传录,由于中国古代口头语言和文字语言并不直接对应,因而文献中的远古歌辞只是传录者对古老传说的当下书写,并非远古歌辞的本原形态。因此,仅据早期文献中远古歌辞的文字样式,将“二言—四言”作为远古歌辞到周诗体的直接演进脉络,学理上有所欠缺而须再加斟酌。

但早期文献中的远古至商代的歌辞,是探究周诗体历史渊源唯一的直接材料,舍之则无以追根,关键在如何对待之。核心问题,则是这些后世传录的文本化歌辞,是否在语言形态上还保留着本来消息?这似乎无从谈起,茫茫远古,其语其歌,渺不可知。但我们可以从古代文本的语言性质,探寻中国口头语言转化为文字语言的一般规律,由此再探究文献中的远古歌辞提供了怎样的历史信息。

中国古代的文字语言(文言)与日常口语(白话)并不同一,语言的发声、指意、词汇均有不同。但若将二者互相翻译,则同一句话在语节、语句的基本结构上须保持对应②。由此而言,远古歌辞虽经漫长

① 20 世纪以来中国考古界在各地新石器文化遗址发掘出土有陶埙、石磬、骨笛等多种乐器。在各地发现的新石器时代岩画中,有不少乐舞场面,如甘肃大地湾地画的乐舞图,研究者普遍认为是一种仪式行为,歌舞者为巫师。参见吴钊《追寻逝去的音乐——踪迹图说中国音乐史》,东方出版社 1999 年版。

② 这里的“语节”指声音语言的基本意义单元;“语句”指由语节构成的相对完整的语意单元。声音语言与文字语言的结构对应,如“关关|雎鸠”,对应口语可能是“咕咕叫的|雎鸠儿”;今口语“不好意思|把这|给忘了”,对应的古汉语可以是“愧|忘|之”。二者的“声音”和词汇有所不同,而语意和语句语节的形式结构是对应的。标准齐言,语节数和字数均同;“齐言化”,指连续语句的语节数大体一致。

的口耳相传，再经文字的转化，具体语言可能已面目全非，但其语节、语句的“齐言化”基本形式，则仍保留着某种历史的遗传。从中国最早的文字殷商甲骨文看，当时与甲骨叙述对应的一般口语，基本形式当为参差不齐的“散言”，而早期文献中记录的殷商仪式歌辞却有整齐的四言，虽然未必就是殷商原貌，但殷商仪式歌曲的语言基本形式应为“齐言化”，则可确定。也就是说，从远古到殷商，口头语言存在着白话的“散言”和歌唱的“齐言化”两种形态。因此，早期文献中传录的远古歌辞，虽不能直接指认为中国诗体的“起源”，但其“齐言化”的基本形式可以理解为古代歌辞体发生的史前迹象。

人类远古的“说”和“唱”，即口头的“散言”和“齐言化”两种形态，孰先发生或同时并举，中外学界尚有不同看法。但日常对话的“说”是人类最广泛的常态语言，从这个角度说，歌辞的“齐言化”是一种与日常口语“疏离化”的非常态语言。由此理解，则文献中远古歌辞提供的历史信息是：这种“疏离”，早在远古时代就有所发生了。由之延伸的问题是：远古歌曲语言与日常语言的“疏离化”是怎样发生的？对此，语言本身不能提供解答，而需要从远古的“歌曲文化”中探求解释。

远古的歌曲文化，在早期文献书写的远古记忆中，是在仪式行为中发生的：

> 昔葛天氏之乐，三人操牛尾，投足以歌八阕。①
>
> （舜）帝曰：“夔！命汝典乐，教胄子，直而温，宽而栗，刚而无虐，简而无傲。诗言志，歌永言，声依永，律和声。八音克谐，无相夺伦，神人以和。”夔曰：“於！予击石拊石，百兽率舞。”②

传说中的历史记忆，并不就是历史的直接事实，但从新石器遗址发现的大型祭坛和仪式乐舞图画，可以确认文献中描述的远古仪式文化

① 许维遹《吕氏春秋集释》（上），中华书局2009年版，第118页。
② 《尚书正义》，阮元校刻《十三经注疏》，中华书局1980年版，第131页。

的行为方式是历史的真实,学术界将之表述为"原始乐文化"。中外一些学者指出:原始祭祀中的巫歌祝祷,往往用一种不同于日常口语的语言形式,显示非同一般的神秘性和权威性,其特征为语句简短、趋向齐言化和韵化,以利于记忆和深入人心①,远古仪式歌辞与口语的"疏离化"即是在原始乐文化的巫歌祝祷中发生的。同时,由于仪式歌曲伴乐而行,因而要求语言形式具有切合音乐的节奏感。中国新石器时代即有了仪式乐器石磬②,其形制与商周石磬类似,以之伴奏的歌曲,节奏平缓而节拍平均整一,是为仪式歌辞趋向齐言化的技术性发生机制。

有学者认为,"齐言化"在原始谣歌中亦已发生,大众文化应是巫祝文化产生的基础,巫歌祝祷的仪式语言更可能是对谣歌语言形式的汲取。这种推测当然有其可能性,但问题的实质不在发生先后,而在这种语言形式是否具有集体意义。谣歌与仪式歌曲的生态区别,在于谣歌为一种民间小群体传播的语言形式,仪式歌咏则是具有集体权威性的语言行为。因此,远古歌曲趋向齐言化的非常态语言,是在仪式中获得集体确认,从而成为一种具有特定文化意味的语言形式。

当某种文化形式成为一种集体意识而传承,此文化形式便成为一种"传统"。从现有资料看,远古歌曲文化到商代依然兴盛不衰,虽然具体情况已难以知详,但从甲骨文中的几十个祭名③,商代遗址出土的多种规模化乐器,参以文献中商人"好巫""好声"与"恒舞酣歌"的描述④,可知商代歌曲文化之发达,惜商代当下书写的歌辞至今未见。

---

① 参见弗雷泽《金枝》,徐育新等译,新世界出版社 2006 年版;刘师培《文学出于巫祝之官说》,《刘师培全集》第 8 卷,中共中央党校出版社 1997 年版。

② 吴钊《追寻逝去的音乐踪迹——图说中国音乐史》,第 23—38 页。

③ 参见李立新《甲骨文中所见祭名研究》,中国社会科学院研究生院 2003 年博士学位论文。

④《尚书·伊训》:"恒舞于宫,酣歌于室,时谓巫风。"(阮元校刻《十三经注疏》,第 163 页)《礼记·郊特牲》:"殷人尚声,臭味未成,涤荡其声,乐三阕。"(阮元校刻《十三经注疏》,第 1457 页)

从《国语》所言春秋宋国正考父以《商颂》“校之周太师”[1]推测，“有册有典”的商王朝[2]本是有歌辞文本存档的，惜具体情况已无从得知了。

由此看早期文献中传录的“古歌”以至商代歌辞，剔除其中小说家言的明显虚构附会[3]，可见一些具有集体意义的仪式歌辞——如《荀子·大略》传录的商代祷雨辞：“政不节与？使民疾与？何以不雨，至斯极也？”[4]《墨子》和《吕氏春秋》传录的商王的驱旱祷辞：“万方有罪，即当朕身。朕身有罪，无及万方！”[5]虽然其辞未必是历史原貌，但齐言形式则有历史原型意义。秉持这样的认识，我们才能更新以往简单的“二言—四言”诗体进化路线，将文献中远古歌辞的“齐言化倾向”，视为周诗体发生的历史文化渊源，将商代仪式歌辞视为周诗体发生的历史前奏，从而将周诗体的发生置于确当的历史坐标上。

以上对远古到商代仪式歌曲文化的简要勾勒，意在说明：某种语言形式及其生成的文体特征与性质，并不是语言自然演变的结果，而是在特定文化生态中由人的行为建树的。当某种语言形式在历史运行中成为一种传统，此传统便成为一种“根文化”，决定着此语言形式衍生的品种和属性。周诗体，即是在远古延绵到商代的传统歌曲文化之根上生长起来的。

---

① 徐元诰《国语集解》，中华书局 2002 年版，第 205 页。

② 《尚书·多士》：“唯殷先人，有册有典。”（阮元校刻《十三经注疏》，第220 页）

③ 文献中的“古歌”与夏、商时歌辞，学术界对其真伪持审慎态度。一般说来，凡在“说故事”语境中的有主名歌辞，如系名尧、舜、禹的歌辞乃至夏代《五子歌》《伊尹歌》等，视为虚构较妥，其保留的历史原型意味相对淡薄。而先秦诸子中的仪式歌辞，则有较多的真实性。限于篇幅，兹不展开。

④ 《二十二子》，上海古籍出版社 1986 年版，第 355 页。

⑤ 吴毓江《墨子校注》，中华书局 1993 年版，第 176 页。《吕氏春秋》传辞为：“余一人有罪，无及万夫！万夫有罪，在余一人！”（许维遹《吕氏春秋集释》[上]，第 200—201 页）

二、周代上层歌曲文化与周诗体的形式演变

当《诗》以风、雅、颂的名义分为三类时,实际上已将周诗的文化身份划为三个系列:《国风》,是诸侯地方上的民俗仪式歌曲与谣歌,大致为下层文化圈的歌曲,原生态主要是不合乐的徒歌;二《雅》,一部分为仪式歌曲,另一部分,《大雅》为上层贵族公卿歌曲,属于上层文化圈的合乐歌辞,《小雅》大体上是中下层列士之辞,隶属于上层文化圈;《颂》是王室祭祀歌辞,由宫廷乐人唱奏,为庄严神圣的仪式乐歌,在文化上具有权威意义。从发生学角度看,三类歌辞的原生态和发生情况颇有不同,探究周诗体的生成过程,应当将此三系分别对待再加以贯通考察,方能更细致地探明历史真相。

(一)《颂》与周诗体生成的历史轨迹

由于"颂"是远古以来仪式文化的一脉流衍,是周代上层文化的标志,所以"颂"是周代歌曲文化权威的代表,以"颂"引领的宫廷仪式音乐活动,是周代歌曲文化社会运行、确认机制的顶层权威。从时间上说,学界公认《周颂》产生于西周时代,其中颇有一些西周初和前期作品①,《商颂》《鲁颂》最后定型均在春秋,《商颂》先,《鲁颂》后,在时间上覆盖了周诗体生成的全过程。在诗体上,只有"三颂"涵盖了周诗体的全部基本类型,具有标本性意义,从某种意义上说,"三颂"诗体的演变机制,即体现了周诗体的生成机制。因此,从"三颂"的诗体演变,可察周诗体生成的总体历史轨迹。

"三颂"诗体,在句式上有齐言、杂言两大类,齐言通篇为四言句,杂言仍以四言句为主而间插非四言句;在篇制上,有单章、复章两大类:一篇一章为单章体,一篇数章为复章体;在韵式上,有无韵、押韵、无韵押

---

① 参见马银琴《两周诗史》,社会科学文献出版社 2006 年版。

韵相交织的“不完全韵”三大类。无韵，即句尾字的韵部不一致。不完全韵，即间隔有几句押韵，有几句无韵，韵格尚无规则。押韵体比较复杂：单章体，韵式有两种，一种是通押一韵，本文称之为“一韵章”；另一种一章交押两个以上不同韵部，本文将之称为“交韵章”（单章交韵）。复章体，也有两种形式：一是每章押一韵，但各章所押韵部并不相同而有所转换，本文称之为“一韵章转韵体”；第二种情况，单章为“交韵章”，或“交韵章”和“一韵章”间用交织，各章转用不同韵部，本文称之为“交韵章转韵体”①。兹将“三颂”各体情况列表如下，以窥其发生演变轨迹：

三颂	单章杂言无韵	单章齐言无韵	单章杂言不完全韵	单章齐言不完全韵	单章杂言交韵	单章齐言交韵	单章杂言一韵	单章齐言一韵	复章杂言交韵章转韵体	复章杂言一韵章转韵体
周颂 31 篇	5 篇 16%	3 篇 10%	5 篇 16%	1 篇 3%	7 篇 23%	8 篇 26%	1 篇 3%	1 篇 3%		
商颂 5 篇					2 篇 40%	1 篇 20%			1 篇 20%	1 篇 20%
鲁颂 4 篇									4 篇 100%	

上表所示，《周颂》31 篇均为单章，其中杂言体 18，齐言体 13；从韵格看：无韵与不完全韵近一半；交韵近一半；一韵仅两篇。商、鲁二《颂》，无韵和不完全韵已消失，《商颂》杂言 4，单章交韵 3，复章“一韵章转韵体”、“交韵章转韵体”各 1，其中交织的一韵章比例实更大；《鲁颂》，皆是复章四言连句间插一、二杂言，同样也是交韵章、一韵章交错，而以一韵章偏多。从韵文体演进的一般规律看，从无韵到不规则押韵，从一章多韵到一章一韵，直至整饬的一篇一韵，是韵文体从初形

① 诸韵式之称，为笔者所拟。单章无韵体如《周颂・昊天有成命》，不完全韵如《周颂・小毖》，交韵体如《周颂・执竞》，一韵体如《周颂・丝衣》（之、幽合韵）。复章，一韵章转韵体如《商颂・长发》，交韵章转韵体如《鲁颂》。为省篇幅，兹不具录，请查王力《诗经韵读》，上海古籍出版社 1980 年版。

到完型的逻辑次序。虽然,体制的成熟与否,并不直接对应具体作品的年代先后——因为不排除在普遍情况中存在“个别”和“萌芽”的可能性,但“三颂”的总体面貌反映了周诗体进化演变的渐进过程则可肯定。《周颂》显示了周代诗体的早期进化轨迹,其中的杂言体、无韵体和“不完全韵”,显示了歌曲语言与口语散言的“疏离”起初是不太规则的——双音节词还未充分形成,“齐言”的字数还不尽统一,四言连句中还间杂非四言句;韵式上起初是无韵的,渐而产生不规则的错落押韵。而交韵体和一韵体,则显示了作为歌辞的周诗从不完全韵走向有规则的交韵、最终形成整饬的一章一韵。对应的是商、鲁二《颂》的复章体无韵和不完全韵彻底消失、“交韵章”交用韵部减少和织入“一韵章”的增多、乃至大体为“一韵章转韵体”的出现。由此,歌辞较口语的“非常态”语言,终于建立了自身的“常态语言”形式。

(二)周诗体句式、韵式的演化与仪式咏诵

上述“三颂”反映的诗体句式和韵式的演化,依托着两个方面实践能力的提升:其一是语言能力的提升,其二是仪式音乐水平和歌咏技术的提升。语言能力的提升,表现为从单音词组合演化为双音词组合。殷商甲骨文尚以单音词为多,西周早期青铜铭文已大量使用双音词,中期以降已以双音词为主体,是为周诗体演变语言上的内在机制,语言学界对此多有说明,兹不复述。

仪式音乐水平的提升,与诗体建构关系最密切的是西周“一钟双音”,即在一个乐钟上奏出两个乐音技艺的产生。先秦的这一音乐技术最早由黄翔鹏发现和提出,经音乐学界研究,普遍认为“一钟双音”产生于西周中期。冯光生指出:商代已存在非自觉的自发性“一钟双音”,从西周早期开始,乐人开始有意识应用“一钟双音”技术,但主要意图在追求击钟的音色,侧鼓音的音列地位尚不明确;至西周中期,“铸调双音”的双音钟产生,相对应的是四声音阶的确立①。陈致在考

① 冯光生《周代编钟的双音技术及应用》,《中国音乐学》2002 年第 1 期。

察西周乐钟和大量青铜铭文后，得出两点认识：其一，西周穆王后，双音钟和四声音阶才形成；其二，穆王后青铜铭文中的齐言和韵化现象才普遍出现，在此之前，青铜铭文的齐言和韵化还处于零散和个别阶段。由此得出的结论是：四言韵体诗产生于西周中期以后，而不是一般认为的西周初[1]。这一研究结果恰与“三颂”显示的诗体进化轨迹相吻合。一钟双音，规定了仪式咏歌的双音行进节奏，而四言连句乃是双音节行声最简要的规则化形式，奇字数的非四言句（如五言、七言），则需要在咏诵中作技术处理才能契合双音节奏的行进，这就是周诗体为什么以四言连句为主体，并逐渐趋向四言连句齐言体的行为发生机制。所可商量的是：乐钟制作和“一钟双音”技术是为仪式活动服务的，目的在配合咏诵双音节奏的行进，“双音钟”标志着“四言体”及其咏诵方式从局部、自在逐步走向普及、自觉，最终成为权威确认的集体范式。也许更合乎逻辑的解释是双音节咏诵方式发生在先，从而促使了“一钟双音”技术的产生，同时又在乐声的双音节奏中使四言体及其韵化得到进一步发展、巩固和确立。所以认为四言韵体“完型”于西周中后期似更贴近历史。不管结论为何，有一点可以确定：周诗“四言体”的建构与完善，是与仪式咏诵行为相联系的。

仪式咏诵并非始于周。甲骨文中已有“歌”“咏”二字，说明至迟到商代，歌咏已成一种有意识行为。笔者认为：甲骨文中似有一个与此相关而值得注意的字：，从言从磬（）[2]，构造与金文“诵”从言从甬（乐钟）类似，或即“诵”字初文，说明商代仪式中已有合乐的咏诵行为，有可能产生齐言化歌辞。而周代继商的一个重要进展，是将合乐咏诵

---

① 陈致《从〈周颂〉与金文中成语的运用来看古歌诗之用韵及四言诗体的形成》，“出土文献与传世典籍的诠释——纪念谭朴森先生逝世两周年国际学术研讨会”提交论文，香港，2009 年。

② 徐中舒主编《甲骨文字典》，四川辞书出版社 1988 年版，第 1036 页。谨按：甲骨文“磬”字作，为悬磬之绳， 为磬，像手持乐槌击磬（第 1035 页）；与之相关的字有（第 1037 页）；又有（第 1039 页），示意击磬伴人声，可作殷商有仪式咏诵之佐证。

提升为一种专门技艺。《周礼·春官》:“瞽矇掌播鼗、柷、敔、埙、箫、管、弦、歌。”大司乐掌“乐语”之教,有“兴、道、讽、诵、言、语”①;《诗经·大雅·烝民》:“吉甫作诵,穆如清风。”《诗经·大雅·卷阿》:“矢诗不多,维以遂歌。”②虽然其歌其诵已无可得闻,但从音乐与歌辞相配合的一般原理测之:以钟磬管弦配乐的咏诵,要求歌辞语句与乐句在旋律行进中相对应,而显示诗句和乐句呼应的语音标志,即“韵”。韵是咏诵中语句和乐句相呼应的听觉示意,当先民最初从发自天然的韵押中感觉之,进而在技艺行为中有意追求之,诗体便从无韵走向了有韵。《周颂》无韵、不完全韵和押韵三体,正是诗体这一韵化过程的逻辑体现。其意味是:周诗“颂”类的韵化,是在渊源久长的传统仪式歌曲活动中成为自觉和发展成熟的。在《周颂》中,无韵和不完全韵占小半,大半已韵化,说明诗体的韵化在西周前期已基本完成。

(三)《诗经》中的两种复章体与歌曲文化的雅俗融汇

在体制上,“三颂”反映的诗体演化的重要进展,是从单章到复章。《周颂》体制,均为单章;《商颂》五篇,三篇为单章,从《商颂》曾校之周太师看,此三篇当是《商颂》原始母本形态的保留,两篇复章体则是仪式歌辞的体制新变;《鲁颂》四篇,皆为复章,意味着复章体已成宫廷仪式歌辞的通用形式。再参以二《雅》均为复章,说明至迟从西周中期开始到春秋时代,复章体已成上层文化圈诗体的普遍样式。

由此提出的追问是:这一演变是怎样发生的?对此,不少学人的答案是:对民间歌辞形式的汲取。依据有二:一是从西周初而下的民间歌辞《国风》皆是复章体,对照《周颂》尚全为单章,故复章体乃民歌发生在先;二是周代有采诗制,故民间歌辞体得以为上层吸收而为仪式歌辞所用。似乎没问题,细究之却并非这么简单。研究者很少注意:《诗经》中的复章体有两种形式,其一是复沓式,即每一章的相同句

① 《周礼注疏》,阮元校刻《十三经注疏》,第797、787页。

② 《毛诗正义》,阮元校刻《十三经注疏》,第569、547页。

位重复以相同或基本相同的语句，绝大部分见于《国风》；其二是顺延式，即每章顺延直下而无复沓。两种复章体，顺延式如《大雅》中的《生民》《绵》；复沓式如《公刘》，每章均以“笃公刘”发语，属于一种最简单的复沓。因此，复章体含有二式，不可笼统混为一谈。

所以举此三例，因三篇皆有史诗意味，而史诗是人类最早保存历史记忆的口传史，也是中国最早具有集体意义的“歌辞文学”，在《诗经》中当列为一个单独系列。三诗内容上的时间坐标，恰是周部族的三个历史阶段：《生民》为周族始祖后稷的故事，学界一般认为时在母系社会；《公刘》为周人先祖公刘率部迁豳的故事，时在夏末商初。两篇传说故事中的时代，文字尚未产生，故均为后世对古老口头传说的再书写。《绵》叙述的是周文王祖父古公亶父率部迁岐的故事，时在殷商后期，而诗篇结尾赞颂文王，书写时间当在西周立朝前后，应是对古公亶父事迹的当下书写，当然不排除有一原始母本的可能性。三篇同是史诗，内容上时代最早的《生民》与最晚的《绵》皆为顺延复章，唯《公刘》为复沓，在叙述结构上，《公刘》也独具一格，与《生民》和《绵》明显不同。细究之则发现，《公刘》的书写性质与《生民》和《绵》颇为不同：据《毛诗》小序，《生民》为尊崇先祖后稷而“推以配天”，即祭天配享先祖的仪式歌曲；《绵》之旨意为“文王之兴，本由大王也”，亦属配享仪式歌曲。两篇的书写性质，都是流传已久口头歌辞的文本化，尽管不可能是本来的直接样式，但基本形式和叙述结构则应保留着历史原型。而《公刘》，《毛诗》小序云：“召康公戒成王也。成王将莅政，戒以民事，美公刘之厚于民，而献是诗也。”[①]故《公刘》是召公戒成王的“献诗”，性质与“配享”仪式歌曲《生民》和《绵》颇不相同。因此，《公刘》所以另成一格，便可予以这样的理解：《公刘》是召公从献诗意图出发，取传说已久的公刘故事或某种歌辞母本为素材的自作。因此，“复沓”并不是史诗的本来样式，亦非仪式歌辞的传统式样。而顺延复章体，从《生

---

① 《生民》序、《绵》序、《公刘》序，分别见《毛诗正义》，阮元校刻《十三经注疏》，第528、509、541页。

民》和《绵》为配享歌辞看,应很早就进入了仪式歌咏。《生民》可能尚在周为方国之时,最迟应在西周初,具体文字形态可能与《诗经》本有所差异。但周代仪式歌辞中本有顺延复章体则可确定,而“三颂”中只有《鲁颂》的《駉》《有駜》为复沓,参看上层贵族的《大雅》歌辞,绝大部分为顺延复章,仅有《嵩高》《云汉》《民劳》等为数不多的几篇为复沓,且不像《国风》复沓那么典型,可见顺延复章为上层诗体的主流,是在上层文化圈自身文化体系中发生的。

但是,上层贵族歌辞复沓虽少,召公以复沓式作《公刘》,其意义却不可低估,因为这意味着周代上层歌曲文化并非自我封闭,民间歌辞在西周初就已经输入上层。这就关系到民间歌辞输入上层的意义及发生机制问题了。上层贵族取民歌为用之例有周公取《豳风·七月》贻成王,《毛诗》小序云:“周公遭变,故陈后稷先公风化之所由,致王业之艰难也。”①有论者据此认为《七月》为周公所作,但古今学者多疑而不信。实际上,小序曰周公“陈诗”而非“作诗”,从《七月》内容、语辞和形式上综合判断,学界普遍认为是原生于西周初乃至更早的民间歌曲,故有论者提出《七月》实是周公取民间歌曲而贻成王②。退一步说,即使将《毛诗》所云作为一种传说对待,亦表明战国汉初之士在观念上和历史记忆中,民间歌曲从西周初便开始扩散到上层,上层文化圈从诗体建构伊始,对民间歌辞便已有所汲取。因此,民歌的“复沓”是对周代诗体建构的一大贡献,而将这一贡献转化为全社会的集体成果,则是由上层文化圈实现的。

民歌进入上层文化圈,缘于周代的献诗制和采诗观风制,学术界对此有不少论述,要言之:西周制礼作乐而构建的礼乐体系,是作为一种政治制度和文化制度运行的,“故天子听政,使公卿至于列士献诗,瞽献曲,史献书,师箴,瞍赋,矇诵,百工谏,庶人传语”③。天子听政,

---

① 《毛诗正义》,阮元校刻《十三经注疏》,第388页。

② 刘立志《周公作诗传说的文化分析》,《南京师大学报》2010年第2期。

③ 徐元诰《国语集解》,第11页。

主要有两项内容：一是“民风”，观之以察民情民意；二是“王政”，美之刺之以“正得失”。在这样的政治和文化运行机制中，民间歌曲通过王廷、方国和乡里的采诗与献诗，经诸侯乡里的燕礼、饮酒礼等集体活动中的歌咏赋诵，以各种方式汇集到诸侯与王廷的司乐机构。《诗经》辑入的十五国风，即是这一政治文化制度凝结的现实成果。观风，是美刺的基础和依据，一部《诗经》的深层结构，即是“观风”和“美刺”的相映互文。《诗经》所以列国风在先，内在理由即在此。而观风所以成为一种具有政治意义的文化行为，出于周人的民生观念。周人革商之命，标举的神圣理由，是商纣“罔顾于天显民祇，惟时上帝不保，降若兹大丧”①。民生，是天命的根本指向，是天命在人间的应验。因此，保民安生是统治者奉行天命的具体表现。在《尚书》所载的西周王公训诰中，无不回旋着“天命”和“民生”两大主题，“民生”成为考量王之得失的根本，一部《诗经》的时代意义，即在其是“民风”和“王之得失”的直观诠释。

因此，上层仪式歌曲采用复沓的意味，就不在用之多少，也不仅在诗体的形式建构，而更是一个文化现象，意味着仪式歌曲和民间歌曲的文化生态和功能均发生了某种变更：对民间歌曲而言，意味着生存空间从民间扩展到上层，从地方扩展到全域，其价值取向成为建树全民族集体文化的一个组成部分；对上层仪式歌曲而言，输入和汲取民间歌曲，意味着其歌曲文化覆盖了全社会，其权威价值的内涵具有了全民的意义。风、雅、颂的诗体呈现为统一的形式构架，亦正是《诗经》这一深层文化内涵的一种外部表现。

三、歌辞文本化与诗体形式建构

由于古代没有保存声音资料的手段，汉代以后，人们知道的周诗已是文本化的《诗经》，作为歌曲的《诗》已无以得闻其美妙的声音。这

① 《尚书正义》，阮元校刻《十三经注疏》，第220页。

当然是历史的遗憾,但也是历史的幸运——歌辞如果仅仅活在口头,就会不断地处于变动之中,新的历史信息会不断加入,而本有的历史信息也会不断流失,只有当歌辞转化为文本,才成为一种时间坐标上的定在,种种既定的历史信息才会被“封存”起来,从而使不同时代的人们可从各种意图、各种立场、各种角度、各种趣向提取之、解释之。提取可能因人而异,解释可以历时而新,但其历史的内涵却既定而无变。春秋季札赴鲁“请观于周乐”①,鲁国演奏咏诵的“诗三百”,音乐、曲调、配器及咏诵方式,都不可能是周之原版,但由于有某种《诗》文本在,即使歌辞的语词可能有局部变化,基本内容则仍然属“周”。历史文本即使经过不同语言的翻译,只要不被误解和刻意改写,其语言外衣虽有种种不同,但历史原型仍在,文化内核不变。正因文本的这一性质和功能,人类才可能从历史的文本认知和反思人类的历史,周代口头歌辞转化为文本歌辞的重大意义即在此。因此,周诗体建构中的歌辞文本化机制,首先关涉的是歌辞的文化功能问题。循此思路,周代歌辞文本化的历史缘由、歌辞文本化的功能与发挥功能的行为机制,当然也就成为周诗体生成研究中的重要命题。

周诗的文本化,学界关注的主要是《诗》的辑集和“孔子删诗”。研究者推断:从西周到春秋,王室和诸侯进行过几次大规模的文献整理工作,《诗》文本的辑集整理极有可能在其中,从《左传》记述的“季札观乐”看,与今本《诗经》大致相同的《诗》文本在春秋时已产生;“孔子删诗”,孔子自云主要在诗篇归类的厘定,所谓“雅、颂各得其所”,具体情况如何,古今众说纷纭,迄无定论②。但有一点无争议:周代歌辞的文本化和《诗》文本的编辑是一个长期过程。这对进一步探究周《诗》文本化的细节十分重要,由之可以延伸出若干饶有意味的问题,本文讨论的重点是十五国风民间歌辞的文本化问题。

---

① 杨伯峻编著《春秋左传注》,中华书局 2009 年版,第 1161 页。

② 《诗》文本的辑集,历来研究者不少,近期成果可参见马银琴《两周史诗》。

(一) 民间歌辞文本化的雅言书写

民间歌曲的传唱者乃至原创者一般说来没有文字书写能力，因而原生态的民间歌曲属于一种无文本的口头集体创作。尤当注意的是：十五国风，地域分布于今之陕、晋、鲁、豫、冀、鄂一带，中国“四方语言殊异”，各地方音乐曲调也大有差异，“郑音好滥淫志，宋音燕女溺志，卫音趋数烦志，齐音敖辟乔志”①，但《国风》的语体却均为统一的书面雅言，因此《国风》的语言样式绝非原生形态。由此提出的问题是：《国风》地方歌辞的“雅言化”是怎样实现的？

对此，今日学界关注者甚少，而早在 20 世纪 40 年代，钱穆便提出了这一问题，他以春秋《越人歌》由越歌楚说翻写成雅言为例②，引申出一个颇有意味的观点：

> 《诗经》里的十五国风，乃当时西周王室随时分派采诗之官到各地去，搜集一些当时在各地流行的民间歌谣，再经过西周政府一番随俗雅化的工作，始得成其为诗的。所谓随俗，是说依随于各地的原俗，采用了它的原辞句，原情味，原格调，原音节。所谓雅化，则是把它来译成雅言，谱成雅乐，经过这样一番润饰修改，而于是遂得普遍流传于中国境内。③

有关音乐的问题，比较复杂而另当别论，指出十五国风的歌辞是经过雅言翻写的诗体样式，则是一个敏锐的见解。这一学术猜测，可以得到这样几点间接证明：其一，《诗经》中相对接近口语散言的辞句，大多出现在《国风》中，如《七月》“十月蟋蟀入我床下”、《伐檀》“不稼

---

① 《礼记正义》，阮元校刻《十三经注疏》，第 1540 页。

② 事见刘向《说苑》。参见向宗鲁《说苑校证》，中华书局 1987 年版，第 278—279 页。

③ 钱穆《略论中国韵文起源》，《中国文学论丛》，生活·读书·新知三联书店 2002 年版，第 107 页。

不穑,胡取禾三百廛兮”等,在原本即雅言的《雅》《颂》中极少见,应是“依随原俗”而对民间歌辞“原格调”“原音节”的一种保留,由之可窥民歌的原辞句相对接近口语;其二,文献中所记的先秦口头之“歌”,多见近乎口语的杂言,如《左传·哀公五年》所载的《莱人歌》“景公死乎不与埋,三军之事乎不与谋”、《韩诗内传》云孔子听到的《河上人歌》“鸧兮鸹兮,逆毛衰兮,一身九尾长兮”等等①,民间的口头歌辞,应大体类似;其三,综观古代民间歌辞,均与文言有所不同而接近口语,是为通见的惯例。由此三点,再结合十五国风方言不同、音乐不同而综合判断,推测《国风》齐言化雅言诗体非民间口头原版,应符合历史的实情。再将新发现的清华战国楚简《蟋蟀》与《诗经》本《唐风·蟋蟀》相比照,可为这一猜想提供一个可作旁证的实例,且各举一章示之:

> 蟋蟀在席,岁矞员莫。今夫君子,不喜不乐。日月其迈,从朝及夕。毋已大康,则终以祚。康乐而毋荒,是惟良士之愳愳。②(清华简《蟋蟀》)
>
> 蟋蟀在堂,岁聿其莫。今我不乐,日月其除。无已大康,职思其居。好乐无荒,良士瞿瞿。③(《诗经·唐风·蟋蟀》)

简本《蟋蟀》显然是今本《蟋蟀》的母本④,其辞已经是一种雅言样式,而《诗经》本则是在其基础上更彻底的齐言化,可见周诗的齐言化复写

① 杜文澜辑,周绍良校点《古谣谚》,中华书局1958年版,第22、6页。

② 李学勤主编《清华大学藏战国竹简(一)》,中西书局2010年版,下册,第150页。

③《毛诗正义》,阮元校刻《十三经注疏》,第361页。

④ 清华简《耆夜》篇云武王戡黎凯旋行饮至礼,“周公作歌一终曰《蟋蟀》”。研究者有三种观点:一是其为周公原创的后世传录;二是周公借民歌改作;三是战国之士取传说附会周公。一、二两种观点可相通,第三种观点认同者较少。简本《蟋蟀》为《诗经》本的母本,研究者一般无异议。

不断在进行。

学界皆指周诗为“四言体”，而对其四言连句中插有非四言句的杂言现象较少论及，从“翻写”思路测之，则可认为：四言连句间有杂言，乃是雅言翻写方言的痕迹。《国风》中的非四言句大体有两种情况：其一，难以转换为四言句，如《邶风·匏有苦叶》第一、二章：“匏有苦叶，济有深涉。深则厉，浅则揭。○有弥济盈，有鷕雉鸣。济盈不濡轨，雉鸣求其牡。”其中的三言和五言句，便较难转换为四言；其二，可以压缩成四言句，如《卫风·木瓜》之“投我以木瓜，报之以琼琚”，将“以”略去，其意不变。之所以未压缩成四言句，一种情况可解释为钱穆所云方言歌辞的“原辞句”“原情味”用非四言句翻写更确当；第二种情况，可能有保留“原音节”的因素，更当视为翻写者有意识采用的杂言句式，《木瓜》即是一首典型的复沓式杂言体：

投我以木瓜，报之以琼琚。匪报也，永以为好也！
投我以木桃，报之以琼瑶。匪报也，永以为好也！
投我以木李，报之以琼玖。匪报也，永以为好也！①

诗中前两句的“以”和后两句的“也”，略之而语意不变，但在语气情趣上却大为逊色，使“原格调”有所消解，因此诗中的“也”就不能仅仅理解为歌唱中延长音的记录。全诗的句式，当是翻写者有意识的构造，前两句中的“以”，在双音节奏的咏诵中，需做技术处理而化入其前或其后的音节，或“永言”为双音词长度，而翻写者予以有意识的保留——也可能是有意的增加，目的都在追求全篇形式上的齐整化、对称化，同时又保留原歌辞的“原格调”“原音节”。故全诗以五言句为主，中间插入一个三言句，以“复沓”构成章与章的整齐对应，保持了全诗形式上的整饬感，显然是一种有意识的构造。《诗经》尤其是《国风》中的一些复沓式杂言体，大多可作如是理解。

① 《毛诗正义》，阮元校刻《十三经注疏》，第327—328页。

当然,以上理解只是一种猜测。学术猜测也是认知历史的途径之一,意在求得对确定事实的进一步深度认知,探究和发现事实存在的理由和内在逻辑。对本文论题而言,上述细节的猜测当然还可再猜测,但基本事实是确定的:《诗经》十五国风民间歌辞的文本化,是以统一的文字雅言完成的。

民间方言歌辞的雅言转化,是周代诗体生成的核心机制之一。这一机制的产生,缘于扩展民间歌曲功能的时代要求,民间歌曲向上层文化圈的输入,使民间歌曲从地方性扩展为全域性,民间歌曲具有了参与建树全民文化的功能,因而必然要求民间歌曲的地方形式向广域性"共式"转化。歌曲转化的根本在歌辞的语言形式,而"共式"的标范,即是以通行文字书写的雅言歌辞,是为民间歌辞文本化所以用雅言书写的根本原因。

民间歌辞的文本化和前雅言歌辞的当下再书写,构成周诗文本化历史工程的两大内容,其深层内涵,是周人在礼乐文化实践中对歌曲核心价值的体认:歌曲的音乐意义固然重要,但意在观风的采诗、旨在美刺的献诗、"以其成功告于神明者也"的祭祀乐歌,本质意义在歌辞传载和表达的知识、信仰、观念和情感。歌曲的这一实践性核心价值,《文心雕龙·乐府》表述为"诗为乐心"①。因此,和"乐"相联一体的原生态歌辞,当政治和文化建树要求其承担超越"乐"的功能时,歌辞的文本化便势在必然。歌辞的文本化,摆脱了音乐口头传播在时空上的特定要求——仪式咏诵具有规定的时间和场合,任何歌唱都是瞬间行为而不能自由地反复接受。而文本歌辞作为一种阅读的"语言文学",较口传更加"自由自在",从而扩展了新的传播渠道和应用功能,"诗三百"成为周代官方"乐语"之教的重要素材,成为春秋外交场合"赋诗言志"的通用底本,成为孔子授徒"不学诗,无以言",可以"兴观群怨"而"思无邪"的经典教材,都是歌辞文本化后形成的新生态。

---

① 刘勰著,詹锳义证《文心雕龙义证》(上),上海古籍出版社1989年版,第251页。

歌辞的文本生态愈加丰富，发挥的功能愈加多元，歌辞的语文价值便愈加凸显，因而要求诗的语言形式更加具有普适性，要求诗体既具有咏诵的听觉美感亦具有文字形式上的视觉美感，而能够满足这些要求的便是雅言书写，歌辞的雅言化和追求形式整饬的美感化，即是在这样的历史要求中产生的。当文本的歌辞完成了自身的形式建构，承载着独立于音乐歌曲的诸多功能，经官方汇集整理而递相传承的风、雅、颂各类雅言歌辞及其体式，便成为集体共识中的一种特定存在。于是，人们便在“文类”和“文体”的意义上将之总名为“诗”。其时间段，大约在西周中后期至春秋初①。这一概念确立的根本意义，在其标志着周代歌曲文化的核心价值载体歌辞，从依乐而存转化为具有自身独立意义的体系。其延伸的历史意义是：当东周礼乐文化走向“礼崩乐坏”而终至形式上的解体，赖有文本化《诗》的独立，诗乐日渐成为往日的空中之音，而《诗》却依托文本成为一种永久的存在。

（二）周代文士群体与诗体建构

迄今为止，很少有人认真思考《诗经》中集体创作和个人写作的分类及其历史意义。所谓集体创作，指经过多人参与加工形成的无主名

① “诗”字在考古发现的商至西周前期青铜铭文中未见，直到西周中晚期和春秋青铜铭文中方逐渐出现“诗”字。在传世文献中，学界认为较可靠的殷商遗文和西周早期文献，亦无“诗”。《诗经》本身则有三例——《大雅·卷阿》：“矢诗不多，维以遂歌。”《大雅·嵩高》：“吉甫作诵，其诗孔硕。”《小雅·巷伯》：“寺人孟子，作为此诗。”据《毛诗》小序，《嵩高》为西周末周宣王时之作，《巷伯》为西周末至春秋初之作，学界一般无异议；《卷阿》时代，旧有文王武王说、周公成王说等，今论者多持西周中期说。种种猜测皆有某种理由，皆又难以定论。从书写年代基本确定的文献看，春秋到战国时期，“诗”字才普遍使用。综合种种情况，可大致确定“诗”之概念在西周中后期产生，至春秋初获得集体确认。尤为重要的是：文献中所有“诗”字，均为名词性实体概念，直接指意为可歌可诵之辞，以今日概念对应之，即“诗”是一个“文学种类”，形式层面上的指意即“诗体”。中国古代第一个具有明确实体指向的韵文体概念，即“诗”。至于“诗”的造字本义，有“持人性情”说、“规正之言”说、“在寺(廷)之言”说等数种解释，与本文关系不大，不辩。

歌辞;个人写作,指个人单独写作的歌辞。其中有些在流传过程中也可能会被“加工”,有些姓名也许会流失或张冠李戴,有些可能不加署名,但性质依然属于个人写作。由此看《诗经》,《国风》自属集体创作;《颂》可能由贵族公卿最后写定,但大体上是宫廷司乐部门的乐官和史官的集体创作;《雅》,其中的仪式歌曲和史诗当属集体创作;而美刺之诗,则应为个人写作。《毛诗》所指的个人写作之例——如《小雅》中嘉父所作的《节南山》、若干“大夫”所作的美刺之诗如《正月》《雨无正》等,《大雅》中云为“召康公戒成王”的《泂酌》《卷阿》,“召穆公刺厉王”的《民劳》和“美宣王”的《常武》、尹吉甫“美宣王”的《江汉》《韩奕》《烝民》《嵩高》、卫武公“刺厉王”的《抑》、“芮伯刺厉王”的《桑柔》、“凡伯刺幽王大坏也”的《召旻》《瞻卬》等等①,这些《毛诗》所指的个人创作,信者有之,疑者亦有之。怀疑的理由,大多出于对诗之内容的直接理解,并无可靠的史实凭据。《毛诗》传自先秦儒家一派,解诗立场秉持《春秋》家法,注重作诗和用诗的历史语境,如果怀疑或否定之,首先要弄清《毛诗》为何如此说再反驳之,脱离周代采诗献诗和用诗的历史语境,仅以诗之内容的直接理解否定毛说,是为逻辑错位的对话。《毛诗》指为个人写作的诗,若无确凿证据,不可轻率否定。退一步说,即使《毛诗》指为某人的诗作未必就是其人,但其诗属于个人写作或采民间歌辞而改作,则不当简单否定。由此以观二《雅》,除仪式歌辞和史诗,其他即从内容察之,亦当视为个人写作为宜。

《国语·周语》云“故天子听政,使公卿至于列士献诗”,意味着公卿列士群体已形成制度化的个人写作诗歌风气,《大雅·嵩高》“吉甫作诵,其诗孔硕”,《小雅·巷伯》“寺人孟子,作为此诗”,《小雅·何人斯》“作此好歌,以极反侧”等,即是《诗经》本身的内证。周代的教育体制,公卿大夫子弟之“国子”,需要接受以诗为素材的道德教育和作诗歌咏的技能训练,《周礼·春官》云大师职事为“教六诗,曰风,曰赋,曰比,曰兴,曰雅,曰颂,以六德为之本,以六律为之音”。瞽矇职事为“掌

① 《毛诗正义》,阮元校刻《十三经注疏》。

九德六诗之歌，以役大师”①。《周礼》所记，并非西周官制实录，具体细节未必属实，但所述周代官方的教育内容和方式，当为历史的真实。因此，公卿列士阶层的作诗，本是周代政治和文化体制要求下士人群体的自觉行为，只不过其“自觉”与后世文人的“文学自觉”历史内涵并不等同，周代尚未产生个人写作署名的历史要求，不能仅以无署名，便否认公卿列士的群体性个人作诗行为，把《诗经》中的个人写作视作零散的个案②。孟子曰：“王者之迹熄而诗亡，诗亡然后《春秋》作。”③古今释者甚多而迄无定论，今人较多倾向于清人谓东周王室衰而采诗制亡，从本文思路看，则还有“王者迹熄”使献诗以“正王得失”的功能丧失，从而导致公卿列士个人写作行为的终止，“美刺传统”由此转移为“史”的书写而延续，公卿列士群体分化，公卿从昔之献诗者成为列士美刺的主要对象④。

周代公卿列士群体，包括上层贵族和王室诸侯各级中下层之吏，是从文献中可知的中国第一代广义上的“文人”群⑤。惟其为“文人”，作诗才可能用文字雅言，民间歌辞的雅言翻写，也应由其进行，而其个人写作的诗体样式，则是原貌而不是“翻译”。也就是说：周诗体的整饬化、美感化，是文士群体写作歌辞的共同追求，从而成为写作中的一种集体行为方式。《诗经》所以为统一的雅言模式，行为上的根本原因

---

① 《周礼注疏》，阮元校刻《十三经注疏》，第796、797页。

② 《诗经》少数诗作已有署名萌芽，例在诗中最后部分作者自述，如《小雅》之《巷伯》《节南山》等。古代作家署名风习的产生，缘于政治上的用人选拔制，战国文士以学问谋略和游说言辞为进身之具，署名之举渐起，诸子和楚辞的署名之举（包括传播者的追署）即是在此大背景下产生的。汉初文帝二年，举贤良文学为用，推动署名风气，此后署名成为文人写作的集体行为规则。周代献诗制不具有发现和举用人才的目的和功能，公卿列士作诗，主要表达的不是个人意愿和才华，而是“正王得失”的集体行为方式，故不具有署名的社会机制和个人动力。为免枝蔓，谨此作一简释。

③ 《孟子注疏》，阮元校刻《十三经注疏》，第2727页。

④ 按：此问题关涉多方面，详释之有偏本文主题，谨作一说，恕不展开。

⑤ 参见余英时《士与中国文化》，上海人民出版社2003年版。

即在此。

周代文士群体是雅言诗体建构的行为主体,雅言诗的个人写作和民间歌辞的雅言翻写,是周代诗体雅言范式生成的直接行为机制,范式的总体框架,则为"对称型整一模式"。具体表现主要有两点:一是以复沓构成章与章的对称而完成整体上的统一,杂言体的整饬化,以此为典范形式;二是以整句中分句的对称组合构成整体上的统一,齐言体的整饬化,尤以此为典型。第一点,前举《卫风·木瓜》即为一例,再如《邶风·式微》:

式微式微,胡不归?微君之故,胡为乎中露?
式微式微,胡不归?微君之躬,胡为乎泥中?①

这种对称型复沓杂言体,显然是民间杂言歌辞转化后的齐整化,体现了雅言翻写有意识的诗体建构。《国风》中的西周早期歌辞,尚可见无对称的"杂言",如《七月》"女心伤悲,殆及公子同归",便是"孤句"。而越到后来,"对称型杂言体"日益成为杂言体的共式,成为周代雅言诗体建构的范型之一。还当细察的是:"对称型杂言体"虽然是一种成熟的诗体样式,但并非《诗经》体式的主流,二《雅》中仅见《南有嘉鱼》《祈父》《凫鹥》等为数不多的几篇,明显少于《国风》。《雅》中的公卿列士之作,诗体形式绝大部分为四言体,少数间有杂言者,通篇大多一两句,显示了文士写作对整饬四言体的追求。《国风》所以杂言体相对为多,亦是雅言翻写民间歌辞的痕迹之一。

齐言体的分句组合,研究者往往不注意周诗体的"二分完句"结构——即以两个分句构成一个完整句,这一点看上去似无深文大义,其实很重要:"二分完句"是中国古典诗体通见的规范句型,并以此为基础而构成古典诗歌最普遍的"二整句延展"体制——即以叙事抒情上具有连接意味的两个整句为语段,以二整句语段的延伸、转折、跳跃

---

①《毛诗正义》,阮元校刻《十三经注疏》,第305页。

而展开构成全篇。这一体制，对中国古典诗体形成富有特色的叙述表意结构，具有十分重要的影响。其初创者，即周诗。典型之例如《大雅·江汉》第二章：

江汉汤汤，武夫洸洸。经营四方，告成于王。
四方既平，王国庶定。时靡有争，王心载宁。

《小雅·采薇》第五、六章：

○驾彼四牡，四牡骙骙。君子所依，小人所腓。
四牡翼翼，象弭鱼服。岂不日戒，猃狁孔棘。
○昔我往矣，杨柳依依。今我来思，雨雪霏霏。
行道迟迟，载渴载饥。我心伤悲，莫知我哀。①

两个整句构成一个语段，亦即相对完整的一个叙述上的“意段”，两个或以上语段构成一章，是为“二整句延展”体制的一般形态。这一体制，为周诗体最整饬的“对称型整一模式”的典范，也是周诗体建构的齐言化、美感化的最终形式，体现了公卿列士写作中对雅言诗体整饬化的有意追求。从中国古代文体史的角度看，这种二分整句组合、二整句语段结构和篇章体制与后世诗体大相类似，在这个意义上，清人云《诗经》为后世诗体之母，诚非虚言。

周诗体的“二分完句”结构也有个完型的过程，在《诗经》的一些篇章中，完整句的分句数尚未形成确定的二分句，如：

① 《江汉》《采薇》见《毛诗正义》，阮元校刻《十三经注疏》，第573、414页。按：《小雅·采薇》，今通行的解说为“边戍士兵的诗”。笔者认为：其作者未必是“士兵”，从诗之内容看，解为领兵之“士”似更妥。同时，解读具有个人写作性质的《小雅》，不能将诗中之“我”与作者身份简单等同，以观风和美刺为宗旨的列士献诗，完全可能采用“代言”方式。此乃另一论题，恕不展开。

诞实匍匐,克岐克嶷,以就口食。蓺之荏菽,荏菽旆旆,禾役穟穟,麻麦幪幪,瓜瓞唪唪。(《大雅·生民》第四章)

君子于役,不知其期,曷至哉?鸡栖于埘,日之夕矣,羊牛下来。君子于役,如之何勿思!〇君子于役,不日不月,曷其有佸?鸡栖于桀,日之夕矣,羊牛下括。君子于役,苟无饥渴。(《王风·君子于役》)①

与之相对应,比较典型的"二整句延展"体式在《诗经》中也还发展得不够充分。但惟其如此,方显示周诗体的建构是一个不断渐进的过程,它不是一种自发的、无意识的自然生长,而是文士群体在雅言书写实践中的主动建构。从文体形式的角度言,一部《诗经》追求的完美形式框架,即"对称型整一模式"。

"对称型整一模式"形式构造既符合又超越了诗体合乐咏诵的音乐要求,是基于文字语言本身的一种形式审美追求。如果注意到周代青铜器的造型及器身上的图纹,周代的玉雕造型与纹饰图案,可以发现周代造型艺术的共同特征即工整和对称,是为中国上古造型艺术形式上的主流审美观念,周诗体可谓这一审美观念在文本语言形式上的体现。由此,我们便发现了周诗体文化意味的又一内涵。周诗体,是在时代文化精神滋养下、在礼乐文化哺育下、在采诗献诗的文化实践中,经上层文化群体的不断建构而生成的;作为底层文化的民间歌曲,则为之贡献了生动的语言和别具一格的"复沓"体式,从而丰富了周代的雅言诗体样式。从这个意义上说,周诗体又是雅俗文化共同建构的成果。惟此,周诗体才能成为一种包容全社会的文体范式,成为中国古代的"诗体之母"。

① 《毛诗正义》,阮元校刻《十三经注疏》,第530、331页。

结语:文化文体学的基本理论和方法论构想

以上从文化文体学视角所论周诗体的生成,还只是一个初步的探索。对《诗经》还有一些与文体相关的话题——如民间歌曲文化的原生态与“复沓”的生成机制、《诗》在辑集整理中的当下再书写等尚未展开;学界同仁对本文的一些阐述或许会有更深入的见解和不同看法。但笔者相信:文化文体学视野的古代文体研究,是将静态的、单一的形式分析扩展为动态的历史文化研究的途径之一。

文化,是一个极为宽泛的概念,在不同角度、不同层面、不同语境中可以有不尽相同的指意,朴素的解释,指人的生活及由之体现的群体行为方式、思想方式和情感方式。因此,文化文体学视野中的“文体”,就不仅是一个外在于人的物化形式,更是人们在生活中创造和确定的语言形式和相关行为的“文化规则”。因此,文化文体学的研究势必涉及与人的文化活动相关的制度、风俗、传统、地理、文化圈、集体意识、行为方式等诸方面。面面俱到而述之,非单篇论文所能及,谨以古代文字语言与音乐化语言关系中的文体生成为中心,从本文的研究简要引申几点文化文体学基本理论和方法论的思考构想,期与学界有兴趣的同仁共同探讨之:

其一,文体伴随“文”的存在而存在,没有脱离具体之文的独立实体。当人们在直觉上和意识中把若干“文”的语言形式总结和抽象为若干规则,具有相同规则的“文”便被视为某种“文体”。因此,文体生成从模糊到清晰,从初形到完型,从个别到普遍,从小群体自为到大集体普行,归根结底是文体规则的建构和规范,最终目标总是指向时代所要求的通用、完整、明朗、美感而具有全域性普适价值。因此,文体生成的意义,不仅体现在结果,更体现在生成过程展示的历史文化运行和文化建树。

其二,音乐化的语言行为,是韵文体生成和演变的发生基础和直接动力。人类的音乐化语言,在一定的场合、一定的意图中使用,具有相应的特定功能,其“文”其“体”,在音乐与语言的双重规定和双向建构中,形成种种特定的规则,以语句的简约、协韵、整齐为主要倾向。某种音乐化语言的“文体”,在一定的时段、地域、群体中,具有某种相对的稳定性;而在长时段的社会全域中,由声音语言的当下性、即时性、易变性、地方性所决定,音乐歌曲语言的口头“文体”,呈现为短期性、流动性、个别性的存在,缺乏统一的、长时效的、稳定的文体生成机制,难以得到广域性、持久性的集体确认,只有转化为文字语言,才可能从地方性转化为广域性、流动性转化为稳定性、即时性转化为永久性、当下性转化为历史性。

其三,雅言体系变迁是牵引文体新变语言上的内在动力。文字是集体共识性符号,汉字在与四方“通语”的结合与互动中生成了中国特有的雅言(文言)体系,成为中国古代贯穿始终的主导语言形式。雅言的语体性质和功能在古代文体生成内在机制中至关重要,雅言自身的衍生发展与俚语方言的雅言化,使雅言体系不断得以丰富,也是牵引文体新变语言上的内在动力。雅言文体的生成和演变主要有两种方式:其一是基于雅言系统自身规则运行的文体衍变,其二为汲取口头“文体”的雅言化。前者的生成和演变总体上呈现为文体框架稳定中的局部渐变;后者的生成和演变,则呈现为外部形态框架的改变与内部雅言规则不变的统一。变与不变,归根结底是由主流文化的历史语境和文人的集体文化意识决定的。

其四,雅言韵文体的新变,主要发生基础是各种音乐活动,重要发生源在民间歌曲。由于四方语言殊异、音乐曲调不同、口传方式不一,使民间歌曲的“文体”较雅言文体更具多样性和生动性;民间歌曲的当下性、动态性、多变性使其更具活力,从而成为古代雅言韵文体建构新样式的主要源泉。由雅言文体承当的普适价值决定,雅言新体必以建立新的文体规范为指归,将民间歌曲动态的、多变的俚俗文化积累,与主流文化融合在一起而凝聚为一种规范的定在,使雅言文体成为中华文化的一种历史标识,一种内涵深厚的永恒“古典”。

以上关于文体生成的四点基本理论，体现在历史的现实中，都是由人的文化活动展开和实现的，故基本要义可一言蔽之：人的文化活动决定文体的生成。相应的“方法论”亦可一言蔽之：在历史的现实文化行为中探求文体生成和建构的历史因果链。稍加展开，笔者以为以下几个关系是研究的重点。

其一，传统和当下的关系。历史铸造传统，同时传统也在铸造历史。在没有出现突变（如异质文化的强权输入）的历史语境中，传统文化决定着当下文化的底层结构和基本生态；当下文化则在种种新的现实条件中，对传统文化加以丰富、扩展、变化和提升，从而生成富有新意的文化和文化传统，是为中国古代文化建树的基本规律。某种文体生成依托的传统，主要有两个层面，第一个层面是与此文体相关的传统行为方式。文体是在人的行为中产生的，一定的行为方式决定一定文体形式的构架和规则，从而形成特定的文体品种。本文所以追究远古以来仪式文化中的歌曲行为，探究这一行为传统在周代仪式中的进展，理由即在此。第二个层面是此文体的前历史形态，包括与之相关的形式元素。某种文体的传统之根，不仅有一条主根，还有很多旁支，而最重要的主根，是传统提供的“文体意识”和文体的总体“规则模型”。本文所以追究周诗体生成的史前传统，提出“齐言化”这一远古以来仪式歌曲实践中的传统“规则模型”，考辨周代“诗”之概念的产生时间，指出其伏涵的“文体意识”的划时代意义，即是由此思路生发的。

其二，不同文化圈的互动关系。文化圈以纵向分之，有上层与下层——或谓雅、俗两大分层；横向分之，有地方与全域两大分属。纵、横文化圈之间的交流与纵横交叉互动，是文体生成演变的重要机制。中国古代上层文化圈以文人为主群体，故文人文化为古代贯穿始终的全域性主流文化。自周代礼乐文化建立了雅俗文化的沟通机制，中国古代文人文体的建构和新生，“采风”是最重要、最富有意味的行为机制之一，尤其是诗歌一脉，举凡诗、词、曲，莫不如此。采风，乃“采”而不是同化，是主流文化自身的丰富、拓展和创新，因此，采“风”的最终归宿,总是以种种方式追随和融入主流,反之则昙花一现而最终消失,是为古代文体的生成和建构的普遍规律。《国风》的雅言化,楚辞的雅言写作,魏晋文人拟乐府生成的五言古体诗,乃至后世文人词体的格律化、文人散曲的定格化,都因成功追随和融入主流范式的“规则模型”,最终成为一“体”而立于文坛;宋金文人拟作的诸宫调、缠达和明清文人的拟小曲,活跃于一时,却未能独立规范为一“体”,最终无缘于集体确认的历史幸运。两种不同的命运,是文化文体学视野的古代文体研究意味深长的命题。

其三,文化功能与文化行为的关系。文化功能,从根本上说,功在使人更好地生活,朴素的解释之一,文化功能即提升人们取万物为用——包括形下之用与用之形上的能力。“文体”作为一种文化的凝聚和载体,根本功能亦在此。因此,中国古代文体的文本化、雅言化、美感化、全域化,都是为了尽可能提升文体的功用,是文体的文化功能所导向的必然。因此,人们应用文体的行为,亦必然以能够发挥文体最大功效的方式为之。人们在发挥文体功能的实践中建立文体规则的直接目的和意义,即在为人们确立一种集体写作方式。文体的生成,是在文体的文化功能和操作行为的共生互动中渐次完型,经主流文化圈的集体确认而最终成立。落实到具体的历史现实,文体形式的微妙不同和演化轨迹中的若干细节,就不仅是文体的自身生长。文体的生成和演变,归根结底是一种文化现象,一种文化功能的创造与实现。本文对周诗体历史生成轨迹的描述和阐释,这是一条最重要的主线。

以上三点,与前述四点相互包容,相互发明,在研究的具体操作上为“方法”,在研究过程和结果的阐释中则为“理论”。而所有的理论和方法,只有落实到具体历史细节的研究中才有意义。故本文以周诗体的生成研究为例,尝试在古代文体研究中融入文化学和其他学科的视野与方法。

古代文体研究,直观形式分析是起点和基础,舍此则无从谈起。但如果我们从直观深入到底层,从静态分析走向动态过程的考察,将文体置于历史的文化语境中理解，对文体形式的把握和分析就会更加细致和透彻。如果我们将文体置于文化视野中思考之、体味之，把人的文化实践作为我们的研究主题，古老的文体，便会成为观照和反思历史文化的一扇窗口，其所凝聚的我们祖先的文化创造力和审美智慧便会呈现在我们面前。

（原载《中国社会科学》2014 年第 7 期）

词之起源:一个千年学案的当代反思

词之起源,从中唐至今,代有所论,可谓一个千年学案。但对此学案作一深入考察者尚不多见,尤其缺乏对此学案的学理透视。本文拟就此学案的几点关键,着重从学理的角度予以剖析,以利探寻词体起源的真相,并由之反思本学案所反映的当代学理建树中的几个问题。

一、唐代的“词之起源”说及其学术意味

具有“词之起源”意味的学术话语,最初由中唐文人提起,最具代表意义的是元稹的《乐府古题序》,有曰:

> 《诗》讫于周,《离骚》讫于楚。是后《诗》之流为二十四名:赋、颂、铭、赞、文、诔、箴、诗、行、咏、吟、题、怨、叹、章、篇、操、引、谣、讴、歌、曲、词、调,皆诗人六义之余。而作者之旨,由“操”而下八名,皆起于郊、祭、军、宾、吉、凶、苦、乐之际。在音声者,因声以度词,审调以节唱,句度长、短之数,声韵平、上之差,莫不由之准度。而又别其在琴瑟者为操、引,采民甿者为讴、谣——备曲度者,总得谓之歌、曲、词、调,斯皆由乐以定词,非选词以配乐也。由“诗”而下九名,皆属事而作,虽题号不同,而悉谓之诗可也。后之审乐者,往往采取其词,度为歌曲,盖选词以配乐,非由乐以定词也。而纂撰者由“诗”而下十七名,尽编为乐府等题。除铙吹、横吹、郊

> 祀、清商等词在乐志者，其余《木兰》《仲卿》《四愁》《七哀》之辈，亦未必尽播于管弦，明矣。后之文人达乐者少，不复如是配别，但遇兴纪题，往往兼以句读短长为歌、诗之异。刘补阙云乐府肇于汉魏，按仲尼学《文王操》，伯牙作《水伶操》，齐牧犊作《雉朝飞》，卫女作《思归引》，则不于汉魏而后始，亦已明矣。

这段话，以当代话语表述之，要点大约有五：一、中国韵文一体，最早的源头是以《诗经》为代表的诗；二、诗之流，衍为三大类：赋、颂等七名，乃诗之别流；诗、行等八名，为徒诗一脉；操、引等八名，则为歌诗一系。三、徒诗、歌诗，皆可作歌辞。歌、诗之异，并非在“句读短长”。徒诗者，本不特意为合歌而作，用为歌词，乃由“审乐者”“采取其词，度为歌曲”，故作者不须考虑其诗与音乐的关系；歌诗则专为合乐而作，以传唱为首要指归，故文体形式需要服从歌曲的乐句组合与旋律走向等音乐构成，因而作者必须“由乐以定词”。四、合乐歌辞在音乐上约有两大统绪，一为“在琴瑟”之高雅音乐；一为“采民甿”之谣讴之曲。五、“在音声者”歌辞的源起，出于两大类活动：一是各种仪式活动；二是人们在各种“苦乐之际”的情感倾诉。

以上五点，可从两个角度理解：一是关于“诗”的两大分类与“歌”之发生缘由的学术观点；一是关于中唐文人歌词创作的某种事实描述。从“学术”角度说，其关于“诗之流”、关于“在音声者”歌辞之“起”、关于自古歌辞即有“选词配乐”与“因声度词”两个生成途径、关于歌辞曲调的雅、俗两个音乐系统等等，均可作今日有关研究的重要参考。而从“事实”角度说，则其是亲历者对中唐文人作词情况及有关观念的叙述，故对今日探究“词的起源”至关重要。其呈现的事实是：其一，中唐文人还没有将后世指称的“词”作为一种独特的歌辞体从“在音声者”中独立出来；其二，中唐文人认为歌辞的不同文体形态，是由“因声度词”的技术产生，与“声”的乐种并无关系，而自古以来，歌辞创作就有“因声度词”的传统，就有“句读短长”。其三，中唐文人将采之民甿的歌曲作为“因声度词”的重要曲调来源，并把采民甿歌曲以度词作为一种渊源久长的传统加以确认。也就是说,中唐文人的曲子词创作,既是一种文学行为,同时也是一种有意识的文化行为。刘禹锡在《竹枝词·序》中对此有生动的描述:

> 四方之歌,异音而同乐。岁正月,余来建平,里中儿联歌《竹枝》,吹短笛击鼓以赴节。歌者扬袂睢舞,以曲多为贤。聆其音,中黄钟之羽。卒章激讦如吴声,虽伧宁不可分,而含思宛转,有《淇奥》之艳音。昔屈原居沅、湘间,其民迎神,词多鄙陋,乃为作《九歌》,到于今,荆楚歌舞之。故余作《竹枝词》九篇,俾善歌者扬之。附于末,后之聆巴歈,知变风之自焉。

刘禹锡将《竹枝》作为"变风",将自己的《竹枝词》与屈原的《九歌》在创作传统上相连接,说明唐文人采民甿歌曲作词,决非猎奇觅新,其间实包含着一种深层的文化观念。

唐文人关于"词"的"文化源流"观,在五代继续得到发扬,后蜀欧阳炯在《花间集叙》中,将传说西周穆天子时西王母的《云谣》、汉魏六朝乐府《杨柳》《大堤》诸曲与"芙蓉"(《古诗十九首》之六)、"曲渚"(何逊仿《西洲曲》所作的《送韦司马诗》)、唐李白〔清平调〕,贯穿为一个歌辞统绪,表明了欧阳炯对"词"之流变的看法:词"起源"于原始古歌,六朝文人的拟乐府歌辞为其前身,今之文人词始于盛唐李白〔清平调〕。虽然这一看法的具体细节未必尽确,但将文人词的"乐统"主源指向"民甿","辞统"则有雅、俗两绪,与中唐文人的观念相一致,而作词的"文学意识"则进一步得到加强,所谓"以代莲舟之吟",说明在"辞统"上,文人们是有意识要以"雅"代"俗"的。

作为文人词"起源"时期的当事人,唐五代文人的"词体起源"说具有至关重要的意义,尤其是从"事实"的角度视之,其体现的文人词创作中的文化观念和具体操作中的技术原则,乃是后世探究"词体起源"最重要的直接资料。因此,唐人对"词体起源"三个层面的解说构架,影响一直至今——其一,文人歌词发生的"文化传统",其核心是音乐文化与文学的关系、文人雅文化与“民甿”俗文化的关系。其二，文人词作与各种音乐活动的联系，其重点是“宴乐”与文人词发生的关系。其三，文人作词的技术要领，其关键是“因声度词”与文人词体形成的关系。此后的各家“词体起源”说，大体上都是围绕这三个层面展开的。

二、从宋至清的“词体起源”说及其学术指向

从宋至清，“词体起源”论多多，大体则不出唐人说的三个层面。主要观点有以下几类：

（一）“长短句史”框架中的“词体起源”观

唐人谓“句读短长”并非词体的特定标志，宋人并不认同，普遍的观点恰恰是“以句读短长为歌、诗之异”。北宋朱翌《猗觉寮杂记》卷上云：“古无长短句，但歌诗耳。”认为词之“体”即“长短句”。此后，以“长短句”为标志判断词之“起源”的观点历代相延——南宋朱弁《曲洧旧闻》：“词起于唐人，而六代已滥觞矣。梁武帝有《江南弄》，陈后主有《玉树后庭花》，隋炀帝有《夜饮朝眠曲》（下略）。”清徐钪《词苑丛谈》：“沈约《六忆诗》其三云：‘忆眠时，人眠强未眠。解罗不待劝，就枕更须牵。复恐旁人见，娇羞在烛前。’亦词之滥觞也。”诸说大意相同，都把六朝文人“长短句”歌辞视为唐人词体的“滥觞”。然“长短句”六朝前即有，故以之为标志追究词体之“源”，势必还要上溯，《词苑丛谈》所引录的《药园闲话》即把词体之源溯至《诗经》，曰《诗经》中如《殷雷》《鱼丽》等已有“长短句”，如《东山》《行露》等已有“换韵”与“换头”，“凡此烦促相宜，短长互用，以启后人协律之原，非《三百篇》实祖弥哉?”清汪森《词综序》将这一类“词体之源”观作了如下综合概括：

> 自有诗而长短句即寓焉：《南风》之操《五子之歌》是已。周之

《颂》三十一篇,长短句居十八;汉《郊祀歌》十九篇,长短句居其五;至《短箫铙歌》十八篇,篇皆长短句:谓非词之源乎?迄于六代,《江南》《采莲》诸曲,去倚声不远,其不即变为词者,四声犹未偕畅也。自古诗变为近体,而五七言绝句传于伶官乐部,长短句无所依,则不得不更为词。

话语不多,却勾勒了一个时间跨度最长的"长短句史","古歌""诗三百"、汉乐府、六朝文人歌辞,先唐"杂言歌辞史"中的几乎每一个段落,在不同的意义上都成为唐曲子词之"源"。其中虽有《乐府古题序》和《花间集叙》的遗意,但内在学理却大不相同,声歌的实际意义被淡化,语文意义上的"句读短长"构成词之"源"的历史脉络。所谓《采莲》诸曲"去倚声不远,其不即变为词者,四声犹未偕畅也",显然是站在"文体"立场上,以音韵学的"格律"为词体之标范,而没有从歌唱与词作的关系中追究《江南》诸曲"不即变为词"的原因,以这种文体意识的"长短句史"解释词的起源,并非一无所取,但无法得出词之起源的确切解释。

但问题是:从唐以后直到今天,将"词体"基本特征规定为"长短句"乃是共同的默认前提,如果不以之为准则,"词体起源"将无从说起。因此,对唐、宋人的两种不同观点,就不能简单判断谁是谁非,而需要解读其分别是从什么层面上、出于何种动机体认"词体"的。答案也许可以从以下两个方面探寻:

其一,中唐时期,文人刚介入曲子词创作不久,所以提出"词体起源"的"学术追问",实际上要解决的是"词"这一新事物存在的文化合法性问题。因此,元稹等从传统的经学、史学话语中找到了歌辞起源于礼乐文化、找到了"感于哀乐,缘事而发"的"变风"、找到了仲尼习《文王操》和屈原作《九歌》,在"诗六义"的统率下,将诗(徒诗)、歌(歌辞)视为自古以来交叉并存的两大统系,把"因声以度词"作为自古以来一脉相传的歌辞创作方法,把采诗于民甿作为自古相沿的文人风尚。这样,文人便找到了"词"存在的合法性和作词的正当理由。在这种"文化语境"中,"句读短长"只是一个非本质的问题,而技术上的"因声度词”，则被认为是与礼乐文化相联的古老传统，所以受到了特别的尊重。

其二，但为什么从宋人起，“句读短长”成为确认词体的基本标准，“长短句史”成为解说“词体起源”的主要学术程式？原因在于：中唐时期“词体”还未定型，“词”的主功能在于传唱，“文学”品格只是附属的，还没有从“乐”的功能中充分剥离出来。但从晚唐五代开始，词的传唱虽然依旧，但“文学”的意义渐成文人接受词的要义之一。《花间集》的成书，即标志着词的口头和文本两种传播方式并行格局的形成，亦即标志着“词”具有了某种独立的文学身份。宋代及以后的文人立足于词的文体以“长短句史”解说词体起源，根源即在此。元稹批评的“不达乐”者所以“以句读短长为歌、诗之异”，根子也通向这里——对不少文人而言，其更关注的是“文学”的词体。由此出发，从“文体立场”解释词体之“源”是必然的。

由此看来，两种观点的差异在于一重词的声歌属性，一重词的文学身份。其实，声歌属性和文学属性本是歌辞现实存在的两重指向和一体之两面，从这个角度说，两种观点其实并不绝对冲突，“长短句史”也应该是考虑词体起源的一个注意点。但声歌立场上的“起源”说显然包含的内容更全面、更深厚。其以“在音声”为出发点，但并未撇开“文学”，而是在歌辞的音乐传唱和文学创作的关系中、在“选诗入乐”与“由乐定词”的技术层面上解释歌辞源流，解释歌辞所以历来既有齐言体也有长短句的理由，而不是表层地进行历代歌词“句读短长”的排比。用今天的话说，即不仅解释了歌辞产生流衍的“文化缘由”，也揭示了“长短句”生成的技术机制。现在看来，历代“词体起源”说中富有新意的拓展和深化，大都是在“乐”与“文”双向关系的阐释框架中产生的，单一的文体路线和单一的音乐路线，均不能得出圆满的结论。

（二）词体生成的技术性解释：“填实泛声”说

唐人的“由乐定词”说，对歌辞创作中的乐、辞结合方式作了一个

原则的说明,而宋人发明的“填实泛声”说,则对“长短句”的技术生成作了一种细节性的新解说:

诗之外又有和声,则所谓曲也。古乐府皆有声有词,连属书之,如曰“贺贺贺”“何何何”之类,皆和声也。今管弦之中缠声,亦其遗法也。唐人乃以词填入曲中,不复用和声。(宋·沈括《梦溪笔谈》卷五《乐律》)

古乐府只是诗中间却添许多泛声。后来人怕失了那泛声,逐一声添个实字,遂成长短句,今曲子便是。(宋·朱熹《朱子语类》卷一四〇)

这种说法,与唐人说的“由乐定词”是大不相同的。此关音乐上的技术问题,本文体例不容细说,这里仅对其包含的某种事实意味和延伸性学理意义作些简要说明:

其一,此说的预设前提,是认定歌辞的基准形式本是齐言,齐言歌辞的传唱,一个字、一个词组、一句歌词的旋律音声数与字数并非相等,而是音声多字声少,那多出的音声被称为“和声”、“泛声”。为了便于理解,且举一个现代歌曲的例子,比如《新疆好》中的“天山南北好牧场”一句,基本旋律是这样的:

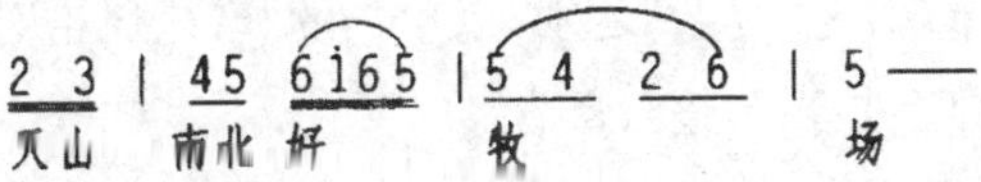

“天山南北”唱起来是“一字一声”,但“好牧场”就“声多字少”了,唱起来大约是:好——噢—噢—噢—牧—呜—呜—呜—场——。这“好”、“牧”歌唱时的“噢噢噢”和“呜呜呜”,就相当于沈括说的“贺贺贺”和朱熹说的“诗中间却添许多泛声”。倘若“逐一声添个实字”,比如这样:

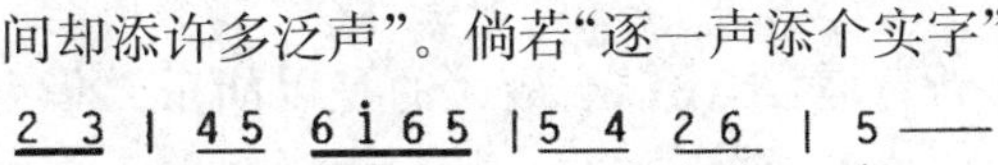

音乐没有变,“词式”变了。如果把这填了实字的歌词模仿词的文本方式书写和断句,大约可以是:“天山南北,到处都是、天然好牧场。”当然也可以是:“天山,南北到处,都是天然好牧场。”一个七字句就化成了长短不同的两句或三句,如果将整个歌曲的“泛声”都“填实”,整个歌辞便“遂成长短句”。这大概就是朱熹所理解的词体产生的原因和过程。

但是,这种解说是有问题的。最起码的一点,“一字一声”的歌曲势必单调,词歌唱起来恐怕不会是“一字一声”,今存《白石道人歌曲》和《九宫大成》词谱便是证明。所以,“填实泛声”可能是词体生成的方式之一,但绝非主要途径。任半塘先生在《唐声诗》中考证了可能是由声诗“填实泛声”而成的词调,但数量极少,构不成词体起源的主流。

其二,值得注意的是:沈、朱均把词体生成的歌曲母体指认为“古乐府”。所谓“古乐府”,即民间的歌诗和文人拟作的歌诗。那么,既然“古乐府”的音乐有“泛声”、“和声”的变化,其音乐当然是丰富曲折的;既然“古乐府”可以“填实泛声”成长短句,说明“古乐府”的音乐本来就合适配以长短句,乐府歌辞中有杂言一体便是证明。“古乐府”如此,唐代的民间歌曲更当如此。沈括认为宋代管弦音乐的“缠声”都是“古乐府”的“遗法”,有什么理由认为在唐曲子词之前的中国歌曲音乐,都是单调刻板而只能合以齐言诗?因此,认为先唐及唐代的诗乐与词乐音乐风格大不相同,只是想当然耳;认为只是到了隋唐时期,“新”的音乐产生了“诗、乐难协”的问题,所以才有“长短句”的产生,也是一种自以为是的逻辑推想。在具体的音乐旋律上,曲子词产生前后的音乐,并无绝对的“单调”与“复杂”之别,以单一的“音乐风格”推导词体的产生,在学理思路上颇当调整与反省。

“填实泛声”说在宋以后颇得响应,然诸说多宋人余意,无实质进展,姑略之。

(三)胡乐入华背景下的词体生成说

宋代最有新意、对当代影响最大的是以胡乐入华为背景的词体发生论。代表者为南宋初鲖阳居士的《复雅歌词序》,有曰:

> 五胡之乱,北方分裂,元魏、高齐、宇文氏之周,咸以戎狄强种

雄据中夏,故其讴谣淆糅华夷,焦杀急促,鄙俚俗下,无复节奏,而古乐府之声律不传。周武帝时龟兹琵琶乐工苏祇婆者,始言七均,牛洪、郑译因而演之,八十四调始见萌芽。唐张文收、祖孝孙讨论郊庙之乐,其数于是乎大备。迄于开元、天宝间,君臣相为淫乐,而明皇尤溺于夷音,天下熏然成俗。于是才士始依乐工拍旦之声被之以辞句,句之长短,各随曲度,而愈失古之"声依永"之理也。(《古今合璧事类备要》外集卷十一)

这一段话,第一次明确提出了胡乐入华与词体发生的关系。将之转换为当下所习惯的表述,大体意思是:其一,南北朝时期,北方讴谣"淆糅华夷","古乐府之声律不传",意指当时北方的民间歌曲由于华乐、胡乐相交融而发生了很大变化,是为唐"长短句"产生之前广阔的、底层的"社会背景"。所谓"无复节奏",亦即宋陈旸《乐书》所谓唐代的民间歌曲"间杂繁促,不协律吕"和"篇无定句,句无定字"。其二,隋及唐初,宫廷礼乐吸收胡乐律调制定了"八十四调"。其三,开元、天宝间,宫廷乐风败坏,雅乐传统不为君臣所重,娱乐燕乐("君臣相为淫乐")大兴,由来已久的"淆糅华夷"音乐风气流行宫廷而"夷音"颇盛。其四,本由下层传染到上层的喜好"淫乐""夷音"之风,复由上层的推动而蔓延社会。风气之下,"才士始依乐工拍旦之声"作"长短句"——"词",就这么产生了。

显然,整个叙述的中心是"胡乐入华而词生"。首先值得深味的是:唐人"词之起源"论中只字未提的胡乐,却由南宋人拉出来作了历史主角,其间不仅是个学术的问题,对此说来话长,且不论。当然,这并不影响对其学术意义的提取。上述四点,可谓对词体产生的全过程作了一种历史学、发生学的描述,叙述的骨架则是"采民甿者"和"因声度词"两点的推衍。所谓北方讴谣"淆糅华夷",所谓"明皇尤溺于夷音,天下熏然成俗"云云,都是为了把"胡乐入华"的影响贯彻到民甿中去,说明才士"依乐工拍旦之声被之以辞句"的"声",是"淆糅华夷"的。不过,在解读中颇得当心:"淆糅华夷"并不意味着"夷"为"主体",华、夷孰为主导颇须深究;"天下熏然成俗",也不意味着天下音乐皆"溺于夷音”，此“夷音”在何音乐范围中张扬，尤当注意，器乐或有可能，而以汉语传唱的歌曲，则由汉语声调和语词间隔节奏的“音乐特性”所决定，断无“溺于夷音”之可能。如此等等，下文还要说到，暂且不论。这里仅从学理上说明几点：其一，将“胡乐入华”作为词体产生的历史前提，不管是谬误还是正确，学术上的贡献在于提出了华乐、胡乐的交流和词体产生的关系，深层的学术指向则是华文化与异质文化的历史交流问题。这一命题的提出，开辟了探究“词体起源”的一个新视野，大大拓宽了“词体起源”研究的历史内涵和文化内涵。其二，《复雅歌词序》继承了《乐府古题序》的文化意识和技术路线相结合的阐释构架，把“词体起源”限定为一个特定历史时段中的文化现象，提出了民甿、宫廷、乐人、文人的四维关系，这就启示我们：文人采用民甿之曲创作歌辞，是通过多种中介实现的。民间歌曲向社会各种文化圈的扩散和再扩散，使文人们获得了各种各样采用民间歌曲的渠道，因而文人和民间歌曲并非仅仅是直线联系，而是通过复杂的社会网络沟通的，这才是元稹所谓“采民甿者”的全部含意。其三，立足于歌词的音乐和文学的双重身份，将二者配合中的技术操作（“句之长短，各随曲度”）视为词体形成的关键。这样，“词体起源”乃在具体的生成机制上成为一个发生学课题。因此，《复雅歌词序》叙述的具体内容未必完全正确，但其建树的学理框架，却使“词体起源”成为一种历史学、社会学、文化运动与实践技术相结合的综合性发生学研究，也就是说，“词体起源”研究由此具备了一个可以用历史事实和技术原理加以验证的“学术语境”。或许正由于此，虽然以胡乐入华为主话语的词体起源说直至清代均应者寥寥，但到了20世纪却成一种主流观点。

三、20世纪的“词体起源”论及其学理反思

20世纪，“词体起源”是词学研究中的热点之一。前代的“长短句

史"溯源论、"填实泛声"说及由之派生的"词体胎生于绝句"说等等,皆有论者,然大体均不出旧说,新意不多,可置弗论。影响最大并至今仍然流行的主流观点是"胡乐入华而词生"说,与之相对抗的则是词体源出民间说,持中间路线的则是拼接"胡乐""民间"说的二元论。

(一)"胡乐入华而词生"说

"胡乐入华而词生"说于二三十年代开始流行,影响至今。最初的代表观点如下:

> 词的起源,只能这样说:唐玄宗的时代,外国乐(胡乐)传到中国来,与中国的残乐结合,成为一种新的音乐。最初是只用音乐来配合歌辞,因为乐、辞难协,后来即倚声以制辞。这种歌词是长短句的,是协乐有韵律的,——是词的起源。①

显然,此说继承了"胡乐入华"说的学理构架和主要观点,但在具体内容上却有所修改:省略了《复雅歌词序》中有关"民"的一端;把胡乐直接指认为"外国乐",将"淆糅华夷"替换为中国乐已成"残乐";由此出发,把朱熹的"填实泛声"引申为新乐种与旧诗体"乐、辞难协",所以产生了"倚声以制辞",从而导致了"词的起源"。

60年代,也许是觉察到如此藐视本土音乐实在有些不妥,所以,胡先生和一些论者小心地对上述观点作了微妙更动:避开"外国乐"字样而只言"燕乐",只是此"燕乐"的"主体"乃是北周以前"自外传入的大量胡乐",再加上一点"民间音乐的成分";更聪明的是把"外国"表述为"西域",把"国"修改为"民族",谨慎地避开"五胡乱华"而只谈"周隋以来",将"燕乐"性质含糊地表述为"主要是周隋以来西北各民族传入的燕乐",同时"包含"了一些传统的清商乐,形成了至今仍在通行的

---

① 胡云翼《宋词研究》,上海中华书局1928年版。

“燕乐生词”说——

> （燕乐）是在北周以前从印度中亚西亚经新疆甘肃而传入中原一带以琵琶为主要乐器的新兴音乐……“燕乐”传入中原后，也受到民间音乐的影响，其中也有部分民间音乐的成分，但其主体乃是自外传入的大量“胡乐”。（涂宗清《诗词曲格律纲要》）
>
> 配合词调的音乐主要是周、隋以来从西北各民族传入的燕乐，同时包含有魏、晋、南北朝以来流行的清商乐。燕乐……音律变化繁多，五七言诗体不容易跟它配合，长短句的歌词就应运而生。（游国恩等《中国文学史》）

显然，这种观点大体上仍然是“胡乐入华而词生”说，或者说是以胡乐为主体的“燕乐生词”说。论者大多以“胡乐入华”为主干，从历史、文化、乐理等等方面展开，其要点和逻辑构架大致如下：

1. 词体是由一种新的音乐带生的。理由是：词的特性首先体现为音乐性，没有新的音乐就不可能有新的词体。

2. 隋唐时期，新的音乐乃“燕乐”。理由是：隋唐燕乐是在胡乐入华背景下形成的，以胡乐为主体，不同于原有的汉民族音乐。

3. 词体产生的具体原因是燕乐要求新的歌词体相配合。理由是：燕乐音律变化繁多（具体表现为“燕乐二十八调”），曲折冶荡，齐言诗很难与之相协，长短句歌词乃应运而生。

4. 词体的技术性生成机制是“以曲拍为句”。理由是：此前的乐、辞相协没有同样的方式。而歌辞创作以曲拍为句才会成“长短句”，才能体现和配合胡乐—燕乐的“曲折冶荡”。

上述四点，仅从其“逻辑”看，似乎顺理成章，问题在于其“逻辑”能否得到历史事实的全面支持。敏感的学者首先觉察到了“胡乐—燕乐”说的两个学理缺陷：一，以上层文化圈发生的“胡乐入华”现象覆盖整个中国的音乐状况；二，把“词”预设为单一的文人词而忽略了民间歌辞的存在。因此，“胡乐—燕乐生词”受到“词源民间”的质疑，势在必然。

(二) 词起源于民间说

1964年,阴法鲁在《北京大学学报》第5期发表了《关于词的起源》,首先在历史的“文化逻辑”上对“胡乐—燕乐生词”提出了强烈的质疑:

> 中原地区有丰富的民间音乐和音乐遗产。在这种情况下,如果说,隋唐时代中原地区的广大人民在音乐活动中,把土生土长的反映自己生活的民间音乐和世代继承的传统音乐都放在一边,而以西域音乐为主,那是难以想象的事情。

当然,“逻辑”只是对事实的概括和事实关系的提炼,通过对若干资料的辨析,阴先生提出了与当时流行的“燕乐—胡乐生词”说完全相反的观点——

1. 唐代“燕乐”不是以西域音乐为主。
2. 词所配合的乐曲主要是中原地区的民间乐曲。
3. 民间曲子词的出现,大约在唐高宗时。

阴先生的论述,颇得力于两年前出版的任半塘《教坊记笺订》中的相关研究。在《教坊记笺订》中,先生不囿于正史资料,采用了极传统也是极有效的方法:考证燕乐的基本实体——曲调。结果是:“盛唐曲名,见于《唐会要》者,以六十余调之胡歌为著;若见于此书者,则以八十余调之清乐为著。——彼此之表现相异、相反。故论本书曲名之内容,比较上尚可代表初、盛唐之时代、及我汉民族自己之所有音乐”,“可以肯定为外国乐者,不过三十五调”,“唐人于胡乐特盛之际,绝未抛弃原由之乐”。而在更早的《敦煌曲初探》中,先生曾总结、考证出这样一些数字:敦煌曲用调69,见于《教坊记》者45。敦煌歌辞,盛唐时期40首;盛唐以后22首;五代6首。如果将这些曲调与《教坊记笺订》中考证的曲调相对照,则可知其中仍是华乐居绝大部分,胡乐甚少。《唐会要》中的胡乐曲调,大率为仪式音乐和器乐曲而鲜有“词调”,《教坊记》中的35名胡乐曲调,在今存唐曲子辞中见有实例者不过数调而已。因此,先生的研究,为阴先生的三个观点提供了极有力支持。90年代,王小盾在《隋唐五代燕乐杂言歌辞研究》等书中进一步申述、扩充了任半塘、阴法鲁的观点,指出唐代曲子词的音乐主体乃是中华本土音乐,从而更有力地支撑了“词起民间”的观点,极有利于将“词之起源”导向历史的真相。

但是,虽然“词起民间”说提出的事实远比“胡乐—燕乐”说细致而全面,却没有推倒“胡乐—燕乐”说。原因在于:二说在学理上皆预设了同一前提——词体是由新的音乐带生的,但“民间说”并没有解释唐代汉民族音乐较前新在何处又何以新,所以没有也难以反驳“诗、乐难协”的问题,因而不得不把民间音乐纳入到燕乐体系中去,使民间音乐成为“燕乐”的一个组成部分,从而把以胡乐为主体的“燕乐生词”说,转换为以华乐为主体的“燕乐生词”说。这就给“胡乐入华而词生”留下了空间:既然提不出本民族音乐何以新的解释,就只能容忍燕乐所以“新”即在“胡乐入华”的解说。而在词体的技术性生成机制上,“民间”说则与“胡乐—燕乐”说立场一致,认同“因声度词”,因而势必要把文人词作为词之起源的阐释中心,“词源民间”实际上便成了没有历史价值的命题。因此,“民间说”尚未建立一个周密的学理框架,自然难以驳倒“胡乐—燕乐”说。于是,在当下通行的各种文学通史教科书中,就只能将“民间说”与“胡乐—燕乐”说拼合成一个别致的二元论:词“起源”于民间,但“不成熟”;词体的“成熟”,是在燕乐引进胡乐而面貌一新的背景下,文人采用燕乐“依声填词”的结果。至于这“不成熟”的词体与“成熟”的词体究竟区别何在,二者有无关系,乃置而不论,以“不说”暗示和默证其间并无重要联系。如此一来,词的产生归根结底仍然通向“胡乐入华”,词体的“成熟”,又只是文人的事,民间词在词体发生史上便成了没有什么实际意义的存在,或许出于兼顾各种观点的考虑,姑淡淡捎一句“词起源于民间”,实际上只是个被搁置的无足轻重的命题。

“民间”说与“胡乐—燕乐”说的对抗最终形成这样的结果,令人深思。看来,对“词之起源”诸说,仅在细节上判断谁是谁非不能解决问题,而需要在学理上予以整体性反思。

(三) 20世纪“词之起源”论的学理反思

对20世纪“词之起源”论的学理反思,关键有三点——

其一,“词之起源”命题本身的反思:“词之起源”的研究指向和学术语境。

“词之起源”的研究,研究指向含混和学术语境模糊是根本症结所在。词学界至今对“词”的定义尚未完全统一,而“起源”又是个弹性概念,在不同的语境中有不同的涵义。古人从对“词体”的各自理解出发,在源源不断的歌词传统中各取某一端作为词体之“源”,在某种意义上均可成立;今人从对“词体”构成的各自理解出发,从音乐、文体、技术上分别强调某一点乃是词“体”的根本以究“起源”——如词体之本在其音乐是唐代的“燕乐”、词体之本在“格律”、词体生成的标志是“以曲拍为句”等等,在某种意义上也都不错。但我们是否可以先撇开种种词“体”的认定标准,从客观实体出发,将“词”规定为全部“唐代传唱的汉语杂言歌辞”,把“起源”理解为其文体样式从野生形态到规范形态的建构过程,从而消解“起源”指意的模糊性,把音乐、文体、技术诸因素贯通为一个有机整体,使“词之起源”的讨论具备一个明确的研究指向和开阔的学术语境,把“词之起源”的静态解说,转换为唐代杂言歌辞形态发生与建构过程的动态描述,使“词体的产生”成为一种具体的、实证的发生学研究。在这样的学理思路中,民间歌词不再是一个无足轻重的存在,其生成、传播和扩散,在词体发生史上具有至为重要的意义,文人词则在和民间词的联系中方显出对词体建构的贡献。这样,“采民甿者”这一被淡忘的历史记忆势必要重新唤起,由其指向和牵引的各种历史内容:唐代民间歌词语言上的时代特征与乐、辞共生方式、“里巷”之曲与“胡夷”之曲的相互关系、民间词的传播扩散及其和文人词相联系的各种中介——瓦肆里巷中各种歌曲的传唱、宫廷燕乐对民歌的采用、燕乐曲调向文人“词调”的转化及扩散、文人与乐人歌伎在音乐活动中的交往、文人歌词创作中的交流等等，凡是与词体建构相关的现实活动，都应成为“词体发生建构史”考察的内容。在这样的学术语境中，“起源”不是一个静态的“点”，而是一个动态的“过程”，“词体起源”的研究指向，不仅是词体的生成，更包含着对词体赖以生成的人的社会活动和文化意识的研究。其中，词在社会运行中的音乐传播与文本传播的交叉转化，是词体生成史上的关键命题之一，词体的典范形式“律词”的产生，只有在词的“声歌”和“文学”双重身份的复杂运行中，才可能获得透彻的理解。词体发生学的研究，不单是静态的文体分析，也不仅仅是对词之音乐风格的猜想和乐理解说。因此，当代对“词体起源”的研究，首先需要的是明确研究指向和建构立体化的学术语境。

其二，“词之起源”阐释前提的反思：音乐与歌辞文体生成的关系。

某种新的歌辞文体产生于某种新的音乐，或者说新的音乐要求某种新的歌辞体相配合，是 20 世纪“词之起源”论共同的阐释前提。然而，这一也许人们认为无须证明、所以谁也没有证明的前提，却存在着致命的学理失误。

所谓音乐与歌辞文体的关系，指的是歌唱中音乐与歌辞语文样式的关系。此“关系”，可以通过具体实验给出基本模型。实验其实很简单，有兴趣者不妨一试：哼一支曲子中的两三句，不改变其旋律和曲拍而试着配唱齐言、杂言不同“文体”的歌辞，看看行不行，结果必定是一致的：歌曲与歌辞的语文形式是动态关系。在可容范围内，每一乐句可以歌唱的词句长短是任意的；每一首歌曲，可以包容的词句多少，在可容范围内也是任意的。比如前文所说的《新疆好》。再如“向前向前向前——我们的|队伍|向太阳”，“填词”唱为“红旗飘飘——人民|子弟兵，|迈步向前方！”也未尝不可。也就是说，一首乐曲所配歌辞的句数、每句歌辞的字数，不存在“唯一”的规定。所谓“由乐而定词”的“以曲拍为句”，即要求所填之词与音乐旋律“合拍”，而每一个“曲拍”可填的字数乃至句数是灵活可变的。因此，音乐之复杂与简单乃至“新”“旧”，并不决定歌辞语文样式的生成和变革，所谓“新音乐生成新辞体”，乃是一

个违背歌唱实践的伪定理。云胡乐如何“新”,如何与本土音乐不同,如何导致了隋唐燕乐的形成,如何在社会上风行等等,从而证明胡乐入华而词生焉,实际上都是在一个伪前提下的无效论证,音乐并不决定、更不“产生”歌辞的语文样式,又何来“胡乐入华而词生”焉?

另一方面,从歌曲音乐与歌辞言语“音声结构”的角度言,则二者又是相互制约的同构关系。此“关系”,主要有二端:其一,音乐的根本要素是节奏,语句以音乐传之,基本要求乃是节奏确当。语音顿延节奏错乱,乐不成乐,句不成意。比如“今天天气很好”,可以唱为“今天—天—气——很好——”;“今——天——天气——很——好——”等若干样式,倘若歌唱的间隔节奏为“今—天天—气很——好”,闻之必不知所云。因此,歌曲音乐要与歌辞相和谐,就要使若干相对独立的旋律单元,与歌辞的词组语义在节奏顿延上保持某种对应和协调。汉语歌曲,唱词字数可以多寡不限,“泛声”多少可以灵活,但必须与汉语语词结构的顿错节奏相符契。其二,汉语语音不同于其他语种的乃是有“四声”,汉语言语的“四声相搭”,决定了汉语歌曲乐音的基本结构模式,“音声”的旋律走向乃与“字声”的抑扬走向相对应,“音”、“字”不协,歧义顿生。比如“你是灯塔”,唱为 3 · $\underset{\cdot}{\underline{1}}$ 63(一字一声),“塔”成平声,听起来就容易讹为“你是等他”。所以,歌曲音乐说到底乃以语音为根基,因而不同语种的歌曲在节奏旋律构架上是大不相同的,这是汉族歌曲与他民族歌曲一听就不同的根本原因。严格说来,某种语种的歌曲,只适合传唱本语种的歌辞,倘若配以他语种歌辞,要么神韵难存,要么不免难听,要么根本唱不起来。因此,今存唐代词调,胡乐极少是必然的。胡乐曲调转化为汉语歌曲,必须在节奏旋律上适应汉语之音声,而不可能汉语改变语音去顺应胡乐,因而胡乐必须且必然“汉化”。一个民族的语言不变,其歌曲音乐无论吸收什么外来音乐,必化于我而丰富我,整体性状不会剧变,更不会质变。所以,即使唐代的器乐、舞乐等等音乐领域都是以胡乐为主体,唯独歌曲领域不可能,学理上如此,历史事实也是如此。云胡乐入华改变了华乐的音乐品质,以致华乐之“新”、“旧”判然相隔,至少对歌曲音乐而言乃是妄论,曰胡乐入华而词生，当然也就是无稽之谈了。

因此“胡乐—燕乐”说学理上的一个致命失误，在于疏忽了词体最重要的本体是汉语，对“歌”而言更是活的口语，想当然地设定歌辞文体由音乐决定，更无视汉语歌辞的“本体”乃汉语，是乃“路头一差，愈骛愈远”。胡乐入华而对华乐有各种影响，是事实，影响到什么程度，在什么音乐范围中具有什么影响，当具体分析，将“胡乐入华”或“燕乐”的“整体叙述”简单代入词体起源的解说，脱离汉语歌唱之实践，既违学理，亦违历史。

其三，“词体起源”的发生学反思：词体的生成机制。

词体，是人所创造的、服务于人的人间事物。词之实体的诞生，其生存方式和价值意义，都是在人们的社会活动中实现的。在对人所创造的事物之“起源”的研究中，科学的路径是首先探究其起源的人为过程，在全面考察其运演过程的终端，才将其“特殊性”在人的创造中怎样体现又怎样凝聚的过程，作为一个分析性的命题提出。循此学理，才可能对某事物的“起源”作出符合历史真实的完整阐释。

由之反思 20 世纪至今的“词体起源”论，便会发觉一个严重的学理缺陷：仅从物化的音乐（乐理、风格等）出发解释词体的生成理由，忽略了人之行为的主体性。作为歌辞，词体当然与音乐紧密相联。但这种“相联”是歌唱中的相联，人们所说的词体的“音乐性”，严谨的表述应当是“传唱性”，只有在传唱中，音乐和歌辞才成为一体化的有意义存在。因此，只有从人们的歌唱实践、传唱活动和传唱方式中才能把握词体的生成机制。关于此，要说的很多，诸如民间“歌永言”的歌曲音乐生成方式、民间传唱中乐与辞的一体化、文人词作与传唱者的分离、文人“因声度词”之“声”从乐声向“字声”的本位转移与“律词”的生成等等，笔者此前已说过不少。这里仅从词体的声歌与文学双重身份的角度，强调最根本的一点：歌辞，是歌唱形态的语言文学。某种歌辞文体的“起源”，发生于融合歌唱而进行的某种口头的、书面的文学创作。某种歌唱方式与某种语文方式主动的、自觉的双向建构，乃是某种歌辞文体生成的根本机制。唐代民间词体，是民间歌手发自天然的乐、辞双向建构的产物,乐随词生,词随乐行,故鲜活、自由、常新;唐代的文人词体,是文人以“因声度词”的方式主动参与乐、辞同构的结果,故严谨、规范、稳定。而在唐代以前,文人虽然也作“拟乐府”之类的歌词,甚至有一些颇似“词”的创作,但文人们尚未主动、自觉地参与到乐、辞建构中,而是把乐、辞的配合交给乐人,所以并没有在音乐上自觉参与的“词体”意识,更不可能有唐代曲子词的语言特征,只有在这样的意义上,我们说唐前文人无“词”。因此,确认唐代文人“词体”意识的起始,当以文人自觉参与乐、词的有机配合为标志。但必须注意:文人的“词体”意识与“词体”的“源头”在哪里,并不是直接同一的命题。就文人言,“以曲拍为句”显示文人开始有了某种自觉的“词体”意识,词体的格律化则是文人词体最终完型的标志;而就民间言,“以曲拍为句”本是歌唱中音乐与歌辞相配合的通则,任何正常的歌唱配辞,都必然要“以曲拍为句”,歌曲的“倚声填词”与“就词传声”,本是一体之两面,是为歌唱中的天然之理。因此,判定唐代民间“词体”,当以唐代民间特有的歌辞“语体”为标志,敦煌曲子辞便是其例。或许民间乐人歌手对“以曲拍为句”的“因声度词”只善实践而不解其理,但其技必熟,其理自存,只是到了中晚唐五代,由于种种原因,若干“知乐”文人乃会同乐人歌伎在理论上总结之,技术上规范之,形式上固定之,终于形成一种普遍的歌词创作规则:“因声以度词,审调以节唱,句度长短之数,声韵平上之差,莫不由之准度。”从而把民间歌曲与歌辞配合的“粗糙”打造成“精致”,“随意”规范为“统一”,“口语化”提炼为“书面化”,“音乐化”转化为“文本化”,完型的“律词”遂渐生成,文人的“词体”意识乃成日益普遍的“自觉”。然文人“词体”最初的原型从哪里来?唐人说:采民甿者也。

四、结语

“词之起源”学案延续千余年,述者多多,观点多多。本文只是以学理反思为主要指向,选择了几点重要的内容加以论述。而本文所述

“词之起源”研究中的三大缺陷——研究指向和学术语境的偏狭模糊、目及一隅便作“总体叙述”阔论高谈、忽视文艺形式建树中文艺的社会运行和人之行为的主体性——在其他研究中似乎也不鲜见。当前的学术研究，窃以为学理建设乃是一个值得重视的大课题。所谓学理，包含甚广，简言之即把握事实和揭示事实间因果联系的认知观念、基本方法、具体途径和技术规则，化入实际操作便是如何“找关系”。所谓“学理反思”，就是依据事实重新审察以往的学术话语所呈述的“事实关系”，解析其以何种认知观念、何种具体途径和方法手段而建立的“关系模型”。贫乏的学理是根本“没关系”，荒谬的学理是胡乱“拉关系”。学术研究若无学理，学术实际上也就不复存在，从这个意义上说，学理是学术存在的本体。面对过去，只有在学理建树上有所超越，才能在学术成果上有所超越，学理反思的根本意义即在此。所以，学理反思不妨苛刻，因为反思的根本精神在于否定和超越；反思本身当然也可能发生错误，但反思中的错误也可以成为学理建树中的一种借鉴。目前学界都在提倡学术上的创新，但创新的必要前提是对既有的反思，不解其旧焉能创新？前几年，学术界曾对过去的百年学术作了非常有价值的回顾总结，现在是否应当把这一工作继续深化到具体学案的反省，把过去偏重观点归纳的“回顾”程式，深化为学理结构的反思，把新的学理建树作为当代学术进展的重要支点和学术使命。

（原载《文学评论》2006 年第 3 期）

华乐、胡乐与词：词体发生再论

序　言

今所谓“词”，指隋唐时期产生的一种歌辞文体。其“体”之特征为：一、有词调（或曰“词牌”）标识。二、全辞由“长短句”构成。三、具有相对统一的“格律”（篇有定句，句有定字，字有定声）。词体之发生（或谓“起源”），是词学中最富有学术含量的命题之一。从宋代至清，皆有所论。20世纪，词体之发生，是词学中讨论最多的问题，其围绕的核心则是词体之“长短句”形式与音乐的关系。至今，代表性论述如下：

一、“词（体）最根本的发生原理，在于以辞配乐。是诗与乐在隋唐时代以新的方式再度结合的产物。”

二、词所配的是隋唐新起的燕乐。“燕乐是在从北朝开始胡乐陆续入华的背景下产生的。”胡乐“能形成繁复曲折、变化多端的曲调”（言下之意，原华乐是不能形成这样的曲调的）。这样的胡乐“给了华夏音乐发展带来强大的推动力”，经胡乐、华乐的不断融合，“形成了包括中原乐、江南乐、边疆民族乐、外族乐等多种因素，有歌有舞，有新有旧，兼收并蓄，包罗万象的隋唐燕乐”（言下之意，此时华夏的“新”“旧”“中”“外”之乐，皆可“形成繁复曲折、变化多端的曲调”了。姑谓之曰华乐“胡化”）。“它拥有鲜明的时代特征（即“胡化”也），适合广大地域和多种场合，特别是以‘胡夷里巷之乐’的俗乐姿态，满足着日常娱乐的需要”。“词(体),正是在这燕乐的需求下产生的”。

三、词的格律和具体修辞特征的形成,还与酒令著辞有关。以教坊为代表的俗乐机构,以及以教坊妓为代表的歌舞艺人,在众多曲调的创制、形成过程中,起了重要作用。

四、词(体)起源于民间。“但未臻完全成熟。文人从隋代到初、盛唐,创作呈偶发、散在的状态。词体在民间兴起后,盛唐和中唐一些诗人,以其敏感和热情,迎接了这一新生事物,开始了对新形式的尝试。”于是,词体成熟了。

以上四点关于词体的发生说,乃是学界有关研究成果的概括综合——所谓胡乐入华而成燕乐而后词生等等,是对古今类似说法的保留,古有“歌曲变态起自羌胡耳”(明王世贞《曲藻》)云云;今有谓“配合词调的音乐主要是周、隋以来从西北各民族传入的燕乐,同时包含有魏晋南北朝以来流行的清商乐。燕乐……音律变化繁多,五七言诗体不容易跟它配合,长短句的歌词就应运而生”(游国恩等主编《中国文学史》)。所不同的只是绕了个弯,把旧说胡乐与词体的直接连接,转换为受胡乐“推动”而“胡化”(“繁复曲折、变化多端”)的、“包罗万象”的华夏“燕乐”与词体的连接,并以“词起源于民间”把敦煌歌辞发现后学界将“燕乐”歌辞与民间歌辞作为影响文人词的两条线索,以“包罗万象”的“燕乐”定义将之连接在一起。

以上关于词体的发生说,是由这样的思路展开的——词之性质在应歌,故新歌辞体必是应新乐而生;唐之“新乐”乃胡乐,故词体当应胡乐而生;胡乐所用在燕乐,故词体乃燕乐之产物。然敦煌所存民间歌辞事实昭昭,故云词体起源于民间,为保持“逻辑”一致,故将民间音乐亦纳入燕乐范畴。最后结论实际上还是这话:唐代的音乐产生了词体。为什么唐代音乐会产生词体?因为胡乐入华改变了华乐。这就是今天几为学界公认的“胡乐入华而词生”说。但是,这看似面面俱到的词体发生说是有不少疑问的:

其一,从逻辑关系言,所谓胡乐入华而产生燕乐,此燕乐首先是宫廷燕乐,然词体却起源于民间,为何宫廷乐人和文人不先于民间创造出“词”?

其二,与此相联的问题是:华乐之“胡化”,宫廷燕乐与民间音乐孰前孰后,抑或同时?中华地域广大,胡乐“推动”民乐“胡化”,是怎么“推动”的?史实依据何在?传统“旧”乐又如何“胡化”得“繁复曲折、变化多端”起来,以致可以配“长短句”?

其三,历史的“燕乐”概念名义为何?民间音乐是否可纳入“燕乐”系统?将“燕乐”概念泛化为唐之“时代音乐”,云燕乐与词体之关系的具体指向何在?

其四,胡乐入华并非“从北朝起”,即使如是,当时为什么没有产生“词”?隋唐以前,华乐是否不能配以杂言歌辞?唐代“诗、乐再度结合”,此前何时有过诗、乐脱离之情形?有徒诗之体,并不意味着“诗、乐分离”,所谓“诗、乐再度结合”,此“诗”何指、何义?

其五,“繁复曲折、变化多端”的音乐是否必须与“长短句”相配而难与齐言歌辞相合?

其六,“依调填词”的本质何在?词之“格律”的形成机制究竟为何?

如此等等,皆须依据事实、学理说话,不能用想当然尔的若干推理来拼合历史。对这些问题,本文难以一一详加讨论,只能就华乐、胡乐、燕乐与词体之关系与词体何以形成呈一孔之见。

先从华乐、胡乐、燕乐与“胡乐入华”谈起。

一、华乐、胡乐、燕乐与胡乐入华

华乐,仔细说来一言难尽,其本义指汉民长期生活之地域间由汉民创造的所有音乐。胡乐,主要指中国古代西域一带及北方少数民族的音乐。燕乐,本意指宫廷宴会之乐。其源可溯至上古周制,《周礼》:“磬师,掌教击磬,击编钟。教缦乐、燕乐之钟磬。”“旄人,掌教舞散乐,舞夷乐……凡祭祀、宾客,舞其燕乐。”《周礼正义》孙诒让按:“燕乐用

'二南',即乡乐,亦即房中之乐。盖乡人用之谓之乡乐,王之燕居用之谓之燕乐,名异而实同。"由此可见,华乐、胡乐是音乐品类概念,其名义之别在"体";燕乐乃音乐功能概念,其名义之本在"用"。故燕乐即"王之燕居"所用之乐,别无它解。历代正史所称燕乐,皆此义。沈括云唐代"以先王之乐为雅乐,前世新声为清乐,合胡部者为宴(燕)乐"(《梦溪笔谈》),其"宴乐",亦是此意。全句意指雅乐、清乐不杂胡部,而唐燕乐既用雅乐(如破阵乐),亦用清乐(如法曲),同时亦用胡乐,此即所谓"与胡部相合"意,故雅乐、清乐、燕乐不是平行概念,并非如说者所云之"三种类型的音乐"。古人说话不那么"逻辑",但我们却不能以今天的"逻辑"误解古人之言。

燕乐既是用乐之概念,用乐不同便构成燕乐之差异,然在总体格局上,华夷之乐并举乃是历代燕乐之常情。周之燕乐已既有华乐(二南),亦有"夷乐"。此"夷乐",乃"四夷之乐",当是包括了后世所谓"胡乐"的。这就说到"胡乐入华"问题了。

从《周礼》中"夷乐"已成一专门乐类,有专人掌教看,外族音乐入华在先秦即已发生,惜其详情已难考知。汉代的"胡乐入华",可知的多一些,最典型的为西汉李延年的"新声二十八解":

> 胡角者,本以应胡笳之声,后渐用之横吹,有双角,即胡乐也。张博望入西域,传其法于西京,惟得《摩诃兜勒》一曲,李延年因胡曲更造新声二十八解,乘舆以为武乐。后汉以给边将,和帝时,万人将军得用之。魏晋以来,二十八解不复具存,用者有《黄鹄》《陇头》《出关》《入关》《出塞》《入塞》《折杨柳》《黄覃子》《赤之杨》《望行人》十曲。(《晋书·乐志》)①

此"新声二十八解",乃"因胡曲更造新声",本之胡乐而并非就是

① 本条资料:有论者谓《晋书》引自崔豹《古今注》,然《汉书》无载,故疑其不信。然正史所记,多为为据。无确切资料,不可轻易否之。

胡乐。李延年造之入横吹，故汉代的横吹乐当有胡乐成分，但既是“更造”的“新声”，准确说来乃是吸收了胡乐的华乐，既非传统华乐，亦非完全的胡乐，相对二者皆是“新声”。

汉代鼓吹乐也有胡乐成分。鼓吹乐，本源于北方边地游牧民族。《汉书·叙传》云：

> 始皇之末，班壹避坠于楼烦，致马牛羊数千群。值汉初定，与民无禁，当孝惠、高后时，以财雄边，处出入弋猎，旌旗鼓吹。

汉乐府所制鼓吹乐是否也是“更造新声”，史无确载，据“二十八解”情况推断，似乎也不会是胡乐的原版。

但不管怎么说，汉代的横吹、鼓吹乐吸收了胡乐则是事实。可惜汉代乐府所制的横吹歌词今无存，所幸的是尚有后世歌词可参见，如“二十八解”中魏晋以来尚“用者”的《折杨柳》。《乐府诗集》于《折杨柳》解题云：

> 《唐书·乐志》曰：“梁乐府有横吹曲云：‘上马不捉鞭，反拗杨柳枝。下马吹横笛，愁煞行客儿。’”此歌词，元出北国，即鼓角横吹曲《折杨柳枝》是也。《宋书·五行志》云：“晋太康末，京洛为《折杨柳》之歌，其曲有兵革辛苦之辞。”

值得注意的是：此“元出北国”的“梁乐府”《折杨柳》，语言质朴，与汉乐府歌辞风格相类，其乐是否为李延年“更造新声”所“因”原始胡乐的民间流传，不得而知。但其歌词文体乃是齐言，即使是胡语的汉语翻译，亦说明汉魏六朝的“胡乐”歌辞是可用齐言的。

而汉代的华乐歌辞却有不少乃“杂言”。如《巫山高》：

> 巫山高，高以大。淮水深，难以逝。我欲东归，害梁（疑为“娘”别字）不为。我集（疑为“急”别字）无高曳，水何梁（疑为“凉”别字），

汤汤回回。临水远望，泣下沾衣。远道之人心思归，谓之何！（《乐府诗集》卷一六《鼓吹曲辞一》）

此歌当是江淮一带的民歌，其乐当然为华乐。也就是说，早自汉代，华乐，尤其是民间音乐，便可配以杂言歌辞。至于上层之“歌诗”，亦每见杂言，如人们熟悉的《大风歌》《垓下歌》。当然，这并不意味着汉代华乐比胡乐“繁复曲折”——尽管在今存汉魏南北朝辞中很难找到纯粹胡乐的杂言歌辞，相传汉末蔡文姬的《胡笳十八拍》，采用的文体是典型的“楚歌体”，但我们宁愿相信其与胡乐相合是圆融的。也就是说，早自汉代，华乐、胡乐均可以与齐、杂言歌辞相配合。但令人百思不得其解的是：怎么到了隋唐时期，中华“传统的音乐”就“退化”成“宜于配合五、七齐言诗”而难与杂言相合，是历史真的存在这种“退化”？还是这一说法本身即有问题？

汉代以后至唐前，胡乐入华可谓一直未断，限于篇幅，本文不再展开。仅提示四点：1. 胡乐入华是中国古代，尤其是中古时期音乐文化史上持续不断的现象，并非为唐代所“特有”。2. 胡乐入华产生较大影响，主要在上层文化空间中发生，而对民间音乐、尤其是乡土音乐影响甚微，只是在与胡域交界之地区一带，其民间音乐或见胡乐影响之痕迹，其他地区，胡乐之影响甚小。3. 胡乐入华，丰富了华乐的建构，但从未在根本上改变华乐之性质，更未有取代华乐成音乐主流之事实。4. 与本文歌辞体讨论有关的是：魏晋至唐前，无论华乐、胡乐歌辞，皆齐、杂言并存而以齐言为多。就杂言歌辞言，用华乐者则远多于胡乐。

综上所述，用意在阐明：隋唐“胡乐入华而词生”说，是没有“历史前提”之事实依据的。我们难以想象：至隋唐，胡乐一下子“进化”得“繁复曲折、变化多端”，华乐则“退化”得单调刻板，以致需要胡乐来“推动”之、“改变”之。隋唐前胡乐入华从未间断，而“传统的华乐”和“传统的胡乐”都以配合齐言歌辞为主，为何隋唐时期胡乐可以“进化”，华乐不能？我们为什么不立足于华乐本体的发展寻找“词体”产生的理由？

二、唐代的“胡乐入华”“燕乐”与曲子词

唐王室本关陇世族,关陇乃汉胡杂居之地,李氏家族即与胡人有姻亲关系,故人云唐代“胡风”颇盛。其实,此乃和其他王朝相较而言,唐文化为汉文化是毋庸置疑的。然唐代胡乐入华甚于前代也是事实。关于此,说者屡言的是“十部伎”。《旧唐书·音乐志》:

后魏有曹婆罗门,受龟兹乐于商人,世传其业。至孙妙达,尤为北齐高洋所重,常自击胡鼓以和之。周武帝聘虏女为后,西域诸国来媵,于是龟兹、疏勒、安国、康国之乐大聚长安,胡儿令羯人白智通教习,颇杂以新声。张重华时,天竺重译供乐伎,后其国王子为沙门来游,又传其方音。宋世有高丽、百济伎乐,魏平冯跋,亦得之而未具。周师灭齐,二国献其乐。隋文帝于陈,得清乐及文康礼毕曲,列九部伎,百济伎不预焉。炀帝平林邑国,获扶南工人及其匏琴,陋不可用,但以天竺乐转写其声,而不齿乐部。西魏与高昌通,始有高昌伎。我太宗平高昌,尽收其乐,又造燕乐,而去礼毕曲。今著令者,惟此十部。虽不著令,音节存者,乐府尤隶之。德宗朝,又有骠国亦遣使献乐。

“十部伎”是云胡乐入华最有力的证据之一。确实,从宫廷音乐的角度视之,唐王朝用胡乐有过历代。但“十部伎”的根本意义何在?从上有关引文可以看出,其意义主要是“政治”的,而不是“艺术”的。古代弱者向强国献乐,是表示一种臣服;征服者对被征服者“收其乐”,乃是表示占有,“十部伎”的主要意义即在此。故“十部伎”除了龟兹乐,其他演出并不多。据《乐府杂录》,时梨园教坊肄习表演之乐有雅乐部、清乐部、鼓吹部、熊罴部、鼓架部、龟兹部、胡部、云韶乐、驱傩。较纯粹的胡乐有二部(龟兹部、胡部),源于胡乐而华化者一部(鼓吹部),用

胡乐较多者一部(鼓架部),故并不能以主要是仪式性的“十部伎”说明胡乐盛于华乐。此外,胡地乐器在唐代入华(如琵琶、觱篥等)对华乐影响亦颇大,但《乐府杂录》云唐有“三百般”乐器,仍以本华乐器居多,故也不能据此说唐代胡乐盛于华乐。因此,唐代胡乐虽盛于往昔,但决非盛过华乐,更未取华乐而代之。宫廷乐如此,民间乐更是如此。唐文献中有一些胡伎在华表演的记载以及“胡姬当垆”之类,其实是并不多见的新鲜事,惟其少,故文人有兴趣将其写入诗文,今人再将若干有关资料罗列在一起,就使人觉得胡乐在唐代独领风骚了,历史其实并不然。

“十部伎”,唐杜佑《通典》将之划为燕乐。这就要说到唐代的燕乐了。

《唐会要·燕乐》云“宴百僚,奏十部乐”,故唐代宫廷的仪式性燕享之乐主要为“十部伎”。只不过并非每次燕享全用之,只是在极隆重的宴会上才演出。

而唐人明确称为“燕乐”的有二指,其一是宫中“十部伎”中的第一部名“燕乐”,具体表演什么内容,史无明载。其二是宫中坐部伎六部之首名“燕乐”,由景云乐、庆善乐、破阵乐、承天乐四个部分组成,史籍云为“张文收所造”。这两种名义的燕乐,是以华乐为主的。

宴百僚时所奏的“十部伎”,当然以胡乐为主,但前文曾云,其功能是政治性的,重在象征意义,虽演出不多,史书却要大记特记,原因即在此。如《唐会要》特记胡乐六十余调,其意盖在示我唐“四夷咸服”,倒不见得其在宫中是大演特演的,故此六十余调见于《教坊记》曲名中的极少,实用意义其实并不大。至于“张文收所造”的“燕乐”,也是仪式性的,这两种名义下的“燕乐”,由于其特定的功能,和本文将要谈的“曲子词”都是几无关系的。

较之仪式性燕乐,宫廷中娱乐性宴会——如唐崔令钦《教坊记》所述的宫中“内宴”及“上于天津桥南设帐殿,大酺三日”之类,其乐则丰富得多。其中胡乐确是不少,如“多杂胡音”的坐立二部伎、《羯鼓录》所载的近百调胡曲等,若单将此类资料排比下来,颇给人以燕乐即胡乐之感,故宋以后人有说唐燕乐者,常常“以曲调内容的胡乐得名”(杨荫浏《中国音乐史纲·燕乐名义之变迁》),也是迄今尚有人引一二宋人语便说唐燕乐“以胡乐为主”的由来。但如果对唐娱乐燕乐作全面观,其实并不然。前文云及《乐府杂录》记载的宫中诸乐部:雅乐部,主要为仪式乐,娱乐宴会或一用之,其有“登歌”,音乐则“皆奏法曲”。“法曲”,本是地道的华乐,玄宗时诏与胡部合奏,是乃华、胡音乐相融合之典型。清乐,华乐之“前世新声”,表演中插以戏弄,如《弄贾大猎儿》。鼓吹,乃早已华化的胡乐,其功用有二,一用于仪式,如册礼之类;一用于娱乐之宴,是乃鼓吹中的“俗乐”,如“骑吹”。熊罴,源于六朝,属雅乐系统,娱乐宴会极少用。鼓架乐,本之吾华古老的鼓乐,亦用羯鼓等胡器,伎人表演主要是戏弄,戏类既有引自胡域而演本土故事的“钵头”,亦有传统的优戏,如《踏谣娘》;此外尚有跳丸吞刀等等杂技百戏。驱傩,源于古老的中华“方相氏”之戏,由优人妆扮神祇,食凶魔。云韶乐,由法曲衍成,其音乐、舞蹈,均地道华乐。由此看来,唐宫廷的娱乐“燕乐”,亦非“以胡乐为主”。即使“龟兹部”、“胡部”,虽是胡乐,但多有华化。龟兹部、胡部的意义,一在其有胡乐、胡舞,更具实质意义的是其部乐器以胡器为主,所奏之乐则不妨为华乐,如李世民所造之《破阵乐》,既在雅乐部,亦在龟兹部。可见胡乐入华即为吾华所用,而非胡乐之旧。而胡器所奏的华乐,仍然是华乐。正如今日二胡独奏和交响乐的《二泉映月》都是华乐一样。“十部伎”中的诸胡部,在宫中最派用场的是作为参军、戏弄、杂耍的音乐伴奏(参见《乐府杂录·俳优》)。因此,唐宫廷的娱乐燕乐是非常丰富的——华乐、胡乐共存,民间之乐、乐人之乐兼举,既保留了传统华乐,又汇集了各种外域乐种,但决非“以胡乐为主”,亦无由云个中华乐已“胡化”。

宫廷娱乐燕乐亦可称为“俗乐”,其源在隋文帝将宫廷乐分为“雅”“俗”二部。从功用言,“雅乐”指用于正规仪式之乐;“俗乐”谓娱乐之乐,与今日云俗乐为民间音乐名义有别。当然,“俗乐”从娱乐功能出发,吸收大量民间的、外族的各种时行的新老音乐,自在必然,从这个意义上说,时行音乐乃娱乐燕乐之母,娱乐燕乐确实“包罗万象”,但并非就是“万象”,二者并不能直接划等号,其吸收的最终只能是各种时行音乐之一部分，而不可能是全部。故本文下面所说的燕乐，乃取其历史本义，指官方音乐机构所采用的、用于娱乐宴会之诸乐。由此，本文的主论题“词体的发生”就应当从两个方向加以考察——从宫廷燕乐方面考察其曲子词情况，以明娱乐燕乐与曲子词发生之关系；从时行音乐方面考察其曲子词情况，以明时行音乐与曲子词的关系。然后再寻绎二者的交叉点，以得出唐曲子词发生情况的全面理解。如此，就当说到曲子词了。

考察唐曲子词与音乐的关系，有三项具体内容：一、今存民间曲子词的音乐来源；二、今存文人曲子词的音乐来源；三、今知唐教坊曲子词调的音乐来源。且分而简述之。

甲、敦煌曲子词调之音乐来源

据任半塘《敦煌歌辞总编》，今存敦煌歌辞用调如下：

凤归云　**天仙子**　**竹枝子**　**洞仙歌**　**破阵子**　浣溪沙　**柳青娘**　**倾杯乐**　**内家娇**　**拜新月**　**抛球乐**　**渔歌子**　喜秋天　**捣衣声**　定乾坤　宫怨春　**鹊踏枝**　**望江南**　**更漏长**　别仙子　*菩萨蛮*　**思越人**　怨春闺　**送征衣**　临江仙　**南歌子**　山花子　**泛龙舟**　**乐世词**　谒金门　生查子　**水调辞**　春光好　*酒泉子*　*赞普子*　**秋夜长**　再相逢　**定西番**　*献忠心*　望远行　**杨柳枝**　回波乐　木兰花　**捣练子**　**长相思**　*三台*　**西江月**　**虞美人**　**定风波**　*苏莫遮*　*感皇恩*　**水鼓子**　**皇帝感**　**还京乐**

行路难　**五更转**　**十二时**　百岁篇　**阿曹婆**　**斗百草**　**何满子**　*剑器词*　**郑郎子**

山僧歌　**五更转兼十二时**　歌乐还乡　*望月婆罗门*　失调名(29调)

（注：黑体字者为华乐；楷体字者为胡乐；宋体字者为暂不可判别者）

以上所录曲调，歌辞绝大部分为民间作品，文体形式为杂言。若干佛曲曲调未录。因佛曲曲调并不多而情况较复杂,且为另一歌词系统,虽流行中华,但主要在其自身系统中运行,对华乐影响甚微,故未录,只是将其中别有意味的华乐曲调《五更转兼十二时》录上(按:北曲“带过”一体,唐代已出现,此即明证)。诸曲调判为华乐之依据,乃参照任半塘先生所定华乐性质七类(见下文)厘为六条原则:

其一,前代相传之乐。如《思越人》《长相思》《行路难》等,乃六朝乐府曲调。

其二,“造”曲者和调名可考为华人者。如《破阵子》《倾杯乐》《水调辞》《水鼓子》《柳青娘》《何满子》《郑郎子》《虞美人》《皇帝感》。

其三,调名之意为华俗者。如《拜新月》《鹊踏枝》《送征衣》《捣练子》《斗百草》。

其四,调名为华物、华地者。如《凤归云》《望江南》《南歌子》《西江月》。

其五,有本事可考及显然为华人之举而造曲者。如《还京乐》《回波乐》《内家娇》《定西番》《定风波》。

其六,可考为民歌及显然为民歌者。如《竹枝子》《渔歌子》《山僧歌》《五更转》《十二时》《洞仙歌》(道曲)。

可以看出:在整个敦煌歌辞曲调中,属华乐者数量远过胡乐。况其他难明音乐来源者,恐怕大部分也还是华乐。尤当注意者,敦煌曲子辞绝大部分为“长短句”,我们没有任何理由说这些杂言歌词曲调的音乐都是“胡化”的,更没有理由说中华民间音乐就不可能自行发展到“繁复曲折、变化多端”,非要等到胡乐来“推动”一下才发生变化不可。再说,在没有声响资料的情况下,若谓胡乐有其异域风味而引起华人(主要是上层人士)的兴趣,其说可通,但并不意味着胡乐必定比华乐(尤其是民间音乐)“繁复曲折、变化多端”。中国地域广大,交通不便,古代所有民间文化均有稳固性、传承性特点,因此,胡乐自胡乐,华乐自华乐,局部有所交融,整体性质无变,交融的最终结果往往是“以华化胡”,而不是相反。因此,承认词体“起源于民间”,必否定“胡乐入华而词生”,将民间音乐纳入“燕乐”范畴,并不能解决二说内在的根本矛盾。唐代民间曲子词,乃华乐所自成,非“胡乐入华”而生成。唐代胡乐入华，丰富吾华音乐，其功自不可没，故民间歌词亦间有用胡乐者，是乃对华乐局部之“丰富”，而非整体之改造。

乙、唐文人曲子词用调及音乐性质

唐代文人歌词用调百余。据上文所立之六项原则，可考及大致可判者大多为华乐。今将二者情况简明如下：

（一）华乐词调

织锦曲 新曲 **踏歌词** **回波乐** **杨柳枝** **桃花行** **水调歌** **舞马词** **山鹧鸪** 好时光 忆江南 **丽人曲** **阳关曲** **清平调** 清平乐 采莲曲 章台柳 **谪仙怨** **欸乃曲** 拜新月 **竹枝** **渔父引** 渔父 忆长安 **状江南** 婉转歌 调笑令 **步虚词** **还京乐** **江南春** 雀飞多 一七令 潇湘神 抛球乐 花非华 长相思 隔浦莲 **凤归云** 南歌子 樱桃华 啰唝曲 **忆汉月** **金缕曲** **何满子** **雨淋铃** **春莺啭** **采莲子** **怨回纥** 更漏子 定西番 河渎神 女冠子 玉蝴蝶 诉衷情 河传 荷叶杯 巫山一段云 **字字双** **乐世词**

（注：黑体字者为齐言体；楷体字者为杂言体；宋体字者为一调而有齐、杂二体。下同）

（二）胡乐词调

苏摩遮 **三台** 酒泉子 **六州歌头** 菩萨蛮 白鼻騧 天仙子 **胡渭州** **柘枝词** **剑器词** **氐州第一** **甘州歌** 杨白花

由上材料，可以看出：

其一，今存唐文人曲子词，音乐来源为胡乐者在所有曲调中比例甚小，更多的乃是华乐。尤当注意者，胡乐曲词大多乃齐言，华乐曲词杂言者反多于胡乐。

其二，与“燕乐”直接相关者并不如人想象的那么多。除了虞世南的《织锦曲》、长孙无忌的《新曲》和《回波乐》等或可视为由“燕乐”生成，一些“御制”、“乐工进曲”或许与燕乐有关，相当一部分则与燕乐无涉。即使我们将文人曲词调与教坊用调、大曲用调相同者(共约40调)一概视为从宫廷娱乐燕乐中来,在整个文人词调中也还不是多数,更不用说这些曲词大多乃齐言,只是到了晚唐,温庭筠才较多用《教坊记》中有载的曲调作杂言歌词,而温词的创作背景恐怕要到秦楼楚馆中去找,而不是"燕乐"。故曰词体乃为配合燕乐而产生是颇有疑问的(当然,如果将燕乐定义为"唐代新兴音乐的总和",作为唐朝时代音乐的代称,则又当别论。但我们应当记住杨荫浏先生的提醒:注意后来的学术概念与历史概念的区别,以免导致学术上的混乱)。

其三,唐代曲子词齐言多于杂言。齐言者,又称为声诗。而唐人曰声诗,亦称"曲",故齐言、杂言皆是"曲子词"。因此,从歌唱的角度言,判断是否为"词"的标准并不在其是否为"长短句"。事实上,所有的乐曲对相和之歌词都没有绝对的规定。在可容范围内,一个乐句所配歌词的字数、句式是可变的,是为唐曲调中一调而有两种词式,乃至齐杂共存的原因之一。因此,探究词体,尤其是"长短句"词体发生的原因,以往的研究对音乐在什么范围内、什么环节上对词体发生产生作用的理解十分模糊,颇当反省。这一点,本文将在第三部分展开说明。这里要说的是:唐代曲子词的杂言一体,至中唐以后到晚唐才渐多。而此时距说者证明胡乐盛的"十部伎"入华时代已百余年,华人不至愚笨到要用近两百年才开始摸到用长短句配合胡乐的奥秘。我们也没有理由说那些齐言歌辞与"繁复曲折、变化多端"的胡乐相合必定是磕磕巴巴不和谐的,因而必须用"长短句"替代之。因此,"胡乐入华而词生"说实在有些经不起推敲,这从《教坊记》所录曲调的情况可以进一步得到证明。

丙、《教坊记》所记曲调之音乐来源及其与唐宋词调之关系

《教坊记》记唐教坊曲调343名。此曲调,自然属唐宫廷娱乐燕乐范围。《教坊记》成书于开、天间,故其所记曲调皆盛唐宫廷娱乐燕乐之所用者。任半塘《教坊记笺订》对其所记曲调一一考辨,于其音乐来源有如下说明:

盛唐曲名，见于《唐会要》者，以六十余调之胡歌为著；**若见于此书者，则以八十余调之清乐为著。**——彼此之表现相异、相反。故论本书曲名之内容，比较上尚**可代表初、盛唐之时代，及我汉民族自己之所有音乐，**其义已详于编首弁言中。自隋以后，汉、魏、六朝所存之音乐，尤统称曰“清商乐”，简称“清乐”，隋文帝认为“华夏正声”。（孙楷第《清商曲小史》谓“清商乐”指清商三调，“清乐”方是南朝音乐之总名。包含吴歌、西曲等在内，说不尽然，详下文。）唐玄宗变之，略渗胡音，而盛称“法曲”。白居易传曰：“法曲虽似失雅音，盖诸夏之声也，故历朝行焉。”于《新乐府》“法曲篇”又曰“乃知法曲本华风”，盖本其当时耳目所亲历者以言，自属可信。兹于下列曲名及大曲名中，**凡确知属清乐范围或去胡歌为远者，概注一“清”字，以资识别。**综其性质，约有七类：一曰隋以来之法曲，二曰高宗以来之道曲，三曰有汉、魏、六朝乐府之渊源者，四曰与琴曲有渊源者，五曰初唐以来民间所制之曲，六曰有中国风俗为其本事者，七曰与中国特制之乐曲有关者。——凡此之声，均可认为非当时外国乐。其不能确知者，概阙不注。再本书曲名、大曲名内可以肯定为外国乐者，**不过三十五调，**俱详下文大曲名之末。因凡不注“清”字之曲名，除此三十余调外，**余乃或清、或胡，一时难判而已，并非皆为胡歌或外国乐也，不当误会。**

（注：黑体字部分为先生原加着重号者）

由上说明，可知盛唐教坊用于娱乐燕乐之曲，可考者华乐倍半胡乐。由是推之，暂不可判者恐怕也是华乐居多，因为演者、观者毕竟是华人。我们没有具体理由说唐娱乐燕乐中的华乐是“胡化”的，不知为什么说者仅据“胡乐入华”现象，无任何声响资料、文献资料，亦无视今日华乐与外乐关系之现状（今外乐入华，远过古代），既不以古证古，亦不以今通古，凭空便说胡乐“推动”华乐“胡化”，岂不荒唐！

据吴熊和先生《唐宋词通论》的统计,《教坊记》所记诸曲调中唐五代文人用为词调者为79;用为声诗曲调者30,占唐五代文人词调之大半,由此可见教坊曲调对文人词调的影响。这当然非常正确,我们还可以将工作往细处做一下:查唐文人词用调(声诗、杂言歌辞),其见于《教坊记》曲名者39调,占其总调数(101调)的五分之二。其中,只有晚唐温庭筠一人所用而无他人采用者便有11调;其他如《竹枝》《山鹧鸪》,则可能是文人先采于民间而后传入教坊者。也就是说,唐代文人声诗、曲子词之用调来自教坊者并不占多数,且未被文人普遍采用。至五代,文人词调与唐教坊曲调相同者方渐多(75调,总调数为124)。而专家们都说词体的成熟在中晚唐,因此,在专家所云词体的"成熟"时期,教坊曲是文人词调的重要来源之一,但并非主源,如果将两宋文人词调的情况与之相参照,事情更明:据我的初步统计,北宋文人词调800余,约五分之一左右与唐五代曲调有关联,其他词调主源何处?曰:民间歌曲也。南宋文人词调亦800余,承北宋文人词调约400左右,余为新生者,新生词调主源何处?曰:民间歌曲也。因此,我们既要充分肯定教坊在"词"传播、扩散中的重要作用,同时也得承认:曲之渊薮在民间歌曲,教坊曲与文人曲关系之意义,乃在其为民间曲与文人曲之间的桥梁之一。教坊曲在晚唐五代较多地扩散到文人层,与晚唐解散教坊,宫廷乐人流向社会相关,在酒宴文化兴盛的背景下,宫廷乐妓传播的教坊曲成为文人"填词"的主要选择之一,更为重要的是歌妓与文人的直接接触,使文人得以了解、掌握歌曲音乐与文辞配合的"技术要领",从而形成了文人按曲拍、乐声作词的"依调填词"方式,对晚唐文人"词体"的形成起着重要的关键作用,而"依调填词"方式的产生和规范化,是"词文学"得以兴盛的技术性保证,非此则文人无法广泛参与词的创作(关于此,细述之较复杂,恕不展开)。但"词体"的发生与"词(文学)的兴盛"是两个逻辑起点不同的命题,以往的研究则似乎将之弄成了一回事,故而将教坊曲、进而将"燕乐"作为"词体"发生的音乐主源。其实,前文已明,唐教坊曲亦以华乐为多,即便从文人词的角度,也不能得出"胡乐入华而词生"之结论。

综上所论，可归结为三点要义：一、唐代流行的"燕乐"，对胡乐多有汲取，然自始至终仍以华乐为主体，无论宫廷还是民间，皆如此。同时，也没有任何事实根据证明华乐对胡乐的汲取导致了华乐总体音乐性质的"改变"而"胡化"。二、在音乐上，未见得——至少没有任何依据证明——胡乐比华乐"繁复曲折"。三、唐代"词调"以属华乐者为主体，尤以民间本土音乐为主源。由此，我们必须立足于华乐自身探究词体发生、形成的原因。

三、词体的形成

考察词体的发生，有纵、横两个向度。从纵向言，应从"词"作为"文体"之一种出发，对古代歌辞中杂言一脉的历史线索有一较全面的了解，以明唐代之"词体"产生的历史基础；从横向言，则当立足于唐代"词体起源于民间"的命题，从唐代民间歌辞的音乐与语言关系上对"词体"的发生作一切实的说明，而不能仅仅是虚晃一枪。

先从古代"杂言歌辞传统"说起。此点在前文中有所涉及，兹再申论之：

持"胡乐入华而词生"说者的一个重要理由，在中华"传统音乐"难合杂言而宜以配合齐言歌辞。所以如此说，乃出于这样一种印象：先唐至唐代"诗"的普遍语文形式为齐言。这当然是事实，但却忽略了一点：此之"诗"乃徒诗，虽然徒诗之渊源在歌诗，但早自西汉时，"刘向论文，诗与歌别"（刘勰《文心雕龙·乐府》），说明西汉时"歌诗"与"徒诗"在实践中和观念上已成两个系统，终整个古代，徒诗以齐言为普遍形式，歌诗则未必。我的学生黄静对《诗经》《乐府诗集》中先唐历代齐、杂言歌诗作了一个简单统计：

先唐歌辞齐、杂言对照统计表

时代	类别	总数	齐言	杂言	杂言所占比例
先秦	风	160	80	80	50%
	雅	105	51	54	51.2%
	颂	40	15	25	62.5%
两汉	郊庙歌辞	37	30	7	18.9%
	鼓吹曲辞	17	/	17	100%
	相和歌辞	37	24	13	35.1%
	舞曲歌辞	1	1	/	/
	琴曲歌辞	24	7	17	70.8%
	杂曲歌辞	14	9	5	35.7%
魏	鼓吹曲辞	14	4	10	71.2%
	相和歌辞	79	55	24	30.4%
	舞曲歌辞	9	4	5	55.6%
	琴曲歌辞	1	1	/	/
	杂曲歌辞	25	20	5	20%
两晋	郊庙歌辞	34	32	2	5.8%
	燕射歌辞	58	37	21	36.2%
	鼓吹曲辞	24	6	18	75%
	相和歌辞	53	47	6	11.3%
	清商曲辞(吴声)	59	58	1	1.6%
	舞曲歌辞	31	19	12	38.7%
	琴曲歌辞	10	4	6	60%
	杂曲歌辞	26	24	2	7.7%
宋	郊庙歌辞	38	34	4	10.5%
	燕射歌辞	5	3	2	40%
	鼓吹曲辞	18	9	6	33.3%

续表

时代	类别		总数	齐言	杂言	杂言所占比例
宋	相和歌辞		57	51	6	10.5%
	清商吴辞	吴声	66	36	30	45.5%
		西曲	22	13	9	40.9%
		江南弄	9	9	/	/
	舞曲歌辞		28	23	5	17.9%
	琴曲歌辞		13	10	3	23.1%
	杂曲歌辞		50	32	18	36%
齐	郊庙歌辞		64	60	4	6.3%
	鼓吹曲辞		20	20	/	/
	相和歌辞		14	14	/	/
	清商曲辞	西曲	13	13	/	/
		江南弄	2	2	/	/
	舞曲歌辞		26	21	5	19.2%
	琴曲歌辞		3	2	1	33.3%
	杂曲歌辞		35	33	2	5.7%
梁	郊庙歌辞		29	29	/	/
	燕射歌辞		38	38	/	/
	鼓吹曲辞		44	37	7	15.9%
	横吹曲辞		90	87	3	3.3%
	相和歌辞		149	141	8	5.4%
	清商曲辞	吴声	22	22	/	/
		西曲	25	25	/	/
		江南弄	42	20	22	52.4%
	舞曲歌辞		29	26	3	10.3%
	琴曲歌辞		27	26	1	3.7%
	杂曲歌辞		107	96	11	10.3%

续表

<table>
<tr><th>时代</th><th colspan="2">类别</th><th>总数</th><th>齐言</th><th>杂言</th><th>杂言所占比例</th></tr>
<tr><td rowspan="8">陈</td><td colspan="2">鼓吹曲辞</td><td>28</td><td>28</td><td>/</td><td>/</td></tr>
<tr><td colspan="2">横吹曲辞</td><td>73</td><td>73</td><td>/</td><td>/</td></tr>
<tr><td colspan="2">相和歌辞</td><td>59</td><td>58</td><td>1</td><td>1.7%</td></tr>
<tr><td colspan="2">琴曲歌辞</td><td>4</td><td>4</td><td>/</td><td>/</td></tr>
<tr><td colspan="2">杂曲歌辞</td><td>40</td><td>29</td><td>11</td><td>27.5%</td></tr>
<tr><td rowspan="3">清商曲辞</td><td>吴声</td><td>1</td><td>1</td><td>/</td><td>/</td></tr>
<tr><td>西曲</td><td>9</td><td>9</td><td>/</td><td>/</td></tr>
<tr><td>江南弄</td><td>4</td><td>3</td><td>1</td><td>25%</td></tr>
<tr><td rowspan="4">北齐</td><td colspan="2">郊庙歌辞</td><td>58</td><td>56</td><td>2</td><td>3.4%</td></tr>
<tr><td colspan="2">燕射歌辞</td><td>22</td><td>15</td><td>7</td><td>31.8%</td></tr>
<tr><td colspan="2">相和歌辞</td><td>3</td><td>3</td><td>/</td><td>/</td></tr>
<tr><td colspan="2">杂曲歌辞</td><td>5</td><td>5</td><td>/</td><td>/</td></tr>
<tr><td rowspan="5">北周</td><td colspan="2">郊庙歌辞</td><td>49</td><td>49</td><td>/</td><td>/</td></tr>
<tr><td colspan="2">燕射歌辞</td><td>26</td><td>20</td><td>6</td><td>23.1%</td></tr>
<tr><td colspan="2">相和歌辞</td><td>20</td><td>17</td><td>3</td><td>15%</td></tr>
<tr><td colspan="2">清商曲辞(西曲)</td><td>3</td><td>3</td><td>/</td><td>/</td></tr>
<tr><td colspan="2">杂曲歌辞</td><td>18</td><td>18</td><td>/</td><td>/</td></tr>
</table>

上表显示:在歌诗系统,列代均齐、杂言共存。虽然杂言歌辞的比例渐有所减。究其因,一在徒诗齐言体的成熟建构对歌诗有所影响;二在文人记录歌诗时有以齐言易杂言之习好;其三,最为重要的是,汉末以后,由于“采诗观风”制的消亡,文人对民间诗歌关注的热情日减。与此同时,文人从此前诗歌创作的非主流转变为主流群体,从而导致了文人对民间歌辞越来越疏于记载。这就是上表中杂言歌辞多为民间歌辞而又代见其少的原因。但是,从幸存唐代的“敦煌曲子词”、宋元明清的“南曲”“北曲”“小曲”看,民间歌辞中的杂言体一直存在,且十分活跃。南北朝以后杂言歌辞的减少,只是文献中的“事实”,是乃

历史现实中杂言歌辞“露出水面”的冰山一角。法国人福柯在其名为“知识考古学”的理论中强调体察“文献背后的事实”，针对的即是类似的情形。再说，即使退一步言之，“少”与“无”有根本的不同，中国古代杂言歌诗之传统历代相延，从未中止，断不容否认。我们有什么理由说华乐宜合齐言而不宜配以杂言歌辞？有云唐代曲子词杂言体的产生，是“诗与乐的再度结合”，此“诗”指“徒诗”还是“歌诗”？若谓前者，则其本来就不必与乐结合（“选诗入乐”则是另一回事），历代皆同；若谓后者，则其从来没有与乐脱离过。因此，从“歌诗”系统言，古代“诗”与“乐”一直相依一体，作为歌辞的“诗”，既有齐言，亦有杂言，也就是说，中华有以杂言作歌辞的传统在，因而也就不存在胡乐入华才使华人忽然尝试用“长短句”作歌的事。即使胡乐比华乐更适合配“长短句”，那也是既有的中华杂言歌辞传统找到了一个音乐新伙伴，而不是由胡乐“生”出了“词”。况且，前文曾明：唐代杂言歌辞，华乐远过胡乐，此前可见的汉以来的杂言歌辞，亦是华乐多于胡乐，从这历史事实出发，完全有理由说：唐代“词体”是在华乐的牵导下继承和发展了传统的杂言歌辞形式。我们为什么偏要将“胡乐入华”作为词体发生的“逻辑”起点，坚持没有多少本体性事实依据的“胡乐入华而词生”说？承认华乐在词体发生中的主导地位，丝毫不意味着抹煞胡乐在唐代音乐文化建构中所起的作用，也不否认胡乐在唐代词体发生中所具有的局部意义（此非本文主论题，恕不及之），但我们必须将胡乐入华的意义定位在真实的历史之上，不能将胡乐对词体产生的局部的、非本质的作用和意义提升到“主导”位置。因此，我们应当立足于中华歌辞传统、立足于华乐自身探究词体产生的缘由。当然，这里的“华乐”，从“词体起源于民间”的立场出发，主要指的是民间歌曲音乐。

在探究唐民间歌曲音乐与词体发生的关系之前，必须首先说明：迄今人们阐述词体形成时，在音乐与歌词关系上，有三个被忽视的基本学理：其一，在一定的容量内，音乐对歌辞的语文形式并没有强制性语句形态要求。其二，无一定的前提和特定的对象，仅凭歌辞的语文形式，不能泛泛而简单地判别其音乐形态。其三，古代民间歌曲，音乐和语言的发展是同步的。民间歌曲的原生状态为“乐因辞生,辞随乐行”。

先说其一。先举当下的具体例子:扬州民歌《拔根芦柴花》,首句为“叫呀我来么我就来吆”,电影《夺印》插曲《知心话儿对党说》首句完全用其乐句,“依调填词”为“大河流水”。类似的例子,音乐界的朋友会举出无数。笔者在苏北农村“插队”时,用三四个“下淮调”(属淮腔系统的农村土调),全本出演《红灯记》《沙家浜》,在下演的是郭建光。至于用民歌小调宣传“战天斗地”、计划生育等等,翻来覆去,只用两三个曲调,歌辞则因用而编,齐、杂言一无顾忌。类似的情况,插过队的朋友见过无数。这就是同一个文人词调或齐、杂二体共存或文人词为齐言、民间词为“长短句”的技术性原因——音乐并不规定配辞的形式,只要能唱,语文形式不限。此由音乐的本性决定,古今一理。因此,所谓新的音乐要求新的歌词(语文)形式云云,其实是缺乏音乐常识的“文人”的臆想。

其二,与此原理相联系,从歌辞的文体形式反窥其音乐品质,必须有一定的前提、特定的具体对象和历史内容,不能一概而论和抽象地仅从歌辞的语文形式简单地反推其音乐形态。还是先举两个现在的例子,以获得直观的理解。有一首歌,名《新疆好》,上一点年纪的人能唱的不会少。此曲用新疆音乐风格之旋律,可以算是“繁复曲折”的(至于是否“变化多端”,不敢说,因为音乐的“变化多端”是有特定乐理内涵的,不是文人想象的随意的“变化多端”),但其歌辞为齐言,第一段是这样的:“咱们新疆好地方,天山南北好牧场。戈壁沙滩变良田,积雪溶化灌农庄。”而另一首“长短句”歌:“向前,向前,向前!我们的队伍向太阳。脚踏着祖国的大地,背负着人民的希望,我们是一支不可战胜的力量!(下略)”歌名大概上一点年纪的人都熟悉。此歌“一字一声”,音乐上远不如上歌“繁复曲折”,但却是杂言。因此,今词学中一个似乎不用说的自明之理:“长短句”的音乐必定比齐言的“繁复曲折”,“长短句”较齐言在文体上是一种“新”的“进步”,故必定伴随着“新”的“进步”的音乐,其实也是缺乏音乐常识的“文人”之见。即便胡乐比华乐"繁复曲折、变化多端",从音乐学的角度,也不能得出胡乐"宜于"配合"长短句"的结论。反言之,中晚唐前文人歌辞以五、七齐言为主,只是对歌辞文体的一种习惯性偏好,并不能由之得出其音乐单调"只能"合齐言之结论。唐文人的"声诗",音乐未见得单调而逊于"长短句",晚唐五代文人长短句的增多,也不能毫无前提而仅据之反推音乐的进展,扩大而言之,仅从"新"的长短句歌辞文体,是不能简单、抽象地反推其必定由新的音乐带生的。对"依调填词"的文人词,尤为如此。

其三,古代民间歌曲,音乐的发展与语言的发展是同步的。《尚书·尧典》曰"诗言志,歌永言,声依永,律和声",也许是古代最早的具有技术性指示的"音乐理论",也是上古歌曲音乐与歌辞语言关系的说明,同时还是古代歌曲音乐生成方式的揭示。所谓"歌永言,声依永,律和声",简释之,即"歌"和一般口语的不同,在其是"永言"(古所谓"摇曳其声"),"声"(歌曲音乐)即是由"永言"而生成的,"律"则是使"声"的组合得以和谐的理性音乐规则。这条"乐理"是中国古代贯穿始终的一条"声乐"核心理论,其后"以字声行腔"的歌唱方式、"字正腔圆"的歌唱准则,均可由此找到原始依据。而这条"乐理"的物质依据,即在于汉语本身是有"音调"的。故古人早就有"肆口而歌"的习好,如《论语》中云楚狂接舆过孔子,歌曰:"凤兮凤兮,何德之衰!往者不可谏,来者犹可追。已而已而,今之从政者殆而。"即兴而歌,没有"调"名,更无"格律"。因此,"歌永言"——即口语的音乐化,乃是民歌音乐的基本生成方式,大量的民歌,最初就是在"肆口而歌"中产生的,历代文献不乏记载。北宋陈旸《乐书》曰:"唐代俗乐,盛传民间,然篇无定句,句无定字(按:即杂言"长短句"也),又间以优杂荒艳之文、闾巷谐隐之事,莫如'莫愁''子夜'尚得论其次也。"直到明代,徐渭在《南词叙录》中还说当时的民歌乃是"罕有宫词,亦无节奏"的"随心令"。只是若干民歌唱了好听,词也好记,于是传唱开来,传的过程中有人为之起个名(通常是取歌词中的词语,或所唱之事物,或唱歌者人名等),这歌就有了相对稳定的"曲调"和"调名",运气好的会被"有水平"的乐人学去,再传入城市乃至教坊,有幸“被乐”或再由乐工加以润饰,定一个上层音乐界才懂的什么“宫调”。有好事之文人,将其歌词记录下来,或以作诗之习用齐言改动之,或尊民风加以好奇以杂言实录之,这样的过程有若干古代文献资料可以证实,也还为今天若干民歌类似的经历所证明。因此,原生的民歌就是民间口语的音乐化。这“口语”乃是“汉语”,故其乐必定是“华乐”,亦决不会受如“胡乐”之类的它乐之“推动”而大变。实际上,世界上任何民族的歌曲音乐,其“音乐特性”归根结底是由其语言的音调构成决定的,只要是原生于汉语的歌曲,不管受到怎样音乐文化背景的影响,必仍然为华乐。汉语的音调是历史地发展的,故民歌的音乐必随语言之发展而发展;民间歌手“摇曳其声”的本领是历史地提高的,故民歌的音乐也在不断地提高着。

“歌永言”的民歌音乐生成方式,决定了原生性民歌必然是“乐因辞生,辞随乐行”,“乐”与“辞”二者一体,不可分割,因而在原生民歌中不存在“先”有“乐”、后有“词”的问题,与文人的“依调填词”大相径庭。今说词之起源者,虽承认“词起源于民间”,但只是空泛地虚晃一枪,在具体研究中实际上是以“依调填词”的文人词为对象,在“先”有“乐”、后有“词”的思路中兜圈子,“胡乐入华而词生”说、其说与“词起源民间”的矛盾等,乃是这一思路的必然产物。而如果真正在“词起源民间”的立场上探究“词的起源”,则需要切实研究原生民歌在乐、辞共生关系中“词体”产生的内在因素。

以上三条原理对我们探究词体发生的问题有至关重要的意义。从一、二条原理出发,我们以前研究词体发生的学术路径本身就是错误的——词体发生的音乐文化现象,当然是词体得以产生的背景和某种历史条件,尤其是“词文学”兴盛发达的主要缘由,但落实到“词体”发生形成的技术性、物质性层面上,就不是音乐文化现象所能解释的了。姑不论“胡乐入华”并非为词体发生的主要音乐文化背景,即是,也不能简单地将之切换到胡乐的音乐与词体的汉语语文形式关系上去,因为音乐并不限制其歌辞的语文形式,只要唱起来“字正腔圆”,更高的要求则是内容与音乐情调相合,则什么样的歌辞形式都可以，听起来都顺溜，都“美感”。故今存唐代的某一胡乐曲调的歌辞可以有齐、杂二体，某一华乐曲调的歌辞也可以有齐、杂二体。请去问任何一位搞音乐的朋友，有哪一个歌曲的乐句“只能”填几个字，否则就唱不起来。试问：难道只有唐代的胡乐例外么？文人只要愿意，完全可以一如既往地用五、七言填胡曲，怎么唱是不用其操心的，歌妓可以运用“偷声”“减声”、结合“叠句”等方式圆圆融融地唱，文人只管美美滋滋地听。唐代“声诗”中即有胡乐（如《苏摩遮》），哪有胡乐“要求新的歌辞形式”之“理”？

第三条原理，是解释词体发生之关键。词体究竟怎么发生的呢？如果真正承认“词体起源于民间”，从“文”的角度言，是乃民间语言发展的结果，唐代“下民”用他们的语言长长短短编辞唱之的那种“词”，就是今日我们所称的“词体”；而从音乐的角度言，此“词体”则是“歌永言”的民间歌曲音乐历史发展的结果。此两点，本是相联一体的，核心则在民间歌曲音乐的进展。然而，由于古代不可能保留民间歌曲的声响资料，使得有关研究缺乏论证的第一证据，我们只能从“歌永言”为民间歌曲音乐生成的基本方式这一原理出发，从民间歌辞语言的发展中窥测其音乐的进展及其与“词体”发生的关系。且举几首历代杂言歌辞以明之：

七月（摘录） 诗经·国风·豳风

春日载阳，有鸣仓庚。女执懿筐，遵彼微行，爰求柔桑。春日迟迟，采蘩祁祁。女心伤悲，殆及公子同归。

莱人歌 战国·无名氏

景公死乎不与理，三军之士不与谋。师乎，师乎，何党之乎。（《左传》）

东门行 汉·乐府歌辞

出东门，不顾归。来入门，怅欲悲。盎中无斗米储，还视架上无悬衣。拔剑东门去，舍中儿母牵衣啼。他家但愿富贵，贱妾与君共哺糜。上用仓浪天故，下当用此黄口儿。今非！咄，行！吾去为迟，白发之下难久居！

隔谷歌 梁·无名氏

兄在城中帝在外。弓无弦,剑无栝。救活来!救活来!(《古今乐录》谓为乐人辞)

江南弄·采莲曲 梁·萧纲

和云:采莲归,渌水好沾衣。

桂楫兰桡浮碧水,江花玉面两相似,莲疏藕折香风起。香风起,白日低。采莲曲,使君迷。

纪辽东 隋·王胄

辽东浿水事龚行,俯拾信神兵。欲知振旅旋归乐,为听凯歌声。十乘元戎才渡辽,扶涉已冰消。讵是百万临江水,按辔空回镳。

凤归云 唐·无名氏(敦煌写本)

征夫数载、萍寄他邦。去便无消息,累换星霜。月下愁听砧杵起,塞雁南行。孤眠鸾帐里,枉劳梦魂、夜夜飞扬。 想君薄行,更不思量。谁为传书兴,表妾衷肠。倚牖无言垂血泪,暗祝三光。万般无奈处:一炉香尽,又更填香。

女冠子 唐·温庭筠

含娇含笑,宿翠残红窈窕。鬓如蝉,寒玉簪秋水,轻纱卷碧烟。 雪胸鸾镜里,琪树凤楼前。寄语青娥伴,早求仙。

女冠子 前蜀·韦庄

昨夜夜半,枕上分明梦见。语多时,依旧桃花面,频低柳叶眉。 半羞还半喜,欲去又依依。觉来知是梦,不胜悲。

女冠子 宋·柳永

断云残雨。洒微凉,生轩户。动清籁、萧萧庭户。银河浓淡,华星明灭,轻云时度。莎阶寂静无睹,秋蛩切切秋吟苦。疏篁一径,流萤几点,飞来又去。 对月临风,空恁无眠耿耿,暗想旧日牵情处。绮罗丛里,有人人、那回饮散,略曾谐鸳侣。因曾忍便睽阻,相思不得长相聚。好天良夜,无端惹起、千愁万绪。

以上几首歌辞，大致反映了先秦到宋代杂言歌辞语文形式发展的脉络。即使我们将调名、时代、作者全部抹掉，仅从“语言”的角度，熟悉词的也一下子便可指出先秦汉代歌辞绝不是“词”。梁之俗歌辞距“词”亦尚远，文人萧纲的《采莲曲》与隋唐的文人曲子词颇相接近。隋唐文人曲子词的语文气息与唐诗、宋词相较，实更接近唐诗；倒是唐民间曲子词与宋词更为相近，五代词则介乎二者之间，显示出一种过渡性色彩。这虽然是一种极直观的感觉，但却是深层本质的一种反映——当然，作为学术研究，感觉是需要理性说明的。

先要说明的一点，是以上诸歌辞有“记录”与“创作”之区别。凡有作者姓名的歌辞是文人有意识创作的，其他则是文人对某种原始歌辞的记录。前者，反映了韵文体书面语言形态的发展；后者，则由之可窥不同时代的口语之痕迹。二者相参照，则可领会书面语与口语交相影响共进的轨迹。显然，从先秦到汉，韵文书面语都以双字节构成一语步，一分句由若干双字语步组成。如“春日载阳”，“殆及公子同归”，其句构为双字步的单一重复。这种句构，在直到秦汉的书面语歌辞中均只有极少例外。然在有口语痕迹的歌辞中，却有单字节与双字节构成的奇言语步，如《莱人歌》中的“景公死乎不与理”，从而形成双字单节语步与奇字二节语步相结合的复合句构。这种句构潜映的事实是：“永言”之的音乐也是相对活泼的。《左传》载魏文侯听先王之雅乐就昏昏欲睡，听时行的俗乐就兴奋，由此可理解大概。

歌辞大量用复合句构是汉乐府民歌，无论齐言还是杂言，皆如此。汉乐府歌辞近三之二为五字齐言体，汉魏文人书面语诗歌的五字句齐言形式即是从民歌而来的（或有谓汉乐府五字齐言体也是应胡乐而生，荒谬绝伦，此超出本文范围，姑不论），当然也应与文人口语相契合。文人的功绩是在传统的书面歌辞体基础上将之不断规范化、统一化、韵律化，故“新体”乃是在“旧体”基础上的渐变，“春日迟迟”以新体记之可以是“春日何迟迟”；“殆及公子同归”可以是“殆及公子归”。因此，我们今日所见汉魏六朝乐府齐言歌辞，乃是文人传统的歌辞书面语与口语相结合的产物，是文人歌辞书面语态的一次历史性变革。究其本,则是时代口语的进展及以“永言”为音乐生成基本方式的民歌音乐的进展。故今日所见汉魏六朝乐府齐言体歌辞,相当部分是文人记录时对民间歌辞语言整合、规范的结果。像前举《巫山高》《东门行》这样的杂言乐府歌辞,惟其声口逼肖,极为生动,颇具表演性,故记录者难能可贵地留下了其原始痕迹。其所以“可贵”,在其说明汉代的民歌音乐即已有配合生动杂言的能力和品质,乐府齐言体的音乐也绝非单调雷同,云先唐华乐只能合以齐言歌辞,是毫无根据的。

那么,汉魏六朝的杂言歌辞和隋唐人们指称的“词”,其文体区别何在? 曰:句构有变、词汇有变、修辞有变。此三者,后两点可由直观会之,仔细说来很麻烦,与音乐生成关系不那么直接,且略之。仅说第一点。

隋唐杂言,分句语构并无变,所谓句构有变,指完句之变。先唐杂言,呈三种情形:其一是通篇多用相同的齐言句,偶见一二杂言句,《诗经》中的杂言多为如此。其二是由字数不同的齐言完句构成“长短句”,如《采莲曲》之“7,7,7。3,3。3,3。”(每一句号为完句)之类。六朝文人杂言歌辞乃至盛、中唐的文人杂言歌辞多为此类。其三是几无规律的散言,如《东门行》。此类杂言歌辞很少,且只见于民间歌辞。此三类,从“语文”角度言,最后一类可视为较多体现了民间歌辞的原始样式,具有较明显的口语色彩;第一类可视为文人记录民间歌辞时努力将之齐言化而留下的痕迹;第二类则体现了文人在熟悉“词”之前,以驾轻就熟的传统齐言形式与民间新的杂言歌辞形式的整合。

而“词”的杂言形式与此三类皆不同,如上文所录敦煌歌辞中的《凤归云》,其“杂言”形式(上片)为:4,4。5,4。7,4。5,4,4。显然,其与前杂言歌辞体最大的不同,在其完句是由长短不同的分句构成。由此,其整篇语音步节的“节奏旋律”之“音乐感”与前杂言歌辞是大不相同的。有兴趣的同人不妨取不同时期的杂言歌辞吟诵其文,以耳领之,其不同立等可感。个中潜映的事实是:其音乐较之前杂言也是更“繁复曲折”的。如此说,特定的对象是民间歌曲,前提是歌辞乃“主声不主文”的民间歌手的创作,理论依据是吾华民间“歌永言”的民歌音乐生成方式。这就是本文前云由歌辞文体反观其音乐的“一定前提”和“特定对象”,“依调填词”的文人歌辞,是不能作如是观的,只有“精通音律”的文人兼音乐家如柳永辈,对其自创新调之自制歌词,我们可以通过其“杂言”形式大致领略其音乐色彩(如前所录柳永《女冠子》,其音乐当是经柳永“改编”过的,故其词式与唐五代文人词体大不相同)。

唐代民间“词体”的这种句构,与前杂言歌辞中无规律、口语化歌辞相类似,其来源只有一个:当时民间的“活”语言。“词”较诗更具口语性是人所公认的,其“口语”色彩较杂言歌辞若《东门行》具有时代的差异,似乎也不用多说,而任何歌辞,都不可能是口语的原样搬用,而必然是“活”语言的某种提炼。歌辞的第一要义在“歌”,故其对口语提炼的根本立场不在“文采”,而在“摇曳其声”之“永言”的“美听”。换言之,这种“提炼”首先基于音乐的要求,民间歌辞,既是音乐的语言化,也是语言的音乐化。因此,从语言的角度说,上述唐代民间歌辞句构、语态的进展,乃是民间歌曲音乐进展的“语文形式”(关于此,具体阐释颇费篇幅,恕不展开)。“词体”为什么在唐代产生呢?一言以蔽之:唐代的民间音乐和语言发展具备了“词体”产生的条件,词体,乃是唐代民间音乐与语言二者浑然一体的“天成”。遗憾的是,由于没有古代民间歌曲的音乐声响资料,由于古代文人重上层音乐文化而疏于对民间音乐文化的记载,由于口头文艺转化为书面形式中无可避免的失真和改易,我们无法具体、详细地描述民间音乐与语言相依进展的历史轨迹,难以如同叙述“胡乐入华”那样有较充足的资料而显示“学问”的魅力——这恐怕也是学人多热衷于“胡乐入华而词生”的原因之一。其实,古代民间的“天然创造”又何止是“曲子词”?我们为什么要把这本来并不复杂的事情“学究”得愈来愈复杂?因此,词体“起源于民间”是一个正确的命题,真正从这一命题出发,就没有必要将研究的主体和中心转移到词体的发生与胡乐入华的关系上去,至于唐代音乐文化的发达、中晚唐五代至宋酒宴文化的兴盛等等,乃是历史提供的民间“词体”进入文人层而成文人普遍之文学行为的契机。

到此，便当说到文人的“词体”了。严格地说，“词体之发生”包含两个命题。其一是词体之“起源”，讨论的对象是民间词；其二是完型“词体”的“生成”，其对象是文人词。今日词之研究者普遍习惯于将文人词体视为“标准”词体，或曰“成熟”词体。不“标准”、不“成熟”的乃民间“词体”。其区别何在？曰：前者有格律。仅从“文体”的角度言，撇开“起源”的问题，这种看法是可以成立的。但必须注意：词之“格律”是宋以后人根据唐宋文人词总结出来的，当然，其前提是唐宋文人词已有“格律”。但“格律”在唐宋文人词乃应歌而生，在宋以后文人则是“填词”之学问，二者性质大不相同。唐元稹《乐府古题序》曰：

> （歌辞）在声音者，因声以度词，审调以节唱。句度长、短之数，声韵平、上之差，莫不由之准度。而又别其在琴瑟者为操、引；采民甿者为讴、谣——备曲度者，总得谓之歌、曲、词、调。斯皆由乐以定词，非选词以定乐也。

所谓“采民甿者为讴、谣”，意味极深，一方面说明中唐文人已有意识地用民歌曲调作词，可作为中唐后文人“曲子词”渐多原因之一解；另一方面则可与前引陈旸《乐书》所曰“唐代俗乐，盛传民间”相参照，为本文云词体产生于吾华民歌之一证，同时亦是唐宋曲子词“格律”产生之原因的某种解释。所谓“因声度词”，此“声”乃“乐声”，所谓“审调以节唱”，此“调”乃“曲调”——即今所云“乐章”。“审调”即由此调乐句的长短、多少定“填词”之语句的“长、短之数”；“因声”乃因音乐旋律的抑扬走向决定文句用字的“平、上之差”，亦即李清照《词论》所说的“歌词分五音，又分无声，又分六律，又分轻浊清轻”，“本押仄声韵，如押上声则协，如押入声则不可歌矣”。此二端合之，即“格律”。而“律词”与“篇无定句、句无定字、字无定声”的民间歌辞语文形式之不同，即在其“篇有定句、句有定字、字有定声”。此“格律”之产生，在晚唐五代文人“依调填词”技术上的逐渐成熟，其用归根结底在使文辞“可歌”。这在“精通音律”的文人是驾轻就熟的，故如柳永、周邦彦辈，可以一“调”数“体”。但精通音律的文人毕竟少,大多填词者在文学上“但预其事”,在音乐上则“不用其心”,然又要所填之辞可歌,最保险的方法是取传唱歌辞的文学式样“句度长、短之数”,以其字声为本,“声韵平、上之差,莫不由之准度”。这就是文人普遍介入“填词”后,文人词之“格律”日趋统一的原因(顺便一提:唐酒令之“格”,乃一种游戏。著词之“格”本质上也是一种文字游戏。其对词之格律形成或有影响,然非主要因素)。换言之,“无律”之民间歌词,其“文”与其“乐”乃是直接合为一事的。虽然民间歌手也“依调填词”,然“主声不主文”,以乐传辞而无“音韵学”规定,“随心”而长长短短,能唱,好听,即成。其“依调填词”首先和主要的乃是“乐事”,故不能且不必产生“格律”,而文人词的“格律”,在功能上乃“文”与“乐”之间的桥梁,在操作上乃是“文事”而非“乐事”,对大多数文人言,“依声填词”之“声”,乃音韵学上的“字声”,而不是“音乐旋律”,其本质乃是词之“文体”的规定。故词到清代已不能唱,但却可以“中兴”。

或曰:唐代至中唐以前,文人已普遍习惯于用五、七齐言体作诗和歌辞,中唐以后文人杂言歌辞渐行,乃是适应新的歌曲音乐之需要。这当然是事实,但本稿前文已反复说明:此“新的音乐”,主体乃华乐,主源则是本土自生的民间“俗乐”,并不能由此推导出“胡乐入华而词生”说。还需要说明的是:文人作歌辞自唱者并不多,主要乃付予歌妓唱之。故其“作词”的主要兴趣在“文”,所谓“用资羽盖之欢,以代莲舟之吟”(五代蜀欧阳炯《花间集序》),也就是说,文人并不想改变“民甿”之“乐”,而要以“雅”词代以俚俗的“莲舟之吟”。个中意味是:唐代“盛行民间”的“俗乐”将“新的音乐”和“新的长短句”同时展现给文人,不仅提供了一种新的音乐,同时更从“文体”上提供了一个“造文”的新形式,从而激发、启示了文人用“长短句”的形式“依调填词”,导致了古代文人韵文体发展史上的又一次重大进展:当唐文人完成了五、七齐言“律诗”韵文体的完美建树后,开始了对“长短句”韵文体规范的建构,其现实的成果便是“律词”,延伸性成果乃是日后的“律曲”(北曲、南曲)。这一行为的历史支撑点之一,在于文人本有古代一以贯之的“杂言歌辞统绪”在,其历史的意义则在使古代文人韵文体的“齐言”“杂言”并列为两大平行系统。将民间“词体”传输给文人的是“俗乐”,其“体”之本源亦离不开“俗乐”,然文人在“词体”建树中贯穿始终的核心却非音乐,而是由音乐派生的“格律”。文人词体的发生完成是个相联一体的历史过程,其主要背景在“唐代俗乐,盛行民间”;其生发的依托点为民间“长短句”歌辞体,显示其“文体”完型的标志则是“格律”的统一。唐代文人词“格律”趋于统一的时间段在中晚唐至五代,故后来词之研究者便说:“至玄、肃之间,词体始定。”当然也对,只不过此“词体”当加一限定,曰“文人词体”。而其体之由来,乃是“采民甿者”也。

综上所论,词体的发生缘由及其主干过程可以这样予以表述:

从隋唐时期开始,民间歌曲音乐和语言的进展,使其歌辞产生了不同于前代杂言歌辞的“长短句”语文样式。民间歌曲通过各种传唱途径,将其新鲜的音乐和新型的歌辞样式扩散到市井、教坊、秦楼楚馆,逐步引起文人的兴趣,中晚唐五代迄宋,在文人酒宴文化的刺激下,越来越多的文人依本源主要是民歌的曲调、仿效其新的文体样式作歌辞,并以这种新的歌辞文体、采用“依调填词”的新技术,填写包括胡乐在内的各种不同品类的曲调。在创作过程中,出于“应歌”之需要,文人词在“格律”上渐趋规范化、统一化,在造语上将传统的歌辞书面语与当时的口语予以整合,从而最终形成了以“依调填词”为普遍方式的文人化新韵文体样式——“词”。文人词体的最终成熟在晚唐五代至宋初。而民间歌词则仍按自己的运行轨道,在民间、在音乐上、在语言上不断地丰富、变化、发展,逐步形成人们所称的民间样态的“曲”、“小曲”。

余　言

上世纪60年代,阴法鲁先生在其《关于词的起源问题》中说过下列一段话:

> 中原地区有丰富的民间音乐和音乐遗产。在这种情况下，如果说，隋唐时代中原地区的广大人民在音乐活动中，把土生土长的反映自己生活的民间音乐和世代继承的传统音乐都放在一边，而以西域音乐为主，那是难以想象的事情。

这一看法是有依据的，60年代任中敏先生在《教坊记笺订》中，就已通过对唐教坊曲调、敦煌歌辞曲调的考辨，指出华乐之曲调远过胡乐，指出“唐人于胡乐特盛之际，绝未抛弃原由之乐”；在80、90年代出版的《唐声诗》《敦煌歌辞总编》中，任先生再三强调了这样一个事实：古代歌辞齐言与杂言是共存并进的“兄弟”，实际上已用凿凿事实否定了“胡乐入华而词生”说。90年代，王小盾在其《唐代酒令艺术》中，指出中晚唐在饮宴文化背景下“南乐北渐”之事实，指出中晚唐五代词调属南方华乐者占有相当比例，是乃对词之音乐主属华乐更为深入的历史学、文化学证明。遗憾的是，这些研究成果并没有在近来新的文学通史诸著及有关词体发生的研究论著中得到应有的反映。至今，关于词体发生或“起源”的研究仍时或有见，但在学术方式上有三点似应予改进：

其一，对相关问题既有的不同学术见解，不予充分讨论而别其是非，只顾自说自家言。

其二，以似是而非的逻辑推断替代事实论证。云胡乐、燕乐与词体发生之关系即其例。“胡乐生词”说者仅举若干例胡乐杂言歌辞为例，从没有对唐代华乐、胡乐歌辞乃至古代歌辞的全面情况作一整体性的充分梳理，便以若干与词体发生缺乏时间、空间联系的“胡乐入华”资料为前提，构成表面上合乎“逻辑”的“胡乐入华而词生”说，而对相反的事实则视而不见，半塘师将这样的研究称之为“史盲”，其执行的实际上是一条“逻辑”宰割“事实”、“事实”迁就“逻辑”的研究路线。

其三，忽视针对不同的学术命题，确立相应的学理。如词体的发生研究，首先属于文体学研究，其研究的直接对象乃词体本身及其与音乐的关系，由之确定符合学理的学术概念、学术范畴和研究逻辑，才可能进行科学的研究,将其研究的结果再与相应的文化背景相参证,才能最后得出正确的结论。而我们的词体发生之研究,正是在其基础层面上还做得相当不够。本文提出的“句构”“语步”“语节”及其与音乐的某种“同构”性内在联系,提出“歌永言”的民歌音乐发生学原理,提出韵文书面语与口语之关系,提出“歌诗”与“徒诗”的两大系统,提出“杂言歌辞传统”,提出华乐与胡乐关系上的主导性及吸收胡乐中的主体性等等,都是基于上述考虑,以为学界进一步深入研究提供参考。基于同样的考虑,本文不得不首先花大量的篇幅讨论“胡乐入华”的问题,以明“胡乐入华而词生”说在其学术起点上便已误入歧途。

（原载《文学遗产》2003 年第 6 期）

“词体发生于民间”与“词起源于隋唐燕乐”

很高兴读到岳珍学友的《关于“词起源于隋唐燕乐”的再思考——与李昌集先生商榷》(《文学遗产》2004 年第 5 期)①。岳文认为:词起源于隋唐燕乐(下略称“燕乐说”),“词体发生于民间”(下略称“民间说”)不能成立。所获启迪颇多,疑问亦有不少,谨以本文商量斟疑。

一、关于“词体发生于民间”

首先声明:“民间说”非拙文新说。如鲁迅《给姚克的信》云:“歌、诗、词、曲,我以为原是民间物。”俞平伯《民间的词》云:“词是唐代民间的乐调。”又如姜亮夫、阴法鲁、唐圭璋、夏承焘、龙榆生等,皆有类似之论;近来新撰的各本中国文学史,也都在不同角度、不同程度上持“词起源民间”观②。因此,拙文“再论”只是尝试某种深化“民间说”的新思路和新证说,以探索词体起源论进一步走向历史化和科学化的途

① 拙文《华乐、胡乐与词:词体发生再论》发表于《文学遗产》2003 年第 6 期,人大复印资料《中国古代、近代文学研究》2004 年第 3 期全文转载。

② 参见《词学研究论文集》(上海古籍出版社 1982 年版);袁行霈、章培恒、郭豫衡等主编的各本《中国文学史》。

径。由于拙论的逻辑要点有些隐没在质疑旧说之中，以致立论的某些要点显得不够显豁，兹按逻辑顺序将拙论简括于下：

（1）词体起源研究，学理前提在于确定歌唱中音乐旋律节奏与汉语歌辞语文形式的建构关系，即在汉语歌唱中，音乐与歌词相结合的技术原理是什么，在实践中又是怎样体现的。

（2）对此所作的模拟实验与运用古今音乐歌唱学的分析表明：任何一种音乐歌唱，在可容范围内对歌词的语文样式都没有强迫规定；任何歌词的语文样式，均非由某种音乐产生和决定；即使"依曲拍填词"，也不必然形成特定的歌词文体①。谓某种"音乐特性"（如"音律繁多""旋律复杂"之类）"呼唤"、"要求"某种特定的歌词体，既缺乏音乐学的支持，也得不到任何歌唱实践的证明。因此，将学理前提设定为某种歌辞体因某种音乐特性而产生，由此而提出的"胡乐生词"及其翻版的"燕乐生词"说，皆是非科学的伪命题。

（3）但"词起源于燕乐"所以成为学界长期以来接受的论题，乃基于一个这样的历史事实：应宫廷燕乐活动的需要，教坊等音乐机构采纳了大量的"俗曲"，乐人们将"俗曲"和相连一体的歌词新样式以及依曲拍为句的乐、辞结合技术扩散到文人层，从而使"词"逐渐成为文人歌辞之一体。从这一角度看，可以说文人词起源于"燕乐活动"，"词源燕乐"的命题由此产生。但由于"燕乐"概念的多义性，由于命题本身表述得不够严谨，致使一些学人模糊了论题的本意，转而阐释"燕乐"音乐风格与"长短句"产生的关系，曰传统华乐"只能"配合齐言歌词，而隋唐时期胡乐入华改变了华乐的音乐品质和艺术风格，形成了"繁

① 中国古代的"以曲拍为句"，其拍之位、拍之数，与歌辞的语句相对应，主要形式乃是"句拍"。而拍数、拍位与每一乐句可"填"的字数并不是刻板的。《乐府杂录》载玄宗令黄幡绰为拍板作谱，乃画两耳以进，意指拍板无定则，谐于耳则成。故在实际歌唱和"填词"中，有偷声、添声、摊破、促拍、增拍、添字、减字、叠句等各种音乐变化和声、辞配合的变通方式，乐、辞互适性极强。故"活"的歌曲，歌辞文体亦"活"。"词体"的逐步固定化，是文人"填词"渐以"文事"为本位的结果，而不是音乐自身的必然要求。

复曲折”“变化多端”的“燕乐”，所以导致了“长短句”歌词样式的产生。因此，拙文从历史学出发，指出唐宫廷燕乐有“仪式燕乐”和“娱乐燕乐”之分，后者乃华乐胡乐的融合体，而以华乐为主导；从音乐学和歌唱声辞关系学原理出发，指出所谓音乐风格导致歌词特定语文样式的观点难以成立；从历代歌辞实际出发，说明华乐歌辞从来就是齐杂言并存，华乐歌曲并非只能适应齐言歌辞；基于在理论上和歌唱中，华语歌曲的音乐形态必须与汉语的语读节奏、声调组合的内在“音乐结构”相吻合，指出华语歌曲之“乐种”在总体上必属华乐，由胡乐产生的词调极少是必然的，因而必须立足于华乐自身探寻词体与华乐的共生关系。

（4）大体言之，中国古代一切文艺现象，都是雅、俗两个文化圈中的存在，互相交叉汲取，但在生存样态、运行方式、发展衍变上仍保持着相对独立的统绪和规律。唐代民间词和文人词在乐、词关系上并不一样，文人词乃先有曲调后“填词”；民间歌曲音乐生成的普遍方式则是“语言的音乐化”，是在歌曲传唱中“辞生乐”和“乐传词”的交相建构①，今存敦煌歌辞便是这样的产物。其曲的音乐风格乃至律调如何，因无音响资料，无以确知，但不管其与宫廷“燕乐”是否相同，“词体”乃实实在在产生了。从文体学角度看，此“词体”区别于所有前歌辞的特征是什么？曰：语言形态。即具有唐代语言特色的“长短句”。其“体”，非因某种先行的“乐”产生，而是与歌曲同体共生。因此，民间歌手（城市的、乡村的）用当时口语化的汉语所唱的“词”，即是唐代早期样态的“词体”。其“起源”，乃是狭儿歌女、路歧伶瞽、纤夫村妇在市井里巷、江头田边“唱曲儿”中的浑然天成。

（5）与“词体”结伴而行的民间歌曲以各种方式和途径广泛传播并为宫廷教坊、秦楼楚馆采纳，成为文人接受“长短句”的主源。中国古代，歌曲从来都是声、辞一体同行的，在实际传唱中不存在纯音乐的“调”，故文人词创作的“依调填词”，乃既倚曲调之“音声”，亦依词文之

① 崔宪《简论民歌的曲随词唱与词曲离步》，《文艺研究》2002年第4期。

“字声”。文人作词通常自己不唱而付妓歌,故曲在他口,词曲离步,文人不知音律者欲作词传歌而不离腔走调,其填词的语文样式更要遵照“始词”而“依调填词”。其间,唐宫廷教坊两次大规模的解散而流向社会的宫廷乐人歌伎,是将民间歌曲、宫廷燕乐和文人词作连接起来的中介,乐人歌伎将“教坊新声”——“采民甿者”“淆糅华夷”者,以及“以曲拍为句”的声、辞结合技术传播给文人,是文人词得以产生的关键。作者既多,某“调”之“词”的某种语文样式,便经过语调字句的“格律化”而逐步固定,从而将民间的“无律之词”规范为“律词”,最终形成了定型化的文人词之“词体”。而此新“词体”的文体特征是什么,曰:用“调”名规定某种公约性格律规范的“长短句”——是即后世文人所称的“词”。

以上便是拙文阐述的唐代词体发生史全过程的主干脉络。简言之,即唐代“词体”从民间无律之词到文人律词的发生建构史。其要害,不在“词乐”属于什么“音乐系统”,而在人们的歌唱实践和相应的歌词创作方式;不是词体从“不成熟”到“成熟”,而是最初以民间歌词为代表的新歌词体传唱空间和创作群体的扩展,从而导致了其“体”的创作方式乃至文化性质的变迁,而其整个发生“过程”和“机制”都是由“人的行为”实现的。

下面就岳文对拙文“词体发生于民间”说的几点误会作一简释。

岳文对以上“词体发生于民间”说提出异议,然细读之后,觉得对拙文似多有误会,谨说明窃以为比较重要的几点,以使下面的讨论不致因话语涵义的理解不同而再生歧异。

1. 关于“发生”的涵义

所谓“发生”,简言之,指事物的产生过程和产生机制。若与“起源”作对应理解,则指“最初出现”涵义上“起源”的具体情形。因此,拙论本来也可表述为“词体起源于民间”,是为“词体起源”的发生论。所以用“发生”而不用“起源”为题,出于一种学理上的考虑:论述某种“起源”,不一定要作动态的、具体的阐述,也可作某种概括的、原则的解释,而“发生论”则必须是事物最初形成“发生过程”和“发生机制”的说明。即以岳文与拙文为例，二者都是词体起源论，而岳文对“起源”的解释是不加时空限定的“整体概括”和“原则说明”，拙文则是对“起源”阶段“发生”情形的阐述。打个差强人意的比方——岳曰：长江之水山上来；李云：沱沱河是长江的起点，因汇集了唐古拉山脉主峰格拉丹东雪山的融化雪水而形成。二说本属学术兴趣和学理取向不同，但岳文似乎把原则的“起源”与具体的“发生”误会成一意，故由话语错位而产生不少纠葛——“起源”时间范围的不相对等；“燕乐”指意的两岔；拙论“词体”指文体，“发生”的关键在传唱；岳文之“词”专言词乐而不论“词体”，“起源”的根基在词乐的“音乐系统”，如此等等，势必引发“白马非马”之争。

2. 关于“词体起源于民间”与“词起源于燕乐”两个命题的关系

岳文云：“民间音乐是隋唐燕乐的组成部分之一，从属于二十八调音乐系统，被包含在隋唐燕乐之中，……‘民间’说、‘隋唐燕乐’说，学术界向来就不用此说否定彼说。……李文把‘词起源于中华民间歌曲音乐’作为与‘词起源于隋唐燕乐’相互对立、相互排斥的命题提出来，以‘民间歌曲音乐’作为词体的音乐主源，取代‘隋唐燕乐’在词体起源中的地位和作用，似乎难以成立。”这段话，窃以为对拙文有几点失察和误会：

其一，拙文之“燕乐”，论述中明确约定为唐宫廷燕乐，与岳文“隋唐燕乐”并非等同概念。拙论“燕乐”是动态的、现实的宫廷音乐活动，在文化空间的意义上与民间音乐活动相对举；岳文的“隋唐燕乐”，是静态的、乐理的、隋唐时期所有音乐皆被包含在内的统称。且不谈这里的“包含”，可能出于对学界相关说法的误解①，仅从学术操作角度

① 音乐史学中云隋唐燕乐“包含”民间音乐，大约指两个方面：一是宫廷燕乐在律调体制建树中吸收了民间调律之法，二是宫廷燕乐曲调吸纳了大量的民间曲调，但若反过来说民间音乐“被包含”在隋唐燕乐之中，真理就变成了谬误。譬如我们说钱钟书“学贯中西”，但不能因此认为中西学“被包含”在“钱学”之中。邱琼荪《燕乐探微》从乐理调律角度曰“一切民间音乐，可称无一不在燕乐范围之中”，也当作这样的理解。

看，岳文和拙文所言的“燕乐”，所指内容不一，阐释向度不同。而任何学术研究，都允许对讨论的内容予以某种约定，但岳文将拙文“民间歌曲”原生空间的指意转移为音乐性质，以乐理性的“隋唐燕乐”为准绳，谓拙文未及燕乐二十八调之“根本”，谓“民间说”就是把学界称之为“隋唐燕乐”的音乐系统“定性为‘民间音乐’”，再把发生学“词体源出民间”与原则性“词起源于燕乐”作语面上的对换，谓“民间说”就是以“民间音乐”取代“隋唐燕乐”，似皆未察拙文研究对象的约定性和话语指意——这样一来，对拙文产生种种误会自在不免。

其二，拙文“民间说”与不少“燕乐说”在认知方式、学术思路、基本学理、阐释逻辑上均决然相反，但拙文批判否定的“燕乐说”，是这样的两类：一是“胡乐生词”及其翻版的“燕乐说”；二是仅仅着眼于音乐特性的泛泛“燕乐说”。而立足于“燕乐文艺活动”探究文人词发生过程的“燕乐说”，拙论“民间说”不仅不排斥，且将之作为整个论述框架中一项必加追究的内容，否则“民间说”便失去了深层的历史意味和文学史研究中的学术价值。

其三，与此相联系，岳文似乎没有注意拙文的一个重要论点：“严格地说，‘词体之发生’包含两个命题：其一是词体之‘起源’，讨论的对象是民间词；其二是完型‘词体’的‘生成’，其对象是文人词。”这一观点，针对的是若干词体起源论只言文人词，至多“附带”一下民间词的偏向，认为应将二者的发生过程与机制分别加以考察：唐代民间词体的最初发生与宫廷燕乐无关；而文人词作，则与燕乐关系甚密。只不过民间词体形成在先，故谓“词体发生于民间”，而完整的词体“起源”发生论，其“过程”的终点乃在文人词体的生成。因此，拙文谓民间歌曲为唐代词体发生的“音乐主源”，如果将之限定在词体的“起源”阶段，不忙一开始就从笼统的“词”“词乐”看问题，注意一下拙论民间词体与文人词体的关系，以及联系二者的中介乃是燕乐活动，可能就不会发生误会，以为拙论用民间歌曲包揽了词体建构史全过程中的全部作用，以民间音乐“取代”燕乐在唐代文人词体建构中的重要意义。

岳文还对拙文的“民间”说提出了几点具体的反驳，细思之，愚以为还得推敲商量。

1. 关于民间歌曲“没有直接成为词乐、孕育词体的可能性”

岳文认为：民间歌曲与“词乐”无缘，因其乃“封闭”的，不可能传播到“非生长地”，如同方言只能行之一隅，所以“没有直接成为词乐、孕育词体的可能性”，至多只能成为燕乐的“素材”。对此观点，思之良久，觉得如果要取得一致，当先解决一系列这样的疑问：民间歌曲不可能“直接成为词乐”，算什么“乐”？算不算燕乐之外的另一个“系统”？不能传播到非生长地的民间音乐，又如何成为燕乐的“素材”？唐代封闭地域中未成“词乐”的民间歌曲所唱的“长短句”，如果算不上“词体”，算什么“体”？民间原生歌曲与“二十八调”之曲调有何根本不同，因而不具备“孕育词体的可能性”？如果将今存敦煌写本歌辞视为“词体”，则其又是怎样由宫廷二十八调“产生”的？宫廷采自城市、乡镇的民歌“素材”，经宫廷乐人乃至帝王“改造”（如《破阵乐》），其“血统”便荡然无存？唐代地域“封闭”状况如何就与六朝乃至明代不同，六朝时“吴声”“西曲”怎么就传到了宫廷和文人间？明代北方的《打枣竿》《银绞丝》等民间“小曲”，为什么可以传至江南为市井少年乃至士大夫竞相传唱？歌曲与方言的功能和传播方式能相提并论么？以吴语演唱的昆曲怎么就从南方扩散到北方而成广域流播的曲种？如此等等，想来想去，总觉得思辨性地想当然尔或引用一点西方的理论不能解决问题，而要从中国古代的具体事实出发，才能得出正确的结论。

2. 关于“词调”本源的考辨

词体发生史的研究，最基础、最重要的“历史本身”，乃是产生于人们的实践、凝聚着历史“行为过程”的词（词调、词体、词文）。而“词调”研究则是破译词体“起源”发生密码的关键之一。由于敦煌歌辞的发现，昭示了唐代在雅、俗两个文化圈存在着民间词与文人词两大系统，敏锐的学者便开始探求超越单一的文体视角和空洞推论音乐和词体关系的思路，开辟了一个考察词体发生文化空间的学术路径，以民间词和文人词不同的声辞结合方式为切入点，将二者的关系置于历史的音乐文艺活动中加以考察和追究。而这一切，都必须以词调生成本原空间的判断为基础。对唐代民间词调的辨析，就是在这个意义上被提出的。由于“词调”是个特殊的存在，故在辨析中除了运用文献考据外，尚须参用辞格比较法和历史文化学的考辨方法。拙文提及的 7 个词调，岳文认为其中 4 个为教坊所用曲，两个为太常所用曲，故“至少有六调不是民间音乐”。然教坊曲之《竹枝子》，盖本巴蜀俚唱而收入教坊者，唐冯贽《云仙杂记》：“张旭醉后唱《竹枝》曲，反复必至九回乃止。”①白居易《听芦管》诗：“幽咽新芦管，凄凉古《竹枝》。”②刘禹锡贞元间过巴蜀，民间尚有歌之，禹锡以其词陋，乃作诗赋歌③是乃征以文献可确定本为民歌者。《山鹧鸪》，李白有《秋浦清溪雪夜对酒，客有唱〈山鹧鸪〉者》诗，有曰：“客有桂阳至，能吟《山鹧鸪》。”④在我看来，亦当本为民间歌曲。《洞仙歌》，先师任二北《敦煌曲初探》将之与文人词同调辞格相比较，指出二者并不属于同一词调系统⑤。故我推其为民间流传的、保留着原始风貌的民间乐歌。《渔歌子》，敦煌歌辞写本作《鱼歌子》，“鱼”乃“渔”俗写之讹，透露了此调的民间气息，《教坊记》此调亦作《鱼歌子》，而自五代《花间集》以后的文人词，皆作《渔歌子》，“俗讹”得以“雅正”，民间歌调俗称“△△子”幸则保留，故我亦将之判为本民间乐歌。太常寺曲名中的《五更转》《十二时》，敦煌写本佛曲中存有歌辞，两调多作定格联章，调名或标作《五更转兼十二时》，历来学者言此二调皆指其为民歌曲调，《敦煌曲初探》对此二调详细考证后云：“《五更转》调，必早已用入转经唱导之内，是梁时僧人，即已习歌其曲矣，当不俟唐世。”《十二时》，文献可考者源出刘宋释宝志《十二时颂》，至唐五代于民间尤其是信教徒中仍颇为流行⑥。从其与《五更

---

①《文渊阁四库全书·子部·小说类·杂记类》，上海古籍出版社影印文渊阁本。
②《全唐诗》卷四六二，中华书局 1960 年版，第 5254 页。
③《中国词学大辞典·词调·“竹枝”条》，浙江教育出版社 1996 年版。
④《全唐诗》卷一七九，第 1828 页。
⑤ 任二北《敦煌曲初探》，上海文艺出版社 1954 年版。
⑥ 任二北《敦煌曲初探》，第 59—63 页。

转》定格联章看，可判其调之本原乃民间乐歌。《山僧歌》，见敦煌歌辞，既非教坊曲，亦非太常供奉曲，乃在文献可征的宫廷燕乐范围之外，大致可定为民间乐歌。至于隋宫廷乐官白明达所造“新声”十四曲中的《十二时》与《斗鸡子》《斗百草》，中国古代，“因旧曲而翻新声”乃是乐人制曲重要的，乃至主要的“新声”生成方式，其间包含着“采诗”传统遗传的文化意味，从《十二时》为民间旧曲看，此十四曲中当有不少“因旧曲而翻新声”。“斗鸡”“斗草”本皆中国民间风俗游戏，后传入宫中，从六朝至唐，端午节“斗草”之戏在宫中颇为风行，故可将《斗鸡子》《斗百草》定为华乐，推其本源为民间歌曲①。

据上所言，愚意仍将诸调本原判为民间歌曲。诚如岳文言，根据调名判断是否为民歌，“是一种容易出错的方法”，但将可考性质之调名的若干共同性加以归纳，结合雅俗两个文化圈对曲调取名、改名的习惯，据古代民间歌曲“调咏本事”（曲调名称即歌辞所言之物事）通常规则，看其物其事俗耶雅耶以判断其本源，属于当今学术研究中的“文化考证”，虽不能确保无误，但不失为词调研究特定范畴中的一种有效途径，比之将教坊和太常供奉曲皆判为非民间歌曲，窃以为要科学得多。岳文云：“如果离开二十八调系统，仅仅举出若干民间歌曲，就做出词起源于民间的结论，是不科学的。因为同样可以举出若干宫廷甚至皇帝创作的词调，以及若干来自胡乐的词调。”除“如果”外，所言极是。但拙文好像并不是“就做出结论”，诚请岳珍学友梳理一下拙论“民间说”诸理由以及其间的逻辑关联，再判断举出宫廷与胡乐词调是不是就可以推翻“民间说”。

3. 关于拙文所举“词体发生于民间”的文献旁证

岳文认为，拙文对所引元稹《乐府古题序》、陈旸《乐书》中两段文字理解有误。推敲原文，窃以为误在岳文。元稹的《乐府古题序》，岳文认为是“一篇讨论各种乐府体裁的文章”，姑不论是否确当，即使是，

---

①《隋书·音乐志》《新唐书·礼乐志》、任二北《敦煌曲初探》第二章“斗百草”条。

亦无碍于对其反映历史现象的提取。全文最有价值的历史信息,一在表明中唐文人将当时文人歌词分为两大类:有意合歌者为"在音声者"歌词;并不着意合乐者已属徒诗,但乐人可以"采取其词,度为歌曲"。二在说明中唐文人"由乐以定词"的歌词创作法,是为唐文人对"因声度词"技术要领的最早说明。因此,元稹明确提出"采民甿者为讴、谣",显示了至少有些文人已有意识地采用民歌曲调(包括乐人歌妓传唱的民间歌曲)"因声度词"。岳文认为:元稹这里并没有明确地、自觉地讲"词体的起源问题",故所言便与词体起源问题无涉,而愚以为应当高度重视所言历史事实具有考察词体起源的意义:中唐文人将其所作"在音声者"歌词又分成两大统系,一为合以高雅音乐的"在琴瑟者",一为合以民间歌曲的"采民甿者",是为唐文人词发生时期亲历者的叙述,故极为重要,其所谓"采民甿者",窃以为可作唐代词体首先发生于民间的铁证之一。至于"'在琴瑟者为操、引'是不是就可以理解为文人已有意识地用琴、瑟之曲作词,并进而判断词起源于琴曲、瑟曲呢?显然不能"。提出这一问题的思路便须斟酌,文人的琴曲歌辞由来已久,只不过其"体"与文人"律词"大不同,故非今所称"词"耳,唐文人其实已用"操"、"引"专指之,只不过未想到与"词"明确区分以免后人误解,而和"采民甿者"一起统称为"在音声者"罢了。

关于拙文所引陈旸《乐书》"唐末俗乐,盛行民间"云云,"唐末"误为"唐代",点逗依岳文移至"唐末"处为佳。岳文将前后文一起引出,曰原文之意"旨在追溯历代乐曲的三点差异",似欠准确——这里的"音曲",兼指乐、辞。第一"变"指晋宋诸儒"拟乐府"较"古者乐章"乃诗、乐分离而成徒诗,是乃乐、辞关系之变;第二"变"云唐末"俗乐"比之《莫愁》《子夜》,辞章俚俗而不伦,文体驳杂而不类,乃谓辞章之"体"变,当然也意味着歌曲音乐有变;第三"变"云"古者大曲"皆有歌章,"今之大曲"已失辞唱,亦为乐、辞关系之变。整个三"变"乃乐、辞兼论而尤重"辞"。所曰俗乐之"俗",即主要谓辞俗——"优杂荒艳之文,闾巷谐隐之事";"体"俗——"篇无定句,句无定字"。如此"俗乐",恐非岳文所云"宫廷的'俗乐'二十八调在民间流传的盛况"。岳文举白居易等诗中有《霓裳羽衣歌》《绿腰》等在民间的表演以证其说,是否得当,颇须推敲:《乐书》举与"唐末俗乐"相类比的六朝民歌《莫愁》《子夜》,与《霓裳》《绿腰》等歌曲"文化出身"不同,据元、白等对《霓裳》诸曲之"雅"赞赏不已,大概不会有"优杂荒艳之文,闾巷谐隐之事"。故愚以为《乐书》所云唐末盛行民间之"俗乐",指为民间(市井)歌曲为妥。再从岳文所言"大语境"看,就我目力所及,隋唐以后文人谓"俗乐"的"语境"——凡言宫廷音乐时所言"俗乐",大率指与"雅部"相对举之"俗部"诸乐,《霓裳》等可属此类;凡云民间之事,所言"俗乐"大率谓民间时行的"俚俗之乐"。即如《乐书》所云"此郑、卫之音,俗乐之发也",岳文谓此俗乐"是与'古乐'相对而言的概念",语焉不详,似为误解。《乐书》之文为:

> 莫非声也,有正声焉,有间声焉。故其声正直和雅合于律吕谓之"正声",此《雅》《颂》之音,古乐之发也;其声间杂繁促、不协律吕谓之"间声",此郑、卫之音,俗乐之发也。《雅》《颂》之音理而民正,郑、卫之曲动而心淫。

汉以后,文人遵先儒"郑音好滥淫志""卫音趋数烦志"与"放郑声"云云,以"郑、卫之音"通指各种"俚俗淫哇"歌曲,已是常识,《乐书》这里的"俗乐",意亦同,无非在说民间流行歌曲"淫俗"而溺之伤德罢了;而所云的"古乐",也是以儒学观念中的"雅颂之音"泛指"正统"之乐而已,是为"文化理念"之"古乐",而非时间意义之古乐,故与之相对举的"俗乐",正谓"俚俗之乐",拙文将"唐末俗乐"指为民间歌曲似为不误。而《乐书》所谓"间杂繁促"、"不协律吕"——亦即不遵"二十八调"之类乐理规则的"俗乐",不正启示着历来民间音乐便"自有一套",启示着唐代民间早就"客观存在着独立于二十八调以外的另一种音乐",以及与之相连一体的"篇无定句,句无定字"之"词体"。

二、关于“词起源于燕乐”说

(一) 关于“‘隋唐燕乐’指二十八调音乐系统”的问题

1. 何为“二十八调”

“隋唐燕乐指二十八调音乐系统”,是岳文的核心观点,然对“二十八调”似多误解。“二十八调”亦称“七均四调”。其“调”,相当于今日所谓“调式”。“二十八调”,为四种调式,按《新唐书》说法,即以宫、商、角、羽四音为旋律之主音,构成宫调式、商调式、角调式、羽调式。由于四种调式皆可配合七均(七种音阶),故四种调式皆有七种音调高度的变化,从数量上说便有了二十八个调式,古人就称之为“二十八调”,并为诸“调”一一定名,如以宫声(唱名为 do,今简谱“1”)为主音的“宫调式”之七“调”,亦称“七宫”,其“调”名为:正宫(黄钟均)、高宫(大吕均)、中吕宫(夹钟均)、道宫(仲吕均)、南吕宫(林钟均)、仙吕宫(夷则均)、黄钟宫(无射均)。“七商”“七角”“七羽”,调名不一,道理相同。如今日传唱的《阿里山姑娘》,以 la(简谱 6)为主音,以唐燕乐调式言,属典型的“羽调式”,歌唱或演奏时若用黄钟均(即音阶首音为黄钟。设黄钟音高为 C,则今简谱标识为 1=C),其调式为“黄钟羽”,在“二十八调”中的“调”名为“般涉调”;若以仲吕为基准音高(1=F),则其调式为“仲吕羽”,调名为“正平调”。由此可见,“二十八调”乃是一种乐理范畴的调式体制。古今中外对“二十八调”的研究所以内容复杂,且至今见解尚不完全一致,是因为其涉及到音律、音位、“旋相为宫”等等诸多问题,搞词学研究的可以不必深究。

2. “二十八调”与“隋唐燕乐”的名实关系

“二十八调”作为律调体制,也可视为一种“乐理系统”,在实际音乐制作中则为技术操作规则,对音乐制作起着某种制约作用,但并不限定具体的、感性的、节奏旋律千变万化的音乐形态,可在任何“音乐系统”中运用，因此也不构成任何感性形态的“音乐系统”，当然也就更谈不上是“音乐系统”的“本体”和“内涵”。比如今日各国的“音乐系统”，都不是由世界通用的“C大调”“A小调”等等构成的，中国运用西洋调式原理制作的音乐，绝无人称之为“西调音乐系统”；民族音乐的“五声调式”，虽与“西调”原理进行了科学的沟通和整合，但仍然是“民族音乐系统”。当然，也没有谁因循古法称之为“三十五调音乐系统”或“七均五调音乐系统”。原因很简单：这种称谓反映了一种混沌的、非科学的认识，岳文谓“‘隋唐燕乐’指二十八调音乐系统”，恐怕就是出于混淆了“乐理”与“音乐”的误会。“二十八调”乃燕乐的调式规则，而非燕乐音乐本身。当然，这种误会由来已久，非始今日。

由此落实到词的起源论，便是注意词体“起源”乃与感性的音乐和具体的歌唱相联系，而不是某种“乐理”。因此不能把感性的“词乐”与其内在乐理混为一谈——如岳文所引刘尧民先生云“二十八调之外，无所谓词”，“由基础的音调上来说，燕乐的创造不出二十八调以外……这是燕乐创作的音律基础，以后的音乐制作都以此为本，不能超出这基本音律二十八调以外，即是不能超出燕乐之外”，即弄混了“乐理”与“音乐”的关系，将律调学与“音乐制作”混为一事，将制作规则和调式属性与音乐形态搅为一体。岳文云“词乐词调出自二十八调”，云“二十八调”的“外延”是二十八调“产生”的所有乐调，也有同样的问题，就如同说今日中国音乐曲调皆由“五声调式”而“产生”，恐怕是有违基本音乐常识的。所云“二十八调”是词体的“唯一”特点，学理上更值得商量：音律调式是无法成为文体特点的，“词体”作为一种文体，质的规定性在“文”，尽管其文体特性并非由“文”单独生成，而是在语言的歌唱和歌唱的语言中形成的。所以，岳文“反复强调”的“最基本的主张、最根本的观点”：“词乐词调出自二十八调，二十八调是词体的根本”，实在不敢苟同。

（二）关于“词源燕乐”说

岳文云“词源燕乐”，但并未予以历史实证，全文主要是回顾历来的“燕乐音乐说”，主话题则是对之作方法论和学理性的阐释，以证明其说是“科学”的，然可斟疑者颇多——

1. 传统“词源燕乐”说的合理精髓

我从历代“燕乐说”得到的历史信息和学术启示，与岳珍学友颇有些不同。“燕乐说”的流行在20世纪，最早的“先声”则在宋，最具代表性的是鲖阳居士的《复雅歌词序》，有曰：

> 五胡之乱，北方分裂。元魏、高齐、宇文氏之周，咸以戎狄强种雄据中夏，故其讴谣淆糅华夷，焦杀急促，鄙俚俗下，无复节奏，而古乐府之声律不传。周武帝时龟兹琵琶乐工苏祇婆者，始言七均；牛洪、郑译因而演之，八十四调始见萌芽；唐张文收、祖孝孙讨论郊庙之乐，其数于是乎大备。迄于开元、天宝间，君臣相为淫乐，而明皇尤溺于夷音，天下熏然成俗。于是才士始依乐工拍旦之声被之以辞句，句之长短，各随曲度，而愈失古之“声依永”之理也①。

《复雅歌词序》，岳文称为学术上“宝贵的思想遗产”，有眼光。上引一段话，便可视为对词体“起源”的精炼阐述，颇可作当代学术意识的发生学解读：其一，南北朝时期，北方讴谣“淆糅华夷”，“古乐府之声律不传”，即当时北方民间歌曲发生了很大变化，是为唐“长短句”产生之前广阔的、底层的“社会背景”。所谓“无复节奏”，可与陈旸《乐书》谓俗乐“间杂繁促，不协律吕”和“篇无定句，句无定字”相参看。其二，隋及唐初，宫廷礼乐吸收胡乐律调制定了“八十四调”。其三，开元天宝间，宫廷“乐风”败坏，“雅乐”传统不为君臣所重，娱乐燕乐（“君臣相为淫乐”）大兴，由来已久的“淆糅华夷”音乐风气流行宫廷而“夷音”颇盛。其四，本由下层传染到上层的喜好“淫乐”“夷音”之风，复由上层的推动而蔓延社会。风气之下，“才士始依乐工拍旦之声”作“长短

①《古今合璧事类备要》外集卷一一，四库全书本。

句”——“词”，就这么产生了。整个四点，精髓在于观照了“词体”产生的“全过程”，在于对词的“起源”作了一种历史学、发生学的描述。古人言论，多精炼，往往也就留下一些点到辄止的“空白”——为什么讲唐代“才士”的“长短句”而要从北朝的“讴谣”讲起？为什么在“淫乐”之前先要说“郊庙之乐”？“天下熏然成俗”与文人“依拍旦之声”填词究竟有什么联系？皆是饶有意味的问题。细处的解读更得当心：“淆糅华夷”，仅从“华、夷”的次序说“以华乐为主导”自然不行，而要找出历史的、学理的证明才行；“天下熏然成俗”，谓宫廷“燕乐文化”向社会的扩散，但也要仔细分辨，不能因此就以为天下皆“溺于夷音”；而此“夷音”是器乐还是歌曲，尤须注意，器乐或有可能，而以汉语传唱的歌曲，则由汉语声调和语词间隔节奏的“音乐特性”所决定，断无“溺于夷音”之可能；而“依乐工拍旦之声”究竟是怎么回事？“句之长短，各随曲度”如何具体操作？此“曲”是宫廷燕乐还是“采民甿者”，或二者兼有、或二者交汇？如此等等，都还需要进一步索解，以使“词体起源”的发生学解释更接近历史的真实。

那当代“燕乐说”是怎样“尊重学术传统”而继承“宝贵遗产”的呢？总体上约有两类：

一类是“胡乐—燕乐”说，代表观点是：“隋唐时期流行的西域音乐——燕乐(即宴乐)，那是代表西北民族刚健风格的新音乐，和中国原有的清乐有所不同。这两种体系和性质不同的音乐配合着不同的歌词形式。曲子词主要是用于配合燕乐的。”“词的起源，只能这样说：唐玄宗的时代，外国乐(胡乐)传到中国来，与中国的残乐结合，成为一种新的音乐。最初是只用音乐来配合歌辞，因为乐辞难协，后来即倚声以制辞。这种歌词是长短句的，是协乐有韵律的，——是词的起源。”[①]显然，此种“胡乐—燕乐”生词说是对《序》“淆糅华夷”云云的继承，新意则在提出了“乐辞难协，后来即倚声以制辞”的“发生机制”，其

① 胡云翼《宋词选·前言》，中华书局 1962 年版；胡云翼《宋词研究》，中华书局 1928 年版。

重要意义是在学理上提出了乐、辞配合的具体问题，提出了燕乐音乐风格与“长短句”产生关系的技术性猜想，虽具体所言并不正确，但在学理上却提出了一个新的、重要的研究向度。

第二类，在“词源燕乐”的大框架中，从两个方面对上述“胡乐—燕乐”说进行了拨正：其一，将“隋唐燕乐”定义为“隋唐新兴音乐的总和”，纠正胡乐为主导、华乐为“残乐”的误说，将华乐置于隋唐燕乐建树中重要的、乃至主导的位置予以理解，将中华音乐和民间歌曲视为词乐的重要源头予以考察；其二，将酒令文化中文人的著辞实践视为词体“格律”形成的关键机制，对文人“长短句”及“格律”的产生，从具体技术上予以破解，指出文人“长短句”的产生并不是“乐辞难协”的问题①。关于酒令著辞“令格”与文人词格律产生的关系，还可研究，重要的是这一研究路径在学理上的意义：重新提出传统“燕乐说”中文人“长短句”产生的技术性原因，打破了纯粹以音乐风格推论词源燕乐的学术程式，体现了任半塘先生贯穿“唐艺学”的一个深刻学理：音乐文学的某种样式的发生形成，当从音乐文化活动和文学活动相关联的“行为”中追究——本文所称“燕乐活动说”的精髓即在此。

以上两大类“燕乐”说，观点不尽相同甚至截然相反，但都是对传统“燕乐说”的扬弃、扩展和深化。而在学理上则绕了一个小弯：“胡乐—燕乐”说在学理上提出了富有意义的词体与音乐之间的形式关系命题，从而使词乐研究取得了可观成果（如刘尧民《词与音乐》和施议对《词与音乐关系研究》），但由此引发的消极后果是产生了“起源”论偏离发生学的倾向，论者越来越把词体与音乐的关系作为一个乐理的命题，忽视乃至抛弃了词体作为汉语文体的自身特性，导致了单向“燕乐音乐说”的流行。而“燕乐活动”说则重新回到发生学立场，在音乐实践与文学实践的双向关系中考察历史，把传统“燕乐说”中民间、宫廷、乐人和文人的四维关系构成一个有机网络，在一个新的层次

---

① 王小盾《隋唐五代燕乐杂言歌辞研究》，中华书局 1996 年版；《隋唐五代燕乐杂言歌辞集》，巴蜀书社 1990 年版；《唐代酒令艺术》，知识出版社 1995 年版。

上回归传统的“燕乐”说，将直观的、非自觉的“发生”意识，提升为一种理性化的学术思路：历史的存在是“网络”状的，其中每一个“结”既是独立的，又和其他“结”具有网络性互动联系。由此进一步提出的问题是：这一网络经历了一个怎样的编织过程，“词体”又是从哪一个“结”最先抽丝的。拙文意图即在探求这一问题的答案。因此，拙论势必要坚持发生学立场，深化和拓展传统“燕乐说”的“过程”构架——以民间“讴谣”为“起源”考察的起点，以文人“律词”的产生为“起源”考察的终结，反思音乐特性派生词体单一思路的缺陷，把“音乐活动”落实到“歌唱实践”，从歌曲传唱中音乐与歌词创作的互动关系中寻找词体（民间的、文人的）最初生成的原因。

2. 关于岳文的“词起源于隋唐燕乐”说

长期以来，“词起源于燕乐”说大多围绕胡乐燕乐的音乐特性导致词体的产生加以推论，岳文机智地撇开了这一话题，从燕乐与词乐的宏观领属关系上立论，以词乐隶属于燕乐支持“燕乐音乐”说。但窃以为岳文的整个阐释框架在逻辑上难以成立。

岳文为“燕乐音乐说”确立的学理前提是“词的特性只能与音乐有关”。这一说法，得到今词学界几乎一致的认可，也是我与学界好友常于品茗中唇枪舌剑的话题，而我一直顽固地认为：由于忽略了歌词创作而仅仅把音乐作为单方面的决定因素，由于脱离歌唱而仅仅把音乐作为一种物化的存在，注定了其说从一开始就步入歧途——仅从逻辑结构言：“词的特性只能与音乐有关”，所指当为词的“文体特性”与音乐有关，因而必须论证词的文体特性是否和怎样与音乐有关，而这里的“音乐”，只有“歌唱的音乐”才与词的“文体特性”发生具体的、实质性的联系。这就需要对歌唱中音乐如何导致歌词形成“文体特性”加以一般原理的解说——这是一个可以落实到类似物理实验的证明题，只要做一做这样的工作，恐怕就会清楚片面的“词的特性只能与音乐有关”是一个不能成立的伪前提——但岳文及诸多说者却并未做歌唱中乐、辞关系的技术性、实践性验证和乐理解说，便从一个未予证明的前提，引申出一个同样不加证说的第二前提：“词的特殊性即所配音乐的特殊性",随之设定一个违背人文科学基本原理的第三前提:"词不同于其他歌词的特殊性是什么,词就起源于什么"①,最后的推断是:词的特殊性在于词所配音乐为燕乐——所以词的特殊性即燕乐——所以词起源于燕乐。由此,大量的论证便围绕"燕乐"与"词乐"展开:"本体"为何、"关系"为何、"科学性"何在等等,但实际上对"词源燕乐"并不具有实质性证明意义,因为决定所有论证意义是否有效的三个前提,都未经证明而不能成立,均属"无效前提",结论势必也是无效的。虽然行文上的逻辑性和学术化的语言,很容易遮蔽逻辑谬误甚至瞒过说者本人,然其证说起码目前还属于一种缺乏有效前提的伪证。以我浅见,文学史研究对歌词"音乐性"的理解,应将空洞的"音乐特性"落实到具体的"传唱方式",从"文学史"的学科特定性出发,建立所有汉语歌辞体"起源"发生论的一般阐释框架:歌辞,是歌唱形态的语言文学。某种歌辞文体的"起源",发生于融合歌唱而进行的某种口头的、书面的文学创作。(口头文学包括其文字的记录)在这样的阐释框架中,某种歌唱方式与某种语文方式主动的双向建构,乃是某种歌辞文体"起源"和产生的根本机制,而"建构"的行为主体则是人。唐代民间词体,是民间歌手发自天然的、主动的乐、辞双向建构的产物;唐代文人词体的产生,是文人以"因声度词"的方式主动参与乐、辞双向建构的结果。而此前文人虽然也作"拟乐府"之类的歌词,甚至有一些颇似"词"的文学创作,但文人们尚未主动、自觉地参与到乐、辞建构中,而是把乐、辞的配合交给乐人,故词学界把文人词产生的真正起点定在中唐是有道理的。窃以为:以这样的逻辑思路阐释"词体起源",才可能贴近历史的真相,并将延伸出若干极富意味的学术命题。而其根本的一点,则是在学理上以"文体生态学"和"功能文体学"为基

① 这一观点的谬误,在于忽略了人文科学的根本原理是"以人为本",忽略了一切艺术形式首先乃是"人的创造",舍此而论"起源",必出问题。对此展开理论甚费篇幅,姑仿拟一说以喻其谬:泥塑不同于其他雕塑的特殊性是什么,泥塑就起源于什么。曰:以无机物质为本体的粘合性可塑性"粘土系统"。

石。当然，这样的阐释需要对音乐，尤其是歌唱艺术的研究（音声相搭、乐句组合、行腔按拍等），也需要对乐理规则的把握，然其根本目的，乃在有助于对音乐行为艺术（生态与功能等）的理解。

因此，燕乐音乐上的"本体"究竟是什么，词乐是否属于燕乐，与词体究竟是怎样起源的，其实是并不相同的学术命题。而岳文"燕乐说"的根本缺陷，即在于静态的、凝固的认知方式——以某种物化的形式"本体"为起点，亦以此"本体"为终极。而现代人文科学的认知方式，则以观照人们行为中的事实为起点，以考察事物运演的具体现象为主体，并把具体事实的形下考察与逻辑合理的形上思辨贯通为一个互律、互动、互明的科学认知体系。体现在对人所创造的事物之"起源"的研究中，便是首先探究其起源的人为发生过程，在全面考察其运演过程的终端，才将其"特殊性"在人的创造中怎样体现又怎样凝聚，作为一个分析性的命题提出，从而确认一个合乎历史逻辑的"起源点"和"发生段"，由此得出的结论，才可能达到"历史与逻辑的统一"，才可能接近真理。词体起源论，亦当如此。

3. 关于岳文"隋唐燕乐"之"学术概念"

岳文的总论题是词起源于"隋唐燕乐"，标志着其论述框架必然是一种整体性的"宏观阐释"，而"燕乐"与"词乐"的领属关系，则是"宏观阐述"的核心。由此，岳文对"隋唐燕乐"的解说势必在纯粹的音乐层面上进行，而确认音乐范畴的"隋唐燕乐"是一个"科学"的"学术概念"，则成了岳文整个论述的主要内容和根本支柱，有曰：

> 唐代音乐需要学术的研究，需要学术思想的整理和概括、抽象化和理论化。现代学术概念"隋唐燕乐"正是这种需要的产物，它深深植根于历史客观土壤之中，尊重了学术概念的使用传统，同时又对历史进行了更高级的抽象化、理论化，使其确切而吻合历史，科学而接近真理。
>
> "隋唐燕乐"是学术界创造出来概括隋唐时期音乐以方便学术研究的术语，当学术界把"隋唐燕乐"定义为新音乐系统的时

候，当学术界把二十八调看作“隋唐燕乐”的本体的时候，这个概念就以其自身的存在体现了学术界对隋唐时期音乐的总体概括和本质认识①。

这两段话，体现了岳文与拙文在学理上的根本差异，若干分歧实际上皆由此牵出。而差异所在，乃是对“学术概念”的理解和取向有所不同。

“学术概念”的完整定义、其内涵和外延是什么，一时想不清，又记不起有无专论可参考。自己琢磨着，觉得首先要分清学术上的两类概念：学术的“对象性概念”（如唐诗、宋诗）和学术的“自身性概念”（如“唐音”“宋调”）。前者，是某种存在的指示符号，是为一种历史实体的概念；后者，是学术研究对某种存在的阐释符号，是为抽象的、本质意义上的“学术概念”。因此，严格说来，指向历史实在的“对象概念”并不是“学术概念”，而是研究的对象。历史本身是不能“抽象化”“理论化”的，故学术研究应注意避免使“对象概念”负载抽象化理论化功能，避免用“学术概念”简单替代“对象概念”。学术研究需要不断发现“有意义的历史细节”，以扩展、深化和超越前人对存在的把握和理解；最基本的科学态度，就是承认“对象概念”的追究价值远远大于任何既定的“学术概念”，拒绝将“对象概念”指向的历史本身抽象化、理论化，同时也就拒绝将某种与之对应的“学术概念”凝固化、封闭化。

但问题是：学术上的有些概念是学术“自性”的和“对象性”的交叉叠合，“隋唐燕乐”即是一例。在音乐史学中，富有时代典范意义的“燕乐”往往用为“隋唐音乐”的代称，“隋唐燕乐”意味着一个时代的音乐建树和特定的乐理体系，因而使之具有了某种学术自性概念的意义和功能，岳文有关“隋唐燕乐”的阐述，就是对之作为学术自性概念及其学术合法性的解释。虽然在学术研究中不同性质的概念本不应当

① 岳珍《关于“词起源于隋唐燕乐”的再思考——与李昌集先生商榷》，《文学遗产》2004 年第 5 期。

重叠(譬如“唐音”不可重叠“唐诗”),但由于这在音乐史学中已成一种公约性“术语”,所以用得很方便。

但词体发生学中的“隋唐燕乐”,则是从“对象概念”的向度中取义的。在词体发生学语境中,“隋唐燕乐”第一义乃是“隋唐时期宫廷燕享中的音乐文艺活动”,故其关注的“隋唐燕乐”不仅在音乐,同时更关注其丰富复杂的现实存在——在生存空间和生存方式上,其以宫廷为中心而与社会有着广泛的双向交流;在文化功能上,其为中外雅俗音乐文化交流的纽带;其活动人员,乃是帝王公卿、才士乐人等等参与的既稳定又不断变动扩展的动态群体;其艺术走向,乃是高雅化与世俗化的交叉叠合……如此等等,可谓究之不尽,而词之起源的若干历史奥秘,就隐藏在燕乐生动丰富的现实活动中。因此,词体起源研究不能将音乐史学中的“学术概念”作凝固化理解,更不可将彼之“学术概念”与我之“对象概念”混淆错位,以音乐范畴和乐理意义上的“隋唐燕乐”,置换音乐文艺活动意义上的“隋唐燕乐”,消解“人的行为”对词体起源的决定意义,以物化的“音乐特性”为解说词体起源唯一的根本依据。

窃以为,岳文首先要推敲的,恐怕就在对“隋唐燕乐”的理解。“隋唐燕乐”可以作为“学术界创造出来……以方便学术研究的术语”,但得看一看这“术语”适用于什么学术范畴,对词体起源研究具有什么意义。用岳文所云的“隋唐燕乐”之“现代学术概念”覆盖整个隋唐时代的音乐,当然很方便,但“燕乐”却成了一个“以二十八调为本体”的“乐理存在”,一个悬浮于实践之上的抽象“音乐系统”,一切行为过程和“历史的细节”统统被抽去,“词起源于隋唐燕乐”也就成了一个没有实际内容的空洞命题。岳文曾提及一个极为正确的学术主张:“研究词体起源……它的前提、立场、立足点和最终归宿都只能是历史本身。”敢问岳珍学友:你所认为的“历史本身”是什么?在实际论述中,“历史本身”又是什么?在哪里?

因此,岳文认为所论已“择要说明了李文就词起源于‘唐代中华民间歌曲音乐’新说所提供的论据皆不能成立的理由”,归结起来实际上

只有一条:整个隋唐时期,就只有一个以“二十八调”为“本体”的“隋唐燕乐音乐系统”,故词就只能起源于此“系统”。有曰:

> 即使李文的论据全部都能成立,仍然证明不了“民间歌曲音乐”的新说。因为,李文的所有论据都没有触及到问题的根本。笔者在前文曾反复强调:“隋唐燕乐”说最基本的主张、最根本的观点是词乐词调出自二十八调,二十八调是词体的根本。那么,推翻成说,建立新说,其道路只有一条,这就是证明词乐不来自二十八调,证明在隋、唐、宋三代,客观存在着独立于二十八调以外的另一种音乐,这种音乐就是“民间歌曲”以及词乐所用的音乐系统。华山一条路,只有摆出了这样的历史事实,成说方能推翻,新说方能成立。

“词体起源”只是对词体形成起始阶段的考察,怎么涉及到“隋、唐、宋三代”?隋唐宋全中国的民间歌曲和词乐都“来自二十八调”,全中国都找不到“独立于二十八调以外的另一种音乐”,“历史本身”会这样么?况且,即使承认隋唐就只有“燕乐”,“词起源于隋唐燕乐”便使“起源”问题得以了结?且不谈岳文对词乐怎样“来自二十八调”并未实际论证,恐怕还得考虑另辟蹊径,其他难题还有不少,仅举按岳文逻辑必须辨析的一点:唐代更流行的声诗(如《抛球乐》《浪淘沙》等)之“诗乐”,属什么“乐”?按岳文“隋唐燕乐”为“隋唐时期音乐的总体概括”,则“诗乐”亦当属“隋唐燕乐”,亦当“来自二十八调”,那么,按所云“词的特殊性即所配音乐的特殊性”,则词与声诗的音乐相同而“词的特性”又何在?况且,唐代尚有采诗度曲一途,若此“曲”亦属“隋唐燕乐”,则“燕乐”唱得更多的倒是齐言诗,却又为什么“孕育”出了别具一格的“长短句”?其间的原因和过程,能离开“人的行为”用空洞的“词起源于‘隋唐燕乐’”解释么?又怎么用“二十八调是词体的根本”解释之?因此,岳文用“二十八调”之“隋唐燕乐”铺成的“华山一条路”,恐怕走不通。

在我看来,“词体起源”的历史路标上本来就没有岳文所云的“华山一条路”,切实的路径是将词体的“起源”置于“人的行为”中予以追究，由之考察“词”的传唱和创作在雅、俗两个文化圈既互异、又互动的历史运演过程，使“词体起源”成为历史学、文化学、汉语歌唱学、功能文体学和形式文体学相互贯通的综合命题，使我们对中国古代音乐文学史及其包含的文化意蕴，有一贯穿的、更深切的理解：当唐代宫廷燕乐不断将民间歌曲纳入自身体系的时候，当隋唐燕乐不断将华乐胡乐、清乐民歌等等集合在一起，各展风韵而又互相交融的时候，不正展现了中国古代文化建树中海纳百川的气魄？当以宫廷音乐为代表的“燕乐”成为唐、宋时期上层音乐主流形态的时候，当“词”作为典范样式成为文人歌辞主流文体的时候，“不协律吕”的长短句“杂曲歌辞”仍然在唐代民间广泛流播，自成一脉的“变文说唱”大量流行；“北曲子”在金地民间颇为活跃并播及宋土；集各种曲调和“体”兼词、曲的“诸宫调”在宋金勾栏行院中勃然兴盛，为日后北曲杂剧的生成结下一大因缘；以南方民间“词调”演唱的“南曲戏文”，至迟在两宋之交的南方民间已颇为流行；与文人词大不相同的“唱赚”在南宋勾栏极为红火，成为日后“套曲”的先声——生生不息的民间歌曲，从来不因上层的吸收改变自身、消解自身而自有其“脉”、自有其“统”，在一定的历史环境下，“新”的民间歌曲便会被一些文人惊讶而满怀兴趣地发现（当然也会遭到若干文人“郑、卫之音”的痛斥）。而正是在雅俗两个文化统绪的交相运行中，中国古代文人有着渊源久长的“礼失而求诸野”的尊重民间意识，有着古老的“采诗观风”关注民间的传统，有着一脉不断的“民贵君轻”以民为本的胸怀，从而使中国古代的文人文化和文人文学，从未割断与俗文化的联系而不断焕发着新的光彩。而这，正展示了中国文化、中国文学是一个生生不息的动态流程，视“词乐”壁垒森然而与民间歌曲绝缘，脱离人的行为解说“隋唐燕乐”，将之作为某种单一的、静止的乐理性、规则性存在，一个笼罩中国数百年不同文化空间的唯一“音乐系统”，一个“抽象化”“理论化”的“学术概念”，不仅是对历史的误解，也是对学术的误解。

（原载《徐州师范大学学报》2005 年第 3 期）

"苏幕遮"的乐与辞

——胡乐入华的个案研究与唐代曲子辞的声、词关系探讨

"苏幕遮"是唐宋曲子词的一个调牌,其调之来源,清初毛先舒《填词名解》有云——

> 苏幕遮,西域妇人帽也。《唐书》李元济上书:"比见坊邑相率为浑脱队,骏马胡服,名曰'苏幕遮'。"盖本是胡乐之饰。唐教坊作此戏,即以名曲。张说诗作"苏摩遮",诗云:"摩遮本出海西胡,琉璃宝服紫髯须。闻道皇恩遍宇宙,来将歌舞助欢娱。"又云:"绣装拍额宝花冠,夷歌绮舞借人看。自能激水成阴气,不虑今年寒不寒。"案此,则此乐似以角抵眩人,吞刀吐火之类也。一名〔鬓云松〕。

今人吴藕汀《词名索引·苏幕遮》言之稍简——

> 〔苏幕遮〕,唐教坊曲名。《唐书·宋务光传》:"比见坊邑相率为浑脱队,骏马胡服,名苏莫遮。"又按张说《燕公集》有《苏幕遮》七言绝句,宋词盖因旧曲名度新曲也。又名云雾敛、鬓云松令。

《中国词学大辞典》"苏幕遮"条述之最详——

> 唐教坊曲,用作词调。又名《鬓云松令》《云雾敛》。源于龟兹

乐，本为唐高昌国（今新疆吐鲁番地区）民间于盛暑以水交泼乞寒之歌舞戏。高昌语称戴油帽为“苏莫遮”（见《宋史·高昌传》采宋王明清《挥麈录》）。释慧琳《一切经音义》卷四一云：“苏莫遮，西戎胡语也，正云‘飒磨遮’。此戏本出西龟兹国，至今犹有此曲，此国浑脱、大面、拨头之类也。或作兽面，或象鬼神，假作种种面具形状。”又，清徐钪《词苑丛谈》云：“苏幕遮，高昌女子所戴油帽，西域妇人帽也。”近人岑仲勉《唐代戏乐之波斯语》则谓《苏幕遮》为波斯人供奉苏摩神之曲（见《东方杂志》四十卷十七号），若是，此调似创自波斯，经龟兹传入，由西域乐曲演化成词调。可备一说。据《唐会要》卷三三，唐时《苏幕遮》有三曲，分属沙陀调（正宫）、水调（歇指调）、金风调，天宝十三载改曲名，沙陀调者改名《宇宙清》，金风调者改名《感皇恩》（与《教坊记》所载《感皇恩》无涉），水调者不改。此调唐时有七言声诗体，张说《燕公集》卷一〇载《苏幕遮》五首，皆七言四句三平韵，有和声。诗有句云“《摩遮》本出海西胡，琉璃碧眼紫髯须”，《全唐诗》于题下注云：“泼寒胡戏所歌，其和声云‘亿岁乐’。”又有长短句体，见敦煌曲传辞，有“聪明儿”等二首及《大唐五台曲子》大曲一套六首，注“寄在《苏幕遮》”，此八首体格与宋时所传《苏幕遮》悉同。宋周邦彦《清真集》入般涉调（黄钟羽）。《词律》卷九列周邦彦一体。《词谱》卷一四列范仲淹“碧云天”一体，双调，六十二字，上、下片同，各七句四仄韵。首两句作三字对起。宋元人俱依此填。

以上三说，言〔苏幕遮〕出自胡戏略同，但在一些细节上颇有差异。如《填词名解》云张说《苏幕遮》为“诗”，《词名索引》曰为“绝句”，而《词学大辞典》指为“声诗”。《填词名解》曰宋人〔苏幕遮〕词调为“因旧曲名度新曲”，《词学大辞典》指其本唐教坊曲，而宋人词调则又承敦煌传辞体式。另外，《填词名解》的叙述似以为〔苏幕遮〕为胡戏中的一个曲调，《词学大辞典》则云其有三曲。同时，在“胡戏”传入华域的叙述中，诸说详略不同，但均有与史实不尽相合处。凡此，涉及到学界言之既久的"胡乐入华"与词体之发生、音乐与歌辞语文体式之关系等问题,故尚有细究之必要。

一、"苏幕遮"之"戏"与"曲"

"苏幕遮"为戏之名称,最早见于《旧唐书·宋务光传》《新唐书·吕元泰传》中所载神龙二年清源尉吕元泰之上书,有曰:

> 比见坊邑相率为浑脱队,骏马胡服,名曰"苏莫遮"——旗鼓相当,军阵势也;腾逐喧噪,战争象也;锦绣夸竞,害女工也;督敛分弱,伤政体也;胡服相欢,非雅乐也;浑脱为号,非美名也。安可以礼义之朝,法胡虏之俗?诗云:"京邑翼翼,四方是则。"非先王之法乐而示则于四方,臣所未谕。《书·洪范》曰:"谋时寒若。"何必裸身挥水,鼓舞衢路以索之?

从吕文可以看出,"苏幕遮"即唐时"泼寒戏"之别称。此戏本为"胡俗",传入中国的最早时间,学界均定之为北周大象元年(579),依据为《周书》卷七《宣帝纪》:"(宣帝)御正武殿,集百官及宫人内外命妇,又纵胡人乞寒,用水浇沃为戏乐。"然事实上,此戏在南朝刘宋时已经传入,《宋书》卷四一《后妃传》:

> 上(宋明宗)尝宫内大集,而赢妇人观之,以为欢笑。后(明恭王皇后)以扇障面,独无所言。帝怒曰:"外舍家寒乞,今共笑乐,何独不视?"后曰:"为乐之事,其方自多,岂有姑姊妹集聚,而赢妇人形体,以此为乐?外舍之为欢适,实与此不同也。"

类似的记载亦见《魏书》卷九七《岛夷刘裕传》:

> 或尝宫内大集,而裸妇人观之,以为忻笑。其妻王氏以扇鄣面,独无所言。或怒曰:“外舍家寒乞,今共为笑乐,何独不视?”王曰:“为乐之事,其方自多,岂有姑姊妹集聚,而裸妇人形体,以此为乐?外舍之为忻,适与此不同。”或大怒,遣王起去。

这里的“寒乞”,即“乞寒”;“外舍”,外戚也,指皇后家。所谓“嬴妇人形体”云云,正是泼寒戏“裸露形体,浇灌衢路,鼓舞跳跃而索寒也”的一大特征。刘宋时期,南北方民族的音乐文化交流不断,刘宋孝武时,宫廷音乐活动中已用胡伎,致有“胡伎不得彩衣”的廷令(《宋书·礼·五》);北魏拓跋焘则遣使到南方借乐,《宋书》卷五八《张畅传》:“焘又遣使就二王借箜篌、琵琶、筝、笛等器及棋子。”因此,宋明宗时泼寒胡戏的传入,乃是其时南北音乐文化交流的结果之一。从一百多年后北周宫廷中尚行此戏看,刘宋以后,泼寒胡戏已成为宫廷娱乐中的一个传统性保留项目。

由于资料缺乏,我们已无法具体了解泼寒胡戏从刘宋到唐初约两百年间传播的轨迹。但就文献所见,“泼寒戏”在唐前尚只在宫廷中上演,其成为一种社会习俗,则在初唐以后——《旧唐书》卷九七《张说传》:“自则天末年,季冬为泼寒胡戏,中宗尝御楼以观之。”《旧唐书·中宗》:“(景云二年)十二月丁未,作泼寒胡戏。”“(景龙三年)十二月乙酉,令诸司长官向醴泉坊看《泼胡王》乞寒戏。”“(神龙元年十一月)己丑,御洛城南门观泼寒胡戏。”唐杜佑《通典·乐六》:“腊月乞寒,外蕃所出,渐渍成俗,因循已久。”可见其流行之广。

因此,南北朝与唐代的泼寒戏在性质上有所变化:一是其表演的空间由宫廷扩展到全民;二是其“戏”在南北朝时并没有特定的“演员”,更无“故事”,形式为“水浇沃为戏乐”,伴以“豪歌击鼓”。名之为“戏”,泛称耳,其实乃是一种大众自为、没有“戏者”与“观戏者”区分的大众性“游戏”,入华后则有了初步的“戏者”与“观之以为欢笑”的“观众”。换言之,入华后的泼寒戏已不是纯粹的“大众游戏”而有了某种“表演”的意味。其三,唐时的泼寒戏增加了“浑脱队”,并成为“名曰

‘苏幕遮’”的一项主要表演内容。

“苏莫遮”,胡语,其意谓西域地区的一种帽子。《宋史·外国六·高昌》:“妇人戴油帽,谓之‘苏幕遮’。”此帽用羊皮制,外涂油以防水,是“泼寒戏”中的一种服饰。唐般若译《大乘理趣六波罗蜜经》卷一:“又如苏莫遮帽,覆人面首,令诸有情儿即戏弄,老苏莫遮亦复如是。从一城邑,至一城邑,一切众生被衰老帽,见皆戏弄,以是因缘老为大苦。”(《大正藏·中华经》,转引自王小盾、何剑平辑《汉文佛经中的音乐史料》)泼寒胡戏所以称为“苏幕遮”,乃是以其戏具有特色的“道具”而呼之的一种代称。

“浑脱”亦胡语,本义有二:其一指一种帽子。《新唐书·五行一》:“长尉长孙无忌以乌羊毛为浑脱毡帽,人多效之,谓之‘赵公浑脱’。”其二指用羊皮所做的皮囊,《宋史·苏辙传》:“访闻河北道近岁为羊浑脱,动以千计。浑脱之用,必军行乏水,过渡无船,然后须之。”然“浑脱”更是一种舞名,《旧唐书·儒学下·郭山恽传》:“景龙中,累迁国子司业。时中宗数引近臣及修文学士,与之宴集,尝令各效伎艺,以为笑乐。工部尚书张锡为‘谈容娘舞’,将作大匠宗晋卿舞‘浑脱’,左卫将军张洽舞《黄麞》,左金吾卫将军杜元琰诵‘婆罗门咒’,给事中李行言唱《驾车西河》,中书舍人卢藏用效‘道士上章’。”此处之“舞‘浑脱’”,显然是独舞。而吕元泰文中“比见都邑城市相率为浑脱队”的“浑脱队”,乃是群舞。宋代宫廷中“队舞”(亦称“舞队”),如“玉兔浑脱队”(见《宋史·乐十七·教坊》),当是其一脉之传。

“浑脱舞”由其名而知其当亦“胡俗”,唐人将之叠加到泼寒戏中,并以泼寒胡戏的原始称谓“苏幕遮”统名之,自然是顺理成章之事。因此,唐代名曰“苏幕遮”的泼寒戏乃是既有“豪歌击鼓”,又有浑脱舞的大型综合性表演,从音乐上言,则既有歌曲,亦有舞曲,二者或浑一,或交错,或递相唱奏,并不只有“一个曲调”,整个“苏幕遮”的表演,当有各种音乐形式相伴始终,故“苏幕遮”或又被称为“‘苏幕遮’曲”。唐慧琳《一切经音义》卷四一:

苏莫遮,西戎胡语也,正云“飒麿遮”。此戏本出西龟兹国,至今犹有此曲，此国浑脱、大面、拨头之类也。或作兽面，或象鬼神，假作种种面具形状；或以泥水沾洒行人；或持罥索搭钩，捉人为戏。每年七月初，公行此戏，七日乃停。土俗相传云：常以此法禳厌，驱趁罗刹恶鬼食啖人民之灾也。①

这段话有两点值得注意：其一是慧琳称“飒磨遮”（即“苏幕遮”，汉译又写作“苏莫遮”“苏摩遮”）为“曲”，同时也称之为“戏”（“公行此戏”），而所谓“此曲”显然不是独称，而是泼寒戏所用乐曲之类称，所谓“此国（按：指中国）浑脱、大面、拨头之类也”——即与唐之浑脱、大面、拨头性质相同的“曲”和“戏”。其二，唐贞元以后，“西龟兹国”之“苏幕遮”的“公行”，时间已在“每年七月初”，与南北朝至唐“季冬为泼寒胡戏”时令正相反，《中国词学大辞典》或许即据此而云泼寒戏“本为唐高昌国民间于盛暑以水交泼乞寒之歌舞戏”（按：泼寒胡戏源于龟兹还是高昌，学界尚有争论，为免枝蔓，不辩）。但《辞典》忽略了一个事实：唐玄宗时，吕元泰、韩朝宗、张说相继上书请禁泼寒胡戏，朝廷遂诏令禁断。《唐大诏令集》卷一〇九：

敕：腊月乞寒，外蕃所出，渐积成俗，因循已久。至使乘肥衣轻，竞矜胡服。阗城隘陌，深点（玷）华风。……自今已后，即宜禁断。开元元年十二月七日。②

因此，在“四夷咸服”的唐代，龟兹、高昌将原于冬季举行的泼寒戏改在“盛暑”进行，乃是开元初廷令泼寒戏“无问蕃汉，即宜禁断”的结果。但朝廷诏令禁止的乃是“深点（玷）华风”的“胡戏”，其“曲”则不在

① 注：慧琳，疏勒国人。俗姓裴。“撰《大藏音义》一百卷，起贞元四年迄元和五载，方得绝笔，贮其本于西明藏中”。事见《宋高僧传·唐京师西明寺慧琳传》。

② 按：《唐会要》卷三四记颁诏时间为十月七日。“自今”句为：“自今已后，无问蕃汉，即宜禁断。”《通典·乐六》所记同此。

其内，故天宝十三年，太乐署整理供奉曲及诸乐调，仅将“苏莫遮”改名而已——太蔟宫沙陀调之〔苏莫遮〕，更名为〔万宇清〕；金风调之〔苏莫遮〕更名为〔感皇恩〕；南吕宫水调〔苏莫遮〕则仍用原名。而在唐崔令钦《教坊记》所录盛唐时期教坊表演的诸多曲名中，便没有了〔苏莫遮〕，但有〔感皇恩〕，唐段安节《乐府杂录》所记“熊罴部”所奏乐曲中，则有〔万宇清〕，而“熊罴部”属雅乐系统（参见《乐府杂录》），可见“苏莫遮”曲既为宫廷燕乐采用，亦为雅乐所吸收。而已经广传民间的“‘苏幕遮’曲”则更无法“禁断”，故唐代从宫廷到民间乃至宋代，“‘苏幕遮’曲”相传不绝，与其曲相配合的歌词也时或见于文人及民间之作。

有了以上对“苏幕遮”的概述，我们可以进一步讨论“苏幕遮”的音乐与歌词，乃至“胡乐”与“词”体的关系了。

二、“‘苏幕遮’曲”的音乐与歌词

讨论“‘苏幕遮’曲”与其歌词的关系，由于缺乏具体可靠的声响资料，故难以在具体的技术性层面上进行，我们只能依据上述“‘苏幕遮’曲”的一般情况，与今存“‘苏幕遮’曲”相关的歌词作联系性考察，根据中国古代传统的歌曲音乐与歌词关系的基本观念、歌曲音乐与歌词语文形态对应性关系的一般原理，以及唐代歌曲演唱的大体方式，对“‘苏幕遮’曲”与其歌词的关系作出一般现象上的解释。

首先从“‘苏幕遮’曲”的“词”谈起。据天宝十三载太乐署对“‘苏幕遮’曲”的改名，可确定与“‘苏幕遮’曲”相关的曲调为〔苏幕遮〕〔感皇恩〕〔万宇清〕。兹分而述之——

1. 〔苏幕遮〕

标此调名的唐五代文人歌词，仅有张说于“禁断”泼寒胡戏前所作的《苏摩遮》五首，见张说的《燕公集》，《全唐诗》收录之——

苏摩遮

泼寒胡戏所歌，其和声云“亿岁乐”。

摩遮本出海西胡，琉璃宝服紫髯胡。闻道皇恩遍宇宙，来时歌舞助欢娱。

绣装帕额宝花冠，夷歌骑舞借人看。自能激水成阴气，不虑今年寒不寒。

腊月凝阴积帝台，豪歌击鼓送寒来。油囊取得天河水，将添上寿万年杯。

寒气宜人最可怜，故将寒水散庭前。惟愿圣君无限寿，长取新年续旧年。

昭成皇后帝家亲，荣乐诸人不比伦。往日霜前花委地，今年雪后树逢春。

此五首辞，即《填词名解》所曰之“诗”，《词名索引》所云之“绝句”。二者都未将之作“‘苏幕遮’曲”辞观，《填词名解》所以引录，显然是将其作为解说〔苏幕遮〕之史料对待的。而此五首“诗”的内容，确为“泼寒戏”表演状况的描述，仅最后一首言玄宗母昭成皇后平冤昭雪事，与泼寒戏无直接关系。但从其为“泼寒胡戏所歌，其和声云‘亿岁乐’”，参以新、旧《唐书》载中宗“令诸司长官向醴泉坊看《泼胡王》乞寒戏”、玄宗为太子时“微服私观”民间泼寒戏等史料，张说之《苏幕遮》，当是应“御驾”观听而为教坊泼寒戏所作的歌词。如此，则《词学大辞典》指其为“声诗”是正确的。当然，“声诗”也是歌词，唐人曰“声诗”亦称为“曲”，因而“声诗”也是一种“曲子词”。故张说的《苏幕遮》说明“‘苏幕遮’曲”是可以配以齐言歌词演唱的，尽管其配合的方式也许不是简单的声、辞对应（参见后文）。

“‘苏幕遮’曲”也可配以杂言歌唱，其例为今存敦煌写本中的唐代民间歌词《聪明儿》二首与《大唐五台曲子》六首。《聪明儿》标有调名“苏幕遮”，《大唐五台曲子》则注明“寄在《苏幕遮》”，可见都是用“‘苏幕遮’曲”歌唱的。其词如下：

〔苏莫遮〕聪明儿

聪明儿,秉天性。莫把潘安、才貌相比并。弓马学来阵上骋,似虎入丘山,勇猛应难比。○善能歌,打难令。正是聪明,处处皆通娴,久后策官应决定。马上盘枪,辅佐当今帝。

聪明儿,无不会。只为红鳞、未变归沧海。几度龙门点额退,所有红波,绿水归潭再。○摆金铃,摇玉佩。常有坚心,洒雨乾坤内。稍有行云□顶戴,猛透强波,直向青云外。(《敦煌歌辞总编》[中],第 644 页—645 页)

大唐五台曲子六首(录二)

寄在〔苏莫遮〕

第一

大圣堂,非凡地。左右盘龙,唯有台相倚。岭岫嵯峨朝雾已,花木芬芳,菩萨多灵异。○面慈悲,心欢喜。西国真僧,远远来瞻礼。瑞彩时时岩下起,福祚当今,万古千秋岁。

第四

上中台,盘道远。万仞迢迢,仿佛回天半。宝石巉岩光灿烂,异草名花,似锦堪游玩。○玉华池,金沙泮。冰窟千年,到者身心颤。礼拜虔诚重发愿,五色祥云,一日三回现。(《敦煌歌辞总编》[下],第 1711 页—1733 页)

《聪明儿》与《五台曲子》,《词学大辞典》云“此八首体格与宋时所传《苏幕遮》悉同”,细按之其实不然。所谓“体”,大约指文体,就此八首言,是为“长短句”;所谓“格”,则指“格律”,其内容包括——(1) 句式。即一首词由多少整句构成,一个整句又由多少分句构成。(2) 韵式。即叶韵的规则。就“词体”之“格律”言,其落韵处应是整句的尾字,用韵当平、仄一致(即平韵者韵字皆当平韵,仄韵者韵字皆当仄韵)。(3) 平仄。即“字声相搭”的规则,指某调歌词之每句每字的平仄用声规则。由此观之,《聪明儿》与《五台曲子》“体”同而“格”异。前者第一首句式为:3,3。4、5。7,5,5。○ 3,3。4,5,7。4,5。后者的

“格”为——句式:3,3。4,5。7,4,5。上下片同。韵式:仄韵体。平仄为:仄平平,平仄仄。仄仄平平,仄仄平平仄。仄仄平平平仄仄,仄仄平平,仄仄平平仄。此“格律”,与宋词〔苏幕遮〕格律大体相同,但与《聪明儿》比对,则在句式、韵式、平仄上皆有些差异。这里有两种可能,一是二者所用的是“‘苏幕遮’曲”中的不同曲调;二是用同一曲调,但《聪明儿》在歌唱中当作有技术上的某种处理。同时,据现有的资料,我们无法确定《五台山曲子》或《聪明儿》所用的〔苏莫遮〕,是否即为太乐署改名后的〔苏莫遮〕,也无法确定敦煌曲中的〔苏莫遮〕是由宫廷教坊向民间的扩散,还是泼寒戏盛行时“‘苏幕遮’曲”在民间的流传,更无法确定“‘苏幕遮’曲”在宫廷、民间是否有着并不相同的音乐“版本”。更为重要的是:作为“胡乐”的〔苏莫遮〕,当其歌词采用汉语——无论是张说诗作的书面语、还是敦煌曲之口语色彩的“俚辞”——从一般原理言,其音乐在节奏、乐句旋律上因要适应汉语的“声调”结构和词组的语读顿延节奏而可能有所变化,遗憾的是我们无法具体阐释之——也许,《聪明儿》与《五台曲子》“格律”上的差异乃是这种“变化”的一个迹象。但不管怎么说,从“‘苏幕遮’曲”的汉语歌词既有齐言、亦有“长短句”看,“胡乐”并不特别要求与其相合之汉语歌辞为“长短句”,敦煌传辞的“长短句”,乃是民间歌手以其习惯的“口语”编词入曲以唱的结果,而不是“胡曲”的“必然要求”。

从张说作《苏幕遮》后,盛唐五代至宋初300多年间,据《全唐五代词》《全宋词》,无其他文人作有以“苏幕遮”为调名的歌辞。直到北宋的范仲淹,方有一首著名的〔苏幕遮〕《怀旧》(碧云天,黄叶地)。其“格律”与《五台曲子》大体相同。此后,张先、梅尧臣、苏轼、晁端礼、张继先、朱敦儒、周紫芝各有一首,格律与范词同。此后又约100多年,有名“赵文”者作有一首,还有一个不知年代的“韩仙姑”作有一首(按:此二首,疑皆非宋词。为免枝蔓,不辩)。此外,明吴纳《唐宋名贤百家词·片玉词钞补》署名“周邦彦”一首〔鬓云松令〕,王国维考其非周邦彦作(见《清真先生遗事考》)。〔鬓云松〕为宋以后〔苏莫遮〕之衍名,故本词非宋词。由此看来,〔苏莫遮〕在北宋尚间有人"依调填词",南宋时已几乎无人问津。而北宋的〔苏莫遮〕,从体格看,当取调于民间流传的〔苏莫遮〕。宋代之词,一般认为可以赋唱,但事隔几百年,其唱是否为"原调",无可阐述,假定宋文人词之〔苏莫遮〕还是"胡味",而胡曲据说在宋代也还很时髦,但〔苏莫遮〕在宋代词调中恰恰是"每况愈下"的。

还值得注意者:与唐代〔苏莫遮〕歌辞一样,北宋文人词之〔苏莫遮〕,几无一首言"靡情"。或曰:"《新唐书》《文献通考》《续通典》等书还保留着唐宋燕乐因受胡乐的影响而形成'新靡艳丽'、'轻飚'、'流荡'等特征的记载,正是这些有异于从容雅缓之旧乐的新乐曲呼唤了长短句新歌词的产生。"①但从唐宋〔苏莫遮〕歌词看,其词的文学内容恰恰不"新靡艳丽"。再说,《新唐书》等文献中所指"新靡艳丽""轻飚"和"流荡"的"燕乐",特指宫廷中的"今"燕乐,"新靡艳丽"云云乃是在传统礼乐文化理念中"新""旧"燕乐相比较的特定表述,与民间音乐无涉。早在先秦时期,正人君子即指"郑、卫之音"为"淫哇""烦声",《左传》载魏文侯每听"古乐"就打瞌睡,一听"郑、卫"之"新乐"就兴奋,而此"新乐",《左传》载子夏对之所作的描述是"奸声以滥",所谓"郑音好滥淫志,宋音燕女溺志,卫音趋数烦志,齐音敖辟乔志"。冉者,《晋书·乐志》有云:"自晋迁江左……繁音日滋。艳曲兴于南朝,胡音生于北俗,哀淫靡曼之辞,迭作纷起。"可见"艳曲"与"胡音"皆是"繁音"。如此看来,先唐中华之"旧乐",岂止是"从容雅缓"?华乐有"新""旧","新靡艳丽"之标准也因时而异,"旧"乐有"从容雅缓"者,也有"轻飚""流荡"者,"新"乐同样如此。云先唐"旧乐"皆单调而"从容雅缓",岂非厚诬中华古乐乎?再说,音乐的美学风格与歌词的语文形态无必然联系,甚至与文学内容也无必然的对应,"轻飚""流荡"之歌曲经歌唱者的技术处理,也可能形成截然相反的审美效果,故笼统而言胡乐曲调"流荡""轻飚",固无不可,但并不妨碍用其曲唱羁旅行役、人生郁

① 刘扬忠《文学遗产》2003 年第 6 期,第 80 页。

闷、壮志豪情等毫不“流荡”的内容，唐宋文人乃至民间的〔苏莫遮〕词便是证明。所以，今言“词体起源”者每言音乐的“艺术风格”与歌词语文形态的关系，言“新靡艳丽”的新乐曲“呼唤了长短句新歌词的产生”，既不符合音乐与歌辞之语文形式关系的一般原理，也不符合既有的历史事实。

2. 〔感皇恩〕与〔万宇清〕

〔万宇清〕，今无传词，无以置喙。或可大致推测因其进入雅乐系统，故失去了为一般文人选择其“依调填词”的可能性；或其曲可能在唐时不太为填词文人喜欢，故至宋代已失传；当然，或许还能推测其音乐不怎么“新靡艳丽”和“轻飏”“流荡”，故没有“呼唤长短句新歌词产生”的魅力。

〔感皇恩〕，《中国词学大词典》云与《教坊记》所载〔感皇恩〕无涉，不知何据。据任半塘先生的考证，《教坊记》的成书，约在开元和天宝年间范围内，据泼寒胡戏传入中华时间甚早、唐中宗时醴泉坊即有泼寒胡戏的表演节目，然《教坊记》所载曲调无〔苏莫遮〕而有〔感皇恩〕，今见《教坊记》文本可能是天宝十三载太乐署对“‘苏幕遮’曲”改名后的钞本。

〔感皇恩〕曲调，今存唐五代文人词无一有用者。敦煌写本中传辞四首。而在今存两宋文人词中，〔感皇恩〕则是使用较多的词调，兹录敦煌曲辞与两宋文人词数例——

〔感皇恩〕敦煌写本

四海天下及诸州，皆言今岁永无忧。长图欢宴在高楼。寰海内，束手愿归投。〇朱紫尽风流。殿前卿相对，列诸侯。叫呼万岁愿千秋，皆乐业，鼓腹满田畴。

〔感皇恩〕张先

万乘靴袍御紫宸。挥毫敷丽藻，尽经纶。第名天陛首平津。东堂桂，重占一枝春。〇殊观耸簪绅。蓬山仙话重，霈新恩。暂时趋府冠谈宾。十年外，身是凤池人。

〔感皇恩〕晁端礼

蜀锦满林话，三年重到。应被花枝笑人老。半开微谢，占得几多时好。便须拼痛饮、花前倒。○醉中但记，红围绿绕。人面花光斗相照。缭墙重院，爱惜遮藏须早。免如攀折柳，临官道。

〔感皇恩〕周邦彦

露柳好风标，娇莺能语。独占春光最多处。浅嚬轻笑，未肯等闲分付。为谁心子里，长长苦。○洞房见说，云深无路。凭仗青鸾道情素。酒空歌断，又被涛江摧去。怎奈向、言不尽，愁无数。

〔感皇恩〕陆游

小阁倚秋风，下临江渚。漠漠孤云未成雨。数声新雁，回首杜陵何处。壮心空万里，人谁许。○黄阁紫枢，筑坛开府。莫怕功名欠人做。如今熟计，只有故乡归路。石帆山脚下，菱三亩。

从以上数词，可以看出：敦煌曲子辞与宋张先词在"格律"上大体一致。然将其与后三词相较，则二者句式不同，韵式不同（一平韵，一仄韵），按传统的标准，可谓"格律"大异，是为"又一体"。而两宋的〔感皇恩〕，最普遍的是仄韵体。究此现象，有几种可能：其一，敦煌曲及张先之〔感皇恩〕，与宋普遍一体之〔感皇恩〕，乃是"同名异调"，二者本来就不是同一个曲调。其二，其中的某一调可能是对原调"加减其声"后的"新声"。其三，二者的音乐一样，只是传词的语文形式不同，张先采用的是敦煌传词之一式，两宋文人普遍采用的则是今存唐文献未载的另一式。据现有资料，我们还未能确切地阐释历史的真实究竟是哪一种情况，抑或诸种情况的复杂交织。因此，我们必须承认历史的某种未可阐释性，不能将现有条件下未能阐释的历史简单化，并以人为简化的"历史"为基础，构造一个"逻辑"的猜想，然后又以此"逻辑"作为解释历史"真实"的依据。将简单的历史复杂化与将复杂的历史简单化，皆为真学术所不允。

从〔感皇恩〕今存唐宋文人的和民间的所有传词，可以肯定的事实是:以某一曲调“填词”的文学内容是可以完全不同的,敦煌传词与张先词的〔感皇恩〕乃“词咏本调”;晁端礼、陆游的〔感皇恩〕乃慨咏人生不遇,而周邦彦的〔感皇恩〕则在“浅斟低唱”男女情事。此一现象,与〔苏莫遮〕歌辞的情形正相一致。因此,我们很难从歌辞的“文学”反推其曲调的音乐是否“流荡”“轻飏”,还是“从容缓雅”,仅从历史文献中拈出抽象笼统之所云胡乐“流荡”“轻飏”的只言片句,脱离其特定的语境和审美参照,便云胡乐皆“流荡”“轻飏”,进而云胡乐入华导致了“新华乐”的产生,“呼唤”了表现“艳情”之长短句词体的出现,都只是某种人为“逻辑”推演的想当然尔,与历史事实相距甚远。

3. 与“‘苏幕遮’曲”相关的其他歌辞

前文曾言:盛唐时坊邑盛行的“苏幕遮”,“浑脱”舞是其中的主要项目之一。循此线索,我们还可以找到与“‘苏幕遮’曲”相关的歌辞,如《敦煌歌辞总编》(下)所录的曲子辞《剑器》〔上秦王〕3 首。兹录“第三”——

排备白旗舞,先自有曲来。合如花焰秀,散若电光开。
喊声天地裂,腾踏山岳摧。剑器呈多少,浑脱向前来。

所谓“排备白旗舞,先自有曲来”,说明“浑脱”舞有乐曲伴之。其曲当包括在“‘苏幕遮’曲”之内。而既有曲,则可能有歌辞,上录歌辞当即用于“剑器浑脱”中的唱辞。从其标有“第一”“第二”“第三”看,是为唐代大曲的一种体制。唐大曲是集乐、歌、舞为一体的综合性表演,正适合移植既可独舞、亦可队舞的“浑脱”,吸收其音乐曲调亦属自然。

中唐文人姚合也作有《剑器词》三首(《全唐诗》卷五〇二),据其明确标以“词”,则亦是用于剑器舞中的歌辞:

圣朝能用将,破敌速如神。掉剑龙缠臂,开旗火满身。
积尸川没岸,流血野无尘。今日当场舞,应知是战人。

昼渡黄河水，将军险用师。雪光偏着甲，风力不禁旗。
阵变龙蛇活，军雄鼓角知。今朝重起舞，记得战酣时。

破虏行千里，三军意气粗。展旗遮日黑，驱马饮河枯。
邻境求兵略，皇恩索阵图。元和太平乐，自古恐应无。

从本词的内容有某种“故事情节”看，此剑器舞颇有“歌舞戏”的意味，可视为“泼寒戏”与中华传统剑舞相结合后的一种新的表演形式。此无关本文主题，姑不论。这里要说的是：上录民间的和文人的《剑器》歌词，均是齐言“诗”。“浑脱”舞，想必不会是“从容缓雅”的，其乐曲，当属“流荡”“轻飏”一类，但其歌辞的“文体”，却可用与“长短句”相比乃“从容缓雅”的齐言“诗”。这一现象说明：“齐言”未见得不能配合“繁复曲折”之“流荡”“轻飏”的乐曲，亦即齐言歌词的音乐形态未必不能“繁复曲折”“流荡”而“轻飏”。反言之，杂言歌词也可能“从容缓雅”。比如六朝时宫廷中的祭祀雅乐歌辞，相当数量为杂言，其音乐，与今见传辞皆为齐言的“吴声”“西曲”相比，前者音乐的审美风格当“从容缓雅”，后者则是“繁声”，当属“新靡艳丽”“轻飏”而“流荡”的。因此，在阐述中国古代歌曲音乐与相应歌词的关系时，词学界似乎不言而喻地笼统认为齐言之音乐必刻板单调，杂言之音乐必活泼多变，实乃“敝”见。此“敝”一破，则所谓胡乐入华导致“新华乐”的产生，由此而“呼唤”新的歌词体云云，其敝亦自消。即使坚持“胡乐入华而词生”说，从“音乐风格”的角度予以论证，也不是主要的、正确的学术路径，只有从历史事实出发，说明胡乐在什么样的社会机制、艺术行为中导致了“新华乐”的产生，又在何种歌辞文学创作的行为机制中、“乐声”与汉语“字声”的内在双向建构中导致了“词体”的产生，其说才能成为真正符合历史学和音乐歌辞学的命题。

三、从“苏幕遮”反窥胡乐对中华歌曲音乐的影响

在中国古代音乐文化发展史上，包括“胡乐”在内的“四夷之乐”，对华乐的发展起有重要的作用，正如中华文化之主体汉文化本身即是各民族文化融合的结果。但问题是：“融合”孰为主导？何为主体？另一问题是：当前叙述话语中的“中国古代音乐史”，主要是依据历代文献中对上层音乐文化的记载构成的，由于古代文献没有留下较完整而有条理的民间音乐文化史料，我们目前尚没有一部较完整而令人信服的“中国古代民间音乐史”，这在相当程度上影响了我们对历史上外乐传入中土所产生影响的全面理解。因而我们只能在一个很小的范围内、从一个点出发阐释胡乐对华乐的影响，以有助于对相关问题的进一步探索。

所谓胡乐入华，大约有四个方面：其一是乐器的传入；其二是乐曲的传入；其三是乐理的传入；其四是乐技的传入。此四个方面的华、胡交融，总体上说来当然应以中华为主导和主体。但每一个方面之具体情形、“主体”程度和主导方式则不尽相同，落实到具体的“点”上，则“主导”和“主体”很可能会华、胡易位。这些，当由音乐学专家作出阐释。而“乐曲”，亦有纯乐曲与歌曲之分，二者对华乐产生的影响亦有所不同，本文仅从“苏幕遮”出发，约略说明唐代胡乐对中华歌曲音乐影响之一斑。

前文曾云：唐代称为“苏幕遮”的泼寒胡戏最早传入中国，在刘宋明帝时。由于史籍所载简略，未记其是否有音乐伴随传入，更未具体记述“戏”中是否有歌曲表演。然在此前孝武帝时，宫廷音乐活动中已用胡伎，故泼寒戏很可能伴有音乐，即使其“戏”无乐，刘宋时已有胡乐传入宫廷则可肯定。而《周书》所载北周宣帝在宫中“纵胡人乞寒”之“戏乐”，其胡人当即胡伎，其“戏”亦必有乐曲伴之。但从刘宋至

北周的一百多年间,有关文献中却无一文人采用胡乐而作汉语歌辞的记载(按:今称"北朝乐府"的民间汉语歌辞,情况较复杂,容待另文述之)。以音乐歌辞学一般原理推之,其因盖在胡乐之节奏、旋律与汉语之声调抑扬、词组句读顿延之节奏和"旋律"难以一拍即合。汉代李延年用西域曲《摩诃兜勒》为歌曲唱华语歌辞,必"因胡曲更造新声"(《晋书·乐志》),而不能将胡乐直接拿来就用,道理亦在此。唐代胡乐特盛,但用为"曲子辞"曲调的,却为数甚少,原因之一,即在唐代胡乐极大多数为器乐曲,主要用于仪式、舞蹈、俳优、散乐、杂技等等的音乐伴奏,在此功能中,胡乐可以不必"转换"而直接派用,但若要用胡曲唱汉语歌辞,就不这么简单了。从理论上说,以任何音乐配汉语歌辞,都是"可以"的,但从中国"歌永言"的歌曲音乐特质和歌曲理念出发,要使所歌汉语仍是地道的汉语,唱出来的"字声"是汉语的"永言"而不使之走腔走调,就并不是所有的胡乐皆能直接"转换"为汉语歌曲音乐了。唐宋时期胡乐之器乐、舞乐皆盛,而胡曲词调极少,说明能够"转换"为汉语歌曲音乐的胡曲毕竟不多。

"'苏幕遮'曲"是唐代胡乐曲调为数极少的"转化"为汉语歌曲的乐调之一。但其"转化"在文人层与民间的方式不尽同。在文人层,从盛唐至五代,仅张说作有用于泼寒戏的《苏幕遮》歌词,姚合作有用于"剑器浑脱"的《剑器词》。虽说张作乃有意识地专为"泼寒胡戏所歌",姚作亦当专为"剑器浑脱"而写,但其体现的音乐与歌辞关系的性质,实际上属于"选诗以入乐",而不是"依调填词"。唐代的齐言体胡乐歌辞〔三台〕〔六州歌头〕〔胡渭州〕〔枳枝词〕〔甘州歌〕〔氐州第一〕,均当作如是观。而要使此"入乐"的诗圆融歌唱,在"声多字少"的情况下,采取的方法大约有二:一是歌者依曲乐旋律"摇曳字声",古所谓"缠声"、"泛声",今所谓"拖腔",大约皆属此,是为古今通常之法;二是"打破"诗的原有句构,用"叠句"而歌的方式对诗句加以重新组合,斯为唐代特有之声诗歌法。如人所熟知的王维《渭城曲》,因采用"叠歌"之法而又名《阳关三叠》。然如何"叠",从宋至今,说者纷纭。大而分之,则有二解：一曰“叠”乃整句重复而歌；一曰重复一句中的部分词组亦为“叠”，如“渭城朝雨、渭城朝雨挹清尘”，亦属“叠句”。实际上，唐人并无明确的“叠歌”一说，《渭城曲》别称“阳关三叠”，起因在白居易《对酒·其一》有云“听唱阳关第四声”，注曰：“第四声：劝君更饮一杯酒，西出阳关无故人。”可见前二句歌时当有“三声”——即三个乐句。关于此，《仇池笔记·上》中苏轼有曰：

> 旧传《阳关三叠》，然今世歌者，每句再叠而已。若通一首言之，又是四叠，皆非是。或每句三唱，以应“三叠”之说，则丛然无复节奏。余在密州，文勋长官以事至密，自云得古本《阳关》，其声宛转，断不类向之所闻。每句皆再唱，而第一句不叠。乃知古本“三叠”盖如此。及在黄州，偶读乐天《对酒》诗云：“相逢且莫推辞醉，听唱阳关第四声。”注云：“第四声：劝君更饮一杯酒。”以此验之，若一句再叠，则此句为第五声，今为第四声，则第一句不叠，审矣。

东坡此言，学者的一种解释是：所谓“三叠”，歌法为“渭城朝雨浥清尘，客舍青青柳色新，客舍青青柳色新。劝君更饮一杯酒，劝君更饮一杯酒，西出阳关无故人，西出阳关无故人。”但问题在于：白居易并未说明前“三声”究竟是什么样式。比如“渭城朝雨浥清尘，客舍青青、客舍青青柳色新。劝君更饮一杯酒、一杯酒，西出阳关无故人，西出阳关无故人。”亦不违白说。故另一种“三叠”的解释，认为“叠”不一定为整句重复，将一句拆分重复，亦可视为“叠”。如唐代《抛球乐》传辞的“正格”即是第二句重复末三字而成“叠句”（如《全唐五代词》所录皇甫松辞中的“真珠绣带垂、绣带垂”）而一首齐言诗，歌时为几“叠”，又是无定的，如《何满子》，唐传始辞为五言四句，又衍为六言四句，而白居易《听歌六绝句·其五》云其“一曲四辞歌八叠”。故“叠歌”如何“叠”，本是灵活的。如果从一般音乐常理推之，“拆分叠唱”比“整句叠唱”显然要活泼，变化方式亦较多，故即使《阳关三叠》在唐代是

"整句叠唱",也不妨推测"拆分叠唱"可能是唐代"叠歌"运用更多的方式。由于古人多重"本文"而不录"歌本",故使今天所能见到的声诗"歌本"样式极其有限,但有理由相信:唐代齐言诗的"文本"尽管雷同,然一旦用于歌唱,其"唱本"的"文体"样式必是极为丰富的——因为,这种"叠歌"的方式,并无一成不变的定规,即如《渭城曲》,根据"叠歌"的一般原则,也可"设计"为如下之"三叠"——即有三句是"拆分叠歌"的:

渭城朝雨 渭城朝雨浥清尘,客舍青青 客舍青青柳色新 柳色新。劝君更饮一杯酒,西出阳关 西出阳关 西出阳关无故人 无故人。

上述"叠歌"之法,若是在"旧曲"基础上的"新唱",可使一首歌辞形成若干种"新声"(参见下文"红红记曲"事),故"文本"单调的"声诗",其"曲"实丰富多彩,否则声诗便无由大盛。而这种"叠歌"之法,实际上已伏涵着文人"词体"的胎动,显然,只要将"叠句"稍加"转换",易重文为异文,即成"长短句"。宋人杨湜《古今词话》录有一首无名氏的《阳关三叠》是这样的——

渭城朝雨,一霎浥清尘,更洒遍客舍青青。弄柔凝,千缕柳色新。更洒遍客舍青青,千缕柳色新。休烦恼!劝君更饮一杯酒,人生会少,自古功名富贵有定分,莫遣容仪瘦损。休烦恼!劝君更饮一杯酒,只恐怕西出阳关,旧游如梦,眼前无故人。只恐怕西出阳关,眼前无故人。

在我看来,这首"词"的文体意味,在其体现了一种单纯叠歌法与"变易"叠歌法之间的"过渡"形态。如此云,并不意味着重弹"词由诗变"的陈辞旧说(尽管少数"声诗"曲调转化为"词调"也是文人词调的来源之一),恰恰相反,这一现象说明:没有"音乐"的参与,作为纯文本的诗是永远“变”不成“词”的。“叠歌”之法的意义是双重的:第一,其可使“一首诗”产生若干不同的“曲”;第二,其可针对各种既有曲调对一首诗作相应的歌唱“设计”,以使“诗”更圆满地“被乐”,从而使齐言诗配合任何乐曲皆成为可能。由是推之,张说的《苏幕遮》、姚合的《剑器词》入“‘苏幕遮’曲”为唱,亦当以“声诗”的歌唱技法为支撑。换言之,胡乐曲调“转化”为歌曲,是在华乐的歌唱技术中实现的。而所谓“选诗入乐”,从乐工或歌者“叠歌”之“设计”的方法言,由于“叠句”的“设计”必根据所配之乐“依曲拍为句”,故叠歌的“设计”实际上已具“依调填词”之意味。在唐代饮筵之风流行、歌伎与文人接触频繁的背景下,文人通过“叠歌”法掌握依曲拍为句的技巧,并非难事。唐文人的酒令著辞,即说明若干文人对此已驾轻就熟,也就是说,只要文人愿意,对任何一种曲调——华乐的或胡乐的,都可以“依曲拍为句”而“依调填词”。刘禹锡依白居易《江南好》之“曲拍”作“格律”全同之歌辞,所以能够如此,前提是白辞也是“依曲拍为句”的。故至迟到中唐时期,源出乐工歌妓歌唱技术的依调填词之“法”,已传递到文人层。在我看来,六朝至隋,正因帝王与上层文人与乐工歌妓有更多的直接交流,故其群落中方有长短句歌辞产生,大多数文人则尚未得其“法”,故“依调填词”难以普及而形成风气。至于晚唐五代文人“长短句”歌辞的兴起,窃以为也是其时宫廷中的乐人歌伎大量流向社会,值饮筵之风盛行,致使“以曲拍为句”的依调填词之法普及于相当一部分文人,而文人的功绩,则在将乐人“选诗合乐”伏涵的“依调填词”转化为一种新的、彻底的“著词合乐”之“依调填词”。晚唐五代时,与汉语“音乐素质”本难合拍的胡乐曲调方被文人用来“填词”,正说明文人“依曲拍为句”的水平有了相当的提高——虽然能成为“词调”的胡乐很少,且其乐保不定还要经过乐工“加减其声”的改造,但能用“外乐”填唱汉语歌辞,不熟谙“依曲拍为句”是断然不行的。至于宋“词”之大盛,从技术层面言,则是基于音乐意义上的“依调填词”逐步转化为音韵学意义上的“倚(字)声填词”,因而使“长短句”歌辞的创作在整个文人层得以风行。故文人词体从“产生”到“兴盛”，既不是由“诗”变来的，更不是胡乐“呼唤”的，其音乐主源乃吾华本土音乐，具体的发生运行机制则有赖于华乐的歌唱技术。

上述从歌唱技术层面阐释的胡曲向文人歌曲的转化，“‘苏幕遮’曲”体现得并不完整。从严格意义上说，张说的《苏幕遮》与姚合的《剑器词》，都显示了“苏幕遮”还没有成为文人自觉运用的歌曲曲调。苏幕遮曲真正转化为华语歌曲，是在民间实现的，其例即前文所录的敦煌传辞《聪明儿》与《五台曲子》。

从内容看，《聪明儿》为市井歌曲，《五台曲子》为佛教歌曲，发生地亦当在城市。其作者，当为熟谙歌曲演唱的下层文人、僧侣，或即市井间乐人歌手。从“文学”言之，其与文人相比差甚，然其对歌曲的乐、辞关系，则远比文人熟悉得多。唐崔令钦《教坊记》中有一则“红红纪曲”事，极有意味——

> 明皇朝有韦青……官至金吾将军。……尝有乐工自撰一曲，即古曲《西河长命女》也，加减其节奏，颇有新声。未进闻，先印可于青。青潜令红红潜于屏风后听之。红红乃以小豆数合，记其节拍，乐工歌罢，青因入问红红如何，云：“已得矣。”青出，绐云：“某有女弟子，久曾歌此，非新曲也。”即令隔屏风歌之，一声不失。乐工大惊异，遂请相见，叹伏不已。再云：“此曲先有一声不稳，今已正矣。”

这是一则颇为生动的唐代民间音乐文化资料，只可惜未录歌辞。但从乐工对古曲“加减其节奏，颇有新声”、红红（歌女）仅以小豆“记其节拍”即能歌之“一声不失”，可见红红对歌曲“依曲拍为句”之声、辞对应关系极为熟悉。但这里有一个前提：红红对《西河长命女》“古曲”的音乐“原调”和歌辞都是极熟悉的，以“小豆记其节拍”，记的是乐工“叠歌”的“设计”，所谓“加减节奏”的“新声”，乃是“古曲”乐句的重新组合——即“叠歌”的另一表现方式而已。如果是全新的音乐、全新的歌辞，红红是无法听一遍就能歌之“一声不失”的（笔者对此在音乐系学生教师中做过类似的试验，有兴趣者不妨再试之）。也就是说，红红实际上经历了一场较为复杂的“依曲拍为句”的“考试”而得了个满分。个中意味是：“依曲拍为句”本是歌唱中声辞关系之自然之理，乐人歌妓自可在实践中把握之，故乐工歌者知其“理”而用其“法”，由来自久，不待如说者云胡域乐器和乐理传入中华后华人方知之、方能之。张红红自是此道中高手，但亦说明盛唐时期，民间乐人已颇识其理，颇擅其技。故《聪明儿》标以“苏幕遮”，《五台曲子》注“寄在苏幕遮”，皆说明其为自觉化的“以曲拍为句”之“依调填词”。因此，胡曲在市井民间转化为华语歌曲曲调，与胡曲转化为文人华语歌曲一样，实现“转化”的主要为乐人歌妓。只不过在市井民间，“转化”者即作辞者或歌唱者，这就是《聪明儿》与《五台曲子》诸歌辞“格律”大相一致的原因。据今存文献，我们难以确知民间乐人在将胡曲转化为华语歌曲时是否亦“加减节奏，颇有新声”，由上则记事推之，类似情况恐不在少数。

此外，极为重要的一点是：从今存唐代可考为胡乐曲子辞的文学内容看，为数不多的胡乐曲调转化为华语歌曲，都是在市井中发生的。具有浓厚乡土气息和情感的歌辞，则无有用胡乐者。也就是说，在华语歌曲最广大的主源区，并没有胡曲转化为华语歌曲之现象。究其因，盖在中华民歌本以“歌永言”为其音乐生成方式，原生性的民歌大多声辞一体，乐因辞生，辞随乐行，没有无歌辞而“呼唤”着歌辞的“纯”乐曲。崔宪《简论民歌的曲随词唱与词曲离步》对今日民歌作了田野调查后得出如下结论——

> 民歌中很少有先有曲而后按曲严格“填词”的现象。词曲之间存在着共生关系。

此结论，与宋陈旸《乐书》、明徐渭《南词叙录》中对其时民间歌曲的描述内在相通，说明此一现象古今大体一致。从词曲学研究的角度言，其重要的学术意义之一，在于一个音乐学专家提醒搞“文学研究”的注意：所谓胡乐入华导致了“新华乐”的诞生、“新乐”又“呼唤”着新的歌词体的诞生云云，在中国广大乡土间的歌曲音乐中是没有的事。因此，今存唐代歌曲中充满乡土气的调名，如〔豆叶黄〕〔山花子〕〔送征衣〕〔斗百草〕〔五更转〕〔山鹧鸪〕〔采莲子〕〔隔浦莲〕等等，看来只能视为原汁原味的华乐歌曲，至少其原始面貌当如是观。更何况，民歌曲调传入市井里巷、青楼楚馆、教坊勾栏，调名由“俚语”改为“雅言”的还不知有多少。在歌辞的传唱记录过程中，口语为书面语所改易者，更难测其程度之高低。但从乡土民歌“声辞一体”的本性出发，其原生音乐必是地道的华乐则毋庸置疑。“词”的“本质”是什么？最根本之所在，乃其为华语歌曲。而任何民族之歌曲的“音乐特性”，归根结底都是由其母语内在的“音乐质素”决定的，故“异质”语言的歌曲音乐，难以直接、简单地加以“转换”，这也许是胡乐难以大量“转换”为华语歌曲最根本的原因。

综上所述，唐代胡乐对中华歌曲音乐之影响是相当局部的。唐代的歌曲音乐，以华乐为主体，对胡乐的吸收，乃是以华乐为主导的吸收。如此云，并不意味着抹煞唐代音乐史上胡乐入华的意义，而正是为了更准确地阐释唐代胡乐入华的历史功绩。我们应当承认胡乐入华在乐器、乐理、乐曲、乐技等各方面对华乐建树的重要作用，承认胡乐对华乐音乐风格、审美素质之历史建构的各种影响，同时也应充分正视和估价华乐自身的发展，认真研究其发展的动力和实践机制。华乐之发展，既受惠于中华文化的历史传统，也得益于对外来文化的汲取，更赖于支撑其存在的底层社会运动，发展的具体实现，则依托于华乐的具体技术实践，而归根结底，华乐发展的原动力乃发于自身，歌曲音乐尤为如此。也许，这是中国古代音乐歌辞学研究中必当遵循的一条学理。

当然，具体的研究实际上是很艰难的。由于“音乐”物理形态的特殊性，我们无法获取古代音乐的直接形象，无法确切地重复古代歌辞音乐与语文形式关系具体实现的技术操作，因而我们只能无奈而又坦然地承认：对古代歌曲之声、辞关系，今日必有未可阐释者。但我们宁可将今天的“未可阐释”还给历史，留给后人，而不能用似是而非的“逻辑”消弥“未可阐释”，将并不相干的历史片断拼凑为远离事物本质联系的"历史","胡乐入华而词生"说便是其例。也许,今天我们阐释中国古代歌辞音乐与语文形式关系时,所要做的第一步工作,乃是清醒地确定:有哪些问题今天还"未可阐释"。

四、郑重的结语

上世纪90年代初,王小盾在《隋唐五代燕乐杂言歌辞集·前言》中强调了这样的事实——

> 当一部分学者把燕乐归结为九部伎或十部伎的时候,人们却发现:十部伎中的乐曲,除了《破阵乐》外,并没有哪一支演变成为后世的词调。当一部分学者把燕乐看作西域乐的代名的时候,人们却注意到:《教坊记》所载的数百支乐曲,其主体部分,却仍然是汉族俗乐歌曲。当一部分学者意识到中原音乐的重要地位的时候,在人们面前却展现了另一种事实:唐代民歌,乃以"吴音"、"蜀声"、"楚调"、"蛮歌"最具特色;琴歌盛称于吴楚巴蜀;中晚唐文人曲子辞多作于江南;凡可考见籍贯的佛教歌赞辞的作者,几乎都活跃在吴楚地区;而唐代广为流行的曲子,如《竹枝》、《渔父》、《杨柳枝》、《南歌子》、《长相思》、《乌夜啼》等等,恰恰产生和流行在长江流域。随着经济重心的南移,南方音乐无疑占有比中原音乐更重要的地位。……看看中国的传统器乐曲(例如琴曲)吧,其中不是早已产生了众多的长短句辞吗?看看教坊曲和敦煌曲吧,它们不是说明,在盛唐以前,早就存在大量的长短句曲调和作品吗?还可以看看唐代市民和散乐伎人在歌场、戏场中的音乐实践,他们所用的口耳相传的方式,证明新兴的乐曲,只有配合歌辞才能流行,证明唐初孔颖达所说的"依声而作诗",是早已通行的撰词方法。

此番话的学术指意很清楚:词体发生史的研究应当将关注的重

心从胡乐转移到华乐，从上层音乐转移到民间音乐。基于此，其《隋唐五代燕乐杂言歌辞研究》乃将唐代几乎所有的音乐现象纳入研究范围；基于研究策略的考虑，在研究起点上，首先将宋代以来不少学者以胡乐为燕乐主体的观念，反拨为以中华俗乐为主体，将隋唐“燕乐”定义为隋唐“新兴音乐的总和”（今天看来，这样的定义已引起若干关于“燕乐”名实的无谓争端，并非上策），从而将长期以来片面的、以“胡乐入华”为主背景的关于词体“起源”的“逻辑推断”，扭转为整体的、以华乐自身运动为主干的历史过程的描述和“事实说明”。遗憾的是，这一由任半塘“唐艺学”研究开创的研究路径、《隋唐五代燕乐杂言歌辞研究》与《教坊记笺订》《唐声诗》《唐戏弄》《敦煌歌辞总编》《隋唐五代燕乐杂言歌辞集》等构成的整体性重要学术成果，在近年来新撰的、作为各大学中文专业百千学子之教材的各种文学史专著中，很少见有反映。尤其是先生以历史之具体音乐实践为重要阐述基础的学术路径，词学研究者多为茫然。目前，国家“十·五”规划大学教材的撰写已经启动，在中国古代文学史的叙述中，虽然“词体的发生”只是一个不算太大的具体命题，但却关涉到对古代中外文化交流的事实和交流机制、中国古代文化发展的基本方式、雅俗文化的双向建构、文学运动的全社会图景等一系列重要问题的理解，如果在我们今天的叙述中还未意识到还历史于真实，示天下学子以真正的学术精神，我们将愧对祖宗，贻笑后世。

因此，我们不得不老话重谈，将“词体发生”及相关的命题再一次提出讨论。本文并不以为所持的观点一定正确，讨论的用意首先在提请学术界关注和听取不同的学术声音，笔者真诚而坦然地准备接受一切批评，并将在历史事实面前坚持和完善自己的观点，在历史事实面前修正和抛弃自己的一切谬误。

（原载《中国文化研究》2004 年夏之卷）

唐代宫廷乐人考略

——唐代宫廷华乐、胡乐状况一个角度的考察

"词的起源",或曰唐代"词体之发生",是词学中一个富有意味的命题。在研究中,隋唐华乐、胡乐与词体发生的关系是核心论题之一。而考察唐代华乐、胡乐的生存状况,宫廷音乐活动则是重要的聚焦点。本文意图,在通过对唐代宫廷乐人的考察,为理解唐代宫廷的华乐、胡乐状况提供一个视角,为解释唐代华乐、胡乐与"词体"的关系提供一个相关的背景资料。

宫廷乐人,是宫廷音乐活动的主体。唐代宫廷乐人数量,《新唐书》卷二一《礼乐十二》载:"唐之盛时,凡乐人、音声人、太常杂户子弟隶太常及鼓吹署,皆番上,总号音声人,至数万人。"然今存文献中,有关乐人的记载甚少。乐人身份低微,极少有"垂名青史"的资格,故只能在文献中寻得一鳞半爪,而能得文人只言片句记载的乐人,便都算得上是乐人中的佼佼者了。本文对现存史料中唐代乐人之有名可稽者、有事可寻者,按唐代宫廷主要音乐机构(太常、教坊、梨园)分类考辨。所据资料来源,皆交代之;而乐人事迹,则简括而述之。

一、太常乐人

太常寺,主要负责祭祀仪式音乐,兼娱乐音乐表演。初唐,太常寺

乐户数量相当多,唐李峤《上中宗书》:"又太常乐户已多,复求访散乐,独持鼓者已二万员,愿量留之,馀勒还籍,以杜妄费。"(《全唐文》卷二四七)此后,太常乐人数量有所减少,但仍然保持着相当规模。然今可考者,不过十数人而已。

1. 王长通、白明达

见载于《北齐书·恩幸》《北史·艺术下·万宝常·王令言》《北史·恩幸》《隋书·音乐志下》《隋书·艺术·万宝常,王令言》、唐崔令钦《教坊记》、《唐会要》卷三四"杂乐"、《旧唐书》卷七四《马周》、《新唐书》卷九八《马周》、《旧唐书》卷七九《吕才》、《新唐书》卷九八《吕才》、《资治通鉴》卷一九四《唐纪·十》"太宗贞观六年"、唐杜光庭《仙传拾遗》等。

王长通,胡人。原为北齐宫廷乐人,因擅音乐授以官品。《北史·恩幸》:"年十四五便假节通州刺史。"隋灭北齐,旋为隋宫廷乐人。擅龟兹乐及创制新声,《隋书·音乐志下》:

> 龟兹者,起自吕光灭龟兹,因得其声。吕氏亡,其乐分散,后魏平中原,复获之。其声后多变易。至隋有西国龟兹、齐朝龟兹、土龟兹等,凡三部。开皇中,其器大盛于闾闬。时有曹妙达、王长通、李士衡、郭金乐、安进贵等,皆妙绝弦管,新声奇变,朝改暮易,持其音技,估炫公王之间,举时争相慕尚。

《隋书·艺术》:"安马驹、曹妙达、王长通、郭令乐等,能造曲,为一时之妙。"隋亡,入唐代宫廷。贞观三年,祖孝孙修定大唐雅乐,乐人王长通、白明达参与之。《旧唐书·吕才传》:"贞观三年,太宗令祖孝孙增损乐章,孝孙与明音律人王长通、白明达递相长短。"

白明达,胡裔。初为隋宫廷乐人,深受炀帝恩宠,擅龟兹乐,能创新声,在隋代创制新曲颇多,《隋书·音乐志下》:

> (隋炀帝)后大制艳篇,辞极淫绮。令乐正白明达造新声,创

《万岁乐》《藏钩乐》《七夕相逢乐》《投壶乐》《舞席同心髻》《玉女行觞》《神仙留客》《掷砖续命》《斗鸡子》《斗百草》《泛龙舟》《还旧宫》《长乐花》及《十二时》等曲，掩抑摧藏，哀音断绝。帝悦之无已，谓幸臣曰："多弹曲者，如人多读书。读书多则能撰书，弹曲多即能造曲。此理之然也。"因语明达云："齐氏偏隅，曹妙达犹自封王。我今天下大同，欲贵汝，宜自修谨。"

隋亡，入唐宫廷，授官品。《唐会要》卷三四"论乐"：

乐工之杂士流，自兹始也。太常卿窦诞，又奏用音声博士，皆为大乐鼓吹官僚，于后筝簧琵琶人白明达，术逾等夷，积劳计考，并至大官。自是声伎入流品者，盖以百数。

据唐崔令钦《教坊记》，白明达于高宗时仍健在，曾奉高宗诏作道曲与道调，撰曲子《春莺啭》。

2. 安叱奴

见载于《全唐文》卷一三三。唐李纲《谏以舞人安叱奴为散骑常侍疏》、唐刘肃《大唐新语》卷之二《极谏第三》、《旧唐书》卷六二《李纲》、《新唐书》卷九九《李纲》、宋王谠《唐语林》卷三"方正"等，内容大致相似。

胡人，擅舞。由隋入唐。高祖授以官品，李刚谏之，不纳。唐刘肃《大唐新语·极谏第三》："高祖即位，以舞胡为散骑侍郎。"《唐语林》卷三"方正"："高祖即位，以舞人安叱奴为散骑侍郎。"散骑侍郎，五品。

3. 称心

见载于《旧唐书》卷七六《太宗诸子·恒山王承乾》、《资治通鉴》卷一九六《唐纪十二》"太宗贞观十七年"等。

唐太常乐童，容貌出众，擅歌舞，得太子承乾宠爱，被太宗处死。《旧唐书》卷七六《太宗诸子·恒山王承乾》："有太常乐人年十馀岁，美姿容，善歌舞，承乾特加宠幸，号曰称心。太宗知而大怒，收称心杀之，坐称心死者又数人。”“太常乐童”，元胡三省《资治通鉴·唐纪十二》“太宗贞观十七年”注：“乐童，童子能执乐，隶籍太常者。”

4. 安金藏

见载于唐刘肃《大唐世说新语》卷五“忠烈第九”、《旧唐书》卷一六六《元稹传》、《旧唐书》卷一八七上《忠义上·序言》、《旧唐书》卷一八七上《忠义上·安金藏》、《新唐书》卷一九一《忠义上·安金藏》、《旧唐书》卷一二《德宗上》、《资治通鉴》卷二一三《唐纪二十九》“玄宗开元二十年”等。

长安人，中宗及武则天时太常乐人，睿宗为太子时，与之善，《旧唐书》卷一八七上《忠义上·安金藏》：

> 安金藏，京兆长安人，初为太常工人。……则天称制，睿宗号为皇嗣。少府监裴匪躬、内侍范云仙并以私谒皇嗣腰斩。自此公卿已下，并不得见之，唯金藏等工人得在左右。

“私谒皇嗣案”中，安金藏自剖其胸以证睿宗清白。睿宗、玄宗登基后，累有升迁，景云中累迁右武卫中郎将；玄宗即位，擢右骁卫将军；开元二十年，特封代国公，于东岳刻碑记其名。《旧唐书·忠义上·安金藏》：“竟以寿终，赠兵部尚书。”《旧唐书·德宗上》：“（建中三年）三月丁亥，赠故安金藏兵部尚书，授其子承恩庐州长史。”

5. 裴知古

见载于唐刘餗《隋唐嘉话》卷下、《旧唐书》卷一九一《方伎·裴知古》、《新唐书》卷九一《李嗣真》、《唐会要》卷三四“论乐”等。

雍州人，中宗、则天时为太常乐人。唐刘餗《隋唐嘉话》卷下：“裴知古自中宗、武后朝以知音直太常。”《旧唐书·方伎·裴知古》：“长安中为太乐丞。”卒于玄宗开元年间，唐刘餗《隋唐嘉话》卷下：“开元十二年终，年且百岁。”精通音律，并以善卜称于时，《隋唐嘉话》卷下：

> 神龙元年正月春享西京太庙，知古预其事，谓万年令元行冲曰：“金石谐和，当有吉庆之事，其在唐室子孙乎？”其月，中宗即

位，复改国为唐。知古又能听婚夕环佩之声，知其夫妻终始。

6. 李郎子

见载于唐杜佑《通典》卷第一四六《乐六》“清乐”、《旧唐书》卷二九《音乐二》、《唐会要》卷三三“清乐”。

开元间太常歌工，北人，曾从江都人俞才生习以吴声唱清乐。

7. 长孙元忠

见载于《通典》卷第一四六《乐六》“四方乐”、《旧唐书》卷二九《音乐二》、《唐会要》卷三三“四夷乐”等。

开元初太常寺歌工，善唱北歌。

8. 李琬

见载于唐南卓《羯鼓录》、《旧唐书》卷一二《德宗上》等。

擅羯鼓。原为双流县丞，代宗广德中调入长安，太常乐人请为《耶婆色鸡》增解曲《掘柘急遍》，荐入太常，历任主簿、太常寺少卿、宗正卿。卒于德宗时。

唐南卓《羯鼓录》叙李琬时兼及某“太常乐工”：

> （工曰：）“某，太常工人也，祖父传此艺，尤能此曲。近张通入长安，某家事流散，父没河西，此曲遂绝。”（按：即《椐柘急遍》。）

从其祖父、父亲都专于羯鼓演奏看，其授艺方式为家族代传。

9. 刘玠

见载于《旧唐书》卷二八《音乐一》、《旧唐书》卷一三二《王虔休》、《唐会要》卷三三“诸乐”、《新唐书》卷一四七《王虔休》等。

德宗时太常乐工，因故流落潞州，昭义军节度使使之造曲献朝廷，即《继大诞圣乐》，是为《中和乐》之蓝本。

10. 张渐

见载于唐张元孙《唐故仗内教坊第一部供奉赐紫金鱼袋清河张府君墓志铭并序》（《全唐文补遗》第3册）。

徐方人，原为地方官府乐人，长庆初由国相张公荐入宫廷，隶太常鼓吹署仗内教坊。“谈笑辩捷，独步一方”，“歌咏化源，启口成章，应机由典”，“于髡滑稽，曼倩戏诮”。授官品，拒不受。自穆宗时进入宫廷，“弥历二纪，荣密四朝”，武宗时仍在宫中供奉。

11. 吴缤

见载于唐段安节《乐府杂录》。

懿宗时人，原为朱崖李太尉家乐，后人太常鼓吹署任音律官及署丞，擅器乐，以方响与击瓯著称。

12. 马顺儿

见载于明胡震亨《唐音癸签》卷一三“唐曲”。

开元中太常乐工，造《圣明乐》。

二、教坊乐人

唐初，宫廷中有三个以“教坊”命名之机构。其一为“仗内教坊”，是为鼓吹署分支机构；馀二者为教习宫女文化知识技能之机构，因设在宫中，故称“内教坊”。作为独立音乐机构之教坊，设立于开元二年。《新唐书》卷四八《百官三·太常寺·太乐署》：

> 开元二年，又置内教坊于蓬莱宫侧，有音声博士、第一曹博士、第二曹博士。京都置左右教坊，掌俳优杂技。自是不隶太常，以中官为教坊使。

教坊主掌宫中娱乐音乐，乐种最为丰富，知名乐人亦最多。

(一)《教坊记》所载乐人

1. 黄幡绰

有关记载相当多，除《教坊记》外，尚有唐李德裕《次柳氏旧闻》、唐赵璘《因话录》卷四“角部之次”、唐李浚《松窗杂录》、唐段安节《乐府杂录》、唐南卓《羯鼓录》、唐高彦休《唐阙史》卷下、唐段成式《酉阳杂俎》续集卷之四“贬误”、宋马令《马氏南唐书》卷二五、宋王谠《唐语林》卷五“补遗”等。

玄宗时著名散乐乐人，常在玄宗身边供奉，唐高彦休《唐阙史》卷下：“开元中黄幡绰，明皇如一日不见，则龙颜为之不舒。”故亦称为“教坊长入”。敏捷善对，滑稽无穷。安禄山入长安后获之，以解其梦而得生。玄宗返京，究之，巧言以脱。极善俳优，以弄参军著名。唐段成式《酉阳杂俎》续集卷四“贬误”考散乐“弄痴”一戏即由之始创。宋王谠《唐语林》卷五“补遗”载其因善戏谑得玄宗赐绯衣。兼通音律，唐南卓《羯鼓录》记其闻玄宗击鼓而知其心情。唐段安节《乐府杂录》载玄宗令其为拍板作谱，乃画两耳以进，意拍板无定谱。唐赵璘《因话录》卷四“角部之次”“谐戏附”记明皇偶语“是物儿得人怜”，应之曰“自家儿得人怜”，龙颜大悦。屡作谐谏，曾劝玄宗善待太子，故唐高彦休《唐阙史》卷下曰“幡绰往往能以倡戏匡谏者”。

黄幡绰在当时及以后影响甚大，五代时南唐优人杨名高托其名作《笑林》，颇为流行。

2. 裴承恩、裴大娘

兄妹。兄擅筋斗，妹擅歌。

3. 侯氏

善竿木。妻裴大娘。

4. 赵解愁

擅竿技，为宫中“长入”（“长入供奉”），是为教坊乐人之拔尖者。张祜《千秋乐》：“倾城人看长竿出，一伎初成赵解愁。”与裴大娘私通，欲谋杀裴氏之夫侯氏，未遂。事发，决杖一百。

5. 张四娘、苏五奴

夫妻。张四娘擅歌舞，五奴常随妻混吃混喝，故时人戏称鬻妻者为“五奴”。

6. 范汉、范大娘子

父女。擅竿木。

7. 吕元真

擅击鼓兼杂技,"头上置水碗,曲终而水不倾动,众推其能定头顶。"教坊成立后籍之。玄宗任太子时召之,不就,"上衔之,故流辈皆有爵命,惟元真素身。"

8. 教坊一小儿

擅长筋斗。初,技艺"杂于内伎中上",是乃教坊中之"外教坊"乐人,后入宫中教坊而技成。《教坊记》:"中使宣旨云'此伎尤难,进教坊教成'。"

9. 任智方及四女

教坊乐人。有四女,皆属教坊,以擅歌著称:"二姑子吐纳凄婉,收敛浑沦;三姑子容止闲和,意不在歌;四儿发声遒润,如从容中来。"

10. 庞三娘

善歌舞,以工装束著名,约相当于今之"化妆师"。有载"当大酺汴州,以名字求雇",可见在盛唐时,教坊乐人可受雇于地方一时客串。

11. 颜大娘

善歌舞,工化妆。

12. 魏二、杨家生

魏二,歌舞伎。有载:魏二与杨家生同宴,家生戏鹦鹉,魏二指其借题发挥而贬己,故生纷争。可见教坊乐人非常在意对自己的评价。

13. 王辅国、郑衔山、薛忠、王琰

四人者,仅见载于《教坊记》,馀不详。

(二)《乐府杂录》所载教坊乐人

1. 许和子

尚见载于五代王仁裕《开元天宝遗事》、宋龙衮《江南野史》卷六等。

开元时人,原为吉州永新县乐家女,艺名永新。开元末因善歌由刺史举荐入宫,封为"唱歌供奉",为唐代著名的歌唱乐人。《乐府杂录》云其"入籍于宜春院",是为内教坊乐人,亦称"内人"。安史乱后,流散民间，为一士人所得。士人去世，偕母至京师，“殁于风尘”。临终谓其母曰：“阿母钱树子倒矣。”故在京师时当以卖艺为生。

时人对永新歌唱评价极高，《乐府杂录》谓“韩娥、李延年殁后千馀载，旷无其人，至永新始继其能。”《开元天宝遗事》载玄宗称其“歌直千金”；《江南野史》卷六曰其“喉音妙绝，为天下第一”，“今存始歌处，后人号为玉女峰焉，立庙祠，四时祭祀。或天色愆亢，祷之能雨”。

2. 张红红

宜春院乐人。原为大历中民间艺人，与父流浪卖艺为生。金吾将军韦青发现之，收为家姬，亲授乐技。擅歌，尤善记曲。召入宫中，号为“记曲娘子”，旋封才人。韦青去世，一恸而亡，赠谥“昭仪”。

3. 郑中丞

文宗时内教坊乐妓。名不详。“中丞”，唐代宫人官位。善胡琴，因忤旨被文宗赐死。投入河中漂流宫外，吏梁厚本救之，娶为妻。家中偶试琴，适为宫中外出小黄门发现，奏闻，重召入宫，免梁厚本罪而厚赏之。

4. 刘真

僖宗时教坊乐人。擅俳优。本蜀中优人，僖宗幸蜀，喜之。随驾入京，籍于教坊。

(三) 其他典籍中的教坊乐人

1. 王大娘

见载于唐郑处诲《明皇杂录》卷上、刘晏《咏王大娘戴竿》、宋乐史《杨太真外传》卷上。

玄宗时教坊乐人，善竿技。唐郑处诲《明皇杂录》卷上：“善戴百尺竿。竿上施木山，状瀛洲方丈，令小儿持绛节出入于其间，歌舞不辍。”杨贵妃令神童刘晏作诗咏之：“楼前百戏竞争新，唯有长竿妙入神。谁谓绮罗翻有力，犹自嫌轻更着人。”

2. 唐崇、许小客

见载于宋王谠《唐语林》卷一“政事上”。

教坊乐人,善唱。宫廷设宴招待外国使臣,令表演,“先述国家盛德,次序朝廷欢娱,又赞扬四方慕义,言甚明辨。上极欢”。赂教坊“长入”许小客谋教坊判官职,事发,教坊使范安及“决杖(唐崇)递出五百城外,小客更不须令来”。

3.“教坊长入”某

唐吴兢《开元升平源》载:姚元崇为中书令张说排挤,时参军李景初妾之父为“教坊长入”,厚赂之,嘱说情于玄宗,果奏效。

4.“衣绿乘驴者”

见载于唐赵璘《因话录》卷一“宫部”、宋王谠《唐语林》卷四“伤逝”。

天宝间教坊乐工,安史之乱而流落民间,德宗登基后召流散民间之教坊乐人,复入宫。

5.“教坊歌儿”

孟郊诗《教坊歌儿》:“十岁小小儿,能歌得朝天。六十孤老人,能诗独临川。去年西京寺,众伶集讲筵。能嘶《竹枝》词,供养绳床禅。能诗不如歌,怅望三百篇。”

6. 石糊及五养女

见载于唐苏鹗《杜阳杂编》卷中。

幽州人,擅长竿技。养女五人,皆擅竿技:

> 挈养女五人,才八九岁,于百尺竿上,张弓弦五条,令五女各居一条之,衣五色衣,执戟持戈,舞《破阵乐》曲,俯仰来去,赴节如飞。是时观者目眩心怯,糊立于十垂炎画床子上,令诸女迭踏以至半空,于中皆执五彩小帜床子。大者始一尺馀,俄而手足齐举,为之《踏浑脱》。歌呼抑扬,若履平地。

敬宗时深受恩宠。文宗登基,因其技过于惊险罢之。

7. 李孝本次女

见载于《全唐文》卷七六六魏謩《谏纳李孝本女疏》、《旧唐书》卷一七六《魏謩》、《资治通鉴》卷二四五《唐纪六十一》“文宗开成元年”等。

文宗时，御史中丞李孝本因李训案坐诛，其女充入掖庭，入教坊。《谏纳李孝本女疏》：“昨又宣取李孝本次女一人，遽将入内。”《旧唐书》卷一七六《魏謩》：“昨又宣取李孝本之女入内。”《资治通鉴》卷二四五《唐纪六十一》载文宗开成元年“李孝本二女配没右军。上取之入宫”。所记略有不同。魏謩上疏谏之，乃放出宫廷。

8. 云朝霞

见载于《旧唐书》卷一七六《魏謩》、《新唐书》卷九七《魏征附谟》、《唐会要》卷三四“杂录”等。

文宗时教坊副使。善吹笛，能为新声，深得文宗恩宠，欲授左骁卫将军兼扬州司马，群臣谏之，不听左补阙魏謩上疏，改授润州司马。

9. 刘楚材

见载于唐段安节《乐府杂录》、《资治通鉴》卷二四六《唐纪六十二》“文宗开成四年”。

文宗时人，擅觱篥，后参与构陷太子，文宗杀之。

10. 米都知

见载于唐梁补阙诗《赠米都知》、宋钱易《南部新书·癸》等。

中唐时宫廷乐人。“都知”，教坊乐官名。善歌，通文章，词中有句“小旗店酒，微雨野塘花”，颇得士流赞赏。梁补阙《赠米都知》诗，颇称其洁身自好，淡于名利。

11. 商训

见载于宋钱易《南部新书·癸》。

教坊都知，擅吹笙。精丹青且善卜。

12. “《西方狮子》脚”

唐卢言《卢氏杂说》载：某乐伎于教坊《西方狮子》舞中为“左脚”近三十载，至宰相门下求一官品，未果。

13. 祝汉贞

见载于唐裴庭裕《东观奏记》卷中、南唐尉迟偓《中朝故事》卷上、《资治通鉴》卷二四九《唐纪六十五》“宣宗大中十一年”、宋王谠《唐语林》卷二“政事下”等。

教坊乐人，供奉数朝。能滑稽，善应对。宣宗时仍颇得宠。《唐语林》卷二云其“滑稽善伺人意，出口为七字语。上有指顾，遽令摹咏，捷若夙构，尤为帝所喜”。王乾佑贿之，求请说宣宗谋刺史位，事发，恩宠渐失，终流放于天德军。

14. 李可及

见载于唐苏鹗《杜阳杂编》卷下、唐高彦休《唐阙史》卷下、唐李涪《刊误》卷上“都都统”、《唐会要》卷三三四“杂录”、《旧唐书》卷一七七《曹确》、《新唐书》卷一八一《曹确》、《新唐书》卷一八三《崔彦昭》、《资治通鉴》卷二五〇《唐纪六十六》“懿宗咸通八年”、“懿宗咸通十一年”、《资治通鉴》卷二五二《唐纪六十八》“懿宗咸通十四年”、宋钱易《南部新书·丙》等。

懿宗时教坊“都都知”（都知管领）。精通音律，擅唱新曲，能变新声，时人谓之“拍弹”。创制《叹百年舞曲》《菩萨舞》等。兼善俳优，《唐阙史》载其与另一优人弄“戏三教”，令人捧腹。深受懿宗宠爱，屡赐财物，授伶官。《刊误》云其为“都都统”，当为“都都知”别称。屡加官品，《唐阙史》载其因弄“戏三教”授“环卫之员外职”；继授“威卫将军”，从三品。僖宗登基，朝臣崔彦昭奏疏逐之，流放岭南而卒。

15. 石野猪

见载于唐朱揆《谐噱录》、宋孙光宪《北梦琐言》卷一〇、宋王谠《唐语林》卷七、《资治通鉴》卷二五三《唐纪六十九》“僖宗广明元年”等。

僖宗时教坊乐人，擅滑稽俳谐。侍僖宗时，帝自夸击球之技，乃曰：“若遇尧、舜作礼部侍郎，恐陛下不免驳放。”巧言寓谏，士流赞之。

16. 王内人

名不详。唐李群玉《王内人琵琶引》曰其琵琶技艺极高超：“三千宫嫔推第一，敛黛倾鬟艳兰室。”

17. 吹笙内人

姓名阙如。白居易诗《吹笙内人出家》云其善吹笙，后出家为尼。

三、梨园乐人

梨园原是宫中一果园。唐代，帝王每季例行于宫中举宴待朝臣，用示君臣同乐，每季节选择不同地点，梨园乃春季游宴处。《新唐书》卷二〇二《文艺中·李适》：

> 凡天子飨会游豫，唯宰相及学士得从。春幸梨园，并渭水祓除，则赐细柳圈辟疠；夏宴蒲萄园，赐朱樱；秋登慈恩浮图，献菊花酒称寿；冬幸新丰，历白鹿观，上骊山，赐浴汤池，给香粉兰泽，从行给翔麟马，品官黄衣各一。帝有所感即赋诗，学士皆属和当时人所歆慕，然皆狎猥佻佞，忘君臣礼法，惟以文华取幸。若韦元旦、刘允济、沈佺期、宋之问、阎朝隐等。

此类宴会，往往设有多种娱乐项目，如拔河、打球等。《旧唐书》卷七《中宗》："庚戌，令中书门下供奉官五品以上、文武三品以上并诸学士等，自芳林门入集于梨园球场，分朋拔河，帝与皇后、公主亲往观之。"有时亦安排音乐表演。《旧唐书》卷一七下《文宗下》："（大和九年）上幸左军龙首殿，因幸梨园，含元殿大合乐。"《旧唐书》卷一六九《王潘附王涯》："乐曲成，涯与太常丞李廓、少府监庚承宪押乐工献于梨园亭，帝按之于会昌殿。"这里的"梨园亭"，只是梨园中的一个亭子，即上文中宗"赐观打球"之"梨园亭子"。

为方便娱乐表演，有些音乐机构便设在梨园，如太常梨园别教院，是为太常设在梨园中的音乐教院。《唐会要》记"太常梨园别教院"之年代分别为"贞观十四年"与"显庆二年"，时专职音乐机构之教坊与梨园皆未建立，故梨园别教院当于贞观十四年或之前设立，时宫廷音乐机构只有太常寺，故梨园别教院应隶太常，而"梨园"则尚未成音乐机构之专称。

“梨园”成为音乐机构专称，与“梨园新院”之设立有关。

关于“梨园新院”，唐人文献中提及的只有《乐府杂录》：“俗乐，古都属梨园新院，院在太常寺内之西也，开元中始别署左右教坊。古乐工都计五千馀人，内一千五百人俗乐，系梨园新院于此，旋抽入教坊。”这里的“古都”乃“全部”之意，据“旋抽入教坊”云云，“梨园新院”之设立尚在教坊之前，是乃专为安排“古乐工”（前朝乐工）中“俗乐”之机构。因太常专职本当雅乐，故将“俗乐”另行安排，又因梨园乃帝王经常娱宴之所，故顺理成章将之安排在此，因地所名之曰“梨园新院”。所谓“新院”，乃为区别此前之“梨园别教院”。待专职娱乐之乐的教坊成立，专事“俗乐”的“梨园新院”便从太常划出，成为教坊的一个分支部门而简称“梨园”。由此看来，“梨园新院”实际上可谓教坊的前身。正由于此，梨园虽属教坊，但仍与教坊并称。如唐姚汝能《安禄山事迹》卷下：“王鉷、杨国忠选胜燕乐，必赐梨园、教坊音乐，贵妃姊妹亦在会中。”《资治通鉴》卷二一六《唐纪三十二·玄宗天宝十年》：“日遣诸杨与之选胜游宴，侑以梨园、教坊乐。”

关于“梨园弟子”，《旧唐书》卷二九《音乐一》：

> 玄宗又于听政之暇，教太常乐工子弟三百人为丝竹之戏，音响齐发，有一声误，玄宗必觉而正之，号为“皇帝弟子”，又云“梨园弟子”，以置院近于禁苑之梨园。

据此资料，故说者或曰梨园之设立乃在教坊成立后，为玄宗亲教宫女而成立的机构。其实，玄宗亲教“乐工子弟三百人为丝竹之戏”当有其事，教之地点在梨园，因梨园乃皇帝宫内私所，故称“梨园弟子”。“以置院近于禁苑之梨园”云云则是误记，故《新唐书》对此作了修正，《礼乐十二》——

> 玄宗既知音律，又酷爱法曲，选坐部伎子弟三百教于梨园，声有误者，帝必觉而正之，号“皇帝梨园弟子”，宫女数百，亦为“梨园弟子”，居宜春北院。

《新唐书》所记是正确的，其有唐人记唐事为之证，唐郑处诲《明皇杂录》：

> 天宝中，上命宫女子数百人为梨园弟子，皆居宜春北院。

可见，“梨园弟子”居宜春北院，教习乃至表演则在梨园。由于玄宗亲自教习“梨园弟子”，梨园的地位便十分特殊，“梨园弟子”从太常寺坐部伎和宫女中专门选拔，自是乐人中优秀者，再由精通音律的玄宗进行专门指导，又专事法曲，故其法曲水平当为第一流，丝竹水平尤为高超，因而梨园作乐通常乃帝王贵妃专享，王建《霓裳词十首》：“旋翻新谱声初足，除却梨园未教人。”“伴教《霓裳》有贵妃，从初直到曲成时。”因此，梨园乐人总体上乃是唐代宫廷乐人之最高水平者，今存文献中略可考者见下：

1. 胡雏

见载于唐李肇《唐国史补》卷上、《新唐书》卷一三〇《崔隐甫》、宋王谠《唐语林》卷二“政事下”等。

玄宗时梨园弟子，善吹笛，颇得玄宗宠爱。因触犯条律，洛阳令崔隐甫欲捕之，入宫求庇于玄宗。崔隐甫入宫力争，乃勉强交出。旋悔，下旨赦之，圣旨未到，已被杖杀。

2. 贺怀智

见载于唐李德裕《次柳氏旧闻》、元稹诗《连昌宫词》《琵琶歌寄管儿兼诲铁山》、唐胡璩《谭宾录》、唐段成式《酉阳杂俎》前集卷六“乐”、前集卷十二“语资”、唐段安节《乐府杂录》、唐李亢《独异志》、宋乐史《杨太真外传》等。

盛唐时梨园著名乐人。擅长乐器演奏，尤精琵琶。《乐府杂录》：“开元中有贺怀智，其乐器以石为槽，鹍鸡筋作弦，用铁拨弹之。”每侍唐玄宗、杨贵妃私宴。唐段成式《酉阳杂俎》前集卷十二“语资”有云：“乐工贺怀智、纪孩孩，皆一时绝手。”纪孩孩，或亦宫廷乐人。

3. 张野狐

见载于唐范摅《云溪友议》卷中、唐郑处诲《明皇杂录·补遗》、唐段安节《乐府杂录》、宋乐史《杨太真外传》等。

盛唐梨园著名乐人，擅觱篥，能制曲。唐郑处诲《明皇杂录·补遗》："时梨园子弟善吹觱篥者，张野狐为第一。"亦擅俳优，唐段安节《乐府杂录》载其以弄参军著名。安史之乱时随玄宗幸蜀，途中作《雨霖铃》曲。乱平返京，作《还京乐》曲。

4. 李龟年

见载于唐姚汝能《安禄山事迹》卷下、唐刘悚《隋唐嘉话》"补遗"、唐佚名《大唐传载》、唐郑处诲《明皇杂录》卷中、唐范摅《云溪友议》卷中、唐胡璩《谭宾录》、唐冯贽《云仙杂记》、唐李浚《松窗杂录》、宋乐史《杨太真外传》卷上、唐李浚《摭异记》、唐赵自勤《定命录》、宋王谠《唐语林》卷五"补遗"、《新唐书》卷二二四下《逆臣下·安禄山》、杜甫诗《江南逢李龟年》、李端诗《赠李龟年》等。

《摭异记》《松窗杂录》《杨太真外传》等均载其为梨园乐人。综合诸家所记，龟年多才多艺。通晓音律，擅戏弄，曾模仿安禄山之举止为笑乐，极得玄宗欢心。擅羯鼓、觱篥，尤以擅歌著名，有云李白作《清平调》三章，即付龟年歌之。

安史之乱，流落民间。杜甫诗《江南逢李龟年》记其于江南遇之："正是江南好风景，落花时节又逢君。"唐范摅《云溪友议》卷中载其于湘中采访使宴上闻龟年唱王维诗；李端诗《赠李龟年》载其年老至陕西、甘肃一带，"青春事流主，白首入秦城"。

5. 公孙大娘

见载于《全唐文》卷四三三、唐陆羽《僧怀素传》、唐郑处诲《明皇杂录·逸文》、唐李肇《唐国史补》卷上、唐范摅《云溪友议》卷中、杜甫诗《观公孙大娘弟子舞剑器行》、李白诗《草书歌行》、司空图诗《剑器》、郑嵎诗《津阳门》等。

据杜甫《观公孙大娘弟子舞剑器行》序"自高头宜春、梨园二伎教坊内人洎外供奉，晓是舞者，圣文神武皇帝初，公孙一人而已"、诗句

“先帝侍女八千人，公孙剑器初第一”“梨园子弟散如烟，女乐馀姿映寒日”，其为盛唐梨园舞妓。尤善“剑器浑脱”，盛名播天下。《津阳门》诗：“花萼楼南大合乐，八音九奏鸾来仪。都卢寻橦诚龌龊，公孙剑伎方神奇。”唐代著名书家张旭观其舞而悟书道，书境大进。杜甫年幼时曾在堰城（今属河南）得观其伎，张旭在郾县（今属河南）观其舞入迷，故其可能原为河南名妓，后召入宫中。弟子颇众，亦多名家。

6. 潘大同父女

唐陈鸿祖《东城老父传》：“二十三年，玄宗为（贾昌）娶梨园弟子潘大同女。”故大同当为玄宗时梨园弟子。女儿潘氏，亦善歌舞，深受杨贵妃的宠爱：“天宝中，（贾昌）妻潘氏以歌舞重幸于杨贵妃。”故潘氏亦为宫中乐妓。

7. 迎娘、蛮儿

郑嵎《津阳门》诗：“迎娘歌喉玉窈窕，蛮儿舞带金葳蕤。”注曰：“迎娘、蛮儿，乃梨园弟子之名闻者。”

8. 雷海青

见载于唐范摅《云溪友议》卷中、唐郑处诲《明皇杂录·补遗》、唐姚汝能《安禄山事迹》卷下等。

盛唐梨园乐人，擅器乐。安史之乱，为安禄山所获，拒不出演，肢解致死。王维有诗悼之。

9. 某“吹笛师”

唐戴孚《广异记》载盛唐时梨园乐人某，善吹笛，安史之乱，隐终南山。

10. “天宝乐叟”

白居易诗《江南遇天宝乐叟》载梨园乐人某，安史之乱前入宫，擅琵琶，精法曲，每侍玄宗左右。安史之乱，漂落江南。乱平而年迈，每年寒食节，宫中尚遣宦官探望之。

11. 许云封

见载于唐袁郊《甘泽谣·许云封》、李中《吹笛儿》。盛唐著名宫廷乐人李谟外孙，从其舅及外公李谟习吹笛，李谟荐之为梨园小部音声乐僮。安史乱后，漂流南海近四十年。贞元初，韦应物举荐入和州乐府。

12. 萧炼师

见载于许浑诗《赠萧炼师》。据诗序，乃梨园乐妓，善舞《柘枝》。贞元初由梨园转内教坊“内人”。德宗时藩镇之乱中流散民间，德宗回京，重召入宫，后出家为尼。

13. 尉迟璋（璋或作章）

见载于唐段安节《乐府杂录》、宋钱易《南部新书·乙》、宋王谠《唐语林》卷六“补遗”、《旧唐书》卷一七七《曹确》、《旧唐书》一七三《陈夷行》、《资治通鉴》卷二五〇《唐纪六十六》“懿宗咸通八年”等。

文宗时梨园仙韶院乐工。擅吹笙，精歌唱，以擅变新声著称于时。宋钱易《南部新书·乙》：“太和中，乐工尉迟璋能别啭喉为新声，京师屠沽效呼为‘拍弹’。”深得文宗宠幸，欲授王府率更，窦洵谏之，改授光州长史。

14. “施先辈”

唐孟简诗《酬施先辈》：“襄刚才子得声多，四海皆传《古镜歌》。乐府正声三百首，梨园新入教青娥。”据知其原为襄阳士子，擅作乐府歌曲，尤以《古镜歌》传千当时。后召为梨园乐师。孟简为元和时人，故“施先辈”约在宪宗时召入梨园。

15. 李凭

见载于杨巨源诗《听李凭弹箜篌二首》、李贺诗《李凭箜篌引》。

梨园乐妓，擅箜篌，常为君王弹奏。主要生活在德宗、顺宗、宪宗、穆宗四朝。

16. 陈幼寄、南不嫌

唐段安节《乐府杂录》：“武宗已降，有陈幼寄、南不嫌较宠。”唐范摅《云溪友议》载南不嫌为梨园乐人，浙东乐籍歌妓盛小丛之舅，小丛歌技，得其传授。

17. 李周

见于唐吴融诗《李周弹筝歌·淮南韦太尉席上赠》。吴融，晚唐时人。龙纪元年登进士第，韦昭度辟为掌书记，随军讨蜀。故李周当为唐末时梨园乐人。精于音律，擅弹筝。年少入宫，深受君王宠爱，任梨园供奉。年老，技艺益精，自创曲（“年将六十艺转精，自写梨园新曲声”)。吴融之诗,乃于淮南韦太尉席上闻其弹筝且歌而作。

18. 陈敬言

据《旧唐书》卷二九《音乐二》,是为昭宗时梨园乐工,张浚重铸雅乐钟悬,曾请其参与校定。

19. 骆供奉

据宋王灼《碧鸡漫志》所引《乐府杂录》之今本佚文,是为唐末梨园乐人,后流落民间,曾在刺史李灵曜宴上唱《何满子》。

四、宫中其他乐人

在有关唐代史料中,还有若干宫中乐人的记载,但由于无法确定这些乐人隶属宫廷何种音乐机构,或是否入籍宫廷,故将之列为一类述之。

1. 罗黑黑

见载于唐张鷟《朝野佥载》卷五、《朝野佥载·补辑》、《资治通鉴》卷二〇三《唐纪十九》“高宗垂拱二年”等。

太宗时人,善弹琵琶。阉为宫人,教授宫女音乐知识。曾当场记胡人琵琶曲而奏之,使胡人大为。惊服。

2. 裴神符

见载于唐杜佑《通典·乐六》“坐立部伎”、《唐会要》卷三三“燕乐”、《新唐书·礼乐十一》等。

太宗时人。擅琵琶。曾作《胜蛮奴》《火凤》《倾杯乐》三曲,深得太宗赏识。《新唐书》载其改变五弦弹奏法,以手代木拨,后称之为“挡琵琶”(按:五弦琴,唐时亦通称琵琶)。

3. 袜子、何懿

见载于唐武平一《景龙文馆记》、《全唐文》卷二六八武平一《谏大飨用倡优媟狎书》、《新唐书》卷一一九《武平一传》等。

中宗时宫廷胡伎。擅演“合生”。合生,唐武平一《景龙文馆记》:

“妖胡娼妓，街童市女，谈妃主之情貌，列王公之名质，咏歌蹈舞，号曰‘合生’。”可见“合生”为歌舞戏弄，主要内容之一为模仿与扮演当时的王公贵戚。

4. 某“优人”

唐孟棨《本事诗·嘲戏第七》：“时韦庶人颇袭武氏之风轨，中宗渐畏之。内宴，唱《回波词》。有优人词曰：‘回波尔时栲栳，怕妇也是大好。外边只有裴谈，内里无过李老。’韦后意色自得，以束帛赐之。”

5. 悖拏儿

据张祜《悖拏儿舞》诗，是乃玄宗时宫中乐人。善歌舞，诗中记其唱《梁州》曲而舞之。由其名观之，似为胡人。

6. 红桃

见载于唐郑处诲《明皇杂录·补遗》、宋乐史《杨太真外传》卷上、卷下。

玄宗时杨贵妃侍女，善歌。安史乱后，玄宗返京，红桃歌《凉州》曲，歌辞为杨贵妃所作，惜词今佚。

7. 李谟

见元稹诗《连昌宫词》、张祜诗《李谟笛》、唐段安节《乐府杂录》、唐卢肇《逸史》。

盛唐乐人，擅吹笛。原为长安市井少年，因翻奏宫中新曲而著称于时，乃召入宫廷。安史之乱后流落江东，越州刺史皇甫政设宴，召为乐。

唐袁郊《甘泽谣·许云封》所记天宝中梨园法曲吹笛乐工“李謩”，唐卢肇《逸史》云其为开元中教坊乐工，以吹笛著名。唐李肇《唐国史补》卷下述及“李牟”、唐薛用弱《集异志》所云“李子牟”，所记之事与“李謩”事相似，疑“李谟”“李謩”“李牟”“李子牟”为一人。诸文籍乃因其名读音记之，故有不同。

8. 李彭年、李鹤年

见载于唐佚名《大唐传载》、唐郑处诲《明皇杂录》卷下、宋王谠《唐语林》卷五“补遗”等。

开元中乐人，李龟年兄。长兄彭年，次兄鹤年，皆宫中乐人，颇受玄宗恩宠。唐郑处诲《明皇杂录》卷下：“彭年善舞，鹤年、龟年能歌，尤歌妙制《渭州》，特承顾遇。于东都起第宅，僭侈之制，逾于公侯，宅在东都通远里，中堂制度甲于都下。”唐佚名《大唐传载》：“鹤年诗尤妙。”宋王谠《唐语林》卷五“补遗”：“鹤年能歌词，尤妙制《渭州》。”二人隶属于宫廷中何坊难于确知。

9. 耍娘

张祜诗《耍娘歌》：“便唤耍娘歌一曲，六宫生老是蛾眉。”据知耍娘乃宫中歌妓，曾在玄宗与杨贵妃前有过出色表演。

10. 张云容

见于杨玉环诗《赠张云容舞》。诗有注曰：“云容，妃侍儿，善为《霓裳》舞，妃从幸绣岭宫时，赠此诗”，故为盛唐时宫廷乐人，擅舞。

11. 邠娘、冬儿、贞贞（一作真真）

见张祜诗《邠娘羯鼓》。据诗作内容，三人均擅羯鼓。张祜所作宫词大多云盛唐事，故三妓可能为盛唐宫中乐人。

12. “三美人”

盛唐宫中歌妓。据唐李德裕《次柳氏旧闻》，安禄山犯京前夕，玄宗设宴，召“三美人”歌，其一唱《水调》。

13. “主讴者”某

开元宫妓，擅唱。唐郑处诲《明皇杂录》载大华公主生日宴，其为主歌。

14. “老人”

王建诗《老人歌》：“白发老垂一作歌人垂泪行，上皇生日出京城。如今供奉多新意，错唱当时一半声。”据此，是为盛唐宫中乐人，擅歌。后流落民间。

15. 阿布思妻

见载于唐赵璘《因话录》卷一“宫部”、宋王谠《唐语林》卷四“贤媛”、宋钱易《南部新书·己》等。

肃宗时宫妓，原为天宝末蕃降将阿布思妻。阿布思从安、史为乱，以罪充其妻入宫，演参军戏。和政公主劝于肃宗，免罪，下落不明。阿布思，胡人，其妻是否胡人，不详。

16. 刘安

顾况诗《听刘安唱歌》："《子夜》新声何处传，悲翁更忆太平年。即今法曲无人唱，已逐霓裳飞上天。"据此，刘安以唱法曲著名，当为盛唐时梨园或教坊乐人。

17. 李供奉

中唐宫中著名箜篌手。顾况诗《李供奉弹箜篌歌》有云"国府乐手弹箜篌"，"天子一日一回见"；"胡曲汉曲声皆好，弹着曲髓曲肝脑"。"王侯将相立马迎，巧声一日一回变"。声播朝野，贵族子弟"不惜千金买一弄"，"银器胡瓶马上驮，瑞锦轻罗满车送"。

18. 康昆仑

见载于唐佚名《大唐传载》、唐张固《幽闲鼓吹》、唐段安节《乐府杂录》、宋王谠《唐语林》卷三"识鉴"、《新唐书》卷二二《礼乐十二》等。

德宗时著名琵琶手。初拜某女巫为师，后师庄严寺僧段善本。《乐府杂录》："昆仑惊曰：'段师神人也！臣少年，初学艺时，偶于邻舍女巫授一品弦调，后乃易数师。段师精鉴如此玄妙也！'"《幽闲鼓吹》载其得段和尚自创《西梁州》，翻为《道调梁州》；《乐府杂录》载其将西凉所献正宫调《凉州曲》翻为《琵琶玉宸宫调》，合诸乐时，又翻入黄钟调。

19. 成辅端

见载于《旧唐书》卷一三五《李实》、《新唐书》卷一六七《李实》。

德宗时宫廷优人，贞元二十年作戏语数十篇诉百姓苦，以诽谤国政罪决杀。

20. 穆氏

据刘禹锡诗《听旧宫中乐人穆氏唱歌》有云"休唱贞元供奉曲"，其可能为德宗贞元时宫妓，后流落民间。

21. 田顺郎

见载于唐段安节《乐府杂录》、白居易诗《听田顺儿歌》、刘禹锡诗

《与歌童田顺郎》《田顺郎歌》等。

贞元中宫廷乐人，擅歌，《田顺郎歌》有云："唯有顺郎全学得，一声飞出九重深。"

22. 何戡

见载于唐段安节《乐府杂录》、刘禹锡诗《与歌者何戡》等。

宪宗元和时宫廷乐人，擅歌，曾为刘禹锡演唱过《渭城曲》。

23. 米嘉荣、米和

见载于唐段安节《乐府杂录》、唐卢言《卢氏杂说》、刘禹锡诗《与歌者米嘉荣》。

米嘉荣，宪宗元和时宫廷著名乐人，擅歌，尤以唱《凉州》曲著称。米和，米嘉荣之子，懿宗咸通时宫廷著名乐人，擅琵琶(按：米嘉荣或即前文中"米都知")。

24. 陈不嫌、陈意奴

见载于唐段安节《乐府杂录》、唐卢言《卢氏杂说》等

父子，皆以擅歌称。卢言主要生活在文宗、武宗与宣宗朝，据《卢氏杂说》云"近有陈不嫌，不嫌子意奴"，二人当与卢言同时。《乐府杂录》："元和、长庆以来，有李贞信、米嘉荣、何戡、陈意奴。武宗已降，有陈幼寄、南不嫌、罗宠。"

25. 曹保保、曹善才、曹纲(一作刚)

见载于唐段安节《乐府杂录》、唐冯贽《云仙杂记》、李绅诗《悲善才》、白居易诗《听曹刚琵琶兼示重莲》、白居易诗《琵琶引并序》、薛逢诗《听曹刚弹琵琶》、刘禹锡诗《曹刚》等。

祖孙三代，琵琶世家。名盛一时。

曹保保，据《乐府杂录》"贞观中有王芬，曹保保"，乃为德宗时人。

曹善才，保保子。李绅《悲善才》："穆王夜幸蓬池曲，金銮殿开高秉烛。东头弟子曹善才，琵琶请进新翻曲。"故其为穆宗时宫廷乐人。诗中云其"紫髯供奉前屈膝，尽弹妙曲当春日"，是乃胡人或胡裔。诗序曰"逢余经播迁，善才已没"，则李绅赴任地方官时，善才已过世。李绅任职地方主要在敬宗、文宗朝，故曹善才大约在文宗时已去世。

曹善才颇有弟子，有些乃成宫廷乐人，有些则活跃于民间，《悲善才》序中云："有客游者，善弹琵琶，问其所传，乃善才所授。"

曹纲，一作"曹刚"。善才子。《听曹刚弹琵琶》有云"禁曲新翻下玉都，四弦振触五音殊"，可见乃宫廷乐人。技艺高超，《听曹刚琵琶兼示重莲》："谁能截得曹刚手，插向重莲衣袖中。"《曹刚》："一听曹刚弹《薄媚》，人生不合出京城。"与琵琶高手裴兴奴齐名，《乐府杂录》："曹纲善运拨，若风雨，而不事扣弦，兴奴长于拢捻，不拨稍软。时人谓：'曹纲有右手，兴奴有左手。'"弟子亦多，如《云仙杂记》中提及的乐工廉郊师，即其得意弟子。

26. 杨志姑妈

据《乐府杂录》，原为宣徽院弟子，擅琵琶。后因故出宫，侄杨志，亦以琵琶擅名。

27. 赵璧

见载于唐李肇《唐国史补》卷下、《全唐文》卷七三六沉亚之《歌者叶记》、唐段安节《乐府杂录》、元稹诗《和李校书新题乐府十二首·五弦弹》、白居易诗《五弦弹恶郑之夺雅也》等。

德宗时宫廷乐人，擅五弦琴，有独到心得，《唐国史补》卷下载其云："吾之于五弦也，始则心驱之，中则神遇之，终则天随之。吾方浩然，眼如耳，目如鼻，不知五弦之为璧，璧之为五弦也。"《和李校书新题乐府十二首·五弦弹》："旬休节假暂归来，一声狂杀长安少。主第侯家最难见，挼歌按曲皆承诏。水精帘外教贵嫔，玳瑁筵心伴中要。"

28. 曹供奉

据白居易诗《代琵琶弟子谢女师曹供奉寄新调弄谱》，是为宫廷琵琶乐人。曾将宫中新曲《蕤宾》与《散水》授其民间弟子。

29. 杜秋娘

据杜牧《杜秋娘诗并序》，金陵人，浙西节度使李锜妾。宪宗元和二年，因李锜叛反而充入宫中。诗中有云"四朝三十载，似梦复疑非"，故其宫中服役约三十年，历宪宗、穆宗、敬宗、文宗四朝。擅歌曲与笛、箫:"秋持玉斝醉,与唱《金缕衣》。""金阶露新重,闲捻紫箫吹。"任皇子傅姆时,因牵连郑注诬陷漳王事,赐还金陵。杜牧遇之金陵时,已年老且贫矣——"寒衣一匹素,夜借邻人机。"

30. 沈阿翘

见载于唐苏鹗《杜阳杂编》卷中、宋王谠《唐语林》卷四"伤逝"、明胡震亨《唐音癸签》卷一三等。

原为淮西节度使吴元济歌妓。元和十二年,因吴元济叛变事败而充入宫廷。歌舞兼擅,曾为文宗表演舞蹈《何满子》,歌《凉州曲》。历宪宗、穆宗、敬宗、文宗四朝,《杜阳杂编》卷中有云"(文宗)乃选内人与阿翘为弟子焉",故其在文宗时为内教坊中教师。《唐音癸签》考《忆秦郎》与《忆秦娥》,有云"文宗宫人阿翘善歌,出宫嫁金吾长史秦诚","诚出使新罗,翘思念,撰小词名《忆秦郎》,诚亦于是夜梦传其曲拍,归日合之无异。后有《忆秦娥》,或即出此"。以《忆秦郎》乃其思夫之作,《忆秦郎》后衍名为《忆秦娥》。可成一说。

31. 孟才人

见载于唐康骈《剧谈录》卷上、张祜诗《孟才人叹并序》等。

武宗时宫廷乐人,以善歌而深受武宗宠爱。武宗临终,为歌《何满子》。不久亦哀伤而死。

32. 罗程

见载于宋王谠《唐语林》卷二"政事下"、《资治通鉴》卷二四九《唐纪六十五》"宣宗大中十一年"等。

原为武宗时宫廷乐人,善弹琵琶,能变新声,宣宗时一度得宠。争斗中杀人,下京兆狱,或劝宣宗赦之,"上曰:'汝曹所惜者罗程艺,朕所惜者高祖、太宗法。'竟杖杀之。"(《资治通鉴》卷二四九《唐纪六十五》)

33. 郑慢儿

据唐杜光庭《录异记·忠》卷三,原为僖宗时宫廷乐人,擅琵琶。为黄巢所获,拒演被斩。

34. 敬约

据《乐府杂录》,曾与懿宗合作制《道调子》。

35. 辛某

据《乐府杂录》,宣宗时乐人,为宣宗新制曲《新倾杯乐》打拍不谐,惊忧而死。

36. 张隐耸

《乐府杂录》:"阮咸,大中初有待诏张隐耸者,其妙绝伦。蜀郡亦多能者。"

37. 张小子

据《乐府杂录》,咸通中宫廷乐人,擅琵琶。唐亡,流落西蜀。

38. 关小红

据宋孙光宪《北梦琐言》卷六,原昭宗时宫廷乐人,擅琵琶。后为梁太祖所获,收为乐人。不久忧郁而亡。

39. 石潨

据宋孙光宪《北梦琐言》卷六,昭宗时宫廷乐人,擅胡琴。唐末战乱入西蜀,脱乐籍而游于权贵之家,以技谋生。

40. 骆供奉

据《碧鸡漫志》卷第四《何满子》条引《乐府杂录》(今本佚文),唐末宫廷乐人,后流落民间,曾于灵武刺史李灵曜席上演唱《何满子》。

41. 胡二子

据《碧鸡漫志》卷四《何满子》条引《乐府杂录》(今本佚文),唐末宫廷乐伎,后流落民间,有白秀才者收为家伎。

42. 飞鸾、轻凤

据唐苏鹗《杜阳杂编》,原为渐东国舞女,宝历二年贡入宫廷,擅歌舞。

43. 王文举

据《乐府杂录》,晚唐宫廷乐人,擅羯鼓,曾授技懿宗。

44. 赵长史

据《乐府杂录》,武宗时宫廷乐人,擅击鼓。

45. 谢大

据明胡震亨《唐音癸签》卷一三"唐曲",宫廷乐人,善歌《乌夜啼》。

46. 薛琼琼

据明胡震亨《唐音癸签》卷一四“筝曲”条，开元中“内人”，善弹筝。

五、活跃于宫廷中的民间乐人

此类乐人，指未入籍宫廷乐坊，但经常出入宫中，或有过宫廷表演之记载者。

1. 谢阿蛮

见载于唐郑处诲《明皇杂录·逸文》、罗虬诗《比红儿诗并序》、宋乐史《杨太真外传》卷上等。

新丰市女乐。《比红儿诗并序》：“红儿生在开元末，羞杀新丰谢阿蛮。”善舞《凌波曲》，经常出入宫中，为杨贵妃所宠，召为杨贵妃兄妹之私家音乐活动。安史之乱后，曾被玄宗再次召入宫中献技。

2. 念奴

见载于元稹诗《连昌宫词》、五代王仁裕《开元天宝遗事》卷一等。

天宝中著名乐人。擅歌。《连昌宫词》：“飞上九天歌一声，二十五郎吹管逐。”《开元天宝遗事》卷一：“帝（玄宗）谓妃子曰：‘此女妖丽，眼色媚人，每啭声歌喉，则声出于朝霞之上。虽钟鼓笙竽嘈杂而莫能遏。’”屡侍玄宗左右，但未入籍宫中。《连昌宫词》注：

> 念奴，天宝中名倡，善歌。每岁楼下酺宴，累日之后，万众喧隘，严安之、韦黄裳辈辟易不能禁。众乐为之罢奏，明皇遣高力士大呼楼下曰：“欲遣念奴唱歌，邠二十五郎小管逐，看人能听否？”未尝不悄然奉诏。其为当时所重也如此。然而明皇不欲夺侠游之盛，未尝置在宫禁。或岁幸汤泉，时巡东洛，有司潜从行而已。

3. 段师

见载于唐李德裕《次柳氏旧闻》、唐段成式《酉阳杂俎》前集卷之六

“乐”、张祜诗《玉环琵琶》等。

盛唐时禅定寺僧，善琵琶，经常为玄宗弹奏。

4. 段善本

见载于唐张固《幽闲鼓吹》、唐段安节《乐府杂录》、元稹诗《琵琶歌寄管儿兼诲铁山》等。

德宗贞观中庄严寺僧。《乐府杂录》载：长安东西两街斗乐，街东时有琵琶名手康昆仑，人莫能匹。赛会将终，西市一老妇登台，弹拨未几，昆仑已敬服认输。拜之，一僧也（即善本）。德宗闻之，召入宫中，使教昆仑琵琶，乃得其技。弟子中知名者尚有李管儿。（《琵琶歌寄管儿兼诲铁山》）《幽闲鼓吹》载琵琶曲《西梁州》为善本所创。

六、从宫廷乐人反窥唐代宫廷华乐、胡乐之状况

以上所考唐宫廷乐人150余名，不及实际人数的百分之一。但由于能得记载的乐人大多为乐人中的佼佼者，故仍具有相当的代表性，其反映的历史信息亦十分丰富，这里仅就三点略述其透露的唐宫廷华乐、胡乐之状况，以为进一步全面研究唐代音乐文化提供参考——

其一，150余名乐人中，文献明言为胡人、胡裔者5人（王长通、白明达，安叱奴、袜子、何懿）；可确定为胡人、胡裔者3人（曹保保、曹善才、曹纲）；以名推为胡人者1人（悖奴儿）；疑为胡人者1人（阿布思妻）。共10人，可见在唐宫廷乐人中所占比例甚小。

古代所谓“胡”，王国维《西胡考》《西胡续考》有专述，吕思勉《胡考》申论之，有曰：“博征故籍，断言：先汉之世，匈奴、西域，业已兼被胡称；后汉以降，匈奴浸微，西域遂专胡号，其见旧矣。”故唐人所谓“胡”主要指西域一带。胡人者，乃指西域一带及由之迁徙中土北方和部分中原地区的非汉族人。向达《唐代长安与西域文明》对唐代流寓长安的内域人作了以下分类：一为于阗尉迟氏；二为疏勒裴氏；三为龟兹白

氏；四为昭武九姓胡人，“要之，凡西域人入中国，以石、曹、米、史、何、康、安、穆为氏者，大率俱昭武九姓之苗裔也”。

由此，即使将唐宫廷乐人中凡与胡人汉姓相同者全部视为胡人、胡裔——安金藏、裴神符、裴承恩、裴大娘、康昆仑、穆氏、米嘉荣、米和、何戡、石糊、尉迟璋、石潨、米都知、曹供奉，也只有14名。加上前云10名，共24名，在今可考宫廷乐人中所占比例仍然甚小。况且，依古人记述之惯例，凡不明言是胡人者，即使本胡之苗裔，亦是汉化甚深而实在可视为汉人了，更不用说此13名中恐怕有不少本来即汉人，如曹供奉、何戡等。

同时，唐宫廷胡裔乐人地位显赫若王长通、白明达、安叱奴，均为由隋入唐者。唐王室本关陇氏族，一开始有此现象并不奇怪。而唐代隋之后，士夫即不断请求对宫中胡乐、胡伎加以限制。《旧唐书》卷七四《马周》载马周贞观六年上疏太宗曰：

> 臣伏见王长通、白明达本自乐工，舆皂杂类，韦盘提、斛斯正则更无他材，独解调马。纵使术逾侪辈，伎能有取，乍可厚赐钱帛，以富其家；岂得列预士流，超授高爵。遂使朝会之位，万国来庭，驺子倡人，鸣玉曳履，与夫朝贤君子，比肩而立，同坐而食，臣窃耻之。然朝命既往，纵不可追，谓宜不使在朝班，预于士伍。

中宗时，武平一上书论及宫中胡乐、胡伎，有曰——

> 伏见胡乐旋于声律，本备四夷之数，比来日益流宕，异曲新声，哀思淫溺。始自王公，稍及闾巷，妖伎胡人、街童市子，或言妃主情貌，或列王公名质，咏歌蹈舞，号曰“合生”。昔齐衰，有行《伴侣》，陈灭，有《玉树后庭花》，趋数骜僻，皆亡国之音。夫礼慊而不进即销，乐流而不反则入。臣愿屏流僻，崇肃雍，凡胡乐，备四夷外，一皆罢遣。（《新唐书》卷一一九《武平一传》）

玄宗时，吕元泰、韩朝宗、张说等先后上疏请禁泼寒胡戏，《唐大诏令集》卷一〇九：

腊月乞寒，外蕃所出，渐积成俗，因循已久。至使乘肥衣轻，竞矜胡服。阗城隘陌，深点（玷）华风……自今已后，即宜禁断。开元元年十二月七日。

因此，胡乐在唐代的传播与扩散并不是无限制的。胡乐以其新颖而受到唐人的喜好，在唐代宫廷中多有表演，在市井间亦颇有流传，由于乃"新鲜事物"，故文献中时有所记，不满者、排斥者言胡乐之流行不免有所夸张，亦不足怪。但胡乐于中国最终在声势上没有、也不可能胜过华乐，则也是事实（按：所以如此，有多方面原因，请待另文述之）。宫廷胡人乐伎在数量上不多，只是其一个侧面的反映。《资治通鉴·唐纪四十八·德宗贞元元年》载徐庭光因骆元光是安息胡人，乃使优胡戏辱之；《教坊记》载黄幡绰取笑容貌似胡的乐人为"康太宾阿妹"等等，都说明唐人对胡人胡乐并非一味崇好热衷，娱乐之乐，尤其如此。

其二，唐代宫廷乐人之擅歌而名播四方者，几无胡人。所歌之曲则胡乐甚少。

唐代宫廷乐人可考者150馀名中，擅歌者34名，皆汉人。歌舞相兼5名，汉人4，胡人1。是为乐人中数量最多的群类。文献记其所歌之曲为：清乐歌曲、"北歌"、《竹枝词》《何满子》《古镜歌》《水调》《渭州》《凉州》《子夜歌》《渭城曲》《金缕衣》《忆秦娥》《乌夜啼》。这当然远不能反映唐代歌曲的全部面貌，但仍然可以从中提取有助于考察唐代歌曲性质的历史消息——显然，上述歌曲乃以华乐为主。关涉胡乐者，则有"北歌"、《渭州》与《凉州》。

北歌，《新唐书·礼乐十二》："后魏乐府初有《北歌》，亦曰《真人歌》，都代时，命宫人朝夕歌之。周、隋始与西凉乐杂奏。至唐，存者五十三章，而名可解者六章而已矣：一曰《慕容可汗》、二曰《吐谷浑》、三曰《部落稽》、四曰《钜鹿公主》，五曰《白净王》、六曰《太子企喻》也。其馀辞多可汗之称，盖燕、魏之际鲜卑歌也。隋鼓吹有其曲而不同。贞观中，将军侯贵昌，并州人，世传北歌，诏隶太乐，然译者不能通，岁久不可辨矣。”故“北歌”于初唐以后便在宫廷中渐亡，其曲或存，已无人歌之，贞元间的长孙元忠也许是最后善唱北歌的宫廷乐人了。

《渭州》曲，今存唐曲名中相关者尚有《大渭州》与《胡渭州》。唐阙名《广德神异录·僧一行》：“天宝中，乐人及闾巷好唱《胡渭州》，以回纥为破。”是为渭州一带回纥乐曲，宫廷乐人又因之撰为大曲之一种。李龟年兄弟皆擅唱《渭州》，惜今存文献未载其歌词。从唐代乐伎喜选诗入乐而歌的习尚看，李氏兄弟所歌之词可能是当时的文士之诗。今存唐《渭州》曲歌辞，若《胡渭州》者，乃声诗，而无“长短句”。

《凉州》曲，情况最复杂。凉州为汉胡杂居之地，汉代至南北朝，汉、胡交错据之。然其地居民汉人本甚多，唐李玫《纂异记》述进士刘景复“醉而作歌”曰：“……我闻天定年前事，凉州犹未作西戎。麻衣右衽皆汉民，不省胡尘暂蓬勃。（下略）”长期以来，凉州胡族与汉族逐渐融合，《全唐诗》卷二九八王建《凉州行》有云：

> 凉州四边沙皓皓，汉家无人开旧道。边头州县尽胡兵，将军别筑防秋城。万里人家皆已没，年年旌节发西京。多来中国收妇女，一半生男为汉语。蕃人旧日不耕犁，相学如今种禾黍。驱羊亦着锦为衣，为惜毡裘防斗时。养蚕缫茧成匹帛，那堪绕帐作旌旗。城头山鸡鸣角角，洛阳家家学胡乐。

由此可见，凉州虽被视为“胡地”，实汉化甚深。而凉州乐也颇有“华夏之音”，在唐仪式燕乐中，“唯《庆善乐》独用西凉乐，最为闲雅”（《唐会要·宴乐》）。王建《西凉行》中所谓“城头山鸡鸣角角，洛阳家家学胡乐”，乃感慨之语，意云“汉家”又沦于“胡兵”的淫威之下，倘不细味之，以为是乃胡乐“盛行民间”之证据，则有昧诗人之苦旨。

西凉乐伴奏主乐器为华夏传统之竹笛，亦说明其为华乐风味，唐郑处诲《明皇杂录补遗》：

其夜，上复与乘月登楼，唯力士及贵妃侍者红桃在焉。遂命歌《凉州词》，贵妃所制，上亲御玉笛为之倚曲。曲罢，相睹无不掩泣。上因广其曲，今《凉州》传于人间者，益加怨切焉。

杨玉环所制《凉州词》无传，今所见文献，《凉州》在唐代为大曲，亦为声诗之乐曲，与《胡渭州》一样，也无"长短句"歌辞。

总之，唐代宫廷中的歌曲音乐，华乐为绝对优势。歌者几皆为汉人，名满天下最出色的超一流歌唱家亦汉人，如永新、念奴、李龟年等。此一现象的根本原因，盖在歌曲乃演唱汉语歌词，接受主群体为汉人，故其音乐主要为华乐，歌唱者则主要为华人，本在情理之中。

其三，唐宫廷乐人之擅器乐者，所考150馀名乐人中，情况如下：

琵琶：18人；笛：6人；羯鼓：6人；箜篌：3人；笙：3人；觱篥：3人；鼓：2人；筝：2人；五弦琴：2人；胡琴：2人；阮咸：1人；方响、瓯：1人。

显然，琵琶为唐代之"第一乐器"。琵琶，一作"批把"，汉应邵《风俗通·声音·批把》："此近世乐家所作，不知谁也。以手批把，因以为名。长三尺五寸，法天地人与五行，四弦象四时。"《宋书·乐志》引傅玄《琵琶赋》："汉遣乌孙公主嫁昆弥，念其行道思慕，故使工人裁筝、筑，为马上之乐，欲从方俗语，故曰琵琶，取其易传于外国也。"据此，琵琶创于中国，汉时传入西域。然汉刘熙《释名·乐器》曰："批把本出胡中，马上所鼓也。推手前曰批，引手却曰把，象其鼓时，因以为名也。"琵琶本为汉制还是"本出胡中"，尚待进一步研究。隋唐时，龟兹琵琶最盛，《隋书·音乐志》云后周武帝时，龟兹人苏祇婆"善胡琵琶"，入华后，宫廷乐人因其所弹琵琶音律，结合中国传统乐律，制定了新的宫廷乐律，成为隋唐宫廷"燕乐"乐律的基础之一（按：这是不少人认为隋唐时胡乐大大影响华乐的重要根据。但乐律并不等于"音乐"，且此"乐律"只通行于宫廷，民间音乐之"乐律"，则未必如此）。

应当承认,唐代的琵琶属“胡器”。但唐代琵琶为“第一乐器”,并不意味着胡乐盛于华乐。胡器,亦能奏华乐。前文引顾况诗《李供奉弹箜篌歌》“胡曲汉曲声皆好,弹着曲髓曲肝脑”,即是明证。箜篌为地道华器,亦能奏胡曲,胡器自然也能奏华曲,如法曲之奏器中,即有琵琶。而上文所考宫廷乐人擅琵琶者,可确定为胡人者3人,将同于入华胡人之姓氏的康昆仑、裴神符、曹供奉,姑且也作胡人论,则共有6名,占总数18名的三之一。可见唐代琵琶名家,亦以华人为多,更不用说“三千宫嫔推第一”的“王内人”、技超康昆仑远甚的善本和尚等超一流琵琶演奏家,乃是汉人。故胡器入华,即为公器,汉人持之演奏,想必不会以纯粹的胡曲为主,验之前文乐人考,已足可证。

馀12名乐人所擅之乐器,羯鼓、觱篥、胡琴、五弦琴为胡器,其他8种,皆传统华器。当然,与前代相比,唐代宫廷胡器、胡乐有过之确是事实,故从宋人开始,便曰唐代胡乐特盛。与前后代相较,固然不错,但若据此言唐代胡乐盛于华乐,则据目前可见之唐代史料,核之唐代音乐的总体状况,尚不能简单笼统地得出如是结论。

同时,言唐代宫廷胡乐大盛之同时,也要注意到唐代宫廷并非一味偏好胡乐,如“显庆中,高宗以琴曲古有《白雪》,近代顿绝,使太常增修旧曲”,吕才“依琴中旧曲,定其宫商,然后教习,并合于歌”,“高宗大悦、更作《白雪歌词》十六首,付太常编于乐府”(《旧唐书·吕才传》)。从盛唐开始,宫廷即已注意不断加强华乐的分量,玄宗天宝十三载,诏法曲与胡部合奏,说者多言其为玄宗好胡乐之举,但若注意到前文所云士夫请禁胡乐诸论,窃以为是乃“以华化胡”之举措。玄宗喜胡乐是事实,但亦颇好华乐。立梨园而亲自教授“梨园弟子”,专事演奏深具华乐品格的“法曲”,便是明证。

唐代所谓“法曲”,是需要认真研究的宫廷乐种之一(按:此外尚有龟兹乐,二者对唐宫廷音乐建构意义最为重要)。南北朝时期有“法乐”,是为用于佛教法会之乐,其音乐来源,乃西域传入的佛教音乐与华乐之结合(关于此,述之颇费言语,兹略)。至隋,宫廷中有“法曲”,或曰即六朝“法乐”与清商乐之融合着,然今存史籍中对此无确说,尚

待进一步考辨。可以确定的是其音乐风格乃“清雅”。《旧唐书·音乐志》:

初,隋有法曲,其音清而近雅。其器有铙、钹、钟、磬、钟箫、琵琶。琵琶圆体修颈而小,号曰“秦汉子”,盖弦鼗之遗制,出于胡中,传为秦、汉所作。其声金、石、丝、竹以次作,隋炀帝厌其声澹,曲终复加解音。

唐代,“法曲”与“法乐”二名皆存。《旧唐书·裴休传》:

休性宽惠……中年后,不食荤血,常斋戒,屏嗜欲。香炉贝典,不离斋中;咏歌赞呗,以为法乐。

可见,唐代“法乐”乃专指佛教乐。“法乐”之“法”,意为佛教“法事”之“法”;而“法曲”,《唐会要·诸乐》曰:“太常梨园别教院,教法曲乐章等——《王昭君》乐一章,《思归乐》一章,《倾杯》乐一章,《破阵乐》一章,《圣明乐》一章,《五更转》乐一章,《玉树后庭花》乐一章,《泛龙舟》乐一章,《万岁长生乐》一章,《饮酒乐》一章,《斗百草》乐一章,《云韶乐》一章。”从曲名即可看出唐代法曲在音乐性质上已属华乐,宋陈旸乐书云:“法曲兴自于唐,其声始出清商部。”其“法”之意,与佛教“法事”之“法”无涉。故其与六朝“法乐”是否有渊源关系,颇值得推敲。玄宗时,“有太常寺乐官尉迟璋者,善习古乐,为法曲箫磬琴瑟,戛击铿拊,咸得其妙,遂成《霓裳羽衣曲》以献”(同前)。可见法曲以“古乐”为本(按:窃以为,唐代“法曲”与“法书”用意相类,“法”乃“模楷”“典范”之意)。元稹《和李校书新题乐府十二首·法曲》:

吾闻黄帝鼓清角,弭伏熊罴舞玄鹤。舜持干羽苗革心,尧用咸池凤巢阁。大夏濩武皆象功,功多已讶玄功薄。汉祖过沛亦有歌,秦王破阵非无作。作之宗庙见艰难,作之军旅传糟粕。明皇度曲多新态，宛转侵淫易沉着。赤白桃李取花名，霓裳羽衣号天落。雅弄虽云已变乱，夷音未得相参错。自从胡骑起烟尘，毛毳腥膻满咸洛。女为胡妇学胡妆，伎进胡音务胡乐。火凤声沉多咽绝，春莺啭罢长萧索。胡音胡骑与胡妆，五十年来竟纷泊。

从“夷音未得相参错”看，法曲乃地道华乐，元稹是将其“传统”一直追溯到“黄帝”之乐的。至于诗中所谓“伎进胡音务胡乐”云云，与前引王建诗一样，也是以华乐沦丧感慨安、史乱华，为加强指意，故为不无夸张的“文学语言”，其有多少事实成分，当细析之，并不能简单地作“信史”观。尤当注意的是：从元稹及前引王建诗可以看出：唐文人对胡乐在情感上是颇为排斥的，今日研究唐文人词体的音乐来源，似乎很少有人注意到这一点。

法曲在唐代深得文人喜爱（如白居易最爱《霓裳羽衣曲》），并一直流传。文宗时，诏令太常寺教习开元时雅乐，太常乐官王涯、李廓与少府监庾承宪等于太和八年创制《云韶乐》，《旧唐书》卷一六九《王璠附王涯》：“文宗以乐府之音，郑卫太甚，欲闻古乐，命涯询于旧工，取开元时雅乐，选乐童按之，名曰《云韶乐》。”（《旧唐书》卷二八《音乐一》）。开成三年，诏改《法曲》为《云韶曲》，并将演奏法曲的伶官乐人住所改为仙韶皖。因此，唐代宫廷音乐，华乐乃呈逐步加强之势，尤以安、史胡乱之后为明显。请查两《唐书》与唐杜佑《通典》所记唐各乐部之乐器，无一不以华器为多①。因此，本文所考唐代宫廷器乐艺人中的胡人，中唐后仅曹保保祖孙 3 人，与唐代宫廷中华胡乐状况之变迁当作联系性审察。而唐代文人词体之兴起与大致成型，专家皆云从中唐始，我们在研究唐代文人词体的发生时，是否也应将这一“音乐文化背

① 以龟兹部、胡部为例，《新唐书》载其乐器为：“龟兹部，有羯鼓、揩鼓、腰鼓、鸠类鼓、短笛、大小觱篥、拍板、皆八；长短萧、横笛、方响、大铜钹、贝，皆四。凡八十八人，分四列，属舞筵四隅，以合节鼓。大鼓部，以四为例，凡二十四，居龟兹部前。胡部，有筝、大小觱篥，五弦琵琶、笙、横笛、短笛、拍板，皆八；大小觱篥，皆四。七十二人，分四列，属舞筵之隅，以导歌咏。”

景”考虑在内？

唐代华乐、胡乐之状况，是研究唐代词体发生史中的一个焦点命题。本文，仅述其一斑，全面研究，尚须深入进行。而在研究中，必须对“音乐”中的“器乐曲”与“歌曲”及其关系加以清晰的辨析，二者同是音乐，但对“词体”而言，意义是大不一样的。云唐代胡乐盛，得清楚是什么类别上的“乐”；古人言其“盛”，又是在什么意义上、什么语境中曰其“盛”。同时，今天我们研究唐代华胡乐状况，仅仅对华乐、胡乐作一般呈述远远不够，必须将平面化的性状解说转化为具体历史“细节”的描述——因为历史的面貌，在具体的细节中显示得更为真实；历史的研究进入到细节之中，才可能更多地摆脱若干古人概括性陈述中的某种“话语前提”（政治用心、文化观念、特定语境、喻指意义等等），更清晰地把握其“隐涵意向”，使我们的研究更贴近历史的本来面目。这样，以历史细节为基础的“概括”和“宏观”，才可能是历史真实的呈现，是为本文整个思路最根本的出发点。

（原载《中国韵文学刊》2004 年第 3 期）

论宋代诗词异同之争

词在宋代兴盛不久，文坛即产生一场关于诗词异同的争论。此后，这一命题便成为两宋词论的核心所在，其他问题或由其派生，或由其引发，与之都有程度不同的关系。这场争论使宋代词论形成了自己的基本体系，并促进了宋词“一代之文学”风貌的形成。在这场争论中，主张词当与诗作一体观和主张词“别是一家”的不同观点形成两大基本派别。前者本文称之为“类诗说”，后者则称之为“别家说”。本文试图揭示这场争论的内容、实质及其历史过程。

一

词在中晚唐时尚为文人的偶作，在文坛还未蔚为大观。宋初，文人作词仍是“聊佐清欢”，在“文章豪放之士”眼中只不过是“谑浪游戏”而已。但是，随着词的日渐兴旺，词越来越成为文坛一支突起的异军，尤其是以柳永为代表的下层文人之词大有笼罩词坛之势。柳词多侧艳，且又“词语尘下”，作为文学之一脉，与当时文坛之风很不吻合。众所周知，“柳七风味”兴起之时，宋代诗文革新已告成功，当时词被目为小道，尚未有进入文坛的资格，故文坛改革对词便未置一顾。然而，在文人对词多有染指、柳词之调又风靡一时的情况下，东坡等已意识到词在文坛占据一席已势不可免，同时也敏锐地觉察到“柳七风味”对传统诗歌精神有所瓦解的潜在危险。宋汤衡《于湖词序》载：

昔东坡见少游《上巳游金明池》诗有"帘幕千家寂寞垂"之句，曰："学士又入小石调矣。"

"小石调"为词的曲调之一，其特点是"旖旎妩媚"（元·芝庵《唱论》）。东坡在这里批评少游把词的"妩媚"格调引入了诗，从而降低了诗的品格，所谓"又入"者，说明东坡并非仅指少游一诗，而是对少游的整个诗风不无忧虑。联系东坡指责少游"销魂、当此际"词句为"柳七句法"①，东坡对少游词风亦有微辞，因此，东坡对少游的批评并非是个偶然、孤立的问题，其中实有更深的对词影响诗风的担心在，东坡所以要变革词风，并把矛头首先直指"柳七风味"，其根本动机即在此。

要变革词风，最有效而根本的途径莫过于拿出实际作品。于是，东坡首先在自己词的创作上别树一帜，力图以具体实践来实现对柔靡侧艳词风的变革，东坡《江城子·密州出猎》等一系列作品因此产生。东坡自己对这些"虽无柳七风味，亦自是一家"②的词颇为自得，以其为"壮士抵掌顿足而歌之"的"壮观"之词③。而东坡有意识地使词成为壮士之歌，得壮观之气象，其词便体现了一种传统"诗"的精神。因此，东坡的内涵意向并不在词的表面形式上，而是要在实质上把"花前月下""浅斟低唱"的词引入传统诗的轨道，使词在本质上成为诗之一脉。其赞陈季常词为"诗人之雄，非小词也"④，称蔡景繁词为"古人长短句诗也"⑤，其意味即在要求词人亦当是诗人，词作当为"长短句诗"。这就是北宋初期词坛的"类诗说"。

宋代词论的"类诗说"由东坡开了个头，从一开始就并非如有些人所云是东坡轻视声律的问题，东坡在宋词发展史上的意义也不仅简

---

① 《宋诗话辑佚·高斋诗话》，中华书局 1980 年版。

② 《与鲜于子骏书》，《苏轼文集》卷五三，中华书局 1986 年版。

③ 《与鲜于子骏书》，《苏轼文集》卷五三。

④ 《与陈季常书》，《苏轼文集》卷五三。

⑤ 《与蔡景繁书》，《苏轼文集》卷五五。

单地在“扩大题材”,或一般地解释为改变了词风,其深层意义和根本所在,乃是东坡力图改变词的质地,使词在精神本质上向诗靠拢,让传统诗的“正气”成为词的根本面貌。宋汤衡对此察之甚明,其曰:

> 夫镂玉雕琼,剪花裁叶,唐末词人非不美也。然粉泽之工,久累正气,东坡虑其不幸而溺于手,故援而止之,惟恐不及。其后元祐诸公,嬉弄乐府,寓以诗人句法,无一毫浮靡之气,实自东坡发之也。①

东坡的“类诗说”在当时不无响应者,如黄山谷谓晏几道词为“狭邪之大雅”,“寓以诗人句法,清壮顿挫,能动摇人心”②。小晏词是否如黄所评,又当别论,但山谷以诗比词,却反映了他与东坡一样,均有将词在本质上类归于诗的倾向。

然而,文坛持论与黄不同的也大有人在,对东坡标示的词的本质观不能接受,主张词当与诗拉开距离,从而保持词的“本色”。晁无咎谓黄山谷词“不是当家语,自是著腔子唱好诗”③,对东坡则委婉地谓其为“曲中缚不住者”④,陈师道则不客气地批评东坡词“虽极天下之工,要非本色”⑤,对“苏子赡词如诗,秦少游诗似词”⑥颇有微辞,而苏、秦被讽的原因却是一样:诗词不分,只不过二者的方式正好相反而已。词似诗不行,诗似词也不行,正确的只有一个,诗词各保持自己的“本色”。可见晁、陈对词本质的理解与苏、黄大相径庭。如果说东坡是“类诗说”的开山,陈师道等则是“别家说”的发轫,而宋代诗词异同

---

① 《于湖词序》,《于湖居士文集》,上海古籍出版社 1980 年版。着重号为笔者加,下同。

② 《小山词序》,四库全书本。

③ 胡仔《苕溪渔隐丛话后集》卷三三,商务印书馆 1937 年版。

④ 胡仔《苕溪渔隐丛话后集》卷三三。

⑤ 《后山诗话》,四库全书本。

⑥ 《后山诗话》,四库全书本。

之争一开始就是在对诗词内在精神的本质界定上揭开帷幕的。此后，“类”、“别”两说都从自己的立场出发，对词的本质、词的功能作用、词的创作原则等诸问题作了进一步深入的探讨和说明。

二

苏黄、晁陈诸公虽然已在有关言论中形成了“类”、“别”二说的最初分界，但尚是一种感觉式的、笼统的观念，缺乏一种理论色彩，二说的进一步深化则要到北宋末、南宋初。

“类诗说”可以王灼为代表，他把东坡的“诗词一体”说更加明确化，并以一种广泛意义上的歌辞起源论为据，说明诗与词本是一体。其云：

> 或问歌曲所起，曰：天地始分而人生焉。人莫不有心，此歌曲所起也。……永言，即诗也，非于诗外求歌也。……而士大夫又分诗与乐府作两科，古诗或名古乐府谓诗之可歌也。……今人于古乐府特指为诗之流，而以诗就音，始名乐府，非古也。……古者采诗，命太师为乐章，祭祀、宴射、乡饮皆用之。故曰：正得失、动天地、感鬼神，莫近于诗。……诗至于动天地、感鬼神、移风俗，何也？正谓播诸乐歌，有此效耳。①

王灼的论证逻辑和内在涵义是：1. 古时诗即歌（乐府）、歌即诗，故不应“诗外求歌”——因此，今之歌——词，亦当是“诗”；2. 诗的功能效用是荐清庙、用宴享，根本目的乃“动天地、感鬼神、移风俗”，与其“一体”的“歌”——词，亦当如是；3. 上述诗的功能目的之实现正在“播诸乐歌”，因此，诗的可歌性正是其应当成为诗的理由和根据。故

---

① 王灼《碧鸡漫志》，中国戏剧出版社 1957 年版。

词当同诗一样体现教化之大旨。最终的结论是:"诗与乐府同出,岂当分异?若从柳氏家法,正自分异耳"①。很清楚,王灼对东坡的"类诗说"心领神会,只不过他的"类诗说"更具理论色彩,更鲜明地体现了将词在本质上、功能上与诗一体化、使词复归传统"诗言志"轨道的指向,从而以道德、伦理、教化为词的实质内容。

王灼的"类诗说"反映了北宋末到南宋初相当一部分人的思想。胡寅《题酒边词》:"词曲者,古乐府之末造也;古乐府者,傍之傍行也。"郑樵《通志·乐略》:"古之诗,今之辞曲也。"尹觉《题坦庵词》:"词,古诗流也。"张镃《题梅溪词》:"《关雎》而下三百篇,当时之歌词也,圣师删以为经。"如此等等,不一而足。由此,宋代诗词异同之争的第一个最现实的成果是文坛兴起一股"尊词"之潮,词体日尊,"未易以小伎言也"②,"聊佐清欢"的词观已不再是词坛的主导观念了。在这种词体观念的历史变更中,"类诗说"当记首功。由此出发,"类诗说"便规定了创作的基本原则:

> 鸾吟凤啸,锵洋乎口吻之句者,皆自漱涤《书》《传》中来,况欲大肆其力于五、七言,回鞭温、韦之途,掉鞅李、杜之域,跻攀《风》《雅》,一归于正。③

温(庭筠)、韦(庄)之词背诗统之正道,故当"回鞭"(掉转方向),而作词当循李、杜这样的诗之正宗,上攀《诗经》,这才是词之"正"。至此,"类诗说"从词的本质、创作方法,乃至审美倾向上对词作了一个较系统的规定。不过,遗憾的是词作为一种新的文学样式,其自身的特点却不免被抹煞了,"类诗说"既以诗的准则规范词,又何必为词另立家数呢?如果词坛沿着"类诗说"的道路走下去,宋词能否成为"一代之文学"而放其异彩,实在要打个问号。

---

①《碧鸡漫志》。

②③《题梅溪词》。

然而,“类诗说”并未能占据词坛的统治地位,与之平分秋色——乃至更为普遍的观念是“别家说”,在“类诗说”的冲击下并未退出历史舞台,而是按照严分诗词之界的立场,建立了一个比“类诗说”更富有内容的词论体系。

有趣的是,“别家说”与“类诗说”一样,也坚决否定词是“小道”、“薄伎”。所以,南北宋之交“尊词”的观念更新乃是文坛普遍的思想潮流。但“别家说”尊词的理由和根据却与“类诗说”大不相同,尊词的最终指向也就与之南辕北辙。郑樵《通志·乐略》云:

> 仲尼编诗为燕享祭祀之时用于歌,而非用以说义也。古之诗,今之辞曲也,若不能歌之,但能诵其文而说其义可乎?……义理之说既胜,则声歌之学日微。继三代之作者,乐府也。乐府之作,宛同《风》《雅》,但其声散佚无所纪系,所以不得嗣续《风》《雅》。

能“嗣续《风》《雅》”的是什么,不就是“今之辞曲”么?从“古之诗,今之辞曲也”这一“类诗说”大力标榜的命题中,“别家说”引出的却不是诗词“义”同论,而恰恰是词的“因声而异”说。郑樵所言本在论乐、并非说词,郑樵是个学者,也不是词人,但正因如此,他的声歌之用说才更能代表宋代文人的普遍观念。“乐”在中国古代本有其异乎寻常的崇高性,《史记·乐书》曰:“知声而不知音者,禽兽是也;知音而不知乐者,众庶是也;唯君子能知乐。”本文不能在这里说明这种“崇乐”思想的全部内涵及其古老的文化渊源,只提醒注意:“崇乐”是古代一以贯之的观念。古代诗歌极重视声律的和谐,除了诗歌体式本身的要求外,这一观念乃是其深层基础,“别家说”则堂而皇之地将之接过来,使之成为对抗“类诗说”的庄严依据。因此,“别家说”在严分诗词之界时便把“协律”作为首要标志。传李清照的《词论》是首次标明词“别是一家”的,她对词“别是一家”的说明虽有若干条,中心却是声律问题。《词论》篇首即举李八郎善歌之例,意在说明词的本质功能在于“歌”,

而不在“说其义”。《词论》胆敢直斥许多当代名公，除了讥其词作“苦无铺叙”，更重要的是诸公不能严格区分“诗文分平侧，而歌辞分五音，又分五声，又分六律，又分清浊轻重”，仅具外表上的长长短短，只不过是“句读不葺之诗”。南宋曾丰把词之声律的重要性抬得更高：“余谓乐始有声，次有音，最后有调。商周清庙等颂、汉郊祀等歌是也。……考工所立，不在文字，余以乐章窥之，文字之中，所立寓焉”[①]。词之声律和入乐的意义是如此重要，其渊源又是如此古老，可歌之词怎能和不歌之诗视作一体呢？

然而，如果把声律问题就看作“别家说”的实质内容所在就太简单化了，“别家说”的实质是在用“崇乐”这古老而庄重的理由确立词“别是一家”无可非议的地位，从而在词的内容和审美、乃至技法上为词建立一套不同于传统典范之诗的自身纲领。《词论》开篇即举李八郎之例已透露了词在内容与欣赏效应上“以情感人”的消息，其后，这一点常被其后继者加以发挥，南宋尹觉曰：“吟咏情性，莫工于词。临川、六一，当代文伯，其乐府尤有怜景泥情之偏，岂情之所钟不能自已于言耶？”[②]南宋仇远云：“古人有言：铅汞交炼而丹成，情景交炼而词成。”[③]很明显，与前引王、胡等“登高望远、举首高歌”“掉鞅李、杜之域”，以“言志”为词之“正气”的创作原则相比，其实质之不同是一目了然的。而这，才是“别”“类”二说真正的分界，“别家说”坚持词“别是一家”的实质即在这里。翻开《全宋词》，伤春伤别、“怜景泥情”之作占绝大部分，而这“情”，又多是诗的“正统”所讳言的爱情，宋词之成为“一代之文学”，舍此能行么？

很显然，“类”、“别”之争，乃“志”、“情”之攻也。

然而，值得深思的是：在中国古代文学发展史上，柔媚、侧艳之“情”历来是被攻击的，一旦与“志”短兵相接，它总是很快败北。但宋

---

① 《知稼翁词序》，四库全书本。

② 《题坦庵词》，四库全书本。

③ 《〈山中白云〉序》，四库全书本。

代词坛的“别家说”却为何能与“类诗说”相持不下，平分秋色？在具体创作上，“言情”之婉约词为何比“言志”之豪放词势力更大，数量更丰？换言之，什么土壤使得“别家说”及婉约词得以形成并盛而不衰？全面阐述这个问题需另文专论，本文仅简单地提出两点：1. 在宋代理学精神的辐射下，宋诗日益将“理趣”输入诗中，情感的成分较前代诗为薄弱，而以前诗歌中的爱情题材则更为宋诗所漠视。这样，本是诗歌主要表现对象的情感，以及情感中最丰富细致的爱情必然要寻找其表现的载体，“吟咏情性，莫工于词”乃应运而生，“别家说”坚持词与诗“别是一家”的真谛亦正在此。而以某种文学体式相对地集中表现某一题材，能够比前代同类之作开掘得更深，表现得更细腻。在对情感、尤其是爱情的内在结构和跳动旋律上，“别家”之词的表现十分出色，既然宋诗无意于“情”，那么，只有让词去“钟情”，以体现文学自身的要求，满足人们内在心灵的需要，“别家”之词成为词坛之主流是必然的。2. 宋词伤感、缠绵的“怜景泥情”与宋代的普遍心态相合拍。众所周知，宋之开国不是在壮烈的刀剑洗礼中诞生的，这种“非正规”的王朝更替方式有违传统的观念，加上五代时王朝迭换的频繁，当时社会上弥漫着一种普遍的迷惘、伤感意识。宋建国之初，“人未乐仕”①、“非不爱公王将相名位，徒见以乱易乱，若覆杯水”②，故宋初流行的人生观是“人生如白驹过隙，所好富贵者，不过欲多积金钱，厚自娱乐，使子孙无贫乏耳”③。宋初柔靡之词的流行与“别家说”的提出，曲折反映了这种对传统进取精神有所冷淡的精神投影。此后，宋代衰败国势使宋人内心深处伤感意识的阴影更加浓厚，伤感、缠绵、惆怅、幽婉的心理律动成为宋代普遍心态，而昂然奋发的“诗言志”与雄风伟魄的刚健诗风与这种心态又难以契合，因此，文人们便以一种曲折的方式将之一发于词了。“别家说”与其词所以能在宋代文坛立足而不衰，正因为

---

①《续资治通鉴长编》卷一八二，古籍出版社 1957 年版。

② 柳开《河东先生集》卷一四，四库全书本。

③《宋史纪事本末》载赵匡胤语。

有这样深层的社会心理因素为其内在依据。

所以，宋代词坛"类"、"别"二说和"豪"、"婉"之词可视作宋代伤感化忧患意识的两极反映："类诗说"——豪放词呈逆向式反映而一发慷慨之音；"别家说"——婉约词则是对应式反映而一寄于幽怨之声。"类"、"别"二说在本质上既是"古已有之"的"志"、"情"之攻的再现，又是时代普遍心态的两极映照，二者为何针锋相对，但又平分秋色、相持不让，深层原因即在此。慷慨激昂毕竟不是宋代主导的内在心灵律动方式，"别家说"为何能在以古老的"言志"为武器的"类诗说"进攻中立住足，重要原因亦正在此。

明乎此，我们就能理解"别家说"为何摒弃"豪气"，而把委婉优柔确立为词的主导审美风貌，尽管它并未自觉意识到时代心理的投影，而仅是作了"现象"上的表述。南宋柴望云：

> 词起于唐而盛于宋，宋作尤莫盛于宣、靖间。美成、伯可各自堂奥，俱号称作者。近世姜白石一流而更之"暗香疏影"等作，当别家数也。大抵词以隽永委婉为尚，组织涂泽次之，呼嗥叫啸，抑末也。①

紫望闭口不提苏辛，仅称周、康、白石，原因即在他认为苏辛词不免"呼嗥叫啸"，这种举首高歌式的"壮士"之词不符合"怜景泥情"的心理节奏，不符合那种优柔、伤感、细腻、缠绵的时代情感旋律，因而也就不符合"别家说"的审美标准。所以，"怜景泥情""情景交炼""隽永委婉"便成了"别家说"及其词的基本创作准则和审美倾向。声律论虽是其高举的大旗，其实并不是"别家说"的要害。从宋代至清，古代词学即主要围绕着"情"和"婉"，在表现内容、表现方式、审美境界、乃至文字技巧等诸方面为词学构建了一个与传统诗学有所不同的理论体系，而其基本框架则是由宋代"别家说"首先加以确立的。

① 《凉州鼓吹集·自序》。

三

“别家说”的集大成者是南宋末年的“雅词说”。它保留了“别家说”的全部内容，同时又悄悄吸收了“类诗说”的精神。在某种意义上，“雅词说”乃是“类”，“别”二说的“合龙”，从而成为宋代诗词异同之争的归宿。

“雅词”最初由曾慥提出，张炎《词源》是较完整阐述“雅词”标准的代表作。沈义父的《乐府指迷》则是《词源》的先声同调，而与沈、张同时及先后的不少文人。若柴望、陆文圭、仇远等则为其呼应和羽翼。概括其论，“雅词说”的要点约有三端：其一是知音协律，下字有度，所谓“词与诗不同，词之句法，有二字、三字、四字至六字七八字者，若惟堆迭实字，读且不通，况付雪儿乎？”[①]这就是词在协律基础上特有的“虚字呼唤”法；其二是“含思凄婉，闻者动心”[②]。所谓“辛稼轩、刘改之作豪气词，非雅词也”[③]。其三则是反对“词语尘下”，所谓“凡作词当以清真为主，盖清真最为知音，且无一点市井气”[④]。这三点，表面看来，仍是十分彻底的“别家说”，似乎并无新鲜之处。但是，一经展开，我们就会发现其与前“别家说”的若干提法有微妙的不同。陆文圭《词源跋》云：“词与辞字通用。《释文》云：‘意内而言外也’。意生言，言生声，声生律，律生调，故曲生焉。《花间》以前无集谱，秦、周以前无雅声。”虽说其论据颇为牵强而不伦，强调声律重要的意思却很清楚。但和南宋初期强调声律为首却已不尽相同，“意”的位置已在声律之上，与前引“考工所立，不在文字，余以乐章窥之”等先声后文说恰好掉了个头。其实，这才真正体现了“别家说”声律为用，实质在借其确立词“别家”地位的用心，从而引出词“以言情为工”的本旨。但这里强调

---

①②③ 《词源》，人民文学出版社 1963 年版。

④ 沈义父《乐府指迷》，《词源注》，人民文学出版社 1963 年版。

"意"却透露了"雅正说"较"别家说"对"情"有所修正的消息。到南宋后期,由"别家说"衍生的"雅词说"虽坚持反对"豪气"的立场不变,但对"言情"也有了限制。词"含思凄惋、闻者动心"的基本格局不变,但已不能"情之所钟不能自已"地毫无拘束而"失之软媚"①,堕入俚俗浇薄的"市井气"。张炎谓"失之雅正"的词曰:"耆卿、伯可不必说,虽美成亦有所不免。如'为伊泪落',如'最苦梦魂,今宵不到伊行,'……所谓淳厚变成浇风也。"②

因此,词固以言情为工,但仅仅言情并非即"隽永委婉","一为情所役,则失其雅正之音"③,而"词欲雅而正之",必须"志之所之"④,只不过这"志"不能以"豪"的形式出现,而应当"含思凄婉,闻者动心"。这样,"类诗说"的核心精神——"正气"、"言志",已悄悄渗入了"雅词说","类"、"别"二说微妙地合流,志情之别、豪婉之分在这里已偏于取材和表现形式的差别,内在精神实质却已无根本不同,"发乎情,止乎礼"的道德标准又成了词的根本主宰。应当说,"类诗说"希望词沿着诗之统绪发展,将词在本质上复归于诗的愿望仍然实现了。只不过这种实现是"别"、"雅"说在保持和建立了词自身特有的风貌下的实现。

其实,早在北宋末、南宋初,"别家说"对词的道德归化要求便已出现明显迹象,漱玉《词论》的"典雅"和反对"词语尘下"尚属形式之论,最为清楚的表述可推曾丰《知稼翁词序》,其曰:

> 夫《颂》类选有道德者为之,发乎情性,归乎礼义,故商周之乐感人深。歌则杂出无赖不羁之士,率情性而发耳,礼义之归欤否耶,不计也。……本朝太平二百年,乐章名家纷如也。文忠、苏公,文章妙天下,长短句特其余绪耳,尤有与道德合者。……清而不激,和而不流,要其情性适揆之礼义而安。

①②③④ 张炎《词源》。

曾丰是偏于"别家说"的。"考工所立,不在文字"就是他的高论。但他已不像漱玉那样就声律指责坡公,而赞其"发乎情性,归乎礼义",这与王灼、胡寅等赞坡公"指出向上一路"已有相通处。但王、胡赞东坡的壮观高歌乃是东坡的本意,而曾丰云其"清而不激,和而不流"已是"改造"了的坡公,其中体现的是"别家说"的审美标准。但这毕竟说明了"别家说"早就有调和折衷"类"、"别"二说的倾向,对豪放词不无片面的新解释不过是其信号而已,其实质乃是对词的道德归化要求。南宋中期汪莘《方壶诗余·自序》云:

> 唐宋以来,词人多矣。其词主于淫,谓不淫非词也。余谓词何必淫,顾所寓何如尔。余于词所爱,喜三人焉。词盖自东坡而一变,其豪妙之气,隐隐然流出言外,天然绝世,不假振作;二变为朱希真,多尘外之想,虽杂以微尘,而其清气自不可没;三变为辛稼轩,乃写胸中事,尤好称渊明,此词之三变也。

"三变"之论确否,又当别论。我们注意的是汪莘对东坡"隐隐然"、"不假振作"之评与王、胡等对东坡的评价相距是何等遥远。而对辛词,汪莘特别提出其"尤好称渊明",稼轩突出的"马作的卢飞快"之豪气却被抛在一边,从而将豪放词人以他们理解的形象纳入他们的规范之中。因此,南宋末年"雅词说"的形成和确立并非突然从天而降,它早就伏涵在"别家说"的发展轨迹之中,只是到南宋末最终成熟而已。而宋代的诗词异同之争以"雅词说"这样体现"类"、"别"微妙合流的理论告终,正反映了中国古代文学思想发展的一个基本规律:道德归化观念始终是一个根本的制约因素。中国不可能有所谓"纯粹艺术"的出现,不可能有五花八门的纯粹"个性表现"的艺术生产,从而使中国艺术的发展呈现一条较稳定的渐进性轨迹,群体化的道德规范为中国艺术思想的核心恐怕是一个最重要的因素。

从南宋以后,"别""雅"说确立的词的观念、词的表现内容、词的基本审美风格成为古代词的规范，元代词坛寥落，主要是苏辛风格，但豪气不足，不免有“软化”现象；明人作词不精，词常类曲，但在总体上则偏于婉约；到“词之中兴”的清代，浙派之旨几全承“别”、“雅”之说；常州词派词风稍硬，对浙派之柔颇有不屑，但亦未有像东坡那样重振词坛的雄风，仅提出“寄托”为救弊之计，也可在宋代“顾所寓何如尔”的词论中找到发源(二者其实又都是古老的“比兴”和“香草美人”之喻的翻版)，而清词的面貌在总体上则不出南宋人提供的范本。经过宋代诗词异同之争洗礼的“别”、“雅”说实际上已完成了对词基本格局的塑造，而“雅词”则几乎是宋以后词的“定式”。其典范为“别”、“雅”说推崇的少游、清真、白石等人，苏、辛词的大部分是不入“雅”列的，看一看南宋人选编的词集所收苏辛词，便可知南宋人所谓“雅词”的风貌。南宋初曾慥辑《乐府雅词》，仅在卷末录东坡《虞美人·深深庭院清明过》一首，南宋后期赵闻礼编《阳春白雪》，亦只选苏轼《江神子·翠蛾羞黛怯人看》一首。此外，稼轩十首，均为《祝英台近·宝钗分》一类婉约之作。柳永词二首，均为《八声甘州·对潇潇暮雨》等非“浇薄”之词。可以看出，“雅词”对豪、俗之词均加排斥，推许的词体模式以言情(闺情)为直接题材，但又曲折地若有所“寓”。如东坡《江神子》中“天易也，见君难”，既可看作对远方恋人思念，又可引起“苏轼终是爱君”①一类的联想。这样，借情写意，志寓其中，“情”也就不“浇薄”，再加上声韵和谐，词便达到了完满的“隽永委婉”境界。尽管在具体技法上可以变化万千，但万变不离其宗，“雅词”的定式是不能违背的。到清代，甚至连极其正统的《四库提要》也在说苏、辛词“不能不谓之别格”②，可见“雅词”观念在词坛的正宗地位。

由“类”、“别”二说共同塑造的“雅词说”，“别家”的词与诗之“别”，在根本上已经形异而质同，宋代诗词异同之争的最终结果是：一方面，

---

① 徐釚《词苑丛谈》引《坡仙集外纪》。

②《四库全书总目·东坡词》，中华书局1965年版。

词终于确立了“别家”地位，“言情”成了词最重要的专利，取得了在诗歌领域中的合法地位，“含思凄婉，闻者动心”，成为词不同于其他诗歌样式的典型风格，并为日后逐步形成一个丰富的词学体系树起了基本构架；另一方面，它最终又把“发乎情、止乎礼”的“温柔敦厚”的诗教引入词坛，并使之成为冥冥中的最高主宰。这样，“情”又不可避免地受到侵害。当词必须“雅而正之”，豪、俗之词均遭排斥，词的模楷是“隐隐然”而有所“寓”，词的创作基点便在本质上由情自身转向了道德规范，而词所表现的“情”与真率活泼之情便不免“隔”了一层。“情”一旦成了寄托的工具，人们要以之表现和寄托“志”、“礼”的所在和道德的象征，“情”还剩下多少自身的真正价值呢？从南宋以后到清代，“情”在相当一部分词中日益显得苍白、贫乏，乃至“无情呻吟”和雷同化，宋代“类”、“别”二说合流应是根源之一。宋代诗词异同之争就这样以一个奇妙的“怪圈”划上了一个意味深长的句号。喜剧耶？悲剧耶？千秋功罪，实难一言评说。

（原载《扬州师院学报》1989 年第 2 期）

宋代柳词论案的历史解读与文化透视

本文所谓论案，指某种专题讨论的案例。有关文学论案的研究，涉及到文学创作、文学理论乃至文学思想等等，但与文学史、文学批评史及文学研究史等有所不同的是：论案研究注重探究讨论的过程和不同观点产生的各种现实缘由和文化内涵，而不仅是"理论"或"思想"的阐述。

宋代词坛论案不少，而柳词论案则是时间跨度最长和最有意味的论案之一。在宋代词史上，第一个引起广泛关注和评论的是柳永词。从北宋到南宋，柳永词都是一种词体文学的"范式"，既是词坛学习的某种样板，也是备受批评的对象。宋代柳词论案，反映了宋词的历史生态、词体观念、创作思想的种种历史变迁，深入解读柳词论案，有助于深化对宋词史的把握，深化对宋词文化性质的理解。

一、宋代柳词论案的发端

约公元1100年前后，在柳永去世以后约四五十年，北宋英宗朝进士张舜民在其笔记《画墁录》中有一段关于柳永的记述：

柳三变既以词忤仁庙，吏部不放改官。三变不能堪，诣政府，晏公曰："贤俊作曲子么？"三变曰："只如相公亦作曲子。"公曰：

"殊虽作曲子，不曾道'彩线慵拈伴伊坐'。"柳遂退。①

此后约五十年，另一位北宋文人吴曾的《能改斋漫录》中有一段与此相关的记述：

仁宗留意儒雅，务本道理，深斥浮艳虚薄之文。初，进士柳三变好为淫冶讴歌之曲，传播四方。尝有〔鹤冲天〕词云："忍把浮名，换了浅斟低唱。"及临轩放榜，特落之曰："且去浅斟低唱，何要浮名？"

此后，北宋末的文人严有翼在《艺苑雌黄》中的叙述与此稍有不同：

柳三变，字景庄，一名永，字耆卿。喜作小词，然薄于操行。当时有荐其才者，上曰："得非填词柳三变乎？"曰："然。"上曰："且去填词。"由是不得志，日与獶子纵游娼馆酒楼间，无复检约，自称"奉旨填词柳三变"。

三则记述，构成一个柳永因填词而失遇的故事。由于故事与柳词直接相关，所以具有某种"文学论案"的意味，故被以往言柳词者屡屡征引。但言者似乎都没有深入追究两个问题：其一，"务本道理，深斥浮艳虚薄之文"的仁宗皇帝何以得知柳永词作？其二，晏殊似乎是轻描淡写的一句话，为什么柳永无言自退？

两个问题，需要从当时的历史情境中寻找答案。

关于第一点，北宋陈师道《后山诗话》中有一段相关的记述：

① 本文引用的各种原始资料，引自唐圭璋《词话丛编》（中华书局 1986 年版）、《宋词纪事》（上海古籍出版社 1982 版）、张惠民编《宋代词学资料汇编》（中国社会科学出版社 1994 年版）、《二十四史》（中华书局整理本）、《全宋词》（中华书局 1965 年版）等。为省篇幅，兹不一一注明。

柳三变游东都南北二巷，作新乐府，骫骳从俗，天下咏之，遂传禁中。仁宗颇好其词，每对酒，必使侍妓歌之再三。三变闻之，作宫词号〔醉蓬莱〕，因内官达后宫，且求其助。仁宗闻而觉之，自是不复歌其词矣。

此段话，与宋叶梦得《避暑录话》中云出使西夏某官员说中国“凡有井水饮处即能歌柳词”可相互印证：柳词所以能为仁宗所知，是柳词在市井传布极广而名气甚隆，所以也惊动了圣上。但这些“漫录”、“雌黄”之类的笔记都是茶余饭后的谈资，无法考实，可作正规史料的是《宋史》中的一段记载：

仁宗洞晓音律，每禁中度曲以赐教坊，或命教坊使撰进，凡五十四曲，朝廷多用之。天圣中，帝尝问以古今乐之异同，王曾对曰：“古乐祀天地、宗庙、社稷、山川、鬼神，而听者莫不和悦。今乐则不然，徒娱人耳目而荡人心志。自昔人君流连荒亡者，莫不由此。”帝曰：“朕于声技固未尝留意，内外宴游皆勉强耳。”

由此观之，仁宗是个“今乐”专家，从其自我表白看，说仁宗颇好柳词似乎靠不住，贬落柳永倒像是顺理成章的。当然，圣上嘴上说的和私下做的未必一致，否则王曾就不会说那些不讨喜的愚话。所以，贬斥柳永做做面子，以示“留意儒雅”，反而说明“颇好柳词”的可能性更大。

柳永自然不敢且不可能找皇上讲理，而只能找当朝宰辅晏殊讨个说法，因为晏殊也是个颇好今乐的作词好手，词人之间有话好说。但晏殊好像只对柳词作了一点“文学评论”，就轻轻松松把柳永挡了回去，这就颇值得玩味了。且先看晏殊提到的柳永那首〔定风波〕词：

自春来、惨绿愁红，芳心是事可可。日上花梢，莺穿柳带，尤压香衾卧。暖酥消，腻云亸。终日厌厌倦梳理，无那，恨薄情一去，音书无个。　　早知恁么，悔当初、不把雕鞍锁。向鸡窗，只与蛮笺象管，拘束教吟课。镇相随、莫抛躲。彩线慵拈伴伊坐、和我。免使年少、光阴虚度。

这首词，属于典型“须眉作闺音”的“女性叙述”，主题则是词中最常见的“闺怨”。全词以一个女子的心理独白诉说了一种空闺之情。此女子是何身份，难以断定，但有一点：全词找不到任何“香草美人”之喻的蛛丝马迹，而只是纯粹的“代女子立言”，没有文人的自我胸臆。晏殊“虽作曲子”，但其词的叙述主体就是其本人，虽无慷慨之志，亦有娇娘在侧，抒发的却是士大夫的种种思绪，与柳词的“须眉作闺音”大不相同。其实，晏殊所提柳永的〔定风波〕，还不是柳词中最“艳”的，清人李调元指柳词中最“淫”的是〔菊花新〕：

欲掩香帏论缱绻，先敛双蛾愁夜短。催促少年郎，先去睡、鸳衾图暖。　　须臾放了残针线，脱罗裳，恣情无限。留着帐前灯，时时待、看伊娇面。

本词较〔定风波〕更加直白放肆地表达了一种世俗情调和市井文化趣味，与“文人文化”相距甚远。所以，晏殊似乎轻描淡写的一句话，表面上说的是词，其实不是简单的“文学评论”，而是文化人格的质问：你还是个文人吗？柳永毕竟是文人，在“文化标尺”的权威面前，只能无语而退。

仁宗斥落柳永和晏、柳对话的故事说明：宋代的文人词从一开始就卷入了两种文化的碰撞。由此引出的问题是：今日一些学人说宋词的兴盛是“歌妓文化”的产物，固然不错，但有失简单。宋代的“歌妓文化”从一开始就隶属于两种文化圈：其一是雅文化圈，其二是俗文化圈，滋生宋文人词的首先是士夫圈的宴饮文化及隶属之的歌妓文化，而不是青楼文化。

宋代士夫圈“歌妓文化”的兴起，最初出于宋太祖的深层政治用心，宋司马光《涑水记闻》和《宋史》中载有太祖“杯酒释兵权”时说的一段话：

人生如白驹过隙，所谓好富贵者，不过欲多积金银。厚自娱乐，使子孙无贫乏耳。汝曹何不释去兵权，择便好田宅市之，为子孙立永久之业；多置歌儿舞女，日饮酒相欢，以终其天年。

太祖担心将领们重蹈自己的覆辙，故以富贵换兵权，结果是宋代从立国之初，士夫阶层普遍蓄养家妓。宋朱弁《曲洧旧闻》云宋时“两府两制家中各有歌舞，官职稍如意，往往增置不已”①。如晏殊，“虽早富贵，而奉养极约。惟喜宾客，未尝一日不燕饮。……亦必以歌乐相佐，谈笑杂出”②。宋子京，夜宴“歌舞俳优相继，观者忘疲，但觉更漏差长，席罢已二宿矣，名曰‘不夜天’”③。文人作词的风气，首先是在这样的氛围中滋生起来的，士夫们的词作，主要在这样的场合赋歌，依附之的“歌妓文化”，在根本上属于雅文化。

宋代上层的“耽乐”之风强烈刺激了市井勾栏和青楼业的发达。青楼勾栏歌妓的服务对象，主要是吏卒商贾等市民，所唱之曲主要是给这些人听的。文人踏足青楼，也多喜听时新的世俗歌曲，歌曲的来源，一是歌妓的自作，数量极少；二是民间传唱的俗曲，占有不小的比例；第三类，则是文人词了。这里有两种情况：其一是文人并非特意为青楼所作的词；其二是专为青楼而作的歌词。

第一种情况，具体词作已难以确考，但有“青楼色彩”的文人词大概是青楼歌妓们的首选，比如张先的一些词。姑举两首：

生查子

当初相见时，彼此心潇洒。近日见人来，却恁相谩唬。休休休便休，美底教他且。匹似没伊时，更不思量也。

---

① 两府，指中书省和枢密院；两制，指翰林、知制诰。

② 宋叶梦得《避暑录话》。

③ 清潘永因《宋稗类钞》。

更漏子

锦筵红，罗幕翠。侍宴美人姝丽。十五六，解怜才，劝人深酒杯。　　黛眉长，檀口小，耳畔向人轻道：柳阴曲，是儿家。门前红杏花。

第一首，应是模拟市井俗曲之作，可称为“拟俗词”，在北宋文人词中虽数量不多，但绝非偶然现象，即如秦少游，亦有所作，南宋后逐渐消失，对研究宋词史颇有意义，但至今有关研究极少①。

第二首，是以市井“歌妓文化”为书写主题的词作，在北宋前期文人词中有不少，这些词在今日撰写的词史中是绝口不提的。从这两首词，大概可窥宋代青楼歌妓们主要唱些什么词。由于无法确切证明张先这类词乃有意为青楼歌妓所作，所以只能说歌妓们应当喜欢采用这一类文人词。

但柳永词就不同了。据一些宋人笔记资料，柳永的若干词作是专为青楼歌妓写的，甚至当上屯田员外郎以后，依然和歌妓们混得很熟，最后离开人间还是歌妓们凑钱安葬的。由此看来，柳永“彩线慵拈伴伊坐”之类的词，是从世俗喜好和市民情趣出发，专为青楼歌妓而作，其文化性质可归于“青楼文化”。

由此，晏、柳对话故事的“文学讨论”意味就很清楚了：晏殊实际是用文人擅长的含蓄方式批判柳词“俗”。

这一场有柳永亲自参与的柳词讨论故事，在宋代词学史上意味深长。宋代词学史上第一个最重要的论题是什么？曰：词体雅俗之辨。何为“雅”？何为“俗”？说者多多，但至今说得比较清楚的似乎并不多。或曰：描写“侧艳”、尤其是描写青楼场景的即为俗，当然不错，但太简单；或曰：早期文人词就像现在的通俗流行歌曲，是文人写给歌妓唱的，其词并不代表自己的感情，故与言志之诗相比显得“俗”。

这种说法，固无不可，细究之则有失笼统——首先，从五代到北宋

① 参见拙文《北宋文人俗词论》，《文学遗产》1986 年第 3 期。

前期的士夫词，多在士夫圈的饮宴聚会中歌唱，只是曲调多为当时的流行歌调，其词则非社会上的流行歌词，故不能笼统说文人词是“流行歌曲”；其二，说文人词不代表自己的感情也欠妥，五代至北宋前期，士夫词作的一大主题是生活中的伤感，如《花间集》中的一些词，表达的是一种惆怅空寞之感与及时行乐心理；北宋前期的士夫词，如晏殊词，突出的主题之一是感慨光阴荏苒，是为一种士大夫的“高雅伤感”。这些词作，都“代表了词人自己的情感”，让歌妓们唱，是唱给词作者自己听的，不在“娱人”而在“自娱”，是词作者自我情感的宣泄和自我情感的“审美”，与柳永、张先等一些为“娱人”而“不代表自己情感”的词作有本质的不同。同时，士夫词人的“侧艳”之作，总体上有一个潜在的“情感原则”：“乐而不淫，哀而不伤”。体现在艺术方式上，则是模糊词中人的具体身份和具体行为，注重营造意境和情境，因而词中的形象多具“意象”性而有某种转化为“香草美人之喻”的可能。这种艺术构造方式，其实与诗大相一致。因此，在柳永生活的时代，晏殊等士夫词作的“雅”与柳词的“俗”形成鲜明的对比：在思想情调上，柳词表现的是以青楼文化负载的世俗生活与思想情趣；在艺术构成上，柳词重直观叙事而轻“意境”，多具体形象而少“意象”，缺乏“香草美人”会意指向，相应的则是“词语尘下”。此三点，便是柳词“俗”之所在。其“俗”之根本，在于背离了传统的文人文化。而北宋文人们借晏殊和仁宗评价柳词故事展开的讨论，根本用心在于对词之“雅”“俗”文化品质的界定。如果联系古代文学思想史考虑，刘勰在《文心雕龙》中就曾说“诗人之赋丽以则，词人之赋丽以淫”，实际上也是对赋之雅俗文化品质的界定，具体的历史内涵当然与词之雅俗大不一样，但内在精神却一脉相通。由此，我们或许能更深刻地体会宋代关于词之雅俗讨论的思想渊源和文化意味。

二、宋代关于柳词二重文化品格的讨论

提到柳永词，今天学人的普遍印象首先是“俗”。其实，柳永既有

俗词，也有雅词。对此我们关注得还很不够，而宋人对此早有觉察，最早提起这个话题的是苏东坡。当然，东坡首先分辨的是柳词的“俗”。其《与鲜于子俊书》有云：

> 近却颇作小词，虽无柳七郎风味，亦自是一家。呵呵！数日前，猎于郊外，所获颇多。作得一阕，令东州壮士顿足而歌之，吹笛击鼓以为节，颇壮观也。写呈取笑。

东坡信中提到的词作是〔江城子〕（“老夫聊发少年狂”），是东坡首开新词风的代表作之一，稍涉词学者都熟悉，兹不引。我们关注的是东坡明确表示“自是一家”，颇值得玩味。具体的指意，可从清徐釚《词苑丛谈》录南宋曾慥《高斋诗话》中的一段资料大致领略：

> 秦少游自会稽入京，见东坡。坡曰：“久别当作文甚胜，都下盛唱公‘山抹微云’之词。”秦逊谢。坡遽云：“不意别后，公却学柳七作词。”秦答曰：“某虽无识，亦不至是。先生之言，无乃过乎！”坡云：“‘销魂，当此际’，非柳词句法乎？”秦惭服。

这一段苏、秦对话，就像当初晏、柳对话的翻版。东坡所云“销魂，当此际”，即是“都下盛唱”的秦观〔满庭芳〕中语句，全词如下：

> 山抹微云，天粘衰草，画角声断谯门。暂停征棹。聊共引离尊。多少蓬莱旧事，空回首、烟霭纷纷。斜阳外，寒鸦数点，流水绕芳村。　　销魂、当此际：香囊暗解，罗带轻分。谩赢得，秦楼薄幸名存。此去何时见也，襟袖上、空惹啼痕。伤情处，高城望断，灯火已黄昏。

上片尚是典型的雅词格调，为何下片东坡指为“柳七句法”？因下片——尤其是“销魂、当此际：香囊暗解，罗带轻分。谩赢得，秦楼薄幸名存”，符合本文上述柳词“俗”的三点表现，以东坡的文化趣味审之当然“俗”，虽未明说，少游已很明白，其“惭服”与柳永当初的“遂退”，情形是一样的。清周济在《宋四家词选》中说本词“将身世之感，打并入艳情，又是一法”，是用常州词派的“寄托”说解之，苏东坡大概不会同意，“惭服”的秦少游似乎也没这个意思，“都下盛唱”诸辈的兴趣所在，恐怕也不是文人的什么“身世之感”。

上述故事说明：在对柳永俗词的态度上，东坡与晏殊是一致的。但东坡与晏殊也有很大的不同，东坡更力图把词体从士夫的休闲饮宴文化中拯救出来。晏殊遵循的是《花间集》以来“用资羽盖之欢，以代莲舟之吟”的传统，其“雅”，乃闲雅、风雅，而东坡则要把正统士夫文化的阳刚之气输入词体。其〔江城子〕“令东州壮士顿足而歌之，吹笛击鼓以为节，颇壮观也”，绝非是一时忽发奇想的“谑浪游戏”，而是以古老礼乐文化的歌唱方式赋予词体新的文化内涵。人们不是强调赋歌乃词体本色吗，但赋歌为什么非得“皓齿冰肤”、“红牙檀板”？为什么不能是东州壮士、铜琵铁板？个中意味，并不是东坡要改变词体歌唱的方式，而是强调歌唱的正宗文化源头乃是礼乐文化。此后，一些宋文人正是从这个思路来批判沉湎于饮宴文化之词的。胡寅《酒边词序》有云：

> 词曲者，古乐府之末造也。古乐府者，诗之傍行也。诗出于《离骚》、楚辞，而骚、辞者，变风、变雅致怨而迫、哀而伤者也。其发乎情则同，止乎礼则异。名曰曲，以曲尽人情耳。方知之曲艺，尤不逮焉，其去曲礼，则益远矣。

陆游《长短句序》有云：

> 雅正之乐微，乃有郑、卫之音。郑、卫虽变，然琴瑟笙磬尤在也。……风、雅、颂之后，为骚、为赋、为曲、为引、为行、为谣、为歌。千余年后，乃有倚声制辞，起于唐季之世，则愈变愈薄，可胜叹哉！

两段议论，均以礼乐文化批判当时的“倚声制辞”，批判对象则既包括晏殊们的雅词，也包括柳永们的俗词，而着其先鞭者，正是苏东坡。东坡要在当时文人词的风雅、俚俗两条路线之外另辟一条具有正宗文化品质的作词路线，将“柳七句法”作为一种反面参照，乃出于一种自觉的正统文化意识。基于同样的原因，也是苏东坡，最早提出柳词也有“雅”之一面。南宋赵令畤《侯鲭录》载：

东坡云：“世言耆卿曲俗，非也。若‘霜风凄紧，关河冷落，残照当楼’，此语与诗句，不减唐人高处。”

东坡盛赞的柳词是〔八声甘州〕，全词如下：

对潇潇暮雨洒江天，一番洗清秋。渐霜风凄紧，关河冷落，残照当楼。是处红衰翠减，苒苒物华休。惟有长江水，无语东流。

不忍登高临远，望故乡渺邈，归思难收。叹年来踪迹，何事苦淹留？想佳人，楼头颙望，误几回、天际识归舟。争知我、倚栏杆处，正恁凝愁。

显然，本词可谓地道的自述情怀文人词。铺叙、意境、心理独白，融为一体；景象寥廓而情感深婉，涵王粲《登楼赋》之意蕴，有崔颢《登黄鹤楼》之情韵，最后“想佳人”数句，含蓄委婉，正是词之擅长的“将身世之感打并入艳情”，完全可以“香草美人之喻”意会之。柳永的这首词，可作宋代早期“婉约词”的优秀代表，东坡可谓慧眼独具，敏锐地发现柳词的不同格调，指出柳词的二重文化品格。

当然，在东坡之前和同时，也有两位士夫从另一个角度推许柳词的“雅”意。一位是范镇，与柳永为同时代人，翰林学士，曾与欧阳修、宋祁同修《新唐书》；另一位是黄裳，元丰五年进士第一，端明殿学士、礼部尚书。宋祝穆《方舆胜览》载：

> 范蜀公尝曰:“仁宗四十二年太平,镇在翰苑十余载,不能出一语咏歌,乃于耆卿词见之。”

黄裳《演山集·书乐章集后》云:

> 予观柳氏乐章,喜其能道嘉祐中太平景象,如观杜甫诗,典雅文华,无所不有。是时予方为儿,犹想见其风俗,欢声和气,洋溢道路之间,动植咸若。令人歌柳词,闻其声,听其词,如丁斯时,使人慨然有感。呜呼!太平气象,柳能一写于乐章,所谓词人盛世之黼藻,岂可废耶!

两位大人不愧是台阁要员,能从国家安泰的角度、以史家的眼光提取柳词的“时代意义”,赞赏柳词能道尽太平景象,观《乐章集》“如观杜甫诗,典雅文华,无所不有”。从古至今,对柳词的最高评价莫过于此。然值得深味的是:所谓“道太平景象”,《乐章集》中《望海潮·杭州景》之类固是,而更能体现“太平气象”而可“想见其风俗”的,恰恰是那些“都娱欢淫”的俚俗词,东坡赞赏的〔八声甘州〕,是体现不了“太平气象”、“欢声和气”的。因此,范、黄二位与东坡对柳词“雅”之一面的体认,似同而非同,出发点和具体所指都大不一样。

更值得注意的是:从当初的晏殊到东坡诸辈,尽管对柳词的评论不一,但有一个共同点:其体认的都是柳词的“文学”而不是音乐。个中反映的“词史”信息极为重要:文人的词体创作和接受,首先是把“文学”置于首位的,乐曲是伶工的事,士夫们关心和擅长的是歌辞的雅化,所谓“以代莲舟之吟”,意即指此。《花间集》的面世,意味着“曲子”有了“乐”与“文”的双重身份,以歌唱和文本两种方式传播。这一格局的形成在词之发展史上极为重要:当一些文人不再把赋歌作为词的第一要义时,传统的文学观念就以各种方式向词渗透,晏、苏等对柳词的批评,东坡词“一洗绮罗香泽之态,摆脱绸缪婉转之度”①,深层原因

---

① 宋胡寅《酒边词序》。

都在此。宋代的“词话”，主要话题都在“文学”，已足说明词与音乐既合且分的历史现实。宋子京与张先以“‘云破月来花弄影’郎中”与“‘红杏枝头春意闹’尚书”互许、范仲淹以《渔家傲》得“穷塞主”之号，甚至邢州开元寺的和尚法明，临死前招众僧留一颂，点睛之笔竟是柳永的词句：“平生醉里颠蹶，醉里却有分别。今宵酒醒何处？杨柳岸晓风残月。”这些宋代的词坛佳话，都透露了词体“文本化”的信息。一些似乎微不足道的行为细节，其实很有意味而可与之相参证：欧阳修《玉楼春》（“风迟日媚烟光好”）乃“题上林后亭”；东坡《西江月》（“照野弥弥浅浪”）乃“书此词桥柱上”；天圣中一位不知名的女性卢氏，作《凤栖梧》（“蜀道青天烟霭翳”）乃“题泥溪驿”，有序曰：“登山临水，不费于讴吟……因成〔凤栖梧〕曲子一阕，聊书于壁。后之君子览之者，毋以妇人巧弄翰墨为罪。”①这些以词题壁（以及书之于扇面、往来于信札等等）的“文学行为”，说明词已不再依赖传唱而具有了独立的文学身份。词，以“歌”和“文”两种方式传播，二者既交叉又平行，而文人作词的首要之义则是“弄翰墨”。其显示的“词史”意义是：从五代至北宋，文人的词体观念进入了“文学的自觉”。以这样的思路解读王国维云李后主“变伶工之词为士大夫之词”，可以理解为李煜亡国后的词作实现了词体从“乐歌”到“文学”的身份转移。而柳词之俗者，创作动机首先在赋唱，实与“伶工之词”无异，其雅者，方是真正的“文人词”，从这个角度说，宋代关于柳词雅俗二重文化品格的讨论，乃是宋文人确立词体文学身份、建树词体文化品质历史进程中的一个脚印。

三、“浅近卑俗”与“声律谐美”：南宋词坛对柳词的论定

柳永的词坛盛名从东坡以后开始逐步消退。从北宋后期至南宋，

① 参见唐圭璋《宋词纪事》；曾昭民、曹济平、王兆鹏《全唐五代词》。

柳词之"俗"几成定论，且看几则对柳词的评论：

柳耆卿乐章集，世多爱赏该洽，序事闲暇，有首有尾，亦间出佳语，又能择声律谐美者用之。惟是浅近卑俗，自成一体，不知书者尤好之。予尝以比都下富儿，虽脱村野，而声态可憎。

——王灼《碧鸡漫志》

逮至本朝，礼乐文武大备，又涵养百余年，始有柳屯田永者，变旧声作新声，出《乐章集》，大得声称于世。虽协音律，而辞语尘下。

——李清照《词论》

柳之乐章，人多称之。然大概非羁旅穷愁之词，则闺门淫亵之语。……彼其所以传名者，直以言多近俗，俗子易悦故也。

——严有翼《艺苑雌黄》

(柳永)其词格固不高，而音律谐婉，语言妥帖，承平气象，形容曲尽，尤工于羁旅行役。

——陈振孙《直斋书录解题·乐章集》

康伯可、柳耆卿音律甚协，句法亦多有好处。然未免有鄙俗语。

——沈义父《乐府指迷》

词欲雅而正，志之所之，一为情所役，则失其雅正之音。耆卿、伯可不必论，虽美成亦有所不免。……晁无咎词名冠柳，琢语平帖，此柳之所以易冠也。

——张炎《词源》

可以看出：柳词"浅近卑俗"在词坛几成定论，东坡等前贤对柳词"雅"意的推崇，虽偶有提起，但语气上已平淡得多，持论激烈者更对此鄙夷不屑，〔八声甘州〕等是"羁旅穷愁"，可允者不过"间出佳句"而已；虽然"承平气象，形容曲尽"，但毕竟"词格固不高"。整个柳词，"虽脱村野，而声态可憎"，"不知书者尤好之"。诸论以一字蔽之："俗"。时至南宋，柳词之"俗"被普遍认定，相应的是类同柳永直白描写青楼的艳情词，在南宋日益销声匿迹。柳词讨论所指向的词体雅俗之辨，终于酿出了历史的成果。

不过,南宋词坛对柳词也并非一笔抹杀。柳词“音律谐美”,也是词坛的一致公认。今言柳词者,也多言及于此,但对究竟什么是“音律谐美”、南宋词坛为何一致公认柳词“音律谐美”,似乎说者甚少。但这两点却是有助于理解宋词发展进程的重要问题。

关于词体的“声律谐美”,宋代最早作出简赅说明的是李清照《词论》,有云:

> 而歌词分五音,又分五声,又分六律,又分清浊轻重。且如近世所谓《声声慢》《雨中花》《喜迁莺》,既押平声韵,又押入声韵,如押上声则协,如押入声则不可歌矣。

所谓“五音”,宫、商、角、徵、羽五个乐音,意指音乐旋律;“五声”,阴、阳、上、去、入五种汉语声调;“六律”,黄钟、太簇、姑洗、蕤宾、夷则、无射,大致相当于今天所说的六种首音音高不同的音阶,意指词的歌唱有不同的“调高”;“清浊轻重”,指由于吐字发音部位(唇、牙、舌、齿、喉)的不同,使音声的听觉效果有“清”、“浊”和轻、重的不同,清者轻,浊者重。所谓“声律谐美”,第一是乐声与字声要协调对应,不能唱起来“字非其声”(今天声乐界谓之“倒字”),乃至“不可歌矣”;第二是清浊轻重需错落有致搭配得当,有抑扬顿挫之美感。而“清”“浊”的搭配又与“词情”相关联,主“浊”者浑厚;主“清”者柔和。东坡的《念奴娇·大江东去》,全词用字浊重音居多,诵之、吟之、歌之,浑厚有力,整体听觉效果为“重”,正与其词的情调相合;柳永的《雨霖铃·寒蝉凄切》,全词用字清轻音居多,绵软柔和,整体听觉效果为“轻”。当然,“轻歌”由二八佳人歌之才有魅力,东坡词关东大汉唱来才痛快。只是东坡推许的唱法与当时的饮宴文化格格不入,所以一些文人就说苏词不是“当行”,恭维的说法是东坡“自是曲子中缚不住者”。而柳永在声律上就“当行”多了,比如为东坡称道的那首〔八声甘州〕,用字整体上就要比《雨霖铃》“重”一些,仅从“叙事”的角度看,《八声甘州》就像《雨霖铃》

的续篇，但格调不同、境界不同、“词情”不同，故“声情”亦随之而变，可见柳永于声律之道确实非常精通。

对柳词的“声律谐美”，暂且先说这些。声律之道属于“耳学”，仅用文字是说不清的，有兴趣的朋友不妨试用今天尚保留“五声”和古音的方言，慢慢吟诵上面所提的几首词（如以吴语诵柳词，以蜀语诵苏词），闭眼以耳品之，领略柳词“音律谐美”的感觉，尤其是《雨霖铃》那种软绵绵的抑扬顿挫感。

大致理解了柳词的“声律谐美”，接之更有意味的问题是：对柳词之“俗”颇为不屑的南宋词坛，却又为什么一致嘉许柳词“声律谐美”？这就关涉到宋代词体的歌唱与“文本化”两种生态的交叉关系、文人对词体“艺术”特质的理解等问题了。

词，本是“曲子词”。民间的“曲子”，歌词与歌曲是相依一体的。文人介入曲子词的创作，起初是大致依照某个曲调歌词的语文样式照填，是即所谓“倚声填词”。“倚声”的准则大致有二：一是用字造词在平仄搭配上要与音乐旋律的进行相吻合，尤其是不能“倒字”；二是词情要与曲子的音乐情调相吻合，所谓“择声律谐美者用之”。但当文人普遍参与曲子词创作后，“文学”成为作词的第一要义，由此带来的后果之一是“词情”与“声情”相偏离。比如〔念奴娇〕，仅从调名便可知本为“轻歌”，苏东坡用来填“大江东去”，当然与其音乐情调不相符合。虽然文人填词并非一定要唱——但如果要唱怎么办？于是便有了一种新的唱法：不遵原曲而按新词“以字声行腔”。这么说，可能使许多人感到奇怪：如此〔念奴娇〕还算什么〔念奴娇〕？君莫怪，且先看两则资料：

> 陋邦腐儒，穷乡村叟，每以词为易事，酒边兴豪，即引纸挥笔，动以东坡、稼轩、龙洲自况。及其至四字〔沁园春〕、五字〔水调〕、七字〔鹧鸪天〕〔步蟾宫〕，拊几击缶，同声附和如梵呗、如步虚，不知宫调为何物。令老伶俊倡面称好而背窃笑，是岂足以言词哉？
>
> （宋元·仇远《山中白云词·序》）

〔夺锦标〕曲①，不知始自何时。世之所传，惟僧仲殊一篇而已。予每浩歌，寻绎音节，因欲效颦，恨未得佳趣耳。

（金元·白朴《夺锦标词·序》）

两条资料的叙述者，一个是宋之遗民，一个是金之遗民，时代差不多，所述为宋（金）末元初的情况：一个词牌，没有曲谱也能唱，怎么唱？白朴说"寻绎音节"。怎么寻绎？从词的字声平仄搭配寻"腔"，从句式定"节"（拍）。也就是说，白朴"浩歌"只是根据仲殊词的平仄、句式，参以"词情"而"以字声行腔"，其"腔"和原来的音乐当然不可能一样。仇远说的"陋邦腐儒，穷乡村叟"，也应该是这样唱的，只是"不知宫调为何物"（即不懂音乐），"行腔"水平太差而乱哼一气，听起来就像和尚道士念经。如果按照本来的"定腔"歌唱，那只有歌唱水平的高低，而不会"如梵呗、如步虚"。

仇、白所述的情况并非在宋末元初才出现，而是由来已久。典型的例子是姜夔的"自度曲"，其《白石道人歌曲》，乃是南宋留存至今唯一标注乐谱的个人词集。所谓"自度曲"，也就是姜夔自己"以字声行腔"创作的歌曲。所以标注乐谱，为的是向世人展示高水平的"以字声行腔"，"陋邦腐儒"之流的乱哼哼是不行的。

因此，以现在的情形猜测宋代的词唱，以为每个词调都有个定腔定谱，是个误会，并不符合历史事实。实际上，宋代的词唱方式极为丰富多彩，一个词牌，既可按某种"定腔"唱，也可"以字声行腔"而"造新声"。好听的"新声"传开来，就成为一定时期、一定范围内某调之"定腔"。"定腔"和"新声"的互动互生、交替形成，使宋代词体的歌唱既活跃又丰富。在具体的歌唱方式上，则既可"浩歌"，亦"何妨吟啸且徐行"，最动人的则是"浅斟低唱"。一个词牌流传的时间越长，歌唱的方式就越来越"以字声行腔"，以致词调之名在本质上已转化为一种规定文体的代号。姜夔有云："予颇喜自制曲，初率意为长短句，然后协以律，故前后阕多不同。"其标有工尺谱的十七首词，多为新调，所谓"初

① 这里的"曲"，即指词，而不是"乐曲"，故下文云传世者仅僧仲殊一"篇"。

率意为长短句"，即不去刻意"倚声填词"，先"文学"，"然后协以律"——以字声行腔而"造新声"。具体唱法，有工尺谱注明，所以姜夔虽然"率意为长短句"，却没有像东坡那样遭到"不当行"的指责。

"以字声行腔"是中国古代最有特色而兼赅作曲和歌唱双重意义的艺术方式①。这种艺术方式使歌曲的音乐创作和发声歌唱相联一体，互生互动。对歌唱而言，它可使每一个歌唱者都享受某种"音乐创作"的快乐，即使"如梵呗、如步虚"，只要自己唱着开心就行，"老伶俊倡"专业行家们的耻笑，是另外一回事。

不过，当"以字声行腔"渐成一种特定的"歌唱艺术"时，必然会要求相应的艺术规则，随便哼哼当然可以，但不是高级的艺术。于是，从北宋末到南宋，词坛的一大历史任务，是从理论上建构"以字声行腔"的艺术规则，李清照的《词论》，即是对此所作的精赅阐述，直至宋末元初沈义父的《乐府指迷》、张炎的《词源》，宋代"以字声行腔"的词体歌唱、与歌唱相契的词体作法理论体系，乃告完成。

说到此，就可以回到本文的论题上来了：南宋词坛为什么一致公允柳词"声律谐美"？因为柳词是南宋建构"以字声行腔"理论体系的一个历史样板。柳永是宋代第一个精通和运用"以字声行腔"的好手，且看两个数据：今存北宋所有词调计八百七十六个；柳词用调一百四十九个，占整个北宋词调总数的17%，且绝大多数是"新声"。这在宋代词坛上是独一无二的。文人参与词体创作后，对民间曲子词的音乐和文学进行了双重改造，柳永则是其中最早、最杰出、贡献最大的词家。学人皆知柳永创造了"慢词"，怎么创造？即以"摊破""折腰"等音乐手段把"令"衍为"慢"，由此而派生出"慢词"的"文体"，以及应之而生的"铺叙"。由于古代歌曲的音乐创作一以贯之的方法是"歌永言"——亦即"以字声行腔"，所以柳词的"乐"与"词"自然是和谐的。

---

① 关于宋代的"以字声行腔"，本文只能简略说明，详细阐述请见洛地先生独到深刻的力作《词乐曲唱》(人民音乐出版社1995年版)；参见张鸣《宋代词的演唱形式考述》(《文学遗产》2010年第2期)。

当然，仅仅乐、词相谐并不一定美听，而柳词唱起来时人都觉得很好听，内容又“俗”，所以“井水饮处即能歌柳词”。

因此，柳词是经过历史的证明、又有作品摆在南宋词人面前“声律谐美”的优秀样板，作为宋代最早把音乐创作和歌词创作兼于一身的词家，其“样板”的根本意义在于：一个词人，必须兼通音乐和文学才能“当行”；而一个当行词人，如果没有高雅的文化情趣，就算不上一个优秀的词人。南宋词坛所以一致指斥柳词“浅近卑俗”，又一致推许柳词“声律谐美”，根本指意即在此。

结 语

宋代关于柳词的评说，是延续时间最长的词坛论案。相关的材料都是学人们所熟悉的，问题在于如何对之进行富有新意的解读。论案研究，是打通“文学史”和“批评史”的一个学术切入点，其学术指向，在以“文学行为学”和“文学功能学”为基础，解读论案发生的历史缘由和历史结果，深化对文学史和批评史及其相互关系的理解。宋代的柳词论案，从某种意义上可视为宋代词史和词学史的缩影：在文人普遍介入曲子词创作之初，历史提出的首要命题是怎样建树曲子词的文化品格，因此，雅俗之辨成为柳词论案的突出主题，伴随之的是宋代文人词的生态、文化功能、创作方式、创作观念等等在岁月的消磨中发生的意味深长的改变：当曲子词创作日益成为文人“游于艺”的一种方式时，历史提出的命题是如何建树曲子词特有的艺术品格，因此，伴随着柳词论案的，是文人对曲子词特有的音乐性格在实践中和理论上的彰显，随着日月的运转，南宋词坛终于从词的歌唱和文学创作两个方面，完成了词体艺术规则的建构。两个历史命题的合题，便是由李清照提出、由南宋末“雅词说”最终完善的词体“别是一家”理论。柳词论案，既是这一历史过程的参与者，也是这一历史过程的见证。

（原载《文学遗产》2011 年第 1 期）

北宋文人俗词论

一、什么是文人俗词

"俗"为文人词之一体，言首出宋王灼《碧鸡漫志》，所指代表人物为柳永。其云："柳氏《乐章集》……浅近卑俗，自成一体。"陈师道《后山诗话》亦早云柳词"骫骳从俗，天下咏之"，后黄昇《花庵词选》也指出"耆卿长于纤艳之词，然多近俚俗"。可见俗词为一体乃宋人之确认。

以柳永为代表的文人俗词在北宋词兴起之初曾盛极一时，成为当时词坛之主流，影响极大。清严沆《古今词选序》："子瞻专主雄浑，或失之肆。当时少游、鲁直、补之尽出其门，而正伯苏氏中表，独于词未尝师苏氏，宁阑人耆卿之调。"王灼《碧鸡漫志》卷三："今少年……十有八九不学柳耆卿便学曹元宠。"可见文人俗词在词坛亦有一绪可寻，即如周邦彦，历来认为其词从柳氏脱胎，俗词一体实不容忽视。然文人俗词多为治词者不顾，其因实在俗词有违传统正道，且宋诸词家，多数体兼作，即耆卿亦非专作俗词者。词之婉、豪二体数量远过俗词，人便以之立体，由体约人，两派之说即生，而俗词在词坛为时不久，虽影响颇巨，然终未如婉、豪之词贯词坛始终，故被研究者所忽略。但要研究宋代词坛之全貌，以及宋词典型风貌的形成，俗词一体实不容忽视。

那么，究竟何为俗词？宋人及后之论词者没有明显界说，尚需从前人论词的蛛丝马迹中追寻。下引《画幔录》中一段是为人熟知的：

柳三变既以词忤仁庙，吏部不敢改官。三变不能堪，诣政府。晏公曰："贤俊作曲子么？"三变曰："只如相公亦作曲子。"公曰："殊虽作曲子，不曾道'彩线慵拈伴伊坐'。"三变遂退。

与此参证，东坡指少游"销魂、当此际"为"柳七句法"（郭绍虞《宋诗话辑佚·高斋诗话》）。张炎指周邦彦"天便教人，霎时厮见何妨"之类为"浇风"之辞（《词源》卷下）。可见，"词虽以艳丽为工"，但"流入浅薄一路，则鄙俚不堪入调"（清徐釚《词苑丛谈》卷四）。此可谓上引诸人对俗词的共同指责。所谓"浅薄"者何指？从前举诸例看，内容一味侧艳，无比兴寄托，"皆无表德，只是直说"（清张端义《贵耳集》评柳永语），再加上"词语尘下"，这就构成厘定俗词的三个标准：1. 把秦楼楚馆如实地引入词作，多把妓女作为词的主角，词中充溢着一股市井气息；2. 不着意比兴之意，将男女心境真切、直率地表露；3. 运用世俗的语言词汇。下列几首便是实例，且为俗词中的较佳之作：

迷仙引 柳永

才过笄年，初绾云鬟，便学歌舞。席上尊前，王孙随分相许，算等闲。西州一笑，便千金慵觑。常只恐，容易蕣华偷换，光阴虚度。　已受君恩顾，好与花为主。万里丹霄，何妨携手同归去。永弃却，烟花伴侣，免教人见妾，朝云暮雨。

生查子 张先

当初相见时，彼此心萧洒。近日见人来，相恁相谩谑。休休休更休，美底教他且。匹似没伊时，更不思量也。

满园花 秦观

一向沉吟久，泪珠盈襟袖。我当初不合，苦撋就。惯纵得软顽，见心底先有。行待痴心守，甚捻着脉子，倒把人来僝僽。近日来，非常罗皂丑，佛也须眉皱，怎掩得众人口。待收了孛罗，罢了从来斗。从今后，休道共我，梦见也，不能得句。（引词均见唐圭璋辑《全宋词》，下同此）

二、俗词的文学精神及其与婉约词的内在联系

上举诸词，虽出自不同词人，却似乎展现了一个风尘女子一生遭遇。十五岁沦落风尘，雕梁画栋，清歌妙舞，但掩盖不了惨淡的人生和痛苦的灵魂。俗词，展现了宋代世俗生活中真实的一角，更被正统文人目为等而下之的“淫词”，然而，正是俗词展现了浓艳脂粉下的泪痕。从此角度看，俗词的认识价值远非宋词中大量的平庸之作所能比拟，亦为其他诗歌所不能代替。

从前举词例可以看出，文人俗词深入而细致地体察了风尘女子的内在心灵，表达了她们一丝微弱但却扣人心弦的人格追求。柳永〔迷仙引〕反映了风尘女子的一种从良愿望，表达了被剥夺爱情权利的痛苦和追求真正爱情的呼声；张先〔生查子〕则是对玩弄情感的抗议，并透露了一种坚持自尊，坚持人格的自我意识，作为一个封建社会的女子，这种自尊意识尤为难能可贵；秦观〔满园花〕可谓〔生查子〕续篇，更为细腻地深入到女子的灵魂深处，表现了更为普遍的风尘女子的复杂心态。这里有着对被抛弃、被玩弄原因的天真追究，又浸透着失去爱情，得不到真正爱情的怅惘和痛苦，对情念的斩断则从反面映照出爱情的缠绵和执着。

上述三词从三个递进层面围绕着一个中心：对自由爱情的向往和追求。在封建社会，女子几乎被彻底剥夺了实现其社会价值的可能，她们只有在爱情这一狭小的天地里追求人生的自由和自我价值的实现。而这，正是民间俗文学中一个古老而常青的主题。早在《诗经》中，大量有关爱情的诗歌便体现了这一封建社会中女子特有的人文思想。“士之耽兮，犹可脱也；女之耽兮，不可脱也”(《诗经·卫风·氓》。脱，原作说。为明诗意，改之)，在爱情中体现的男女不平等早就作为一种非人文现象和社会问题遭到谴责，要求男子对女子平等的

情感呼应成为一种痛苦而严肃的文学精神。在正统文学中，这种人文要求极少受到重视和表现，但文人俗词却把这种世俗文学精神带进了文坛，从而向传统文人文学输入了一丝新的文学精神。

文人俗词体现的这种新的文学精神对宋词典型风貌的形成至关重要。尤其是作为宋词主要部分的婉约词，其优秀之作的基本精神，那种对爱情的向往和追求，以及在此基点上形成的缠绵、幽婉、伤感的基调，其主要和真正来源不在晚唐五代词，而恰恰在北宋词初兴之时风靡一时的文人俗词。

研究宋词者一般认为，宋婉约词的源头可在晚唐五代词，尤其是《花间集》中找到。早在宋代，即有人认定“唐《花间集》当为长短句之宗”(陈善《扪虱新话》)。但宋词初兴之时实有两条线索，其一是晚唐五代词之衍展，代表者可推晏殊；其二则是在俗词浸润推动下发展起的“新”婉约词。区别所在，除了若干艺术上的不同外，第一类没有前述新的文学精神乃是根本。晚唐词人若温庭筠，虽然笔触伸向了秦楼楚馆，但却止于对华丽服饰和景态的刻意描摹以及女子慵疏倦怠心态的淡淡流露；五代如冯延巳，其词主题乃是在伤春感秋中表达其无力回大的伤感悲凉情怀；至若《花间》中平实直白的韦庄，其在恋情的缠绕中激起的内心波澜，究其主体，尚不脱士大夫的情调，缺乏像前举俗词表现的对女子心灵深切理解和同情的新文学内涵，这一脉延至北宋，代表人物可举晏殊，其词作的中心内容是感叹光阴荏苒，人生几何，在文学精神上较晚唐五代词并无新的开拓。

有新的开拓的恰恰是柳永、张先、欧阳修、秦少游等俗、雅并作的词人。他们的婉约词充溢着新的气息，感人最深的恰恰又是爱情词。那种对真挚爱情的追求，那种对爱情受到沉重压抑的缠绵、深婉的体会，如果不建筑在对女子内在心灵真诚感应之上，是无法展示的。而这一线的开山不能不推到以俗词著称的柳永。笼罩一时的“柳七风味”能够把为数不少的词人“阑入耆卿之调”，不在柳永个人有什么超人的力量，恰恰在柳永的俗词把爱情自身、把女子在爱情中追求的自由生存愿望作为文人词的真正主题，从而为文人词提出了一个新的、有生命力的文学命题。历经千年的传统文人诗歌由此打开了一个缺口，女子为争得爱的呼声和痛苦的心灵在文人文学中有了一块小小的领地。

于是，宋词的发展便在晚唐五代词的模式之外找到了一个新的内容：文人从自身的角度对女子的爱情呼唤加以真诚的反应。于是，婉约词便诞生了。在这个意义上，婉约词既是俗词的拓展，更是俗词的孪生子。俗词是女子们的代言，婉约词则是文人自我心灵的呼应，而这种呼应又是在一种互相理解和平等的情调中展开。这里显示了一个更深的意蕴：俗词及其滋生、影响下的优秀婉约词，其包含的新文学精神不仅在其将爱情从民间移植到文人文学之中，同时还在其以一种初步的男女互尊互爱的平等精神构成新的文学素质，从而体现了文人文学中一丝新的伦理道德观。俗词和优秀婉约词文学精神的历史菁华就在这里。

问题尚可引向更为深刻的一面：上述俗词和婉约词的文学精神透露了一种文学观念变更的消息。传统的文学观念大致有两个主要侧面，其一是"言志"，其二是"缘情"。在宋词出现以前，传统诗歌的"志"乃是"兼济天下"之庙堂之志，而情则是"独善其身"的山林之情。而山林之情的深层核心仍然脱不开"志"，所谓"不得其志亦志也"。这种儒道互补的文学精神反映了文人的人生观和生存价值观。与之相对立的则是古老的儒家教义："耽于女乐，惑以丧志"(《左传·昭公元年》)，因而在传统文学中，并非没有性爱描写，但大多数或作为风流韵事，如相如文君之事；或是对"耽于女乐"的批判，如白乐天《长恨歌》，虽对李杨之爱无限同情，仍不免对"溺志"表示惋惜和批判；有的则是借爱情朦胧幽婉的心理律动嫁接难以名状的人生失意之怀，如李商隐的一些无题诗。他们都还没有脱离传统"志情"的大框架。而俗词(及婉约词)却把爱情的表现安置到一个新的天地中，它不在庙堂，不在山林，而在世俗生活和爱情本身。这就为文人传统的文学观念作了一个虽然初步，然而却是重要的改动。

这一改动给了我们一个启示：文人文学已经开始在城市中寻找

生存的土壤，反映了城市经济中滋生的——虽然朦胧微弱，但却值得注意的新意识。柳永等俗词作者曾是混迹妓馆，或与风尘女子交往很深的下层文人，必然呼吸、感染着城市经济滋生出的一丝市民意识。在自身商品化的风尘女子中，这种市民意识便首先表现在爱情中透露出的追求自由、自尊思想。反射到下层文人身上，便是在词中表现的互相尊重的平等情感呼应。一种社会形态开始走下坡，体现在上层建筑中，往往首先不是政体的瓦解（相反，往往是封闭式的强化），而是伦理道德观和人生观的某种微妙变更。对此反映最灵敏的又往往是文学。俗词敢于把最下层的妓女作为文学中的主角，婉约词则表现了与她们的追求本质相同的情感、思想。不在庙堂山林，而在红巾翠袖中寻找真正的精神寄托，这恰恰体现了对传统伦理道德观、人生观乃至文学观的某种叛逆。尽管仍然十分强大的传统观念使之十分微弱，同时亦必然地将俗词、婉约词涂染上伤感色彩，但我们不能简单地将其“柔媚”“伤感”看作封建社会“下落精神”的反照，同时更应视为某种“上升精神”的折光。如果把宋元之交看作古代文学史的一个转折点，从元代开始，世俗的，带有某种平民意识的文学日益兴起并逐步成为文学的主流之一，俗词和婉约词的出现正是它的征兆和前锋。虽然它以尚带畸形色彩的性爱为突破口显得如此狭窄，充斥其间的相当一部分平庸无聊的作品又使其带有历史赋予它的病态，但披沙取珠，一些优秀俗词、婉约词毕竟以一种新的文学精神打破了庙堂山林文学的一统天下，预示着建筑在农业经济基础上的中国古代文学在其总体构成中即将产生某种更新的最初迹象。

三、俗词的艺术风格及其对宋词发展的影响

为了切实说明俗词的艺术风格，姑先举雅、俗词各一例，以在比较中见二者的分界。

清平乐 晏殊

秋光向晚，小阁初开宴。林叶殷红犹未遍，雨后青苔满院。　萧娘劝我金卮，殷勤更唱新词。暮去朝来即老，人生不饮何为？

更漏子 张先

锦筵红，罗幕翠，侍宴美人姝丽。十五六，解怜才，劝人深酒杯。　黛眉长，檀口小，耳畔向人轻道：柳阴曲，是儿家，门前红杏花。

应当说，两词描写的表层内容大致相同。但晏词优雅而不失体统。秋光暮色的淡淡点染造成一种微微惆怅而凄凉的意境，林叶即将红遍暗示着生命不可避免的衰弱，满园青苔仿佛是这种难解之忧造成的词人寂寞而黯淡心境的写照；"萧娘"一句更加深了这种内心阴影的浓度，词人只能在"暮去朝来即老"的深切感触中以"人生不饮何为"作无可奈何的自我解脱以求得暂时的心理平静。

这首词不是晏殊的佳作，却很能体现晏词的基本格调。词中宴乐的描写不过是陪衬，词人着意之处乃在诉说一种凄婉悲切的思绪，构成一个幽深意境，表达词人对生活底蕴的某种领悟。因而，此词表现的既是词人自己的情怀，又是一种更为深远的普遍人生忧虑，它的涵量就远远超出了酒宴范围。读晏词要从心灵和理性的双重角度去体味，在宁静中复归到凄婉的情境和幽远的遐思中去。

张词则截然相反，其无深远意境可言，只是对酒宴作直接的描述。其兴趣、欢乐、情感的一切就在酒宴本身而不在其他。词中"姝丽"无名，却如见其貌，如闻其声，不像晏词"萧娘"只是一切红袖之代称。读张词无须理性，甚至也用不着心灵，它只是引起即时性世俗情感的跳动，而不去引向广漠的人生思索。内容当然"俗"，但也体现了一种与晏词颓丧情感不同的生气，以一种狭窄且不无消极的方式表露了生活的热情，其"浅"、其"俗"即在此。但这又恰恰是一般平民心理与士大夫情怀的不同所在。再则，晏词乃施之家宴，妓者歌之，非在"争妍卖笑”，它是词人借“萧娘”之口唱出自己的心声，旨在自我陶冶；张词则不在“小阁”，而在“锦筵”“罗幕”中付之管弦檀口，妓者歌之，旨在悦己娱人。因此，两种不同的心态，两种不同的功用目的便造就了两种不同的审美趣味。前者深约而优雅；后者则直白而浅俗，这就是俗词的基本艺术风格。

俗词的艺术风格决定着它的艺术表现方式。较雅词而言，它有若干的不足，但又有许多新鲜的东西为雅词所无。今姑掇其大略：

首先，文人俗词追求一种震动感。此点在上文晏、张词的比较中已经有所说明。而张词并不是文人俗词中的上乘，如果看前文所举诸词，这一点就更明显。那种痛苦的申诉和追求使闻观者产生揪心摄魄的心灵震颤，它不像雅词以宁静幽邃的意境为表现的中心和感应的归宿，而是把活生生的生活和一己之情作直观的描述和倾诉。虽然它不能引导人们在其本身的思想、情感线索中进行更有意味的深发和联想，所谓缺乏艺术的模糊性而无“隐秀”之美，因而妨碍了其表现的内容转化为广泛意味符号的可能，内涵的欣赏再塑性便不免薄弱，但它却引导人们对其反映的生活、情感产生直接的瞬间共鸣，而对其表现的“痛点”（或“悦点”）更易把握得准确、真切，从而由此一点拓展、伸发到对其生活、情感的历史性思索，它的欣赏效应的归宿是从一己转向生活、社会、历史。

因此，俗词和雅词表现方式的内在趋向便呈两种类型：雅词以一种内省的方式，向心灵底层深化，在静静地沉思中向某种感触最深并反复体验的情感聚拢，最终凝结成意味深长的一点，启示着、表达着某种人的普遍类情感或是对生活的哲理性思索；俗词则以一种外展的方式，以某种独特的生活及其感受为基点，把心灵深处的情感向外喷发，在一种震动感、刺激感中指向外部世界，它没有意味深长的哲理，却引导人们不仅对其表达的情感，同时更对孕育、造就这情感的生活本身作出评价。我们把俗词的这种表现方式姑称为动感外旋形态。

文人俗词既以情感的喷射为表现形态，并以指向现实生活为内在归宿，这就造成了它外部形式上的若干特征。其中重要的一点乃是其结构组织多以叙事为贯穿线索，在叙事中表达情感。我们还是以上举晏、张二词说明这一点。

晏词是传统诗歌（尤其是七绝）最常见的以意境为中心的结构方式。它可以分解为几个意象：晚秋、小宴、红林、青苔、萧娘。它们有机地组合成一个“意象群”，通过内在涵义和某种象征意味的彼此联结、互相补充和说明，构成一种意境，最后以“暮去”“人生”二句点出其意境的底蕴。借绘画术语言之，它是以“散点透视”方式形成一个“面”式结体。

张词则无法作这样的分解，全词叙述一次邂逅中的片段，从开宴、劝酒到私约，“事”的发生、发展一线分明，似乎缺乏一个中心意境，却有一个“中心事件”。这是一种较晏词不同的“线”式结体。正因如此，张词便显得活泼、流动、跳跃。晏词在静的空间中展开，张词则用对话巧妙地把小宴引向市井小巷，构成一种联想式的空间转换，使其更具一种线式结构的流动性和跳跃性。由此来看本文所举其他三首俗词，它们都不约而同地在叙述一种或十分具体的某一段生活经历——从“当初”到“近日”，词中人的一切情感就在这叙事中体现。当初之时空已不复可寻，近日之时空则又指向明天，“线”是流动着的，又是曲折跳跃的，这就是动的“线”和静的“面”的不同所在。

晏词“散点意象群”的结构方式以“超以象外，得其环中”为其表现和欣赏机制，它隐去了各意象点之间的直接表层联系，造成各点之间的“空白”，同时“计白当黑”（即“超以象外”），在“空处”体现幽深意蕴（“得其环中”）。因此，它无须或正要避免对意象作详细的直陈式描摹。由于此，它便接近传统诗歌，而和成熟的词之“铺叙”结构方式相距甚远。故漱玉《词论》谓之“句读不葺诗尔”和“苦无铺叙”。但俗词的线式结构正相反，它首先要“直陈其事”，对生活事态和情感本身铺之叙之，让各点连成一条明白晓畅的“线”。因此，从词的发展看，铺叙手法首先是文人俗词开始运用的。由此，我们便可以延伸向追寻宋词“铺叙”的发展线索。

俗词的铺叙和典型、成熟的词之铺叙不尽相同，它的“铺叙”更偏于叙事。而成熟的词之铺叙却是铺排景物、记述事态，抒发情感融成一体的铺叙，俗词以叙事为主体，在叙事中以对事的看法、评价来表露情感，与典型的宋词“铺叙”相比便不免显得单调。但有了俗词的这一起步，宋词的铺叙手法便以俗词为起点和基本构架，同时汲收、融合了宋初雅词以及传统诗歌“散点意象群”手法，从而形成词特有的铺叙手法和结构方式。

词的铺叙手法与结构方式与长调的运用密切相关，没有长调，铺叙就不能痛痛快快地展开。而首先大量运用长调的是以俗词著称的柳永。因此，在其词作中，偏俗的一类叙事性占主导地位，充分显示了俗词线式结构的特性，其偏“雅”的长调，如《八声甘州》，便注意到将设景造境与叙事结合在一起。然而，这种结合尚显得生硬和不够纯熟圆融。在这类词中，往往是上片写景，下片记事抒情，二者都相对地显得“实”而不够空灵。待较成熟的婉约词出现，二者便融为一体，既保留了俗词线式结体的基本构架，流动而跳跃，同时又渗入、汲取了散点意象式的内蕴含蓄，从而使铺叙手法达到成熟，并使宋词产生了别具一格的风貌。兹举一例：

八六子 秦观

倚危亭，恨如芳草，萋萋刬尽还生。念柳外青骢别后，水边红袂分时，怆然暗惊。　无端与娉婷，夜月一帘幽梦，春风十里柔情。怎奈向，欢娱渐随流水，素琴声断，翠绡香减，那堪片片飞花弄晚，濛濛残雨笼晴。正销凝，黄鹂又添数声。

此词写的是词人对一女子无限思恋的情感。其基本构架是以铺叙词人与此女子的交往为推进线索。但它并未一叙到底，而是跳跃式地撷取了几个片段。同时，它又不平铺直叙，而是以记叙离别开头，转而倒叙初识及相伴之柔情，继又复叙离别，使流动感更加强烈。同时，词人在“今日”与“往事”的交叉中频繁地转换空间：危亭、柳外、水边……更增加了全词的动感。更可注意的是：词人在叙事中融入写景:飞花、残雨、黄鹂,从而构成一种意境。即在叙事过程中,亦巧设柳、水、夜月、春风,使事中有“景”;而“倚危亭”“那堪”“正消凝”的提勒,又使诸景融入的心态动作中,此又可谓景中有“事”。情、景、事结为一体,难分彼此。但其主导线索和基本骨架乃是叙事,其总体效果则是事、情、景三者交融的意境。这就是宋词特有的“铺叙”,既流动跳跃,又含蓄深沉,这是宋词在其发展中熔铸了俗、雅词后的艺术飞跃。

这一飞跃必然是对宋初雅、俗词双方艺术品格的升华。它不像晏词以静态的散点方式表达其广漠无边的惆怅,而是发自对某一段具体生活的深切感受;它又不像俗词那样一味执着于实事而缺乏意境,而是通过写景造境把情感烘托得更加细腻,惟此便具备了欣赏再塑中将词的真情实事升华到一种超实指情感境界的可能,使人体味到一种广泛的人生失去所爱的幽婉情绪波动。如果再和词人的遭遇、传统的香草美人喻意相结合,其意味和留给不同读者的欣赏再塑性就远远超出了单纯的恋情和作者的初衷。纪事真切而不拘泥,意境、情感既有特定性又向广泛的多元意味拓展,情、景、事的穿插跌宕和高度融合,这便是宋词不同于前代诗词的新型艺术风貌,从而奠定了宋代“一代之文学”的地位。其间,俗词起着重要的引发和基础作用。

最后,我们还应当注意到宋文人俗词的语言形式及其对宋词的影响。

从某种意义上说,宋词是当时文人诗歌中的“白话诗”,长长短短的句式使之接近口语,同时亦不乏韵味。而文人俗词的“白话”色彩则更为显著,本文所举俗词均可见此种特色。词本是“里巷胡谣”,文人俗词作为直接沟通民间、文人词的桥梁,充分保留了其母体的先天性。文人诗歌汲收俗语使之平易化并非俗词首创,中唐乐天的“白体”便是一例,并成为诗中颇有影响的一派,而文人俗词的白话化根本特征尚不在简单地运用方言口语,它较前文人诗词醒目的不同之处在其“代言”手法的运用。前举张先〔更漏子〕便把女子“耳畔轻道”之语再现于词中,其〔生查子〕则全篇为女子“独白”,秦观〔满园花〕除首句用一般描述开篇,其余亦通篇为女子独白,柳永〔迷仙引〕下阕亦如此。这种

"代言"消除了第三者旁述易产生的平板性,使俗词所要表现的生活、情感显得更加真切生动,生活本身跳动的旋律更加清晰。同时,让词中人似乎直接与闻观者对话,词的情感震动便更易进入欣赏接受过程。

文人俗词的"代言"手法在宋初词坛上成为一种新鲜的表现形式,并在很大程度上影响着宋词面貌的形成。宋初词坛雅词一脉,小令居多,语言形式与传统诗的一般陈述相仿,沿袭着晚唐五代词的基本格局,待文人俗词"自成一体"并风靡词坛,长调一格又在俗词中滋生和发展;直到成熟的婉约词汲取、移植了俗词的文学精神,熔铸了雅俗词的艺术品格和具体手法而主盟词坛,宋词主要面貌乃确立。表面看,婉约词抛弃了俗词的语言形式,但俗词的"代言"却以一种深层的方式积淀在婉约词中,这就是婉约词把"代言"转化为词人自己的"独白"。读宋词者都有一个体会,读词较读诗更为亲切,更能直接体验到词人的心态、词人的情感,原因即在大部分词不是采用一般陈述式的表达方式,而是直接将自己的经历、心声向读者倾诉。与前代文人诗歌相较,词中的"我"更加鲜明、突出,强烈的"独白"乃是重要因素。词体有"较诗易于言情"(《四库全书·宋名家词选序》)的美称,不仅在其题材偏于爱情,亦在其长短句式的节律更契合复杂之情的心理律动,同时更在其"独白"能使"言情"更加直接,真实感更加突出,由之产生的情感共鸣效应更加迅速。从此,古代诗歌便找到了表现幽婉、缠绵、伤感之情的最佳形式,而俗词在历史选择、构造这形式中可谓贡献出了自己的一切。

文人俗词作为宋初词坛上的"一体"曾风靡一时,并对宋词成熟风貌的形成产生重要影响,从而构成宋词发展史上不可忽视的一环。但俗词自身的历史命运却是一个悲剧,它稍纵即逝,除了它的主要代表柳永外,尚可举出欧阳修,其他只能举出一些在其全部词作中只占零星之比的词人,原因即在北宋词兴起之时,词体不尊,词人往往"自扫其迹"(陆游《长短句序》),俗词则当更在扫灭之列。欧阳修所作的四五十首俗词,倘若不是关涉人事之争或许还留不到今天。历史的遗留未见得就是历史的全部真实，文人俗词曾在历史上有过自己的贡献不容置疑。但俗词一体却无法沿着自身的轨迹发展，其新的文学精神及对正统文学观念的某种瓦解、销蚀作用使其一开始便受到内外夹攻。政治上有宋仁宗对柳永的贬斥，文学内部则有苏轼豪放词对之加以抵制。同时，俗词的艺术品格及由之产生的若干形式虽然新鲜但毕竟浅显和粗糙，它敌不过长期以来发展得非常完备的诗歌艺术传统。求比兴，重含蓄，讲意境，“味在酸咸之外”，以有限的形式尽可能蕴涵无限的内容，“超以象外”，得其环中，平和、宁静、典雅、雍容，“哀而不伤，怨而不怒”，如此等等一套体系构成中国传统诗歌的“审美法则”，它决定着中国古代诗歌任何一体的生死存亡和发展方向。俗词从南宋后便几乎湮没无闻，在北宋也是生机艰难，从豪放词对之鼓而攻之后，俗词便一线残存，难以维系。但豪放词在总体上以渊源久远的正统“言志”为思想基础，在艺术上也缺乏“历史上没有提供过的东西”，若干手法不妨说还是从俗词那里移植过来，因此它并没有担负起改造、提高俗词的历史使命，但婉约词却把俗词的思想精华继承下来，并用传统诗歌的审美法则把俗词特有的手法加以丰富、完善和提高，当婉约词日趋成熟，它就必然取而代之。文人俗词的内在生命既已转化到婉约词中，它就完成了历史使命，从而退出了本非其表演场所的文坛。于是，俗词从文人又转向民间，沿着自己的轨迹向说唱文学发展，并为戏剧的形成悄悄地作出努力。待到它再度转到文人手里已是元曲的世界。但元曲，尤其是元散曲，已是新的历史条件下的产物，而非文人俗词的再现，而散曲的结局仍然与文人俗词一样，最终被“雅”汲收、提高、改造和吞没。

（原载《文学遗产》1987年第3期）

论柳永和他的词

柳永为北宋初期词家中之佼佼者。他的词对当代和后代的词坛影响颇大，而各评论者毁誉不一。本文试就柳的生活道路、思想发展和柳词在内容、风格上的演变以及他对词的形成、发展的独特贡献加以论述。后辈管见，舛误难免，请专家指教。

一、柳永的生活道路

柳永，字耆卿，福建崇安人，原名三变。历真宗、仁宗两朝，其主要活动在仁宗时期。当时朝廷对文人待遇颇优，科举之盛，入仕者一次多达几千人。柳生于世宦之家，青年时即赴京应试。这正是"承平"时代，"朝野多欢，九衢三市风光丽，正万家，急管繁弦"[①]，享乐之风，遍及朝野，秦楼楚馆，比比皆是。柳永少有才气，精通音律，又颇有一些"狂情怪胆"，与歌妓过往甚密，为她们填写歌词，翻制新声，过着沉迷酒色的放荡生活："以文会友……雅歌艳舞，尽成欢乐"，"长是因酒沉迷，被花萦绊，便是有举场消息"，也"更不轻离拆"[②]。

柳永注意"举场消息"，功名之念，时或溢于言表(《柳初新》一词可证)。此为柳永生平第一时期，"狂情怪胆"是其思想和性格的主要方

---

① 柳永《看花回》，唐圭璋编《全宋词》，中华书局 1980 年版，第 18 页。

② 柳永《女冠子》《风归云》《征部乐》，《全宋词》第 54、45、21 页。

面。对一切满不在乎，甚至把皇帝“临轩亲试”比同青楼买笑①，这种放浪不羁的性格以及他所作的“淫冶讴歌”之曲传入宫内，引起仁宗的不快，柳永的金榜之望. 顿成泡影。吴曾《能改斋漫录》记载道：“（柳永）尝有《鹤冲天》词云：‘忍把浮名，换了浅斟低唱。’及临轩放榜，特落之，曰：‘此人风前月下，好去浅斟低唱，何要浮名？且填词去。’”其实，柳永《鹤冲天》当是他落第后作品，他的落第实有更重要原因。《后山诗话》云：“柳词骫骳从俗，天下咏之，遂传禁中。仁宗颇好其词，每对宴，必使侍从歌之再三。”可见仁宗对其印象本来不坏。但他不谙世事，又太狂放，加上功名心切，“三变闻之，作宫词号《醉蓬莱》，因内官达后宫，且求其助。仁宗闻而觉之，自是不复歌其词矣。”徐钪《词苑丛谈》录之更详：“上见首有渐字，（《醉蓬莱》首句：渐亭皋叶下）色若不怿。读至‘宸游风辇何处’，乃与御制真宗挽词暗合，上惨然。又读至‘太液波翻’，曰：何不曰波澄，投之于地，自此不复擢用。”可见，“求内助”和“触讳”是柳永遭挫的根本原因，也是他“求名”和“狂怪”的必然结果。

柳永素以“贤才”自居，“不能堪，诣政府”②，碰壁之后，“由是不得志，日与儇子纵游娼馆酒楼间，无复检约”③，自称“白衣卿相”④，真的“忍把浮名，换了浅斟低唱”，走上失意文人自沉声色，解闷金尊的落拓之路，由此进入他生平第二时期，“狂情怪胆”亦由嗜欢作乐而一变：时为理想破灭后的惆怅，时又为及时行乐的自我解脱。他开始尝到人生的别一滋味，性格染上一层抑郁色彩。

此后，柳永浪迹汴梁、苏杭一带，在辗转生活中，对“浅斟低唱”有所反省。《避暑录话》卷三说：“永亦善为他文辞，而先以是（指词）得名，始悔为已累。”对秦楼楚馆尚依依不舍，更多的却是感慨“抛掷云

---

① 柳永《长寿乐》，《全宋词》第 39 页。

② 张舜民《画墁录》语。

③ 《艺苑雌黄》，唐圭璋、金启华《论柳永词》，《光明日报》1957 年 3 月 3 日。

④ 柳永《鹤冲天》，《全宋词》第 51 页。

泉，狎玩尘土，壮节等闲消”①，狂情怪胆逐渐消褪，渴望着“昨夜紫微诏下，急唤天书使者，令赍瑶检降彤霞，重到汉皇家”②。景祐元年(1034)改名“三变”为“永”，才得以磨勘为官，但“及第已老”，年约四十开外了。

转徙江浙和踏上仕途是柳永一生的转折点，他从秦楼楚馆的狭小天地走向广阔人间。在晓峰盐场任官时，亲眼看到盐民的痛苦生活，写下了反映民生疾苦的《鬻海歌》③，宋元方志把柳永列为“名宦”，亦足以为后期柳永洗刷“浪子”的恶名了。这是柳永生平第三时期，由于人生坎坷的磨炼，他看到社会上不合理的一面，功名之念有所淡薄，直到在潦倒中死于润州，演完了“壮节等闲消”的悲剧。然而在艺术道路上，他却并非以悲剧闭幕，许多有价值的词篇恰恰在这时期诞生。

综上所述，柳永的思想性格从狂放不羁，到玩世不恭，再到“风情尽减”的“名宦”，不同时期的生活和思想变化在柳词的内容、思想情调及艺术风格上均有不同程度的反映。了解这一点，方能对柳词作全面公允的评价。

二、柳词内容和风格的演变

柳词传世词共二百零六首，人们分析时因无系年，常以题材分类(如妓女、羁旅行役等等)。这本无不可，但柳词中同类题材的作品思想情调、艺术风格上均有差异。我们发现柳词有三种不同的思想情调和艺术风格，这恰好与上述柳永的生活和思想发展的三个时期的情况相吻合。虽然就史料和词中对生活的描写可定创作时期的词寥寥

① 柳永《凤归云》，《全宋词》第45页。

② 柳永《巫山一段云》，《全宋词》第23页。

③ 元·冯福京《大德昌国州图志》卷六，唐圭璋、金启华《论柳永词》，《光明日报》1957年3月3日。

可数，但若以此为据，将风格类似的划为一类，从而考察柳永生活道路和思想发展对他创作的影响，对深入分析柳词不无裨益。当然，一个作家在同一时期可能写出不同风格的作品，但总的情调必然受当时生活、思想的影响而呈现出共同特征。

先看《剔银灯》一词：

何事春工用意，绣画出，万红千翠。艳杏夭桃，垂杨芳草，各斗雨膏烟腻。如斯佳致，早晚是，读书天气。　　渐渐园林明媚，便好安排欢计。论槛买花，盈车载酒，百琲千斤邀妓。何妨沈醉。有人伴，日高春睡。

从"早晚是，读书天气"看，本词当是他青年未失"龙头望"时所作。此时柳方年少，放任不羁，出没于平康小巷，未尝人生苦果，所以词作内容浅薄、风格明快，情调比较单纯，洋洋之情，时溢言外。柳词中对妓女姿色歌喉的刻划描摹之作亦与此同类，如《柳腰轻》下片：

乍入霓裳促编。逞盈盈，渐催檀板。慢垂霞袖，急趋莲步，进退奇容千变。算何止，倾国倾城，暂回眸，万人肠断。

这些词作，内容不出秦楼楚馆，客观上虽展示了社会病态一角，但终究是肤浅之作。其特点是应歌而作，时有庸俗色情描写，无深挚感情。张炎说："康、柳词亦自批风抹月中来。风月二字，在我发挥，二公则为风月所使耳。"[①]指此时词作倒是确评。这些词多客观叙述，无主观之情直接流露，顶多只有对妓女"心性温柔、品流详雅，不称在风尘"[②]之类流于表面的叹息，以及洋洋自乐的一种"少年狂"情绪。间有离情别绪之言，不过点缀而已。这些词还不是作者发抒胸臆的抒情诗，无忧

① 宋·张炎《词源》下卷，人民文学出版社 1963 年版，第 33 页。
② 柳永《少年游》，《全宋词》第 32 页。

无虑，狂浪直率是这类词作的基调，不管是对人的描写或是对事的叙述，无不是“欢心称”、“渐入嘉景”①。

这些词技巧尚不成熟，但运用了晚唐五代小令中不常见的活泼泼的叙事、对话手法，细节描写生动细致，显出柳永向民歌俗曲学习的倾向，对以后词作特别是元代散曲的影响不可小视。其内容则毫不足取。冯煦说，柳永“好为俳体，词多媟……三变之为世诟病，亦未尝不由于此”②。柳永近千年来一直担着“浪子”恶名，此类词实难辞其咎。但这类词在柳词中仅有三十来首，视作柳词的基本面貌很不公允。

柳永其他一些秦楼楚馆之作较上述词思想情调有所不同，浮浪气较少，颇流露出一些伤感，这应是其金榜失望后的反映。《如鱼水》下片云：

> 浮名利，拟拚休。是非莫挂心头。富贵岂由人，时会高志须酬。莫闲愁，共绿蚁，红粉相尤。向绣幄，醉倚芳姿睡，算此外何求。

此词开头有“帝里疏散，数载酒萦花系”之句，当为柳永在京城落第后的作品。听天由命，及时行乐的思想在词中表露无遗。庸俗的自我解脱和“高志须酬”的渺茫希望混杂在一起，情绪是消沉的。“愁”“哀”等字是这类词中常出现的字眼，与早期词的那种无忧无虑、热闹欢乐的气氛正成对照。再以《郭郎儿近拍》为例：

> 帝里。闲居小曲深坊，庭院沉沉朱户闭。新霁，畏景天气，薰风簇帘幕无人，永昼厌厌如度岁。　　愁悴。枕簟微凉，睡久辗转慵起。砚席尘生，新诗小阕，等闲都尽废。这些儿，寂寞情怀，何事新来常恁地。

---

① 柳永《昼狂乐》，《全宋词》第 15 页。

② 清・冯煦《宋六十一家词选》例言，转引自龙榆生《唐宋名家词选》，上海古籍出版社 1980 年版，第 86 页。

与前引《剔银灯》相比，可以明显看出思想情调的转变，由明朗渐趋抑郁，“欢心称”、“渐入嘉景”的狂放之气，一变而成“寂寞情怀”，他笔下的妓女也失去了娇姿媚态和轻佻浅薄。而是：

> 凝态掩霞襟。动象板声声，怨思难任。嘹亮处，回压弦管低沉。时恁回眸敛黛，空役五陵心。须信道，缘情寄意，别有知音。①

这些词和前期相比，已由外观的声色描绘转到内在心理的发掘。其中最有价值的乃是反映了下层妓女的痛苦生活和要求解脱的呼声。如《少年游》中的“衰杨古柳，几经攀折”，表达了她们对遭受遗弃、玩弄的怨诉；《迷仙引》的“万里丹霄，何妨携手同归去。永弃却，烟花伴侣”，“待作真个宅院，方信有初终”，反映了她们对真正幸福生活的希望和追求。这些词继承了乐府民歌中同类题材的积极方面，在柳永“为风月所使”词作中具有现实意义。这种对妓女大胆、直率、生动的描绘，甚至不惮以她们的身份说话，常为正统文人所不齿。惟其如此，这些被士大夫嗤点之作方显得越有光彩。在当时等级森严的封建社会里，谓其有反封建意义并非过分。这是柳词创作的第一个转折，他看到了人生的另一面。词中抒情成分占很大比重，已开始用词来抒发自己的内心情感。在艺术上，由前期平铺直叙渐为婉转曲折，显示作者已逐步成熟。当然，这些词中亦有一些庸俗色情之语，为以后词人所模仿，影响不好，毋庸讳言。

这类词，是柳永创作道路上的过渡阶段。题材仍较狭窄。此后，柳永转涉江浙，改名磨勘为官，三十年的漂泊生涯，使他得以进入广阔天地。柳词中境界廓大、感情深沉，出乎“绮怨”之作无疑与这一段生活有紧密联系。《定风波》云：

---

① 柳永《瑞鹧鸪》下片，《全宋词》第49页。

屽立长堤。淡荡晚风起。骤雨歇，极目萧疏，塞柳万株，掩映箭波千里。走舟车向此，人人奔名竞利。念荡子，终日驱驱，争觉乡关转迢递。　　何意，绣阁轻抛，锦字难逢，等闲度岁。奈泛泛旅迹，厌厌病绪，迩来谙尽，宦游滋味。此情怀，纵写香笺，凭谁与寄。算孟光，争知我，继日添憔悴。

据“迩来谙尽，宦游滋味”句，此词当作于为官后。虽尚有“绣阁”之念，但已基本跳出了“为风月所使”的小圈子，词的涵量有所扩大。词中表达的对人生的思考，对“奔名竞利”的厌倦，对故乡、亲人的怀念，不仅浮浪之气消失弥尽，也与抑郁伤感有别，虽不及苏辛等人感时伤世之作慷慨深刻，亦自凝重深沉。在艺术上，从平顺妥溜而“直处能曲”，一波三折，词至此已是抒发胸怀的抒情诗，“聊佐清欢”的痕迹完全消失，创作上已达成熟。

此时词作在柳词中约占半数。其中，《八声甘州》《雨霖铃》《戚氏》《夜半乐》等均长期脍炙人口，此外如《竹马子·登孤垒荒凉》《双声子·晚天萧索》《倾杯·鹜落霜洲》等都写得回环深沉，真挚感人。这些词内容丰富，思想上的主流亦值得肯定，其中体现了对名利、官场的厌倦，在当时有不甘与世俗合流的可贵之处；又从不同的侧面曲折反映了当时社会的黑暗；其思归恋亲之情，吊古伤今之感表达了人们的某些共同感受；出色的景色描绘，亦给我们以美的欣赏和陶冶。这些词如果没有生活的磨炼，阅历的加深，艺术修养的提高，是不可能写出的。有人指责这些词只是对当时社会的消极反抗，难以看到理想的火花，言固成理，但也不能过分苛责古人，纵观全部柳词，应当看到它还是向积极方面转化的，这对评价柳永和他的词有重要的意义。要谈柳词的基本风貌，不能不对这些词给予足够的重视。

柳永后期一些词作中还残留着一些花草风月的痕迹，对游宦的厌倦、思乡恋亲的情怀时与对“倚红偎翠”的追念交织在一起，这也不足为怪。词的传统惯写儿女之情，柳永虽有所突破，尚未彻底摆脱。我们既不能无视这一点，更不能无限扩大它，跟在历来正统文人的后面用“淫俗”二字将柳词一笔抹煞。

综上所述，柳永第一时期词的绝大部分和一些如“天阁英游，内朝密侍”“愿巍巍，宝历鸿基，齐天地遥长”①之类的阿谀之词是其糟粕；第二时期的一部分和第三时期的绝大部分是其精华，体现了柳词的主要风貌，其意义在于一洗晚唐五代词之绮靡之风，把词从小庭院中带到了都市、旅途，开拓了词的内容和境界，具有一定的现实意义，抒发了作者真实的情感，扩大了抒情领域，总的格调是诚挚深沉的。对宋词的发展起了积极的影响。

三、柳永对词的贡献

上文论及柳词在内容、风格上因不同时期有所差异，此乃“察之细”；若“观其粗”，在总的艺术风貌上有共同点，渗透着作家的创作个性。特别是其善用长调而产生的“铺叙委婉”等手法，“明白如家常”的语言，对以后词的发展影响很大。这里不拟详细分析柳词的艺术手法，仅就此两点略谈柳永在词上超越前人的贡献。

词起于民间，尔后渐入文坛。晚唐五代时，文人士大夫作词之风日盛，直到柳永之前，作词大体是为了“用资羽盖之欢”。由于唐代伶工乐伎演唱歌词的主要来源是七绝，晚唐五代刚以词代之，虽经花间词人及李后主、冯延巳努力，一时蔚为大观，但七绝之迹，时或有见。七绝之诗造语典雅，重意境，而民间歌词则明白如话，多直述。二者各有长处。文人初向民间学习，受驾轻就熟诗的影响较深，虽兼采了诗与民歌之长，但尚未水乳交融。诗的痕迹很深，间有类民歌者，则易伤之浅直，总之，还未形成词所特有的表现手法和独特完整的风貌。

第一个专力作词，使诗与民歌融合，集前辈之大成，形成词的独特风貌的是柳永。他有了前代词家足资借鉴的经验，加上得天独厚的音

① 柳永《永遇乐》《送征衣》，《全宋词》第26、15页。

乐才能，个人特殊的生活经历，词的体式又方兴未艾，他用的长调和与之相适应的铺叙手法，以及其他艺术手法便在实践中产生，这样，柳词以其独特的风貌出现于文坛。

清代词家对柳永推许甚高。刘熙载称“耆卿词，细密而妥溜，明白而家常，善于叙事，有过前人”①。冯煦说他“曲处能直，密处能疏，奡处能平，状难状之景，达难达之情而出之以自然，自是北宋巨手”②。周济评柳词“言近意深，森秀幽淡之趣在骨”③。彭孙遹云“柳七亦自有唐人妙境”④。通过诸家总结，可见柳词在艺术上达到这样的高度：一、“善于叙事”；二、“达难达之情而出之以自然”；三、“言近意深”，“自有唐人妙境”。这种事、情、境三者浑然一体的结合，就是柳永“有过前人”的艺术成就。词到了柳永就摆开了这样一个格局：即事抒情，用铺叙的手法，以言情为根本，以造境为烘托。这是“歌”与“诗”的完美结合。以《八声甘州》为例：

对潇潇暮雨洒江天，一番洗清秋。渐霜风凄紧，关河冷落，残照当楼。是处红衰翠减，苒苒物华休。唯有长江水，无语东流。

不忍登高临远，望故乡渺邈，归思难收。叹年来踪迹，何事苦淹留？想佳人，楼头妆颙望。误几回、天际识归舟。争知我、倚阑干处，正恁凝愁。

开头用“对”字领起全词，再用“楼”字照应，暗示登楼，使人隐约感到词人登楼凝目的动态。接着用大笔触层层铺叙眼中所见之景，展现出一幅苍茫辽阔的风景画，产生一种高远雄浑，深沉凄怆的意境。东坡曰：“世言柳耆卿曲俗，非也。如《八声甘州》云‘霜风凄紧，关河冷落，残照

① 清·刘熙载《艺概》卷四《词曲概》，上海古籍出版社 1978 年版，第 86 页。

② 清·冯煦《宋六十一家词选》例言，转引自龙榆生《唐宋名家词选》，上海古籍出版社 1980 年版，第 86 页。

③ 清·周济《介存斋论词杂著》（同上）。

④ 清·彭孙遹《金粟词话》（同上）。

当楼’。此语于诗句不减唐人高处。”①所谓高处，即唐人之意境。接着“唯有长江水，无语东流”一句又用拟人化手法暗示出景中之情，情景交融，细密而又含蓄。上片为下片词人直抒其情从意境、情调上作充分铺垫渲染，立下基调，造成气势。其艺术特色在于着意写景，暗融之情，形成意境，未抒其情，已自摄人心肺，亦为下片抒情造成环境，使抒情免失干枯。这种方法实为柳永首创，以后则为词家广泛应用。下片，词人首先用“不忍”一句勾勒提掇，既照应登楼的线索，又引起下文，是换头中既不全脱，又不明粘的好手法。它在情绪上又是上文写景和下文抒情的提掇，沉郁凝重，所谓“有千钧之力”。此后抒怀，一气流注，到“何事苦淹留”戛然而止，直中有曲，达中有隐，含不尽之意于言外。接着又尽变化曲折之能事，宕开一笔，插入一段想象，生动真切，使人如临其境，铺叙中有插叙，把词人归思更深入一层。词到此，已“开”得足够，如何“阖”，颇靠功力。词人转笔很巧妙，以“争知我”承上启下过渡，用“倚阑干处”回到登楼本事，以“凝愁”总结全文，余韵袅袅不绝。思归之情至此千转万曲，荡气回肠。“难达之情”表达无遗，这又是“曲处能直”。结尾“凝愁”二字又与开头“对潇潇暮雨”遥相呼应，首尾一致，大开大阖，线索分明，使全篇结构非常灵活而严谨。

通过以上分析，可以体会到柳词在叙事、抒情、写景造境上何等出色，在融三者为一体上达到何等高超的地步。在全篇结构安排上，又何等严谨灵活。而其同期词人如张先辈，虽有慢词创作，但“多以小令作法”②，“有句无篇”③，在北宋初期文坛上，实在是达到如此境界的第一人。正因为柳永把慢词发展到了相当完美的地步，所以“一时动听，散布四方。其后东坡、少游、山谷辈相继有作，慢词遂盛”④。因此，如果没有柳把慢词引入文坛，并以其实践开创了慢词的大格局和

---

① 宋·赵令畤《侯鲭录》卷七（同上第 82 页）。

② 夏敬观《手批张子野词》，转引自龙榆生《唐宋名家词选》第 59 页。

③ 王国维《人间词话》卷下，人民文学出版社 1963 年版。

④ 宋·吴曾《能改斋漫录》卷十六，上海古籍出版社 1979 年版。

足资借鉴的经验，无论婉约豪放二派均不可能蔚为大观。婉约派发展了铺叙手法而更加委婉曲折，豪放派则以其铺叙手法层层直抒豪情壮志。因而，无论是苏辛一派在内容上的拓展，或是周吴一路在技巧上的深入，与柳永的这些词都有着程度不同的关系。

人们历来只注意到柳词对婉约派的影响，应该看到，除了艺术手法，柳词在内容上对以后豪放派也并非毫无启发和影响。且举一首柳词中不大为人注意，风格略类后来豪放派中犷放一类的作品。《凤归云》：

向深秋，雨余爽气肃西郊。陌上夜阑，襟袖起凉飙。天味残星，流电未灭，闪闪隔林梢。又是晓鸡声断，阳乌光动，渐分山路迢迢。　驱驱行役，苒苒光阴，蝇头利禄，蜗角功名，毕竟成何事，漫相高。抛掷云泉，狎玩尘土，壮节等闲消。幸有五湖烟浪，一船风月，会须归去老渔樵。

这类词在全部柳词中虽是凤毛麟角，但对认识柳词全貌仍不可忽视。它毫无王灼指斥柳永的"浅近卑俗"之气[①]，与后来苏东坡、辛稼轩的一些词作倒有一脉相通之处。苏轼有首《满庭芳》，劈头一句即"蜗角虚名，蝇头微利，算来著甚干忙"，结句是"归步绕松杉"。与上引柳词，同出一辙。柳词中还有一首《双声子·晚天萧索》，借吴越争霸故事，吊古伤今，感慨古今变迁，人生无常，用范蠡之事暗示了对功名的淡漠。这与以后苏东坡的著名词作《念奴娇·赤壁怀古》也有一脉相通之处。在当时的词坛上，可算是空谷足音。柳永缺乏苏辛那样的社会条件和生活经历，其胸怀也不及苏辛旷达和深广，这些为数极少的词还远远没有形成以后豪放派的典型风格，内容更不及苏辛的豪放之作丰富面广。但是，柳永毕竟是北宋词坛最早用此类题材入词，透出

① 宋·王灼《碧鸡漫志》，《中国古典戏曲论著集成》，中国戏剧出版社 1957 年版，第 115 页。

这种风格消息的词人之一，应当引起注意。

柳永对词的贡献还体现在语言上。

在初期文人词作中，诗的语言痕迹仍然较深。花间词人大部分词藻华美，且多用小令，句子长短相差不大。此后李煜的亡国之作，语言朴实，有所改进，仍以小令为多。柳永则多用慢词创作，并大胆以口语、俚语入词，亦接受了初期文人词如韦庄、李后主平淡朴实的优点，语言为之一新，长短句十分明显。柳永自制曲调，翻制新声，或把短令衍成长调，增加了词的歌咏和表达能力。句子间跳跃性强，这对表现复杂缠绵的情绪是十分适合和有益的。柳永最负盛名的《雨霖铃》就颇有这种特色，像"执手相看泪眼，竟无语凝咽"，一洗铅华，明白家常，而缠绵悱恻，婉曲动人。"今宵酒醒何处？杨柳岸晓风残月。此去经年，应是良辰好景虚设。便纵有千种风情，更与何人说。"更是一气贯下，直如平时说话一般，所谓"铲尽浮词，直抒本色"①，这种本色语的妙处就在语语皆在目前，清澈见底而又不淡乎寡味。王国维说："耆卿似乐天"即指二者艺术语言均有"返璞归真"之妙，当时"凡有井水饮处，即能歌柳词"②。说明柳词在下层人民中影响之广。这与柳词"明白而家常"的语言风格是分不开的。李清照曾批评柳永"词语尘下"，指其色情描写固中肯綮，若将柳词俚词俗语一笔抹煞则大谬不然。须知柳永的"明白家常"语言对以后词的发展影响极大。至此以后，诗词不仅内容有别，语言也泾渭分明。沈东江曰："承诗启曲者，词也。"③而词家中对此贡献最早而成就最大者，实推柳永。此后，"词虽以险丽为工，实不及本色语之妙"④，便成词家准绳。即便是李清照，用词造语时露尖新，但不出本色范围。直到南宋姜夔为首的"风雅词派"，以"柔丽"为宗；吴文英一路，结构扑朔迷离，晦涩难通，若究其字面，却并不难懂，亦足见柳永为词输入明白而家常语言的威力。

①③④ 清·徐釚《词苑丛谈》卷一，上海古籍出版社 1981 年版。
② 宋·吴曾《能改斋漫录》卷十六，上海古籍出版社 1979 年版。

综上所述，柳永对词的贡献在于他突破了前人樊篱，增加了词的社会功能，兼融民歌和文人诗二者之长，形成了词的特有风貌和意境。

附：柳词大致分期表

第一期（约 1002—1023）
〔望海潮〕〔长寿乐〕〔女冠子·淡烟飘薄〕〔定风波·自春来〕〔剔银灯〕〔斗百花·满搦宫腰细〕〔昼夜乐·秀香家住〕〔柳腰轻〕〔看花回·玉墄金阶〕〔柳初新〕〔两同心〕〔金蕉叶〕〔惜春郎〕〔凤栖梧·蜀锦地衣〕〔法曲第二〕〔浪淘沙令〕〔荔枝香〕〔迎春乐〕〔少年游·层波潋滟〕〔少年游·世间尤物〕〔少年游·淡黄衫子〕〔少年游·铃斋无讼〕〔木兰花〕四首〔菊花新〕〔归去来〕〔八六子〕〔促拍满路花〕〔减字木兰花〕〔木兰花令〕〔洞仙歌〕〔西江月〕
第二期（1023—近 1034）
〔鹤冲天·黄金榜上〕〔郭郎儿近拍〕〔如鱼水·帝里疏散〕〔斗百花·煦色韶光〕〔昼夜乐〕〔倾杯乐〕〔鹤冲天·闲窗漏永〕〔传花枝〕〔慢卷䌷〕〔征部乐〕〔迷仙引〕〔御街行·前时小饮〕〔秋夜月〕〔婆罗门令〕〔凤栖梧·帘下清歌〕〔凤栖梧·竚倚危楼〕〔夏云峰〕〔锦堂春〕〔集贤宾〕〔少年游·参差烟树〕〔驻马听〕〔诉衷情·一声画角〕〔望远行〕〔洞仙歌〕〔击梧桐〕〔过涧歇近〕〔燕归梁〕〔满江红·万恨千愁〕〔西施·自从回步〕〔瑞鹧鸪·宝髻瑶簪〕〔忆帝京〕〔安公子·梦觉〕〔梁州令〕〔凤凰阁〕
第三期（近 1034—1053）
〔定风波·竚立长堤〕〔安公子·远岸收残雨〕〔透碧宵〕〔长相思〕〔满江红·暮雨初收〕〔少年游·长安古道〕〔思归乐〕〔迷神引·一叶扁舟〕〔凤归云·向深夜〕〔双声子〕〔竹马子〕〔雪梅香〕〔雨霖铃〕〔八声甘州〕〔戚氏〕〔尾犯·夜雨〕〔笛家弄〕〔曲玉管〕〔满朝欢〕〔梦还京〕〔受恩深〕〔看花回〕〔女冠子·断云残雨〕〔归朝歌〕〔采莲令〕〔法曲献仙音〕〔西平乐〕〔爇蕊香引〕〔卜算子〕〔鹊仙桥〕〔浪淘沙〕〔古倾杯〕〔倾杯·离宴殷勤〕〔阳台路〕〔内家娇〕〔宣清〕〔诉衷情近〕二首〔留客住〕〔凤归云·恋帝里〕〔殢人娇〕〔应天长〕〔尾犯·晴烟〕〔轮台子〕〔引驾行〕〔彩云归〕〔离别难〕〔夜半乐·冻云〕〔祭天神·欢笑宴歌席〕〔过涧歇近〕〔安公子·长川〕〔轮台子〕〔玉蝴蝶〕第一、四、五〔满江红·访雨寻云〕〔满江红·匹马驱驱〕〔洞仙歌〕〔引驾行〕〔临江仙〕〔小镇西〕〔六幺令〕〔红窗听〕〔临江仙·鸣呵碎撼〕〔玉山枕〕〔西施〕〔木兰花慢〕〔临江仙引〕二首〔塞孤〕〔瑞鹧鸪·全吴嘉会〕〔倾杯·水乡天气〕〔倾杯乐〕〔祭天神·忆绣衾〕〔归去来〕〔夜半乐·艳阳天气〕〔迷神引·红板〕

附记：

①以上采自唐圭璋编《全宋词》。

②关于几个时期的年限仅是大致的考证。宋·罗大经《鹤林玉露》载《望海潮》是赠给孙何的。据考，孙任两浙转运史在1002年。柳永当时十七岁左右，以此权作柳永创作的开始；《画墁录》栽柳永落第后曾“诣政府”问晏殊。晏殊天圣元年任右谏议大夫，后又任御史中丞，故天圣元年（1023）可为第一期下限，第二期亦由此开始；第二期本是过渡时期，下限很难确定，其思想转变大致在决定改名再试时，离其为官年代不远，故以近1034为下限；由此到1053左右卒，是其转徙江浙，宦海漂泊生涯，为第三期。

③表中词的排列，我们把有史料记载，可基本确认为某一期的词放在此时期栏的开头。如《鹤冲天·黄金榜上》，《定风波·自春来》等。其次，则把词中描写生活大致可断定为某期的亦放在开头。如第三期开头几首，均提及游宦生活，是第三期无疑。其他则是我们的推测，标准则如上文所述。第三期词作较丰富，在“游宦”下数首基本代表了此期柳词内容的几个方面。

④除上述情况外，其他均根据《全宋词》中载柳词的先后排列。

⑤尚有五六十首词因本文中所述原因未划入那一期。

（原载《扬州师院学报（社会科学版）》1982年第2期）

补记：本文为笔者大学三年级与同学刘树华合作的论文，由本人主笔，是本人平生发表的第一篇学术论文，至今已近四十年矣，今读之，为其幼稚而哑然一笑，而摩挲薄纸，温情荡漾，久久不息。

20世纪中国的元曲研究

元曲，以曲类概言之，指元代的北曲和南曲；以体类概言之，则有戏曲与散曲。元曲研究，指对元曲的直接研究以及与之相关的曲史（戏曲史、散曲史）研究。

一

20世纪初，中国的元曲研究是由两位30多岁的青年学者揭开序幕的。现在，每一位国学同人无不熟悉他们的名字：王国维，吴梅。从他们的研究开始，沉寂了一百多年的曲学，成为20世纪国学中的一个领域。回顾历史，我们首先不得不佩服他们的学术勇气和学术识见：18世纪末，当“钦定”的《四库全书总目》将曲文学定为“厥品颇卑”、“蔽精神于无用”之“下流”，曲学便几乎在学人的视野中消失了一个多世纪。所幸的是：当历史进入20世纪新纪元后，两位杰出的学者将他们的学术目光投向了曲学。

王国维是一位受海外思想影响的学者，他以戏剧研究为其学术生涯的起点，与海外将戏剧视为文学正宗的观念不无关系。但其学术路径却是典型的中国“朴学”，他的曲学起步著作《曲录》（1908）是其收集整理的戏曲文献集，这只是他进一步研究的必要基础：“明昌一编，尽金元之文献；吴兴百种，抗皇元之风雅。……非徒为考镜之资，亦欲作搜讨之助，补三朝之不敢言。成一家之书，请俟异日。”（《曲录·

序》)此后的两年中,国维撰写了《戏曲考源》《录鬼簿校注》《优语录》《唐宋大曲考》《录曲余谈》《古剧角色考》,这一切,都是为一部划时代著作的产生所作的准备——1912 年,《宋元戏曲考》问世,由此而开启了 20 世纪戏曲学的新纪元。

《宋元戏曲考》(后改名为《宋元戏曲史》),主要篇幅在元杂剧研究。这主要是资料的限制造成的——当时,《永乐大典戏文三种》尚未发现,因此,作为一部以史学研究为主框架的著作,王国维虽然敏锐地从南曲调牌的考证中得出“南戏或古于元剧”的论断,但由于缺乏剧本的实证,故谨慎地将元曲杂剧定为中国古代以代言演故事之“真戏剧”的开始,此前的戏剧,如巫戏优弄、象人参军等,只是“真戏剧”局部形态的雏形,到了宋元时期,历史才提供了这些雏形的戏剧“综合”成“真戏剧”的条件。显然,王国维的“真戏剧”标准是以西方古典戏剧样式为潜在参照的:有一定长度的情节故事,还有就是剧本和作者。因此,王氏的《宋元戏曲考》在阐述上有两个向度:从中国戏曲的特定情况出发,将戏曲的音乐、表演形态、脚色的衍变作为戏曲形成史的主线;从西方戏剧文学观念出发,注重阐述元曲的美学(如悲剧性)和“文章”(如“意境”)的价值。

《宋元戏曲考》的研究方式影响了整个 20 世纪的中国古典戏剧史研究,大多数戏曲史论著都不同程度地遵循着王氏研究模式,或是王氏研究某一个部分的展开。王氏的论断理所当然地成为主流观点,但同时也是戏曲史研究中引发争论的话题,王氏的所有主要观点——“真戏剧”及与之相应的“综合”说、元剧“三期”(蒙古时代、一统时代、至正时代)说、元剧最佳在“文章”说,乃至元剧中“主动赴难”的“悲剧”说,在整个 20 世纪的戏曲史研究中成为次第展开、最具学术质量的论辩主题。这一现象本身,即充分证明了王国维无愧为一代大师。

与王国维不同,吴梅是一位在学术观点上引发争议不多的学者。其学术方式与传统的曲学颇为接近,但在撰述的系统性与条理性上则显示了新世纪的特征。其第一部曲学专著《顾曲麈谈》,首论宫调,次论音韵,再论南曲作法、北曲作法,继论作剧法、作清曲法,最后谈曲的唱法和曲坛古今源流大略。显然,其学术路径是极传统的,在学术宗旨上则体现了古代曲学注重指导实践的取向。因此,吴梅的曲学研究是一种较"纯粹"的曲学,大体上为戏曲文学创作知识的总结。这一学术立场不仅贯穿在与《顾曲麈谈》相类似的《曲学通论》中,也体现在其戏曲史著作《中国戏曲概论》与《元剧研究》中。此两部戏曲史著作,主要是作家、剧目的系统性简介,关键处则作数语评断,如谓元曲"三宗"——实甫艳冶,汉卿雄肆,东篱清俊,"三家鼎立,矜式群英"①,可见吴梅的戏益史观念是以文学的戏曲为核心的,体现了中国古代戏曲学研究的主流传统。

除王国维、吴梅的曲学研究外,20 世纪前 30 年间的元曲研究还有不少杰出的成果:如冒广生的《戏言》,专论宋元温州之南戏;赵景深《宋元戏文本事》,专考宋元戏曲逸文及故事本事;钱南扬《宋元南戏考》《宋元南戏百一录》,考南戏源流沿革,搜逸文、明音律、论体制;冯沅君、陆侃如《南戏拾遗》,于钱著外又有增补。诸撰开近现代南戏研究专学之先河,为日后戏曲史的全面研究奠定了一个良好的基础。

二

20 世纪三、四十年代的元曲研究,除在前 30 年研究的基础上有局部深化——如邵曾祺对元杂剧分期、衰亡的探讨;赵景深对王国维元杂剧分期说的商榷;若水等关于元剧辑逸的讨论等。此外,一个有意味的迹象是对海外元曲研究的绍介(如隋树森译日本学者青木正儿《元人杂剧现存书目》,1941),而令人瞩目的一个明显进展,则是从戏曲剧场形态的角度研究戏曲,如卫聚贤《元代演剧的舞台》(清华文学月刊 2 卷 1 期)、冶夔离《元人杂剧演出考》(《舞台艺术》创刊号)、冯沅君《元剧题目正名的唱念者》(《说文月刊》4 卷合刊本),专著则有周

① 吴梅《吴梅戏曲论文集·曲学通论》,中国戏剧出版社 1983 年版,第 300 页。

贻白的《中国剧场史》和徐慕云的《中国戏剧史》。二书中元曲戏剧所占篇幅虽不多，但仍然十分重要。其研究戏剧的表演形态涉及剧场、剧团、脚色，乃至脸谱、服装。而在学术思想上，则具有打破戏曲研究中重文章而轻表演偏向的意义。其涉及的深层学术观念是：戏曲的本质究竟属何？是系于文学，还是属之表演？此后乃至今日，这一问题仍然是戏曲研究中不断引发争辩的话题之一。

20 世纪三、四十年代元曲研究的另一重大进展，是散曲研究的系统化。其代表著作是任讷（字中敏，号二北、半塘）的《散曲丛刊》、卢前的《散曲史》和梁乙真的《元明散曲小史》。《散曲丛刊》的主要篇幅为历代散曲集之辑录，是为现代最早的一部历代散曲作品汇编，其与卢前的《饮虹簃所刻曲》，为日后元明清断代散曲总集的编辑奠定了一定的基础。任氏尚有《新曲苑》丛书，是为古代曲学研究论著的汇编，为日后曲学史研究立一基石。而任氏对近现代散曲研究影响最大的是其《散曲丛刊》中的《散曲概论》，这是 20 世纪第一部系统研究散曲的学术著作，对散曲的文体构成、主导风格、文学流派等作了整体性的研究阐述，由此开近现代散曲专学之先河。尤其是其引入的比较研究方法，提出散曲与词相较而主豪放灏烂、急切透辟、雅俗共举，“词静而曲动；词敛而曲放；词纵而曲横；词深而曲广；词内旋而曲外旋；词阴柔而曲阳刚；词以婉约为主，别体则为豪放，曲以豪放为主，别体则为婉约；词尚意内言外，曲竟为言外意亦外”①，对理解词、曲的审美特色，皆有启迪。而其对历代散曲流派及代表作家的分析评价，多为后之学者援引，以为定论（如罗锦堂《中国散曲史》，台湾中华文化事业出版委员会，1956）。卢前《散曲史》（北大油印本）与梁乙真《元明散曲小史》（商务印书馆，1934），前者以作家作品资料为主，展现了一个直观的散曲史轮廓；后者以文学风格、流派为史之主线，承任氏说将散曲风格分为“豪放”、“清丽”两大宗，述虽简略，但时有灼见。二著都是 20 世纪最早的专体文学通史，开创之功不可没。而郑振铎则另辟蹊径，在《中国俗文学

① 任讷《散曲丛刊・散曲概论》，中华书局 1931 年版，第 6 页。

史》(商务印书馆,1938)中专立一章论元散曲,突出元散曲的俗文学性质,将散曲置于古代俗文学历史系列中考察,颇有启迪意义。

三

20 世纪五、六十年代的元曲研究,既是承上启下,也是一个学术转轨的时期。从承上启下之一面看,元曲研究文献资料的整理较前一时期有长足的进展,隋树森的《元曲选》校勘本、《元曲选外编》《全元散曲》的总辑本问世,功德无量;赵景深《元人杂剧钩沉》,辑录 45 种杂剧作品残文,钱南扬《宋元戏文辑佚》,汇集、挖掘宋元戏文残文 123 种,傅惜华《元代杂剧全目》,录剧目 737 种,均贡献不菲;中国戏曲研究院《中国古典戏曲论著集成》出版,较《新曲苑》更为详备、系统,方便学人,其功至大。张相《诗词曲语汇释》、朱居易《元剧俗语方言例释》、孙楷第《元曲家考略》,均有资于学人,为元曲研究立一坚实基础。此外,赵景深的《元明南戏考略》、严敦易的《元剧斟疑》、王季思的《西厢记校注》以及上海古籍出版社的《东京梦华录(外三种)》等,均对元曲研究的基础——资料文献的建设作出了不同贡献。在五、六十年代,文献资料的整理研究是元曲研究中最具学术价值的工作。

从学术转轨之一面看,阿英连载于《戏剧》杂志的《元人杂剧史》(1954)是最初的信号之一。该著是继《宋元戏曲考》以后的一部元剧专史,与王国维《宋元戏曲考》不同的是:其于戏曲形成史上论述较简,大体沿袭王说,强化的内容则是作家作品的分期阐述,初步确立了"时代背景""思想内容""艺术特色"的表述格局,对日后的元剧乃至文学史的研究颇有影响。以此为先导,五、六十年代元曲研究展现的一个新迹象,是元曲作家、作品的个案研究较前有所扩展深入。虽然这种扩展深入只是集中在少数几个作家和为数不多的作品上——最热门的戏曲家是关汉卿,作品则首推《窦娥冤》;其次为王实甫和《西厢记》,高明和《琵琶记》,马致远和《汉宫秋》;再次为白朴、纪君祥、康进之、郑光祖、高文秀等。十几年间，见诸各刊物的有关论文占全部元曲研究论文总量比例依次为：关汉卿（约50%）；王实甫（约20%）；高明（约15%）；马致远（约8%）；白朴、纪君祥（各约2%）；余合占约3%。散曲研究，较戏曲研究冷落，论文总数只有戏曲的1%，所论稍多的是关汉卿、马致远和《天净沙·秋思》、睢景臣和《高祖还乡》、张养浩和《潼关怀古》及张可久等，均不过数篇论文，其他刘致、贯云石、刘秉忠等，均一、二篇，实在不成气象。诸论文中最常见的、前所未有的关键词是“思想性”“人民性”“战斗性”“阶级斗争”“反封建”等，可见当时学术研究与政治的紧密结合，而其突出的主题则是“反封建”——关汉卿被推为“伟大的戏剧家”，最主要的体现是《窦娥冤》体现了一种“战斗性”和“对封建社会的彻底批判”；《西厢记》研究中争论最多的是该剧的结尾和莺莺是否可以“私奔”问题，占上风的观点是强调《西厢记》的“反封建”意义，金圣叹批改《西厢》斩掉其结尾是有“反动意图”的，莺莺的行为在根本上应当肯定，但有“阶级局限性”，当然其源在王实甫的“阶级局限性”。关于《琵琶记》的讨论，在全国范围内一度相当热烈地展开，肯定和否定两种意见的争论，围绕的中心也是该剧是否宣扬了“封建主义”的问题，最后由于陈毅发表意见：赵五娘表现了中国劳动妇女的优秀品质，该剧才未被封杀。至于《汉宫秋》，主要讨论的是其“主题思想”是否为“爱国主义”的问题，由于“和亲”涉及到敏感的民族关系问题，故最后不了了之。

上述现象，反映了学术转轨时期的某种幼稚，亦与当时的政治观念紧密相联。但从学术观念的角度言，这一现象的深层根基，与中国文学批评首重精神内涵的传统相一致，因而这种学术路径易为学界接受，只不过其具体内容反映了特定时期的要求罢了。当然，严肃的学者并不一味为时风左右而较少滥用流行的“关键词”。五、六十年代权威的、影响最大的元曲研究，实际上是由两部文学史著作反映的：其一是中国社科院文学所编写的《中国文学史》（1962）；其二是游国恩、王起（季思）、萧涤非、季镇淮、费振刚主编的《中国文学史》（1964。下简称“游史”）。二著体例、观点大体一致，高校用为教材较多的则是

"游史"。以之为例,其"第六编·元代文学"实际上即是"元曲史"和"元曲家论"的组合,主要篇幅则在戏曲。史论部分,关于戏曲与元杂剧的形成,该著几乎完全沿用了王国维的观点,"传统"溯至上古巫、优;元杂剧的产生,则是宋元时期赋予了各种传统的"戏"、"曲"表演形式"综合"成元曲杂剧的条件。至于散曲形式的产生,则强调了散曲与民间曲的渊源关系。元杂剧的兴盛和衰微,是王国维未涉及的论题,"游史"认为:元杂剧的兴盛,原因有四:一在"人民反抗民族压迫和阶级压迫的艰苦斗争,要求有战斗性和群众性较强的文艺形式加以表现";二在"大多数文人和广大人民同样受到残酷的迫害","民间艺人和文人的合作对元杂剧的兴盛起了推进作用";三是"城市经济的发展为杂剧的兴盛准备了充裕的物质条件(勾栏瓦舍)","节日、庙会是农村的演出日,一些著名演员也经常到各地作场。这样就保持了戏曲在发展过程中同广大群众的密切联系";四是"元朝的疆域广大,交通发达","各民族之间的文化交流,特别是北方诸民族乐曲的传播,对杂剧的兴盛,也有一定的作用"。至于元杂剧的衰微,原因亦有四:"首先由于民族矛盾的相对缓和,科举制度的恢复,使文人对统治阶级产生了幻想,从而在杂剧作家中间滋长了脱离现实的倾向";"其次是元朝统治者加强了对戏曲的干涉和利用","使杂剧为他们服务","一定程度上影响了杂剧创作的倾向性";"第三是受到南方社会风气和文风的影响,较多的反映家庭内部的矛盾,艺术上也偏向曲词的工丽华美和追求情节的曲折离奇";"最后是杂剧……在形式上较南戏有更大的限制,不容易反映丰富复杂的生活内容和发挥角色多方面的才能"。这些论述,虽然不免当时特有的种种烙印,诸观点能否成立尚需推敲(如"统治阶级的利用"并不必然导致某种文艺样式的衰微,更多的历史事实是促其繁盛;况元统治者是否"利用"了杂剧也还是个问题),其学术立场亦不是严谨的历史学,而有着某种政治观念的烙印,但其提出问题的角度——文学与社会态势的关系、文艺自身形式与其发展的关联、创作主体的群体社会属性及其心态对文学创作的影响、文人文学与民间文学的关系等,均是极有价值的研究命题。

在作家作品的论述上，“游史”基本上采取了尊重历史的立场，其论述的作家均是历史上被承认的作家（见《录鬼簿》及元明人曲话），具体论述则采用了“作家生平—思想内容—艺术特色”的构架，前两部分的评述，以“现实主义”“人民性”与“反封建”为基本的评判标准，“艺术特色”则大体采用传统相沿的评说而略加发挥，这在当时已实在难能可贵。论散曲家亦大体如是，虽篇幅极少，举有具体作品者仅关汉卿、白朴、马致远、张可久、乔吉、睢景臣、刘时中。提及姓名者则有杨果、卢挚、姚遂、冯子振、贯云石、徐再思、钟嗣成。均历代公认的优秀散曲家。虽然在褒贬中以“思想性”为首要，但并未以思想的批判取代、阉割艺术的评价，与报刊论文绝大部分只纠缠于“思想”，显然要周全而公允。对南戏的评述亦大体如是，如对《琵琶记》，既批判其“宣传封建教条”，也肯定其“还有不少现实主义描写”，“暴露了封建社会的黑暗”；赵五娘形象塑造的缺点是其痛苦遭遇虽然感人，但缺乏“反抗性”；而在艺术上，“交叉结构”与“悲剧气氛”是成功的。

“游史”的元曲论反映了那个时期元曲研究的大体框架和基本观点。其根本特征是：以社会学视角为聚焦点，以“古为今用”的原则为价值判断的中心。因此，其研究在操作上必然表现为：1. 以研究者持定的“思想标准”为判断价值高低的准绳，而不是客观地阐述历史的思想内涵及其产生、存在的理由；2. 艺术的分析首先从属于“思想分析”，因而戏曲中的“形象塑造”成为重要的解说题，“人物性格”主要是其“社会属性”的分析；散曲中的语言风格成为“思想倾向”的一种体现（文辞朴素者因具有“人民性”而受到赞扬；反之则受到批评）；艺术的自身内涵大体在修辞学的层面上予以描述，尚无艺术整体构造（如元杂剧戏剧结构的总体特征、元散曲的总体表意结构等）的研究意识；3. 创作主体在研究视野中仅是一种孤立的个体，或只具有“泛群体”性（如士大夫）和“阶级属性”，影响作家创作的多重因素（个人独特的生活经历、一定文化空间中文学艺术的传播方式、地域文化习俗与文学风气、支撑文学艺术存在的底层社会活动等等）尚未进入明确自觉的研究视野。因此，元曲发展史的构架便呈现为一种单个作家的连接，缺乏立体的、综合而有机的“史”的描述与阐释；4. 与上述诸点相联系，无论是元曲的个案研究或是“史”的研究，选择的依据缺乏全历史意识，即不是选择历史的代表以阐释历史的真貌，而是剪裁历史以满足现实研究的需要。因此，其展示的“元曲”是残缺的、狭隘的，而不是全景的、丰满的；研究的立场、心态首先是政治的，而不是学术的。

尽管如此，五、六十年代的元曲研究在20世纪中仍然是一个重要的阶段。文献整理的不菲成绩固不待言，在研究中有诸多不足固不必讳，但其重视社会学角度的考察、注重文学艺术思想内涵的探究，却是过去的学术极少关心的论题。同时，五、六十年代的元曲研究为日后的学术反思提供了一个借鉴，这种反思不仅针对其具体内容，由于学术本身即是一个文化现象，因此，其引发的反思便潜在地导向一种文化意识的学术反省，日后文化学角度的文学研究普遍兴起，五、六十年代培养了与之相适应的学术素质、学术思路是潜在的因素之一，尽管这种“培养”在当时是非自觉的、不无扭曲的。

四

60年代末至70年代末“文革”的10年，是20世纪中没有学术的10年。不仅元曲研究寂然无声，整个古代文学研究，借学术的名义恣肆的那一点点东西（所谓“儒法斗争”、“评水”等），只反映了那个特殊年代造成的学术荒唐和少数学人的堕落。其意义只是将五、六十年代学术中的异质因素以极端的形式彻底暴露，从而促使中国学人深刻反省：究竟什么是学术？当70年代末，中国大地迎来春天，学术界也随之苏醒，并以前所未有的活力创造了中国20世纪的学术辉煌，元曲研究也是如此。

先看几个数字：从1978年至2000年，各类省级以上学术刊物发表元曲研究论文约1500篇，约为五、六十年代的3倍；元曲研究及涉及元曲研究的专著近百部，约为此前本世纪专著总数的5倍。由此可见20世纪的最后20年元曲研究的兴盛和活跃。而体现这种兴盛和活跃更为本质的方面是学术思路的拓展和学术内容的丰富。

70年代末及80年代，见于各学术刊物上的元曲研究，大体格局基本上沿袭60年代的作家作品研究，但一些前未提及的作家、作品纳入了研究者的视野；同时，关于元曲特有语言的研究（如王学奇等关于元曲方言的研究）、元曲文本研究（如谭正璧、蒋星煜等关于《西厢》文本的研究）、元杂剧的结构研究（如洛地、李昌集等关于元杂剧的戏剧结构研究）、元杂剧的分类研究（如吕薇芬等关于"神仙道化"剧的研究、水浒三国剧的研究等）亦陆续进入了研究的视野。而体现80年代元曲研究主要成果的是几部重要著作——其一是董每勘的《说剧——中国戏剧史专题论文集》。这是作者生前论文的汇集，由于种种原因，此前只有9篇发表。本集提出了元代杂剧与南戏的共生影响关系、说唱艺术与戏剧的联系，极有见地，而其更重要的特色是重在从舞台表演的角度研究戏曲，其《五大名剧新论》亦同样如此，对扭转单纯从文学角度阐述戏剧具有重要意义。其次，从文物资料的角度研究戏曲是本时期富有意义的一个学术创举，代表作为刘念兹的《戏曲文物丛考》、山西师范大学戏曲文物研究所的《宋金元戏曲文物图论》和廖奔的《宋元戏曲文物与民俗》，展示了生动的戏曲发生、生存状况，开启了文化学视野的戏曲研究。其三，从舞台表演的角度解读元剧文本，代表作为徐扶明的《元代杂剧艺术》。其新意在系统阐释了"楔子""折子""场""题目正名""脚色""一人主唱"等元剧文本中体现的表演形式，对一味只谈"形象性格""文学特色"的经院式元剧研究颇有反拨之功。当然，戏曲研究在本时期最引人关注的是两部戏曲史著作——周贻白遗作《中国戏曲史发展纲要》与张庚、郭汉城主编、由中国艺术研究院的戏曲研究者集体撰写的《中国戏曲通史》。至今，这两部著作都是戏曲研究者进行研究时取鉴参考的必读书。二著都注意从舞台表演的角度阐述戏曲艺术样式的发生发展脉络，力求兼顾戏曲的表演意义与文学意义，虽然在总体构架上两个方面的阐述各自分离，缺乏内在的联系。同时，二著大体采用了王国维关于中国戏曲产生的

"宋元综合说",将元曲戏曲形式的发生阐述为主要是金院本(特别是"院幺")的发展,回避了五、六十年代关于唐代是否有戏曲的一场学术争辩——在这场争辩中,任中敏提出唐代已有戏曲,胡忌、钱南扬、董每勘等附和之,但遭到大多数学者的反对(参见《四川大学学报》1956 年第 2 期、《戏曲论丛》1957 年 1、2 辑)。1984 年,任中敏旧著《唐戏弄》正式出版,提出判断戏剧的产生应当"主戏不主文"等观点,对王国维以曲调和剧本为坐标的戏曲产生论加以否定,由这一观念出发,元曲戏剧便是中国古代的"戏曲"(以歌舞表演某种故事)这一源远流长的艺术文化传统于特定时期在形式内容上的某种进展、丰富,元戏曲的"戏""曲""文"(剧本)的"综合",并不能作为古代"真戏曲"产生的标志,而只是古代"戏曲"由雏形走向成熟的一个生长阶段。由此,任中敏便从文化阐释的视角,将中国古代"戏"的发生、发展概括为"戏礼""戏象""戏弄""戏曲"四个有着内在联系的渐进、交叉段落和"戏剧"种类,将中国古代戏曲史贯穿为一个有序的、完整的历史过程,对研究元曲及戏曲史极富启迪。

80 年代的元曲资料整理,成绩也是可观的。其中,以庄一拂的《古典戏曲存目汇考》、邵曾祺《元明北杂剧总目考略》、徐沁君《新校元刊杂剧三十种》、王文才的《元曲纪事》最为重要。同时,各古籍出版社如中华书局、上海古籍出版社、江苏古籍出版社等,整理出版了不少有关曲学的古籍,为 20 世纪最后 10 年的元曲研究奠定了坚实的基础。

五

20 世纪最后十年的元曲研究,首先值得一提的是前相对薄弱的元散曲研究有了较大的改观。90 年代初,李昌集的《中国古典散曲史》与羊春秋的《散曲通论》相继出版,其中的重要内容即关于元散曲的研究。羊著指出散曲在金元时期产生的历史原因,对散曲的体制及思想主旋律作了细致的分析,对元散曲家的研究亦多有精见。李著以

“散曲形式发展史”“散曲文学潮流史”“散曲作家创作史”三个内在互相印证的板块，创造了一种文学史阐述的新格局。在具体研究中，该著循任中敏以音乐文化与文学之关联的研究思路，从金元散曲与唐曲的文化渊源关系出发，说明散曲乃是中国古代一脉相传“歌辞系统”中的一个特定段落；汲取了台湾学者郑骞等曲体学研究的成果，分析了南北曲体的形式构成及曲体特有的语言构造；以传统文学理论思想为基础，借鉴西方社会学、美学理论，阐释了元散曲的总体文学精神与审美构成；对元散曲家的剖析亦多有新见。其后，赵义山《元散曲通论》、杨栋《散曲学史研究》等先后面世，多有发前人之未言；中国散曲研究会两次大型研讨会论文集出版、吕薇芬《散曲典故辞典》发行、门岿关于散曲家考证系列论文专书的发表，《曲学大辞典》《元曲鉴赏辞典》《元曲百科大辞典》推出，使以前不为人重的散曲研究终于有了一番气象。

90 年代有关元戏曲的研究，虽然较 80 年代热度有所降低，各刊物上发表的论文老生常谈者亦不少见，但仍然较前有了进一步深化。其命题则涉及到以下几个方面：

1. 戏剧的传播与接受方式（如周华斌《京都古戏楼》、赵山林《中国戏剧观众学》等）

2. 宗教与戏曲的关系（如康保成等关于佛教、道教与戏曲关系的研究）

3. 戏曲的地域性研究（如洛地的《戏曲与浙江》等）

4. 民俗与戏曲的关系（如翁敏华等关于元剧民俗的研究）

5. 曲种的比较研究（如吴新雷等关于宋元南戏与明传奇的异同研究）

6. 元杂剧专史研究（如季国平的《元杂剧发展史》）

7. 关于当代元曲研究的反思

由此可见，90 年代的元曲研究在思路、视野、内容上都有所扩展。其意味是：元曲的研究已超越了以前戏曲学研究的套数，其格局已不再是纯粹的“文学的研究”或“戏曲文学史”或戏曲“表演史”的研究。

元曲开始作为一种文化现象、作为古代文化网络中的一个集结点进入学术的意识。当然,对戏曲自身的学术思索和探究依然是研究的主体,而这种思索和探究的趣向,则反映在元曲研究中有关研究观念的争辩,1999年出版的胡忌主编《戏史辨》,不妨可作为这一争辩的特殊反映。

这是一部以幽默自称"非主流派"学者为主的曲学论文的专集,主要旨意在对当下戏曲研究的主要思路、主流观念提出质疑。打头篇的陈多首先对20世纪初王国维开创当代戏曲学研究表示崇敬,但对王氏研究中以"戏剧文学"为核心的观念提出批评,提出戏曲史研究、阐述的核心应当是"场上"的表演史;与之相联系的是评价剧本的优劣得失,应以是否适于场上为首要标准,一部"戏史",戏曲剧目创作的主渠道在民间优伶,文人只是参与者,若今所见关汉卿、王实甫等曲家剧本,实际上并非"原本",而是在长期过程中应场上需要的"改本"。由此,陈多尖锐地提出:"20世纪的中国戏曲史的研究在基本方法、观点上都有着改进、扩充之处;有着别觅'路头'、另立门户的必要。以上只是从究竟是研究'戏剧的文学'的'史'、抑或是研究'以戏剧文学样式写的文学作品'的'史'这一个角度来谈何以需要改进。此外……诸如与戏曲本体观有关的什么是戏剧?戏曲的要素为何?他们之间的关系又是怎样的?有没有在明清之际出现过由以文学为中心向以表演为中心、'诗'本体观向'剧'本体观的转变?与(成熟的)戏曲的形成、发展有关的中国戏曲形成于何时?是渐变形成还是突变形成?在戏曲发展过程中,城市和农村演出市场分别起了什么作用?是城市领导农村,还是农村包围城市?等等。"这些问题的提出,本身即是对20世纪戏曲研究的反思和批评。实际上,陈多提出的有些问题已经为学者关注,如李昌集、赵山林在《中国古代曲学史》《中国戏剧学通论》中指出古代戏曲观中二重形态意识(案头的、文学的形态与场上的、表演的形态)的争锋、交叉与调和;戏曲剧本的二重存在与传播的方式(文学意义的存在和文本的传播与表演意义的存在和场上的传播)等。因此,戏曲研究的角度应当是多元的,不必为之确立一个"中心"或"基准”,戏曲的“文学意义”与“表演意义”虽有交叉,但在不同的传播、接受场中具有不同的本质,是乃“一体二用”,文本的“戏曲”与场上的“戏曲”实是“共名异物”,其包蕴的艺术内质、负载的文化内涵,大有不同,因而在学术研究中便应充分体现不同学人的趣向,只不过不能将戏曲的“文学研究”标为“主流”,自诩高尚罢了。

不过有一点:研究观念和研究趣向可以有种种不同,但其学术的归宿则都在揭示和阐述历史的真实。《戏史辨》中洛地的《戏剧——戏弄、戏文、戏曲》、周华斌的论文《戏·戏剧·戏曲》,从类型学研究的角度,对中国古代戏剧史的真相及研究的趋势提出见解。周华斌在指出中国古代“戏”“戏剧”“戏曲”称名的本义由来及实体形态的交叉演化后提出:“戏剧史的研究还开阔得很,如:原始戏剧研究;戏剧形态研究;戏子戏班研究;传统剧场研究;传统戏剧观众研究;传统戏剧题材类型化研究;传统戏剧技艺研究;宗教祭祀戏剧研究;戏俗与民俗研究,等等。已有相当一些学者注意到了这一切,或多或少有所建树。中国戏剧史学科领域有望与国际性研究接轨。”洛地的论文,是立足于我国戏剧实际的类型学研究,其观点此前在其《词乐曲唱》《戏曲与浙江》及若干论文中已陆续提出,本文则是其简赅的综合阐述与总结:“戏弄,以‘弄’为‘本’,旨在笑乐,最为悠久,在各个时期,应时应景而产生、而活动……直至如今。戏曲,以‘曲’为‘本’,以文人之作为其主体,旨在表现作者个人情怀(最突出的是元曲杂剧)。故其曲,在演出场上少有延留,而其‘曲本’(文本)多有刊刻而存世,乃成为后世的‘文学遗产’。戏文,以‘文’为本,旨在以事晓人,以艺娱人,以情动人,无论在其自身的艺术结构……等诸方面,都具有相当的稳定性,从而成为我国戏剧的主体。”洛地对古代戏剧的形态学阐述,立足点为戏剧的历史生态,对任中敏的中国古代戏剧分类说有所发展,更不同于流行的“美学”“文艺学”的某种对戏剧样式的“理论整合”,朴素,但切实:从“戏史”的角度言,中国古代戏剧形态史的进程就不是一种从低级形态向高级形态的单线递进,而是一种既有演进(如“戏文的演进)、亦有稳定(如“戏弄”之传统)的多线条、多品类共存的格局。对元杂剧而言,其产生，是历史偶然中的必然：元代的特殊状况促使文人介入戏曲文学创作，从而产生了以抒情为特征的“戏曲”；但由于其与“戏”以故事为本体的特质不尽相合，故杂剧作为一种社会性的通行样式，只盛于有元一代。而其所开的文人创作戏剧之风气，则影响了此后文人传奇（南曲戏文）的产生。对此，王国维其实早有觉察，所以他在《宋元戏曲考》中说元文人剧作只是“被以意兴之所至为之，以自娱娱人。”故“关目之拙劣，所不问也；思想之卑陋，所不讳也；人物之矛盾，所不问也。”但这只是一种学术的直觉，今日的学者则把这种世纪初的学术直觉转化为一种理性的学说。实际上，20 世纪早期的中国戏剧史研究已经开创了多元研究的格局，三、四十年代戏剧研究的主流命题是场上的戏剧而不是文学的戏剧，研究潮向的改变是 50 年代以后的事，世纪末“非主流学者”的呼声，实是对本世纪早期戏剧研究更具学术理性的回应，个中意味，是颇耐深思的。

20 世纪的元曲研究，只是国学中的一个小小分支。但其走过的历程是耐人回味的。如果要总结其最根本的一点的话，那就是：在世纪初由王国维提出的“纯粹学术”的理想，经过数十年的蹒跚，终于在世纪末得到了实现。而这，并不仅仅是学术界自身努力和独立能为的结果，因此，当我们总结、反思 20 世纪的元曲研究时，最终生发的是对我们伟大祖国光辉进步的礼赞！

（附注：由于资料的限制，亦考虑全文逻辑上的连贯，本文未把港、台地区的元曲研究纳入）

（原载《江南大学学报》2002 年第 2 期）

王国维对元杂剧三点批评的当代解读

——一个世纪学案的重新讨论

1915年，商务印书馆出版了时年38岁王国维的一部学术专著《宋元戏曲考》(后改名为《宋元戏曲史》)。王国维对这部著作充满了学术自信，其《序言》有云："世之为此学者自余始，其所贡于此学者亦以此书为多。"近100年来，王国维的学术自信经历史的检验而被学术界认可，学界誉之为中国近代中国戏曲学的奠基之作。其"一代之文学"的观点成为文学史研究中的经典话语之一；其戏曲学的研究框架——从曲调和角色制等戏曲表演元素出发考证中国古代戏曲形态的原始源头和发生过程；以"悲剧""喜剧"等西方概念理解中国戏曲的戏剧精神；以"意境""自然"等中国本土诗学概念阐释元杂剧的文学风格。这一切，构成了王国维"学兼中西"的学术框架，成为至今中国戏曲学研究的基本模式。

当然，在具体的观点上，王国维的见解并非毫无争议，最突出的一点是其对元杂剧的总体评价："关目之拙劣，所不问也；思想之卑陋，所不讳也；人物之矛盾，所不顾也。"而元杂剧之佳处惟在"有意境"——"古今之大文学，无不以自然胜，而莫善于元曲。"

对此，有学者认为，王国维对元杂剧的批评，是以诗学的眼光看元杂剧，于戏曲之道未免隔膜，故非元杂剧的当行之论①；而更多的学人则对王国维的见解不置一辞。时历近百年，我们不能继续无视这一批评而只顾自说自话，没有理由使一个世纪的元剧学案继续搁置。对此，涉及的问题很多，本文所要讨论的问题是：王国维关于元杂剧的三点批评，其出发点何在？具体内容为何？

一、关于“关目之拙劣”

所谓“关目”，大致相当于今日戏剧学所言的“情节结构”。关于戏剧结构，西方论者多多。其基本要义约有以下几点②：

其一，具有充满兴趣的故事性。

其二，故事的情节和人物动作依据故事的“内在逻辑”合乎情理地逐步推进。

其三，“戏剧性”的生成，在戏剧结构上体现为由一系列反复交错的“悬念”“发现”“意外”“冲突”和“激变”等而导向“高潮”，从而使观众自始至终有一种新奇感。

此三点，相互生发，相连一体，关键则在故事情节和人物动作既要“合乎逻辑”又要使观众感到“新奇”。以此衡量元杂剧，其“关目”便不免显得有些“拙劣”——

首先，元杂剧违背“故事逻辑”的情节动作比比皆是。如被臧懋循允为“元剧第一”的《汉宫秋》，昭君投水自尽这一具有“高潮”意味的情

① 有论者认为王国维对元杂剧的批评只是针对的戏曲文本，而非场上之戏曲。认为“戏剧戏剧，场上之戏”，不言场上，终究只是隔靴搔痒而已。所言并非没有道理。但我们必须注意戏曲有“场上”和“文本”两种生存形态，以及相应的两种既有联系又相对独立的传播和接受方式。而一个不争的事实是：我们所看到的古代戏剧的唯一真实的实体是文本形态的戏剧，对古代戏曲的研究当然要考虑相关的“场上”问题，但根本性质属于文本研究。

② 这里不包括西方现代派戏剧及相关的戏剧论。

节动作便不合“故事逻辑”：昭君和番之举是“自愿”的，这一行为具有叔本华所谓“主动赴难”的悲剧性：牺牲自己，“以息刀兵”。而昭君的投水自尽，表面看似乎是悲剧的升华，其实却违背了昭君和番的目的，“和番”实际上未能实现，刀兵可能再起，其“自请和番”便失去了意义。比较唐宋诗人们在诗中备写昭君赴番途中的凄凉哀怨，倒是诗人们更能把握昭君和番的“行为逻辑”和悲剧的内蕴。如果参照历史事实，《汉宫秋》的“关目拙劣”就更明显：汉元帝与群臣在昭君和亲问题上的争执、呼韩邪为一个从未见过的女人大动干戈，昭君投水后又与汉朝“以甥舅相称”，把毛延寿遣回汉朝砍脑袋，如此等等，皆缺乏“故事逻辑”的支撑，与历史的真实亦相去甚远。

上述《汉宫秋》的“关目拙劣”，类似的表现在绝大部分元杂剧中都不同程度存在。如果以西方剧作法衡量，则元杂剧关目“拙劣”至为明显：元杂剧组织“关目”不重“悬念”“发现”和“激变”，而习惯以“说破”消解悬念①。在元杂剧中，很难找到像西方戏剧的那种“促使事件变得不可避免的必然性”；很难从故事关目中感受到一种激烈的矛盾冲突和由之导向的“高潮”。即使动作性、情节性较强的剧目也在所不免。关汉卿的剧作是最善于制造“冲突”和“悬念”的，最具代表性的可推《窦娥冤》。其“戏剧性”和矛盾冲突的起点，是蔡婆外出时遭张驴儿胁迫，允其婆媳嫁给张驴儿父子，只是担心媳妇窦娥不从，是为全剧最初的悬念；蔡婆带张驴儿父子回家，果然遭到窦娥的激烈反对，张驴儿执意要霸占窦娥，蔡婆则想慢慢劝窦娥同意，由此而再生悬念；张驴儿急于得手，想毒死蔡婆以解决问题，从而产生“紧张”和更大的“悬念”；结果反而毒死了张父，张驴儿讹赖窦娥下毒，要挟窦娥顺从，窦娥坚拒，相信官府会主持正义，情愿“官休”，是为全剧最紧张、冲突最激烈、

① “说破”是当代戏曲研究家洛地先生阐释古代戏曲结构方式使用的一个概念，在戏曲中表现为剧中人在上场时的自我表白、将自己曾经做过的事情、即将要做的事情、行动目的乃至行为结果“提前”告知观众，将西方戏剧让观众自己体会的“戏剧悬念”先予“说破”。目前，“说破”已成戏曲研究界关于戏曲结构方式研究中的一个通识性术语。

亦最具悬念的戏剧情节；接着到官府，窦娥被判死刑，悬念解除，窦娥的悲剧结局形成某种“高潮”并由之达成矛盾冲突的“平衡”。此后第三折，窦娥刑场就戮，发下三大誓愿以表其冤，二愿皆验，由此造成新的悬念；第四折，肃政廉访使、窦娥的父亲窦天章巡案楚州，窦娥鬼魂托梦诉冤，乃得昭雪，张驴儿等受到严惩。是为全剧的大结局。

以上运用西方戏剧结构理论对《窦娥冤》的粗略分析，表面看来似无不妥，细究之，则问题多多：从情理言，蔡婆认张驴儿父子为“救命恩人”便颇不合情理——张驴儿的确从赛卢医手下救了蔡婆一命，但又以勒死蔡婆为要挟，企图强娶其婆媳，乃是与赛卢医一样的流氓恶棍，何能认其为“救命恩人”而嫁之？张驴儿欲毒死蔡婆也没有道理，蔡婆不是障碍而是支持者，毒死她事情岂非更难办？县官梼杌判案也不合“故事逻辑”——梼杌贪赃枉法，“但告状的便是衣食父母”，而张驴儿父子是无业游民穷光蛋，有钱的是蔡婆家，判窦娥死刑得什么钱财？

再从安排戏剧结构的技巧看，则问题更突出：首先是“高潮”显得马虎。所谓戏剧高潮，“即全剧最紧张的一点，最完整地表现了剧作家心目中的现实发展规律。高潮通过一次平衡状态的变化——它创造出力量间新的平衡——而解决了冲突”。“高潮必须是一个动作，一个发展完全、并且牵涉到人物和他们的环境之间平衡状态的一定变化的动作”①。《窦娥冤》的“高潮”在哪里？从“解决冲突”和“平衡状态的变化”看，当在第二折，窦娥被判死刑解决了矛盾而消解了冲突。但是，在戏剧高潮前，应有足够的情节说明“促使事件变得不可避免的必然性”，可在《窦娥冤》中却很难发现这种“必然性”。如果把第三折视为戏剧高潮，则显然有违“高潮”的定义，因为冲突已经解除，窦娥就刑发愿只是延伸性的“下落动作”，没有激发新的戏剧冲突而造成“紧张”和“危机”的意义。至于第四折，只是一个概念化的“惩恶扬善”大团圆，以西方戏剧观念衡之，几乎谈不上什么“动作性”。

---

① [美]约翰·霍·劳逊《戏剧与电影的剧作理论与技巧》，中国电影出版社1989年版。

由此可见，以西方戏剧观念和剧作技巧看元杂剧，其“关目”确实有些“拙劣”，王国维的批评并非没有道理。其实，明末清初的李渔早就说过元剧“白与关目皆其所短”[①]，比如《琵琶记》就疏于情理，“针线不密”，并操刀动斧加以改编。可见比较重视故事情节的清代传奇家已经觉察到元剧“关目”上的不足，只不过未如静安先生的“拙劣”说得那么重。

但问题是：元杂剧并不因“关目拙劣”而影响其风行一时，当时的观众们看得津津有味。明清传奇虽然加强了故事性和情节性，但“戏剧结构”的大框架并无根本性的改变，如果用西方戏剧理论去衡量，“关目拙劣”亦在所不免。这就不由得令人反思：以西方戏剧结构论衡量元杂剧乃至中国古典戏曲是否合理？中国古代戏曲是否有着自己独特的“戏剧结构”？元杂剧所谓的“关目拙劣”，是否恰恰体现了中国戏曲不同于西方戏剧的结构方式及其特有的意蕴？

关于此，需要戏曲学界的同仁们深入探究。笔者曾作了一些初步探讨[②]，在此仅作一简要陈述：

首先，元杂剧是戏曲，无论是场上形态还是文本形态，与西方戏剧均有极大差异。西方戏剧研究者将中国戏曲视为歌剧，是有道理的。而中国戏曲较西方歌剧更注重曲词的抒情性，“一人主唱”的元杂剧更是如此。从叙述学的角度言，元杂剧的主唱人是一个特定的叙述者，其“叙述”则包含多重内容：一是对故事情节的某种描述；二是抒发剧中人在戏剧故事中的种种情感思绪；三是潜在地表达剧作者对戏剧故事和剧中人的情感态度和评价。此三项，“剧作者”的叙述最复杂。明代的臧懋循说杂剧创作是文人作剧曲、优伶造科白，虽然未见得全

① 见李渔《闲情偶记》。

② 参见《情感结节与戏剧高潮——元杂剧结构方式的研究》（《艺术百家》1987年第3期）；《戏剧性及其发生机制——元杂剧结构研究之二》（《艺术百家》1988年第1期）。

然如此，但从元刊杂剧看，应是一个较普遍的现象，至少元杂剧的故事骨架多来自民间①。同时，元杂剧的观众主要是平民百姓，由于元杂剧的演出主要是商业性的②，因而剧作者需要迎合观众的思想情感和审美倾向。因此，元杂剧的“叙述”势必呈现为一种文人话语和平民话语的复杂交织。

上述元杂剧的历史生态，与其戏剧结构有什么关系？有，那就是作曲的文人总是尽量选择适于抒情的情节场景发挥他们作曲的才华。例如：第一折窦娥上场，唱一整套“满腹闲愁，数年禁受”，有什么“动作”意义？没有，其唤起的是观众对窦娥凄凉身世的情感同情和类似的情感体验；窦娥刑场发愿的大段曲唱，有什么“动作”意义？也没有，其抒发的是对现存秩序的情感批判。因此，元杂剧的故事情节乃是剧中人、剧作者和观众们发抒情感的某种背景和引发点，而不是戏剧的根本所在，是为中国戏曲与西方戏剧的根本差异。美国戏剧研究家布罗凯特在《世界戏剧艺术欣赏》中说：“西方的观众有时不易了解中国戏剧，因为它每每集中于高潮，而把故事的发展委之说白。因此，兴趣的焦点是高潮的片刻，而不在全部故事的戏剧化。”这是一个很敏锐的见解，只不过其所说的元杂剧“高潮”并非是严格西方戏剧论“动作”意义上的高潮，而是元杂剧特有的“情感高潮”。布罗凯特云中国戏曲“不在全部故事的戏剧化”，的确道出了中国古代戏曲、尤其是元杂剧的基本结构特征：不像西方戏剧那样组织具有紧密因果联系的“动作链”，不同于西方戏剧以一系列动作构成“冲突”“悬念”“说明”“发现”“激变”“高潮”和“平衡”，从而形成“全部故事的戏剧化”。

那么，是不是因此就认定元杂剧“关目拙劣”？不能！因为如此就

① 今存《元刊杂剧三十种》属于一种“掌记本”，作用在使演员记忆曲词。同时也是散发给观众的剧读本，目的在使观众明白唱词的内容。故元刊杂剧本主要是曲词，科白甚少。杂剧演员在场上时，科白可作某些自由发挥和更动，而曲词则不然。此可作文人作剧曲，优伶造科白的一个间接证据。

② 参见杜仁杰散套《庄家不识勾栏》，隋树森编《全元散曲》上册，中华书局 1964 年版。

妨碍了对元杂剧结构方式的深层理解。中国古代戏曲有着自己独特的结构方式,元杂剧于此体现得尤其明显。我曾把元杂剧的结构方式概括为"情感结节"结构①,这种戏剧结构以"情感新奇效应"为戏剧性的发生机制,高潮在于剧中人激烈的情感波澜和心理的矛盾冲突,全剧的最高潮乃是人物情感最终汇集成的总体情感结节。因此,元杂剧的戏剧结构以情感而不是动作情节作为缔造戏剧的基本元素,故事乃是次要的。体现在作法上,其以"说破"将故事的进展提前"预告"观众,而把人物的情感反映作为"悬念",元杂剧"戏剧性"发生机制,根本所在乃是调动接受者"情感期待"的"情感悬念":窦娥刑场就戮之故事情节,是观众"已经知道"的,其期待的不是故事发展如何,而是窦娥对冤屈的情感反映,故第三折在西方戏剧结构的框架中已属于没有推进剧情意义的"下落动作",但在"情感结节结构"中,这一折却是全剧情感的汇聚点和情感境界的升华,是观众最为激愤和感动的全剧最高潮。至如《汉宫秋》第四折,整整一折都是元帝抒发对昭君的思念之情,更是没有任何情节意义的"静止动作",但却是全剧情感抒发的最高潮,观众感受的已不仅是汉元帝的爱情伤感,而更将这种情感升华为更广泛的对失去至爱的悲情体验和心理共鸣。元杂剧乃至古代戏曲的根本指向在哪里?曰:情感世界。中国戏曲以情感为戏剧结构的基本要素,与西方戏剧以情节动作为基本要素截然相反,张庚先生精辟地称中国戏曲为"剧诗",深层底蕴即在此。从"关目"层面上言之,元杂剧的结构方式就是一种"诗性思维"的体现②,有着与西方戏剧完全不同的方式和意味。

---

① 这里不包括西方现代派戏剧及相关的戏剧论。

② 关于中国文学创作传统中的"诗性思维",是值得进一步研究的大问题,阐释之非本文主题所在。从"叙述"的角度简言之,"诗性叙述"的基本特征在于注重把当下性升华为普泛性,既着意于当下情境,又超越当下情境。而古代戏曲的叙述方式在本质上属于一种"诗性叙述",其直接的形式表征乃是以曲为主,从而导致戏曲在叙述上整体格局与西方戏剧完全不同。

二、关于“人物之矛盾”

人物性格在戏剧中的结构意义以及如何塑造戏剧中的形象性格，是西方戏剧论中的重要命题之一。其论的基本原则，在戏剧中的人物形象及其性格特征必须符合生活的真实，不管其形象是“写实”的还是“夸张”的、是一贯的还是转变的、是“扁平”的还是“球形”的，都是具有内在一致性和连贯性的“这一个”。这一基本原则，中国古代的史书等传记文学乃至小说中的人物性格塑造，亦大体如是。元杂剧则不然，如果以生活中真实的(或可能为真实的)“这一个”去衡量元杂剧中的人物，则其“矛盾”每每可见。其“矛盾”之体现，大致可从两方面体认：一是史籍文献有载的人物，可与元杂剧相参照，以察二者的性格(而不是具体行为)是否矛盾；二是从元杂剧作品本身看其人物的行为和性格是否前后有矛盾。

还以《汉宫秋》为例，剧中的汉元帝就是一个“人物之矛盾”的典型。查诸史籍，汉元帝是一位颇有作为的君主，性格绝非如剧中汉元帝那样软弱。当然，历史剧中的艺术形象未必要与历史上的实际形象完全一致，剧作家可以根据他的创作意图改变元帝的形象。但有一点：其形象性格应当符合其社会身份。可是，《汉宫秋》的元帝形象根本不像个帝王。且不论汉元帝的“戏剧动作”与帝王身份不符，观其唱词，更能看出元帝的话语与其特定的社会身份相违背，如第一折：

> 〔旦云〕陛下，妾父母在成都，见隶民籍，望陛下恩典宽免，与些恩荣咱。〔驾云〕这个煞容易。〔唱〕你便晨挑菜、夜看瓜；春种谷，夏浇麻，情取棘针门粉壁上除了差法。你象正阳门改嫁的倒荣华，俺官职颇高如村社长，这宅院刚大似县官衙。谢天地可怜穷女婿，再谁敢欺负俺丈人家。①

① 引自隋树森《元曲选》，中华书局1980年版。

全然一副市民口吻，哪里有一点真实帝王的影子？是为元杂剧“人物之矛盾”突出的一种表现。更需注意的是：这里的“人物之矛盾”是作家的有意为之，前文曾云：元杂剧的平民观众是剧作家创作中的潜在主导，剧作家必须要使他们的剧作为大众理解，因此，元杂剧是以“平民的眼睛”去看帝王、以平民的心理去想象和“塑造”帝王的。从这个角度说，《汉宫秋》的元帝形象其实是表层的“帝王”身份和实质上的平民形象的有趣“叠合”。这种“叠合”，缺乏内在的统一，并非是多重性格的交织和有机融合，与通常所云的性格复杂的人物形象（西方文学理论中所谓“球型形象”）亦大不相同，我们将元杂剧的这种戏剧形象称之为“叠加型复合形象”，是为元杂剧的深层意味之一。

“叠合形象”在元杂剧中有多种表现。如《李逵负荆》，且看第一折李逵下山时唱的一曲〔混江龙〕——

> 可正是清明时候，却言风雨替花愁。和风渐起，暮雨初收。俺则见杨柳半藏沽酒市，桃花深映钓鱼舟。更和这碧粼粼春水波纹皱，有往来舍燕，远近沙鸥。①

一派文人风标。单看这曲词，其映现的乃是一个十足的文人形象。但在此后的故事中，从行为到曲词，李逵都是个耿直鲁莽、疾恶如仇的草莽英雄：听王老汉说宋江、鲁智深强行挟走其女满堂娇，未加深究便轻易相信；接着上梁山质问宋、鲁，带二人下山对质，一路上处处觉得二人就像嫌疑犯，把一个憨直鲁莽的英雄形象展示得十分生动。而到了真相大白李逵上山请罪时，则又颇表现出不无可爱的市民式小滑头。此李逵，是论者经常称道的形象，但很少有人注意到其中的“人物之矛盾”，注意到剧中的李逵是“优雅文人”“草莽英雄”再加一点市井平民的“形象叠合”。

当然，李逵的“文人形象”首先是“文人作曲”的产物，第一折李逵

---

① 引自隋树森《元曲选》，中华书局 1980 年版。

的“游山观景”，最能激发文人的情怀和诗意，一旦在戏曲中出现这样的场景，作曲的文人便不由得把自己的形象嫁接到剧中人身上了，尽管剧中此人根本不是文人。但是，如果以此“形象”为起点，再注意形象性格的一致性，则“李逵”以后的行为就不应当如此简单鲁莽，剧作者对此是不加考虑的，所以王国维才说元杂剧“人物之矛盾，所不顾也”。

《李逵负荆》中李逵形象的“叠合”，在元杂剧其他人物身上多有体现，但这种“叠合”是浅层的叠合，缺乏深文大义。《昊天塔》则不同，虽然在总体上《昊天塔》或许不及《李逵负荆》，但却体现了元杂剧“叠加型复合形象”的深层意味。

《昊天塔》诉述了这样一个故事：镇守三关的主帅杨六郎杨景得知其父被番兵杀害，骨殖放在昊天寺的塔上，于是与孟良前往盗骨。得手后，番将韩延寿率兵追来。六郎在回边关的途中经过五台山，遇见削发为僧失散已久的哥哥杨五郎。二人已互不相识，经五郎诉说身世，兄弟相认。二人合力杀死追来的韩延寿，报了杀父之仇。

《昊天塔》也许是元杂剧中“关目之拙劣”和“人物之矛盾”的典例之一。即从以上简短的剧情梗概，“拙劣”和“矛盾”就已经很明显：作为镇守边关的主帅，怎能只带上一个副将就亲自去盗骨殖？回边关怎会拐到五台山？在五台山，韩延寿居然撇下大队兵马，被杨五郎三言两语诓到庙里，下场自然是死路一条。以“生活真实”衡之，如此等等是绝不可能发生的，只不过在戏剧舞台上，知道并久已习惯于接受这种“做戏”的中国观众，已经消解了追究其人物“矛盾”的意识，只有西方的接受者“有时觉得不易了解”。

《昊天塔》直到今天在一些剧种中还有折子戏“五台会兄”在演出，情节与元杂剧差不多。如果从“整个故事”来看，这场戏没有任何“事件发展的必然性”，完全是“硬加”的“关目”，但却是本剧最重要、最吸引观众的一出戏。富有意味的是：这场戏人物形象的“叠合”也最突出。此折的主唱者是杨五郎，且看其上场后所唱的两支曲子与戏剧场景：

(正末扮杨和尚上云)洒家醉了也(唱)

〔双调·新水令〕归来余醉未曾醒,但触着我这秃爷爷没些干净。〔做听科云〕哦,恰像似有人哭哩!(唱)那哭的莫不是山中老树怪,潭底毒龙精,敢便待显圣通灵?只俺个道高的鬼神敬!(杨景做哭科云)父亲也,兀的不痛杀我也!(正末云)兀的不在那里哭呢!(唱)

〔驻马听〕那里每噎噎哽哽,搅乱俺这无是无非窗下僧。(杨景云)父亲也,痛杀我也!(正末唱)越哭的故孤零零,莫不是着枪着箭的败残兵?我靠山门倚定壁儿听,耸双肩手抵着牙儿定。似这等沸沸腾腾,可什么绿荫禅房静。①

显然,杨六郎的形象到这场戏发生了“转移”:此前是武艺高强而勇敢的将军,在这里则是软弱伤感的孝子,二者的性格差异至为明显,是为元杂剧“叠加型”形象的表现之一。杨五郎呢,也产生一个微妙的“形象转移”:一出场的五郎是个杀气腾腾“但触着我没些干净”的秃爷爷,但听到哭声后却“靠山门倚定壁儿听,耸双肩手抵着牙儿定”,认定哭的人是个孤零零的弱者,猜其是“着枪着箭的败残兵”,“秃爷爷”瞬间就变成了一个富于同情心的温存侠士。

元杂剧的这种“形象转移”有什么意义?在我看来,这里的“形象转移”使戏剧形象产生了双重超越——就戏剧本身言,这里的“戏”已经超越了一个将军与和尚的“兄弟相会”,观众感受的更是一个遭遇不幸的弱者与一个正直、狭义、刚勇之士的“相会”,是危难者与解脱危难者的相会;而对生活经验中的将军与和尚而言,剧中形象已超越了其现实的实体,特定的戏剧形象与故事已转化为一种载体、一种符号,某种平民大众共通的广泛精神情感的传递才是形象性格的意义本体。元杂剧的往往把大众所熟悉、所爱憎、所想象的某种形象性格“叠合”成一个戏中人,这才是元杂剧“人物之矛盾”的真正内涵。

① 引自隋树森《元曲选》,中华书局 1980 年版。

如此理解，我们还能以西方戏剧观念为标准，简单地指其“人物矛盾”么？当然，与纯粹的文人文学和西方戏剧相比，有着若干民间文艺色彩的元杂剧在许多方面不免显得稚朴乃至“矛盾”和“拙劣”，但正是这些稚朴和拙劣，包含和体现着一种独特的艺术旨趣和文化意蕴，当代戏曲研究的任务是考察之、深究之、阐释之，简单的批评和盲目的赞许皆不可取。

三、关于“思想之卑陋”

读过元杂剧的学人，大概都会在直观上觉得王国维对元杂剧的三点批评不无道理，但如果要切实解读一下王国维对元杂剧的三点批评，“关目之拙劣”“人物之矛盾”尚有迹可循，“思想之卑陋”则有些难于捉摸了。因为静安先生对之没有作任何解释，而“思想”包含的内容又太多，各人理解的角度更难求一致，所以很难总结出一个元杂剧的总体“思想”。因此，本文将之作为一个启示性的课题，揣摩学贯中西之静安先生的批评立场，对所云元杂剧“思想之卑陋”作一初步解读。

其实，本文前云元杂剧“关目之拙劣”“人物之矛盾”，说到底，根子乃通向“思想”。所以不妨以个案入手，从元杂剧的创作思路谈起。

姑以郑德辉的《王粲登楼》为例。其剧情梗概如下：

> 楔子：王粲奉母亲之命，应其叔父、当朝丞相蔡邕之召，投奔京城寻个功名。
>
> 第一折：王粲到京城后，一月不得蔡邕任用。原来蔡邕并不是其叔父，而是王粲父亲的故交，当初曾与王父指腹为婚。但知王粲满腹经纶然心高气傲，有心挫他的锐气以磨炼其人。故暗托曹子建把自己向荆王刘表推荐王粲的书信，以子建的名义给王粲。适王粲来拜，蔡邕故意羞辱王粲一番，王粲愤而辞去，曹子建把书信交给他去投奔刘表。

第二折：王粲到荆州见刘表，呈上书信。刘表在与王粲交谈中发现其“才过德小”的疏狂之士，乃不予启用。

第三折：王粲盘桓荆州，登楼感慨怀才不遇。

第四折：王粲向圣上献上《万言策》，得封为“天下兵马大元帅”。到京城后，蔡邕与曹子建到辕门拜访王粲。王粲以当年蔡邕羞辱他的同样方式羞辱蔡邕，经曹子建说出真情，王粲方知真正的大恩人是蔡邕，乃与蔡邕女完婚。①

从以上基本故事情节，可以总结其“思想主题”：一个备受困顿的人，只要有才华，经过磨砺总有成功之日。如果再以结合“时代背景”的一般套路去分析，则可进一步说本剧抒发了元文人“沉抑下僚，志不得伸”的抑郁之怀，反映了元后期文人在新的环境下萌发的用世之念，以及长期备受压抑的自我宽慰。

当然不错。但“思想分析”并不如此简单，若干“思想”要从故事情节和人物性格的细节中去体味。而本剧关目和人物的细节，以今天的标尺衡量，可谓乱七八糟，堪称元剧“关目之拙劣”和“人物之矛盾”的典型之一。但就是这些“拙劣”和“矛盾”的细节，却更能反映某种“思想”。

姑先拈出一些细节：王粲在京城旅店欠下“许多房宿饭钱”，店小二讨债，粲云：“我见了我蔡邕叔父呵，稀罕还你这几贯钱？”哪里像个文人，直是一个庸俗的平民形象。而王粲所以被蔡邕搁在旅店里不闻不问，是蔡邕因王粲“胸襟太傲”，所以要“涵养他那锐气”，如此“涵养”之法，实在显得颇为幼稚；而王粲来见蔡邕，蔡邕与曹子建喝酒，故意不让王粲喝，使其觉得很没面子，用意也在“涵养他那锐气”。对照历史上诸多“涵养人才”的故事，这里“涵养锐气”的“戏剧动作”，实在显得肤浅可笑。再看王粲的“傲”：不给酒喝，拂袖而去；与荆王刘表交谈，话未说完便呼呼而睡；封了兵马大元帅，立马以当初蔡邕羞辱自己的方式回敬蔡邕；这些表现“傲”的戏剧动作和人物性格，同样令人感到十分浅薄。

① 所据本文见隋树森《元曲选》，中华书局 1980 年版。

既然如此,这些情节动作与人物形象还反映什么“思想”? 曰:不是这些“动作”和性格反映了什么思想,而是选择这些情节动作——即剧作者的创作思路反映了一种思想——平民的眼光、平民的意识、平民的思想。前文曾云:元杂剧的情节动作已不复是现实生活的再现,而是一种符号,一种意象,由于元杂剧主要是演给平民大众看的,所以要以平民大众能够理解的“符号”和“意象”传达剧作家的思想。“不经磨砺不成材”,是“沉抑下僚”的文人普遍的自我提示,也是平民大众能够理解和需要理解的人生道理,但如果只用高尚志士的经历和文人方能理解的人生体验去喻示大众,元杂剧就不会在世间风行,大概也不会是现在所见到的这个样子。

我以为,王国维所谓元杂剧“思想之卑陋”,主要是针对元杂剧中肤浅的平民思想意识而言的。而这一点,是不能单纯从王国维的西学背景中寻求解释的。静安先生首先是一个具有传统文人气质和学养的学者,在他眼光审视下的元杂剧自不免有“思想卑陋”之嫌。所谓“卑陋”,指思想浅陋而缺少深刻,作为平民文化性质的元杂剧,以平民大众的生活经验和“思想”去认知与想象历史,以平民大众的生活理想和情感倾向表现与评价现实,在静安先生的眼里自然是不免“卑陋”的。

如元杂剧的“历史剧”,有一定历史知识的人就会发现元杂剧对历史的种种无知和幼稚的想象。前举《汉宫秋》就是一例,即使被王国维允为“可入世界悲剧之林”的《赵氏孤儿》也在所不免。《赵氏孤儿》故事的本事见于《左传》,后《史记》加以敷衍,元剧故事主要是根据《史记》改编。但其中时见有违历史常识之处。细说之很费篇幅,这里仅说一点:“养子”之俗始于汉代,最初为宫中阉宦养子传代,后逐渐扩展成一种普遍的民俗。故在春秋时期,屠岸贾是不可能收公孙杵臼之子(实赵氏孤儿)为养子的,元杂剧是以当时的民俗移之于历史。这不过是一个小小的历史细节,但颇有代表性:以平民生活的当下经验、当下“思想”理解历史,“改变”历史,在元杂剧的“历史剧”中几乎比比皆是,其例不胜枚举。

再说元杂剧的生活剧。在元杂剧的世俗生活剧中,我们每每可以发现一种平民意识的天真想象。姑以《望江亭》为例:这是一部表演平民女性以自己的智慧战胜邪恶的故事。如此，其“思想”何陋之有？云其“卑陋”，是其把正义战胜邪恶“思想”得太幼稚、太简单、太天真。《望江亭》中的女主角叫谭记儿，其取胜的方式是：先以姿色糊弄得坏男人神魂颠倒，然后拿住对方的要害，迫使对方就范。如此取胜之道，现实生活中并非没有，但剧中的具体故事，在现实生活中是绝无可能发生的：出身平民的女子谭记儿偷了杨衙内的势剑金牌，最后使杨衙内一败涂地。而杨衙内何许人也？是钦差，是圣上差遣到潭州取白士中人头的；圣上所以要取白士中人头，是杨衙内谎报圣上说白士中“贪花恋酒，不理公事”；所以要谎报诬陷，是因为杨衙内听说白士中娶了漂亮女人谭记儿，他要杀了白士中娶谭记儿为小夫人。最后因为没了势剑金牌，所以杀不了白士中，而恰巧“巡抚湖南都御史”李秉忠来到潭州，也不知怎么就知道了事情的真相，结果“将衙内问成杂犯，杖八十削职归田”——整个故事都是“平民的想象”，元代之前和元代的各种典章制度，都决定了绝无发生此等事情的可能，与生活真实相差甚远。而以为一个女子的些许小智慧就能胜得一个钦差（尽管这个“钦差”也没有一点真实性），也实在是幼稚得很。以文人的眼光看，元杂剧对社会、对生活的认知理解，实在无“深刻”可言，其“思想”自不免“卑陋”。王国维曰元杂剧“思想之卑陋”，应当主要指此。而在清代焦循的《花部农谭》中，焦循对“花部”也有类似的评说，可见不止王国维一人对大众文化性质的戏剧有“思想之卑陋”的看法。

然而，如果转换我们解读元杂剧的思路，所谓元杂剧的“思想之卑陋”，正是其特有的意味所在。在我看来，元剧作家是故意如此“思想之卑陋”的，而观剧的平民大众，也并非以为戏中的故事就是真的。中国古代“戏剧观”在总体上从不把戏剧与生活真实划等号①，从作者到

---

① 中国古代比较真实反映现实的“时事剧”在明中后期方产生。严格意义上的“历史剧”观念到清代方成为曲坛的话题之一。而古代的“时事剧”和“历史剧”与西方戏剧及今日话剧的同类之作相比，其“真实”的框架形态依然有很大不同。

受众,"做戏"只是一种虚构乃为普遍共识,是为中西方戏剧观最根本的不同。前文曾言:元杂剧的关目、人物、故事,其实都是一种文学意象,其文学诉求是一种情感愿望,是一种对历史和现实的情感判断,而不是理性的认知和解释。因此,元杂剧只是剧作者和接受大众得以情感宣泄和慰藉的载体,乌有之"戏"的底层是现实的无奈,只有在戏剧中、在戏台上,平民大众才能够欣赏自我,暂时搁置现实中的烦恼和悲凉。王国维所说的元杂剧的"思想之卑陋",从戏剧学的角度言,实际上是一种中国式的滑稽,一种中国式的喜剧性调侃,是元代平民大众一种集体无意识的艺术方式和艺术享受——"世界疏远了",子虚乌有的"戏"让接受者在情感世界中享受愿望中的生活快感和欣赏自我。

结　语

一个多世纪以来,对学术界影响最大的莫过于西学东渐。今天,融会贯通中西学已成学术界的一大趋势。本文的根本意图,在于探索如何融汇中西学进行古代戏曲的研究。长期以来,在对古代戏曲文本的阐释上,不少学者立足于戏曲作品本身提出了富有创意、符合中国戏曲实际的见解,但相当一部分研究还沿用着上世纪引进的国外模式,或生搬硬套时下流行的西方理论。同时,我们都习惯于对研究对象的赞誉而隔膜于批评,重视对文艺作品外围文化的考察而疏于对内在文化属性和品质的分析。王国维对元杂剧批评的学术价值,也许首先在其表现的批评精神,启示着我们更深入地认知和理解元杂剧,同时也给了我们一个警示:简单地运用西方理论研究中国戏曲是不够的,我们必须立足于本土文化和中国戏曲的实际建构自己的戏曲学;单纯地以传统文人的立场设定评价标准是片面的,我们必须以全历史、全社会人群的生活为学术视野而解读古代戏曲的思想内涵。由此出发,王国维对元杂剧的三点批评今天看来已不能简单认同,因为我们的阐释前提与静安先生大不相同,当代学术要求将所谓"关目拙劣”转变为戏剧结构的命题，“人物矛盾”转变为人物构成的命题，“思想卑陋”转变为思想方式的命题。而进一步的命题则是对元杂剧的文化属性的思考，如果把元杂剧的创作、传播和接受视为一个整体，则元杂剧是文人和大众的共同创造，是文人文化和民间文化的二元复合，是为元杂剧与文人文学本质性的不同所在，元杂剧所以受到王国维的批评，根子即通向这里。而我们的文学研究，对中国古代交叉生存和传播于雅俗两个文化圈的文学（如词、散曲、小说等）内在的二重文化属性，尚缺乏足够的关注和深入的阐释。

（原载《文学评论》2010 年第 5 期）

情感结节与戏剧高潮

——元杂剧结构方式的研究

由于种种原因，至今我们研究传统戏剧的若干理论还是借用西方的。这样做可以使我们对戏剧艺术（文学的、舞台的）自身的特点作出较为科学的说明。但是，某种值得注意的弊病亦随之而来：即我们对传统戏剧的研究往往成了对西方戏剧理论的简单套合。古代戏剧虽被描绘得光辉灿烂，其实成了印证西方理论的蹩脚材料，和中国古代戏剧的本来面貌不免隔膜。中国和西方的戏剧是不同的系统，作为戏剧，它们有若干相同、相似之处，但其差异却更引人注目，同时亦应是我们研究的重点所在。因此，从中国戏剧的实际出发，借鉴但不囿于西方理论，汲取但又不是简单地解释、拼凑中国古代有关的理论，有胆有识地构建我们自己的戏曲理论体系，我们才能正确地总结，评价传统戏曲遗产，并有利于今日传统戏曲发扬光大。

本文从元杂剧结构的角度，以戏剧高潮为解剖的基点，探讨传统戏剧的自身特点，或可为上述移山之举尽一铲之力。所述当否，望诸同道指正。

一、元杂剧的动作情节与戏剧高潮

当代西方著名的文艺理论家瑞士沃尔夫冈·凯塞尔在其《语言

的艺术作品》一书中把西方戏剧结构分为三大类型：

1. 事件戏剧。“一个事件变成为结构的负荷者，它创造出时间的紧张性。整个戏剧世界依照它安排，因此它密集成为‘情节’”，“在这里，各个人物除掉情节之外没有自己的或者甚至更高级的生命”。

2. 人物戏剧。“统一性不包含在情节而包含在人物之中”。即情节为展现人物性格服务并按照人物性格的发展逻辑而组合、推进。这在西方又通常称为“性格戏剧”。

3. 空间戏剧。“把生活的经过编成戏剧，假如人物只是在形象之外的联系，而不组成为结构，那么，‘人物戏剧’就转变为‘空间戏剧’”。在空间戏剧中，“事件的松懈”使它不倾心一个中心事件，而是展现一个历史过程。因而，“空间戏剧特别作为历史戏剧来得到实现”（见《语言的艺术作品》第十章第五节）。

在上述三类结构方式中，“事件戏剧”是最古老的结构法，它源于亚里士多德的“情节结构论”，是其他两类结构法的基础和母体。情节、事件是西方戏剧最基本的结构单位，只不过动作情节在戏剧中作为表现媒介的负荷和价值有所不同，集中体现西方戏剧这一结构方式核心的是其“高潮论”。

美国当代已故戏剧理论家约翰·霍·劳逊（John Howard Lawson，1895—1978）说：“戏剧的高潮，即全剧最紧张的一点，最完整地表现了剧作家心目中的现实发展规律。高潮通过一次平衡状态的变化——它创造出力量间新的平衡——而解决了冲突。”“高潮必须是一个动作，一个发展完全，并且牵涉到人物和他们的环境之间平衡状态的一定变化的动作”（《戏剧与电影的剧作理论与技巧》上卷第三部。着重点为原书所加）。

上述论点即是以“事件戏剧”为基础而笼罩人物、空间戏剧的“高潮论”。类似的说法还可以从现“全美戏剧教育学会”副会长布罗凯特（Oscar G·Brockeet）《世界戏剧艺术欣赏》一书中找到：“情节便是戏剧的全盘构造”，“人物便是一切情节的资源”，高潮则是“戏剧行动的危机，或称转捩点，”是“一场必要戏”。

可见，情节、动作是西方戏剧作品和结构理论的支柱，其地位虽经变化却没有发生根本的动摇。高潮论集中地体现了这一点，只不过从古希腊的“纯情节论”演化为事件—历史、事件—性格以后，通过事件认识的对象由事件本身上升为更高意义的历史和性格。

那么，元杂剧的结构方式是否也是如此？我们是否可以按照瑞士理论家的结构模式将元杂剧对号入座，用美国理论家的高潮论再作更具体的分析？牵强附会是可以的，实际情况却未必行得通。我们不妨以“高潮论”为突破口，看看元杂剧动作情节与高潮的关系是否契合西方戏剧理论。

姑先举有“元杂剧第一”之称的《汉宫秋》为例。其情节线大致如下：

楔子：单于射猎。毛延寿诱旨选女。

第一折：王昭君拒绝贿赂毛延寿，毛点破其图形，昭君被打入冷宫。汉元帝驾幸后宫，闻琵琶发现昭君，一见倾心，昭君揭露毛私，元帝下旨捉拿毛延寿。

第二折：毛延寿逃至番邦，怂恿番王索王昭君和亲。番使以武力威胁汉元帝，昭君自请和番。元帝无可奈何同意。

第三折：元帝、昭君灞桥依依告别。昭君行至黑水投江而死。

第四折：元帝思恋昭君。毛延寿被番使送回，斩首。汉番和好。

从上面简单的勾勒，可以看出：1. 全剧的中心事件是王昭君的命运经历，汉番的关系则是其背景；2. 戏剧矛盾冲突的焦点是毛延寿与王昭君的斗争，这对矛盾与汉番关系的背景交织进而扩展为民族纠纷；3. 全剧勾勒了三个人物性格：温情而又刚烈的王昭君、软弱无能的汉元帝、卑鄙狡诈的毛延寿。

依据西方戏剧理论，此剧的高潮在何处？可以套上的有两个地方：一是第二折昭君自请和番，二是第三折昭君投水自尽。二者均是一个“牵涉到人物和他们的环境之间平衡状态的一定变化的动作,”但达到的“平衡”不同,前者使汉番免于一场刀兵;后者是王、毛矛盾的彻底解决。由于昭君投水,使毛延寿掉了脑袋,二者同归于尽,虽然死的价值大不相同。那么,哪个地方应当是真正高潮呢?如果以“行动的危机”、“转捩点”和“全剧最紧张的一点”衡量,那就应该确定在第二折。此折充满了危机和紧张:番使以武力威胁,群臣劝元帝割爱,元帝拒绝以昭君和亲。僵持不下,危机、紧张、如何解决?昭君挺身而出,“创造出力量间的平衡——而解决了冲突”。

好,高潮就这样确定了。但问题又来了:根据“高潮统一性”原则,高潮应是全剧的圆心,一切动作(情节的、性格的)应向它集中,在高潮前后,应有足够的动作说明“促使事件变得不可避免的必然性”(见前引劳逊同书)。但在《汉宫秋》中,我们却很难找到这必然性。促使昭君动作的性格逻辑在哪里?不得而知。退一步说,如果前剧描写的匈奴强大,汉朝腐败说明了和亲的必然性(这仍不足以构成王昭君“自请”的性格依据),但高潮以后事件发展实际上却和高潮牴牾:既自请和番,昭君为何又投水?“和亲”之举实际上落了空,昭君和亲的使命并未完成,番邦可以认为此举说明汉无和亲诚意,刀兵可能再起,汉番和好的终局,从事件的逻辑看没有根据。自然,昭君投水后毛延寿因此被送回杀头就更缺乏说服力。

这样一来,结论只有一个:根据西方理论,《汉宫秋》是个蹩脚的戏剧,至少在结构意义上可以这么说。但《汉宫秋》历来被称道,至今读来还有极大的魅力,这样的结论能使我们同意吗?这就引起我们的反思:用西方结构理论去套搬元杂剧是否合理?

其次,我们应当注意到:高潮既在第二折,第三、四两折并没有新的矛盾和“转捩点”动作(昭君投水,延寿杀头在实质上都不构成新的冲突和转折)出现,“惜别”“思恋”这两个静止、单一的动作却分别构成两折戏并占据了全剧的一半。三、四两折,尤其是第四折,向来被认为是《汉宫秋》的重头戏,为什么篇幅极大,动作、情节极少的戏反而被认为是最精彩的?这又引起我们的思考:把第二折定为高潮是否合理?

既然和传统欣赏习惯龃龉,元杂剧的高潮又在那里?

最后,我们的眼光还应当伸向元杂剧的演出实际。从剧本看,有资格或可能充当高潮的动作("自请""投水")都不是由元杂剧演出的主要材料——唱辞加以表现或渲染的,可见,剧作者本就无意于把它作为全剧的首要之点。这同样又引起我们的疑问:元杂剧像西方戏剧一样把动作、情节作为结构的基本要素吗?换句话说,元杂剧以动作、情节为基点构造其框架吗?

问题集中到一起,最终的结论只有一个:以西方戏剧理论为唯一的指南,很难说明元杂剧高潮所在,因而我们也不能把元杂剧分别安置到西方划分的那类结构模式中去,而是应当首先找出元杂剧结构自身的主要特征。上文的分析可以表明:动作、情节并不是《汉宫秋》戏剧高潮的造就者,不像西方戏剧那样充当戏剧建构的基本出发点。同样的例子可以在元杂剧中找到许多,它们都显示了一个事实:元杂剧作者不是以动作情节为基点和中心去组织结构的。这就是我们从《汉宫秋》出发研究元杂剧情节、动作和戏剧高潮关系后得出的结论。

二、情感结节与戏剧高潮

既然动作、情节不是元杂剧高潮的造就者,元杂剧的"重头戏"往往不在连续的、有机的一组紧张动作之中,那么,它的高潮在哪儿?甚至可以问:既然"高潮"是西方建筑在动作基础上的戏剧概念,我们的元杂剧是否有高潮?实际上,纯西方戏剧理论意义的高潮在元杂剧中是很少见的,但是,"高潮"一词已如此广泛的应用,是否可以根据我国传统戏曲的实际扩大一下它的内涵加以运用?姑且让我们作一次这样的尝试。

如果这样说:高潮是某种矛盾冲突的最高阶段,这种矛盾不仅可以动作情节为基础,表现为一个紧张的动作,一个转捩点;同时也可以表现为心理情感的矛盾冲突或巨大波澜，可以在不同人的交流中进行，也可以在一个人的内心世界展开。以动作组织高潮使各种力量和环境达到平衡，而以情感组织高潮则主要将某种情感推向最高点和更加深刻的境界，使演员、观众的情感体验达到最高峰。这样的高潮呈现一个总体情感结节。我们把以这种高潮统一全剧的戏剧结构称为"情感结节结构"。这种结构类型的戏剧可称之为"抒情戏剧"，它和事件戏剧、人物戏剧、空间戏剧的不同就在于：它不以再现某个"有一定长度"的故事为主要目的，也不是着意塑造一个完整、丰满、生动而有血有肉的形象(性格)，也不把展现某个历史空间为主要目的，而是以某种情感的抒发、某种意境的凝结为最高宗旨，并以情感结节为建造戏剧结构的基本要素和出发点。

此论可否成立，请再以《汉宫秋》为例验证。今将《汉宫秋》情感线索勾勒如下：

第一折：元帝倾心昭君外貌，尚是一种浅层的、淡淡的爱情。

第二折：昭君自请和番，加深了元帝对她的爱恋。这一情感的反复回环由两个内容组成：对百官将相和自己无能的痛心；对失去昭君的伤感。昭君的"自请"成为加强、上升这一情感的触发点和依据。

第三折：整折表现了元帝、昭君难分难舍的离别之情。

第四折：元帝思恋昭君，愁肠百结。

从上述简单的勾勒，可以看出：《汉宫秋》的情感线索呈明显的递进过程，其逻辑关系既是合理的，又是勾连紧密的。它没有动作线中那种模糊矛盾的现象，《汉宫秋》故事情节的中心至少说不太容易确定，但情感中心却一目了然，原因就在于汉番和好这一事件甚至元帝、昭君爱情故事本身都不是作者最终意向所在，作者着意表现的乃是事件中人物的情感体验乃至作者自己的情感共鸣。因此，作者并不着意于动作的紧张性和必然性，三、四两折仅仅抓住"惜别""思恋"两个戏剧动作意义极淡薄的"动作"，并适当地将它延长、静止化，尽量把人物内心的情感波澜层层展开，构成一个动荡回环的漩涡，把元帝对昭君从倾于外貌的爱恋到惜别时的依依难舍，进而到心绪恍惚夜不能寐的难解之思，交织着悔、恨的复杂情感和心理矛盾推向痛苦的感情最高点。因此，从第三折起，情感线便开始向高点迈进，到第四折达到高峰，构成全剧的高潮。

由此可见，元杂剧的高潮由情感结节而不是由动作构成。为了更好地说明这一点，我们还可以拿人所熟知的《窦娥冤》为例。

如果说马致远杂剧以善于抒情著称，关汉卿则颇善于组织情节。关剧的故事性、动作性较东篱强得多，但关剧仍有以情感结节构成高潮的特点，《窦娥冤》即如此。如果以动作高潮的观点去衡量，此剧的高潮和结局都在第二折：经过公堂斗争，窦娥与张驴儿及官府的矛盾冲突由悲剧性结局构成平衡。但第二折很难认为是全剧的高潮，《窦娥冤》震撼人心的是第三折，窦娥一出场唱的第一曲一下子就把全剧的情感升到最高点，折末三大誓愿与此呼应，把窦娥对现存秩序的怀疑、巨大的心理悲愤凝结、震荡，形成强烈的情感喷射，造成全剧的最高潮。第四折就动作而言，出现了一个新的结局，但这一结局的内容（恶人被惩）却是外加的平衡，它不是前剧动作情节的必然，而是剧作者自己的愿望和由他把握、体验到的观众（下层人民）与全剧对应情感的表现。就情节动作而言，第四折由于缺乏必然性和过多的重复前剧情节故事而显得拖沓和毫无生气（解放后的改编本多删掉这一折是有道理的），但对全剧由情感结节构成的高潮言，它却有某种补充、延伸的作用。

值得注意的是：作为全剧高潮的第三折仅有赴刑场就刃这单一的，终止性动作。就情节意义而言，它不过是第二折已经表明的结局的重复，但就情感意义看，它却是全剧情感汇集的中心和新的升华。抽掉这一折，《窦娥冤》还有什么光彩呢？

由此看来，元杂剧的高潮不是由动作而是由情感结节构成的，因而其结构的基点不在情节、事件而在情感结节，这是我们再次得出的结论。

三、元杂剧情感结节结构的基本方式

现在，我们已经有可能来研究元杂剧情感结节式结构的若干细节，从中或许可以领略传统戏曲与西方戏剧的不同所在。

第一个也是基础的问题是情感结节与情节动作的关系。作为戏剧，元杂剧亦必须有一定的故事情节与动作，只不过情感、动作在结构中的比例、地位和结构功能与西方戏剧不同而已。所以我们首先研究一下二者的关系，先看看二者的外部联系方式。

如果把前文勾勒的《汉宫秋》的情节线索与情感线索放在一起对照可以发现：动作线由高点转向低点之时，正是情感线由低点进入高潮之时，二者演进轨迹恰成反趋势。如果用线条示意的话，大致如下图：

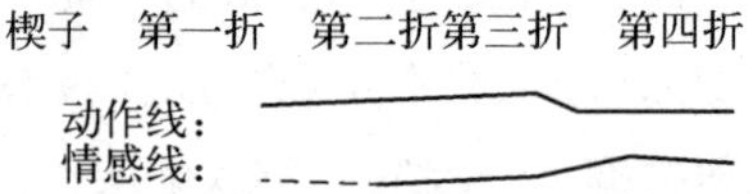

很明显，下落动作负载着情感结节，它在故事本身已没有触发、引起新的动作趋向的价值，就戏剧意义的动作而言，它已不是严格的带有本质意义的“戏剧动作”，但正是它提供了剧中人抒发情感的机会。换句话说，剧作者在作情感结节时把剧中人“动作”的事件意义压缩到最低限度，即从细微一些的角度观察，剧中人的每一个局部情感波澜（或可称“情感小结节”）往往产生于局部动作情节的阶段性结果之后。如《窦娥冤》第一折窦娥唱的第一曲，感慨自己的孤苦命运，这一情感的依据，在楔子和窦娥上场时的说白中由“卖身为媳”“丈夫早夭”作了说明，窦娥抒发情感时的行为没有新的事件意义，而是上述两个情节的结果性终止动作的停留和延伸，我们把这种结构手法姑称为“静止动作中的情感停留”。

在演出中，这种手法表现得尤为明显，即舞台上抒情行为的表演比重超过情节性动作的表演。根据元杂剧的剧本，元杂剧的若干情节不是以一连串逼真的戏剧动作构成“行为的表现”，大量的乃是剧中人以口述（或以唱辞）的形式交待事件的过程，所以，其舞台动作往往只撷取事件过程中带有结果意义的代表性动作，表演的动作形态也以表现人物情感为最高目的，今日传统戏曲的舞台表演尚可证明这一点。

上述现象构成元杂剧情感结节构造方式的基本特征：以动作、情节一个阶段过程的结局触发引动情感的抒发，在选择情感结节的动作行为时，抓住、延伸带有情感色彩的动作，凝固其情节的意义，使之成为抒发情感的契因和情感内容的外化。因此，元杂剧以情感结节的需要，而不是依据情节动作的必然性来撷取情节和组织整个故事。

一个问题接踵而来：不错，可以承认上述情感结节与动作情节的外部联系方式符合元杂剧的实际，那么，决定这样联系方式的内在原因是什么？换句话说，既然情感结节是由情节事件触发的，事件又是由情感结节来选择，那么选择的标准是什么？联系二者的纽带又是什么？这就需要我们进一步探讨二者的内部联系。

王国维曾说过，元杂剧故事之拙劣，人物之粗糙均不可取，其高处在“有意境”（见《宋元戏曲史》）。此话很值得寻味，它道出了元杂剧最根本的审美特征。元杂剧的情节、动作与情感结节的交纽组合，其基点和最高目的即在表达某种意境，正是它决定了元杂剧的情感结节建构方式和这种结构的若干特点。

元杂剧的意境有两个层次，一是剧中人的具体情境，它由一折或一折中的几个唱段加以表现，此可称之为“局部意境”；二是由全剧创造、表达的总体意境。

局部意境往往以一个情感小结节为中心，如《窦娥冤》第一折开头三曲抒发了窦娥孤苦心境，它和前剧诉说的窦娥的身世共同构成一种凄凉的意境。这个意境的感受主体既是窦娥，又是作者和观众——对窦娥而言，她的情和其身世经历构成一种“情景交融”；对剧外人而言，窦娥的身世连同她的抒情内容都成为“景”，作者和观众在这里都有一个“感情停留”，剧作者主要意图不在揭示窦娥今后将要干什么，而是着力于把自己的同情渗透在剧中，观众此际也暂时不去想以后会发生什么事，而是首先浸透在“此景”触发的情感之中，这里就有了不同层次而互相关联的双重“情景交融”。局部意境便由此构成。

典型的例子还可以举出《单刀会》。此剧颇有其特殊风味，它不像《汉宫秋》《窦娥冤》表现了“有一定长度”的故事，甚至也不像上述二剧由事件的某个结果触发的情感结节，全剧只有较单纯的“赴会”这一中心动作：关羽乘一叶小舟，在浩瀚长江之上述古道今，唱出“流不尽的英雄血”悲壮豪宕的内心感慨，简直像苏东坡的一首“大江东去”。在这里，作者把关羽和观众（还有他自己）都带到江上而引入意境的最佳空间，再由关羽这样的英雄开怀壮歌，一种豪壮而充满了历史深思的个人在历史风云之际的自我价值、自我责任感，在“过江”这一反复回环的动作中抒发，抒情与“叙事”共同构成一种意境，由戏剧的优势——空间、行为的直观呈现而将观众带入到戏剧之中。

从上述对局部意境的剖析，可以发现元杂剧“情感结节结构”组合、联系动作事件与情感的内在秘密：为了达到构成意境的最高目的，情感结节往往由具体情感扩展为性质相似的普遍类情感，剧中人的感情抒发既针对着具体事件，又不粘滞于具体事件的故事性、动作性，它把事件某一过程体现的生活内容的底蕴抽取出来作为抒发情感的向导和基因，而把决定事件发展趋向的动作意义暂时搁在一边。情感结节选择的虽然是非关键性的、淡化了的某个静止性动作，但却是易于表现、或富于情感性的动作。意境在这里既是统帅又是桥梁，它决定了元杂剧结构的“情感选择标准”，决定了情感结节的内容、性质，也决定了其所选择的动作内容和舞台形式。

总体意境的构成方式和局部意境构成方式一样，只不过其“景”由局部场景扩展为整个戏剧的总体场景，其包含的生活底蕴也更加深厚，局部意境以剧中人的情感为主要成分，作者的情感大多是一种隐涵式的渗透；在总体意境中，作者的情感成分大大加强而上升为主要成分，决定着融合局部意境的内容和方式，在根本上制约着元杂剧结构方式若干特征的形成。

且以狄君厚《晋文公火烧介子推》为例。

这是一个典型的悲剧:介子推辅助公子重耳,自己作出了巨大牺牲(介之子为重耳替身而死,介子推割股为重耳饱腹),最后却被登上国君之位的重耳(晋文公)放火烧死在山中。从这一故事梗概,我们可以设想出若干富有戏剧性的矛盾冲突和紧张动作,那么,作者组织了那些情节呢?

第一折:介子推谏晋献公,不从,退隐归家;第二折:王安奉献公之命赐太子申死,不忍下手,自刎,申生亦自刎;第三折:公子重耳为避骊姬、国舅的陷害而出亡,逃至介子推家,追兵至,介子推之子替公子死,瞒过追兵。介子推从重耳出逃,历尽艰辛;第四折:介子推助重耳成功后偕母隐入绵山,重耳欲聘之为官,不从,重耳放火烧山迫使出,介子推宁死不易其志。

从故事情节看,第一折虽和中心事件有关系,但勾联毕竟不紧密,第二折与中心事件几乎无关联,两折仅仅提供了重耳逃至介家的背景,这样组织情节岂不太拖沓?再者,介子推既要为主尽忠,又为何受聘而不出,其间的逻辑关系剧中没有作足够的情节交待,仅从情节结构的观点看,不免令人费解。

再从人物安排看,第一折出场的中心人物是介子推,第二折王安;第三折介子推;第四折,一樵夫。若从动作结构的角度看,王安出场游离于中心人物冲突之外,第四折冒出的樵夫更令人诧异,介子推反隐而不见,这样安排,全剧的统一性表现在哪里?

表现在情感结节,表现在总体意境。

从情感结节看,全剧有两个不同内容的小结节,一是第一折由介子推唱出的"跳出兴废名利场";二是第二、三折由王安、介子推表现的"为主忠心,死而甘受"。两个小结节在第四折汇合,构成一个总结节,由樵夫的口来表达,樵夫痛骂晋文公"你个当今帝王狠",表示了对介子推的莫大同情,又系结着看透了"为主忠心"的深刻感慨。"为甚俺樵夫得脱身,无非它皇天有信,从来不负俺这苦辛人",从而和第一折

“跳出兴废名利场”遥相呼应，构成全剧“无惹红尘”的意境。（这恰恰是元代文人普遍的心理感受）。

这样一来，我们就找到了全剧的统一基础，“情节”从事件、动作的整体要求来看是支离破碎的，但从总体意境来看，阶段性情节蕴藏的内容意义及其触发的情感结节却形成一个或相辅相成，或相反相成的有机结构。在这里，组织全剧情节、事件、情感结节的纲领是意境，它把动作、情感织成一张网，而并不小心地顾忌动作、情节作为事件的联系，也很少考虑人物性格自身发展的逻辑。作者在“意境中”小心地组织事件、人物；在“故事中”却大胆、自由地调动情节、角色，和西方戏剧结构的基本格局大异其趣。

在这里，剧作者的主观情感是统帅，《火烧介子推》最后出场的樵夫就是作者自己的化身，剧中的主角介子推已用不着直接出场，他和王安的遭遇，烧山时的大火浓烟已经构成了足以感动人心的“景”，作者——樵夫禁不住要出来抒发胸中的触景之情，全剧的中心情感结节便和全剧的“景”交融在一起，留给观众一种悲怆、强烈的情感震动，一种耐人深味的意境。

和西方戏剧不同的是：西方戏剧往往把情感因素限制在动作的具体情境之中，由之上升、提炼的普遍“类情感”则更多地留给观众去体味和深发，元杂剧则力求在剧中明显地表现，并连同剧作者自己的主观情感一起奉献给观众，这是我们为什么称元杂剧为抒情戏剧的主要理由，也是决定元杂剧情感结节结构方式的根本原因。

综上所述，我们把元杂剧的主要结构方式简单地概括如下：

元杂剧以意境为纲领，以情感结节为基点，组成全剧的网络，在结构上把故事分解成情节、动作联系较为松散的若干阶段，并将阶段性的终止动作和情节适当延长和静止化，造成散点式“情感停留”，最终以情感总结节构成高潮，使全剧的场景、剧中人情感与作者以及观众的情感，交融成感人的总体意境。

这就是本文所述元杂剧的“情感结节结构”方式。

在行将结束全文时，有必要作一点说明：并非所有元杂剧均能符合典型的"情感结节结构"方式。若干元杂剧在体现这种结构方式的素质和特点时或较隐蔽,或呈某种变异,但这种结构方式和其本质特征仍然渗透着、支配着古代戏剧的结构形式,是我们传统戏剧的重要民族特色。

另外,在对元杂剧的结构方式作此总体研究后,进一步对元杂剧结构予以细致的分类研究——如笔者拟根据"情感结节"的组合方式将元杂剧结构类型分为"起落渐进式""平行回环式"和"网状交错式"等——限于篇幅未能展开。同时,本文对元杂剧结构方式的研究尚停留在说明"是什么",对它的审美特征及"为什么"等等尚未触及。本文仅仅走出了第一步,若干进一步的研究尚有待于将来。

（原载《艺术百家》1987 年第 3 期）

戏曲写作与戏曲体演变

——古代戏曲史一个冷视角探论

引 言

今天,我们不得不遗憾而无奈地面对这样一个事实:我们所称"中国古代戏剧史"的直接对象已经是文本的戏曲。一些幸存的古老戏台,默默地诉说着这些戏剧曾经在歌声丝竹中令人动容的辉煌,如今却只能静静地躺在文本中接受人们的追思和探究。

但我们也应该感到安慰,古代戏曲毕竟依托剧本成为一种永恒,成为一种"戏曲文学"伴随着一代又一代人。事实上,自从剧本产生后,戏曲就呈现为场上传播和文本传播二重生态,中国古代戏曲史从来就是在两个向度上展开的:其一是戏曲表演;其二是戏曲文学。二者既内在相通、互相生发,同时又有各自的艺术内涵和文化功能。本文即是一个基于戏曲文学的研究命题,所指"戏曲体",首先是一个具有文学独立价值的文体概念。文体研究从古至今都是一个专门领域,但"戏曲体"作为一种事实上的文体,至今学界很少有人问津,所言多止于剧本外部体制与曲体,而对内在结构深入分析甚少,成为古代文体研究和戏曲研究中的一个冷视角。

文体,没有自身的独立实体,具有相同语言规则的"文",便被视为某种文体。因此,文体的内涵既包括外部形式,亦包括内在结构。鉴于戏曲体的特殊性，本文的研究主要不在外部体制，而重在阐释戏曲体语言层面上的叙述方式和叙述结构。

剧本形态的戏曲体，是在人们的戏曲写作中生成的，戏曲写作，是戏曲表演与戏曲文学相通的纽带，因此，本文以戏曲写作的发生基础为讨论的起点，探寻戏曲写作在中国古代戏曲的生成和演变中具有怎样的意义，从戏曲写作的发生条件和发生机制出发，探求戏曲体形成和演变的缘由，探究表演和文学在“戏曲”框架中是怎样互动和互约的。

一、南宋“书会”的戏曲写作与“戏文”体

据现有文献，中国最早的戏曲写作发生于宋代，今存最早剧本为《永乐大典戏文三种》中的《张协状元》。钱南扬等认为“当出宋人之手”，据第二出〔烛影摇红〕唱词，定为“九山书会”编撰。因此，中国的戏曲写作最初是由“书会”进行的。本文的研究即由此开始。

1. 宋元“书会”辨

“书会”，宋元时的一种民间习称，文献中可见者有九山书会、永嘉书会、御京书会、古杭书会、元贞书会、武林书会等，具体资料极少，学界通常认为是一种演艺圈的团体，作有种种考辨推测，观点尚有出入。洛地先生 1984 年作有五万余字《书会试辨》①，广征博引，辨析细致，指出“书会”不是一种团体的称谓，而是市井艺人时而举行的一种集会活动，参加书会活动的良家子弟，习称书会人，“书会”为“书会人”省称，故南宋周密《武林旧事》将“书会”列为“诸色伎艺人”之一，并非某种团体名称②。是为南宋人记当下事，反映了南宋的习俗观念。文献

① 洛地《书会试辨》，浙江艺术研究所 1984 年油印本。

② 详参周密《武林旧事·诸色伎艺人》“书会”条，俞为民、孙蓉蓉《历代曲话汇编》“元代编”，黄山书社 2005 年版，第 164 页。

中若“九山书会”“御京书会”(一作“玉京”)、“元贞书会”等,只是地域和时间上的标识,意指九山(温州)的书会、京城的书会、杭州的书会、元贞时的书会。有云书会是“专门写作戏剧的组织”,目前还找不到任何直接证据。

“书会”作为“诸色伎艺人”中的专类,有三点值得注意:

其一,“书会”的要义在“‘书’会”,书会们与其他诸色伎艺人——如“演史”“小说”“杂剧”“诸宫调”等等表演艺人相比,“书会”通文墨能书写,又称“书会才人”。明成化本戏文《白兔记》开场云:“亏了永嘉书会才人在此灯帘之下,磨得墨浓,斩(蘸)得笔饱,编成此一本上等孝义故事。”戏文《错立身》十二出:“(末白)都不招别的,只招写掌记的。(生唱)〔麻郎儿〕我能添插更疾,一管笔如飞。真字能抄掌记,更压着玉京书会。”①可见“书会才人”在演艺圈的角色主要是“写掌记”和编剧,在“诸色”中档次最高,《错立身》中延寿马请求入赘散乐王金榜,行院以招“会杂剧的”“做院本的”测之,最后以“只招写掌记的”相难,而延寿马自称“更压着玉京书会”,乃得入赘。虽是“做戏”,但反映的观念却是历史的真实。

其二,书会才人在市井演艺圈身份“高”,不仅在能书会写,还有两个原因:一是书会才人为士庶良家子弟,《张协状元》第一出开场有云:“但咱们,皆宦裔,总皆通。”②所谓宦裔,即良家子弟,与入籍艺伎有所不同,是为底层市民文人,有一定的文人素质,《水浒传》四十六回有“后来蓟州城里书会们备知了这件事,拿起笔来,又做了这只《临江仙》”③云云,刘一清《钱塘遗事》载南宋咸淳年间太学生黄可道作《王焕戏文》“盛行都下”④,大概也是个书会才人,至少与“书会们”混得很熟。同时,书会才人多兼为演员,对瓦市诸伎非常熟悉,《武林旧事》“诸

---

① 钱南扬《永乐大典戏文三种校注》,中华书局 2009 年,第 244 页。

② 钱南扬《永乐大典戏文三种校注》,第 1 页。

③ 施耐庵、罗贯中《水浒传》,人民文学出版社 2002 年版,第 616 页。

④ 俞为民、孙蓉蓉《历代曲话汇编》“元代编”,第 458 页。

色伎艺人·书会”所列李霜涯,“作赚词绝伦”;李大官人,以“谭词”成名;周竹窗,据《梦粱录》载善作诸宫调,都是能书会写而兼擅技艺者。

其三,“书会”作为一种城市演艺圈的活动,是“书”之“会”,亦即比试“新编”演出的“会”。《张协状元》开场:“《状元张协传》,前回曾演,汝辈搬成。这番书会,要夺魁名。”①“以恁唱说诸宫调,何如把此话文敷演。”②看来比试的对方(“汝辈”)曾演出过“唱说诸宫调”的《状元张协传》,“这番书会”则请看“我辈”——九山的书会们如何“把此话文敷演”。虽是戏中语,却比任何文献资料中的相关记述更生动、更具有历史的真实性。既然“书会”是这样的一种活动,其发起、组织的中坚当是“皆宦裔,总皆通”的市井文人。

2. 南宋“书会”戏曲写作的发生基础与历史意义

作为市井文人的“书会们”,是处于“文坛”之外、主流文人不大放在心上的俗文人。但正是这些融入市民文化而又不乏传统知识的“才人”,在“灯帘之下,磨得墨浓,蘸得笔饱”而创作了中国古代最早的戏曲剧本。今之戏曲研究界,通常都把古代戏曲的生成作为一个技艺的问题,但笔者以为:场上技艺是戏曲生成的必要因素,但不是决定因素。所有技艺,都为表现一定内容而存在,内容性质不变,技艺形式也不会大变,从汉代百戏到唐代杂剧戏弄乃至北宋杂剧,具体技艺当然不断会有提高,但技艺形态没有本质的飞跃,直到民国天津的天桥瓦市,我们还可以看到宋金杂剧院本表演生态的缩影。因此,表演内容的“类”和“质”不变,表演形式也就不会发生突变。从发生学角度言,某种特定艺术形态的生成和变革,在根本上是由其表现的内容引导和决定的,表演形式本身并不必然生发新的内容,相反新的内容却会要求新的表演形式。当然,从“形式是内容的抽象”角度言,当某种艺术形式凝聚着某种群体思维方式和审美理念而成为一种文化载体,形式就会对所表现的内容予以某种选择和限定。因此,当时代要求搬

① 钱南扬《永乐大典戏文三种校注》,第 2 页。

② 钱南扬《永乐大典戏文三种校注》,第 4 页。

演新的内容时，艺人们就会选择熟悉的、能够表现之的技艺形式表现之，并应表演新内容的需要将传统技艺整合起来，凝聚为一种既是传统技艺的延续又是传统技艺提升的新形式；而新的搬演形式一旦产生，则会对搬演的内容予以某种限定。戏曲艺术，就是在形式与内容的不断整合中生长和演变的，而启动宋代诸色伎艺发生一次划时代整合的新内容和新形式，即“一管笔如飞”的书会们写作的有一定长度故事的戏曲体传奇。

宋代书会们的戏曲写作是在瓦市诸般技艺的现实活动中发生的，从文献中记录的瓦市搬演内容看，约有两大类，一类是无故事情节的技艺表演，如灌圃耐得翁《都城纪胜》所举之“嘌唱”：“上鼓面唱令曲小词，驱驾虚声，纵弄宫调，与叫果子、唱耍曲儿为一体。”[①]另一类则是具有故事性的“叙事性表演”其中又分两种：一种无扮演，如只说不唱的小说（亦称“说话”），讲说世俗生活中的故事；演史（亦称讲史），讲说历史故事；说经（亦称诨经），讲说佛经中的故事；又说又唱的有诸宫调，《都城纪胜·瓦舍众伎》：“诸宫调，本京师孔三传编撰，传奇、灵怪，入曲说唱”。[②]可知宋诸宫调中已有完整故事的说唱，惜完本无见，其面貌可从金代董解元《诸宫调西厢记》推之。此外尚有“覆赚”，即数段（套）唱赚的组合，《梦粱录》：“又有覆赚，其中变花前月下之情及铁骑之类”。[③] 此语境中的“变”，意为变化故事，略同唐代说经故事的“变文”之“变”，所以覆赚所唱必是较长的完整故事。

另一种，是妆扮演出故事的杂剧。其故事，大多为片段的或简单的情节化表演，如《梦粱录》所述之“杂扮”：“或曰杂班，又名经元子，又谓之拔和，即杂剧之后散段也。顷在汴京时，村落野夫罕得入城，遂撰此端，多事借装为山东河北村叟，以资笑柄。”官置教坊所演的杂剧谓之“官本”，表演内容“本是鉴戒，又隐于谏诤，〔……〕一时取圣颜笑。凡有谏诤，或谏官陈事，上不从，即以此辈妆做故事，隐其情而谏之，于

①② 俞为民、孙蓉蓉编《历代曲话汇编》“元代编”，第114页。
③ 俞为民、孙蓉蓉编《历代曲话汇编》“元代编”，第128页。

上亦无怒也”①。具体内容可从业师任半塘《优语集》中宋代优语大略窥之②。据吴自牧《梦粱录》记载：瓦市中“传学教坊十三部”的“散乐”，至南宋时“惟以杂剧为正色”。正规的杂剧“每一场四人或五人，先做寻常熟事一段，名曰‘艳段’。次做正杂剧，通名两段”，“大抵全以故事，务在滑稽，唱念应对通遍”。可见南宋杂剧的故事性搬演有所加强，然“士庶多以从省，筵会或社会，皆用融和坊、新街及下瓦子等处散乐家女童妆末，加以弦索赚曲，祗应而已”③。当然，两宋历时三百多年，杂剧也在汲取说唱艺术而有所进展，尤值得注意的是：《都城纪胜》云“教坊大使在京师时有孟角球，曾撰杂剧本子”④，说明北宋杂剧已开始有底本操作，虽然或因剧本简单而未能传世，但即使很简单也肯定比无剧本演出要复杂一些，南宋后期文献如《梦粱录》《武林旧事》等记载的宋杂剧，一些段数从名目看当颇有故事性（如《莺莺六幺》《郑生遇龙女薄媚》），不少段数以大曲冠名，故南宋杂剧的曲唱和搬演有些已经不是简单滑稽唱念之小品，且戏文至迟南宋初即已产生，杂剧受戏文影响而增强故事性也在情理之中。

杂剧之外，两宋勾栏盛行的还有木偶戏和皮影戏。据《都城纪胜》记述：木偶戏时称“弄悬丝傀儡”，“敷衍烟粉灵怪故事、铁骑公案之类，其话本或如杂剧，或如涯词，大抵多虚少实，如巨灵神、朱姬大仙之类是也”。皮影戏，“乃京师人初以素纸雕镞，后用彩色装皮为之，其话本与讲史书者颇同，大抵真假相半，公忠者吊以正貌，奸邪者与之丑貌，盖亦寓褒贬于世俗之眼戏也。”⑤从其故事皆有底本（“话本”），“与讲史书者颇同”，可知表演的故事规模不小。所以如此，大概是无须以人表演，所以放得开。廖奔、刘彦君《中国戏曲发展史》所引宋无名氏《百宝总珍·影戏》中有几个这样的数字：一个戏班的影戏箱，“包括了表演宋前十七史所有故事的影人造型一千二百个，仅将帅造型

①③④ 俞为民、孙蓉蓉编《历代曲话汇编》“元代编”，第126页。

② 详参任半塘《优语集》，上海文艺出版社1981年版。

⑤ 俞为民、孙蓉蓉编《历代曲话汇编》“元代编”，第116页。

就有三十二屉"，"能够真正随心所欲地表演当时讲史所包括的一切内容。"①

上述南宋瓦市诸伎的场上表演状况，构成书会戏曲写作的现实基础和发生条件：说唱与傀儡影戏的搬演内容，体现宋代说唱已具"整体叙述"的能力，反映了士庶观众对"一定长度故事"的接受兴趣，吸引着其他演艺形式效法之；杂剧的情节化扮演与脚色制的初步形成，则使诸色艺人具备了代言扮演长篇故事的基本能力，一旦赋予其内容，就有能力将之搬演到场上。尤为重要的是：底本操作成为演艺行为的组成部分，从而为剧本写作积累了经验。

南宋书会才人"敷演话文"的戏曲写作，即是在上述瓦市诸色伎艺的基础上发生的。实际上，《张协状元》开场中的几段话，已清楚说明了中国成熟样态戏曲最初生成的情形："以恁唱说诸宫调，何如把此话文敷演！后行脚色，力齐鼓儿，饶个撺掇，末泥色饶个踏场"②，"精奇古怪事堪观，编撰于中美"，"近日翻腾，别是风味"③——请特别注意"把此话文敷演"和"编撰于中美"，其清楚说明：戏曲，是瓦市诸伎的融合，融合之的是新编戏剧，编剧者是熟悉演艺而不知名的"书会们"，编剧意图在自编自演，编演一体，"敷衍话文"的"剧本"写作，成为"戏曲艺术"总体运行机制不可缺的一环，成为戏曲新奇的第一标志。由此，中国戏曲艺术的历史运行进入了一个全新时代：

其一，剧本写作从此成为中国古代戏曲史发展的主要机制，"书会们"在演艺上的当行素质和对瓦市诸伎的熟悉，使戏曲写作发挥着吸纳、整合民间曲唱形式和表演技艺的功能，在戏曲表演形式的建构中起着极为重要的关键作用。

---

① 廖奔、刘彦君《中国戏曲发展史》，山西教育出版社 2003 年版，第 420—421 页。

② 钱南扬《永乐大典戏文三种校注》，第 4 页。

③ 钱南扬《永乐大典戏文三种校注》，第 13 页。

其二，戏曲写作客观上产生了不同于诗文词赋小说的“戏曲文学”，具有自身的文学特色及与其他文学联姻的条件和可能，吸纳和整合诗词俚曲、文赋小说等各种雅俗文体，成为“戏曲体”生长演变的重要机制；而“戏曲体”的生长又拉动着戏曲表演形式——尤其是曲唱——在艺术品质和文化内涵上不断提升。在文体结构上，“戏曲文学”因扮演要求而形成不同于小说、散文、诗歌的表达方式和叙事结构，中国古代一种崭新的戏剧文体——“戏曲体”由此诞生。戏曲体，成为一定历史阶段戏剧表演的文学显现。

3. 南宋“戏文体”的文体特征

中国今存最早具有戏曲写作意义的剧本是时称“戏文”的《张协状元》，是为今知古代“戏曲体”最早的样本。姑录第十四出，以见其“体”之大概：

(生上唱)〔薄媚令〕愁多怨极，历尽万千滋味。幸几日身安免虑。(旦上接)听得傍来，无事使奴暗喜。(合)又值那雪晴雨霁。(生唱)〔红衫儿〕独步廊西魂欲断，自觉孤凄，奈眼前尽成怨忆。(旦)此处村僻荒芜，那人烟最稀。早晚奴独坐独行，□便过得。(生)〔同前换头〕才到黄昏至，虎啸猿啼起。论娘行恁娇媚，何不嫁个良婿？(旦)孰敢痴迷！貌丑犹过一壁，奈身无寸缕。况兼亲戚俱无，谁来管你？(生)〔同前换头〕算来张协病，相将渐效可。虽然恁地，归尤未得。娘子无夫协无妇，好共成比翼。饱学在肚里，异日风云际，身定到凤凰池。一举登科，强在庙里。带汝归到吾乡，真个好哩！(旦)〔同前换头〕你好不度己！你好忒容易！这言语甚张志？还嫁汝好殢人疑，惹人非。奴似水彻底澄清，没纤毫点翳。请君目即出门，休要这里！(下)(末出唱)〔赚〕我且问伊：进人以礼、退人以礼。(净出接)我贫女，缘何揾泪疾走出去？(生)告婆知：念协归乡犹未得，它又无夫协独自底。我着言语扣它，它揾着泪，将人骂詈。(末)〔同前〕我婆扯住！(净)秀才说话跷蹊，不要时，我做个说合底？请它归，着些言语说化伊。(末)我婆要与你说作一对儿。(生)仗托公公做主议。(净叫旦出)且休要怒起,你归来说个仔细。(旦)听奴咨启:〔金莲子〕庙门闭,个开留此处。你没活计,我周全你。好不傍道理!(末净)蓦忽地恁说,它便漾出去。(生)〔同前换头〕卑人此住无所倚,幸然娘子没夫婿。(末净)你说得是。我公婆看时,精神恁磊落,一对好夫妻。(旦唱)〔醉太平〕明日恁地,神前拜跪。神还喜妾嫁君时,觅一个圣杯。(生)娘行恁说有些儿意。(末)不消得我每为媒主。(净)公公,你出个猪头祭土地。(合)有缘时贺喜。(末)〔尾声〕只此一言是的实。(净)婆婆劝你休走智。(生)我异日风云际会时。(净白)明日公公办此福物,(笑)婆婆办一张口儿。(笑)(末)只会噇相。你笑甚底?(净)做媒须着办几面笑。(末)你也忒笑。(净)莫怪说:好对夫妻只是穷,媒人尽在不言中。(生)有缘千里能相会,(合)无缘对面不相逢。(并下)①

上录一出,可见《张协状元》话语方式和叙述结构的基本特征:

其一,曲唱为主,说白为辅。曲唱在语态上和说白十分接近,属于一种口语化陈述,“唱”的话语意义为叙事而非表达(抒情),与说白在故事行为中融合为“行为叙述”,构成当下语境中直接连续的叙事线。这种韵散结合的叙述方式,本是诸宫调、唱赚等说唱艺术的话语模式,上录十四出〔薄媚令〕到〔尾〕11 曲,即是一套“赚”,是为南宋说唱的时新曲体。从文体角度言,《张协状元》与说唱体颇为相似,其意味是:中国“戏曲”最初的曲唱方式是从说唱那儿“拿过来”的。

其二,《张协状元》的戏剧情节与故事主方向的关联有紧有松,若干情节从故事发展逻辑看,属于一种无意义情节,如十六出,主事件是张协、贫女祭神成婚,而搬演的主要段子却是净、末、丑插科打诨“以资笑柄”的相诨戏,与主情节关系不大,类似的情况在戏文中每每可见,这种表演方式和情节结构不见于说唱艺术,而是“务在滑稽唱念”之杂

① 钱南扬《永乐大典戏文三种校注》,第 76—78 页。

剧的看家本领，透露了戏文的表演是从杂剧“拿过来”的。个中意味是：中国“戏曲”最初的表演形态，既非“戏”的自发生长，亦非“曲”的独立生发，而是宋杂剧之“戏”和勾栏诸种说唱之“曲”的融合，融合的发生机制，即是书会才人的戏曲写作。换一角度言，可谓说唱和杂剧启发了书会们的写作思路，为其编撰“精奇古怪事”而“敷演话文”建立了实现基础，从而决定了戏曲写作的特定“文体”。

其三，《张协状元》的叙述结构，属于一种典型的“单元化叙事”，即以若干具有相对独立意义的情节单元组成全剧的整体叙事。一出戏，通常为一个相对独立的叙事单元，叙述一个行动完整的事件；事件延伸的相连几出戏，构成一个丛组叙事单元，表现一个相对完整的故事段落。主角相同的若干叙事单元和单元丛，构成一条相对独立的故事线，各条故事线既互相依托，又各自延伸。全剧即由几条这样的故事线或分或合、交错展开，至剧终而“大团圆”。本文将戏文体的这一叙事模式称为“复线型单元交错叙事结构”（学界一般多称之为“双线结构”）。兹按钱南扬先生对《张协状元》“出”的划分，将其叙事单元展示如下（以○为标志），以进一步具体考察之：

○末·第一出

话说演出缘由；介绍剧情缘起（张协赴京赶考，途遭抢劫，身体受伤，钱财一空）

○张协·第二出	○贫女·第三出
张协准备进京赴考	贫女自诉身世
○张协·第四、五出	○贫女·第六出
张协夜梦被抢—辞家人进京	李大公接济贫女
○张协·第七出	○强盗·第八出
张协赶路	山盗抢劫客商
○张协·第九出	○张协、贫女·第十出
张协被劫受伤下山	张协进荒庙为贫女收留
○李大公·第十一出	○张协、贫女·第十二出

李大公荒庙济贫女	大公应贫女请求接济张协
○王胜花·第十三出	○张协、贫女·第十四出
王胜花自述富贵娴雅	张协求婚,贫女不允
○胜花母·第十五出	○张协、贫女·第十六出
思量选婿	李大公撮合张协贫女
○王胜花·第十七出	○张协、贫女·第十八、十九、二十出
母女商量婚事	夫妻议赶考—贫女为夫卖发筹路费—张协误责贫女
○王德用·第二十一出	○张协·第二十二出
打算待科举招状元为婿	离家赶考
○贫女·第二十三出	○张协·第二十四出
贫女思夫	到京应试
○王夫人·第二十五出	○贫女·第二十六出
王府准备招状元为婿	贫女托小二买登科记
○张协·第二十七出	○小二·第二十八出
张协拒王府招亲	小二买登科记
○王胜花·第二十九出	○贫女·第三十出
王家怨恨张协	知夫中榜,决定进京寻夫
○张协·第三十一出	○王胜花·第三十二出
修书父母告知消息	胜花抑郁而死
○贫女·第三十三出	○张协·三十四出
离家寻夫	授梓州佥判准备回乡
○贫女、张协·第三十五出	○张协·第三十六出
张协嫌不认贫女而赶走	张协欲除掉贫女
○贫女·第三十七出	○李大公·第三十八出
贫女沿街讨乞	李家思念张协夫妇
○贫女·第三十九出	○张协、贫女·第四十出
贫女回乡瞒说寻夫未得	张协返乡途歇五鸡山夫妻相遇

○张协、贫女、李大公·第四十一出 张协剑伤贫女，李大公来寻，贫女谎称自己跌伤	○王德用·第四十二出 王德用请判梓州，准备赴任复仇
○贫女·第四十三出 贫女荒庙独自伤感	○王德用·第四十四出 王德用赴任途经五鸡山
○贫女、王德用·第四十五出 王德用收贫女为义女	○张协·第四十六出 张协抵梓州上任
○贫女·第四十七出 贫女伤愈	○王德用、张协·第四十八、四十九出 王德用拒绝张协求见一刻意羞辱张协
○张协、谭太尉·第五十出 张协请谭使节调解	○王德用、谭太尉·第五十一出 谭使节赴王宅为媒，王家与贫女同意
○张协、谭太尉·第五十二出 谭保媒说张协，张协同意	○张协、贫女·第五十三出 夫妻重圆

由上所示，《张协状元》的叙事线有三条：张协、贫女（及李大公一家）、王德用一家。张协、贫女为两条主线，构成全剧故事因果关系的次第展开；王德用一家则是全剧的一条次主线，结构意义在使张、女夫妻得以重圆。从搬演角度透视之，《张协状元》的单元叙事结构可谓宋杂剧搬演程式的改进：宋杂剧的搬演程式，通常以“艳段”开场，下接两段“正杂剧”，再续一个散段，构成一种单元组合的“单元丛”模式，《张协状元》的“单元丛”，在形式结构上与之类似，不同主角单出戏的轮流重复，构成一种程式化的“复线单元丛”；主脚的连出戏则构成一个“单线单元丛”，整个剧本就由这样的两种单元丛组成。这种“复线型单元交错”的叙述节奏，与宋杂剧正、衬交错的搬演节奏颇相一致，也就是说，《张协状元》情节单元的设计不是从文学立场出发，而是带着宋杂剧的程式搬演意识，写作的直接意图乃场上搬演。

当然,《张协状元》的复线单元交错结构,较宋杂剧搬演程式大有改进,关键所在,乃将宋杂剧各单元表演形式的松散化,改为形式一体化的曲唱与科白,将宋杂剧段数单元内容上的各自独立,改进为情节相关的若干段数的完整化故事连接。由此,中国古代戏剧形态从上古到宋,经历了"戏礼""戏象""戏弄""杂剧(北宋)"而进入了"戏曲"时代。

从文体角度言,南宋戏文显然有取于当时长篇说话、讲史乃至皮影、傀儡演出底本之"话文",虽然长篇话文无文本传世,但从脱胎于话文的《三国演义》《水浒传》上溯之,章回小说以"回"为单元和单元丛组合的叙事方式,可以将之与宋代"话文"和"戏文"连成一个有着衍生亲缘关系的"单元叙事传统"历史链。南宋人称戏文为"敷演话文",即充分说明"戏文"与"话文"有着密切的亲缘关系。而戏文的单元叙述结构在跳跃性上尤显突出,所以如此,在戏曲搬演每一出之间的换场都有一个故事叙述的停顿,从而使观众得以进行记忆储存,新的一出开始,观众自会选择此单元在哪一条叙述线上,随着故事的展开,每一条线都会在观众的记忆中延长,并不断地交叉整合为一个完整的故事。其意味是:戏曲文体的生成,不是由"文"而是由"演"决定的。

综上所述,中国古代戏曲——戏曲表演艺术与戏曲文学艺术的生成,是在作为"诸色艺伎人"书会们的戏曲写作引领下实现的,其戏曲写作既是对场上表演套路的运用,又是对表演程式的创造性发挥;作为一种文本的编撰,南宋书会们的戏曲写作未把文学凌驾于表演之上,而是以搬演为指归,把"文学"和"场上"无间融合在一起。正由于此,南宋戏曲写作的"戏文体"与此后的文人元杂剧有着若干不同。

二、元代文人的戏曲写作与"关目"体

继南宋戏文之后兴起的元杂剧,历来被视为中国戏剧史上的第

一座高峰，最直观的理由是元杂剧保留至今的剧本远多于戏文，且有作者名的剧本远远超过南戏。当然，这只是文献显示的历史，现实的历史未必如此。元钟嗣成《录鬼簿》称萧德祥“凡古文俱隐括文南曲，街市盛行，又有南曲戏文等”①。元周德清《中原音韵》亦提到“今之搬演南宋戏文”②，可见元代至少在南方一带，南曲戏文依然流行。当然，元代以北曲为主流是事实，虽然“曲坛”之于“文坛”也只是非主流而已。所以，元代文人戏曲写作的主流是北曲杂剧。

1. 元文人戏曲写作的“关目体”与“戏文体”同异

今见元刊杂剧，题名皆曰“新编”或“新刊”某某“关目”，所以本文姑称元杂剧的戏曲体为“关目体”。其较南宋戏文的明显变化，首先在元杂剧中的一批剧本有了明确的作者姓名，所以今天通常把元杂剧列入文人文学，虽然与正统文人文学相比“俗”，但毕竟是文人文学，或曰作家文学。如此定位，首先在于元剧作家并不直接介入场上搬演，故不能划入“诸色艺伎人”。元剧作家中只有关汉卿被明初贾仲明称为“驱梨园领袖，总编修师首，捻杂剧班头”③，晚明臧懋循云其“躬践排场，面敷粉墨，以为我家生活，偶倡优而不辞”④。但元代熊梦祥《析津志》却只云关汉卿“生而倜傥，博学能文。滑稽多智，蕴藉风流，为一时之冠”⑤，并未提及戏曲活动，明人之说，大概是得之于市井流传的佳话。明初的朱权引宋末元初赵子昂语，说玩戏剧有子弟的“行家生活”与倡优“戾家把戏”之分，说关汉卿曾云“子弟所扮，是我一家风月”，倡优者“不过为奴隶之役，供笑殷勤，以奉我辈耳”⑥。关汉卿是否说过这话，无可考，但可作文人“偶倡优”之内涵的注脚。按元人说

---

① 钟嗣成《录鬼簿》，《中国古典戏典论著集成》(二)，中国戏剧出版社 1959 年版，第 134 页。

② 周德涛《中原音韵》，《中国古典戏典论著集成》(一)，第 219 页。

③ 俞为民、孙蓉蓉《历代曲话汇编》“元代编”，第 318 页。

④ 蔡毅《中国古典戏曲序跋汇编》(一)，齐鲁书社 1989 年版，第 439 页。

⑤ 熊梦祥《析津志辑佚》，北京古籍出版社 1983 年版，第 147 页。

⑥ 朱权《太和正音谱》，《中国古典戏曲论著集成》(三)，第 24 页。

法，关汉卿与一些元剧作家如杨显之、梁进之、纪君祥及享名艺人圈的郑德辉等，属于平民文人之“才人”，在这一点上与南宋诸色伎艺人的“书会们”有点类似，但严格说来，“书会们”属于有文人色彩的“诸色艺伎人”，尚不能划入文人阶层，而元剧作家只不过是文人“沉抑下僚”而已，与南宋市井“书会们”并不属于同一个群体。至如出身仕宦名门的白朴、有过从五品官衔的马致远等“名公”，与“书会们”就更不可相提并论了。马致远虽与艺人红字李二、花李郎合作过剧本，亦属一时“偶倡优”之文人兴趣，朱权说当时的戏曲写作是文人作曲，伶人为白，是否属实尚有待查考，马致远是否有此情况，无以得知。有论者认为如此“分离”的戏曲写作不可能，至多演员在场上会有些“发挥”，有道理但也难以坐实。历史已成过去，留下许多解不透的谜正是历史的魅力之一，所以本文对一些学人关于元代戏曲写作具体情形的猜想不予纠缠，阐述的前提为这样一个确定的历史事实：从元代开始，戏曲的写作开始进入了署名时代，意味从南宋戏文开始至元代杂剧，古代戏剧的运作完成了从无文本时代向文本时代的历史转型，单一的市井戏曲文学走向多元的、雅俗交织的文人戏曲文学。从此，由文人戏曲写作引领戏曲艺术主流的运行机制，成为一种历史的常规。

但元文人其实并不把戏曲写作很认真地当回事，不像后来明清文人对戏曲写作那么较真。元剧作家没有一个想要编一部自己的戏曲集，不像张小山、乔吉等将人生的最大热情寄予刊刻自己的散曲集；元文人搜集出版了《乐府新编阳春白雪》《朝野新声太平乐府》两部散曲总集，却没有刊刻一部戏曲集；钟嗣成《录鬼簿》将“乐府”（散曲）置于“传奇”（戏曲）之上，周德清《中原音韵》只谈“今乐府”（散曲），闭口不谈戏曲；元人极少记录有戏曲的具体活动，极少有关“戏曲理论”的只言片语，都说明元文人对戏曲实在不大放在心上，戏曲写作大概也就是消遣娱乐的笔墨之游而已。笔者甚至疑心元杂剧的作者名都是搬演艺人所记，并非作者自己的认真署名，元刊杂剧标名某某某“新编关目的本”，就不像文人手笔。当然，意在玩玩的文人对此也不会认真计较，有曰元代无科举，所以文人们“将他们的热情和才华都投入了戏曲”，对元文人的戏曲写作赋予满怀深情的推测和想象，但很难得到历史事实的支持。然而，惟其戏曲写作乃是“玩”，所以不必像正统诗文写作装面子，心之所想、志之所扬、意之所发、情之所动、趣之所趋，无所顾忌而喜怒哀乐一寓其间，王国维赞之曰“天然”。故今日视元杂剧为有元“一代之文学”，乃出于对元杂剧历史价值的认定，而元代现实中的“戏曲文学”，地位实在卑微得很，明人有谓元科举“以曲取士”，一些学人信以为真，其实是想当然尔的胡扯。散曲在“文坛”只是非主流而已，而戏曲则是非主流之“曲”的非主流，是不入文坛的。

所以如此，原因在戏曲主要用于搬演，不像诗文乃至散曲得以在文人间广泛传播和品评，故戏曲算不上正经之文事。但杂剧作家毕竟是文人，虽沉抑下僚但文人意识是丢不掉的，所以元人的戏曲写作基于两大取向，一是戏曲写作中的文人兴趣；二是当时“诸色艺伎”的表演形式和搬演能力。元杂剧的“文体”，就是在此两端的支配和互动中生成的。

从搬演角度言，元杂剧搬演形式的发生基础是金代的杂剧和院本。杂剧演出多为“官本”，市井行院之本则习称“院本”，“杂剧、院本，其实一也”，二者表演的总体模式大相一致。金人汉化程度很深，金地居民本以汉人为多，故金代市井中的杂剧院本皆北宋“诸色伎艺”的一脉流衍，搬演技艺处于同一水准。这就产生一个问题：元杂剧的文体样式为何与戏文似同非同？同者，二者都是韵散结合的代言性“戏曲体”，叙述模式大体一致；异者，曲唱方式有异，韵、散结合的构成有异，所以在叙事结构上颇有不同。

先说“同”。今日通常都认为元杂剧体制为一本四折再加楔子，所以一眼看去戏文和杂剧就有明显不同。实际上，元刊杂剧并没有标示折和楔子，《永乐大典》“剧”字类文本无见，现在我们看到的元剧分折，是明中叶后整理者划分的，是不是明人看到的元杂剧已对楔子和分折有所标明，不知道。元代坊刻杂剧皆题为

“新编(或新刊)关目”,是为古今沿用的民间俗语,“关目”亦曰“关子”,意指要紧的、精彩的故事情节,《错立身》十三出:“生说关子介”;元狄君厚《介子推》第二折:“说关子了。听住。”明汤式〔一枝花·卓文君〕套:“传奇无准绳,关目是捏成。”曰某某“新编关目的本”,即名家新写作的精彩故事“真本”,不是老一套和冒名的。所以特别标明“新编”,与宋人说唱标称“新撰传奇”、戏文自称“编撰于中美”用心相同,都是强调故事新奇以吸引人,“文体”的本质都属于敷演传奇的“戏曲体”,叙事结构框架皆为单元叙事。姑以《窦娥冤》为例,将其叙事单元示之如下:

(楔子)○窦天章送女儿(窦娥)为蔡婆童养媳。(第一折)○赛卢医勒死蔡婆未遂,蔡婆受张驴儿父子要挟娶其婆媳,无奈应允。○蔡婆领张驴儿父子回家,窦娥坚拒不从。(第二折)○张驴儿要挟赛卢医卖得毒药。○张驴儿下药羊肚汤,误毒死其父,讹窦娥下毒欲取之,窦娥不从,请官休。○县官梼杌判窦娥死刑。(第三折)○窦娥赴刑场途中与蔡婆告别。○窦娥刑场就戮,临刑发三大誓愿,两愿皆验。(第四折)○窦天章及第后授廉访使巡案楚州,窦娥托梦告冤。○窦天章审案,昭雪窦娥冤案,张驴儿、梼杌、赛卢医受惩。

由上所示:楔子为一个叙事单元,一至四折,每折均为一个叙事单元丛,如果以“场”计,全剧由十“场”构成。从这个角度看,《窦娥冤》与《张协状元》——亦即北剧与南戏的总体叙事框架是相同的。但二者的叙事方式却颇有不同,不同之处,首先表现在曲唱的不同方式:南戏为多人分唱,独唱、对唱、合唱交错进行,乃至一曲而数人分唱;北剧则是一人主唱的联套,是为二者直观上的明显差异。这本是众所周知的一般常识,但很少有人问一问:戏文为何不用联套而北剧用之?

所谓“套”,就是将若干不同的曲调连接成具有完整意味的曲唱单元。这种异调相联成套的曲唱方式在宋代即已产生，如前文提到的“赚”、“覆赚”，其发生演变及与北曲套数的关系，笔者曾有较详细的考辨分析[1]，要言之：“套数”是金末元初北地的民间称谓，其形式则宋金皆有之，只不过宋人不称“套数”而已。南宋陈元靓《事林广记》录有唱赚《圆社市语·圆里圆》，形式与套数别无二致，若用北方民间习语说，“唱赚”即“套数”。金末元初芝庵《唱论》云北方习称“有尾声曰套数”，《事林广记》则录有专门的〔尾声〕乐字谱[2]，金院本中亦有专门的“唱尾声”，亦即唱套数的省称，故宋金联曲成套的曲唱水平相当。实际上，南戏也在用“套”，前引《张协状元》十四出，以〔薄媚令〕首唱，以〔尾〕结束，中间有〔赚〕，是乃一套唱赚，但其在首曲〔薄媚令〕后接四支〔红衫儿〕联章，再接两只〔赚〕、两支〔金莲子〕，终以〔醉太平〕〔尾声〕作结，又近乎缠令之法，缠令是套数的前形态，组曲比较自由，还没有形成像套数那样大致统一的异调衔接规则，加上一曲由不同角色分唱，故不是标准而严格的“套”法；再如十六出的〔剔银灯〕—〔大影戏〕—〔缕缕金〕—〔思春园〕—〔菊花新〕—〔后兖〕—〔歇拍〕—〔终衮〕，是为兼融缠令和宋大曲异调组合方式的“套”，但由于曲与曲之间夹有大段说白，且是不同角色的分唱，所以把“套”实际上“散”化了。〔终衮〕以后，又接〔添字赛红娘〕四曲联章，故使整个一出的曲唱“套”味大减。联章体南戏采用甚多，为什么不用统一的异调相联成套体制，无以实证，猜测之大概是受当时词唱盛行的影响而丢不掉“叠片”词体形式，从戏曲写作的角度猜测，大概是编写剧本的书会们用意在敷演话文，采用“散化”的曲唱方式更有利于将曲唱和说白融为一体。也就是说，南宋并非没有唱套的水平，亦非没有联套的能力，而是从敷演话文的意图出发，因话文体制将套数的异调相联体制“散化”，把联套之法和联章之法复合在一起。从文体角度言，即“敷演话文”的行为叙事模式，决定了戏文不采用较大规模的严整套数，更不可能采用一人主唱

① 详参李昌集《中国古代散曲史》，华东师范大学出版社 2007 年版，第 31—68 页。
② 详参南宋陈元靓《事林广记》，江苏人民出版社 2011 年版。

之联套。

而元人北剧写作用套数,却是有意识的选择,且选择的出发点初不在搬演。研究者通常认为元杂剧从金院本中的“院幺”演变而来,因其名目中有《王子端卷帘记》《女状元春桃记》等,猜测其当为搬演一个较完整的故事,在“和曲院本”和“诸杂院爨”中则有采用法曲、大曲者,可见其曲唱或亦有“套”,故金院本乃元杂剧的前身。但元代陶宗仪《辍耕录·院本名目》云宋金杂剧、院本“其实一也”,至元“始厘而二之”,可见杂剧和院本还是有些区别的,从目前资料看,金院本代言扮演的曲唱尚无联套,元文人以联套写杂剧,虽对院本有所借鉴,但并非直接袭用金院本,而是出于文人自己的兴趣。金末元初,一些有身份的文人就开始玩起了套数,一时之名公如元好问、杨果、商道、王修甫、张子益、不忽木等台省要员和名士,均有散套传世而不涉杂剧。元文人染指北曲,本来就是被名公们的兴趣扇起来的,文人毕竟不是“书会们”,写作新鲜的套曲更能显示文学才华,更能过一把“文学瘾”,在北方名公才人喜欢套曲的风气中,文人们兴致一来玩起了戏曲写作,采用套数自在情理之中。从搬演方面言,套数以一人唱才更有完整的味道,几人分唱,水平不一,由名角一人主唱,整个戏曲的水平就上去了,一个戏班只要有一个唱功优秀的演员,就能将一本戏搬演得吸引人,这无疑大大简化了搬演的复杂性而使演出得以更加广泛。艺人们本来并非不会唱套曲,只不过尚未以联套唱“戏曲”,文人们既有兴趣用联套编“关目”,场上搬演又更加便利出彩,双方各得逞其所长,于是,一本四大套的“关目体”便在文人和艺伎的互动中,成为元文人戏曲写作的通式,在瓦市勾栏中、在后人眼中的“戏曲史”和“文学史”上,红红火火大放光彩。

以上所述,乃是推论,具体过程和细节已难查考,但不是毫无历史逻辑的编造。历史的真实是这样么?大概是。或许还有其他种种原因和解释,而不可改变的既成历史是:如果没有文人的“四大套”戏曲写作,中国古代就不会产生不同于戏文的北剧“关目体”。而“四大套”写作,对虽通文墨的“掌记”和书会们是不大容易的。

一人主唱的四大套，决定了北剧“关目体”势必与“戏文体”有所不同，根本的一点，在北剧将叙事结构从复线改变为单线，是为一人主唱的必然结果。一人主唱，所有的叙事单元都要与主唱者发生直接或间接的关联，都必须与故事主线相关，因而势必要在叙述结构上将复线改变为单线，随之发生的变化是叙述单元数量的精简。这就使北剧的“关目体”较“戏文体”产生三个方面的明显差异：

其一，由于北剧以一个角色主唱的“四大套”——亦即四个叙事单元丛为主干构成，因此北剧普遍呈现为起、承、转、合的程式化叙事结构，这就要求北剧的每一个单元都是故事发展中的一个特定的“点”，每一个单元丛都是“传奇”中一个特定的“段”，这就是元代北剧所以称“关目”的原因。“关目”不可枝蔓，是一种“定点聚焦”的故事叙述，与戏文的“散点聚焦”叙事方式恰成两种不同类型的戏曲体。

其二，如果说南戏还保留着宋杂剧单元段数分散组合的某种痕迹，北剧则把松散的四段式捏成了一团。青木正儿《中国近世戏曲史》有云：“（宋）杂剧由艳段（一段）—正杂剧（两段）—杂扮（一段）之四段组成，其后元杂剧之以四折为定形之体例，已萌芽于此。惟其各段所演之内容并不互相连络耳。”①这一看法出于一种直观推断，不无道理，元人戏曲写作当然离不开宋金杂剧的启迪和参照，但宋金杂剧院本正、衬四段组合和“五花爨弄”的搬演程式，从搬演意图和追求效果看，其本身尚缺乏从“不相连络”到“相互连络”的发生基因和转化机制，因而不构成元杂剧四折结构的直接“萌芽”，否则很难解释搬演上植根于宋杂剧的戏文，为什么没有形成“四大段”，所以宁可认为“四大套”的写作模式，在根本上乃是对传统小说传奇“起、承、转、合”一般结构的直觉提炼。实际上，戏文的总体叙事结构也是“起、承、转、合”，只不过其复线叙事显得“散”而北剧的单线叙事显得简明罢了。

① 青木正儿《中国近世戏曲史》，中华书局 2010 年版，第 22 页。

其三，大体说来，南戏北剧都以曲唱为主，但真正确立曲唱为场上艺术本位的是北剧。体现在搬演形态上，北剧通常将科白戏安排在一折的开始或最后，成为一个相对独立的叙事单元，在一折之中则以科白作为故事单元转换的一种过渡或结煞，在主唱中插入科白的数量和频率大幅度减少。更重要的是：戏文把说和唱融成一体化的“对话行为”，因而其唱的本质是叙事；而北剧的唱，主功能在抒情，是为南戏北剧根本的差异所在。北剧戏曲体的根本特质为何？曰：曲唱超越“行为叙事”而转化为“心理叙述”，是为古代戏曲体演变的关节点之一，也是本文下面所要讨论的重点。

2. *元杂剧戏曲体的“剧—诗”叙述结构*

张庚先生曾将中国戏曲称为“剧诗”。从直观形式看，作为韵文体的“曲”不妨可谓广义上的诗，就此而言，中国戏曲体在直观形式上不妨称之为“剧诗”。但问题是：戏剧与诗歌本质上为两种不同的文类，具有不同的写作指向和文体结构，戏剧的特质是故事性的行为叙事；诗体的特质是情感化的心理叙述。如果以此为标尺，怎样确定“剧诗”的涵意？具体言之，《张协状元》能称为“剧诗”么？窃以为不能。因为其“曲”主要是把剧中人的对话唱将起来，这种“以唱代说”本质上依然属于行为叙事，故其曲的韵文形式虽可视为广义的诗，但却缺乏诗的写意抒情特质。

然元杂剧中的“曲”却具有诗体的抒情品质，其四大套曲辞的大框架都是心理叙述，即使对话场境中的曲唱，也多以心理叙述为中心，戏中人的即景抒情更是常见的曲唱内容，即若草莽李逵，下山途中也要来一曲“但见那桃花流水鳜鱼肥”（《李逵负荆》）。也就是说，元剧中的曲可以认作是一种“剧诗”——一种在“剧”的展开中歌唱的“诗”。从这个角度说，元杂剧是“剧”与“诗”的结合，为了避免歧义，姑把元杂剧的这种戏曲体特征标示为“剧—诗”，其文体特质的根本所在，即在“剧”与“诗”的结构关系。兹以大家熟悉的《汉宫秋》为例，将其“剧”与“曲”对照如下：

关目	曲唱(汉元帝)
楔　子○呼韩邪欲娶汉室公主。	科白
○毛延寿诱旨选美。	同意选美女(一曲)。
第一折○昭君被毛延寿点破图形,不得见驾,弹琵琶消遣。	巡后宫心情(一曲)闻琵琶心动(一曲)见昭君心爱(四曲)问图形何异(一曲)
○元帝幸后宫,闻琵琶发现昭君,一见倾心。下旨捉拿毛延寿。	许昭君心愿(一曲)安昭君之情(一曲)(第一折总计9曲)
第二折○毛延寿逃番邦献昭君图,呼韩邪遣使赴汉,索昭君为阏氏。	科白
○元帝到西宫会昭君。	欣慰之情(二曲)欣赏昭君容颜(一曲)
○尚书、常侍报呼韩邪逼亲,劝元帝割爱,不允。	怨朝中文武无能(四曲)
○元帝接见番邦使者,群臣劝元帝允亲,帝不舍。昭君自清和番。元帝无奈同意。	为昭君和番心疼伤感(四曲)(第二折总计11曲)
第三折○灞桥相别	告别昭君百般伤感(十二曲)
○昭君投水,汉番和好。	科白(第三折总计12曲)
第四折○元帝夜思王昭君。	思念昭君无限伤心(十三曲)
○处斩毛延寿。	科白(第四折总计13曲)

《汉宫秋》,明人谓之"元曲压卷",可见其为文人推崇的北剧"戏曲体"样板。确实,元剧戏曲体的"剧—诗"形式,马致远杂剧堪称最突出的典范之一。将《汉宫秋》与《张协状元》相对照,可以看出:北剧的叙述结构较戏文体最重要的变更是科白戏和曲唱戏各成相对独立的叙事单元,科白主"剧",曲唱主"情"。西方戏剧学家说中国戏曲"把故事的发展委之于说白"①《汉宫秋》即是一个典型:所有的曲唱,都是汉元帝的心理自诉。一、二两折,心理叙述和行为叙事尚有呼应,我们可以将元帝的曲唱看作其行为的心理基础,所以还有某种关乎情节发展的意义,而三、四折的曲唱已没有故事的意义,"前面的故事"成为当下

① 布罗凯特著,胡耀恒译《世界戏剧艺术欣赏》,中国戏剧出版社1987年版。

抒情的背景，扣动人心的是汉元帝的情感世界，可见全剧的重心在抒情。如第三折，由两个叙事单元构成：灞桥相别，昭君投水。前者是一整套曲唱，后者是一大段科白；前者表现的是元帝依依不舍之情，后者叙述的是人物行为导致的故事发展。从推进故事发展的角度言，紧要关目是“投水”，“告别”在戏剧结构意义上甚至算不上一个“关目”，因为其并不具有推进故事进展的意义，“灞桥告别”的整套曲唱只是一种抒情的心理叙述，从戏剧观念角度言，甚至算不上一个“戏剧行为”。

事实上，古人对《汉宫秋》的评价几乎都集中在三、四两折的曲辞上，对剧情甚少有所关注；而在今日的戏剧史专著乃至大学课堂上，通常都把《汉宫秋》的关目和曲辞分开讲授，重点讲的是故事情节及人物形象，比如第三折重点讲的是昭君投水，而对“灞桥告别”的曲辞就很难解析其“戏剧意义”，所以要等故事讲完了再分析其意境和词采，深入一些的会讲曲辞表现的人物心理、性格乃至隐涵的作家“思想”等等。这一通见的二分解读模式，说明至今对元杂剧的剧本解读还多将“剧”与“曲”分而析之。这并非我们的理解有差，而是元杂剧的戏曲体结构本来即如此。在元杂剧中，这种没有戏剧行为意义而只是心理叙述的曲唱是常见的，《窦娥冤》第三折刑场发愿，只是一个既定的下落动作，在故事的情节线上属于没有悬念和紧张的静止情节，但曲唱却是全剧最震撼人心之所在；《拜月亭》第三折闺怨、拜月两个情节，没有推进剧情的意义，乃是专为心理叙事而设的关目，但却是历来人们最欣赏的折子戏；至若《汉宫秋》和《梧桐雨》第四折痛心彻肺的思念所爱，都已无关故事格局，然而却是古代文人们一致称道的“好曲”。这种行为叙事与心理叙述的二分结构，与南戏的一元化叙事结构大为不同，正由于此，本文认为“戏文体”算不上是“剧—诗”，至少内在结构还没有成为充分的“剧—诗”，而元杂剧才是一种具有浓厚“诗化”意味的抒情戏剧。

元文人的戏曲写作为什么会形成这样的“剧—诗”之“关目体”？无以实证，只能猜测——如元人戏曲写作只是一种正经文事之外的消遣、重曲不重剧则是文人们的一种普遍风气，乃至朱权所云文人作曲伶人为白的写作方式等等，也许都可以联系之、思考之、发挥之，但回到元剧本身，所可作的解释是：元文人的戏曲写作较南宋戏文“敷演话文”之“传奇思维”的不同，在于化入了一种文人意识的“诗性思维”。

戏文，并非没有抒情性的心理叙事，但“敷演话文”的“传奇思维”决定了其戏曲写作的“剧”“诗”(曲)同步结构，所以虽以曲唱为主，但其曲本质上不能视为“诗”。“话文”与传奇小说同类，传奇小说是从史传文学派生的文学之一体，意在“传人间之奇”，故事虽亦多有情事，但写作目的和表达指向，在于对历史、社会和人生的认知感悟，解释人的生存体验——包括情感体验，所以“传奇思维”的本位是一种显性或潜在的直觉理性思维，而不是情感化的“诗性思维”。

所谓诗性思维，指写作目的和表达指向在于对历史和现实的一种心理感受和情感判断，所以诗性思维的本位是非理性的，思维的焦点不在思考和追问某种存在“为何如此”和“理当如何”，而是出于自我情感逻辑的“不该如此”和“应该如何”。元杂剧的主话语——四套曲唱的心理叙述，恰恰都是“不该如此”和“应该如何”，其心理叙述不是对故事进展过程的介入和干预，而是对某种故事结局(阶段的和全剧的)的情感反应和情感评判。元剧所以在叙述次序上“剧”“诗”离步，曲唱大多在故事中的某个结局点回旋展开，根本原因即在此。也就是说，元剧之“剧”在根本上是为“诗”服务的；反言之，元剧的“诗”是对剧中人情感的提炼和生发。因此，当元剧曲唱在故事的某一点、某种场境抒发情感时，已发生的故事就成为剧中人生命意识中的“景象”，同时也成为观众记忆中的生活图景及由之唤起的自我生命体验。此时，故事的具体情节已不重要，重要的是故事引发的人们普遍的、类似的生活感受和情感共鸣。《汉宫秋》和《梧桐雨》最后一折抒发的思念之情，在观众的感受中已不仅是一个皇帝对皇妃的深情，唤起的是人们对失去挚爱的普遍感受；窦娥刑场上激愤的情感呼喊，牵动的不仅是对一个弱女子的同情，更激起的是对人间不平的情感升腾。如果以传统诗学的“情景交融”拟之，剧中发生的故事乃“景”，剧中人的心理反应为“情”，二者构成一种“情景交融”，李渔谓“填词”“大纲”，“不出‘情’‘景’二字”[①]，根本含义即指此。对观众而言，剧中人的故事与其情感抒发都是“景”，观众与此“景”交融的乃是自己的“情”。王国维盛赞元剧的高处在有意境，所谓意境，即蕴含凝聚着生命体验和心理感受的境象，而文学中的某种意境只有唤起人们意识中类似之“境”的心理感受和情感共鸣，才具有“一境乃万境”的意义。元剧的意境“高”在哪里？就在其以“一境”而唤起千万观众类似“一境”的情感体验，其重心在诗性思维之心理情感叙述。体现在叙述结构上，便是因“剧”成“诗”，以“诗”入“剧”——这，才是元杂剧的诗性本质。

元杂剧在“话文思维”中化入“诗性思维”，是中国古代戏曲体演变史上的一大进展。当然，进展并不意味着绝对进步和高明，戏曲毕竟是“剧”和“曲”的结合，谓之“剧—诗”乃是理解和分析的一种阐释策略，“剧—诗”不等于戏曲就是“诗”，如果把戏曲的门类归之戏剧，则其落脚点最终当在“剧”，而元杂剧的“剧—诗”复合结构，不免导致诗性思维对传奇思维的某种解构，故在“剧”之层面上不免多有缺陷。李渔云：“然传奇，一事也〔……〕元人所长者，止居其一，曲是也；白与关目，皆其所短。吾于元人，但守其词中绳墨而已矣。”[②]王国维盛赞元剧“有意境”，同时对其“关目之拙劣”“人物之矛盾”亦言之不讳，今天虽不能简单认同[③]，但元剧行为叙事多有故事逻辑上的矛盾则是事实，如《窦娥冤》，县官梼杌“但有钱便是衣食父母”，那就应当判窦娥赢，因为有钱的是蔡婆家而张驴儿是无业游民；《昊天塔》，三关总帅杨六郎只身与孟良二人深入虎穴盗父亲骨殖，不合常理，逃往三关也不可能逃到此前从未提起过的五台山；《汉宫秋》，昭君既自请和番“以息刀

① 李渔《闲情偶寄》，《中国古典戏曲论著集成》(七)，第26页。

② 李渔《闲情偶寄》，《中国古典戏曲论著集成》(七)，第17页。

③ 详参李昌集《王国维对元杂剧三点批评的当代解读——一个世纪学案的重新讨论》，《文学评论》2010年第5期。

兵”却又投黑水自尽，若依故事逻辑，和番不成则刀兵可能再起，如此等等，在元剧中可谓屡见不鲜。在人物形象上，李逵既莽撞又滑头，下山路上欣赏起风景来又好像个文人；至如三关总帅杨六郎逃到庙里一筹莫展哭哭啼啼、汉元帝毫无帝王气格而颇像个小市民等等，类似的问题在元剧中可谓屡见不鲜，这种多重类型形象集于一身的人物，笔者曾将之概括为“叠合型”形象①。这些，都显示元剧之“剧”矛盾多多，李渔曰元剧短在关目，确是行家的锐见。但在心理叙事上，元杂剧则圆融一体，或波澜荡漾，或层层递进，汉元帝的感人痴情、杨家兄弟的动人亲情、窦娥的悲愤冤情，无不令人动容。元杂剧的这种“戏曲体”，其长其短，乃成此后明清文人戏曲体建构的样板和镜子，历史赋予明清文人“戏文体”和“关目体”两种戏曲体传统，而历史既然有所赋予，就会获得回报。

三、元明清文人的南戏写作与“传奇”体

中国古代戏曲史上的声腔系统有南、北两大体系，王骥德云曲之分南北“天若限之”。北曲杂剧风光有元一代，与元代的政治态势密切相关，故随着朝代兴替，作为一种全域性的戏曲形式，至明代渐成余响，北剧在场上的主流时代一去不返。而元代继南宋戏文而一脉不断的南戏，剧本写作其实从未停止，至明代政局的改变而逐步抬头，明中叶后进入主流文人圈，形成古代戏曲史上文人戏曲写作以南戏传奇为主流的时代。

明初，太祖朱元璋严禁奢乐之风，“祖宗开国，尊崇儒术，士大夫耻留意辞曲”②。所以除了朱权、朱有燉两位王爷热衷于玩曲，一般文人们就不像元文人“将他们的热情投向戏曲”。但据说朱元璋又盛赞高

---

① 详参李昌集《戏剧性及其发生机制——元杂剧结构研究之二》，《艺术百家》1988 年第 4 期。

② 何良俊《曲论》，《中国古典戏曲论著集成》(四)，第 6 页。

明《琵琶记》，谓“如山珍、海错，富贵家不可无”①，所以虽然文人戏曲写作甚少，但戏曲活动并不少，宫廷戏剧由钟鼓司专管，民间戏曲则南北各地一如既往热热闹闹，至明中叶“诸腔竞演”而“画地相角”，是为明中叶后文人戏曲写作的背景之一。

明代文人戏曲写作的另一重要背景，是正德以后士风发生了变化。从正德、嘉靖到万历，正德迷于玩乐，嘉靖笃好修道，万历赌气荒政，于是士风滑堕，而由于正德间的“刘瑾门”事件，更造就了一批失意士大夫，如明文坛“前七子”中的康海、王九思，官至翰林院修撰和吏部郎中，罢官后居然“留意辞曲”，从而推动了明代士夫文人的散曲创作高潮，康海还写了一部北剧《中山狼》，王九思则作有北剧《杜甫游春》等。此前邱濬和邵灿偶作《五伦全备记》和《香囊记》，宣扬正经名教，尚为同僚嗤点不屑，如今有名公为之，染指戏曲成文人雅事，故从明中叶到清初，产生了此前从未有过的上下层文人共同投入戏曲写作的局面。

明文人戏曲写作与戏曲艺术直接相关的一个背景，是清唱水平的提高。明中叶后，一批具有文人气质的清唱家钻研曲唱，相与切磋，清唱家魏良辅以昆山曲唱为基础而融合北曲唱的“昆曲唱”，博得了文人们的普遍推崇而风靡天下，“咸弃其杆拨，尽效南声”②；山东人李开先，“嘉靖八子”之一，官至太常寺少卿，不仅大作南散曲并写作了南曲剧本《宝剑记》；江苏太仓人王世贞，晚明“后七子”之首，时人推为文坛盟主，官至刑部尚书，亦颇留心辞曲，所作《艺苑卮言》中的论曲部分，后人单刻行世曰《曲藻》，所作剧本则相传有《鸣凤记》；江苏昆山梁辰鱼，身为布衣而以善曲驰名文坛，与“后七子”等诸多名流皆有交往，所作昆曲《浣纱记》在文人间广为传扬，昆腔从清曲唱进入戏曲唱，其功不可没。此后，以昆腔演唱的南曲戏剧吸引了众多文人参与戏曲写作和理论探讨，终于成为全域性上层剧种，其风一直延续到清前期，产生

---

① 徐渭《南词叙录》，《中国古典戏曲论著集成》(三)，第240页。

② 王骥德《曲律》，《中国古典戏曲论著集成》(四)，第56页。

了《长生殿》和《桃花扇》两部戏曲经典。清中叶，由于“花部”民间戏曲大规模进入上层文化圈，昆剧被称为“雅部”而与“花部”并行，然文人戏曲写作的兴趣却日益消减，搬演戏曲开始进入以传统剧本的传承和改编为主导的时代，文人意在搬演的戏曲写作，作为一种阶层性、群体性的行为终止，戏曲写作乃至戏曲的学术研究越来越成为少数人的私人兴趣。故从清中叶后，中国古代戏曲史进入文人“戏曲文学”的失落而以表演为主导的时代，其绪一直延续至今，人们所知的当代“戏曲家”都是名角儿，编剧的除了圈内人士，大众既不知道亦无兴趣，搞文学的似乎也极少有人关心。

以上对明清戏曲写作背景和历史轨迹的粗线条勾勒，意在强调以下两点：

其一，古代具有全域意义的戏曲高潮和戏曲体的演变，都是由于文人层参与戏曲写作而实现的。因此，描述和阐释“中国古代戏曲史”，文人的戏曲写作应当成为一条重要的主线，应当纳入古代戏曲艺术的总体运行机制中加以研究。即使研究无文本时代的戏剧史，亦应将之作为一个思考的参照点，探究和解释无文本戏剧操作的历史文化缘由和社会运行机制。如此，或许有助于戏剧史研究进一步走向历史的深处。

其二，某种富有新意的场上戏曲形式的产生，总是以某种富有新意的表演形式为基础和支撑。但仅由表演本身的单一因素，难以产生戏剧形态的重大变革。戏曲的主形式是曲唱，曲唱水平及其新变，是牵引戏曲形式演变的重要因素，但曲唱形式及其新变并不必然发生在搬演中，中国古代的清唱（包括说唱）有其自身的独立体系和发展机制，与戏曲唱相互鼓荡激励，作为“以曲为戏”的戏曲，“跟着时代走”而选择高水平的曲唱是必然的，至迟从元代开始，中国古代的戏曲种类，主要是由曲唱方式和唱腔的不同而决定的。文人写作的“戏曲体”变迁，则与文人对曲唱方式喜好的转移密切相关。

上述两点，相辅相成。因此，当元代坚持南曲传统的文人进行戏曲写作时，当明清文人选择新的南曲进行写作时，既有的戏曲传统模式就成为文人写作中的一种既定规则，同时也是文人发挥创造力而拓展之、改进之的对象，元文人的南戏写作即是以南宋戏文体的传统模式为主框架，同时又汲取了北剧关目体的精髓，而明清文人的传奇写作，则在更加丰富的前人戏曲创作基础上，造就了古代戏曲体最丰满的时代。

1. 元代文人南戏写作“传奇思维”的新变

明清文人的戏曲传奇写作，直接传承的戏曲体统绪是元人的南戏。由于文献的缺失，今存元代南戏全本不到二十部，另约有一百多部存名剧本散见有若干零星曲词。元代南戏绝大部分是无名氏作品，全本有署名的只有四部，说明南戏在元代文人意识中的边缘地位，虽然其搬演未必比北剧少。从宋至元，南方戏曲传统至少已延续了百年以上，元代文人推崇北剧，而南方市井乡村的庶民百姓，更喜欢祖祖辈辈以来眼观耳闻的南戏，并不随朝代更替而有所改变，所以元代的南戏剧本写作其实从未停止。

元代的南戏写作，承南宋戏文传统，相当一些可能是元代南方“书会们”的作品，可定为文人之作的典型是高则诚《琵琶记》，观其语体和对诗词、历史、典故的熟悉程度，较书会写作的《张协状元》具有明显的文人气息，在文体结构上则与《张协状元》一脉相承而有其新意。兹录第五出《南浦嘱别》中的一段：

〔谒金门〕(旦上)春梦断，临镜绿云撩乱。闻道才郎游上苑，又添离别叹。(生上)苦被爹行逼遣，脉脉此情何限。(合)骨肉一朝成拆散，可怜难舍拚。(旦)官人！云情雨意，虽可抛两月之夫妻；雪鬓霜鬟，竟不念八旬之父母。功名之念一起，甘旨之心顿忘。是何道理？(生)娘子，膝下远离，岂无眷恋之意；奈堂上力勉，不听分剖之词。咳！教卑人如何是好。(旦)官人，我猜着你了。〔忒忒令〕(旦)你读书思量做状元，我只怕你学疏才浅。(生)娘子哪见我学疏才浅？(旦)官人，只是孝经曲礼，你早忘了一段。(生)咳，我几曾忘了？(旦)却不道夏凊与冬温，昏须定，晨须省，亲在游怎远？〔前腔〕（生）我哭哀哀推辞了万千，（旦）那张太公如何？（生）他闹炒炒抵死来相劝。将我深罪，（旦）官人，你不去时，也须由你。（生）不由人分辩。（旦）罪你甚的？（生）他道我恋新婚，逆亲言，贪妻爱，不肯去赴选。〔沈醉东风〕（旦）你爹行见得好偏，只一子不留在身畔。官人，公婆如今在哪里？（生）在堂上。（旦）既在堂上，我和你去说。（生）娘子，你怎的又不去了？（旦）罢罢罢，我和你去说时节呵，他又道我不贤，要将伊迷恋。苦，这其间教人怎不悲怨！（合）为爹泪涟，为娘泪涟，何曾为着夫妻上挂牵。〔前腔〕（生）做孩儿节孝怎全，做爹行不从几谏。（旦）官人，你为人子的，不当恁的埋冤他。（生）非是我要埋冤，只愁他影只形单，我出去有谁看管。（合）为爹泪涟，为娘泪涟，何曾为着夫妻上挂牵。（生）呀，爹妈来了。娘子，你且揾了眼泪。（毛晋19—20）

显然，《琵琶记》的"戏曲体"与《张协状元》颇为相似，可见元南戏乃脱胎于南宋戏文。但《琵琶记》较《张协状元》的进展亦十分明显：复线型单元交错的叙事结构显得更加明朗有序，每一出均围绕一个主情节展开，由此构成整个戏剧故事的跌宕起伏，绝不枝蔓，《张协状元》结构上的散漫拖沓，一些场次游离于故事主线的缺陷，在《琵琶记》中得以根本改观；在叙述方式上，《琵琶记》曲辞的文雅化自不待言，更具实质意义的是《琵琶记》曲唱和说白在人物对话的大框架中融合得更圆畅，与情节发展结合得更紧密，曲唱的行进即是故事情节的展现和递进。因此，《琵琶记》与南宋"戏文体"一脉相承，都属于叙事性的传奇结构而不是"剧—诗"。

另一方面，处在文人们推崇北剧的时代，《琵琶记》也在吸收北剧的"剧—诗"叙述方式，在情节的某些"静止点"抒发情感，上录一段〔谒金门〕即是一例。姑再举二例：

〔高阳台〕（生上）梦绕亲闱，愁深旅邸，那堪音信辽绝。凄楚情怀，怕逢凄楚时节。重门半掩黄昏雨，奈寸肠此际千结。守寒窗一点孤灯，照人明灭。当时轻散轻别，叹玉箫声杳，庾楼明月。一段愁烦，翻成两下悲咽。枕边万点思亲泪，伴漏声到晓方彻。锁愁眉，慵临青镜，顿添华发。（毛晋 52）

〔苏幕遮〕怯山登，愁水渡。暗忆双亲，泪把麻裙渍。回首孤坟何处是，两下萧条，一样愁难诉。玉消容，莲困步。愁寄琵琶，弹罢添凄楚，惟有真容时时顾。憔悴相看，无语恓惶苦。[①]。

二曲都是一种心理叙述。从“剧”的角度言，都是在“情节暂停点”上。南戏每一出主脚上场，在情节展开前往往先来一曲心理叙述，既与前剧情节相衔接，同时营造一种情感氛围和基调，对人物行为予以某种心理解释，然后再进入故事情节。这一格式在《张协状元》中已见端倪，但尚未定格，到《琵琶记》则成基本定式。如上举十三出《官媒议婚》中的首曲〔高阳台〕，抒发的是蔡伯喈对“前故事”造成的当下处境的心理感怀，也是对本出主情节蔡伯喈“辞媒”行为的心理解释，即这里的心理叙述包含着对此后情节发展方向的暗示。同时，〔高阳台〕本为词调，全曲在格调上也是一派婉约词风标，从而使本曲含有一种超越剧情的“普遍情感”意味；三十二出《路途劳顿》是一出赵五娘赴京的过场戏，上录〔苏幕遮〕是直接采用词体的“韵白”，同样具有一种“诗化”的普遍情感意味。由此可见，《琵琶记》在“传奇”的总体行为叙事中注意融入心理叙述，将行为叙事与心理叙述交织为一体，形成一种“剧”与“诗”的内在呼应。《琵琶记》较《张协状元》的重大进展即在此——外部体制是传统的，而内在结构则输入了“剧—诗”意味。而这，显然是汲取了元杂剧戏曲体的精华。

《琵琶记》较南宋戏文的戏曲体演变，是南戏走向文人戏曲写作的一个历史坐标。虽然明清文人对《琵琶记》有“掉书袋”之讥，批评其语

---

① 毛晋“六十种曲”(一)，中华书局 1958 年版，第 125 页。

体上过于书生气而不及元杂剧自然生动，李渔对《琵琶记》“针线不密”亦颇有微词而动笔改写，但《琵琶记》戏曲写作创立的新型传奇思维——在行为叙事中融入心理叙事，以“剧”为本而滋润以“诗”的写作模式，既继承了南宋戏文体而又有所推进；既有取于元杂剧“剧—诗”精髓，又避免了元杂剧关目结构上的若干不足，从而使《琵琶记》成为明代文人写作戏曲体的样板，明人称《琵琶记》为“南戏之祖”，深层意味即在此。

2. 从汤显祖《牡丹亭》看明人戏曲写作中的“诗剧”意识

元代文人写作的杂剧和南戏，成就了中国古代两种类型的戏曲体，杂剧以诗性思维为主导，南戏以传奇思维为主体，而“剧”与“诗”的结构关系，则成为文人戏曲体不同模式和不同风格的核心所在，继元以后明清文人的传奇写作，戏曲体的大框架总体上立足于传奇思维，同时也注意不同程度地融入诗性思维，是为明清传奇的通式。其中有重“剧”与重“诗”之二流，重“剧”的代表是李渔；重“诗”的代表则是汤显祖。

汤显祖的代表作《牡丹亭》在晚明轰动一时，所以引起轰动，主要在其“思想内容”与奇特构思——“慕色还魂”的“以情反理”主题，既生动而又深刻地表达了晚明新人文思潮的“情本位”观，是《牡丹亭》得以成功的根本原因。从内容上看，这一主题体现在杜丽娘“因情而亡”到“慕色还魂”的前半部，还魂以后的部分，与“以情反理”主题已关系不大，只在一些情节中有一点尾声，故事情节亦属一般。所以这里只谈《牡丹亭》的前半部。

仅从戏剧结构角度看，《牡丹亭》不免支离松散，远不及《琵琶记》条贯有序——故事以杜丽娘为主线，其父杜宝一线，《训女》一出为杜丽娘孤独深闺的“家庭背景”，尚有情节意义，《劝农》则与故事主线和主题几无关联；陈最良的戏是杜宝线的延续，暗示了杜丽娘青春抑郁的“时代文化背景”；柳梦梅在杜丽娘因情而亡的故事单元中还只是一个心理符号，与杜丽娘没有现实中的行为关联，只到“还魂”情节才起关键作用，其形象并不具有特别的感染力，比《西厢记》中的张生差得很远；至于石道姑，只是为柳梦梅拾画掘墓设计的一个人物，与杜丽娘的行为更无关联。由此而论,《牡丹亭》在“剧”的叙事结构层面上并不出色。那么,《牡丹亭》又为何具有如此大的感染力?仅仅因为“思想”么?当然不这么简单。精彩的内容用贫乏的话语表述,贫乏就会把精彩冲淡而失去精彩,《牡丹亭》的第一主角和最精彩的是杜丽娘,所以,不妨将杜丽娘“因情而亡”的叙事线提取出来,从叙述结构的角度看其精彩何在。

杜丽娘“因情而亡”的故事主线由《惊梦》《寻梦》《写真》《闹殇》四出构成,牵引情节展开的核心是“梦”,戏剧冲突是杜丽娘的爱情向往和失落的心理矛盾。这一题材本身就决定了“因情而亡”的整个故事都属于心理叙述,因而所有的戏剧动作都是杜丽娘心理情感的外化,在根本上都属于一种心理动作。所以,从“剧”的角度说,四出戏的戏剧动作极为简单和平常——《惊梦》之游园、入梦、惊梦、寻梦,除了“入梦”一段尚有戏剧性行为,其他在“剧”的层面上都是静止性情节,故事是随着杜丽娘的心理叙事推进的,杜丽娘的“动作”已成次要。《寻梦》《写真》《闹殇》三出,都是“梦”的延续,情节和行为动作极其单一,而正是这种“单一”,使故事的焦点由动作转移为抒情,行为动作乃是心理叙事的一种展开,作为抒情的曲唱和作为戏剧的行为彻底融为一体,行为动作的“剧”平常而简单,几乎完全褪去了“戏剧性”,曲唱的情感回旋和递进成为戏剧的根本内容,观众直接感受的是杜丽娘的情感世界。下面几只曲子是人们非常熟悉的:

〔皂罗袍〕原来姹紫嫣红开遍,似这般都付与断井颓垣。良辰美景奈何天,赏心乐事谁家院!朝飞暮卷,云霞翠轩;雨丝风片,烟波画船——锦屏人忒看的这韶光贱!①

〔山坡羊〕没乱里春情难遣,蓦地里怀人幽怨。则为俺生小婵娟,拣名门一例、一例里神仙眷。甚良缘,把青春抛的远。俺的睡

① 徐朔方笺校《汤显祖全集》(三),北京古籍出版社 1998 年版,第 2096—2097 页。

情谁见？则索因循腼腆。想幽梦谁边，和春光暗流传？迁延，这衷怀那处言？淹煎，泼残生，除问天。①

〔月儿高〕几曲屏山展，残眉黛深浅。为甚衾儿里不住的柔肠转？这憔悴非关爱月眠迟倦。可为惜花，朝起庭院？〔……〕〔懒画眉〕最撩人春色是今年，少什么低就高来粉画垣，元来春心无处不飞悬。哎，睡荼蘼抓住裙衩线，恰便是花似人心好处牵。〔前腔〕为甚呵玉真重溯武陵源？也则为水点花飞在眼前。是天公不费买花钱，则咱人心上有啼红怨。咳，辜负了春三二月天。②

这些杜丽娘在日常行为中所唱曲子的心理历程，构成了实质上的故事，行为动作的"戏剧意义"，就在于将这些曲唱的情感予以生活化、直观化，把一个情感孤独而令人揪心的杜丽娘展示在观众面前。情感，是故事的真正悬念所在，杜丽娘的情感抑郁，牵引着戏剧方向和故事的发展。这种情感的动作化和动作的情感化，把心理叙事与行为叙事融化在一起而构成一种意象，行为动作必须在情感中理解，情感诉求最终在行为动作中体现，这种动作、情感相互依托同构为意象的艺术表达方式，是我们非常熟悉的，因为它是中国传统诗词艺术的精髓，下面一首李清照的《声声慢》是古今人们推崇的经典：

寻寻觅觅，冷冷清清，凄凄惨惨戚戚。乍暖还寒时候，最难将息。三杯两盏淡酒，怎敌他、晚来风急？雁过也，正伤心，却是旧时相识。满地黄花堆积。憔悴损，如今有谁堪摘？守着窗儿，独自怎生得黑？梧桐更兼细雨，到黄昏、点点滴滴。这次第，怎一个、愁字了得！③

① 徐朔方笺校《汤显祖全集》(三)，北京古籍出版社 1998 年版，第 2097—2098 页。
② 徐朔方笺校《汤显祖全集》(三)，北京古籍出版社 1998 年版，第 2013—2014 页。
③ 唐圭璋《全宋词》，中华书局 1999 年版，第 1209 页。

杜丽娘与词中人的行为动作和心理情结何等相似！杜丽娘因情而亡的故事，仿佛是《声声慢》“故事”的扩展和延伸的极致。类似的情感抒发在古代诗词中屡见不鲜，《牡丹亭》不止一处引用李商隐的诗句，杜丽娘的韵白中即化用有“梦无彩凤双飞翼，心有灵犀一点通”，下面一首李商隐的《无题》诗也是人们非常熟悉的：

相见时难别亦难，东风无力百花残。春蚕到死丝方尽，蜡炬成灰泪始干。晓镜但愁云鬓改，夜吟应觉月光寒。蓬山此去无多路，青鸟殷勤为探看。①

杜丽娘的因情而亡，亦即《无题》之情感意境的生动展开和心理情结的悲剧顶点。杜丽娘，在根本上即是一个诗意的形象，是汤显祖心中“诗意”的载体和外化。中国古代，传统诗歌是文人精神的、情感的源泉，文人们将熟谙于心、潜移默化在意识中的诗词意境转化到戏曲写作中，本是自然而然的。文人戏曲写作对传统诗词的汲取，词采只是表层现象，更深层的意义在对诗词意境和内在叙述结构的汲取。

将诗性思维化入戏曲写作，是古代戏曲体演变中最富有意味的进展，元剧“剧—诗”结构是一个飞跃，《牡丹亭》则是更进一步的发展，“梦”之故事从题材、戏剧结构到叙事方式，本质上都是“诗”的，写作性质在根本上乃是一种“以诗为剧”。与元杂剧“剧—诗”有所不同的是：元杂剧把“剧”作为“诗”的素材和背景，《牡丹亭》则把“剧”和“诗”圆融通透地化为一体，如果说元杂剧的写作方式是“因剧为诗”，《牡丹亭》则是真正基于诗性思维的“以诗为剧”，本文将之称为“诗剧”——“诗”的构思、“诗”的结构、“诗”的表达方式、“诗”的情感意境之“诗剧”，是为中国古代最文人化、最富有特色的戏曲体。汤显祖自云其戏曲写作“以意趣神色为主”，追求“以情反理”的“冬景芭蕉”境界，所谓“以情反理”，此“理”指现实之必然，存在之规定；此“情”指我心之驰骋，我情之

① 刘学锴、余恕诚《李商隐诗选》，人民文学出版社 2002 年版，第 230 页。

当然。可见汤显祖戏曲写作的艺术构思,是基于文人传统的写意诗歌意识乃至文人画的“诗情画意”,这就决定了其“诗剧”的艺术本质属于中国特有的写意艺术。而这,正是中国古典戏曲与以模仿生活为根本理念的西方戏剧的本质区别。如果留心一下明清曲选中的单出戏曲,就会发现其中绝大部分具有不同程度的“诗剧”意味,恰说明中国古代文人对戏曲体接受的普遍取向,文人戏曲写作的“诗剧”意识,底层伏涵的是“诗的国度”文人们的集体文化心理,《牡丹亭》只是“诗剧”的一个杰出样板,晚明文人对汤显祖戏曲写作的“失律”多有批评,而对其“才情”则一致称道,根本原因即在此。

不过,情况还有另一面。冷静一点,我们不得不面对这样的事实:《牡丹亭》的“诗剧”构造在全剧贯彻得并不彻底,只有“因情而亡”故事单元表现得最为充分,至“慕色还魂”单元,则返回一种“诗剧”与“传奇”相结合的叙述结构,个中的“诗剧”意味远不及“因情而亡”显得浑融。原因之一,在内容上由悲剧转为喜剧,不免影响了感人的力度,而叙述结构松散、传奇情节对“诗剧”构造有所消解则是根本原因。因此,《牡丹亭》的戏曲体总体上仍然是“诗”和“剧”的复合结构。

由此提出的问题是:“诗剧”模式在搬演的戏曲写作中能否整体性实现?亦即“诗”与“剧”相结合的叙述结构能否完美地融为一体?历史呈现的事实是:在文人戏曲写作中,没有一部堪称完全而完美的“诗剧”,从元杂剧到明清传奇的文人戏曲写作,虽然结构方式不同,但都是“诗剧”与“传奇”的一种复合结构。与之相应,中国古代的“戏曲学”极少将曲唱与故事予以内在结构上相互关联的表述,通常可见的都是两分化的各自讨论。今日的戏曲研究,依然如是。如此,我们还能将戏曲体表层地、抽象地定义为“剧诗”么?

戏曲的本位毕竟是“戏剧”,彻底的诗化既不可能更无必要,古代戏曲体以“敷演话文”的传奇思维为起始,经过“诗”的浸润,至元杂剧的“剧—诗”到晚明南曲传奇“诗剧”形式的嵌入,古代文人戏曲体演变的走向,大体呈现为诗意的强化,而到明末清初,古代戏曲体的走向正与晚明以来推许诗意之“才情”相反,戏曲体渐向“剧”回归,传奇思维成为文人戏曲写作的本位。

3. 从《风筝误》《桃花扇》看明清以“剧”为本的“传奇体”

中国古代文人热衷于诗乃是数千年的传统，故明清文人偏好戏曲之“曲”不难理解。但也有一些文人如胡应麟、王骥德、孙月峰、祁彪佳、凌濛初、吕天成等也注意到了“剧”，虽然所述大多比较简略而缺乏“理论阐释”，但明代文人的戏曲写作毕竟有了某种“戏剧意识”。尤值得注意的是：明清面向一般读书人和城市大众的坊刻戏曲评点本，所评所点多是关目情节和人物形象，言曲者甚少，个中意味是：普通市民观赏戏曲的兴趣点主要在“剧”。这就可以理解：为什么明末清初一位家庭戏班班主李渔，总结了一整套甚少谈到“才情”，淡化曲之诗意和词采而着重谈“剧”的戏剧理论，今学界称之为中国古代戏剧学的“最高成就”。从古代的“戏剧学”角度看，李渔确实可称古代第一人，但学界也普遍认为李渔的戏曲写作与戏剧理论不成正比，没有一部戏曲堪为入流之作，有专家以“卑微的格调”总评之。当然，此主要指其戏曲写作的“思想内容”，不在本文讨论之列，本文仅从戏曲体的角度，讨论李渔的戏曲写作在戏曲体演变史上的意义。兹录《风筝误》第二十九出《诧美》：

〔传言玉女前〕(小旦带副净上)儿女温柔，佳婿少年衣绣，问邻家娘儿妒否？妾身柳氏，前日老爷寄书回来，教我赘韩状元为婿。我想梅夫人与我各生一女，他的女婿是个白衣白丁，我的女婿是个状元才子。我往常不理他，今日成亲，偏要请过来同拜，活活气死那个老东西！叫梅香去请二夫人过来，好等状元拜见。(副净应下)〔传言玉女后〕(生冠带，末随上)姻缘强就，这恶况怎生经受？冤家未见，已先眉皱！(见介)(副净上)夫人，二夫人说他晓得你的女婿是个状元，他命轻福薄，受不得起拜，他不过来。(生)既是二夫人不来，今日免了拜堂罢。(小旦)说的甚么话？小女原不是他所生，尽他一声不来就罢。叫傧相赞礼。(净扮掌礼上，请介)(副净、老旦扶旦上，照常行礼毕，共坐饮酒介)〔画眉序〕

(生闷坐不开口,众唱)配鸾俦,新妇新郎共含羞。喜两心相照,各自低头。合卺酒未易沾唇,合卺杯常思放手。状元相度该如此,端庄不轻开口。〔滴溜子〕笙歌沸,笙歌沸,欢情似酒;看银烛,看银烛,花开似斗。冬冬鼓声传漏,早些撤华筵,停玉盏,好待他一双双归房聚首。(小旦)掌灯送入洞房。(行介)

〔双声子〕新人幼,新人幼,看一捻腰肢瘦;才郎秀,才郎秀,看雅称官袍绣。神祐祐,神祐祐;天辐辏,天辐辏。问仙郎仙女,几世同修?〔隔尾〕这夫妻岂是人间偶?是一对蓬莱小友,谪向人间作好逑。(众下)(生、旦对坐,旦用扇遮面介)(内发擂毕,打一更介)(生背介)他今日一般也良心发动,无颜见我,把扇子遮住了脸。(叹介)你这把小小扇子,怎遮得那许多恶状来!〔园林好〕(生)我笑你背银灯难遮昨羞,隔纨扇怎藏旧丑?他当初露出那些轻狂举止,见我厌恶他,故此今日假装这个端庄模样。(叹介)你就端庄起来也迟了。一任你把娇涩态千般装扭,怎当我愁见怪,闭双眸,愁见怪,闭双眸!我若再一会不动,他就要手舞足蹈起来了,趁此时拿灯去睡。双炬台留孤烛影,合欢人睡独眠床。(持灯下)(旦静坐介)(内打三更介)(旦觑生,不见介)呸!我只说他坐在那边,只管遮住了脸,方才打从扇骨里面张了一张,才晓得是空空的一把椅子!(向内偷觑,大惊介)呀!他独自一个竟去睡了,这是甚么缘故?〔嘉庆子〕莫不是醉似泥,多饮几杯堂上酒?莫不是善病的相如体态柔?莫不是昨夜酣眠花柳,因此上神倦怠,气休囚,神倦怠,气休囚?他如今把我丢在这边,不偢不倸,难道我好自己去睡不成?独自个冷冷清清,又坐不过这一夜,不免拿灯到母亲房里去睡。檀郎不悄松金钏,阿母还堪卸翠翘。(敲门介)母亲开门。(小旦持灯上)眼前增快婿,脚后失娇儿。(开门见旦,惊介)呀!我儿,你们良时吉日,正好成亲,要甚么东西,只该叫丫鬟来取,为甚么自己走出来?(旦)孩儿要甚么东西,来与母亲同睡。(小旦大惊介)怎么不与女婿成亲,反来与我同睡?〔尹令〕你缘何黛痕浅皱?缘何擅离佳偶?缘何把母闱重叩?莫不是娇痴怕羞,因此上抱泣含愁把阿母投?

(旦)他不知为甚么缘故,进房之后,身也不动,口也不开,独自一个竟去睡了。孩儿独坐不过,故此来与母亲同睡。(小旦呆介)怎么有这等诧异的事?我看他一进门来,满脸都是怨气,后来拜堂饮酒,总是勉强支持。这等看起来,毕竟有甚么不慊意处?我儿,你且坐一坐,待我去问个明白,再来唤你。叫梅香掌灯。(下)(副净上,持灯行介)(小旦)只道欢娱嫌夜短,谁知寂寞恨更长。来此已是。梅香,请他起来。(副净向内介)韩老爷,请起来,夫人在这里看你。(生上)令爱不堪偕伉俪,老堂空自费调停。夫人到此何干?(小旦)贤婿请坐了,有话要求教。(坐介)贤婿,舍下虽则贫寒,小女纵然丑陋,既蒙贤婿不弃,结了朱陈之好,就该俯就姻盟。为甚的愁眉怨气,全没些燕尔之容?独宿孤眠,成甚么新婚之体?贤婿自有缘故,毕竟为着何来?(生)下官不与令爱同床,自然有些缘故。明人不须细说,岳母请自参详。(小旦)莫非为寒家门户不对么?(生)都是仕宦人家,门户有甚么不对?(小旦)这等,为小女容貌不佳?(生)容貌还是小事。(小旦)哦,我知道了。是怪舍下妆奁不齐整?老身曾与戚年伯说过,家主不在家,无人料理,待老爷回来,从头办起未迟。难道这句话,贤婿不曾听见?(生微笑介)妆奁甚么大事,也拿来讲起?〔品令〕便是荆钗布裙,只要德配也相投;况如今珠转翠绕,还堪度春秋。(小旦)这等为甚么?(生)只为伊家令爱,有声扬中冓。我笑你府上呵,妆奁都备,只少个扫茨除墙的佳帚。我只怕荆棘牵衣,因此上刻刻堤防不举头。(小旦大惊介)照贤婿这等说起来,我家有甚么闺门不谨的事了?自古道:眼见是实,耳闻是虚。贤婿所闻的话,焉知不出于仇口?(生)别人的话,那里信得?是我亲眼见的。(小旦大惊介)我家闺阃的事,贤婿怎么看见?是何年何月?那一桩事?快请讲来!(生)事到如今,我也不得不说了。去年清明,戚公子拿个风筝来央我画。我题一首诗在上面,不想他放断了线,落在贵府之中。(小旦)这是真的。老身与小女同拾到的。

(生)后来着人来取去,令爱和一首诗在后面。(小旦)这也是真的,是老身教他和的。(生)后来我自家也放风筝,不想也落在府上。及至着小价来取,谁知令爱教个老妪,约我说起话来。(小旦惊介)这就是他瞒我做的事了。或者是他怜才的意思,也不可知。这等贤婿来了不曾?(生)我当晚进来,只说面订婚姻之约,待央媒说合过了,然后明婚正娶的。不想走进来的时节,我手还不曾动,口还不曾开,多蒙令爱的盛情,不待仰攀,竟来俯就。如今在夫人面前,不便细述,只好言其大概而已。我心上思量,妇人家所重在德,所戒在淫;况且是个处子,怎么"廉耻"二字全然不顾?彼时被我洒脱袖子,跑了出去,方才保得自己的名节,不曾敢污令爱的尊躯。〔豆叶黄〕亏得我把衣衫洒脱,才得干休。险些做了个轻薄儿郎,险些做了个轻薄儿郎,到如今,这个清规也难守。(小旦)既然如此,贤婿就该别选高门,另偕伉俪了,为甚么又来聘这个不肖的东西?(生)我在京中那里知道,是戚老伯背后聘的。如今悔又悔不得,只得勉强应承。不敢瞒夫人说,这一世与令爱只好做个名色夫妻;若要同床共枕,只怕不能够了。名为夫妇,实为寇仇!若要做实在夫妻,若要做实在夫妻,纵掘到黄泉,也相见还羞。(小旦)这等说起来,是我家的孽障不是了。怪不得贤婿见绝。贤婿请便,待老身去拷问他。(生)慈母尚难含忍,怎教夫婿相容?(下)(小旦)他方才说的话,字字顶真,一毫也不假。后面那一段事,他瞒了我做,我那里知道?千不是万不是,是我自家的不是!当初教他做甚么诗,怎么该把外人拿去?不但治家不严,又且诱人犯法了。日后老爷回来知道,怎么了得!(行到介)不争气的东西在那里!(闷坐,气介)(内打四更介)

〔玉交枝〕(旦上)呼声何骤?好教人惊疑费筹。(见小旦介)母亲为何这等恼?(小旦)你瞒了我做得好事!(旦惊介)孩儿不曾瞒母亲做甚么事。(小旦)去年风筝的事,你忘了?(旦背想介)是了,去年风筝上的诗,拿了出去,或者韩郎看见,说我与戚公子唱和,疑我有甚么私情,方才对母亲说了。(对小旦介)去年风筝上的诗，是母亲教孩儿做的；后来戚家来取，又是母亲把还他的，干孩儿甚么事？（小旦）我把他拿去，难道教你约他来相会的？（旦大惊介）怎么？我几时把人约黄昏后？向母亲求个分剖。（小旦）你还要赖！起先戚家风筝上的诗，是韩郎做的；后来韩郎也放一个风筝进来，你教人约他相会，做出许多丑态，被他看破，他如今怎么肯要你！（旦大惊，呆视介）这些话是那里来的？莫非是他见了鬼！（高声哭介）天那！我和他有甚么冤仇，平空造这样的谤言来玷污我！今生与伊无甚仇，为甚的擅开含血喷人口！（小旦掩旦口介）你还要高声，不怕隔壁娘儿两个听见？今日喜得那老东西不曾过来，若过来看见，我今晚就要吊死。我细思量如何盖羞，细思量如何盖羞！（内打五更介）料想今晚做不成亲了，你且去睡，待明日再做道理。粪缸越搂越臭。（旦）奇冤不雪不明。（下）（小旦）这桩事好不明白。照女婿说来，千真万真；照他说来，一些影响也没有。就是真的，他自己怎么肯承认？我有道理，只拷问是那个丫鬟约他进来的就是了。（对副净介）是你引进来的么？（副净）阿弥陀佛！我若引他进来，教我明日嫁个男子，也象这样不肯成亲！（小旦）掌灯，我再去问。（行介）（副净请介）（生上）说明分散去，何事又来缠？（小旦）方才的事，据贤婿说，确然不假；据小女说，影响全无。这“莫须有”三字，也难定案。请问贤婿：去年进来，可曾看见小女么？（生）怎么不曾见？（小旦）这等还记得小女的面貌么？（生）怎么不记得？世上那里还有第二个象令爱的尊容？（小旦）这等，方才进房的时节，可曾看看小女不曾？（生）也不消看得，看了倒要难过起来。（小旦）这等待我教小女出来，请贤婿认一认；若果然是他，莫说贤婿不要他为妻，连老身也不要他为女了。恐怕事有差讹，也不见得。（生）这等就教出来认一认。（小旦）叫丫鬟，多点几枝蜡烛，去照小姐出来。（丑应下）（生）只怕认也是这样，不认也是这样。（小旦背介）天那！保佑他眼睛花一花，认不出也好。（老旦、副净持灯，照旦上）请将见鬼疑神眼，来认冰清玉洁人。（小旦）小女出来了，贤婿请认！（老旦、副净掌灯高照，生遥认，惊背介）呀！怎么竟变做一个绝世佳人？难道是我眼睛花了？（拭目介）〔六幺令〕把双睛重揉。（近身细认，又惊，背介：逼真是一个绝世佳人！）那里是幻影空花眩我昏眸。谁知今日醉温柔？真娇艳，果风流！不枉我铁鞋踏破寻佳偶，铁鞋踏破寻佳偶！（小旦）贤婿，可是去年那一个么？（生摇手介）不是，不是，一些也不是！（小旦）这等看起来，与我小女无干，是贤婿认错了人了。（生）岂但认错了人，竟是活见了鬼！小婿该死一千年了！（小旦）这等老身且去，你们成了亲罢。（生）岳母快请回。小婿且告罪，明日还要负荆。（小旦笑介）不是一番疑彻骨，怎得千重喜上眉？（老旦、副净随下）（生急闭门，向旦温存介）小姐，夜深了，请安置罢。（旦不理介）（生）是下官认错了人，冒犯小姐，告罪了。（长揖介）（旦背立，不理介）〔江儿水〕（生）虽则是长揖难辞谴，须念我低头便识羞。我劝你层层展却眉间皱，盈盈拭却腮边溜，纤纤松却胸前扣。请听耳边更漏，已是丑末寅初，休猜做夜半三更时候。（内做鸡鸣介）（生慌介）小姐，鸡都鸣了，还不快睡。下官没奈何，只得下全礼了！（跪介）（旦扶起介）〔川拨掉〕（生）蒙慈宥，把前情一笔勾，霁红颜渐展眉头，霁红颜渐展眉头。也亏我屈黄金先陪膝头。请宽衣，莫怕羞，急吹灯，休逗留。〔尾声〕良宵空把长更守，那晓得佳人非旧，被一个作孽的风筝误到头！

鸳鸯对面不相亲，好事从来磨杀人。临到手时犹费口，最伤情处忽迷神。①

以上不吝篇幅引录剧本，意在使有兴趣的朋友们从直观上即能感觉古代戏曲体的演变。当下不少研究，理论起来一大套，细读文本的功夫却实在有点那个——且不说它，大家懂的。而只要读一读剧本，就会发现《风筝误》的戏曲体是一种前所未有的新变：

① 李渔《李渔全集》（四），浙江古籍出版社 1991 年版，第 190—196 页。

其一，曲唱比例的改变。全剧以科白为主，以曲唱为辅，对传统戏曲体可谓是具有颠覆意味的变革。整个《风筝误》，体现了一种传统戏曲体从未有过的“话剧化”倾向。

其二，曲唱叙述意义的新变。《风筝误》的曲唱，有些是对话，有些是心理活动的独白，都紧紧围绕着当下事件进行，细味之，则既有别于戏文日常对话形态的唱，亦有别于元杂剧发抒情感的唱，更多的是对剧情、对人物形象和场景的某种描述，属于一种带有“第三叙述者”意味的叙事。这种剧中人的自言自唱而有某种“旁叙”意味的叙述方式，从宋元南戏、元杂剧到明传奇，都有不同程度的表现，可谓中国戏曲的叙述特色之一，至李渔为代表的清传奇则将之推向极致，此后直到近代京剧成为一种常见通式。

其三，曲唱方式的改变。李渔的戏曲写作极少有一曲分唱和会话式的对唱，尤有新意的是伴唱，如上录二十九出从〔画眉序〕到〔隔尾〕四曲的“众唱”，即是对剧情的一种描述，请想象一下伴唱中生、旦的表演具有怎样的舞台效果。

以上三点均指向一点：李渔的戏曲写作是一种彻底的传奇思维，全剧紧紧围绕故事的进行，以人的行为动作展开和完成，是为一种彻底的“戏剧”，可谓真正意义上的“传奇体”，今言戏剧结构诸要素的“冲突”“悬念”“发现”“突转”“高潮”等，在李渔的剧本中均有表现，上录《诧美》即是典型之例。这些今天的术语，李渔自然不会，所以只是用他的语言说“结构第一”，提出“立主脑”“脱窠臼”“减头绪”“密针线”“审虚实”云云，似乎显得不够明晰，不够“理论”。不过，我们可以用李渔的戏曲写作印证之，用现代戏剧结构概念和学术话语分析之、阐释之。也就是说，李渔的戏曲写作与戏曲理论与今日的基本戏剧观念是大致吻合的。如此，我们还能简单地说李渔的戏曲理论与其戏曲写作不相对应么？李渔的戏曲理论是从他的舞台实践中来的，只有和他的戏曲写作与场上实践结合起来，才能切实解读其内涵和意义，由之可反思场上搬演戏曲与写作的关系，对戏曲体的生成及其差异具有怎样的影响。这也许是李渔的“戏曲体”在今日戏曲研究中最重要的价值所在。

从古代戏曲体演变史的角度看,李渔戏曲写作的性质是向南宋“书会们”的回归,但在结构布局上则是“戏文体”脱胎换骨的历史演变;较之元明文人的“剧—诗”和“诗剧”,李渔的“戏曲体”几乎是一种彻底地改头换面,古代戏曲体的演变,从传奇思维逐渐引进诗性思维,至李渔几乎彻底抛弃诗性思维,颇耐寻味。这不仅是李渔的个人偏好,而是一种时代趋势,稍前苏州作家群的戏曲写作就已有淡化“诗”而重“剧”的倾向,在内容上则淡化文人情怀而更注重世俗生活;稍后的正统文人之作《长生殿》和《桃花扇》,则大体近似李渔的“剧”化传奇体,《长生殿》中甚至有整出没有曲唱的“话剧”。在戏剧故事的细节处理上,二剧或不及李渔一波三折,针线细密,但在整体结构上则毫不逊色。尤值得注意的是《长生殿》和《桃花扇》注意变化每一出的叙事倾向,将“传奇剧”和“抒情剧”予以有意识地交叉组合。兹录《桃花扇》中一出以示之:

第十二出　辞院　癸未十月

〔西地锦〕(末扮杨文骢冠带上)锦绣东南列郡,英雄割据纷纷;而今还起周郎恨,江水向东奔。下官杨文骢,昨奉熊司马之命,托侯兄发书宁南,阻其北上,已遣柳敬亭连夜寄去。还怕投书未稳,一面奏闻朝廷,加他官爵,荫他子侄;又一面知会各处督抚,及在城大小文武,齐集清议堂,公同计议,助他粮饷,这也是不得已调停之法。下官与阮圆海虽罢闲流寓,都有传单,只得早到。(副净扮阮大铖冠带上)黑白看成棋里事,须眉扮作戏中人。(见介)龙友请了,今日会议军情,既传我们到此,也不可默默无言。(末)事体重大,我们废员闲官,立不得主意,身到就是了。(副净)说那里话。〔啄木儿〕朝廷事,须认真,太祖神京今未稳,莫漫愁铁锁船开,只怕有萧墙人引。角声鼓音城楼震,帆扬帜飞江风顺,明取金陵,有人私启门。(末)这话未确,且莫轻言。(副净)小弟实有所闻,岂可不说。(丑扮长班上)处处军情紧,朝朝会议多。禀老爷，淮安漕抚史可法老爷，凤阳督抚马士英老爷俱到了。（末、副净出候介）（外白须扮史可法，净秃须扮马士英，各冠带上）（外）天下军储一线漕，无能空佩吕虔刀。（净）长陵坏土关龙脉，愁绝烽烟搔二毛。（末、副净见各揖介）（外问介）本兵熊老先生为何不到？（丑禀介）今日有旨，往江上点兵去了。（净）这等又会议不成，如何是好？〔前腔〕（外）黄尘起，王气昏，羽扇难挥建业军；幕府山蜡檄星驰，五马渡楼船飞滚。江东应须夷吾镇，清谈怎消南朝恨，少不得努力同捐衰病身。（末）老先生不必深忧，左良玉系侯司徒旧卒，昨已发书劝止，料无不从者。（外）学生亦闻此举虽出熊司马之意，实皆年兄之功也。（副净）这倒不知；只闻左兵之来，实有暗里勾之者。（外）是那个？（副净）就是敝同年侯恂之子侯方域。（外）他也是敝世兄，在复社中铮铮有声，岂肯为此？（副净）老公祖不知，他与左良玉相交最密，常有私书往来；若不早除此人，将来必为内应。（净）说的有理，何惜一人，致陷满城之命乎？（外）这也是莫须有之事，况阮老先生罢闲之人，国家大事也不可乱讲。（别介）请了，正是"邪人无正论，公议总私情"。（下）（副净指恨介）（向净介）怎么史道邻就拂衣而去，小弟之言凿凿有据；闻得前日还托柳麻子去下私书的。（末）这太屈他了，敬亭之去，小弟所使，写书之时，小弟在傍；倒亏他写的恳切，怎反疑起他来？（副净）龙友不知，那书中都有字眼暗号，人那里晓得？（净点头介）是呀，这样人该杀的，小弟回去，即着人访拿。（向末介）老妹丈，就此同行罢。（末）请舅翁先行一步，小弟随后就来。（副净向净介）小弟与令妹丈不啻同胞，常道及老公祖垂念，难得今日会着。小弟有许多心事，要为竟夕之谈。不知可否？（净）久荷高雅，正要请教。（同下）（末）这是那里说起！侯兄之素行虽未深知，只论写书一事呵，〔三段子〕这冤怎伸，硬叠成曾参杀人；这恨怎吞，强书为陈恒弑君。不免报他一信，叫他趁早躲避。（行介）眠香占花风流阵，今宵正倚熏笼困，那知打散鸳鸯金弹狠。

来此是李家别院，不免叫门。（敲门介）（内吹唱介）（净扮苏昆生上）是那个？（末）快快开门！（净开门见介）原来是杨老爷，天色已晚，还来闲游。（末认介）你是苏昆老。（问介）侯兄在那里？（净）今日香君学完一套新曲，都在楼上听他演腔。（末）快请下楼！（净入唤介）（小旦、生、旦出介）（生）浓情人带酒，寒夜帐笼花。杨兄高兴，也来消夜。（末）兄还不知，有天大祸事来寻你了。（生）有何祸事，如此相吓？（末）今日清议堂议事，阮圆海对着大众，说你与宁南有旧，常通私书，将为内应。那些当事诸公，俱有拿你之意。（生惊介）我与阮圆海素无深雠，为何下这毒手。（末）想因却奁一事，太激烈了，故此老羞变怒耳。（小旦）事不宜迟，趁早高飞远遁，不要连累别人。（生）说的有理。（愁介）只是燕尔新婚，如何舍得。（旦正色介）官人素以豪杰自命，为何学儿女子态。（生）是，是，但不知那里去好？〔滴溜子〕双亲在，双亲在，信音未准；烽烟起，烽烟起，梓桑半损。欲归，归途难问。天涯到处迷，将身怎隐。歧路穷途，天暗地昏。（末）不必着慌，小弟倒有个算计。（生）请教！（末）会议之时，漕抚史可法、凤抚马舍舅俱在坐。舍舅语言甚不相为，全亏史公一力分豁，且说与尊府原有世谊的。（生想介）是，是，史道邻是家父门生。（末）这等何不随他到淮，再候家信。（生）妙，妙！多谢指引了。（旦）待奴家收拾行装。（旦束装介）〔前腔〕欢娱事，欢娱事，两心自忖；生离苦，生离苦，且将恨忍，结成眉峰一寸。香沾翠被池，重重束紧。药裹巾箱，都带泪痕。（丑上挑行李介）（生别旦介）暂此分别，后会不远。（旦弹泪介）满地烟尘，重来亦未可必也。〔哭相思〕离合悲欢分一瞬，后会期无凭准。（小旦）怕有巡兵踪迹，快行一步罢。（生）吹散俺西风太紧，停一刻无人肯。（生）但不知史漕抚寓在那厢。（净）闻他来京公干，常寓市隐园，待我送官人去。（生）这等多谢。（生、净、丑急下）（小旦）这桩祸事，都从杨老爷起的，也还求杨老爷归结。明日果来拿人，作何计较？（末）贞娘放心，侯郎既去，都与你无干了。

(末)人生聚散事难论,(旦)酒尽歌终被尚温。

(小旦)独照花枝眠不稳,(末)来朝风雨俺重门。①

显然,《辞院》一出以"剧"为本,与《风筝误》属于同一类型,所有的情节均由科白完成,全剧完全以行为叙事展开,曲唱则是一种背景式的心理叙事,故戏剧主体是行为动作而不是曲唱,与元杂剧的叙述结构正相反。由此看来,在叙述结构层面笼统云古代戏曲以曲唱为主,就得再加斟酌。但本出与李渔《风筝误·诧美》亦有微妙不同:《诧美》的曲唱是与情节动作相关联的行为叙事,《辞院》的曲唱则偏向于即景抒情的心理叙述,属于一种静止情节中的感怀,说明《辞院》对元杂剧戏曲体也有所汲取。更能体现这一点的,是《桃花扇》在"出"的安排上注意穿插"诗剧",如二十八出《题画》,即是一出具有浓厚"诗"意的抒情戏。姑录其中一段:

〔破齐阵〕(生新衣上)地北天南蓬转,巫云楚雨丝牵。巷滚杨花,墙翻燕子,认得红楼旧院。触起闲情柔如草,搅动新愁乱似烟,伤春人正眠。小生在黄河舟中,遇着苏昆生,一路同行,心忙步急,不觉来到南京。昨晚旅店一宿,天明早起,留下昆生看守行李;俺独自来寻香君,且喜已到院门之外。〔刷子序犯〕只见黄莺乱啭,人踪悄悄,芳草芊芊。粉坏楼墙,苔痕绿上花砖。应有娇羞人面,映着他桃树红妍;重来浑似阮刘仙,借东风引入洞中天。(作推门介)原来双门虚掩,不免侧身潜入,看有何人在内。(入介)〔朱奴儿犯〕呀,惊飞了满树雀喧,踏破了一墀苍藓。这泥落空堂帘半卷,受用煞双栖紫燕。闲庭院,没个人传,蹑踪儿回廊一遍,直步到小楼前。(上指介)这是媚香楼了。你看寂寂寥寥,湘帘昼卷,想是香君春眠未起。俺且不要唤他,慢慢的上了妆楼,悄立帐边;等他自己醒来,转睛一看,认得出是小生,不知如何惊喜

① 孔尚任著,王季思等注《桃花扇》,人民文学出版社1982年版,第79—83页。

哩！（作上楼介）〔普天乐〕手拽起翠生生罗襟软，袖拨开绿杨线。一层层栏坏梯偏，一桩桩尘封网罥。艳浓浓楼外春不浅，帐里人儿腼腆。（看几介）从几时收拾起银拨冰弦；摆列着描春容脂箱粉盏，待做个女山人画叉乞钱。①

大凡“诗剧”体，均以曲唱为主体。“题画”，其事本身即富有诗意，全出以曲唱为主，曲辞则是情景交融之“诗”，既与故事相关，又有“普遍情感”意味，由之可见《牡丹亭》“诗剧”体对后世的影响。但《桃花扇》与《牡丹亭》又有根本的不同：《牡丹亭》的构思是以“诗性思维”为核心而扩展的，本旨在“以情反理”，而《桃花扇》则是以反思历史的“传奇思维”为全剧的写作框架，是一部自觉贯彻史家笔法的历史剧。因此《题画》仍保持了与全剧相统一的“行为叙述”大格局，不像《牡丹亭》“因情而亡”一段紧紧围绕“梦”和“情”把所有情节和行为动作都化入其中，使《牡丹亭》成为一首情梦之“诗”而留在人们的记忆中。与之相较，《桃花扇》就不免显得有些“为文而造情”。孔尚任自云“桃花扇”在戏剧结构上不过是“珠”，而历史兴亡才是“龙”，“珠”的情节进展起着带动、连络“龙”之情节展开的结构作用②。直言之，“珠”乃是全剧的一个看点，一种吸引人的写作手段。至于“珠”和“龙”哪个更具感染力，观众对哪个感兴趣，则是另一个层面的问题。而这，很能说明清初文人戏曲写作的传奇思维本位观，《题画》所以不同于《牡丹亭》的“诗性构思”，不像汤显祖那样将行为叙事融化在心理叙事中，原因即在其以“传奇思维”为根本和主导，叙事抒情相穿插的叙述意图在用爱情之“珠”牵引历史兴亡之“龙”，所以《桃花扇》的戏曲体，仍是一种以“剧”为本、以“诗”为辅的“复合体”。

① 孔尚任著，王季思等注《桃花扇》，第176—177页。

② 《桃花扇凡例》有云：“剧名‘桃花扇’，则桃花扇譬则珠也，作‘桃花扇’之笔譬则龙也。穿云入雾，或正或侧，而龙眼龙爪，总不离乎珠，观者当用巨眼。”参见俞为民、孙蓉蓉编《历代曲话汇编》“清代编·一”，第665页。

清初文人写作的传奇是古代戏曲体演变最后的历史坐标,《桃花扇》作为一部戏剧经典,代表着清代戏曲写作对前"戏文体""剧—诗""诗剧"和"传奇"诸体扬长避短的一种糅合,是古代以"戏剧"为本位,将行为叙事与心理叙述结合得最圆融、最成熟的戏曲体。清初以后,文人阶层的群体性戏曲写作逐步走向终止,虽然小群体和零散的个人兴趣写作依然存在,民间戏曲的搬演依然热热闹闹,但"戏曲体"总体上已无新的建树,而只是清初戏曲体的延续、简化乃至萎缩。中国古代文人写作的戏曲体演变为何如此收煞,颇耐深思。

结 语

以上本文对古代文人的戏曲写作与戏曲体演变的探究,还只是一个粗略的框架。文体意义上的"戏曲体"究竟有哪些构成要素,尚需学界同仁共同研究,本文只是一个初步的探讨。所选择的几个具体研究点,只是为进一步研究在学术操作上尝试建立一种标本。倘若展开系统的"戏曲体演变史"研究,问题会复杂得多、细致得多。而笔者感兴趣的一个问题亦未能展开:古代文人戏曲与诗文词赋在现实生态上有着明显的差异,文人戏曲同时面向雅俗两个文化圈,以场上和文本两种方式传播,而戏曲表演的接受和戏曲文学的接受并不等同,这对戏曲体的演变无疑具有重要影响。金圣叹评点《西厢记》,完全排斥戏曲演出,并非只是一人所好,而是代表着一群文人的观念。只从文学立场解读戏曲固非全面,但金氏将一部戏曲和庄、骚、史、杜齐观,实在是戏曲体的莫大骄傲,让搞戏曲的扬眉吐气。我们为什么要强求圣叹先生非得喜欢表演不可?李渔先恭后倨,先赞其评点无人出其右,继曰圣叹若懂舞台当自火其书,实在是耍滑头和自居行家的骄妄。但李渔对戏曲搬演的理解,很多文人确又难望其项脊,俗则俗矣,人家要的就是俗,自有俗人喜之,高雅之士对之亦大可不必高高在上。学术研究,根本要义在探究和阐释历史现象存在的理由和意义，而不在简单地褒贬高低。对戏曲表演和戏曲文学，也不当厚此薄彼，更不当相互否定。金、李两种对立的戏曲观，恰说明雅、俗文化趣向的差异，雅者重“文”，俗者重“剧”，古代戏曲体的演变从来就是沿着两条文化路线延伸的，其一是指向世俗情趣的世俗文化路线；其二是指向高雅情趣的文人文化路线。在历史的现实运行中，两条线索又复杂地交织在一起，由于文人的戏曲写作既面向自己，又要面向大众，既要表现文人之才学，又要投合大众之口味，古代戏曲体或偏于“剧”或偏于“诗”，然始终脱不了复合体大框架，深层原因即在此。

从搬演角度看，无意于模仿真实的中国戏曲从一开始就埋下了“诗意”的种子，戏曲表演的唱念做打、脚色制和脸谱化扮相，注定中国戏曲的艺术模式为“似与不似之间”的“写意”，从而为戏曲引入“诗”提供了可能和实现的条件。但戏曲的原旨是“敷演话文”，根本指向乃是人间生活、人间之“剧”，从而势必与“诗”产生某种相斥。戏曲体，就是在“剧”与“诗”既相合又相斥的张力平衡中建构的。体现在叙述结构上，即是“剧”与“诗”两种不同叙述方式的既相同构又相解构，但永远达不成一种完美的重构，是为古代戏曲体脱不了复合结构大框架的内在原因，从话文脱胎的南宋戏文将曲唱融入叙事，元剧关目体的“剧—诗”两分结构，明清传奇布局上“诗剧”与“传奇”的交叉组合，都在自觉不自觉地进行着“剧”“诗”同构的努力，明末清初文人们力图将戏曲回归戏剧本性，而最终仍以一种在传统基础上进化的“复合体”完成了历史的使命。

也许，“复合体”正是中国戏曲独特的魅力所在，其“复合”的深层意味和本质，是雅俗文化的复合，中国古代戏曲把不同阶层、不同文化、不同性别、不同年龄人们的文化兴趣在直观上融合在一起，让不同的人们从场上、从剧本各取所需得到感兴趣的东西。历史呈现的事实是：古代戏曲既受到士夫的青睐，也得到大众的欢迎；既有陶醉于场上搬演的戏迷，也有沉潜于剧本文心的才子；士夫偏爱在“曲”，大众所喜在“剧”；文人玩之以雅，大众乐之以俗；男人取之以观，女人感之以情；内行看门道，外行看热闹。古代戏曲，从来就是在雅、俗两个文化圈共时性并行传播着，在人们的欢声笑语和欷歔感叹中活跃着。也许，戏曲的娱乐文化本质就先天决定了古代戏曲在内容上、文体上高雅和通俗的复合模式，直至今日的中国电影，我们还能看到不少这种“雅俗复合”模式的翻版，而我们对古代戏曲体“雅俗复合”特性的研究，好像还远远不够。

（原载《文艺理论研究》2014 年第 6 期）

关于“套数”与“带过”的几个问题

——兼及当代曲体学建设的若干思考

曲体学是曲学特有的一个分支。传统的曲体学主要包括两个学术范围:曲牌格律学和曲牌源流学。前者,体现为一系列“曲谱”之作;后者,体现为若干文献中对曲牌源流的记录和考定。当代曲体学的重要进展,在于把传统静态的曲体学扩为动态的曲体学,其目标则在揭示曲体发生、发展的历史轨迹。就中,又有两条研究的路径:其一是现象学的方法,即通过对不同曲体在实际运用中的历史考察,描述曲体的发展轨迹;其二是形式本体论的方法,即通过曲体内在构成的分析,揭示不同曲体的内在联系及其发生、发展的内在历史过程。这两条路径的目标是一致的,但在一些具体问题上却时而发生碰撞,其牵引的课题是:如何寻求和达到二者的呼应与统一。本文拟选择一篇采用第一条路径的典型之作《元人小令再探》(汪志勇著,《高雄师大学报》1993 年第 1 期,以下简称《再探》),就其与拙作《中国古代散曲史》(以下简称《散曲史》)发生分歧的两个主要问题,探讨曲体学应当怎样规定自己的学术范围和学术规范,以利更好地接近和揭示曲体发展史的真实。

一、关于带过曲与套曲的关系

甲　引论

“带过曲”成为曲之一体的专名,始见于任中敏先生的《散曲概论》。在此之前,凡曲学文献,均未将带过曲独立为一体。先生提出此称,乃鉴于元曲中凡标以“带”或“过”、“兼”者,均是将两三个不同曲调组合成一个完整的篇章,其体制与寻常小令和套数均有不同,遂拈出此名,定为曲之一体,以利研究曲之体段的不同样式及其构成。这是近代曲体学“动态化”的最初启动,因为它虽然朦胧,但毕竟触摸到了某种曲体的“构成”,从而吸引了当代学者从形式本体论的角度,对“带过”一体“异调组接”,或曰“异曲带过”方式作深入研究,提出“带过”一体乃是“套数”形式史上的一个“中间环节”(详参见《散曲史》)。对此,《再探》提出异议,认为“异调组接”(“异曲带过”)仅是一个“与带过曲毫无关系的新名词”,带过曲并非是什么“中间环节”,而“是从套中摘出”:

> 将《全元散曲》中所有的带过曲和任中敏先生所提到的例子全部对比之后,再加详细的分析,得到带过曲所用曲牌大多数为套曲曲牌,不但在套曲组套上为两调连用或三调连用,而且不能单支曲牌有为小令的结果;同时也看出元代北曲中纯小令不多,大多为摘调,也因而断定带过曲绝非小令,而是从套中摘出,与套数的关系相当密切。

这里,首先碰到一个学术概念一致性的问题。形式本体论的所谓“带过曲”,意指其“带过”之“体”、“带过”之“法”,不涉具体作品(具体作品只作为研究分析的例证);而《再探》所运用的现象学方法正好相反,其“带过曲”首先是作品的总称。但问题是:其最终的结论,落点却又在带过曲之“体”。这是学术研究首先应当注意的学术规范,即在一定的范围内,学术概念必须保持内涵的一致性和统一性,以保证学术逻辑的周密——因为:即使将元代“所有的带过曲”“是从套中摘出”视为正确的前提,也不能证明“带过”之“体”得以成立的途径是从套数中“摘调”。“带过”之“体”,是个具有连绵性时空的历史存在,元代带过曲的具体现象虽是其中最醒目的一个阶段,但局部的考察毕竟不能替代整体的研究，曲体学的研究视野，必须是“歌曲”体（乃至韵文体）的整个历史，无论研究哪一个“点”，都应与历史之“线”相连接，即使对“点”，也应有一个“点中之线”的动态意识，无论对“点”和“线”的考察，都应尽量做到周密。下面，本文便试从“点”“线”两个角度，对带过曲“是从套中摘出”和“摘调”说加以剖析，以明“点”“线”相结合的必要性。

乙 带过曲“是从套中摘出”与“摘调”说的失误

1.《再探》对《全元散曲》“所有”带过曲的“详细分析”，失之粗疏。所云带过曲曲牌“大多数”在套曲中两调或三调连用，与事实大有出入。据我的统计:《全元散曲》中带过曲共有 27 式，与今存全部元曲剧套、散套相比勘，在套曲中可找到相同连调之例者仅 12 式：

(1)〔脱布衫〕过〔梁州〕(2)〔快活三〕过〔朝天子〕(3)〔十二月〕过〔尧民歌〕(4)〔黄蔷薇〕过〔庆元贞〕(5)〔醉高歌〕过〔红绣鞋〕(6)〔雁儿落〕过〔得胜令〕(7)〔喜春来〕过〔普天乐〕(8)〔沽美酒〕过〔太平令〕(9)〔快活三〕过〔朝天子〕〔四边静〕(10)〔快活三〕过〔朝天子〕〔四换头〕(11)〔那吒令〕过〔鹊踏枝〕〔寄生草〕(12)〔骂玉郎〕过〔感皇恩〕〔采茶歌〕

找不到相同连调之例者则有 15 式：

(1)〔叨叨令〕过〔折桂令〕(2)〔玉交枝〕过〔四块玉〕(3)〔山坡羊〕过〔青哥儿〕(4)〔齐天乐〕过〔红衫儿〕(5)〔醉高歌〕过〔喜春来〕(6)〔醉高歌〕过〔摊破喜春来〕(7)〔沽美酒〕过〔快活年〕(8)〔雁儿落〕过〔清江引〕(9)〔雁儿落〕过〔清江引〕〔碧玉萧〕(10)〔对玉环〕过〔清江引〕(11)〔水仙子〕过〔折桂令〕(12)〔楚天遥〕过〔清江引〕(13)〔殿前喜〕过〔播海令〕〔大喜人心〕(14)〔十棒鼓〕过〔清江引〕(15)〔一锭银〕过〔大德乐〕

可见，带过曲的一半以上，在套数中并无相同的曲牌连接。因此，带过曲有一半以上不是“从套中摘出”。

2. 如果以“点中之线”的动态意识对套中可找到相同之例者再作分析，则发现不能断定其即从套中摘出。如〔雁儿落〕过〔得胜令〕，二调连为带过曲，首作见杜仁杰(《全元散曲》)，入套首作见关汉卿。然杜氏年辈早于汉卿约30年，安能断定带过曲(体)摘于套数？再如〔快活三〕过〔朝天子〕，带过曲首作见胡祗遹，入套首见王实甫。王氏年辈，即依学术界最早一说，亦至多与胡氏同辈，同样不能遽断带过曲摘于套数。《再探》认为，关作套数已是成熟形态，非初起情形。那么，杜、胡所作"带过"，其体是否可能取之"更早的"套数？单独回答这个问题，可能性当然存在，然而，学术研究是一种"整合"行为，学术规范要求将无实证的推想只作为某种参考，当它和其他可证资料相吻合时，可以把它作为一种合乎逻辑的假说判断；倘若其与有关资料发生抵牾，则应坚决排除之。这里的情况，显然属后者。

3.《再探》所谓"摘调"，意殊含糊。"摘调"，本词体概念，词牌中有"摘遍""摘调"现象，摘自何处则有根可寻，若〔水调歌头〕，乃摘水调大曲之"歌头"；〔新水令〕，可能是新水调大曲的"摘遍"；〔法曲导引〕，显为摘取某个法曲的"导引"而成词牌。将"摘调"概念引入曲学，始于任中敏先生。其意则指"套曲中之一二调精粹者，从全套内摘出，作为小令，本来非小令也。自来套曲文字多敷泛……为爱惜文字计，乃不妨刊落其余，独存此调矣。"这里的"摘调"，谓今存散曲文献中的某些"小令"，摘录于套数作品，如"《中原音韵》之'作词十法'后，附有定格四十首，其中有〔雁儿落得胜令〕《咏指甲》者，周氏于题下注一'摘'字，其意云何，即谓此首本非小令，是从一套曲中摘出者耳"(《散曲概论·体段》)。显然，此所谓"摘调"，指一种选曲之法，与词学"摘调"谓一种曲牌来源，含义大相径庭。因此，《散曲概论》对"摘调"作了一个审慎的说明："此种事实，在前人选本中必甚多，惜因未曾注明某首小令摘自某套，便觉难以考见。但吾人寻常在小令中如发现有用调奇特，非一般小令所惯用，而在普通套曲内反极常见者，则十九必为此种摘调之体也。"(同前)但《再探》在缺乏确凿而周密的资料考定情况下，即断言"凡是在套曲(包括剧套)中可用之曲牌，全以摘调论"。同时，曲学"选刊"意义上的"摘调"，在这里转换成了意指曲牌之来源，按曲学"摘调"的定义，曲牌本身是无所谓"摘调"的，只有在某一文籍中某一曲牌的具体作品上，才存在是否为“摘调”的问题。当然，任何概念的定义都是人为的，并非不可给“摘调”赋予新的定义，但必须对此作出清楚的说明，尤其是为什么改变这一概念的传统意义。可惜《再探》没有这样做。

4.《再探》将“摘调”视作曲牌的某种来源，断云套曲中可作小令之“曲牌”均“摘调”，势必以一个观点为前提：元曲，乃套数成之在先，小令立之在后。应当说，认为北曲乃套数成之在先，不失为一种敏锐之见。《散曲史》也认为：在观念上确认“北曲”，乃在套数产生以后。但观念上的承认与事实中的存在，并不能混为一谈。从散曲形式发展史的角度言，便不能简单地说套数成立在小令之前。综观《再探》，其所以引导出“套先令后”之说，乃基于这样一个观点：套数，并非由小令发展而成。从某种角度说，这是一个正确的看法，套数，并非简单的是小令本身的演变，而是组合小令成篇方式的进化。但是，没有理由说套数所用的所有曲牌均是和套数“共生”的；相反，如果没有一定数量的曲牌（曲调）先期产生，套曲用什么来组“套”？《散曲史》考证：北曲之初，所有曲牌皆可组套，其中部分曲牌在作品中只见用于套数，不见用作小令；部分曲牌则在套数、小令中兼而有之。这一现象，于研究北曲形式发展史大有深意，值得进一步深究。但没有资料证明，套、令兼用之曲牌，便一定是从套中摘出。《全元散曲》录元好问〔喜春来〕联章四首、商道〔天净沙〕联章四首，从“选刊”意义上说，肯定不是“摘调”；从曲牌来源上讲，元、商年辈均比将二调入套的作者年辈高，焉能断定二曲曲牌乃套曲之“摘调”？

综上四点，即从《再探》本身论证的有关内容看，带过曲“是从套中摘出”的论点和“摘调”说，也是难以成立的。其失误，在于简单地将研究对象静态化，忽略了其自身的历史流程；割断了研究对象与其史前史的联系；资料考察的疏漏和学术规范有欠严密，尚在其次。而这些，都是当代曲体学应当引起重视的问题。

丙　带过曲与套曲之关系

带过曲与套曲的关系，《散曲史》第一、四两章有专门部分论及，提出带过曲这一“形式”——即二三曲调相连成章的作曲方式，乃是套曲形式发展史上的一个中间环节，套数，乃是以带过曲为基础的一种“扩大”。这一研究结论，是以考察历史事实、辨析元代带过曲的具体现象、解剖套曲形式的内在构成为依据的。

1. 有关“带过”之曲（广义）的历史线索

所谓“带”“过”，今释之，即“连”“接”之意（“异调组接”）。考察古代歌辞史，可以发现：这一“形式”，乃古已有之，并非是元代的“特产”。宋代词人的作品中，杨万里的〔归去来兮引〕，由四个组曲构成一篇，每一组曲则由三曲构成（〔朝中措〕〔一丛花〕〔南歌子犯声声慢〕），虽然是词调相连，但在“异调组接”这一“形式”上，与后之“带过”曲，性质大相一致。同样的例子还有沈瀛的〔醉乡曲〕，以〔驻马听〕〔风人松〕〔赚〕三曲相连成章（二词见《全宋词》），可见宋词中即有“带过”一法——或曰一“体”，只是其例不多——或者说我们发现得太少。如果再往前溯，则唐曲中已有“带过”之先例：最典型的为《敦煌歌辞总编》中的〔五更转兼十二时〕，半塘师在注中云：“对后来金元散曲之有‘带过曲’及明曲有相‘兼’之曲言，此其远源所在也。”可见“带过”一“体”在古代本一脉相沿，元代之“带过”，是乃“线”中之一“点”，其体又何必取之套数？至于元曲选本中有极少数可考定摘于套数的带过曲作品，与研究“带过”与“套数”形式上的关系不能简单地扯在一起，与《再探》云带过曲“是从套中摘出”更是两码事。

2. 元代带过曲创作现象辨析

考察元代带过曲的创作情况，可以发现：(1) 元代带过曲除五六个曲式外，其余诸式，作者、作品均甚少；(2) 带过曲中的少数“习见之格”，在套曲中亦有较高的使用频率，不习见者，则在套中无连用之例。(3) 综观全部今存元散曲，带过曲所占比例极少，可谓十不见一。上述事实说明：带过曲在元代不是普遍流行之一“体”，而是历代相沿的“异调组接”作曲之法在北曲中的某种保留。那些“习见之格”，乃当时人们所普遍接受的、定型化的曲式；非习见之格者，则是当时某些作者别出心裁的尝试。对此说，《再探》云：“到了元代曲家作的‘带过曲’，岂能……还是组套过程中的尝试?”这是一个误解,这里的“尝试”,非指“组套过程中的尝试”,而是指创作带过曲的尝试,即尝试用新的曲牌“带过”而已(其例见《散曲史》)。既然此“尝试”乃少数人所为,一时难被普遍接受便可理解,这就是今日所见元代若干“带过”曲式的作者甚少、作品甚稀的原因。

上述考察,尚在现象的层面上,个中底蕴,则应进一步追究:仅从曲体形式的角度言,带过曲与套数在“异调连接”这一结构层面上性质相同,为什么套数大兴而带过曲甚冷?带过曲与套数究竟是一种什么样的关系?如果这些问题能得到合理的解释,或许能解开长期以来人们未加深究,而又莫衷一是的套数怎样形成之谜。

3. 带过曲与套数之关系

探讨这个问题,关键的一步,在于弄清二者内在的形式构成。表面上看,带过曲与套数均以异调连接而成章,但是,如果对套数的形式构成深入分析和归纳,则可发现:套数,并不像带过曲以单支曲调为结构单元,而是以几个相对稳定的“曲组”连结而成,我把它称之为“曲组结构”。姑以双调套类之四式简略示之:

(1)〔新水令〕〔驻马听〕—〔雁儿落〕〔得胜令〕—〔沽美酒〕〔太平令〕

(2)〔新水令〕〔驻马听〕—〔沽美酒〕〔太平令〕—〔雁儿落〕〔得胜令〕

(3)〔新水令〕〔驻马听〕—〔雁儿落〕〔得胜令〕—〔挂玉钩〕〔沽美酒〕〔太平令〕—〔甜水令〕〔折桂令〕—〔川拨棹〕〔梅花酒〕〔七弟兄〕〔收江南〕—〔鸳鸯尾煞〕

(4)〔新水令〕〔驻马听〕—〔乔牌儿〕〔么〕〔豆叶儿〕—〔挂玉钩〕〔沽美酒〕〔太平令〕—〔川拨棹〕〔梅花酒〕〔七弟兄〕〔收江南〕—〔雁儿落〕〔得胜令〕—〔沉醉东风〕〔甜水令〕〔折桂令〕—〔鸳鸯尾煞〕

(以上套式见于:(1)无名氏《降桑椹》;(2)无名氏《小尉迟》;(3)范康《竹叶舟》;(4)白朴《墙头马上》)

上列四式中,无短横相连者,在双调套类中“常规连用”,构成一种较稳定的“曲组”。此曲组，有时会有增、减一个曲调的局部变化，但无论在双调类的哪一个套式中，都不可分拆；其在套数中的位置，〔新〕〔驻〕曲组皆处套首，其余各组所置之位，可灵活调度。双调套式，尚有几十种，但不管哪一种，所用“曲组”词牌可能与上举四例有所不同，构成方式，则完全一致。其他宫调类的套式，亦同。

由此可见：套数形制上真正具有“结构意义”的基本单元，不是单支曲调，而是由较稳定的二三调（少数为四五调）连接而成的“曲组”。不同的套式，根本的区别，即在所用曲组系列的差异及曲组连接次序的变化。在这个意义上，套数的构成，乃是“曲组的连接”，或曰“曲组的‘带过’”。而这“曲组”，在形制上恰和带过曲完全一致。从这个立场出发，完全可以把套数看作是“带过曲”的组合。这一结论，除了上述“内证”，尚有一“外证”：《全元散曲》录有无名氏所作双调〔新水令〕套（“我在这门中”），其〔雁儿落〕〔得胜令〕就径标一个曲牌“雁儿落过得胜令”，这一似乎是偶然的特例，恰透露了元人即有将套中“曲组”视为带过曲的观念。《再探》认为，这是将带过曲与套数混为一谈，但学术研究的主要任务之一，便是通过合乎科学的证明，找出前人尚未发现的事物间的联系。而在学术研究中，若对任何新见解持有不同意见，必须首先针对其有关考证及论述的逻辑加以反驳，若对此不置一词，仅持一已成见而轻加否定，是不符合学术争论规范的。

通过上述对套数内在形式构成的分析，可以从形式论的角度，对元“带过”一体甚“冷”的现象加以解释：既然“带过”一体已最大限度地为套数所包容，而套数又是其时方兴未久的崭新体式，曲家们更青睐套数便不奇怪了。如果这一解释和上述分析能够成立，进一步的问题便是揭示套数体式发生、发展的历史过程。笔者正是以此为突破口，通过辨析各种曲体的内在构成，从形式本体论的角度，提出从“一曲带尾”“异曲带过”到“曲组连缀”；从“联章”“缠达”“缠令”直到“套数”的曲体演进的历史轨迹（详参见《散曲史》）。这一“演进”，并不是一条简单直线，而是一种新体既生、旧体未灭的复杂历史过程。《再探》认为，此种研究，弊在将套数的形成过程“简化”，在他看来，套数是应戏剧的产生而产生的（这一观点，本文将在下节加以讨论），似乎从形式本体论的角度研究曲体发展史，将会抛弃对曲体在复杂的实际运用层面上的研究，抛弃对曲体发展文化背景的考察。这是一种出于好心但却过于单纯的误解。任何学术研究，都在追求揭示历史的真实，而历史的真实绝非由单一层面的现象构成，相反，历史的真实是多层次、多内涵的复杂综合。同一个研究课题、同一个研究对象，应当且必须允许有不同的研究角度、不同的学术范围，其间之关系，并非是冲突的关系，而是互相发明、互相补充、互相修正的关系，如果都揭示了历史的真实，在若干问题上必然会殊途同归。当代曲体学自身建设的首要任务，即在建立更多的、富有自身体系的、符合学术规范的学术分支，并将各个分支建设成互相呼应的有机整体。

二、关于“套因剧生”说及剧套、散套产生的先后

《再探》对套曲形成史，是从某种文化现象的层面加以理解的。为了讨论方便，先征引其中有关的几段文字：

> 就套曲的形成而论，我们要了解到大型的组曲乐章，汉魏六朝以迄唐宋都有大曲，都是宫廷贵族表演大型歌舞的乐章歌辞……民间艺人在宋时所歌的只是“令、引、近、慢”的小唱，为了要演唱故事，于是由一个乐调的重复使用的联章鼓子词开始，进而成为套曲的先声。然而这些“成套词”和一般称为“小唱”的“散词”不同，都是歌舞和叙事为主，因而刘宏度称之为“宋代歌舞剧曲”。
>
> 而宋代的“杂剧词”则完全是从大曲、法曲、诸宫调等成套组曲所构成。同时元人杂剧是从宋金杂剧院本演变而来……因此就套曲而论，北曲套曲杂剧的关系密切……即使在元人散套

中……相当多的散套可以看成为“代言体散曲”，也可以看成是讲唱体的一种，和纯粹的酒筵歌席由歌妓唱的一般词、曲是不同的。因而在体制上，小令是宋代小唱的延续，套曲是和宋金以来的讲唱体关系密切，决非由小令演化而成。

从《南村辍耕录》的院本目录和元人杂剧作一比较，可以看出元代杂剧在金院本中已有渊源。……元曲中有不少曲牌出自诸宫调，可见杂剧中的套曲来源是从诸宫调到院本是一脉相承的。……由此我们可以作一小结：

(1) 套曲的形成是从宋金以来的歌舞剧和讲唱曲艺如缠达、缠令、诸宫调和院本组曲形式演变而来，而不是一首首的单支曲牌的连缀。

(2) 由于元人杂剧自院本演进而来，因此套曲中剧套先于散套，而且散套内容也受剧套影响甚大。

(3) 带过曲不是套曲组成过程中的尝试，而是从套曲中摘取二三支曲调填写而成。

三点结论，第三点前文已加分析，这里要讨论的是第一、二点。

上引文字，绝大部分是援述曲学界既有的种种说法。而“剧套先于散套”的结论，以及这一观点的基础论点：“套因剧生”说（套曲是应“剧”的需要产生的，或者说是应“剧”的体制要求生发的），则是脱胎于杨荫浏先生《中国古代音乐史纲》的新见。这一观点，涉及曲学中的若干问题，本文只能就引文中提到的方面略述几点意见：

1. 引文认为：因演唱故事的需要，所以产生了与“小唱”不同的“成套”歌辞样式。最初的“成套词”——联章体鼓子词，就是这样诞生的。且不论引文将“小唱”和“演唱故事”看得太泾渭分明，似乎二者在历史上是不相干的两条线索，就以引文所云的“套曲先声”之联章体鼓子词而言，便未见得是为演唱故事而产生。以宋代鼓子词为例，今可见作品有两类，一类如欧阳修〔采桑子〕《西湖念语》；一类如赵令畤商调〔蝶恋花〕(张生莺莺)。前者是酒宴间“以佐清欢”的咏景抒情之作，后者是演唱故事。且不说欧阳修年辈早于赵令畤，即以同辈论，安能断言联章鼓子词起初必是因演唱故事而产生？再延伸到“线”上考察，则联章歌辞在唐曲中便是广泛采用的一体，《敦煌歌辞总编》辑有“普通联章”“从句联章”“定格联章”“长篇定格联章”四类数百首，其中有“故事”（如《孟姜女》），但以描写民间生活风情最为常见，亦不乏抒怀感愤之作，可见某种歌辞样式本可广泛运用，“演唱故事”与用之它途，毫无限制，从今存各种资料看，还不能确切地找到专为演唱故事而特别生出的歌体。这就使我们反思一个问题：在古代戏曲发展史上，究竟是“曲因剧生”，还是“曲为剧用”？即：是某种歌曲体式成之在先，而后渐被“剧”所采用，还是因“剧”的某种体制而诞生出与“散唱”不同的曲体？或者是二者复杂的交叉影响、交织相生？就本文的论题言，套曲是因“剧”而生，还是先“剧”而立？剧套、散套，孰先孰后？二者又是怎样交叉影响的（这一点，绝非仅如引文所云“散套受剧套影响”那么简单）？要讨论这些问题，首先要弄清：“剧套”、“散套”，究竟区别何在。

2. “剧套”、“散套”，区别究竟是什么，《再探》未明说，或因此乃常识而毋需言。但就在这一点上，《再探》的看法值得推敲。在引文中，“讲唱曲艺”也是被视为“剧”的，其援引刘永济先生《宋代歌舞剧曲录要》为据，将其所录曲辞概视为“歌舞剧曲”，虽然有云“不能全看成是成熟的‘歌舞剧曲’”，但这里的“不成熟”指义为何却又未明，不知是指“剧”不成熟，还是“曲”不成熟。而我以为，其中至少“鼓子词”不能算“剧”，刘永济先生只不过就古代“剧”的广义内涵将之列为“歌舞剧曲”之一类，今日之学术研究，是不能简单地将之与“歌舞剧”混为一谈的。窃以为：剧套、散套之不同，就在一用于“戏剧”，一施于清唱（如果唱的话），二者曲体全同，其别在“用”不在“体”。故“讲唱曲艺”中的“成套组曲”，故事性再强（如诸宫调），亦不能算“剧套”，是否属“散套”，不敢妄言（《录鬼簿》将董解元列为“前辈名公有乐府传于世者”，似乃将董《西厢》视作“乐府”的）。再说，“讲唱曲艺”也未见得都是“演唱故事”，如引文指为元代套曲之一源的缠令、缠达之“唱赚”，是南宋极流行的曲艺，但却并非仅用于“讲唱故事”，王国维《宋元戏曲史》查考出一套中吕〔圆里圆〕，有唱无白，与后之散套性质完全相同，元代散曲为何不能是此种形式的流衍，而非得附尾剧套之后？再以诸宫调论，引文以元杂剧的曲体承传诸宫调作为剧套先于散套之一证，那么，即使将诸宫调作为“剧”，它也是“本京师孔三传编撰传奇灵怪，入曲说唱”。显然是有“曲”在先，而后“入”之，没有理由认为其“曲”是应“编撰传奇灵怪”生成的专有曲体。南戏《张协状元》开首一段“诸宫调唱出来因”，既非“讲故事”，亦非“剧套”，乃剧前拉场子的“散唱”。因此，“讲唱曲艺”在性质上非“剧”，所用诸曲体皆非专为“讲唱曲艺”而生，亦非专为“讲唱曲艺”而用，就讲唱曲艺本身言，已难说“成套组曲”因之而生，又安能以之为据，轻言“曲因剧生”、“剧套先于散套”？

3. 引文云：“元人杂剧是从宋金杂剧院本演变而来，也是毫无疑问的事”，泛泛说来，大致不错，深入研究，问题却不少，断云“因此套曲中剧套先于散套”，更为无稽之论。由于资料匮乏，宋金杂剧院本怎样演变为元杂剧，至今难知其详，曲唱上传承关系如何，更是扑朔迷离。引文云“宋代的‘杂剧词’完全是从大曲、法曲、诸宫调等成套组曲所构成”，失之粗疏——南宋周密《武林旧事》所录宋代“官本杂剧段数”，既有标大曲、法曲的剧名，亦有标一般词调的剧名，后者难以确认是“成套组曲”。今存资料，尚未发现一本完整的宋杂剧，引文所云的“杂剧词”又语焉不详，不知何指。“杂剧”，在元以前是个极含混的概念，其广义，除大型歌舞和“说话”，凡歌舞演唱、参军、傀儡、杂技、杂耍等等，莫不囊括；其狭义，则指有角色扮演的故事性片段，就中又分滑稽戏与歌舞戏两大类。滑稽戏，以科白为主，亦可插唱一、两支曲子，绝非所谓“成套组曲”之“杂剧词”；歌舞戏，以歌舞为主，表演内容约分两类：一类如《鄮峰真隐大曲》中《采莲舞》（见《全宋词》），其曲体大约可视作“成套组曲”，表演内容和歌词则全无故事性，虽可称之为“戏”，实与“杂剧”不类，似乎亦不属所谓之“杂剧词”；另一类，如《鄮峰真隐大曲》中的《剑舞》（同前），具有简单的故事性和戏剧性，现录其具有“戏剧”色彩的部分以见一斑：

> 乐部唱曲子，作舞剑器曲破一段。（舞罢，二人分立两边。别两人汉装者出，对坐，桌上设酒果）竹竿子念：（词略）乐部唱曲子，舞剑器曲破一段。一人左立者上裀舞，有欲刺右汉装者之势；又一人舞，近前翼蔽之。舞罢，两舞者并退，汉装者亦退。复有两人唐装者出，对坐，桌上设笔砚纸；舞者一人换妇装，立裀上。）竹竿子勾，念：（词略）乐部唱曲子，舞剑器曲破一段。（作龙蛇蜿蜒曼舞之势。两人唐装者起。二舞者一男一女对舞，结剑器曲破徽。）

这一歌舞戏，妆演了项庄舞剑、杜甫张旭观公孙大娘剑舞两个故事小片段，可纳入“剧”类，但扮演者既无曲唱亦无宾白，歌队用“曲破”旁歌的几支曲子，内容与“剧”无直接联系，从广义上讲，整个演出可泛称为“杂剧”，其曲词不妨可称作“杂剧词”，但与后世“剧套”性质大异，很难看作是后世“剧套”的滥觞。因此，从现有资料看，宋金杂剧与元杂剧在曲唱体制上的递嬗尚有待进一步研究。杨荫浏先生对此曾有一说，其云：“自宋代起，曾有一个时期，大曲与‘杂剧’成了并存局面。以前大曲的乐调，是以后乐剧故事之所依托。所以，有了六幺大曲，而后有‘崔护六幺’‘莺莺六幺’等杂剧；有了新水调大曲，而后有了‘双哮新水’‘烧花新水’等杂剧。……取原来的大曲，去掉它原来的舞，而用剧来代替，失了旧的歌词与舞，而存了它原来的乐调。”此说可资参考，但毕竟只是一种推测和假说，尚无资料可证。退一步说，即使此论可以成立，那也是“曲先剧后”，而‘莺莺六幺’等杂剧究竟面貌如何，亦有待新资料的发现，据现存资料，则如胡忌先生《宋金杂剧考》所云：“宋代有以大曲叙事的歌舞演出，这类歌舞的表演在舞蹈方面并没有脱出固定节次的范围，不过在曲词中可以任意叙述某一故事的轮廓罢了。或许这类歌舞演出在当时也是称为‘杂剧’的缘故，所以《武林旧事》的‘官本杂剧’目中就把它记录下来了。”因此，宋代具有真正意义上的“杂剧”，其实并无用大曲、法曲所作的“成套组曲”之“杂剧词”，前引《再探》之所云，乃是对宋金杂剧及其表演中“曲”与“剧”的配制未加考察的结果，如此而曰“套因剧生”，何能成立？

4. 同样，"由于元人杂剧自金院本演进而来，因此套曲中剧套先于散套"，亦属空泛之论。金院本，是金灭北宋后"留"在北地之"宋杂剧"的演化形态，与宋杂剧性质大同，乃庞杂的艺人表演之总称，曲学界皆谓元杂剧胎出金院本，真正靠得住的依据乃是诸如《辍耕录》《青楼集》所云金代杂剧院本"其实一也"，到元代方"分杂剧院本而为二"几句话，由于无文本资料参证，个中详情，其实还是空白，在曲唱上，尤难勾稽。《辍耕录》所载院本名目共有十一类，其中："和曲院本"可判断为以曲唱为主；其他十类中的绝大部分表演项目，难以确定是否有曲唱内容，只有极少部分——如"栓畜艳段"类中的"诸宫调""打略畜栓"类中的"唱尾声""诸杂院爨"中标法曲或大曲名的节目，肯定是有曲唱的。此外，一些与词牌（如"喜迁莺"）、曲牌（如"归塞北"）相同的"名目"，是否即唱其调以表演，怎样表演，均难确断。而"和曲院本""诸杂院爨"中标法曲、大曲名的节目，所用"曲体"，或可判断为"成套组曲"，但"曲辞"是否具"套"的性质、"曲"与"剧"的配制，均难知详。可能性之一，与宋杂剧"曲""剧"配制大体一致；可能性之二，"曲""剧"紧密结合，成为后来元杂剧的初形态。然而，即使确定第二种可能为事实，亦不能断定剧套先于散套，因院本中尚有清唱者，若"唱尾声"，仅标以"唱"，便是一例。据芝庵《唱论》中"有尾声者曰套数"的定义，"唱尾声"极可能即"唱套数"，其中《孟姜女》一本，非有长篇，难详故事，后世"叙事"之"散套"，何必仅"受剧套影响"之一途？"剧套"又何必一定"先于散套"？至于杨荫浏先生云元代前期戏曲盛于散曲，后期戏曲"蜕化"而散曲盛，故推论散曲发生迟于戏曲，是把无必然联系的现象纳入一种因果关系，事实究竟如何，尚在其次。

综上四点，"套因剧生"论和"剧套先于散套"说是不能成立的。如何取得正确的认识，下列事实可为判断的依据：

1. 由历史现象观之，现存资料无"曲因剧生"实例，宋金杂剧院本所用曲体，皆先之而生，且有用作类似后世"散套"之一途。

2. 由元代现实观之，散套的出现早于剧套。若杜仁杰、杨果、王和卿、商道等辈，均有成熟的散套之作，年齿高于始有杂剧之作的关汉卿。从杜作《庄家不识勾栏》描写的勾栏演出看，杜作此散套时，成熟的杂剧形态尚未充分形成。

3. 从形式本体的角度看，散套用调多于剧套，除二者兼用者外，剧套专用曲牌 38，散套专用曲牌 61(调名见《散曲史》)；散套“宫调”亦多于剧套，北曲“宫调”趋势是由多渐少，然般涉、商角、小石等，却仅见于散套。

综上三点，散套的成立当先于剧套。其意味是：套曲的诞生是北杂剧诞生的前提，当艺人们用成熟的套曲去“唱戏”，并吸引了文人参与其事时，北杂剧才得以产生我们今日所见的样式。

三、结语

当前，学术界的正当争论日见其少，这似乎不能看作是学术界的“升平”，学术争论，其意义不仅在具体问题上的是非，更在体现一种学术氛围，一种学术风气，一种学术精神。学术争论追求的是真理，故无“面子”可言，是耶非耶，皆不失学者身份。争论，可促使双方及各自相应的一群对双方的学术内容、学术作风、学术方法，作更深入的反思。就曲体学而言，笔者所想到的是：自己所喜爱的形式本体论，应当和文化现象学接轨。形式本体论的特点在于：它把事物的形式——外部形式和内部形式——作为自己的最高研究对象，在它的学术范围内，一切其他现象只作为某种参照。它的优点在于：其研究对象即事物之本身，其依据的根本资料乃是作品这最可靠的第一手资料，其揭示的是事物自身发展的内在过程、内在规律，因此，它的研究成果可为其他角度的研究提供可靠的基础。对长期为资料匮乏所困扰的曲学，这一点尤显得可贵。然而，形式本体论如果不和文化现象学接轨，不加入文化学意识，便很容易变成繁琐、枯燥、僵化而封闭的形式论游戏，从而失去它的学术生命力。曲体学的文化现象学研究，是极有前景的学术领域。其特点在于：它的研究是开放的、多指向的，诸如考察调名源流，揭示其中包含的民俗文化、文人文化，乃至宗教文化和宫廷文化的意味；考察曲体实际运用的历史过程，揭示其间包蕴的雅、俗文化既交流又对抗的丰富内涵等等，都是富有魅力、富有意义的学术课题。然而，如果文化现象学的研究不以形式本体论为必要的基础，而只满足于文献资料的剪辑和阐释，则易流于凿空和臆造，从而失去学术的严肃性和切实的意义。因此，尚未形成气候的当代曲体学，应当以形式本体论为基础、以文化现象学为框架，将自身建设成一个切实而开放的学术体系。同时，这里所谓“曲”，并不是一个狭义的概念，而是任中敏先生提出的古代整个“歌辞系统”的概念，这是当代曲体学应当具有的眼光和魄力。

（原载《扬州师院学报》1996 年第 4 期）

关于“词曲递变”研究的几个问题

一、关于“词曲递变”研究的几个学理问题

所谓“词曲递变”，是指宋金时期“词”成为文人歌辞文体的主流样式时，一种新的歌辞体——“曲”也逐步生成，元代乃与词体并驾齐驱并取代词体成为文人歌辞体的主流样式。研究词曲递变，有几个前提性的学理问题需要先讨论——

第一，所谓“词”、“曲”，作为一种特定的文艺样式，是音乐形式与文学形式的二元组合，因而研究词曲递变须涉及“乐体”与“文体”两个方面。遗憾的是古代没有保留声响资料的手段，今存词、曲之音乐谱，均不能确定为宋金元时期普遍传唱的原态。一些学者认为《九宫大成》中的一些“宋元真声”，学界尚有争议，从学理上言还不能作为判断词曲之“乐体”的直接证据，所以从音乐的具体形式和音乐风格上言“词曲递变”，极易陷入“无稽之谈”。这不仅是“词曲递变”研究中的瓶颈，也是所有音乐文学研究面临的困惑与尚无办法根本解决的难题。当然，原生态以歌唱为载体的词曲作为“音乐文学”，探究其形式递变，势必要涉及音乐，关键是在什么层面和什么“度”上探究词曲文体递变与音乐的关系。我以为其要有三：其一，“词曲递变”中伏涵的中国古代音乐与文学联姻的“文化传统”根源；其二，汉语歌唱乐、辞配合的一般技术原理；其三，古代歌曲创作的基本方式与文体建构中的“乐”“文”关系。第一点，主要以古代的文献资料为依据；第二点，以古代的有关表述与今天的民

族歌唱实践相互参证为依据；第三点，以词曲的历史生态、古代声乐的基本原理、文献中的相关表述与词曲作品相互参证为依据。现下文学研究界从音乐角度言“词体生成”与“词曲递变”的一些论者，缺乏基本的音乐常识（乐理和技术），对古代“音乐文化”理解甚浅，拼凑堆垛资料，以浅陋而文之艰深。如有言词之音乐为唐之“法曲”，词体发生于唐代宫廷乐舞之变革，是“宫廷文化”产物，与民间毫无关系，词体发生路线是从宫廷流向民间等等，不知唐代法曲前身乃六朝寺庙音乐，其音“古雅”，与唐大曲皆属于一种组曲形式的大型乐章，今存唐曲子词调可考为法曲者极少，即如喜欢法曲的明皇词作《好时光》，其乐也不能遽断为法曲；李白作〔清平乐〕〔忆秦娥〕〔菩萨蛮〕等，乐类亦皆非“法曲”；再者，且不论传李白词不少有托名嫌疑，大致可确定作于宫中的只有〔清平乐〕，其他诸词很难说作于宫中，而〔清平乐〕乃齐言声诗，今存文献中所载盛唐时作于宫中或用于宫廷乐舞的歌词，除李隆基《好时光》为“长短句”，余皆齐言声诗，即便《好时光》之“长短句”，亦有采诗入乐增字而成的迹象，今存唐代大曲歌词，均为“采诗入乐”（如“水调词”“梁州词”等），摘取大曲、法曲之“遍”为词调，五代至宋方渐有发生（如〔水调歌头〕〔法曲献仙音〕等），也就是说，盛唐宫廷歌词的主流样式为齐言声诗而不是“长短句”；至于说唐词乃属“宫廷文化”，中唐两次遣散教坊乐人而将词体带入民间云云，乃不知唐教坊乐人的来源，主要是各地官府征集进献的本地乐籍和一些民间乐人，若干民间曲调（如〔想夫怜〕〔送征衣〕〔豆叶儿〕等等）随之而带入了宫廷教坊。人所熟知的天宝名娼念奴，是京师红极一时的“民间歌星”，“未尝不悄然奉诏”，“然玄宗不欲夺侠游之盛，未尝置在宫禁”①。招民间歌妓唱歌，可谓盛唐的一种“宫廷文化”，但民间歌妓之歌却未必是“宫廷文化”而可能会有俗曲，因此，唐宫廷音乐是“雅”“俗”音乐歌曲的荟萃交流，唐教坊是地方歌曲向全域扩散的重要中介。这些事实，并不生

① 元稹《〈连昌宫词〉自注》，《全唐诗》，中华书局 1985 年版。

僻,学界也多有相关研究[1],不知道言者是不清楚还是知而不言,对历史不予整体考察,对唐代词调不作全盘调查,对唐人言其“乐府”有“采民甿者”置若罔闻,对唐敦煌曲子词视而不见,对学界的不同观点避而不辩,只顾自说自话,肢解历史抓住一点不及其余。恕我直说——实在是学风不正而学理混乱的一派胡言。

所以,研究“词曲递变”,不要侈言音乐作无稽之谈,言“文化”要具体,不要作泛泛无根的“文化”浮说,或以“文化”的名义,用当下理念和一己之观点将历史“逻辑化”。而词曲之“文体”,其“体”俱在,历来言词曲递变者,多以文体为本而立论,就“乐”而言者有之,大多点到辄止,甚少具体展开,非不欲言之,乃资料阙如而无以言之,所以今天“词曲递变”还是个“古代文学”研究的“文学史”命题。因此,窃以为目前以有实证条件的文体递变为出发点和指归,然后再联系和扩展到其他方面,“词曲递变”才是一个学术真命题。至于文学内涵和风格层面的“词曲递变”,是一个内涵深厚的课题,在学术维度上关涉文学语言学、文学风格学、文学生态学、社会文化史乃至思想史等诸多学科,本文不予搅入。

第二,中国古代歌曲,大分之有文人歌曲与民间歌曲两条脉络、两个传统。“递变”的情况和机制多有不同,研究“词曲递变”必须对之加以贯通考察和理解。文人歌曲一脉线索分明,作品多多,为学界所云“中国古代音乐文学史”的主要实体;而民间歌曲,在文献中显得支离明灭,断续模糊,时而需要“透过”文人歌曲去探寻。所谓“民间”,一是与官方相对举,二是与文人相对举,在空间上包括市井与乡村,今所谓古代的“民间歌曲”,主要指古代种种形式的集体创作而在大众中传唱的无主名歌词。一段时间以来,闻学界有言“民间”是个“含混”的概念,感到很诧异,怎么今天

---

① 关于唐代教坊、教坊曲和宫廷音乐活动,参见任半塘《教坊记笺订》(中华书局 1962 年版)、柏红秀《唐代宫廷音乐文艺研究》(南京大学出版社 2010 年版)。

习用的一般概念，在研究古代文学的专家眼里就“含混”起来。再一想，可能是一些专家觉得文人文学比较好确定，“民间文学”则有点“含混”，如《国语·晋语》中的“舆人诵”，作者是个不知名的车夫，好像算不上文人，但似乎又不能划入“民间文学”；再如存名歌妓的词、曲作品，当然不在文人文学之列[①]，但又不能简单说是“民间文学”。如此等等汇而观之，“民间”和“民间文学”概念似乎显得有些“含混”。但我以为：所以谓其“含混”，不是事实本身含混，而是我们的思路不清晰，对古代文人文化与民间文化的交叉、互渗、互动缺乏深入研究，所以在认知上时而会有些“含混”，如现在学人所称的“民间词”“民间曲”，具体指意是什么？民间是没有“词”这个概念的，所称“曲”也与文人所言的曲体之“曲”不是一码事，当我们把某些民间歌辞指为“词”或“曲”时，实际上是与文人词、曲相比对，参照文人词曲发生兴盛的时代而指称的，难以对号的就划在一边，如盛于宋代勾栏的诸宫调与唱赚，学界是不视为“词”或“曲”的，那么其“体”为何？我曾将之称为“亦词亦曲”，现在看来，这种表述是有欠缺的，民间何曾有“词”“曲”之泾渭分明的区分？区分之的是文人们，而我们也企图将之分清楚，以看待文人词曲的眼光和思路看待民间歌曲，结果反而将本来清楚的事情弄得“含混”起来。

第三，民间歌曲乐随辞生，辞伴歌行，声辞一体。而文人词曲的情况就不这么简单了，传之于口为歌曲，托之于书为文学，如东坡传词于信札，书词于桥上，接受者观其词而赏其文，与“乐”已无涉，这种以文本方式传播的“词”，“体”为歌词，性质已与徒诗无异，如同“诗三百”，瞽矇咏之为歌，夫子析辞授徒为文，是历来文人分歌辞为二用的老传统。与之相对应，文人作词作曲的直接动机也有两大类：一是作词赋歌，二是作词传文，即使为了赋歌，亦丢不掉“文学意识”，刘禹锡采民

① 在我看来，中国古代的艺妓是一个很特殊的“文化群体”，尤其是与文人交往密切的歌妓，其文学作品乃是文人文学的附庸，基本性质是相同的。对此说来话长，姑从众说。

间踏歌作《竹枝词》“俾善歌者扬之”，自云对民间歌曲是赏其歌而鄙其词并以屈原作《九歌》乃因民间“词多鄙陋”作为传统依据(《〈竹枝词〉序》)；西蜀欧阳炯《花间集序》云“花间词人”作词乃欲“南国婵娟，休唱莲舟之引”，批评南朝宫体诗“言之不文”，“秀而不实”①，可见文人根深蒂固的“文学意识”。今存两宋的“词话”、元明的“曲话”，“话”之主体皆在文学，可见文人作词作曲，第一立场是“文学”。因此，考察“词曲递变”既要注意分辨文人作词作曲第一动机的不同情况，又要把文人对文学的嗜好和执着联系起来考虑，深入考察不同时期词曲生态状况的差异，从而把文人词曲文体建构的历史过程观察得更全面一点、细致一点，阐述得更深入一点。

二、中国古代文人的“歌曲传统”观：词曲递变的文化寻根

南宋郑樵《通志·乐府总序》有云：“古之诗，今之词曲也。若不能歌之，但能诵其文而说其义理可乎？奈义理之说既胜，则声歌之乐日微，章句虽存，声乐无用。”②话虽不多，其义却可三个方面解读、延伸之：一是其透露了古代文人的一种“诗”、“歌”关系观：“古之诗”本来即“乐”与“文”相联一体的“歌”，“歌”之一脉从“古”到“今”相沿不绝，即中国古代有一个延绵不断的“歌曲传统”。二是这个“传统”在历史的运演中又不断地发生分裂，以致“诗、乐分离”而终于“诗存乐亡”。三是“古之诗，今之词曲也”显示了古代文人的一种观念：“今之词曲”与“古之诗”的文化身份是“同根”的，因而“今之词曲”的形式——声歌，是高尚的，乃“诗之傍行”“乐府之苗裔”③。

① 李一氓《花间集校》，人民文学出版社1981年版。
② 郑樵《通志》卷四九，上海古籍出版社1988年版。
③ 胡寅《酒边词序》，施蛰存《词籍序跋萃编》，中国社会科学出版社1994年版。

郑樵之言所涵三义，前两点是对历史事实的简赅总结。古代“歌曲传统”或曰“歌曲系统”，今可见者皆歌辞而已，诸类歌辞究竟如何唱，除了极少数的个例尚可寻绎其声（如姜夔《白石道人歌曲》中的自度曲），总体上皆已“章句虽存，声乐无闻”且早已“无闻”——诗三百与歌曲类楚辞（如《九歌》），其乐绝大部分汉代已失传；乐府之声，唐代不用；宋词原唱，元代已废；宋元曲唱，明清存其艺而易其声；明清小曲，声谱无传。所谓“诗存乐亡”，确实是中国古代“歌曲传统”演绎的常情。旧乐渐亡而新乐渐起，“曲谐人耳”，旧曲不谐时耳，新曲就自然取而代之，《左传》载魏文侯听古乐就昏昏欲睡，听新乐就我心大悦，如此情形，古今一也。由此而言，“词曲递变”本就势在必然，从音乐接受的角度看“诗存乐亡”，本是个简单明了的事情。但一些学人试图从音乐风格“深入”论述词曲递变，由于缺乏研究所需的原始声响资料，有些尚属不无意义的学术猜想，更多的则是穿凿附会要么就是扯淡，如明代王世贞云北曲之产生乃因“胡音嘈杂，词不能按，故以新声媚之”①，就是古之一例，今天呢，请识者自辨。

而文体角度的“词曲递变”研究，其“体”俱在，尤其是文人词曲文体之变，其为何变、怎么变和变成什么，随着人们认知角度和认知理念的扩展更新，也许是一个说不完的话题。但在历史学的立场上，有个前提是不可更移的：世间一切事物的“变”，都是特定历史给予的条件决定的。对词曲递变——文人词曲之递变，从“变”之行为主体的主观因素言，我以为重要的“历史给定条件”是文人的“歌曲传统”观念。这就要说到“古之诗，今之词曲也”这句话蕴含的“观念”意味了。“古之诗，今之词曲也”显示的中国古代文人的一种“尚曲”（歌曲）观，对古代“歌曲传统”历史生成的影响至关重要，如果文人们都不屑于歌曲——像清四库馆臣那样视词曲为“小道”“蔽精神于无用”②，那就不会产生

① 王世贞《曲藻》，《中国古典戏曲论著集成》，中国戏剧出版社 1959 年版。
②《四库全书总目·词曲提要序》，上海人民出版社 2002 年版。

一部“中国古代歌辞文学史”，不会有什么“词曲递变”了①。如此说来，先清理一下古代文人“尚曲观”是怎么生成的，具体表现为何，有助于对“词曲递变”的考察和理解。

中国古代文人的“尚曲观”或曰“尚乐观”，是伴随西周制礼作乐形成的“乐文化”产生的。对此，论者多多，这里仅简要提出与本论题相关的两点：

第一，“乐文化”使声歌获得了一种高尚的意味，使声歌成为一种特殊的表达方式和交流方式。《周礼》记载周室有“乐语”之教，使国子具有“兴、道、讽、诵、言、语”的能力②，《尚书·尧典》曰“乐教”始创于舜，其功能是教胄子“直而温，宽而栗，刚而无虐，简而无傲”③，教之具体内容乃“诗言志，歌永言”，虽是以今托古，但说明先秦时期的“乐教”为一种官方教育体系。这样，我们就能理解在春秋外交场合中为什么会“赋诗”达意，理解楚狂接舆为什么会唱《凤兮歌》与孔子对话、“渔夫”唱《沧浪歌》以劝屈原。这种“歌”的表意方式，较“言语”更显示出“文化”和高雅，因此，文人作歌本是从上古以来就形成的一种“文人文化”。此后历代文人的歌辞之作，都有这一文化传统的内在支撑。“古之诗，今之词曲也”乃是文人作词作曲最堂皇的历史依据和文化依据。

第二，“乐文化”推行的“采诗制”养成了古代文人的“采风”意识。“采诗制”的明确表述见《汉书·艺文志》，所言为汉代乐府机构的采诗制，有云：“至武帝……乃立乐府，采诗夜诵，有赵、代、秦、楚之讴”④。这一制度，显然是对先秦乐文化的承袭。《周礼》云“士传言，瞽献诗”，所献诗并非瞽矇的自作：一类是贵族呈献给周王的诗，《毛诗》小序所言贵族所作的“美”、“刺”之诗多属这一类，如《诗经·大雅》中“尹吉甫

---

① 清代文人于“歌曲”无“新体”之建树，文人曲作亦远逊前代，上层文人的“鄙曲”观是重要原因之一，与明文人视民间小曲为“真诗”大相径庭。

②《十三经注疏·周礼正义》，中华书局 1979 年版。

③《十三经注疏·尚书正义》。

④ 班固《汉书》，中华书局校点本。

美宣王也”的《韩奕》、“凡伯刺幽王大坏也”的《瞻卬》等等；①另一类则是采自各国而谓之“国风”的“风”诗，其中大部分是民间谣歌，相当于《汉书·艺文志》所说的“赵、代、秦、楚之讴”。“采风”在上古是一种具有政治意义的文化行为，“采风”目的在“观风”，“观风”目的在“省政”，观风而省政，出于周人的民生观念。西周时期，“天命”和“民生”是最重要的政治主题和文化主题，《尚书》所载王公诏诰训示及《诗经》大雅与颂之诸篇，无不回旋着“天命”和“民生”两大主题。从上古开始，由重民生而形成的“民为贵”观，在古代思想史上可谓贯穿始终：孔子云“礼失而求诸野”，孟子言“民贵而君轻”，唐太宗告诫太子民其如水，“水可载舟，亦可覆舟”，范仲淹“居庙堂之高，则忧其民”，关怀民间是古代文人的集体意识。由此而理解“采风”，正是古代文人关怀民间意识的一种外化形式，历代相沿，是“民贵”思想在“歌曲文化”中的体现，而不是兴之所至的个人行为。因此，中国古代文人的“歌曲传统”与“采风”传统紧密相联，“采风”是古代文人“歌曲传统”的要义之一。唐代元稹把文人的歌辞创作分为“在琴瑟者”与“采民甿者”两大类②，既是历史事实，也是古代文人“歌曲传统”观念的反映，唐如此，唐前亦然，后世依然。词曲一脉如刘禹锡取民间歌曲作《竹枝词》，南宋沈瀛采民间“唱赚”作《野庵曲》，杨万里用民间“缠达”作《归去来兮引》、金代王重阳采俗曲〔瓦盆歌〕〔耍蛾儿〕作“词”，金元杜仁杰取民间“套数”作《庄家不识勾栏》，关汉卿“偶倡优”而作“杂剧”，高则诚效民间“南戏”作《琵琶记》，晚明沈璟《南词谱》采集俗曲“虽俚必录”，冯梦龙辑民间小曲为《山歌》《挂枝儿》，清蒲松龄用〔呀呀油〕等俚曲将《聊斋》故事改编为唱本，都是古代文人的“采风”意识在不同历史时期不同方式的体现。固然，后世“采风”与上古“采风”的本意并不等同，古代文人的“贵民”观念与居高临下的“轻民”意识又复杂地交织在一起，而任何文化传统在历史的流衍中都会发生内容和意义的某种转移，传统的行

---

①《十三经注疏·毛诗正义》。

② 元稹《乐府古题序》，《全唐文》，中华书局1983年版。

为方式则会顽强地“传统”下去，纵观诗、词、曲诸体之变，哪一“体”变的过程和机制与“采风”毫不相干？探究“词曲递变”，没有雅、俗两个文化圈的贯通视野，能行么？明乎此，还能相信词体发生“从头到尾”皆与民间无关乎？还能将“诗词递变”、“词曲递变”看成仅仅是文人们的闭门造车？夸大和蔑视民间歌曲的历史意义，同样都是对历史的歪曲。

三、民间歌曲：文人词曲递变的源泉

中国古代的民间歌曲作品，就本文所讨论的“文体”言，其总体情况是：民间歌曲无定体。这一事实对研究中国韵文体的变迁非常重要，与词、曲文体变迁的研究关系尤密。

先秦的“歌”，包括“古歌”、文人的《沧浪歌》《接舆歌》之类与民间的《舆人诵》《城者歌》之类，概观之有杂言、齐言两大类，在文体上“篇无定句，句无定式，韵无定格”，总曰之“辞无定体”。而以“国风”名义采录到《诗》中的民间歌曲，今人称之为“四言体”，实际上有不少是以四言为主而间以非四言的杂言体，而除了四言连句的形式大相一致，总的体制是篇无定句、字无定声、韵无定格，故亦属“辞无定体”。且《诗经·国风》的“四言体”，前辈学者陆侃如、冯沅君先生认为是书面记录时经过修整的样式，原始面貌未见得如是并以《郑风·溱洧》为例做了一个猜想性“还原”：

> 溱与洧方涣涣兮，士与女方秉蕑兮。女曰：“观乎？”士曰：“既且。”“且往观乎？洧之外洵訏且乐！”维士与女伊其相谑，赠之以芍药。

这一猜想颇富启迪，遗憾的是无法取得实证。但在乐府歌辞中，却可以找到对这一现象的间接证明。如《东门行》在《乐府诗集》中现存“古词”和“晋乐所奏”两个版本，其辞如下：

(古词)出东门，不顾归。来入门，怅欲悲。盎中无斗米储，还视架上无悬衣。拔剑东门去，舍中儿母牵衣啼。“他家但愿富贵，贱妾与君共餔糜。上用仓浪天故，下当用此黄口儿，今非！”“咄！行！吾去为迟，白发时下难久居！”

(晋乐所奏)出东门，不顾归。来入门，怅欲悲。盎中无斗储，还视桁上无悬衣。拔剑出门去，儿女牵衣啼。“他家但愿富贵，贱妾与君共餔糜，共餔糜！上用仓浪天故，下为黄口小儿，今时清廉，难犯教言，君复自爱莫为非！今时清廉，难犯教言，君复自爱，莫为非！”“行！吾去为迟！”“平慎行，望君归。”①

“晋乐所奏”是当时所传的《东门行》另一版本，还是晋人的改动？无法确知，但说明“活”的歌曲，歌辞是相对“活”的，“辞式”与音乐的配合并无一成不变的僵硬规定，所以乐府歌辞或有一些大体类似的宽泛样式，如祭祀歌辞中的“四言”、乐府“古词”中的“五言”等，但篇无定句、字无定声，仍属“辞无定体”。

乐府歌词如此，词曲呢？一般认为：词、曲文体较前歌辞样式的一大改变是文体的定格化。对文人词曲而言，这一看法是对的，但对民间的“词”、“曲”——严格说来是与文人词、曲同时并存的民间“歌曲”，却不然。且看敦煌歌辞写本中的两首〔五更转〕：

(其一)五更分。菩提无往复无根。过去舍身求不得，吾师普示不忘恩。施法乐，大张门。去障魔，豁浮云。顿与众生开佛眼，皆令见性免沉沦。

(其二)一更初夜坐调琴，欲奏相思伤妾心。每恨狂夫薄行

① 郭茂倩《乐府诗集》，中华书局1980年版。

迹，一过抛人年月深。①

〔五更转〕是唐代民间最流行的歌曲之一，尤为寺庙僧人所用，第一首即僧唱曲，第二首则是民间曲，前者为长短句，双片；后者为单片齐言。其体“句法齐言、杂言皆有，长短亦不一。”②可见唐民间歌曲亦“辞无定体”。或曰：〔五更转〕尚不能视为“词”，其调也未被文人词吸收。那就再看《敦煌歌辞总编》所录的两首〔鹊踏枝〕：

(其一)叵耐灵鹊多瞒语，送喜何曾有凭据？几度飞来活捉取，锁上金笼休共语。比拟好心来送喜，谁知锁我在金笼里。愿他征夫早归来，腾身却放我向青云里。

(其二)独坐更深人寂寞，忆念家乡，路远关山隔。寒雁飞来无消息，教儿牵断心肠忆。仰高三光珠泪滴，教他耶娘，甚处传书觅？自叹宿缘作他邦客，辜负尊亲虚劳力。

第一首上片为齐言声诗，下片为声诗增字而成的“长短句”，第二首则是比较明显的“词”之规模了。〔鹊踏枝〕最初见于敦煌写本，今存唐文人词尚无此调，首采其调作词的文人是南唐冯延巳，作有 14 首，体式与上录第二首完全一致，且举一首：

谁道闲情抛弃久，没到春来，惆怅还依旧。旧日花前常病酒，敢辞镜里朱颜瘦。河畔青芜堤上柳，为问新愁，何事年年有？独立小楼风满袖，平林新月人归后。

比敦煌曲“自叹”句少一字，余皆一致，显然是“采民甿者”。至宋代，〔鹊踏枝〕成为文人词中的常用调，词式与冯词相同。事实说明，民

① 任半塘《敦煌歌辞总编》，上海古籍出版社 2006 年版。
② 任二北《敦煌曲初探》，上海文艺联合出版社 1954 年版。

间之“词”也是“辞无定体”的。民间“词”如此，民间“曲”亦如此。北曲的民间样式可以无名氏杂剧中的曲辞为例，且举二曲：

〔混江龙〕（元·无名氏《合同文字》第1折）俺则为人离乡贱，强经营生出这病根源。拙妇人女工勤谨，小生呵农业当先。拙妇人趁着灯火怜家宵织纺，小生呵冒着风霜天气晓耕田。甘受些饥寒苦楚，怎当的进退迍邅。现如今山妻染病，更被他幼子牵缠。回望着家乡路远，知他是兄嫂高年。好教我没乱杀难相见，枉了也离乡背井，落的个赤手空拳。

〔混江龙〕（元·无名氏《陈州粜米》第1折）做的个上梁不正，只待要损人利己惹人憎。他若是将咱刁蹬，休道我不敢掀腾。柔软莫过溪涧水，到了不平地上也高声。他也故违了皇宣命，都是写吃仓廒的鼠耗，咂脓血的苍蝇！①

辞式大不相同，一目了然。元代北曲杂剧中的曲辞，绝大部分属于这种情况。北曲如此，南曲与散曲亦然。据南宋刘埙《水云村稿》云“南渡初，永嘉戏曲出”，则至迟在南宋初，“南曲”就在永嘉民间出现了，现存文本有《永乐大典戏文三种》，钱南扬先生考为南宋时期的作品，郑骞先生认为其文体尚是“南曲”未成熟时期的式样，姑举“成熟”的南曲——明初“四大南戏”之一《杀狗记》第二出曲辞为例：

〔挂真儿〕（生孙华唱）积善之家庆有余，传留下万卷诗书。性秉刚贞，胸怀仁义，更喜门庭豪贵。两字功名志未酬，藏珠蕴玉且悠游。家传阀阅经多载，世代簪缨知几秋。天谄诈，有刚柔，果然名字播皇州。家中财宝如山积，库内钱财似水流。（白，略）

〔前腔〕（生孙荣唱）兄弟怡怡乐有余，终日里玩史攻书。十年

① 本文引元杂剧曲辞与散曲均采自隋树森整理、编辑本《元曲选》《全元散曲》（中华书局1985年版），后不再注明。

辛勤，一朝遭际，不负家传富贵。（白，略）

〔绣带儿〕（生孙华唱）吾朋友如龙卿有几？兼之子传贤奇。（白，略）

〔前腔〕（生孙荣唱）忠规，非直谅多闻善辈，何必结异姓兄弟？（白，略）

〔大圣乐〕（生孙荣唱）吾家累代缨绅，我一身享现成。金玉满堂多豪贵，怎答谢父娘恩！奈嫡亲兄弟不和顺，却与非亲结义亲。（白，略）

〔前腔〕（末·吴贵唱）东人富室豪门，论结交须谨慎。他人怎比得亲骨肉，久久见假和真。寻思及早回头省，莫把亲人如陌路人。（白，略。全出完）①

〔挂真儿〕或疑为〔挂枝儿〕的误写，亦可能是曲牌流衍中的变异，无可确考；〔前腔〕，即与前曲子为同一个曲牌，故这一出共用了三支曲牌。显然，原生态的“成熟”的民间“南曲”也是“辞无定体”的。明代沈从绥记述当时的艺人唱戏，“总是〔前腔〕，后曲腔规，非同前曲”②。可见民间“南曲”的同一个曲牌，音乐上也有所不同，“辞无定体”就更其自然了③。

以上对中国古代民间歌曲一脉唱辞文体的简略考察，表明古代民间歌曲历来“辞无定体”。这一事实与我们所讨论的“词曲递变”有没有什么关系呢？有。民间歌曲“辞无定体”的实质是“文体”的不断生长，与世俱迁，随时而“变”，因此，民间歌曲不存在文人歌辞演化中的“词曲递变”。正因“辞无定体”，所以“时出新态”，当“新态”被有“采风”意识的文人发现而仿效之、改进之，“词曲递变”就悄悄孕育其中了，待文人们普遍应用之、定型之，“变体”就成了一种“新体”。正是在

① 毛晋《六十种曲》，中华书局2007年版。
② 沈从绥《度曲须知》，《中国古典戏曲论著集成》。
③ 关于此说来复杂，恕不展开。

这个意义上说,民间歌曲是文人词曲递变的"源泉",而词之为"词"、曲之为"曲",是文人确立的。且先看两首文人词:

〔怨春郎〕(宋·欧阳修)为伊家,终日闷,受尽恓惶谁问?不知不觉上心头,悄一霎身心顿也没处顿。恼愁肠,成寸寸,已恁莫把人萦损!奈每每人前道着伊,空把相思泪眼和衣揾。①

〔怨春郎〕(宋·王质)芦花已老,蓼花已老。江腹冲风,山头残照。暮烟不辨栖鸥,识归舟。归舟照顾新洲阁,惊波恶,别拣深湾泊。南津北泺,水村总没人家。莽平沙。

欧词的"词牌"即是作品的"题目",这一现象在乐府歌辞中谓之"辞咏本题",在词中曰"辞咏本调",往往是一个曲调产生初期的现象。〔怨春郎〕在欧阳修前无见,故欧词乃是本调的"始词",是不是欧阳修的"自度曲"无法得知。从本词的语体色彩看,则显然与"采风"大有关系。而将欧词与绍兴年间的王质词相较,二作辞式完全不同,对词学界沿说已久的"由乐而定词"、"依曲拍为句"之"依调填词"——依照曲调规定的音乐旋律填词,实在是个质疑。"由乐而定词"意义上的"依调填词",究竟怎么"依"、怎么"填",大概并非如我们所理解得那样机械和简单。无奈现在已无法获得当时的直接音响资料,不敢妄言。这里仅指出:与王质的"雅词"相比较,欧词之"俗"恰说明在文人词成熟不久的北宋前期,词人就对民间歌曲有所汲取了,若取欧词与元代文人俚俗一路小令同观,比如马致远小令〔双调·寿阳曲〕:"从别后,音信绝,薄情种害煞人也!逢一个见一个因话说,不信你眼皮儿不跳!"我们能说出什么词、曲之别么?而王质的词,谁会误认为"曲"?同样的例子还有:

① 本文所引词例均采自唐圭璋编《全宋词》(中华书局1980年版),后不再注明。

〔满园花〕(宋·秦观)一向沉吟久,泪珠盈襟袖。我当初不合苦撋就,惯纵得软顽,见底心先有。行时痴心守,甚捻着脉子,倒把人来僝僽。近日来非常罗皂丑!佛也须眉皱,怎掩得众人口?待收了孛罗,罢了从来斗。从今后休道共我!梦见也,不能得够![1]

〔满园花〕是北宋的新生词调,《词学大辞典·词调》〔满园花〕条曰其调"即《促拍满路花》",于〔促拍满路花〕条云"又名《满路花》《满园花》《归去难》《一枝花》《喝马一枝花》",颇有问题,细说之比较麻烦,简明一点看,秦观词中也有〔促拍满路花〕[2],与〔满园花〕显然不是一调。〔满园花〕惟见秦观词作一首,在今存宋词中属于"孤词孤调",在我看来也是"采风"的产物,字声尚未完全律化,参合其俚语风味,如果将后世"曲体"作为一种文体类型看待,则北宋前期的一些文人词就有了某种"曲化"色彩。更有意味的是,纵观两宋词,北宋文人词"曲化"作品远多于南宋,而北宋前期又多于后期[3],在元以后历代词谱(文字格律谱)中,某调之若干"又一体",多出于北宋,南宋之后"又一体"明显大减。其折射的历史迹象是:北宋前期的文人词还有着唐五代"采民때"

① 句读对《全宋词》所录本词稍有改动;《全宋词》末字作"句",误。古本原字为"勾",今作"够"。

② 唐圭璋《全宋词》第1册,中华书局1965年版。

③ 本人曾于1986年在《文学遗产》发表有《北宋文人俗词论》,2010年中央民族大学出版社出版了何春环的《唐宋俗词研究》,2008年中国戏剧出版社出版曲向红的《两宋俗词研究》,在优秀硕士论文库中共有7篇有关宋代文人俗词的研究论文:《柳永雅俗词评议》《词体雅化下的南宋文人俗词研究》《柳永俗词与关汉卿曲比较研究》《略论赵长卿词与宋代俗词的发展》《黄庭坚词的意境和艳俗词"类曲"倾向》《两宋俗词述论》《北宋文人俗词流变论》,可参看。

的遗风，同时又有少数“知音律”的文人“自度新声”[1]，文人词的总体属性是“歌曲”——文学的歌曲，随着宋代文人词体的普遍“律化”与“雅化”，文人词日益成为文本化的“歌辞体文学”，词体渐趋统一化、规范化，从而完成了语文意义上完型“词体”的建构。

当然，南宋词人的“采风”也未消失，典型例子是沈瀛采民间“唱赚”所作的《野庵曲》。胡忌师考证甚详，指出《野庵曲》是由〔南浦〕—〔解红〕—〔赚〕—〔失调名〕—〔尾〕组成的一个“套曲”。[2] 学界在胡先生考订的调名上或有不同看法，但对其属于一种“唱赚”形式的套曲则无异议[3]。此外，杨万里的《归去来兮引》，王季烈先生考订为“缠达”体[4]。“缠达”始源为唐代民间“传踏”(亦曰“转踏”)，宋金时期盛行民间，其体为“两腔互迎”，即用两个曲调相联为一个组曲而反复歌唱，而《归去来兮引》则以〔朝中措〕〔一枝花〕〔南歌子犯声声慢〕三调构成一组“互迎”反复。那么，《归去来兮引》和《野庵曲》属“词”还是属“曲”？从南宋处于“词的时代”言，其单曲或可视为“词”，但整体上毕竟是“套曲”和“缠达”，其间透露的恰是后世称之为“曲”的形式扩散到文人词领域的历史消息。

还有清代万树《词律》推许为“后世曲中用‘犯’之嚆矢”的陆游〔江月晃重山〕，词取〔西江月〕〔小重山〕各数句而构成一个新的词调。以后世“曲体”形式参照之，则其体属于南曲中的“集曲体”。集曲体是南曲“变新声”最普遍的方式之一，在明代沈自晋《南词新谱》中，“集曲

---

① 北宋“自度新声”的代表词人是柳永。柳永词调重复率很低，一些词调，如〔尾犯〕，以音乐术语为调名，一调而有不同词式，当是一种自度曲。南宋姜夔的“自度曲”是有“传统”的。述之甚繁，姑略。

② 胡忌《沈瀛竹斋词中的套曲》，《南京师范学院学报》1981 年第 1 期。《全宋词》未将之视为“赚体”，所作分“片”与胡忌先生不同。

③ 今存唱赚“套曲”的歌辞实例，见王国维《宋元戏曲考》中考订的南宋唱社文人所作的《圆社市语·圆里圆》，是今存仅有的一篇南宋唱赚文本。唱赚在南宋勾栏中的情况，可参见宋代周密《武林旧事》等。

④ 王季烈《螾庐曲谈》，商务印书馆 1928 年版。

体”约占1/3①。“集曲”的构成,有两大类:一是音乐意义上的“犯调”,即将几支曲子中一个或几个乐句抽取出来联为一曲;一是语文意义上的“犯句”,即将几只曲子中一个或几个句子(句式)抽取出来合成一个新的曲牌。〔江月晃重山〕是“犯调”还是“犯句”,无可考。其他南宋文人词的“集曲”,从调名可知所犯何调的如〔南歌子犯声声慢〕,它如〔玲珑四犯〕〔八犯玉交枝〕等,是“犯调”还是“犯句”,“犯”了那些词调,均不可考。刘过〔四犯剪梅花〕,自注取〔解连环〕〔醉蓬莱〕〔雪狮儿〕〔醉蓬莱〕各数句合成,但究竟是“犯调”还是“犯句”,为什么取名为“四犯剪梅花”,均不得而知。

南宋文人词的“集曲体”是怎样发生的,详情已不可考,究其发生源,可以追溯到“带过曲”。所谓“带过曲”,即将两个曲子集合为一曲,典型样式见于元代北曲散曲,而其“体”早在唐曲中就已出现,典型实例为敦煌写本伯3554号卷子背面沙门悟净“上河西道节度,颂德政及祥瑞《五更转兼十二时》”17首。〔五更转〕与〔十二时〕始为六朝民间歌曲,寺庙僧唱用之颇多,至唐代成为寺庙宣教的常用曲并演化为二曲“兼带”。先师任二北(半塘)在《敦煌歌词总编》中指出:后世北曲“兼带”一体,唐曲已开其法门。可见民间歌曲将两个曲子合为一曲的“带过”早已有之,只不过长期未被文人采用而已,而在民间则一脉流衍且有新变——如果将“带过”稍加改变,把两个曲子的部分乐句合在一起,即是后世所称的“集曲”了。笔者曾以南宋初戏文《张协状元》“套曲”中“摘句”式的只曲为例,说明在南宋初民间歌曲就有了一种“集曲意识”②。因此,南宋文人词中的“集曲体”也应和“采风”大有关系。当然,文人词的“集曲”比《张协状元》中的“集曲”要完善,故而文人的“集曲”也有可能会通过各种渠道反哺民间从而使民间的“集曲”水平得以提升。到了明代,“集曲”乃成文人和民间歌曲都十分流行的

---

① 沈自晋《南词新谱》,中国书店1985年影印。

② 关于集曲与带过曲,参见李昌集《中国古代散曲史》第1卷《散曲形式发展史》第1—2章(华东师范大学出版社2007年版)。

体式之一①。所以,民间歌曲是文人歌辞体的"源泉",而文人歌辞体的最终完型——词之为"词"、曲之为"曲",功在文人,所谓"词曲递变",是在雅俗文化圈的互动中发生的。

上述两宋情况,从文体上的"词曲递变"理解之,宋代文人的"词"、"曲"实际上不存在一个单向的"直线"式"词曲递变",而是"词曲并存",只是词为主流,"曲"为隐隐约约的一道潜流;从文体建构行为的角度言,宋代文人歌辞体建构致力的中心是"词"体,"曲"体的建构还没有成为历史的命题,而到了元代,文人词体建构已告完成,曲体的建构成为文人歌辞体建构的历史主命题。从这样的角度理解,"词曲递变"的历史内涵是文人歌辞体建构历史重心的转移和"递变"。其"变"的大规模展开,则在元代。

四、元人观念中散曲的尊、卑二体与词曲递变

"词曲递变",最直观的历史图景是元代刚刚"海内混一",历史就似乎突然在文坛"变出"了一个"曲"并迅速取代词而成为"歌辞文学"的主流。词从唐代发生到宋代成熟,是有个过程的,但"元曲"却似乎一出生就是个"成人";同时,"南曲"在宋代已然产生,但元代北曲却独占鳌头,南曲虽有少数作家染指,但并未普遍扩散到文人层,个中意味颇堪玩索。

元初似乎突然冒出个"曲体",是我们以今天的眼光"远距离""长时段"观照历史得出的印象,而元人却不认为我们今天指称的"元曲"是个新发明,最突出的表现是元人对"曲"竟然没有一个明确的、统一

---

① 明代民间戏曲中的歌曲体,每出用曲的组合,主要不是"套"而是"联章"和"集曲"的组合。限于篇幅,兹不细述,可参见李昌集《中国古代散曲史》第1卷第2章《南曲之渊源与形成》。

的称名。今日习称的散曲①,元人曰“小令”“令曲”②“叶儿”“套数”,戏曲则曰“传奇”“关目”“戏文”“南戏”;统称“曲”的,有“曲”“歌曲”“俚曲”(或“俚歌”)“南曲”,但此“曲”与先秦以来历代统称歌曲的“曲”指意相同,与今日特指的“曲体”概念相距甚远;另有一类概称是专指散曲小令的,有称“乐府”“今乐府”“北乐府”“词”“小词”“令词”。这一类称名,最有意味,其透露的信息是:元人视“元曲”(小令)是将之作为自古以来“歌曲传统”的自然延伸对待的,就像宋人视词为“乐府之苗裔”,称词为“乐府”“今乐府”,元人也称元曲小令为“乐府”“今乐府”,把“今曲”和词“自然而然”地视为一类,所以也将散曲径称为“词”,如周德卿《中原音韵》中论散曲作法,标题为“作词十法”;有时则为了以示区别而称小令为“小词”“令词”,如元初盛如梓《庶斋老学丛谈》载“北方士友传沙漠小词三阕”,其中的一首就是后人移到马致远名下而稍作改动的〔天净沙〕(枯藤老树昏鸦)③。这说明,元人本来就没有将词和“曲”(小令)作严格的区分,而是视二者为一体,当然不会产生后世特定的“曲”之概念和称名。因此,元文人在“词、曲一体”的观念中,其“曲”体建构“自然而然”地就把宋人词体建构的经验承接过来,使文人的“散曲”面世伊始就呈现出文体上的某种统一性和规范化。如〔山坡羊〕,是元代北曲的原生曲牌,本北方汉族民歌,文人采之而作“散曲”,始于元初陈草庵,共作26首,辞式一致。其后作者,少数辞式字句有所微变,但绝大部分体式与陈作全同④。也就是说,元文人散曲

① 元人是没有“散曲”这个概念的,今天我们采用的曲体分类概念“散曲”,文献有载的是明人朱有燉最早使用的,将“曲”作为特指散曲、戏曲的统称,大约到晚明才开始,如王骥德兼论散曲、戏曲的专著以《曲律》为名。

② “小令”“令曲”称名,始于唐代,多指小曲。宋代词调有“令”“引”“近”“慢”四体,当与乐体相关,“令”短调居多,亦有衍为长调者,而宋文人词中的单片短调,惟见令词。

③ 原文为“瘦藤老树昏鸦,远山流水人家,古道西风瘦马。斜阳西下,断肠人去天涯。”见文津阁《四库全书》影印本,商务印书馆2006年版。

④ 李昌集《中国古代曲学史》第1章《元代曲体的变迁与曲学的产生》,华东师范大学出版社2007年版。

小令的“体式”从发生之初就呈现出一种规范化倾向。其“规范”，简言之，即：调有定宫、篇有定句、句有定式、字有定声、韵有定格。这一规范，除“调牌”前标以“宫调”在词体中极少见，其他都与词体规范相一致，只是具体形态上略有差异：

其一，在声律上，曲律与词律同，以“平平仄仄”的回旋为通格，虽不像律词那么严格，时而或有些“出格”现象，但与民间无律之辞相较，大体上是律化的。而在平、仄用声上，严格的曲家更注意阴阳和上去的定格化，某些字位的平仄声有最佳乃至必用阴（或阳）、上（或去）的细微区别，故后世治曲律者有云曲之声律比词更“细”①。其二，在韵格上，小令一曲一韵，以句句韵为主，间有隔句韵；词体以一阕一韵、隔句韵为主，间有连句韵与上下片换韵。

以上两点说明：唐宋文人将律诗的格律运用到“长短句”而造就了“律词”②，元文人则将律词的格律运用到“今乐府”而造就了“律曲”，因此，曲体较词体之“变”，乃是继承中的“变”。在这样的前提下，曰“词变为曲”才有一定的合理性。而在元人的眼里，则根本不存在什么“词曲递变”，元代文人将词与“今乐府”本作一体观，后世人们指认的“曲”，在元人眼里就是“词”，所以元文人用律词规则作“今乐府”，本是“自然而然”且驾轻就熟的，这就是元代文人散曲小令的“曲体”为什么一登场就显得成熟化、规范化的内在原因。

那么，未经文人律化的民间原生“曲”体如何？且举杂剧中的〔山坡羊〕与散曲中的〔山坡羊〕各一首以对照：

（元·李行道《潇湘雨》第3折）则愿你停嗔息怒，百凡照觑，怎便精唇泼口骂到有三十句！这路崎岖，水萦纡，急的我战钦钦

---

① 参见元代周德清《中原音韵》、李昌集《中国古代曲学史》第5章《元代的曲体形式论》。

② “律词”概念，由洛地师发明，所著《词体构成》（中华书局2009年版）剖析律词形式构成，入里周详。

不敢往前去。况是棒疮发怎支吾，刚挪得半步，（带云・略）你可也没甚福！

（元・陈草庵）晨鸡初叫，昏鸦争噪，那个不去红尘闹？路迢迢，水迢迢，功名尽在长安道。今日少年明日老，山，依旧好；人，憔悴了。

两个〔山坡羊〕，辞式大异。前者显然是没有什么格律的“无律”之“曲”，后者则是“律曲”的早期形态。二者为何是同一个曲调？有专家云：“句拍”一致。此关音乐技术问题，不敢乱说，仅从文体看，二曲除了皆为九句（如果把“山，依旧好”和“人，憔悴了”都看成是一句）、四、五句位皆是两个三字句（如果把杂剧曲第四句“这”视为“衬字”），其他就没有什么相同的了。二者能视为“一体”么？我看不能。

同时，不仅元杂剧与散曲的〔山坡羊〕体式不同，元杂剧各本中的〔山坡羊〕辞式也各不相同①，除了句句押韵以外，余无统一规范可言。其“调”与文人散曲相同的标志，只有曲牌和曲牌的“宫调”，而散曲无“换宫”，杂剧曲牌则是可以“换宫”的，也就是说，元杂剧中的“曲体”与自古以来的民间歌曲一样：“辞无定体”。因而杂剧中的曲“体”显示了一种民间的原生形态。

再看“套数”。套数严格说来不是“曲体”，而是组合曲调的一种方式，宽泛说来亦可视为北曲的一种“体制”。那么，套数的组曲方式有规范否？曰：有些“规则”，但无统一“规范”。所谓“规则”，是在曲调组合上有些大致相同的程式，如套数的首曲不同，则组套的曲调群即随之有所不同，而在组套的曲调群中，又由几个相对稳定曲调依次衔接成“曲组”。但此“曲组”的构成只是“大致稳定”，曲调数量可增可减、连接次序可以变动，所以严格说来依然是“篇无定制”②，与“规范”还相距甚远。在这一点上，剧套如是，散套亦复如是。而且，前云剧套中“曲体”的“辞无定体”，散套中的“曲体”依然如是。

①② 李昌集《中国古代散曲史》第1卷第4章《散曲之篇制》。

这就来了问题了——元杂剧不也是“元曲”么？散套和小令不都是“文人散曲”么？元杂剧有名有姓的作者不也是文人么？为什么都是文人曲，“曲体”却有“律”与“不律”之差异？为什么唯独小令“律化”而散套和剧套却“不律”？答案要从多方面探寻。这里仅从北曲发生史的角度提出三点看法：一是金代与初元（元灭南宋前）的北地文人率先对北方民歌小令发生了兴趣并尝试着把“民风”引入歌词创作；二是元统一后，“当今名公”与“北方诸俊”将其对北方小令的喜好带入了“文坛”；三是元代文人尊小令而卑套数，故以“乐府”观念作小令，以“俚歌”格调作散套，是以二者的“曲体”乃分道扬镳。

金代文人对民间歌曲的“采风”，是在一个特殊的历史背景下展开的：金初，一个自号重阳子的平民文人，在北地创立了全真教并迅速扩展，以致“河朔之人，什二为所陷没”①，在北地影响极大。王重阳及其弟子宣教的一个重要手段是作词唱曲（王重阳及其弟子的词作在现存金词中约占一半），且看一首王重阳的《换骨骰》：

> 叹彼人生，百岁七旬已罕，皆不悟光阴似箭。每日家，只造恶，难劝酒色财气恋。也兀底。　　福谢身危，忽尔年龄限满，差小鬼便来追唤。当时间，领拽到，阎王面前。憨汉！和骨骰软软。也兀底。②

从“也兀底”之“虚声”看，这词是用来唱的。其调“换骨骰”，首见重阳词，是王重阳的自度曲，还是“采民甿者”？看来是后者。全真道士词，颇有“新调”，若〔瓦盆歌〕〔耍蛾儿〕〔金鸡叫〕〔拾菜娘〕等等，从调名看，均是俗曲；从语体看，也是俗辞俚语，与前举原生态的“元曲”大

① 元好问《紫微观记》，《全元文》，凤凰出版社 2004 年版。

② 本文所引金元词均录自唐圭璋编《全金元词》（中华书局 1979 年版），个别句读有所变动。后不再注明。

相一致。“语体”虽不能作为判断文体属类的决定因素，却是区别不同文体普遍特征的直观元素之一。从这个角度看，王重阳的“俗词”，不妨看做“元曲”的“先声”。

随着全真教声势日隆，王重阳及其弟子与金朝文人有广泛的交往，其中不乏一些达官贵人，因此，金代文人词中出现一些颇有“曲味”的词作，就不是偶然现象了。且看二词：

〔水龙吟〕（金·李纯甫）几番冷笑三闾，算来枉向江心坠。和光混俗，随机达变，有何不可？清浊从他，醉醒由己，分明识破。待用时即进，舍时便退，虽无福，亦无祸。　　你试回头觑我，怕不待峥嵘则个。功名半纸，风波千丈，图个什么？云栈扬鞭，海涛摇棹，怎如闲坐。但尊中有酒，心头无事，葫芦提过。

〔鹧鸪天〕（金—元·元好问）短发如霜久已拼，无冠可挂更须弹。初闻古寺多伥鬼，又说层冰有热官。　　闲坐处，静中看。时情天意酒杯干。篱边老却东篱菊，一夜西风一夜寒。

第一首，作者李纯甫，字之纯，号屏山居士，金承安二年进士，三入翰林，官至京兆府判官。观其词，语体和元散曲直是同一格调，只不过在韵式上保持着“词格”，韵辙则为“中州音韵”而非词韵。类似的词作，在金词中虽不普遍但也并不鲜见，以元散曲为参照，不妨说金词有着某种“曲化”现象，所以学界有云这一类金词为“元曲之先声”。第二首，作者元好问是个坚守儒家立场的文人，对全真教也颇有微词，不像前举李词有全真教“和光同尘”的思想印记。元好问是金末元初的文坛大家，词作甚多，在金词中属“雅正”一路，然从中亦可依稀感到一丝“曲味”，金词的“曲化”就不是一两个词人的偶然兴趣了。

上述金代词体“曲化现象”显示，虽然文人“曲体”在当时尚未产生，但词体至少在语言趣向上发生了某种“曲化”的转移，打个比方说，在金词中，“曲体”的胎儿在不安地躁动着。

金代文人对俗曲的爱好和词体的微妙新变，在元统一后由北地的“当今名公”和“北方诸俊”扩散到了整个文人层。于是，北地民歌成为歌妓们的习唱之曲，元代夏庭芝《青楼集》载大都名妓张怡云：“尝佐贵人樽俎，姚（牧庵）、阎（静轩）二公在焉，姚偶言‘暮秋时’三字，阎曰：‘怡云续而歌之’。张应声作〔小妇孩儿〕，且歌且续曰：‘暮秋时，菊残犹有傲霜枝，西风了却黄花事。’”①曲辞很雅，却是用民间小调唱的，可见民间俗曲在市井青楼的流行和“贵人”们对俗曲的喜好。元初重臣耶律楚材，作有《为阅俳优诸相赠优歌道士》诗一首：“一曲春风踏踏歌，月光明似镜新磨。谁游壁落骑鸾凤，记姓蓝人是采和。”②“踏踏歌”，民歌也，“优歌道士”，大概是善唱的全真道士，诗以唐代著名艺人蓝采和而比誉之，可见贵人与民间艺人的交往。元初的胡祇遹，身为“应奉翰林文字”兼太常博士，官至江南浙西诸道提刑按察使，却喜到勾栏赏玩曲艺，对诸宫调等赋诗以赞③，与勾栏艺人珠帘秀关系甚密，唱和之曲流播市井。如此等等，足见当时俗曲的风行与文人们的喜好，文人们采俗曲小令作“词”，取时下口语作“令词”蔚然成风。金末元初的芝庵有云“词山曲海”④，元中叶的周德清有云“自缙绅及闾阎歌咏者众”（《中原音韵》），致有元一代北曲大盛。而首倡者谁？“当今名公”与“北方诸俊”也。所以元代钟嗣成《录鬼簿》首列的是“前辈名公有乐章传于世者”。当然，“北曲”并非“当今名公”和“北方诸俊”的创造，其源在民间。从其曲牌来源看，其中有从唐曲到宋词而一脉流衍的词调，有宋金诸宫调、唱赚、宋金杂剧院本曲调，有金元当下的民间曲调，可谓囊括了当时各种歌曲品种⑤，所以瞬间兴盛的北曲实际上早就有广泛的民间基础，只是在一个特定的历史情境中被文人采

①《中国古典戏曲论著集成》第2册。

② 耶律楚材《双溪醉饮集》卷三，四库全书本。

③ 胡祇遹《〈诸宫调〉诗》，《紫山全集》，四库全书本。

④ 金—元·芝庵《唱论》，见《中国古典戏曲论著集成》（中国戏剧出版社1959年版），下文引《唱论》同，不注。

⑤ 参见《中国古代散曲史》第1章第1节《北曲调名渊源辨析》。另，宋金诸宫调、唱赚、杂剧院本也是传统曲调和“时曲”的融汇。

入了“文坛”。而文人首先采纳的“曲体”是什么？小令。散套与杂剧虽与小令同显于有元，作者却多是“才人”和无名文人，“名公”问津者是很少的。

民间小令一体输入文坛，有两方面的意义：一是文人依小令体作散曲；二是以小令体“改造”词体作“散曲”。第一点不用多说，前举王重阳的〔换骨骰〕可作最初的“先声”之例；有些复杂的是第二点，北曲曲牌，大半与宋代词牌相同，因而有论者谓曲体乃词体所变，谨慎一些的则曰元曲“吸收”了词牌，变词而为“曲”。而我认为：北曲中与词调同名的曲牌，有两种情况：一种是词调“变成”的曲调，一种是词的原生曲调在民间的继续流传，并非宋代文人的词牌。细述之颇费篇幅，笔者对之曾有论证，兹不复述。① 这里只讨论元曲小令较词体“变”与“不变”的深层意味。

前文曾言，曲体（小令）较词体，所变在体式，不变在声律；而在语体上，曲体较词体之变在“变雅为俗”。“俗”者，近口语也。这一“变”与“不变”的结合，使元代文人散曲开创了一个“口语律化”新模式。这模式，不仅有取于律词，亦有取于律诗，且“律曲”对律诗的汲取和变化更甚于律词，最突出的表现是对句的运用。对句，是律诗必有的形式，宋词则可用可不用，而“律曲”如律诗，无曲不对，构成一种新型“长短对句组合”的“律曲体制”，形式则有鼎足对、隔句对、扇面对等各种花式。在韵格上，则有诗、词罕见的短柱体、独木桥体、犯韵体等等，成为律曲文体形式上的一大特色②。且举二例，以领略元散曲的“口语律化”：

〔中吕·朱履曲〕（元·张养浩）鹦鹉杯从来有味，凤凰池再也休提。忧与辱常常不曾离。挂冠归山也喜，抬手舞月相随。却原

① 李昌集《中国古代散曲史》《北曲调名渊源辨析·与唐宋词调相关、相同者》。

② 任二北《散曲概论·内容第八·散曲俳体二十五种》，《散曲丛刊》，中华书局1935年刊印本。

来好光景在这里。

〔双调·折桂令〕(元·刘廷信)想人生最苦离别,唱到《阳关》,休唱三叠。急煎煎抹泪揉眵,意迟迟挠腮撧耳,呆答孩闭口藏舌。情儿分儿你心里记者,病儿痛儿我身上添些。家儿活儿既是抛撇,书儿信儿是必休绝。花儿草儿打听的风声,车儿马儿我亲自来也。

第一曲,首二句是语读节奏为 3/4 音步的七言对句,四、五句为 3/3 音步的六言对句。如此对句,在诗体中无见,在词体中少见,在曲体中则常见,其语读节奏是口语的,而不是传统诗词的,但"声律"却又是传统的;第二首,第四、五、六句为 3/4 音步七言鼎足对,七、八两句和末二句为两个 4/5 音步九言对,九、十两句为 4/4 音步八言对①。三种对句形式,律诗自无,词体少见,其口语化在律诗律词中均不可见,但声律却又大体符合对句的平仄要求,可见元人小令的"律化"对诗词既有继承又有新变,对世俗口语既有汲取又有提升,是文人对"今乐府"的刻意打磨,体现了雅俗文化在曲体建构中的交融。

元散曲的这种文体新变,学人们多认为意义不大,其"俳体"更是一种文字游戏,与内容的表达和深化关系不大,且后世效仿者不多,在历史的长河中不过是昙花一现,但从古代韵文体建构史的角度看,明人言由诗而词,由词而曲,"惟是渐近人情",不仅体现于内容,亦体现于文体。从语体上说,词体较诗更接近口语,曲体较词更接近口语,再往前追溯,诗体从四言、五言到七言,总体趋势也是渐向日常语言贴近,因此中国古代韵文体的语体演变是"雅言"和口语交相影响渗透的结果。这是研究中国韵文体建构史乃至中国语言史一个极有价值的

① 这里不考虑所谓"衬字"。北曲之"衬字"是文人在曲体规范化中(格律谱)提出的概念,最早提出的是周德清《中原音韵》,但究竟何为"衬字",具体作品中哪些是衬字,皆未述。其实,对北曲而言,是无所谓"衬字"的,参见拙著《中国古代散曲史》有关论述。

课题。而元散曲开创的"口语律化"，在后世日渐消退而终被文人丢弃，是可以作为反思古代文人文化的一个案例加以探究的。

元文人在散曲小令形式上所以翻空出奇，颇用心力，是与元文人身处特定时代对传统既依恋又叛逆的复杂心态联系在一起的，关于此学界多有论述，兹不赘叙。在此仅简要说明元代文人的曲体建构与散曲的二重身份、二重生态的关系：在文人意识中，散曲既是歌曲，更是"文学"，文人散曲第一比试的是"文"。钟嗣成在《录鬼簿》中说马致远"战文场，曲状元；姓名香，贯满梨园"。首先是"战文场"，然后才是"香贯梨园"。文人对散曲之"文学身份"的重视，是根深蒂固的"传统意识"。元初的一代名臣、文坛重镇王恽携一帮新俊游金山寺，有请教"今乐府"者，王恽谆谆告诫曰："昔汉儒家蓄声妓，唐人例有音学。而今之乐府，用力多而难为工，纵使有成，未免笔墨劝淫为侠耳。渠辈年少气锐，渊源正学，不致费日力于此也。"①"今乐府"虽涉音学，第一身份乃是"笔墨"，"难为工"的首在"笔墨"，所以芝庵写《唱论》，却要很严肃地说"乐府"之"文章"；周德清《中原音韵》论北曲音韵，却要用大量篇幅讲"乐府"格调和作"词"之法，置"俚歌"之套数而不论，痛感时下之"词"合律而又称得上"乐府"的，实在"为格者不多也"，都显示了文人的一种"文学本位观"，其深层之处则是文人的"自我本位观"。对民间歌曲，爱好只是爱好，"采风"只是"采"，是取之为用，而不是同化。

于此，就可以回答元文人尊小令而卑套数的问题了——为什么元文人以小令建构了"定体"之律曲，却保留着套数民间样态的"辞无定体"？答曰：是由元曲的二重生态决定的："戏曲"无定体，在其是活的场上之"曲"，虽然雅俗同观，但第一面向的是大众，作者的创作动机在于搬演，所以其"曲"之本性与历来民间歌曲相同而皆为"俗曲"，辞无定体乃其"传统"；散套呢，邻于剧套，在元文人眼里和小令不是一路，小令是"雅"的，散套是"俗"的——《中原音韵》谓之"俚歌"，《唱论》

① 王小军〔正宫·黑漆弩〕《游金山寺·序》，隋树森《金元散曲》，中华书局1985年版。

谓“成文章曰‘乐府’”,“套数当有乐府气味,乐府不可似套数”。今天我们统称的“散曲”,元人是分而观之的,直到明初朱有燉,还将“散曲”“套数”对举,虽然都是“曲”,但“散曲”——小令,在元人观念中是“乐府”之词的延续,故取法于律词律诗作小令;“套数”为俚歌,故以“俗曲”格调作散套。由此,文人散套亦始终保持着“曲无定体”“篇无定制”的民间样态就可以理解了。同时,如果考虑到诗体中有篇幅较长而无律的歌行体一脉,文人是否也有意以散套在“曲”中保留类似歌行的“无律”之一格?有可能,但仅仅是“可能”。

因此,文体上的“词曲递变”只是宋金文人词和元文人散曲小令有着某种“递变”,套数乃是民间歌曲的“递变”,与“词”在根本上不大相干,即便“吸收”词调入套,“词律”也是大可不问的,如果首调用词调,辞式大体依旧,“声律”则颇可变通,至于套中的“词调”,那就更加“今非昔比”了。故文人散套与小令在文体上并非一个系列,至于二者在内容上颇多类同,有的散套在“气味”上“乐府”起来(如周德清称道的马致远《夜行船·秋思》),有的小令在“气味”上“俚歌”起来(如本文所录刘廷信的《折桂令》),则是另一个层面的问题了。

最后略提一点“南曲”一系的“词曲递变”。南曲与词体的“递变”与北曲与词体的“递变”有所不同,若兼合文体和内容而观之,北曲体之于词体的“递变”,是继承与颠覆的复杂交织;而南曲与词的亲缘关系远甚北曲,南曲体之于词体的“递变”,总体走向是“化词为曲”和“词曲合一”。至于元代的“南北合套”、元代后期“南人”的散曲小令与词体在语体和“乐府气味”上的合流等等,且容后叙,本文已够啰嗦,以后再向同仁请教。

历史的现实存在本来是浑然一体的,而历史存在的意义则是复杂多元的,当我们抽取出某种现象加以纵向的、横向的、纵横交叉的审视时,在不同的考察层面和认知角度上便会有不同的理解和阐释。但历史的连贯性和统一性是不能割断和拆散的,维系历史的连贯性和统一性的是“传统”。历史铸造传统,同时传统也在铸造历史,中国古代的“历史”就是这么走过来的,古代“文人文化传统”以“词曲递变”造就了一段“文学史”,历史则以“词曲递变”为“文人文学传统”增添了一分新意。

(原载《吉林大学社会科学学报》2012 年第 6 期)

中国早期小说观的历史衍变

一、从先秦“琐言”到汉之“小说家”

从语源上看，“小说”一词的最早出现当推《庄子》：

> 任公子为大钩巨缁，五十犗以为饵，蹲乎会稽，投竿东海，旦旦而钓，期年不得鱼。已而大鱼食之，……任公子得若鱼，离而腊之，自制河以东，苍梧已北，莫不厌若鱼者。已而后世辁才讽说之徒，皆惊而相告也。夫揭竿累，趣灌渎、守鲵鲋，其于得大鱼难矣，饰小说以干县令，其于大达亦远矣。是以未尝闻任氏之风俗，其不可与经于世亦远矣。(《外物》)

这里的“小说”，指俗民们的言谈传说。所谓“小”者，因其编造琐言侈谈任公子之“县令”，实际上“其于大达也远矣”。由此可知，《庄子》中“小说”指的是歪曲事实真相和高深道理的信口胡说和浅薄之论。鲁迅谓此“小说”者指“琐屑之言，非道术之所在，与后来小说固不同”①，甚合其意。

庄子之“小说”观乃先秦人的共同观念。《荀子·正名》：

---

① 鲁迅《中国小说史略》第一篇，人民文学出版社 1957 年版。

凡人莫不从其所可，而去其所不可，知道之莫之若也，而不从道者，无之有也。……故可道而从之，奚以损之而乱，不可道而离之，奚以益之而治。故知者论道而已矣，小家珍说所愿皆衰矣。

“小家珍说”即“小说”，它为“知者”所不容。“知者”，智者，知“道”者也。若“知者”一心论道，弃“于大达远矣”之说而不顾，这样，“小家珍说”的不经之愿就会消匿。庄、荀均身处战国时诸子论争的激流之中，诸子各执己见，互相驳难，唯我是尊，非同流之说皆斥为“小”说，“小说”在当时实在是个鄙称，泛指不合大道的琐言薄论。我们把这种意义上的小说观姑称为“琐言小说观”。

到了汉代，情况有变。先秦诸子均被视为“一家”，“小说”居然也作为“一家”附在诸子之末。《汉书·艺文志》载“小说十五家，千三百八十篇”，包括先秦及汉人的著作，但均早已亡佚，不知其然，“据班固注，则诸书大抵或托古人，或记古事，托人者似子而浅薄；记事者近史而悠缪者也”（鲁迅《中国小说史略·第一篇》），所以只能占末席。但是，既为一家，地位却有所提高，境况不像先秦时屡遭唾弃。汉代桓谭《新论》：

若其小说家合丛残小语，近取譬论，以作短书，治身理家，有可观之辞。

这与《庄子》斥小说“不可与经世亦远矣”可谓大不相同：虽然是“丛残小语”，但也有益于“治身理家”了，小说地位这才有了一点提高。

在具有权威性的正史中明确把小说立为一家的是班固《汉书》，它标志着小说作为“一家”地位的牢固确立。虽然小说在其眼中为“诸子十家”之末，“可观者九家而已”，地位还很卑微，但毕竟从被人鄙夷不屑的地位中挣扎出来，古代小说观念完成了第一次变革。

班固是个史家，他从史家的眼光和角度解释了小说的缘起和价值。其云：

> 小说家者流，盖出于稗官。街谈巷语，道听涂说者之所造也。孔子曰："虽小道，必有可观者焉，致远恐泥，是以君子弗为也。"然亦弗灭也，闾里小知者之所及，亦使缀而不忘。如或一言可采，此亦刍荛狂夫之议也。

这种看法仍有很深的先秦小说观念的痕迹。所谓"街谈巷语""道听涂说""刍荛狂夫之议"，与前引先秦对小说看法基本一致。但小说"家""出于稗官"，却是班固的新论。而这一点却正是古代小说观变革的关键，对以后古代小说观念的变革影响至为重要。

小说家是否出于稗官，"出于稗官"又是怎样的过程，余嘉锡考之甚详①。要言之："小说"所以能成"一家"，"丛残小语"所以能"合"起来，要经过稗官这一中间环节。所谓"史为书，瞽为诗，工诵箴谏，大夫规诲，士传言"(《春秋·襄公十四年》)，此"士"，即负责"传言"的小官(稗官)，所传的言，就是"街谈巷语，道听涂说"。稗官将这些"丛残小语"搜集起来，编录成文，便成了"小说"，最初的"小说家"即这些稗官。这样一来，"小说"的性质便有了微妙的变化，小说虽然穷其源是"街谈巷语，道听涂说"，而小说能成文、成书以问世，其"作者"却不是小民，而是稗官了。而稗官所以要"作"小说，目的和史、瞽、工、大夫们的所为一样，都是为了"治身理家"，"于国有补"。这样，汉人的小说观念较先秦便增加了新成分：一、小说有了一个"作"的过程；二、虽然是"小道"(小技)，但"有可观之辞"；三、小说的作用是"治身理家"，有助教化。

这样一来，小说在某种角度上便成一种不无大旨的"造文"之事，小说从单纯的"街谈巷语"之琐言到"小说家"，其意义即在此，它为以后文人厕身小说种下了根基。

---

①《余嘉锡论学杂著·小说家出于稗官说》，中华书局1963年版。

同时,小说家“出于稗官”说还直接制约着古代在观念上对小说本质的确定。所谓“稗官”,余嘉锡考为“王之士”,即君王左右的小臣。其职责在“风听胪言于世,辨袄祥于谣,考百事于朝,问访誉于路”(《晋语》韦注),然后传言于大夫,达之于天子,“见时得失”,“尽其忠耳”。因此,稗官与“历记成败存亡祸福古今之道”的史官职责有相通之处,只不过稗官专言当时之事而已。但当时之事留传后代,即成历史。故班固从史家角度指小说最大弊病是“迂诞依托”(《汉书·艺文志》),这已在无意中把小说作史籍看,并用史家眼光评其得失了。同时,班固所云的稗官中即已包括史官,其《艺文志》于《青史子》下注云:“古史官记事也。”这样,从班固起,小说在文人的观念中就伏下了史的素质。在以后相当长一段时间里,文人对小说性质的理解在观念上一直向史靠拢,其发源即在此。汉人小说观念的更新可谓中国古代小说观衍变的重要枢纽。

二、六朝人的“裨史”小说观

在汉人小说观念的基础上,六朝文人开始进一步把小说作为自己的造文之事来谈论了。当然,首先还要进一步明确小说的价值,尔后才能谈到造文的方法。这两点往往交织在一起,前者则是核心和根本。曹植云:

> 夫街谈巷说,必有可采;击辕之歌,有应风雅。匹夫之思,未易轻弃也。辞赋小道,固未足以揄扬大义,彰示来世也。(《与杨德祖书》)

“街谈巷说”似乎价值还在辞赋之上,未免有点夸饰,但汉人谓小说“有可观之辞”的观念看来是根深蒂固了。然而小说要想与辞赋并列,实是奢望。刘勰《文心雕龙》是本论文的专著,辨源述流,广论众体，但小说未能独占一席，依然附在诸子之中，其《诸子篇》云“青史曲缀于街谈”便是指小说家。在此，刘勰并未对小说有所非议，但小说在其眼中亦非大雅：

然文辞之有谐隐，譬九流之有小说。益稗官所采，以广视听。若效而不已，则髡、袒而入室，旃、孟之石交乎？（《谐隐》）

显然，文人的造文之事，只能偶尔涉之，否则便降为弄优，文格、人格俱失。

彦和之论是六朝文人的普遍观点，小说仍带有浓厚的先天卑微色彩，但其曰小说作用在“以广视听”则反映了六朝人对小说的价值判断，同时也对小说的性质作了某种规定。所谓“广视听”，亦即古云稗官“考百事于朝”。小说的性质、功能既作如是观，其“造文”的准则和方法也随之而立，只不过昔日稗官——小说家主要是传记当朝百事，而六朝人既有汉人将小说视为史的观念引导，他们的所记便不限当时而又涉前史了。葛洪《西京杂记·跋》云：

洪家世有刘子骏《汉书》一百卷……先人传之，歆欲撰《汉书》，编录汉事，未得缔构而亡。……试以此记考校班固所作，殆是全取刘书，有小异同耳。并固所不取，不过二万许言，今抄出为二卷，名曰《西京杂记》，以裨《汉书》之阙尔。

说《西京杂记》采自刘歆准备写《汉书》的材料，说班固盗取刘书，实乌有之谈，目的在提高《西京杂记》的身价。而谎话所以这样编，正是为了标榜“以广视听”，同时说明“信而有征”，以避乌托之责。这已纯粹在用写史的要求来作写小说的标准。葛洪引出的刘、班《汉书》著作权官司早有公论，我们仅从葛洪的“裨史之阙”和刘勰的“以广视听”说明六朝人小说观念中的一个新消息：小说已被作为史的补充来看待，作小说要依据作史的原则，我们姑将这种小说观称为“裨史小说观”。

基于这样的观念，六朝人作小说常常喜欢与史相比附。干宝《搜神记》，专写神怪，却也摆出一副史家姿态，其序曰：

> 虽考先志于载籍，收遗逸于当时，盖非一耳一目之所亲闻睹也，又安敢谓无失实者哉。卫朔失国，二传互其所闻；吕望事周，子长存其两说……从此观之，闻见之难，由来尚矣。……将使事不二迹，言无异途，然后为信者，固亦前史之所病。……今之所集，设有承于前载者，则非余之罪也；若使采访近世之事，苟有虚错，愿与先贤前儒分其讥谤，及其若述，亦足以发明神道之不诬也。群言百家，不可胜览；耳目所受，不可胜载，今粗取足以演八略之旨，成其微说而已。

小说的“裨史”之观已表白得再清楚不过，直接用史家准则来规范小说，所以首先要说明其作是否“信”。但又进一步说史要做到彻底的“信”是不可能的，古来如此，他干宝也在所不免。不过其《搜神记》并非向壁虚构，而是“考先志于载迹”，“采访近世之事”，所以能“足以发明神道之不诬”，“足以演八略之旨，成其微说”。

不管干宝断言“难以尽信”，还是葛洪标榜“尽信”，其出发点都一样：以说附史，以说补史，“以广视听”。无此观念，又何必大谈信与不信？二者说法有异，“造文”的原则却都一样，方法不外“考”、“采”二途，说明六朝人力图将小说与历史挂钩，这是“裨史小说观”的核心所在，其他一切均由此派生而来。

“裨史小说观”带来的第一个后果是：既然要“补史之阙”，“以广视听”，史书所载的不足便成小说撷取的对象。六朝人崇神信怪之风盛行，史籍中虽不无这方面的记载，但毕竟凤毛麟角，为数极少。史籍本在记录人事，从《春秋》开始即成传统，孔子“不语怪力乱神”在中国史学中从来就占统治地位。于是，六朝人要补史之不足，首先便在小说中“发明神道之不诬”，六朝小说以志怪为最大一宗，与这种奇特的“裨史”观关系极深。同时，中国史书所记范围极广，从人事兴衰到天文地理，莫不囊括，小说既要“裨史”而“以广视听”，范围便更加庞杂，从先秦以来，“小说”便遍涉天文地理，封禅养生，乃至医巫厌祝，六朝人更扩而大之，欹器异兽、左道旁门，均为小说所采。这种现象一直到清代均未肃清，文言小说尤其为盛，是为中国古代小说史上的特有现象，只不过其中大部分今人不以小说视之罢了。

其次，小说既要“裨史”，史的箴戒教化作用当然也在所补之列，只是六朝小说于此亦显得“杂”。《世说》标高蹈、赞任情，然亦讲名教；《搜神》“发明神道”，王琰《冥祥记》则明“瑞验之发”，“示西域释迦弥勒二象，辉用若真”(《冥祥记·自序》)。儒释道在小说中并存不悖，杂则杂矣，然各从信仰出发，以小说来教化劝善，其实质却一样。以文字兴教化本是中国古代从殷商时便有的古老传统，此后一直衍而不衰。先秦鄙薄小说，因其“不可与经世”，汉人提高了一点小说地位，因其于“治身理家”有“可观之辞”，厚薄不一，标准却是一个——有补于世。六朝“裨史小说观”导致志怪风行，对此却不仅没有削弱，甚至更加强化，只不过箴戒劝善角度更加“杂”而已。

最后，“裨史观”决定了小说“信”的写作原则，无论考据或是采访，都以“实录”为准的。“考以先志”自不必说，即使“采访近事”，亦以“亲闻目睹”为依据(尽管小说标榜的“信”与真正史家之“信”相距甚远)，这样，作家对生活的想象虚构和对现实生活的重塑，文学中某种可贵的“超前意识”便显得十分薄弱。六朝志人小说只限于对只言片事的记载，志怪小说亦“粗陈梗概”，其内容在今天看来虽不乏想象虚构，但这大多还要归功于“街谈巷语”的创造，文人在其中却没有输入像他们在诗歌中表现的创造活力，其作用绝大部分倒是对“街谈巷语”的精炼、通顺，或许还有一点细节的补充。因此，我们在六朝小说中只能看到某些现实生活的折光，很难看到生活中的大波大澜，与当时“造文”已经早就达到的叙事能力和水平亦极不相称，原因即在小说只是“裨史”：“人事”和宏旨由史书承担，“神怪”和趣闻便留给了小说，小说家又在坚持“信”的标准，文学创造的活力被阉割了。中国史学的极早成熟和定型化与别具一格的小说观造成了六朝小说别具一格的“裨史”内容和方式，历史发展的逻辑是这样奇特，然而却是事实。

三、唐人的“史说同质”论与“传奇”观

唐代文学在中国文学史上树起一个高峰，其小说在中国小说史上占有重要地位，唐人的小说观念在古代小说观念的衍展上也是一个重要环节。

初唐，人们对小说的看法与六朝人大体一致，从汉人确立的小说教化意义进一步被强调，因而小说的地位也随之有所提高。魏征撰《隋书·经籍志》云：

> 《易》曰：“天下同归而殊涂，一致而百虑。”儒、道、小说，圣人之教也，而有所偏。……若使总而不遗，折之中道，亦可以兴化致治者矣。（二十九）

这里，小说与儒、道已同为“圣人之教”，在“兴化致治”上，它的价值几与儒、道同等，只不过各有所偏而已。换句话说，仅是“虑”有不同，而“致”则同归，只是“兴化致治”的方式存在差异罢了。唐人的开放和气魄宏大而又不乏理智，于此可窥一斑，而唐人的这种小说观大概是古代对小说地位的最高估价，它为日后小说的兴盛在观念上打下了基础。

初唐小说并不发达，所存几篇乃是六朝志怪的余波，没有明显的进展。或许是唐初科举重诗文，文人顾不上在小说上下功夫。唐代小说兴盛在中唐，原因当然很多，然对其时小说主流——文人小说而言，重要的契机是小说成了唐文人进身的工具，因此大受青睐，大量小说

就是在此刺激下“造”出来的。而作小说一旦成为风气，它也就成了文人“游于艺”的方式之一。但小说地位的提高却是其内在的深层因素，假如没有“圣人之教”的金字招牌，即使小说内容丰富生动，趣味性强，容易吸引诸公达贵，但“君子不为”，人皆嗤之，小说能否被“温卷”选中就要打个问号。而唐代风行一时的庙寺“俗讲”等亦是文人染指小说的某种引发因素，唐文人小说兴盛的深层机制乃是小说观念的进一步更新，这样，唐文人才能堂而皇之地在小说中一逞才华。

宋代赵彦云说唐人小说“文备众体，可以见史才、诗笔、议论”（《云麓漫钞》），对唐人小说作了一个很精当的概括，也是唐人在小说中所逞之“才”的内容。而“史才”居首尤堪深味。六朝人已把小说作“裨史”观，初唐人更把小说看作“圣人之教”，“亦可兴化致治”，而如何体现小说“兴化致治”之功，中唐人则在“裨史”观的基础上进一步发展，将“裨史”的功能更扩而大之。刘知幾《史通》云：

> 子曰：“吾犹及史之阙文。”是知史文有阙，其来尚矣，自非博雅君子，何能补其遗逸者哉！……马迁《史记》，采《世本》《国语》《战国策》《楚汉春秋》至班固《汉书》，则全同太史。自太初以后，又杂引刘氏《新序》《说苑》《七略》之辞。此并当代雅言，事无邪僻，故能取信一时，擅名千载。（《采撰》）

小说，已是正史所可采集的资料之一。因而，小说在某种意义上也可作史观，“是知偏记小说，自成一家，而能与正史参行”（《史通·杂述》）。小说成了与史“殊涂并鹜”的史家流别。如果说六朝人的“裨史”观将小说与历史挂钩，作为史的补充“以广视听”，因而还将小说作史外之流的话，唐人已将六朝人“裨史”观扩大为史、说同类，从班固开始到六朝人初步建立的说、史联系至此被明确为史、说在本质上一致。我们姑将唐人的这种小说观称为“史说同质观”。

古代小说观念的这一发展意义非同小可。六朝“裨史”观把小说作为史之补充，故于史外求异，史之不存正是说之所录，故志怪充斥小说。而唐人既将史，说本质归一，因而大斥虚妄，要求“偏记、小录之书”力避“全构虚辞，用惊愚俗”（《史通·杂述》），这才是将史学“信”的精神真正深入骨髓地引进了小说，因而唐人小说便参同史记人事之例，将其所写内容的重心由志怪转向了人间。唐人小说虽未全失志怪色彩，但现实生活显然已成为主体。由此，真正意义上的叙事小说才可能诞生。

唐人的史说同质观还导致唐人在作小说时首先向史书看齐，尤其是向史传文学汲取营养。从唐人小说最大宗“传奇”来看，其写作格式和手法几全用传记体例。开首交待年代、人物家世出身、主人公身份、事件发生地点，并大都在文中交待所记乃“信”而不妄，或是亲历，或是目睹，或是耳闻，必要声明属实。即使本为虚托，表面一定要强调“纪实”。像《南柯太守传》这样虚构色彩极浓的小说，李公佐还要一本正经声明“询访遗迹，翻覆再三，事亦摭实，辄编录成传”。俨然一副史家面目，笃实无讹的史家笔法。赵彦云把“史才”放在唐人小说内涵的第一位，不是没有道理的。

与此相联系，唐人小说的基本结构便遵循着史书记叙的直线法，由始至终，以时间的前后顺序为小说布局展开的基本准则，因而注重事件的时间过程，而不着意空间的开拓。唐人小说善于一下子切入事件本身，很少作社会背景的、人物心理的繁冗展现，故事情节在单线发展中既波澜曲折，又紧凑严密，节奏既富于变化而又单纯明快，形成唐人小说乃至整个中国小说一以贯之的本色和基本传统。

在人物形象上，唐人小说中的人物都性格鲜明而单纯，一目了然，不求多变。其审美目标是人的神韵化，而不是性格化。寥寥数笔，几件小事，人物便形神兼备，声口举止，乃至其中透露的内心世界便出人目前，同时又恍兮惚兮，不沾不滞。此后中国小说在人物形象塑造上便长期保持着这一特色，在总体上没有根本改观。

上述唐人小说的特色其实亦正是古代史传文学（主要是《左传》《史记》等先秦两汉史传文学）的主要特征。在这个意义上，中国真正的写人事小说的源头当推史传文学。从《左传》到《史记》，乃是古代小说的主要营养来源和母体。其实,左、马等书虽为后人奉为信史,其中何尝没有虚构的成分?太史公博采民间传说,就已经带进了民间人们对生活的朴实想象、虚构,乃至对生活的理解和评价的“小说”,只是左丘马迁将之载入了历史便免去了“小说”的鄙称。六朝小说其实也不无史传文学的痕迹,但并没有自觉地向史传文学看齐,加上要“补史之阙”,刻意“发明神道”,“以广视听”,所以并未直接承继史传文学的传统,而唐人在“史说同质观”的引导下才把史传文学的传统接过来,可以说,把史传文学和中国古代小说连成发展中的一条线,是由唐人开启的。其意义是把民间原始创造—史传文学—唐传奇勾连成一条古代现实主义小说发展的真正线索和历史过程。其后民间说话、通俗小说则是这一线的进一步展开和新的转折。

唐人以“史说同质”为小说的核心观念,但史、说毕竟不能等同,唐人对此其实看得也很清楚。“史说同质”既使唐人将小说从怪域引向人间,引向现实生活的描写,而“诗笔”“议论”又是唐人在小说中一展其才之所在,这就必然带入了小说作者对生活的情感评价和生活底缊的思考,带入了对生活的想象和虚构,这在史著中应当含而不露,而唐人在小说中正要发掘和开拓这一面。于是,前小说中“以广视听”观念便悄悄地渗透在唐人小说中,只不过以“人事”的形式出现,其目光伸向的是“人间之奇”,唐人以“传奇”名其小说便是这一观念的外部表征。

以“传奇”称小说,人们多以唐末裴铏以“传奇”名其小说集为语源。裴铏如此命名,并非凭空而来,它是长期以来唐人小说观念发展的结果。中唐时,韩愈依史传文学体例作《毛颖传》,实际上是一篇传奇色彩极浓的象征性小说。其文一出,“时有来南者……大笑以为怪”,柳宗元著文为韩辩驳,在解释其“怪”时,柳州据唐人史说同质观念,取《史记·滑稽列传》与韩文相比附,说明学者“有所拘者,有所纵也”(《读韩愈所著〈毛颖传〉后题》)。这就显示了唐人小说观念中的另一面:史、说在根本性质上一致,但并不妨碍内容有所差异。史说同质的根本意义在以小说记人事，而记什么样的人事，史、说则当有所区别，况太史公都不废谐谑，小说更当不废传“怪”。只不过这“怪”是人间怪事而已，并非用以发明神道的乌有之怪。李公佐作《南柯太守传》，一边声明“事皆摭实，辄录成传”，一边说“虽稽神语怪，事涉非经，而窃位诸生，冀将为戒。”最后两句，最明白不过地表现了唐人传“奇”、传“怪”的真谛乃在人世，与六朝志怪有本质的不同。

因此，唐人直言其作小说是传人间之奇者不乏其人。李德裕作《次柳氏旧闻》，取材即高之同僚柳芳的孙子柳璟听其祖父所谈高力士事迹。在书中，李声称其所记均柳芳目睹，“非出传闻，信而有征，可为实录”。力明其书可作“信史”；但李同时也含蓄声称其所写的是“奇怪非编录所宜及者不以传”之事。换句话说，他所传的，正是编录不传的“奇”。晚唐李浚作《松窗杂录》，在其序中亦声明其写的是“闻公卿间叙国朝故事，次兼多语其事特异者”，与李德裕意在传奇，用心正同。

总之，唐人在意识中已把“非奇不传”作为小说的一大特征，构成与唐人“史说同质观”相联系的小说观念的另一侧面。裴铏以“传奇”名其书，正是唐人普遍的小说观念的反映。

四、宋明“艺术小说观”的确立

宋人小说观是古代小说观衍变的一个重要过渡。他们没有在唐人“史说同质”观上再大作文章，而是大大发挥了对唐人“传奇”观文学内涵的认识和发掘。在宋人眼中，传奇并不是史，而是文学之一体。陈振孙《直斋书录解题·传奇》载尹师鲁讥范文正《岳阳楼记》为“传奇体尔”，虽然这是尹师鲁“一时戏笑之谈”，其意味却很深。范文是虚构人事以议论，而非“实录”，所以才有“传奇体”的戏称，而这恰恰说明了宋人对传奇小说描摹、虚构文学特征的把握。

因此，宋人对唐人传奇之“奇”的理解和说明便不像唐人那样仅说“非编录所宜”。其实唐人亦未尝不知虚构乃“传奇”所必不可免，在实际创作中也屡加运用，只是“史说同质”的观念使他们遮遮掩掩，惟恐小说再堕入“小”的鄙称之中，所以在内容上一定要将小说抬到“史”的高度。而宋人则不然，他们的眼光已越过小说的内容而开始深入到“奇”的艺术内涵。赵令畤激赏元稹《莺莺传》，谓之“传奇”，而奇之所在乃是能将莺莺“都愉淫冶之态”，“飘飘然仿佛出人目前，虽丹青摹与其形状，未知能如是工否?”同时，《莺莺传》所以能感人，即在其写出了人所共通的某种情感，所谓“夫聚散离合，亦人之常情，古今所共惜也”(《侯鲭录·元微之崔莺莺商调蝶恋花鼓子词》)。赵令畤对元稹小说的评价带有浓厚的艺术分析色彩，说明他已意识到小说作为一种文学艺术的特质:用形象思维的方法，塑造生动感人的形象，触及人的心灵、情感，从而将具体的生活细节和动人的情感交融成一种“出人目前”而“人所共惜”的审美效果。

与之相对照，赵令畤对干枯的说教大为反感。《侯鲭录》载:赵之友何东白建议赵令畤在其鼓子词篇末“复为一章”，“具道张之与崔既不能以礼定其情，又不能合之于义……终相失也，如是之遽，必及于此则完矣”。赵应之曰:“先生真为文者也，言必欲有终始箴戒而后已。大抵鄙靡之词，止歌其事之可歌，不必如是之备。”赵虽在说他的鼓子词，但却反映了他的艺术观点，从他对《莺莺传》的评价看，这一点同样适用于小说，赵令畤鼓子词把元稹《莺莺传》中说教削而不存即是证明。

宋代是中国古代颇堪深味的时代，一方面，传统的文化思想由逐步形成的“理学”构成一个以儒学为主体而兼融释、道的庞大体系;另一方面却又是传统思想崩溃的时代。宋建国之初，“人未乐仕”(《续通鉴长编》卷一八二)，“非不爱公王将相名位，徒见以乱易乱，若覆杯水”(柳开《河东先生集》卷十四)，因而，从宋初开始便流行的人生观是“人生如白驹过隙，所以好富贵者，不过欲多积金钱自娱乐，使子孙无贫乏耳”(赵匡胤语。见《宋史纪事本末》卷二)。这与传统“兴化致治”的“兼济”观可谓南辕北辙。偏于娱情悦性的词、戏曲、说话等在宋代大为发达与此有极深的内在联系。在小说观念中，唐人“史说同质”观所继承的前代以小说劝诫教化的因素在宋人这里也不免削弱，“兴化致治”加给小说的桎梏开始被打破，这样，小说自身的文学素质才可能在一种新的娱情和“思致”的观念中得到重视和提取，使小说的“可观之辞”与前人的观念大相径庭。宋人洪迈云：

> 唐人小说，小小情事，凄惋欲绝，洵有神遇而不自知者，与诗律可称一代之奇。（《唐人说荟·凡例》）
>
> 唐人多工诗，虽小说戏剧，鬼物假托，莫不宛转有思致，不必颛门名家而后可称也。（《容斋随笔》卷十五）

洪迈对唐人小说评价与赵令畤可谓同声相应。“情事”“神遇”——情感、形象已是小说动人的要素。由此，小说在观念中才成为有意识欣赏的对象而不是史的附庸和“与史参行”。唐人用生花妙笔在创作上把小说引入了艺术的园地，宋人则在观念上把小说列入了艺术之林。

在这一点上，明人的观念更加明确，更加具体，对小说艺术特征的把握也更加深入。桃源居士云：

> 唐人小说摛词布景，有翻空造微之趣。至纤若锦机，怪同鬼斧，即李杜之跌宕，韩柳之尔雅，有时不得与孟东野、陆鲁望、沈亚之、段成式辈争奇竞爽，犹耆卿、易安之于词，汉卿、东篱之于曲，所谓厥体当行，别成奇致，良有以也。（《唐人小说序》）

这里将小说与诗文词曲并论，而不像六朝、唐人那样老是将小说与史同谈，乃是继承宋人以文学艺术论小说的新观念。而小说“当行”“奇致”的提出，表明了明人较宋人更深入具体地探寻小说与其他文艺形式不同的特色。桃源居士认为小说的“当行”“奇致”在其“有翻空造微之趣”，用现在的话说，即小说擅于虚构生活，刻画细节。应当说，这确实抓住了小说作为叙事文学的根本特征。明谢肇淛对此表述得更明确：

凡为小说及杂剧戏文，须是虚实相半，方为游戏三昧之笔。亦要情景造极而止，不必问其有无也，……岂必真有其事哉！近来作小说，稍涉怪诞，人便笑其不经……如此则看史足矣，何名为戏？（《五杂俎》）

谢肇淛一反前论，指出小说与史著的区别，提出史、说之分一是纪真，一是构假，可谓对古代长期盛行的史、说纠缠观念的澄清。而所谓小说中的人事应虚实相半，“不必问其有无”，已隐约接触到小说的艺术虚构与生活真实的关系问题。此后清人的“事假理真”说便是在此观念上的进一步发展，从而明确了艺术真实与生活真实的关系，以及艺术虚构的现实主义原则。

从唐人意识到“传奇”，宋人抓住“情事”“如在目前”，到明人提出“虚实相半”“翻空造奇”，古代小说观念中对小说的文学性可谓逐次展开，愈加深入。而从宋人到明人明确提出的虚构问题最为重要，它标志着小说在文学上与史分道扬镳。若小说与史还搅缠在一起，或采言、或纪实，虽在采纪中无法排除再创造，但小说的艺术品格就不可能在观念中和理论上建立起来，作家就不能将小说作为一种纯粹的文学形式进行创作。时至明代，中国古代小说观念完成了意义最为重大的一次更新，从此，“艺术小说观”才占有一席之地并逐步成为主流，小说在观念上才获得了接近现代小说的内涵和意义，正是在这个角度，我们才把这一漫长的历史过程规定为中国早期小说观的衍变。

观念的发展决不是单线式的。新观念的产生绝不意味着旧观念的消亡。新旧观念的并存与交锋是人类观念发展史中的基本规律。古代小说观念的发展衍变同样如此。在艺术小说观形成后，清代《四库全书总目》对小说的解释还几乎是《汉书》小说观的重复，大量的小说作品被弃置一边。唐宋时期，小说观念开始产生质的变化，但新旧观念的对垒和互相驳难屡屡出现。而在古代小说观的衍变中，“裨史”观及由之演化的“史说同质”观一直占有主流地位。民间说话以“讲史”为大宗，话本小说（乃至戏曲）多采前代故事为题也着这一观念的折光反射。中国小说的基本构架与表现方式始终与史传文学相类，文言小说始终未能摆脱包罗万象、体例庞杂的现象更是这种史说相联观念的倒影。而“箴诫”之功一直为小说爱而不舍则是古老中国对一切“造文”之事的总规，即使小说在观念上进入艺术之林也终不能免。如果要对古代小说观念在总体上加以把握的话，“史家意识”和“兴化致治”一直是其深层核心。而先秦“琐言小说观”的长长尾巴一直到古代终期也未能斩断，尽管汉代“小说家”之论，六朝、唐代“裨史”“类史”之观不断提高其地位，从宋到清艺术小说观改变小说文学的质地，增大和扩展小说的艺术内涵，但小说在古代是一直未能彻底脱掉其“小”字帽的。

（原载《文学遗产》1988 年第 3 期）

历史的渊源与时代的新意

——《红楼梦》哲理内蕴分析

一、色空观

“色空”是《红楼梦》主要思想观念之一。脂评谓《红楼梦》“瞬息间……万境归空”四句“乃一部之总纲”。在“新红学”中，“色空主题论”是重要命题之一，但其对“色空观”在《红楼梦》中的具体涵意及其折射的时代意味则有些隔膜。当代红学在相当长的时间里把“色空观”泛泛斥为宿命论和“历史局限性”，故使这一具有深刻意味的命题成为红学中的禁区。实际上，“色空观”确是《红楼梦》思想构架的一个重要支柱，是全书内在哲理的逻辑起点，它既积淀着、反映着古代对世界存在本体和事物变化的若干认知观念，又是作者从现实生活的感性把握出发对旧观念的扬弃和改造，从而体现了曹雪芹新的思想意识。

《红楼梦》色空观的直接表述见全书第一回：

> 那红尘中有却有些乐事，但不能永远依持；况又有“美中不足，好事多磨”八个字紧相联属，瞬息间则又乐极生悲，人非物换，究竟是到头一梦，万境归空，倒不如不去的好。（着重号为笔者所加，下同）
>
> 从此，空空道人因空见色，由色生情，传情入色，自色悟空，遂

易名为情僧，改《石头记》为《情僧录》。

从这两段话可以看出两点：1．“万境皆空”是作者对全书描写的一切存在带有本体论意味的总结；2．《红楼梦》所谓“大旨谈情”者，在哲理意义上的指归乃是“传情入色，自色悟空”。

“万境皆空”“自色悟空”说源于佛学大乘般若一派。《大乘般若波罗蜜多经·心经》：“色不异空，空不异色；色即是空，空即是色。”所谓“色”，佛学谓“四大种，及四大种所造，皆名之为色”（熊十力《佛家名相通释》）。简释之，即可视、可感的一切存在，包括人自身在内，均谓之“色”。佛家所谓“色空”，指“色境”无常形，刹那生灭，即《红楼梦》所云“瞬息间人非物换”“万境归空。”

“色空观”虽为佛家之言，而与之有某种相通的思想在中国早已有之。以“刹那生灭”“物无常形”的思想言，先秦道家便有类似陈述。惠子云：“日方中方睨，物方生方死。”（《庄子·天下》）《列子·天瑞》：“生者不能不生，化者不能不化，故常生常化。常生常化者，无时不生，无时不化。”这与佛家“刹那观”相当接近。所不同者，中国传统变化论蕴涵的本体论根基与佛学不同。佛学根本否认现实的存在，“色空”作为本体论命题，指万境“无本原，亦无去迹”，把存在作为一种“无过去、当来、现在”的既无“有”，也无“无”的幻境，一个没有任何规定性的纯“空”。所谓“诸法（即万境）亦非有相，亦非无相”（龙树《大智度论》），“诸法不有不无者，第一义谛也”（龙树《中论》）。而中国传统的变化论则是在肯定存在的基础上对存在变化总规律的说明。在魏晋玄学中，“本无论”云“有生于无”，对存在本身依然是肯定的。何晏《道论》：“有之为有，恃无以生；事而为事，由无以成。”王弼《老子注》：“天下之物，皆以有为生，有之所始，以无为本。”因此，这种本体论是着眼于存在，从存在（“有”）推溯其起始本源的一种发生学本体论。

《红楼梦》“色空观”是佛、道思想的结合。

就其佛家思想的成份言，一方面，《红楼梦》“色空观”以存在为虚幻：“究竟是到头一梦”，“万境皆空”。但另一方面，其又不像佛家色空观连存在的过程也一同抛弃。所谓“假作真时真亦假，无为有处有还无”（第一回）。初看似乎与佛家云“亦非有相，亦非无相”意同。然细味之，佛家以存在为空，故根本无所谓真假，“空”与“无”乃是一义。但《红楼梦》的真假云云，实质却在指真假有无的混淆颠倒，故实际上仍肯定有一个“真”在。《红楼梦》再三说明其书乃“实录其事”，“离合悲欢，兴衰际遇，则又追踪蹑迹，不敢稍加穿凿，徒为供人之目而反失其真者”。因此，“那红尘中有却有些乐事”，只不过“不能永远依持”，乐极而生悲，以今之人非物换之悲视昔日之乐，才感到“究竟是到头一梦”。所以，假一空的本意在“真”的“不能永远依持”，“真”的稳定态的消失。就此而言，《红楼梦》色空观更接近传统的变化论，与佛家色空观相去甚远。

但《红楼梦》与传统的变化论又有不同，它不去推溯存在的本原和起始而对“大化”作一般性解释，它所追究的是存在变化的终极。因此，其“色空”的落脚点不在存在的起点，而在其归宿。它把传统“本无论”调了个头，以“落了个茫茫大地真干净”的“空”代替了混沌无形的起始之“无”。这样，《红楼梦》的色空观又渗入了佛家的影子。然而，这里的“色空”仅保留了佛家“空”说中“无当来”的有限内涵，其“空”乃是一种承认存在基础上的存在毁灭论，故在本质上仍与佛学大相径庭。

可见，《红楼梦》尽管在语面上用了佛家“色空”之言，然仅取其感性上的“刹那生灭”之义，究其思想实质，却是一种逆向的传统变化论，从而将传统哲学对存在的肯定与佛家对存在的彻底否定结成一个特殊的存在毁灭论。曹雪芹本无意于纯哲学的思辨，其哲理观念建筑在对现实生活的感性把握之上，是作者借哲学术语对现实生活必然归宿的概括。

人们常云《红楼梦》反映了“封建社会必然灭亡的命运”。对此本人深表怀疑。曹雪芹生当清之盛世，后人可对历史作全过程审察后云曹雪芹生当清代“极盛而衰”之时，然曹雪芹未必有如此洞察力，其“色空观”——毁灭感，是有感于其家庭命运而发，所谓“自国朝定鼎以来，功名奕世富贵,流传虽历百年,奈运终数尽,不可挽回者”,说的正是荣宁二府由盛而衰之现实。脂评曰:“这是作者真正一把眼泪。”并又批小说中“无才可去补苍天”之语为“书之本旨”,明白地揭示了作者处在“奕世富贵”之家“万境皆空”后的无限伤感,说明了曹雪芹无力拯救家庭命运的绝望。而曹雪芹又无法解释个中真正的原因,因而只能在伤感、绝望和迷惘中以“奈运终数尽”作自解之辞,并从道、佛思想中寻找理性的支撑点。这便是其“色空观”所以构成其独特内涵的原因。与“善有善报,恶有恶报”的宿命因果论又何有一丝瓜葛?

当我们这样理解了《红楼梦》色空观的基本内涵后,对其色空观中另一重要内容“传情入色,由色悟空”,或许会有更深入的理解。对“大旨谈情”的《红楼梦》而言,这一点实更为重要。

就笔者所见,历来对“因空见色,由色生情,传情入色,自色悟空”四句的解释多未能圆满。其缺陷首先在对此处“色”“空”的内涵理解模糊不清,将这里的“色空”与佛家的色空观简单地混为一谈(如人民文学出版社 1982 年版《红楼梦》注释本对此处“色空”的解释)。其实,这里的“色”与佛家谓“万境”之“色”在概念内涵上已不尽相同。这里的“色”首先指“女色”,这是中国“色”的传统意义之一。而同时,此“色”又涵有佛家“色”意指表象存在的内涵。所以,这里的“色”用现代语言说,便指性爱的现实存在(或物质存在)。以前对《红楼梦》色空观的理解所以常有含混之处,原因正在未解此处“色”的狭义(女色)与广义(一般表象)的交叉涵意。四句中,前两句“色”多取狭义,后两句“色”多取广义,但都是与“情”相对立的某种物态表象。所以,整个四句的意思指性爱存在表象为“空”,上升到一般的抽象意义,它即成为“万境皆空”的一证。所谓“自色悟空”,即包含着由知性爱之“色”的“空”到悟“万境皆空”的演绎。由于汉字“色”的双意性,作者似乎又在故意取佛家“偈语”式的表述方式,故两命题的演绎关系被隐去而浓缩成一个命题。明乎此,我们便可进一步剖析“传情入色,自色悟空”这一《红楼梦》中更为本质(同时也是作者最用心所在)的“色空观”了。

前文曾明:《红楼梦》的“色空观”在基本思想上是一种存在毁灭

论。那么，既然一切存在最终是“万境归空”，为什么又要“传情入色”，而又“由色悟空”呢？关键还在于曹雪芹并不是佛家式的彻底虚无论者。曹雪芹企图在必然毁灭的物质存在之外为存在寻觅一个永恒的载体，于是，他找到了爱情。

《红楼梦》第五回，在宝玉刚入“太虚幻境”处揭出两副对联，其一是：“假作真时真亦假，无为有处有还无。”其二是：“厚地高天，堪叹古今情不尽；痴男怨女，可怜风月债难偿。”世上真假莫辨，万境归空，然而惟有“情不尽”，其间的意味是极深刻的。“红楼梦十二支词曲”引子云：

> 开辟鸿蒙，谁为情种？都只为风月情浓。趁着这奈何天，伤怀日，寂寥时，试遣愚衷。因此上，演出这怀金悼玉的红楼梦。

从人类世界存在的第一天起，性爱，就成为“情种”而流衍不断。在这个意义上，世界的存在就不仅是“色”（物质存在），还更有一个精神的，永不灭的“情”。情，爱情，被上升到存在的最高本位，这就是“传情入色”的深层意蕴。作为情的物态载体，现实中的男女爱情生活终不免“万境皆空”，而从开辟鸿蒙便伴随着人类存在的爱情却永恒不灭。《红楼梦》三十四回，宝玉挨打后有一段“自思”：

> 我不过挨了几下打，他们一个个就有这些怜惜悲感之态露出。令人可玩可观，可怜可敬。假若我一时竟遭殃横死，他们还不知是何等悲感呢？既是他们这样，我便一时死了，得他们如此，一生事业纵然尽付东流，亦无足叹息。

这里描写了一种极富世俗生活气息的心理活动，既平常又亲切，而其通向的思想底蕴却正是情的宝贵、情的永恒，情并不因“色”的毁灭而消失。“色”是“空”的，情却是真的、永恒的。在这个意义上，情才成了“色空”的反证和注脚。这就是“传情入色，自色悟空”哲思意味的真正涵意。因此,《红楼梦》一方面把“色”作为情本体的现实展开,一方面又耐人寻味地突出了本体与表象的对立,亦即“情”与“色”的矛盾,“情”与“色”的分离。这里包含着两个侧面:一是对无情之“色”的否定(表现在书中对贾瑞、贾琏之流“皮肤淫滥之蠢物”的嘲弄与揭露);二是对有情之“色”的肯定,表现在小说着力描写的宝玉对“女儿们”的倾慕。而更深刻的表现则是书中流露的对情、色分离的悲愤,对情在“色空”以后无所归依的迷惘和惆怅。《红楼梦》在理性的高度,自觉否定了传统的“大团圆”,创造了宝玉与钗、黛的爱情悲剧。宝玉与宝钗的悲剧性在于有“色”无“情”;宝、黛的悲剧性则在有“情”无“色”。(参见本文第三部分)而“空对着山中高士晶莹雪,终不忘世外仙姝寂寞林”所构成的完整合题便是:“自色悟空”。悲剧的形式不同,意味却完全一致。

由此,《红楼梦》“色空观”的内涵便具有了崭新的时代意味:情与色的完美结合才是爱情的真正实现。而曹雪芹的过人之处,即在其冷静地意识到现实中情与色的对立和分离。正是在这对现实高度理性化的把握中,《红楼梦》才看到了现实存在的虚幻(色空),看到了现实存在的非合理性,从而以一种带有哲理色彩的“色空观”确立了情在存在中的永恒地位,表现了曹雪芹在更深层的意蕴上对存在非合理性的否定,使“色空”成为一个联结理性和感性把握生活的批判性命题。这便是《红楼梦》以“色空”为“全书总纲”,而又“大旨谈情”的内在勾联与特殊意蕴之所在,从而使“色空观”成为全书思想结构的基点。

二、真性论

从上述对“色空观”的分析,可以看出:《红楼梦》“色空观”在根本出发点上乃是一种人本论。当“色空观”以情为存在的永恒形式,以“色”(物态形式)为存在的虚假表象,其人本意味的进一步展开便构成了《红楼梦》的“真性”论。全书第一回有诗曰:

> 女娲炼石已荒唐，又向荒唐演大荒。失去幽灵真境界，幻来亲就臭皮囊。好知运败金无彩，堪叹时乖玉不光。白骨如山忘姓氏，无非公子与红妆。

诗中“金”“玉”等隐指之意姑不论，全诗实际上是“色空观”又一种表达方式的说明。尤其是后四句，前两句实即为“万境皆空”，后两句则是“色空”而情在的“自色悟空”。而所谓“真境界”与“臭皮囊”，则是“色空观”中人本内涵的流露。很显然，“臭皮囊”乃是“色”，是人的虚假存在，而“真境界”，亦即“真性”，才是《红楼梦》所认定的人之本体。《红楼梦》中有“甄”“贾”两宝玉，对本性憨顽，而后循规蹈矩的甄宝玉，作者借贾宝玉口云：“空有皮囊，真性不知那里去了。”而贾宝玉则始终带着“自天性禀来的一片愚拙偏僻”。《红楼梦》以象征手法云宝玉的本貌乃是一块“灿若明霞，莹润如酥”的“天然之石”，在宝玉“幻就臭皮囊”后，这天然之玉仍是宝玉的“命根子”，其意即在暗示“天然真性”乃是宝玉的生命本体。贾宝玉的“男泥女水”论可作这种“真性”论的进一步说明。其曰：“女儿是水作的骨肉，男人是泥作的骨肉。我见了女儿，我便清爽；见了男子，便觉浊臭逼人。”原因何在？“原来天生人为万物之灵，凡山川日月之精秀，只钟于女儿，须眉男子不过是些渣滓浊沫而已”。而所谓“须眉浊物”，即“有负于天地钟灵毓秀之德”的“钓名沽誉”“国贼禄鬼之流”。故《红楼梦》理想人格的代表贾宝玉乃是：

> 无故寻愁觅恨，有时似傻如狂。纵然生得好皮囊，腹内原来草莽。潦倒不通世务，愚顽怕读文章。行为偏僻性乖张，那管世人诽谤。

于此可见，《红楼梦》所云“真性”“真境界”，乃是一种超越外在限制，唯以自身内在目的而存在的生命本身，是脱离了一切物质追求，摆脱一切世俗规范的自由自身。《红楼梦》用若干篇幅着力描绘了宝玉的“任意任情”，其例举不胜举，但其一切行为的思想出发点却可用其在“大观园试才题对额”中发表的“自然论”来概括。其云：

> 古人云“天然图画”四字，正畏非其地而强为地，非其山而强为山，虽百般精而终不相宜……

这显然不是简单的“园林”审美观，不待宝玉说完，贾政便变色而连喝“叉出去”就透露了个中消息。其寓意指向的乃是一种人格论。可以看出，曹雪芹将人格与人生境界的核心规定为一种没有强迫，唯以“天然”自身为最高目的的“自由”。这正是以情为存在本体的“色空观”哲理意味的必然生发。就这种“真性论”的理论基础言，曹雪芹所用的乃是传统“天人合一”的理性形式，即把自然万物存在的自由形式抽象为一种形而上的精神本体，并由“人为万物之灵”的命题，将其引向一种人即自由存在的自觉意识，从而在“色空”的基础上将自由精冲——真性，作为人的本体，把“任意任情”作为人生的最佳境界。

《红楼梦》的这种真性论是从古代前有关哲学思想网络中通过“扬弃”抽绎出来的。

“真性”论在佛家思想中乃是一个重要命题。安慧《蕴论》：“净色为性。”净色，即绝对的物自体。对人而言，便是未受尘俗之染的“元性”。禅宗谓“人皆有佛性”，即指人均有一种先天的“真性”，而佛家修身的最高境界便是复归真性而达“无漏善。”——“惟清静，方名无漏善，离染污故，是绝对的善故，亦即绝对的真故。”（熊十力《佛家名相通释》）很显然，《红楼梦》的“真性”论中不无佛家的影子。但佛家之“真性”乃是否定了一切感性内容的抽象存在，其中缺乏一种自由生存的现实内涵，佛家以心如枯井、意如死水为其标举的“自由”。这种“自由”是封闭式的，与“任意任情”的自由正呈异向极端。因此，《红楼梦》的“真性论”在本质上便不是佛家的，它更接近道家的自然人性论。

先秦道家把没有任何它限的物自身的自然存在抽象为一种普遍形式，并将这种“自由形式”规定为万物的先验本体——道。将“道”推之于人，人的本性便是一种无任何对象性目的而绝对自由的生命显现。所谓“生谓之性”(《孟子》引告子语)。因此,外在于人的一切对人都没有权威,没有限制。庄子谓人乃“道与之貌,天与之形”,人就是一个“天然”的存在。于是,道家便将逍遥于天地之间的绝对自由之身谓之“真人”。而在老子那里,“真人”乃是一种弃圣绝智,类乎婴儿的率性之身。所以,道家的“真性”与佛家的不同在以“唯我自适”为“真性”的体现。《红楼梦》反强迫、反束缚的“真性论”正与道家思想一脉相通,《红楼梦》始终把宝玉等安排在童蒙世界中,其源即在道家“真性”论的“复初”(“复归婴儿”)观。而其用意,则在以宝玉和一群天真烂漫女儿们的“天然”童贞去反衬和否定“须眉浊物”。

但《红楼梦》并非对道家“真性论”全盘接受。庄子主张“齐物”“物物”,以自由生存为人生最高境界,然自由一旦绝对化、先验化,本身也就成了外在于人的“物”。在这“绝对自由”中,个体的活力实际上便被“绝对自由”吞没,人在本质上便成了消极的、非生命化的无内容存在。因此,道家主张“无为”,并由此而标举“无情”:“无情者,言人之不以好恶内伤其身,常因自然而不溢生也”(《庄子·德充符》),“安时而处顺,哀乐不能入也”(《庄子·大宗师》)——这就是道家所谓无情感的“悬解”境界。在这一点上,《红楼梦》的“真性”与道家的“绝对自然”可谓恰恰相反。《红楼梦》有一段“宝玉续庄”,可谓对这种“绝对自然”的绝妙讽刺。其曰:

> 焚花散麝,而闺阁始人含其劝矣;戕宝钗之仙姿,灰黛玉之灵窍,丧减情意,而闺阁之美恶始相类矣。彼含其劝,则无参商之虞矣;戕其仙姿,无恋爱之心矣;灰其灵窍,无才思之情矣。彼钗、玉、花、麝者,皆张其罗而穴其隧,所以迷眩缠陷天下者也。

如果将人都推到“无为”“无情”的纯自然的同一存在,美恶相类,爱心泯灭,情思断绝,人间还有何生气?人除了“皮囊”之外还有什么呢?因此《红楼梦》以情的自由作为“真性”的核心内容,其“真性”正以

"任意任情"为具体表现。《红楼梦》的"物物"乃是以情役物。这里且举人们熟悉的"晴雯撕扇"为例,三十一回,宝玉对晴雯道:

> 你爱打就打,这些东西原不过是借人所用,你爱这样,我爱那样,多自性情不同。比如那扇子原是扇的,你要撕着玩也可以使得,只是不可生气时拿他出气。就如杯盘,原是盛东西的,你喜听那一声响,就故意的碎了也可以使得,只是别在生气时拿他出气,这就是爱物了。

可以看出,《红楼梦》主张的正是一种高度的"任情"。而这种"任情"的基点则是发自"真性"的爱心。因此,《红楼梦》的"真性"论与庄学虽在同一个理论基点上,指向却不同。庄学反对外物强迫予人的异化,但其指向不在个体生命外拓型的自觉,而是用"无为"把人引向纯自然化的被动存在。《红楼梦》所要求的却是率真的自由情感的人生境界,《红楼梦》的"真性论"在根本上乃是"真性——任情"观。在这一点上,《红楼梦》的真性论乃是承继了汉末魏晋人文思潮中的"主情"说。

汉末至六朝时期,返归自然,反对理性对自我束缚的人文思潮高涨。所谓"夫明(按:意指理性),足以寻极幽微,而不能去自然之性"(王弼《答荀融书》)。但这"自然之性"并非庄子式的消极自适,而是对个体生命活力的崇拜和个体情感的自由抒展:所谓"情之所钟,正在我辈"(《世说新语·伤逝》)。如果说先秦道家确立了人在宇宙存在中的独立地位,六朝人则更确立了情感在人的生命世界中至高无上的地位。"幕天席地,纵意所如"(刘伶《酒德颂》),"情意傲散,简与礼相背,懒与慢相成"(嵇康《与山巨源绝交书》),"任情",乃是六朝人最为倾倒的人格精神,一切行为都在情感的世界中而不受其他一切的影响,"书者,散也。必先任情恣性,然后书之。若迫于事,虽中山兔毫,不能佳也"(蔡邕《笔论》)。六朝时的这种以"任情恣性"对抗、批判现实之"强迫"的思想对《红楼梦》影响至深,《红楼梦》的"任意任情"不妨说即辙出六朝人的“任情恣性”。

但是，《红楼梦》的情感化“真性”论与六朝人情感化的人本论毕竟又有不同。六朝人在将人生高度情感化的同时，又常把情感精神化而抹上一层理性色彩。他们的“情”往往体现了一种对生命不永的伤感，其间蕴涵的主导意味是对人的广泛情感价值的探寻。在六朝人的情感世界中，爱情无足轻重，性爱被置于情感的范围之外（参见冯友兰《中国哲学简史·二十章》）。而《红楼梦》“大旨谈情”之“情”，却是人的情感世界中最丰富、最具魅力的爱情。《红楼梦》的“色空观”既将爱情作为永恒的存在，作为存在的精神本体，爱情作为“真性”的内核当然是其必然的逻辑结果，与六朝“主情”说的内核大有差异。而这一点，又是晚明新人文思潮中的主要思想之一。

在古代哲学史上，儒家最早提出了“食、色，性也”。而性爱在人性中究竟占何地位，真正带有哲学意味的论辩是从明代开始的。起初，它又作为“人欲”的一个内容而包含在明中叶后“天理人欲之辩”的大论战中，成为一个附属的子命题。“人欲”之辩本是古代人文哲学的一个古老命题，在先秦各家中均可见对此的论述。孔子主张“节欲”，孟子主张“寡欲”；墨子持“禁欲”论；荀子提出“礼义养欲”说；道家有“无欲”论，至魏晋时杨朱则提出“纵欲”观。直到南宋理学家朱熹提出“存天理，灭人欲”之后，“人欲”成了大张鞭挞的对象，爱情在人文哲学中便成了非正当的存在：所谓“人欲者，……乱于情而后有者也”（朱熹《知言疑义》）。但在明中叶后，由于多种新的历史条件的影响，新人文思潮兴起，体现在哲学上便是一场持续甚久的天理人欲新辩，其结果，则是“人欲”成了人性的正当内容，成为人之“真性”的主要体现。

天理人欲新辩的最初命题是天理人欲合一论，陆象山云：“天理人欲之分，论极有病。自《礼记》有此言，而后人袭之。岂有天理人欲之分。”（《陆象山语录》）进一步，则有天理即人欲之说，罗整庵《困知记》：“夫人之有欲，固出于天。盖有必然而不容已，且有当然而不可易者。”而王艮等则更云天理当因人欲而显现，其曰：“天理者，天然自有之理也，才欲安排如何，便是人欲。”（《明儒学集》）陈确说得更明显：“人心本无天理，天理正从人欲中见，人欲恰好处，即天理也。向无人欲，则并无天理。”（《陈确集》）至于明代新人文思潮中最杰出的学者李贽所提出的“童心说”，以“真心”为人之本，将“好货好色”和“私心”作为人的正当本性（参见《藏书》卷三十二），则将“人欲”的内涵更加明确化和具体化，影响极为深远。在这场天理人欲新辩中，尽管多种观点的具体内容有若干不同，但“人欲”作为人的天然本有却是共识，从而使明代人文哲学具有了强烈的个性解放色彩，反映了在新的历史条件下人对自身的新反思。体现在文学上，爱情作为“人欲”最敏感的内容而得到充分表现，其最典型的代表便是汤显祖的《牡丹亭》及其“以情反理”说。

晚明的新人文思潮一直延续到清代，在文学上，从《牡丹亭》到《长生殿》，题材不同，思想内容亦有极大差距，但肯定爱情是人的天然本性而具有超越生死的永恒意义则是一致的。《红楼梦》以爱情为存在的不灭本体，以“任意任情”为主要内容的“天然真性论”，其直接的源头便是明中叶后的新人文哲学和文坛上以性爱为主要题材的浪漫思潮。《红楼梦》是从晚明兴起的哲学、文学的新人文思潮的集成者，同时又是其深刻的反省者（参见本文第三部分），从而使《红楼梦》在哲学意味和文学精神上成为连结历史和时代的一个坐标。

从以上对《红楼梦》“真性论”哲学内容及其思想渊源的分析，可以看出：《红楼梦》的深层哲学思想是在若干源远流长的前人思想材料的基础上形成的，但又不是前人思想的简单翻版，而是通过“扬弃”在古代哲学思想网络上扣成的一个新结。它既是传统思想的延续，同时又是传统思想的变革，是时代的新意味和历史的承递相结合的典范。《红楼梦》之深刻和伟大，此是重要原因之一。

三、爱心说

《红楼梦》的内在哲学从“色空”到“真性”，一证“假”，二论“真”，形成一反一正的完整合论，而其核心和主体则是爱情。在《红楼梦》中，爱情既是全书的主要感性材料，又是全书哲理意味的基点。从爱情在现实中物态存在的被否定，《红楼梦》提出了"色空观"，由此引向的是对现实存在非合理性的批判和否定。从爱情在精神上的不可泯灭、不可否定，《红楼梦》对人的本性、人的自由本质作了富有哲理意味的说明，由此引出了"真性—任情"论，其意向实已包含着对人格、人的爱情新内容的重建。作为有完整思想结构的《红楼梦》，由上述两个命题引出的必然结果乃是对爱情这一全书主体的说明，由此构成了更富有新意味的爱情论和人格观，这就是"爱心说"。如果说"色空观"与"真性论"在其基点上是批判性命题的话，在"爱心说"中，《红楼梦》才真正推出了自己的建设性命题。

《红楼梦》"爱心说"的起点在其对爱情本质的说明，这是《红楼梦》思想中最富有意味的内容。《红楼梦》第一回曰：

> 大半风月故事，不过偷香窃玉，暗约私奔而已，并不曾将儿女之真情发泄一二。

何谓"真情"？《红楼梦》曰：

> 淫虽一理，意则有别。如世之好淫者，不过悦容貌、喜歌舞，调笑无厌，云雨无时，恨不能尽天下之美女供我片时之趣兴。此皆皮肤淫滥之蠢物耳。如尔则天分中生成一段痴情，吾辈推之为"意淫"。

所谓"真情"，就是"天分中生成一段痴情"。这里，《红楼梦》把爱情的生理因素与精神情感因素作了严格的区分，并把后者规定为爱情的真正实现。这与"色空观"视色为空，视情为真，"真性论"把人规定为"天然"的"任意任情"的存在在哲学逻辑上完全一致。但曹雪芹并没有完全否定爱情中的生理因素，而是把爱情规定为以生理因素为基础，以精神因素为本位的灵肉结合，并以精神情感为爱情的本质内容。《红楼梦》第五回曰：

> 好色即淫，知情更淫。是以巫山之会，云雨之欢，皆由既悦其色，复恋其情所致也。

这里的“悦其色，复恋其情”与“知情更淫”，构成了《红楼梦》完整的爱情观，而宝玉与钗、黛的爱情则是其现实的展开。宝玉对钗、黛均“悦其色”，但仅此尚不构成爱情的完美实现，只有进入到“复恋其情”的境界，爱情才在本质上得以实现。宝玉所以最终选择了黛玉，原因正在此。下面两段情节是人们经常引用的：

> 或如宝钗辈有时见机导劝，反生起气来，只说“好好的一个清净洁白女儿，也学的钓名沽誉，入了国贼禄鬼之流。这总是前人无故生事，立言竖辞，原为导后世的须眉浊物。不想我生不幸，且琼闺绣阁中亦染此风，真真有负天地钟灵毓秀之德”。因此祸延古人，除四书外，竟将别的书焚了。众人见他如此疯颠，也都不向他说这些正经话了。独有林黛玉自幼不曾劝他去立身扬名等语，所以深敬黛玉。
>
> 湘云笑道：“还是这个性情不改。如今大了，你就不愿读书去考举人进士的，也该常常的会会这些为官做宰的人们，谈谈讲讲些仕途经济的学问，也好将来应酬世务，日后也有个朋友。没见你成年家只在我们队里搅些什么！”宝玉听了道：“姑娘请别的姊妹屋里坐坐，我这里仔细污了你知经济学问的。”袭人笑道：“云姑娘快别说这话。上回也是宝姑娘也说过一回，他也不管人脸上过的去过不去，他就咳了一声，拿起脚来走了。这里宝姑娘的话也没说完，见他走了，登时羞的脸通红……”宝玉道：“林姑娘从来说过这些混帐话不曾？若他也说过这些混帐话，我早和他生分了。”

由此可见，在“色”与“情”之间，起统帅和主导作用的是情而不是色。单靠色构筑不起性爱的真正内容。爱情“既悦于色”，又要超越“色”，从而上升到一种精神境界和情感境界，这就是《红楼梦》所指与“皮肤淫滥”所不同的“意淫”。换言之，只有“传情入色”，“悦于色”才产生爱情的意义。“若他（黛玉）也说过这些混帐话，我早和他生分了”，极简单的一句话，却几乎包含着《红楼梦》性爱观的全部内容，体现着《红楼梦》对爱情的本质规定。

《红楼梦》的性爱观是对中国传统性爱观的深刻否定，也是对晚明新人文哲学和新人文思潮中爱情文学的反省和超越。

在中国古代，除了佛教和道教的一些宗派外，并不都持禁欲观。儒家经典便肯定性爱为人之“大欲”（《周礼·春官》），但这“大欲”地位并不高，它必须蜷缩在封建伦理的牢笼之中。然又因其“大”，所以是“教化”的头号对象，首当其冲的则是女子。在封建社会中，女子实际上并不享有“大欲”的真正权利，她们“被贬低、被奴役，变成丈夫淫欲的奴隶，变成生孩子的简单工具”（恩格斯《家庭、私有制、国家的起源》）。因此，封建社会女子的一切举行都被套上了苛刻的枷锁，有着严格的规定。《周礼·天官》载周代宫廷“内宰”的职责之一为“以阴礼教六宫，以阴礼教九嫔，以妇职之法教九御。使各有属，以作二事。正其服，禁其奇衺，展其功绪”。郑注：“妇职，谓织、纴、组、紃、缝、线之事。”“正其服，止逾侈；禁其奇衺，若今媚道。”也就是《红楼梦》中宝钗对黛玉所说的“你我只该做些针黹纺织的事才是。”女子在封建社会是没有独立地位的，所谓“女四书”（汉·班昭《女诫》、唐·宋若辛《女论语》、徐氏《内训》、刘氏《女范节录》），便是一整套有关“妇德、妇言、妇容、妇功”的严格规范。女子被剥夺了一切男子所享有的社会权利，在性爱上也只能被动地等待占有，而绝无自己追求的权利。在这样的性爱形式中，男女双方实质上都成了非人，所剩的只有动物性的欲求和冠冕堂皇的“伦理”。宋理学以“天理”的形式将“夫为妻纲”列为不变之“天道”，女子的奴隶化便成了天经地义的不易之理。

所以，在古代文人文学中，爱情题材便呈多种形式的萎缩状态。

像《长恨歌》那样的作品寥若晨星，且终不免要加上“窒乱阶，以垂后世”（陈鸿《长恨歌传》）的教化之旨。文人诗作中不乏反映妇女幽怨之声的佳构，然多缺乏一种生动的血色，加上“香草美人”之喻的传统，爱情更显得朦胧或是被肢解得零落不堪。宋词以写“离情别绪”为主流，在宋初的词中尚有一些大胆的男欢女爱之作，但终不免风流韵事的色彩，待宋末“雅词”说兴起，直至清“寄托”说的盛行，爱情在词中的表现更显灰色。

但在民间文学中，爱情题材却是一个炫目的主题。《诗三百》和汉魏六朝乐府中，常可见生动的爱情描写，尤其是女子对所爱的选择权利，在民间文学中才有真正的呼唤和反映。元代戏曲和散曲中相当一部分作品之所以精彩，正在其表现了世俗的、越出封建规范的爱情。明以后，由于新人文思潮的兴起，爱情几乎成了叙事文学围绕旋转的轴心，构成古代爱情文学史上灿烂的一页。

但是，明代（乃至清初）的爱情文学存在着自身的弱点，这就是《红楼梦》指出的“大半风月故事，不过偷香窃玉，暗约私奔而已，并不曾将儿女之真情发泄一二”，甚而“更有一种风月笔墨，其淫秽污臭，荼毒笔墨，坏人子弟，不可胜数，且其中不能不涉于淫滥”。这个批评是中肯的，即以《西厢记》《牡丹亭》而言，亦不免有“窃香偷玉”的痕迹。而“三言”“二拍”中的一些作品，尤其是《金瓶梅》，“涉于淫滥”的描写更大大冲淡了其所包含的历史进步意义。

所以如此，重要的原因即在晚明新人文思潮的理性基础是以“人欲”反“天理”。从积极一面看，它反映了人们要求摆脱封建僵化理性对生命活力的压制和束缚，既然“天理”本在“人欲”之中，“人欲”又为人所共有，那么，人的一切行为便都应得到确认。这对人自身活力的解放，对动摇封建僵化的“人的规定”，无疑起着巨大的冲击作用。但是，由于种种条件的限制，明代新人文哲学尚未提出富有新的建设性思想体系，禁锢多年的“人欲”刚被释放，便像一头野马到处乱闯而无羁绊。同时，“天理正在人欲中现”，一方面从当时可能有的高度肯定了“人欲”，另一方面也就为“天理”留下了一条长长的尾巴。因此，明代新人文思潮中的“人欲”尚是一个朦胧的、直觉化的非理性存在，体现在文学中，爱情一方面体现为让传统道学家瞠目结舌的放肆，另一方面却又在不知不觉中以另一种方式陷入传统的窠臼。如《金瓶梅》中的潘金莲、李瓶儿，她们有胆量跳出非自身情愿的被占有（这里且不涉及对其具体方式的评价），但又心甘情愿地成为另一个占有者的玩弄对象，并把肉欲当成了性爱的主要内容。即使如《牡丹亭》，当杜丽娘实现了自己的爱情愿望后，那种追求时的精神闪光便消失在传统女子的规范之中，歌颂了“以情反理”的叛逆精神，但却缺少对爱情实质内容的揭示。因此，由于明代人文哲学的不足，明代爱情文学便不免常涉“淫滥”，爱情往往被表现为一种初级的、本能的“人欲”，而没有上升到自觉化的精神层次，体现了一种残缺的、非理性的性爱观。因而明代新人文哲学和爱情文学虽构成对传统性爱观和爱情文学的反拨，但却没有构成崭新的建树。

《红楼梦》的杰出之处，即在其完善和提高了明代新人文哲学和爱情文学的性爱观，建构了古代最富有哲理意味和最完美的爱情说。它割掉了封建性爱观中肉体占有这一最原始、最不人道的尾巴，而代之以崭新的性爱内涵。这就是心灵的平等交流，从而以“爱心”作为爱情的本质内容。请看《红楼梦》中两段细节描写：

> 林黛玉啐道：“我难道为叫你疏他？我成了个什么人了呢？我为的是**我的心**。”宝玉道：“我也为的是**我的心**，难道你就知你的心，不知我的心不成？”
>
> 虽不曾会面，然一个在潇湘馆临风洒泪，一个在怡红院对月长吁，却不是人居两地，**情发一心**。

可见，宝、黛的爱情，是爱心的感应，是真情的契合而没有一点占有的欲念。但他们又并非是一种纯精神的柏拉图式的爱，他们追求婚姻的结合，而这种结合乃是男女双方在“情同一心”基础上自由、平等的结合，这才是爱情的完美实现。而这，才从根本上改变了封建传统的性爱观和婚姻观，构成古代性爱思想上的一次飞跃。如果将之与《金瓶梅》相比，这种飞跃便体现得更明显。《金瓶梅》将封建礼教扼杀的性爱重新安放到人的肉体之中，但又从被封建伦常刻削成的泥塑木偶变成“调笑无厌，云雨无时”的“皮肤淫滥之蠢物”。《金瓶梅》用一种破坏的方式，以非理性的畸形内容去对抗、否定封建时代对性爱的歪曲和扼杀，而《红楼梦》则用一种建树的方式，把“悦于色”和“恋其情”——肉体和灵魂作了统一。从而对木偶化的人和动物化的人都作了彻底的否定。《红楼梦》既是对传统性爱观的否定，同时也是对明新人文哲学的扬弃。

这样，《红楼梦》的“爱心说”就性爱观而言，已达封建时代的最高水平，在历史上成为近代性爱观的先声。但《红楼梦》“爱心说”的内涵尚不局限于爱情自身，在小说中，“爱心”的意义更扩展和上升为一种人的普遍精神，一种人的自我实现，一种人的道德存在，从而构成《红楼梦》涵义更为深刻的新伦理观。前引“晴雯撕扇”时宝玉发表的一通“爱物论”乃是这种伦理观寓意性的表达，其深层本旨在说明了一切结合都是爱的结合，真正的伦理关系是爱的实现，“爱心”乃是伦理唯一的灵魂，“物”与人的伦理关系固在物为人用，“你爱这样，我爱那样，各自性情不同”，但“只是别在生气时拿它出气，这就是爱物了”，其间的深刻意味在其反映了一种精神上的平等，当《红楼梦》以“爱心”否定一切精神的奴役和强迫时，“爱心”便成了道德的本体。这就为“任情”（即自由）规定了一个阈限。马克思说：“自由是全部精神存在的类的本质。”（《第六届莱茵省议会的辩论》）但同时，“要使作为人的人成为他自己唯一的真实的客体，他就必须在他自身中打破他的相对的定在、欲望的力量和纯粹自然的力量。”（《德谟克利特的自然哲学和伊壁鸠鲁的哲学的差别》）因此，人的自由不仅受着外部条件的制约，也受着人自身精神的制约。《红楼梦》以“爱心”作为人所以成“精神的类”的标志，以之去打破“欲望的力量和纯粹自然的力量”，这就使其性爱观中包含了一种前所未有的道德精神，并将之升华为整个人的精神内核。当“爱心”作为一种人的广泛精神时，其意义便富有了近代平等、博爱思想的意味。

在《红楼梦》中，人们都注意到宝玉有一种“泛爱”倾向。他“天生成惯能作小伏低、赔身下气，情性体贴，话语绵缠”，对女儿们似乎均有一种缠绵之情。如果联系到小说赋予女儿们的人格象征意味，联系到宝玉“上人”的身份，联系到小说“爱心”的新伦理意味，宝玉的“泛爱”其实正是借“大旨言情”的手法表现了一种平等、博爱的思想。这种博爱思想既不同于传统的等级森然基础上的“仁爱”，又非佛家无善恶之分的“爱众生”。且不论宝玉对“国贼禄蠹”的深恶痛绝，即对女性，宝玉在悼念晴雯的《芙蓉诔》中便有“钳彼奴之口，讨岂从宽；剖悍妇之心，忿犹未释”的激愤之语，“爱心”是曹雪芹为自己心目中的理想世界和新人安放的灵魂。现实中“万境皆空”的结局是残酷的，现实中的“乌眼鸡”又使他感到人的被扭曲、被隔离的痛苦，对一个被现实世界的爱、现实中人的爱所抛弃的人来说，有什么比对爱的追求更值得向往呢？我以为，这就是曹雪芹及《红楼梦》一切哲学思考的感性本源。

综上所述，《红楼梦》以“色空观”、“真性论”和“爱心说”组成了全书的思想结构，“色空观”是全书具有本体意味的哲理纲领，而其内核则是“真性”和“爱心”，后者更是《红楼梦》观照和反思一切的镜子，是曹雪芹为一切存在确立的永恒本体，也是他未来理想世界的灵魂。如果说“色空观”和“真性论”是在传统哲学网络上扣上的一个新结，那么，“爱心说”便是曹雪芹编织其新梦的一缕新丝。

（原载《红楼梦系列》1990 年第 4 期）

从“书画同源”到“书法艺术”

——兼及古代思想文化的寻根

“书画同源”是书法史学与书法艺术学都必须关注的一个重要命题。从书法史的角度言，“书画同源”是书史不可忽略的起点；从“书法”的角度言，“书画同源”是书法之“艺术”的原始根基，离乎此而言书法之“艺术”（如“特殊的时间艺术”“平面空间的分割艺术”云云），都将失去对书法艺术深刻的文化内涵的理解，从而只能构成一种单纯的形式论。同时，在古代的思维方式及由之产生的表述方式的建构过程中，“书画一体”是可考察的最初历史环节，也是最重要的一个环节，“书画同源”中包含的思想文化基质，对古代的哲学、文学以及包括书法在内的若干艺术门类的基本艺术构架产生了极为深远的影响。本文的意图，在从文化的视野对“书画同源”到“书法艺术”的历史过程作一概略的探讨，以引起学术界对“书画同源”及相关问题的重视和进一步的深入研究。

一、“书画同源”与书画分流

1. “书画同源”

“书画同源”之说从汉代起始见于文献，诸说大体相同——

《易经》：“上古结绳以治，后世圣人易之以书契。”

《孝经援神契》：“奎主文章，苍颉仿象。”

汉·许慎《说文解字叙》:"仓颉之初作书,盖依类象形,故谓之文;后形声相益,即谓之字。文者,物象之本;字者,言孳乳而浸多也。著于竹帛谓之书。""六书"之"象形":"画成其物,随体诘诎。"

晋·卫恒《四体书势》:"黄帝之史沮诵、苍颉,眺彼鸟迹,始作书契,纪纲万事,垂法立制。"

唐张怀瓘《书断》:"古文者,黄帝史苍颉所造也。颉首四目,通于神明,仰观奎星圆曲之势,俯察龟文鸟迹之象,博采众美,合而为字。"

以上关于"书画同源"的文献资源带有相当成分的传说乃至神话的色彩,不能作为信史看待,但却含有三点重要的提示信息:

其一,"书"是应"治"的需要而产生的。所谓"上古结绳以治,后世圣人易之以书契",根据现有最早的文献资料,"书"最初用于"治"的直接功能,一在记事,如殷墟骨契及商鼎上的文字;二在记言,如《尚书》中的王宰训辞。其所记之事之言,均为有关"治"的重要言行,可谓最早的具有政治意义的文档。

其二,"初作书"者乃是"史"。《说文解字》:"史,记事者也。"是为帝王之臣。仓颉其人是否实有,并不重要。即是说:最初创造"书"的是统治集团中的"史",最初运用"书"的当然也是他们。

其三,"书"最初是由"画"蜕变的。"书"的最初形态和基本单元,乃是"依类象形""画成其物,随体诘诎"的"文"。所谓"书画同源",最直接的指意即在此。

以上古代对"书画同源"的理解与表述虽然简单且不免夹有非科学的色彩,但却是对"书画同源"具有某种完整发生学意味的说明。它提醒我们注意:从"书画同源"到"书"的产生——亦即"书画分流",乃是一个历史过程,一个文化现象,而不是一个简单的艺术学的问题,其意义要比单纯艺术学的理解丰富得多,深刻得多。

对"书画同源"的可靠证明材料,一是"象形"之"书"的原始形态;二是兼有"画"、"书"双重意味的图形。二者在今存商周甲骨、青铜器中均有保留。以下诸例仅是"象形"之"书"中极少的一部分:

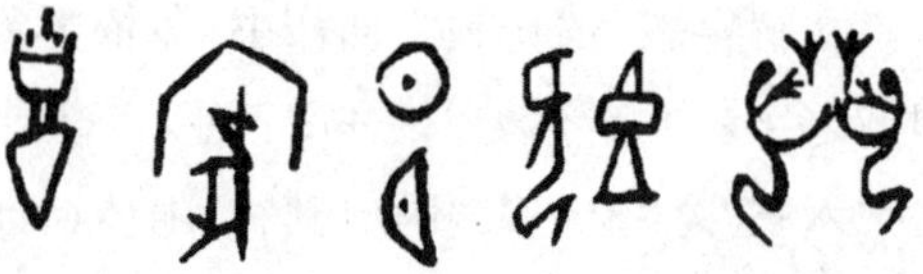

以上诸例，其形象包括了自然界及人造的各种物象，人的自身形象及某种行为动作、人的某种特定的生存环境等等。显然，每一个字，就是一个“画成其物，随体诘诎”的直观具体图象。其“画”的风格，则和今日尚存的远古时代的岩画极为相近，是可证“书画同源”确为历史的真实。

考察“书画同源”另一类材料是保留在商周青铜器上兼有“画”与“书”双重意味的图象，以下是其中部分典型之例：

这些图象，所以可称之为“画”，是因为其意义不是一个单一而特定的具体概念，本质上属于一种表现了复杂的、具有多重意义组合和思想观念的“画”。然其又具有“书意”，是因为其“画”与一般意义上的绘画又有极大的不同，这里的图象表现的不是某个具体的瞬间场景，而是一种超时空的形象组合，表现了具有某种普遍性、抽象性和概念性的思想和意念，从而具有某种“书”的意味。从“画”的角度言，这些图象可视作一种“图画的组合”；从“书”的角度言，则此类图象毕竟具有了某种广泛概念性的指意。因此，这些图象的文化意义在于其映射了远古时代有一个书画合而不分却又行将分流的历史阶段。这一历史阶段时间跨度有多长已渺不可考，但从今日出土的仰韶文化、半坡文化、大汶口文化等史前文明时期的石器、陶器上的图案，结合文献资料中有关“书画同源”的传说，这一时期的起点不会迟于传说中的黄帝时代，其尾声则至迟延续到夏。

以上资料已足证“书画同源”是中国远古时代文化发生史上一个既有的历史存在。这一历史的深远意义在于:“书画同源”本是世界上若干文明悠久的民族和国家共有的文化现象,但将“书画同源”的文化意味一直保留、渗透到成熟、定型的文字之中,并对其他文化现象产生深刻影响的,却只有中华民族。因此,对“书画同源”文化意味的历史传递及其影响的探讨和研究,是中华民族认识和反思自身文化必须涉及的一个重要课题,对书法研究而言,则更是一个不能忽略的“根命题”。

2. “史”与书画分流

在前文引录古代有关“书画同源”的文献资料时,我们曾提请注意一个共同的传说:“书”,是由一个名曰仓颉的神人首先创造的,他的社会身份则是“史”。这种传说的可信度当然值得斟酌,因为原始绘画是群体的创造,具有“书”之意味的“画”显然亦来自民间,最早的“书”是否为一人所创,此人又是否为仓颉,皆无信史可征。但是,又不能简单地将传说视为凭空臆造而忽视其蕴含的史料意义。其云最初创“书”者为“史”就很值得重视。

“史”,官职也。最早完整地记其称而明其职的文献是《周礼》。其中诸“史”职名及职能如下——

大史:“掌建邦之六典,以逆邦国之治;掌法以逆官府之治;掌则以逆都鄙之治。”“凡邦国都鄙及万民之有约剂者藏焉,以贰六官,六官之所登。”“正岁年以序事,颁之于官府及都鄙,颁告朔于邦国。”“大祭祀,与执事卜日,戒及宿之日,与群执事读礼书而协事。祭之日,执书以此位常。”“大会同朝觐,以书协礼事。”“及将幣之日,执书以诏王。”

小史:“掌邦国之志,奠系世,辨昭穆。若有事,则诏王之忌讳。大丧、大宾客、大会同、大军旅,佐大史。”

内史:“掌王之八枋之法,以诏王治。”“执国法及国令之贰,以考政事,以逆会计。”“掌叙事之法,受纳访以诏王听治。”“凡命诸侯及孤卿大夫,则策命之。王制禄,则赞为之,以方出之。赏赐亦如之。内史掌书王命,遂贰之。”

外史:“掌书外令,掌四方之志,掌三皇五帝之书,掌达书名于四方。若以书使于四方,则书其令。”

御史:“掌邦国都鄙及万民之治令,以赞冢宰,凡治者受法令焉。”

女史:“掌王后之礼职,掌内治之贰,以诏后治内政。书内令。凡后之事,以礼从。”

可以看出,诸“史”的职权内容、职权范围有所不同,但却有一个重要的共同点:诸职皆是“以书治事”,是为“掌书之官”、“为文之官”,是乃古代最早的文士阶层和文人集团的核心。

“史”的掌文职能非从周始,其源尚在殷商之前。王国维《观堂集林·释“史”》用“以‘书’考史”、辅以文献之法,对“史”的源流作了较清晰的阐述。现将其要点略加补充概括如下:

一,“史”,由其造字观之,从“又”持“中”()。“又”为手之形,“中”为册简之匣形。二象会意,可知“史”乃指掌书之人。这就说明,至迟在造“史”这个字的时候,古代社会已有具“史”之职能的人并以“史”为称名。因此,黄帝时代立史官便有可能,古代传说并非是毫无根据的无稽之谈。

二,商周之官的统称,多与“史”字有关。“吏”,从“一”从“史”,史亦声;“事”,《说文》曰:“职也,从史,省声。”实乃“史”的稍加变化之形。“士”,《说文》:“事也。数始于一终于十。孔子曰推十合一为士。”(按:此解甚凿,引孔子言释其意亦颇不伦,与“六书”规范不同。惟曰其意与事同甚确)考诸商周文献,诸字意互通,亦见互用。甲骨文中,尚无“事”字,“史”亦用作“事”。周初铜器上始见“事”,观其形,则皆为“史”、“吏”之变(毛公鼎:小子师敦:),或即省作“史”,诸字之本,实即“史”字。甲骨中有职名“卿史”①,毛公鼎,小子师敦、番生敦皆作“卿史”;《尚书》之《牧誓》《洪范》则作“卿士”。“御史”一名,见于甲骨,《尚书》中则作“御事”;司徒、司马、司空,《诗·小雅》中曰“三事”,《左

① 《殷虚书契·前编》卷2第23页,卷4第21页。

传》则称“三吏”。由此可见,“史”乃诸字之本字与意根,由“史”意为持书之人而引申为官职之称,其职渐多故新造其字或假以它字以示区分,故一字衍为多字。

以上考辨,其意义不仅在“释‘史’”,而更在揭示一个历史事实:“史”与“书”紧密相联,由此可证古云“史”官造字并非空穴来风。我们并不以为“书”乃名曰仓颉之神人所创,但可以这样解释:当远古产生了具有“书意”的“画”后,统治集团中的一些人便利用其记事录言以利治理,在其过程中,若干具有“书意”的“画”得到整理、简化并逐步走向规范,于是,“画”与“书”终于分流而产生了最早的文字。进行这一文化实践的人在早期乃是“史”的前身,以后则形成一个“史”的群体。“史”群体的产生,意义极为深远,对中国古代的文化建树起着至关重要的影响,就本文的论题而言,我们仅说明:在殷商以前,这一社会群体便已形成,是上古时期掌握“书”、运用“书”的主流群体。从远古到上古,“史”在统治集团中的地位不断巩固,殷商时期,“先鬼神而后礼”,“巫”的权威仍很显赫,而“史”的权威地位亦已有所确立,《尚书·洪范》:“汝则有大疑,谋及乃心,谋及卿士,谋及庶人,谋及卜筮。汝则从,龟从,筮从,卿士从,庶民从,是谓之大同。”按此“卿士”者,即“史”也。据《周礼》,“史”在周代显然已成政治集团中的主流群体,此后,这一格局便成了古代历朝不易的传统,中国古代没有一个以神为绝对权威的时代,实际代之以神之地位的恰恰是“史”,古代文化建树主要的思想根基主要是“史崇拜”,“史”及由其孳生的文人群成为统治阶层中的核心集团,我以为,这就是中国古代从远古到上古以后之所以沿用与“画”同源的“象形”字的根本原因之一(古代农耕文化的稳定性、地理的封闭性、治理模式的恒固性等等,为免枝蔓,不论)。

二、书人群体的扩展与“隶变”

书、画分流与“史”为主体的书人群产生是“书”产生“书法”和走向

"书法艺术"的第一步，如果我们将中国古文字视为一种"原始艺术"的衍生形态，则其成为"自觉"的艺术尚有一个漫长的历史过程。如果将书、画分流与"史"之书人群的产生视为这一过程的第一环节，第二个最重要的历史环节，便是"隶"之书人群的产生和与之相联的书体之"隶变"。

所谓"隶"，用"以'书'考史"的方法求证这一社会群体的起源，其最初本是"史"群体中的一员，是"史"群体扩展后的下层之"史"。《说文》："隸附著也。从'隶'，柰声。""柰"为声旁，"隶"为形旁，究其本义，当从"隶"求之。"隶"，《说文》曰："及也。从'又'从'尾'省。又：持尾者从后及之也。"此"隶"，意即"逮"（及也），是为逮的本字。但由此字的"会意"观之，并无"及之"之意。"尾"，《说文》中无，除此用以释意之一例，此前此后均不见有用，不知其意为何，《说文》似亦觉察其说无从落实，故未将此字归入"六书"中任何一类。因此，《说文》之解难以为据。查诸卜辞，则无"隶"字①。周代金文始有之，作，繁文则为又作"肆"（），因此，"隶"与"聿"有关或即是异字。甲骨中"聿"作，与"隶"形极近，可以视为一个意义系列的字。聿，《说文》解"所以书也"，是为"笔"之本字。观其字形，为手持笔状，与"史"之"会意"相同，是指人也。只不过"史"持书匣，为"掌书之官"，"聿"为执笔之人，是乃书写者。"肆"之意，《说文》谓"极陈也"，其意之源，正在"聿"为写书者，故由文字之"极陈"引申为广义之"极陈"。但"聿"毕竟是"史"群体中为史官服务的下等者，故为仆。金文中"聿"与"隶"既见互用而意有相联，有理由认为"隶"的"奴仆"（"附著也"）意乃是"聿"身份意义的引申，又为了表示意义的区分而在字形上加以微小变化，并进一步繁文为"隸"。

以上对"隶"考证能否成立并不是问题的关键，即使"隶"本初不是"书仆"，但至迟到战国时期，"隶"中有"书隶"一流则可肯定，其职事为

---

① 参见徐中舒主编《甲骨文字典》。

抄录文书。随着时间的推移，“书”的应用范围日益扩大，大量的典册文书需要誊写、抄录，实用性的长时间写字并非快事，由“隶”为之自在情理之中。这就是书体演变史上将继篆书之后的新书体称为“隶(隸)书”的原因。

“隶书”的产生是书体演变史上最重要的事件。隶变之前的甲骨到小篆，是为篆书系列，这一系统演变至小篆，“象形”意味已很薄弱，但单一线条的书写形式还保留着“画”的线条形态，“书”之特有的笔法体系尚未形成；而“隶变”，则在直观形态上彻底摆脱了绘画式象形，在形态(结体、笔画)及书写技法上较篆书发生了一个转折性的变化。书体“隶变”完成后，草、楷、行诸体几乎同时产生，从而在魏晋六朝时期形成“四体”并存的局面。

如果把“隶变”定义为下层书隶书写方式的演变，则“隶变”从先秦即已发生，只要将先秦至汉末的甲骨、青铜、各类石刻、简帛、缣纸的书法实况作一贯通审视，便可发现：书体演变是一个不断的渐进过程。“书法”的变更，主要是在“隶”之“书”中发生的。前文曾云：书人群体的主流最初是“史”，能够接受“书”之教育的起初只是上等阶层的子弟，《周礼》载“国子”所学“六艺”，其中之一便是“书”。但随着文事的增繁，书人群体也在不断扩展，“史”群体由此而衍生出“吏”和“隶”。若“以‘书’证史”，则“吏”、“隶”在商周即已产生，惜其详情难以考知。《左传·桓二年》载“士有隶子弟”(注云：“士卑自以其子弟为仆隶”)，仅透露出一点蛛丝马迹：“隶”之群体有部分是由“士”阶层转化的，这恐怕是“隶”阶层中书人群体的最初来源。这一现象从何时开始，已难考证，同时，书人群体向民间的扩展亦难确考，但“士”向“隶”的部分转化，则肯定是其中重要的渠道之一。从前录《周礼》“御史”的职能有“以书使于四方”，则知周代边鄙之地已有识书者，由此推断民间亦当有书手在。从现存书法实物资料看，大量的楚帛秦简当出自“隶”和民间书人之手，商周时期的甲骨、青铜，记载王室之事及宫廷之器上的文字或出于“史”手，一般生活用器上的文字，或乃“隶”与民间书人所为。因此，“史”为书人的主流群体，当是“书”产生初起时的情形，至迟到战国时期,书人的主流群体已转移到“隶”和民间。

书人群体的扩展,直接原因在于文事繁增,书体演变直接的动因同样亦在此。晋·卫恒《四体书势·隶书》:“秦既用篆,奏事繁多,篆字难成,即令隶人佐书,曰隶字……隶书者,篆之捷也。”唐·张怀瓘《书断》:“秦造隶书,以赴急速。”二说颇道出“隶变”的根本原因。战国时期,“战争纷繁,羽檄飞驰”,故书“日趋简”,小篆成熟于战国并很快演变为隶书,此为重要原因。因此,书体的演变并不是应“艺术”的要求产生的,而是“以赴急速”的需要,字形、点画的变化莫不因此而生,点画之变,起初亦非出自“审美”的要求,而是人的手臂运动生理方式的自然形成。因此,书体的演变从行为的角度言是一个基于实践性功利意义的渐进过程,古代传说的书体演变英雄谱——仓颉造“古文”,周宣王太史籀创“籀书”(大篆),秦相李斯等作小篆,狱吏程邈发明隶书(并因此而擢为御史),汉王次仲作楷书、刘德升创行书,张芝创草书云云,均是古代英雄中心史观的反映而已。书体演变史表明:书体演变是伴随“书”的产生而不断发生的为书“便捷”的连续过程,篆书系统,是由“史”而“隶”的“书”的趋简,“隶变”以后,则是以“隶”为主流的“书”的简便,当书体演变完成了它的历程,在汉末魏晋特定的文化背景下,“文士书法”才成为一门自觉化的艺术。

上述“隶变”及书体演变现实的历史过程,为我们阐述“书”的艺术基因确立了一个根本的依据:因为书体的演变是一个“自然”的、无强加意识的渐进“简化”过程,“书”之原始形态的艺术基因才可能在书体的演变中得以保存,一旦人们对之加以有意识的开掘和升华,“书”便成了“书法艺术”。

三、魏晋文士书法艺术的自觉

治文学史者皆说魏晋是文学的“自觉时代”,实际上,魏晋乃是古代整个“审美艺术”的自觉时代,文学如此,绘画如此,书法也是如此。“书法”在魏晋时期成为一门“自觉艺术”，原因是多方面的，其详情，笔者拟另文阐述，在此仅说明这一历史时期及影响后世的“书道”意识——在一个新的层次上发挥“书”的“象形”意味，从而使“书”之“象”超越其原始本体而与“万物”相联，与“自然”相联，与“人格”相联——

夫书肇于自然，自然既立，阴阳生焉；阴阳既生，形势出焉。（东汉·蔡邕《九势》）

书者，散也，欲书先散怀抱，任情恣性，然后书之。若迫于事，虽中山兔毫，不能佳也。夫书，先默坐静思，随意所适，言不出口，气不盈息，沉密神采，如对至尊，则无不善矣。为书之体，须入其形，若坐若行，若飞若动，若往若来，若卧若起，若愁若喜，若虫食木叶，若利剑长戈，若强弓硬矢，若水火，若云雾，若日月，纵横有可象者，方得谓之书矣。（东汉·蔡邕《笔论》）

云委蛇而上布，星离离以舒光；禾苯䔿以垂颖，山嵯峨而连冈；虫跂跂其若动，鸟飞飞而未扬。观其措笔缀墨，用心精专，势和体均，发止无间。或守正循检，矩折规旋；或方圆靡则，因事制权。其曲如弓，其直如弦。矫然突出，若龙腾于川；渺尔下颓，若雨坠于天，或引笔奋力，若鸿鹄高飞，邈邈翩翩；或纵势婀娜，若流苏悬羽，靡靡绵绵，是故远而望之，若翔风厉水，清波漪涟；就而察之，有若自然。（中略）睹物象以致思，非言辞之所宣。（晋·卫恒《四体书势》）

蔡邕书骨气洞达，爽爽如有神力。

羊欣书如婢作夫人，不堪位置而举止羞涩，终不似真。

王僧虔书如王谢家子弟，纵复不端正，奕奕皆有一种风流气骨。

吴施书如新亭伧夫，一往见似扬州人，共语语便态出。（梁·萧衍《古今书人优劣评》）

书之妙道，神采为上，形质次之。（齐·王僧虔《笔意赞》）

人品既殊，性情各异，笔势所运，邪正自形，书之心，主张布算，想象化裁，意在笔端，未形之象也；书之相，旋折进退，威仪神采，笔随意发，既形之心也。（明·项穆《书法雅言·相》）

书，如也，如其学，如其才，如其志，总之曰如其人而已。（清·刘熙载《艺概》）

由此可见，从汉末开始，在古代“书”的观念和具体实践中，“书”本身具有了内在的生命。“书”之“象”，已是包括人自身在内的自然万物之“形势”，是“囊括万殊，裁成一象”的自然万象之“象”；“书”之“象”，不是自然万物之任何一象，然又是自然万物任何一象的“抽象”。“书”已不单是记事传言的工具，“书”的行为融入“睹物象以致思”的心理历程，“书”之“象”成为一种独特的“思”之“象”，成为一种人格的象征和映射。于是，“书”的行为升华为一种艺术的实践，文化的实践，从而使中国的“书”创造了一个世界上独一无二的艺术奇迹。从这个意义上说，一切对“书”之“艺术”的理解和阐释，单纯的形式论是难以圆满的。从理论上讲，一切人为的形式均可成为艺术的形式；从广义上说，一切人为的形式都是某种“艺术”的形式，而某种艺术门类的定义，必须首先明确其自身特有的规定性。对“书”而言，必须将艺术形态学与文化人类学加以有机联系和贯通，才可能真正深刻理解之。因此，我们可以为“书法艺术”的本质予以文化学的定义：书法艺术以汉字“肇乎自然”之“字象”为唯一的载体，自觉或不自觉地表现人与人、人与自然的某种联系，表现行为主体（创作者、接受者）的精神世界、情感世界与文化品位。

至此，我们对“书画同源”到“书法艺术”历史过程的概略描述似乎已可结束，但其中有一个根本性的问题还没有予以解释：为什么西方文字不能、只有汉字才能“囊括万殊，裁成一象”？由此，我们的研究便回到了本文伏涵的理论起点——“书画同源”与“书法艺术”的关系。

四、“书画同源”赋予“书”的艺术基质

也许，说西方文字绝对地不能“艺术”是不公道的，但汉字在表现自然之“象”和某种人格风采上比西方文字形式丰富、意蕴深厚，则是中西有识见的文化人公认的事实。其原因，即在汉字保留了“书画同源”赋予“书”的艺术基质，其中最根本的一点，则是人们所论最多的汉字“象形”意味。“书”所以被视为一门独立的、别具风采的艺术，最有力的、并为大多数人接受的理论解释，便是汉字乃是“象形”的，所以与绘画具有类似的性质。然而，迄今许多对书之“象形”的论述都不能令人满意，所以理所当然地遭到这样的质疑：一，只有在成熟汉字的史前形态中，才有与绘画性质相同的象形“字”（其本质尚不是字，姑称之），成熟的汉字只有在甲骨、金文中保留着数量不多的与绘画性质大体相同的象形字；二，一切书体都是书法艺术的材料，而隶、楷、草、行诸体，其“象形”与绘画相去甚远，几已渺不可寻。因此，以汉字的“象形”解释书法成为艺术似乎是不能成立的。于是，受西方现代艺术理论影响的书界学人便试图撇开“象形说”而从“书”本身寻找书法艺术的依据，两个书法艺术的定义一时在书学界广为流行：一，书法是“线条的运动”；二，书法是“线条对空间的分割”。二者的综合定义或许应当是“在审美意识中不可重复的徒手线条对二度空间的分割”。这一不失简明的定义，不足之处乃在缺乏对书法特有的深厚文化内涵的揭示，只是一种单纯的形式论而没有对书法自身特有的文化属性作明晰的界定，同样不能令人信服，从而使得某些不理解中国文化的西人认为：视书法为一门艺术只是中国人不知艺术真谛的误解，是可笑的中国人对“书法”自以为是的加冠。

那么，中国的“书”是否为一门艺术？其“艺术”在哪里？其艺术的本质又是什么？

关键还在于对汉字“象形”的理解。

汉字的结构形式在本质上是“象形”的，但汉字的“象形”与绘画的

形象有本质的区别。汉字的"象形",是对所"象"之物省略了具体细节后基本体势的概括和"形式的抽象",而不是对其逼真的描绘。这在汉字的早期形态中即已体现,古人称之为"形势"(见前举字例)。这种"形势","象形"意味依然十分明显,但其"象形"与绘画之"象形"具有某种根本的区别:只取物形之骨架,以简化到极致的形式恰到好处地表现了事物之空间态势,表现了"象"的基本空间构成,从象形的角度看已简之不可再简,这本身已是一种艺术的极致。这种"形势",是具有古代哲学意义之"象"的原始直观形式,它既是"物",又是"象",既是具体,又是抽象,是本文以后将要阐述的古代"直观抽象"思维在平面造型方式上的体现。而以后的各种书体,较其原始本相虽已"不象",但却是对此"形势"之"形势"的再概括、再抽象。且示本人经常所举的一例——

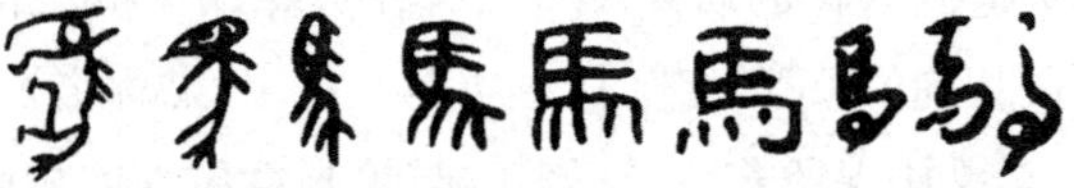

这里的书体排列次序并不是书体演变的实际历史过程,但却反映了汉字"形势"取之"物象",复概括为"字象",再以"字象"为基础而渐次概括、抽象的逻辑顺序。如果省略中间过程,判断甲骨和草书的联系是不可思议的,但如果我们的视野是历史的全过程,其间的联系就一目了然了。可以看出,书体越经演变,"象形"的意味愈加淡化,但"象形"意味的精髓——"形势"却一脉贯穿,汉字深刻的、别具一格的"象形"意味即在此。这种"象形",是对万物空间存在形态的概括和"直观抽象",是从一般具体到更高一级的"具体",是超越了一般"象形"的更高一级"象形"。从隶书产生后,汉字已彻底脱离了一般意义上的"象形",但"象形"意味仍潜含在"书"中,是"书"能够成为一门艺术的内在基因。魏晋文士所以能够将"书法"上升为"自觉艺术"——从"书"生发对自然万物之"形势"的联想,从"书"的结构形态中领悟"阴阳相生"的哲理,将"书法"作为某种"形势"的再创造,并从中得到审美的愉悦和情感的升华,与之相应的则是书人们在"书法"中进行心灵的对话和人格的评判——最根本的基础即有赖于此。当然,这里所云的"基础”，只涉及到“书画同源”赋予汉字“象形”意味的形式层面，实际上，汉字“象形”意味中的文化内涵要丰富得多。从另一个角度言，曰汉字的“象形”意味是“书画同源”的“赋予”，更毋宁说是中国古代思想文化的某种特有建树，换言之，从汉字的“象形”，可以反窥古代最初的思维方式，由此，我们便可以发现“书法”与其他“艺术”的一个最本质的共同点。因此，本文以下的简略论述便不是节外生枝的赘语。

五、汉字“会意”思维方式与古代思想方式的寻根

当代文化人类学赞成这样一种划分：文字的产生是区别文明时代和野蛮时代的标志，因为文字的产生意味着某种理性文明的建树。中国文字的产生于此表现得尤为典型。发源于“画”并将“象形”意味保留至成熟文字的中国之“书”不仅是种工具，更是文明的演进与思想文化的结晶。作为古代文明的起点，“书”中凝积的认知方式和思维方式、“造字”本身所凝聚的文化意识和文化传统，势必成为古代文化意识的根基，理解和把握古代思想文化，反思古代特有的“东方思维方式”，必须从“书”进行文化的寻根。可是，学术界似乎至今尚未对此有足够的认识。

“造字”，乃是一种文化的行为。其本质的意义在于其标志着某种精神文明的产生，反映着一定历史阶段人们的思维方式。由“书画同源”牵引的古代造字方式，其精神的本质在于标志着古代初民形成了一种“以象见意”的“会意”性直观抽象思维。

“书”的本源是“画”，在汉字的生成、演化过程中又存在一个“书”“画”意义交叉兼容的历史阶段，因此，“画”对“书”的影响便至关重要，而其最根本的一点，则是“画”的意义表达方式向汉字意义构成方式的渗透和转化。

所谓“画”，其直呈的形式乃是由单个或若干自然物的视觉形象（空间形象）构成的图象。从人文学的立场说，所有人画出的图象，都不是自然物的简单再现，其意义在于用图象表达和传递某种认知领

悟、思想观念和内心氛围——艺术学称之为“形象描述”。莱辛在著名的《拉奥孔》中对绘画的“形象描述”方式作了两点重要的解释：一，绘画中的形象均静止态（瞬间性）的空间形象，绘画无法表现时间性的“过程”；二，与此相联系，绘画表达意义只能“暗示”，无法“直陈”。因此，绘画的意义表达方式最基本的概括可表述为“直观形象暗示”。

汉字的意义表达方式在本质上恰与绘画相同。汉字有四种造字方式——即四种意义表达方式：指事、象形、会意、形声。“指事”为示意符号，可谓一种特殊的“象形”。但纯粹的指事字极少（如上下），绝大部分“指事”乃与“象形”结合在一起（如刃本）。“象形”，乃是单体的空间形象，与绘画中的形象本质上完全一致。若干象形字可以直观形象“暗示”某种意义。如“史”，以手持书匣“暗示”此字的意义在概指一类特定身份的人；舞（），以人之舞蹈状“暗示”一种行为；丰（），以豆（容器）中装满东西“暗示”“丰富”。在汉字中占相当部分的“会意”，更体现了典型的绘画式示意，其“暗示”的意义指向，则比绘画的“暗示”更加直观广泛，人有其羊，是为“美”（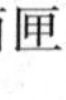）；手持简匣者乃“史”（）；一群人围着一个中心为“卫”（）。如此等等，不胜枚举。是为早期汉字中最普遍的一种表意形态。“形声”，是文字特有的示意方式（按：形旁仍有“象形”的痕迹），但“形声”是汉字成熟以后的“以字生字”之法，并非汉字初起时的形态。

由此可见：作为世界通见的“书画同源”文化现象，对中国的“书”却有不同于世界任何国家和民族的非同一般的深刻影响。只有中国的“书”保留和发展了“画”的意义表达方式，这种意义表达方式从理性建构框架的角度审视，涵有三点要素：一，对特定事物的指认；二，图象（形象）组合中潜涵着“叙述”；三，对特定的图象及图象组合的直观、具体的意义作引类的抽象，从而获得一种普遍的概念。这种意义表达方式及其理性建构框架的意义在于：“书”的视觉图象本身便显示了其全部意义而不必凭借其他任何因素，尤其是其他种类的文字赖以为本的“声”的因素。因此，汉字的“表意”便包含着两个思维阶段——对特定"象"的指认和进一步的"引类抽象",从而最终形成某个特定的概念。汉字包含的这种"会意"思维方式,是滋养书法走向"艺术自觉"的根基。当"会意"成为一种有意识的思维方式,汉字的"形体"便超越了单纯表达概念的意义,其凝聚的自然物象的"形势",成了广泛而非定指的"会意"媒介,在魏晋以"情性"为核心的人文思潮引导下,"书"便成了书家"会意"自然、"会意"自我之一"象"。这种"会意",是"物象"与"字象"双重直观抽象后的会意,是对"形势"升华的某种精神状态的领悟,是书家精神世界、情感世界中的"会意",而不是汉字概念意蕴上的"会意",也不是与具体物象简单对应性的"会意",将具体的点画形态附会"矫若游龙""雨坠于天"等等,是乃低级的"直观"而未达高级的"抽象",不仅毫无意义且抹煞了书法真正的艺术本质和深厚的文化意蕴。

汉字包含和体现的"直观思维、引类抽象"而"由象会意"的思想方式,不仅孕育了"书法"最本质的生命,对古代文化思想建构方式的影响更为深刻。古代最早具有哲学色彩的文献之一《易》,以其产生直到完善,其思维和框架可谓典型的"直观思维,引类抽象",其所以蒙上一层神秘感,重要原因之一,即在其没有直接明确的思想表述而只有某种"象"的"暗示"。在《易》中,"象"是特定的,但"象"之"引类"的意义则几乎是无限的,其内涵可随着时空的延伸而延伸、随着认识的深化而深化。这就是《易》能为儒道二家共奉为经典,为历代占卜家所沿用,乃至启迪现代科学家灵感的内在原因。

《易》与"书"的"直观抽象"思维方式的一致性,或许是古代传说中云"卦"与"书"为同一时期(伏羲时代)产物的根据,但我们先辈没有意识到:"直观抽象"对古代文化思想建构方式的影响和渗透是极为广泛的。古代最早的哲学范畴之一"道",是个极抽象的概念,但它的创立者老子仍将之表述为一个特殊的"物":

> 有物混成,先天地生,寂兮寥兮,独立不改,周行而不殆,可以为天下母,吾不知其名,字之曰道。(《道德经·二十五章》)
>
> 道之为物,惟恍惟惚。惚兮恍兮,其中有象;恍兮惚兮,其中

有物。窈兮冥兮，其中有精；其精甚真，其中有信。自古及今，其名不去，以阅众甫，吾何以知众甫状者以此。（《道德经·二十一章》）

由此可见，老子所谓“道”，乃是一个包含“象”“精”“信”的抽象之“物”，其思维的基点仍然没有超越“直观抽象”，而“道”的最终落实处，又在“众甫之状”。这种“直观抽象”（或曰“抽象直观”）、“以象见意”的思想方式，以一种“惚兮恍兮”的概念模糊性取消了其“意”的极限，同时又将其外延扩展到无穷，“道”之为物，寓于万物，而万物之任何一物，亦即是“道”，以这样的“直观抽象”去理解，才能悟真正的中国之“道”，而不是西方哲学中的“理念”。中国的“道”，与古老的“书画同源”导引出的“书”之“会意”在思维方式上血脉相通，“观象见意，引类抽象”所升华的“道”，乃“万象之象”，而不是纯粹的思想演绎的产物。这种“会意”思维方式只明确思维过程中的“象”，但对思想的具体内容却不作精确的界定，因而在表述上仅提供“引类”之“象”，从不对“思想”作具体明晰的阐述。老子之“道”人文意义的核心是“常德不离，复归于婴儿”（《道德经·二十八章》），其间包含的思想至为深刻，影响极为深远，但其表述中具有明确指认意义的只有个“象”（“婴儿”），由“象”之“会意”而“引”出的“抽象”是“弃圣绝智”，“自然任真”。（王弼注：“婴儿不用智，而合自然之智。”）因此，“婴儿”既是意义的载体，又非本质意义所在，在思维过程中仅是“引类”之“象”，在思维的终点，此“象”便不复存在且必须不再存在。再以儒家思想为例：众所周知，儒学思想的一个重要范畴是“仁”，但在《论语》乃至《孔子集语》及《孟子》中均找不到对“仁”完整的、“纯思想”的阐释，而仅表述为诸如“仁者不忧”①“仁者爱人”②“博学而笃志，切问而近思，仁在其中矣”③等等“仁”的某种“象”的描述。《孔子集语·五性》中有段录自《尚书大传》中的话，可谓较完

① 《论语·子罕》。
② 《孟子·离娄上》。
③ 《论语·子张》。

整的"孔子说仁"：

> 子张曰："仁者何乐于山也?"孔子曰："夫山者，嵬然高，嵬然高则何乐焉山？草木生焉，鸟兽蕃焉，财用殖焉，生财用而无私为，四方皆伐焉，每无私子焉，以通乎天地之间阴阳和合，雨露之泽万物以成，百姓飨此，仁者之所以乐于者也。"

此段对话是否属实并不重要，其符合孔子思想则确然无疑。其"思维方式"依然属于一种"以象见意，引类抽象"。其"象"虽然与"仁者爱人""仁者不忧"不同，但从诸"象"却可以"引类抽象"而"会意"出一个"仁"之"大象"。富有意味的是：这种思维方式及独特的表达方式使思想的交流、传播和接受也成为动态的创造过程，"道"是终极意义所在，而取何"象"以明此"道"，原则上是无限制的，由"象"而"引"出怎样的"悟"、又悟出何种层次的"道"、乃至怎样达此"道"，更无以限之。"直观抽象"的"会意"思维方式使思维本身在某种意义上也变成了"艺术"。庄子之"得鱼忘筌"、魏晋玄谈之"得意忘言"、中国化的禅之"说偈""打话头"、宋理学之"格物致知"、文学思想中的"兴象""意境""一切景语皆情语"、中国绘画取消过于具象的"似与不似之间"等等，究其思维方式，均与"书法"同"道"，均是古代最初由"书"体现的"观象见意，引类抽象"思维方式直接或间接的遗传和演化。至于古代人文哲学中将天、人之"象"相联"会意"的"天人感应""天人合一"、古代对万物的解释，几乎都有本体和人文的两种角度、两种系统等等，究其思想文化之根，也不能不追溯到"书"的创造——中华民族思想方式奠基的时代。窃以为，只有"通"乎此，才能对中国的思想文化和"艺术"的真谛有真正的、更深一步的理解。

（原载《扬州大学学报》1997 年第 6 期）

中国早期“书”之名义论的人文学理解

——上古至六朝书法观念人文内涵的变迁

从20世纪80年代起，中国书法理论界曾发生过一场全国范围、持续数年的关于书法定义的讨论。至今，我们还能感受到其余波，在近几年里的书论专著与论文中，我们经常可以发现那场讨论的影响或某种逻辑上的深化，其成果是值得肯定的。那场讨论的学术框架，属于西方形式美学的范畴。此后至今，人们阐释书法艺术的本质，依然是在这一框架中进行的，从书法是“线条的艺术”“线条对空间分割”到“第二自然”说、乃至“书写对汉字形体的加工”等等，从各自的特定角度言，其对书法的定义和理解都有合理性，都是对书法艺术一个层面的解说和把握。但至今，我们还缺乏对书法艺术作人文学的理解，缺乏认真、深入地研究古代有关书论演进的内在思想轨迹及其人文内涵，本文的意图，即在对此作一初步的尝试，以期引起书法理论界的进一步研究。本文题目中的“早期”，下限为六朝，所以选择这样一个论题，主要基于这样一个认识：中国古代书论的总体框架，至六朝时期已经确立，其核心命题，则是对“书”之名义的阐述。

一、“书”：从实践技能到精神感知

今天，“书法艺术”，或简称“书法”，已是普遍认可的一个称名。但古代与“书法艺术”有关的“书法”一语，到六朝时期才出现，其意指书艺的技巧与法则，《南史·周朗传》：“朗少从外氏车骑将军章质家得卫恒散隶书法，学之甚工。”在此之前，更具“书法艺术”意味的概念是“书道”，其意指书艺的根本原则和最高精神，（传）晋·卫铄《笔阵图》：“然心存委曲，每为一字，各象其形，斯造妙矣，书道毕矣。”严格说来，这里的“书法”与“书道”，都是古代有关“书法艺术”的理论范畴，与今指艺术门类的“书法”之名并不等同。古代和今曰“书法”的普泛意义大致相同的概念只有一字：书。基本义为“持笔书写”。作为一种概念，所指意为一种技能性实践行为。

书，今存甲骨文无见，与之相关的字乃是“聿”（）。其字为象形，如手执笔状，《说文》“聿，所以书也。”“书”在大小篆中已是常见字，其造字方式为“聿”“者”会意，《说文》的解释是“书，著也。”其名词义相当于今指著作的“书”（书籍），动词义则可理解为写字，故“聿”与“书”在行为动作意义上同义。《说文》中还有一个与书法密切相关的字——“㣺”。释意云：“㣺，聿饰也。从聿从彡。俗语以书好为㣺”段玉裁注：“㣺下曰文，㣺象其文形也。㣺者，笔之所拭文成㣺形，故从聿从彡。”由此可知，古文字中，与今之“书法”意义更接近的字其实是义为“书好”之“㣺”。但此字并未成为常用字，更未成为书法的定义——个中意味颇当深参，但有一点很清楚：我们的先人不喜用思辨的判断性定义作为某一事物的概念，而更喜采用直观的描述性定义。因此，作为指示一种技能性实践行为的“书”，便成为一种普遍定义流行于古代。

以什么样的概念作称名，深层的意味在反映了某种认知方式，反映了把握认知对象的基本立场。因此，“书”之名的意义，意味着我们的先人首先是在实践行为的角度体认“书法”的。所以，从上古到汉代，“书”在人们的观念中都是一种技艺。周代之“六艺”，“书”即是其中之一。《周礼·地官保氏》：“保氏掌谏王恶，而养国子以道。乃教之六艺：一曰五礼；二曰六乐；三曰五射；四曰五驭；五曰六书；六曰九数。”此六艺，是六种知识体系，也是六种技能。“六书”，按汉·许慎的说法，是六种造字方式，属文字学知识；按《汉书·艺文志》的理解，则是诸种书体的概称（史载：秦统一文字，定文字为八体；汉王莽朝变八体为六体),亦属文字学知识。不管依哪一种说法,保氏教国子“六书”,乃是教贵族子弟识字、写字是无疑的。周代各部职中最常见的低级官吏是“史”,是为“掌书”者,其主要职能是记录、传达上级条令,记载本部门工作情况,至于天子之侧的“史”,有谓“左史记言,右史记事”(参见《周礼》),则更须娴熟于“书”,是为必备的职业技能。在这样的社会背景下,将“书”理解为一种技艺,一种具体的技能性实践行为,自是必然。

但从汉代开始,对“书”的认知理解却有了一个微妙的变化。西汉时有位名扬雄的宫廷文人,在其《法言》“问道”篇中写了这么一段话:

> 言不能达其心,书不能达其言,难矣哉。惟圣人得言之解,得书之体。白日以照之,江河以涤之,灏灏乎其莫之御也,面相之辞,相适捈心中之所欲,通众人之嗑嗑者,莫如言;弥纶天下之事,记久明远,著古昔之昬昬,传千里之忞忞者,莫如书。故言,心声也;书,心画也。声画形,君子小人见矣。声画者,君子小人之所以动情乎?

这一段话中的“书,心画也”,今云“书法美学”者几无不引之,认为这是古人第一次揭示了“书法艺术”的本质。其实,这里的“书”,指的是文章,而不是书法。所以言“心画”,是因文章无声,故与言语之“心声”相对。若以今日观点看,文章其实是书面的语言,是无声的“心声”,或许由于文章在直观上首先诉诸视觉,又是一笔一笔、一字一字写成,故扬雄谓之“心画”。因此,“心画”虽然并非特指“书法艺术”,但却潜在地为日后从“心”的角度理解书法艺术,开启了一个富有深意的视点。

东汉光和年间,有一位名士叫赵壹,在其《非草书》中提出了一个颇有意味的观点:

> 凡人各殊气血,异筋骨。心有疏密,手有巧拙,书之好丑,在心与手,可强为哉?若人颜有美恶,岂可学以相若耶?

赵壹的看法,将书之好丑与“心之疏密”相联系,强调决定书之好丑的根本在于人的天质，说明赵壹已朦胧地意识到“书”之活动中的精神因素，而不是一种简单的技能性行为，只不过其几乎完全抹煞了“学”的作用，不免过于极端。至于赵壹所以抨击草书甚厉，是因为草书“上非天象所垂，下非河洛所吐，中非圣人所造”，“非常仪也”，故“乡邑不以此较能，朝廷不以此课吏，博士不以此讲学，四科不以此求备，征聘不问此意，考绩不问此字”，“益技之细者耳”（赵壹《非草书》），可见当时“书”的主导功能乃在实用，因此，赵壹虽然感觉到“书”中的精神因素，但毕竟还将“书”视为一种技能，从而不能意识到草书中包含的“艺术”因素。同时，赵壹的观点还存在一个致命弱点：既然“书之好丑”完全决定于“心有疏密，手有巧拙”之先天禀性，那么，什么样的先天禀性适合于“书”？这是一个极难证明而颇有意味的命题，但赵壹没有加以说明。此后，中国历代书法理论也没有解决这个问题，但赵壹提出的“心”与“手”以及二者的关系，则成了书学中的一个重要命题。

时至汉末，有一位与扬雄一样服务于宫廷的文人，名蔡邕，以善书闻名当世，相传有篇书论，题曰《笔论》，文章不长，兹全引如下——

> 书者，散也。欲书，先散怀抱，任情恣性，然后书之。若迫于事，虽中山兔毫，不能佳也。夫书，现默坐静思，随意所适，言不出口，气不盈息，沉密神采，如对至尊，则无不善矣。为书之体，须入其形，若坐若行，若飞若动，若往若来，若卧若起，若愁若喜，若虫食木贡，若利剑长戈，若强弓硬矢，若水火，若云雾，若日月，纵横有可象者，方得谓之书矣。

本文是中国古代最早的书论之一①，也是古代对“书”之名义的最

① 本文见录于唐·韦续《墨薮》、宋·陈思《书苑菁华》。尚未见其他典籍，亦未见更早著录。故有学者对其是否为蔡邕所撰存疑，严可均《全后汉文》即未收之。但在无确凿根据情况下，尚不能推翻前人之传录。从思想和文风判断，本文最迟当写于六朝时期，即使非蔡邕作，亦当属中国古代早期书论。

早阐释。首数句“书者，散也”云云，是对“书”之行为本身的体悟。“散”，意为“排遣”，南朝宋鲍照《蜀四贤咏》：“虫篆散忧乐。”与蔡邕所云意正同。由此，当我们的先人把“书”的行为本身视为第一要义时，“书”便超脱了“书者，心画也”的“文学”指向，使“书”本身成为一种精神的感受，一种进入审美的生命过程，这样，“书”便从一种技能升华成了一种自觉艺术。有了这个前提，文中“为书之体”云云，才是从艺术的角度，对“书”之“形象”的阐释。其意味，我们将在本文第三部分加以专题研究，这里仅指出：所谓“纵横有可象者，方得谓之书矣”，其前提和底蕴都是人的精神感受，是人文精神的“文化隐喻”，而不是简单的“书”之“体”与自然之“象”的直接对应。同时，这种“文化隐喻”有其特定的“文化语境”，构成其“语境”的，乃是中国古代深刻的文化思想，只有持这样的认识，我们才能破译其“隐喻”的真正的、深刻的内涵。

如果以蔡邕《笔论》为古代书论史上一个坐标的话，我们可以这样确定其历史的意义：以本文为标志，我们的先人对“书”之名义的确认，完成了从单纯技能到精神感受的转化和飞跃，由此而启动了文化艺术意义上的书论史。此后，古代书论便以“书”之行为主体的精神感受与“书”的“体象”为最根本的两大命题，不断构建着中国古代的书论体系，并将其思趣融入到对书法艺术的品评、技法等各个层面中去，从而建树起古代书法理论的大厦，凝聚成中国古代特有的书法艺术理念。

二、“书”：心智流程与生命体验

从思维的角度说，既然古代书论产生的前提与基础命题是生命主体的精神感受，因此，这一命题势必成为古代书论的根命题，同时也是最高层次的极命题。从魏晋南北朝开始，对“书”进行文化艺术意义上的欣赏渐在文人间形成风气，论书之文每每有见，虽然其主要内容围绕着“体象”和书法品评展开，但其深层核心乃是将“书”作为一种有意识的生命行为，伏涵着作为文化人对这种惟已拥有的生命形式的精神感受。请看几则六朝时期关于“书”的解说——

> 操笔假墨，抵压锋芒。彪焕磊落，形体抑扬……或轻拂徐振，缓按急挑，挽横引纵，左牵右绕，长波郁拂，微势飘渺。工巧难传，善之者少。成心应手，必由意晓。（西晋·成公绥《隶书势》）
>
> 云委蛇而上布，星离离以舒光；禾苯尊以垂颖，山嵯峨而连冈；虫跂跂其若动，鸟飞飞而未扬。……睹物象以致思，非言辞之所宣。（西晋·卫恒《四体书势·字势》）
>
> 然心存委曲，每为一字，各象其形。斯造妙矣，书道毕矣。((传)东晋·卫铄《笔阵图》)
>
> 书之妙道，神采为上，形质次之，兼之者方可绍于古人。以斯言之，岂易多得？必使心忘于笔，手忘于书，心手达情，书不忘想，是谓求之不得，考之即彰。（南朝齐·王僧虔《笔意赞》）

以上四则书论，由“操笔假墨”—“睹物象以致思”—“每为一字，各象其形”—“心手达情”，实际上构成了一个完整的艺术意义上的书法创作论。从反映论的角度说，我们可以将之理解成对“书”之艺术创作过程的一种描述，而贯穿和主宰这一过程的，则是“心”，其最终要表达的，也是“心”——操笔中“轻拂徐振，缓按急挑”等等之“工巧”，首先是“成”于心，尔后“应”于手，因此，技法就不是单纯的技能的熟练，而是一种心智流程的体现和结晶；“云委蛇而上布，星离离以舒光”等等之“物象”，并不是直接传达的对象，而是“致思”的某种形象契因，是“心存委曲”后“各象其形”之“字势”的源泉。由此，“囊括万殊，裁成一象”的“字势”，本质上便是心智的凝聚和映照，焕发着心灵层面上人的“神采”，蕴涵着、涌动着、外射着人的“情”。如此，“书”之名才有了艺术的指意，“书”才成为一种自我满足的艺术，一种不同于文学、不同于绘画的自我存在。

因此，“书”较之绘画、文学等其他艺术，乃是一种不以某种客体的真实再现为依托、纯然以“心”为本蕴的艺术形态，心智历程与“我心观照”乃是“书”的根柢性人文本质。正是在这一点上，作为艺术的“书”才以特殊形式体现着中国古代人文思想的精髓，故欲深入理解中国书法，必须理解其与中国古代人文思想的联系。

中国古代人文思想的基本构架是在先秦形成的。对此作出主要贡献的乃是儒、道二家。在具体的人文思想内容上，儒、道学说有着相当大的差异，但在思维方式和哲学基点上，二家却又相当一致，即通过内省的方式，以心智的升华作为人格建树和臻于完善的途径。

儒学人文思想的根本核心是“仁”。而一个人要达到“仁”，必须通过内省的自我升华方能达到最高境界。《荀子》中载有一段孔子与三个弟子就同一个问题“仁者若何”的对话，下面是对话中最精彩的部分——

> 子路对曰：“……仁者使人爱己。”子曰：“可谓士矣。”
> 子贡对曰：“……仁者爱人。”子曰：“可谓士君子矣。”
> 颜渊对曰：“……仁者自爱。”子曰：“可谓明君子矣。”

这里，我们且不讨论“仁”的具体内涵，只是说明：“仁”的最终实现，体现在发自一个人的内在要求，是“我心”的自我明照，故“自爱”方是“明君子”。《孟子》有云：“尽其心者，知其性也。知其性，则知天矣。”“尽其心”方能省悟自我的人文意义上的本性，从而明了宇宙间的最大道理（“知天”），故孟子提出“吾养吾浩然之气”。“书”，正是“养气”的最佳途径之一，当蔡邕提出“先散怀抱，任情恣性，然后书之”时，即意味着“书”已成为“尽心”、“知性”的“养气”之举，这应当是文人强调心智在“书”之过程中主导作用的文化依据之一。

根据新出土的老子《道德经》，不少学者提出了“儒道同源”说。当然，这一论断还需要深入研究，但在“养气”与“知天”的命题上，道家与儒家的思想基点是一致的。道家和儒家一样，把“天”视为一种不可违反的秩序，其区别则在于：儒家将“天”的不变秩序抽象为一种原则，作为其确立人间社会秩序的依据，道家则把“天”的自然秩序作为生命的最高原则，世间万物包括人自身，都是“天意”的一种体现，都是生命的一种“自然”流程，因此，除了“自然”本身，任何其他的规定都是对“自然”的一种破坏，都必须抛弃。这样，社会本身也就无需任何规定，每一个人的“自然”就自然地构成一个“自然”的社会。从这样的观念出发，道家的人生哲学和社会哲学是二者一体的“无为”。“无为”，也就是顺其自然，而一切“有为”——不管是什么追求，都会破坏“自然”，妨碍生命本体的圆满存在。老子《道德经》有云：

人法地，地法天，天法道，道法自然。

这里的“道法自然”，体现于人，即顺应无任何强迫的生命及其运行本身。因此，道家高扬的自我是“无我”。无我，并不是泯灭自我，而是“无为”之我、“自然”之我。因此，道家和儒家一样强调内省，但儒家内省式的“吾养吾浩然之气”，是修养的提高，人格的完善，“尽心”“知性”是将自然生命向特定文化生命的提升；道家内省式的“无为”“无我”，则是向自然生命的回归，一种对我之自然生命的体验。由此，“书者，散也”包蕴的对“书”精神感知的深刻意味，便可从道家思想理解其深层内涵——所谓“先散怀抱，任情恣性”，实际上即是进入“无我”境界的我之“自然”，在这种无我状态中“默坐静思，随意所适”，才能与天之所法的“道”相遇——“如对至尊”，从而在纯粹自然的生命状态中完成“书”的过程。这里，“书”乃是一种生命的体验，这种体验，是内省的，自我驱动的，而不是“迫于事”的。

道家的这种生命体验，实际上也构成一种人格境界，尽管道家摒弃一切对人格的解释，以纯粹自然的“真人”作为人生的最高境界，老子将之比喻为“复归婴儿”，主张“弃圣绝智”（参见老子《道德经》）。从表面看，道家是反文化的，但道家思想恰构成中国古代特有的一种人文思想，一种人格范型，“真人”必须通过心智内省的流程才能“复归”；“无我”必须经过纯粹生命的体验才能臻至。因此，“复归”的过程也就是人格实现的过程。正由于此，儒、道在文人人格的建树中便构成了一种既奇特而又和谐的“互补”,儒家赞为“明君子”达到的“仁”之最高境界“自爱”,与道家对自我生命的尊重,在内省的心智流程上构成同一个哲学命题。因此,作为心智流程的“书者,散也”,以及由之派生的种种“心—手”论,便既包含着儒家“吾养吾浩然之气”的意义,同时也是一种道家式的生命体验过程。如此,“书”才是一种高级的“艺术”的行为。孔子在《论语》中所说的“游于艺”,庄子在《庄子·养生篇》借“庖丁解牛”故事曰庖丁由“道”而“进乎技”,这里的“技”“艺”本身并不是今日所说的“艺术”,而只是技艺,但“艺”成为“游”的载体,“技”成为“道”的显现,技艺的过程便成了“艺术”。能够将这“过程”升华为“艺术”的人,也就是一个文化的人,“艺术过程”也就是其人格的显现。“书”之“艺”,也是如此。中国古代一切艺术的技法体系,本质上都是“过程性”的(如书、画之笔法、琴艺之指法、文学中的“文气”等),原因正在此。“书”之艺术的文化本质,首先是包蕴在其“过程”之中的,因为其过程乃是一种心智的流程和生命的体验。

三、“书象”:“天人合一”中生命方式的映现

对一切视觉艺术而言,创造过程的真切、具体的体验只属于创作个体的瞬间感受,一旦创作过程结束,其心智的流程和生命的体验,便凝固为某种形象,成为作者回味及与他人交流心智与体验的中介。对书法而言,其形象便是“书象”——以毛笔书写的汉字“图象”——虽然对“书法艺术”而言,“书象”并不是其艺术的全部,而只是其“过程”的终点。

但“书象”的重要意义又在于:仅从艺术行为的角度说,它又是“过程”的直接目的,因此,“书”的心智流程与生命体验,势必与“书象”的创造和对“书象”的体悟紧密相联,因此,中国古代书论从一开始便提出了“纵横有象”的命题。在早期书论中,有关“书象”的描述是重要内

容之一，请看西晋·卫恒《四体书势·字势》——

黄帝之史，沮诵仓颉。眺彼鸟迹，始作书契。纪纲万事，垂法立制。帝典用宣，质文著世。爰暨暴秦，滔天作戾。大道既泯，古文亦灭。魏文好古，世传丘坟。历代莫发，真伪靡分。大晋开元，弘道敷训。天垂其象，地耀其文，其文乃耀，粲矣其章。因声会意，类物有方：日处君而盈其度，月执臣而亏其旁；云委蛇而上布，星离离而舒光；禾苯尊以垂颖，山嵯峨而连冈；虫跂跂其若动，鸟飞飞而未扬。观其措笔缀墨，用心专精。势和体匀，发止无间。或守正循检，矩执规旋；或方圆靡则，因事制权。其曲如弓，其直如弦。矫然突出，若龙腾于川；渺而下颓，若雨坠于天。或引笔奋力，若鸿鹄高飞，邈邈翩翩；或纵势婀娜，若流苏悬羽，靡靡绵绵。是故远而望之，若翔风厉水，清波漪涟；就而察之，有若自然。信黄唐之遗迹，为六艺之范先，籀篆盖其子孙，隶草乃其曾玄。睹物象以致思，非言辞之所宣。

这是一篇颇有代表性的早期书论，全文之大要，即是对“纵横有象”的阐述。这一主题有两个方面的意义：其一是认识论角度的“书象”定义——“天垂其象，地耀其文”，是为对“书象”内涵的总括；其二是艺术论角度的“书象”创作论——“类物有方”，“睹物象以致思”，是为创造“书象”的根本原则。据此，今书法理论家将书法形象的本质表述为“第二自然”（或“第二形式”），即人们以直观抽象的形象方式表现的自然形象。此说当然有道理，但问题并不这么简单，它首先遭到今日书法接受者的经验质疑：在书法欣赏中，几乎没有人将“书象”与自然物象相联系（这里不包括“现代派书法”），而在书论史上，六朝后期关于“纵横有象”的论述渐少，唐宋以后，书论中自然象喻论更加少见，取而代之的是对“书象”的直接观照和某种人格论的喻示（限于篇幅，此点容另文阐述）。由之生发的问题是：这是时代的差异还是时代的隔膜？对“纵横有象”，我们是否从一开始即误解了先人的本意？回答这个问题的途径只有一个：回到“物象”说的时代文化语境中去。

“物象”说的时代文化语境，仍然主要由儒、道两家话语构成。但与先秦时期不同的是：汉代儒学以董仲舒为代表，发明了影响深远的“天人合一”说；魏晋文人则在玄学风气中，将先秦道家的“天—人”关系说发扬光大。二者的互融，使“天人合一”思想成为其时文化语境中的主话语。

董仲舒是汉代一大儒，也是汉代确立儒学权威地位的功臣，其影响最深远的思想是“天人合一”——

> 天地者，万物之本，先祖之所出也。广大无极，其德昭明。历年众多，永永无疆。天出至明，众知类也。（《春秋繁露·观德》）
>
> 为生不能为人，为人者，天也。人之(为)人，本于天。天亦人之曾祖父也。此人之所以乃上类天也。（《春秋繁露·为人者天》）

董子思想，有神秘色彩，但绝非是一些学者所云的“神学”。所谓“神学”，是将“神”作为凌驾于人自身之外的绝对权威，而董子确立的最高权威“天”，乃是人之本，是人之“先祖”，人与天是合一的，而不是分离的。这是中国古代从未有过一个像西方中世纪那样神学统治黑暗时代的原因之一。在这样的思想框架中，天地万物都是生命的存在，人既是大生命中的小生命，也是大生命的显现，其一切生命特征均与大生命同一。

正是在这一点上，董子思想与道家思想有所相通。《庄子》中《齐物》篇有云：“天地与我并生，而万物与我为一。”《知北游》篇有云：“吾身非吾有也，孰有之哉？曰：是天地之委形也；生非汝有，是天地之委和也；性命非汝有，是天地之委顺也。”这就是道家的“天人合一”观。在这样的观念中，万物的一切存在形式都是一种生命的形式，人的生命存在形式与万物存在的生命形式同一，人对自身的体验与对自然万物的观照同一，换言之，对万物的观照，也就是对自身的观照，“圣人者，原天地之美而通万物之理”，“则君子之道，彼其外与万物，皆往资焉而不匮，此其道欤！”（《庄子·知北游》）这就是中国古代不无玄妙然极为深刻的“天人合一”思想。其源在先秦，确立在汉，盛行则在魏晋。魏晋玄学的主要内容之一，即是体悟和阐述“天人合一”，人所熟悉的陶渊明的几句诗可以作为“原天地之美而通万物之理”的艺术注脚——

> 采菊东篱下，悠然见南山。山气日夕佳，飞鸟相与还。此中有真意，欲辨已忘言。（《饮酒·其一》）

由此，我们便找到了理解古代早期“自然物喻”之“书象”论的路径：在文化本质上，“天人合一”的人文观乃是其深层底蕴。为什么对书法“图象”，我们无法找到与古人描述的“纵横有象”的直接对应？原因在于“自然物喻”只是对“原天地之美”的一种文学描述，实质乃在启发“通万物之理”，是“外与万物，皆往资焉”的思想手段，而不是对“书象”之“直观抽象”的说明，是从“众知类也”的天地万象中进行的自我返照，而不是对天地万象的单向反映。因此，“类物有方”，“类”的是“物”之“神”，而不是“形”。“纵横有象”的一切动人描写，表达的是“大生命”的存在方式，从“龙腾于川”到“雨坠于天”的一切物象，乃是一个“天”的整体，睹之而“致思”的是对生命形式的领悟，而“天”与人是“合一”的，人的生命形式与大生命同一，因此，“措笔缀墨”中“纵横有象”的大生命也就成了自我的生命显现。从人文学的角度理解，“书象”，乃是“天人合一”中生命存在方式的凝聚和映现。所以，卫恒《四体书势》以“书势”题其名，其一切自然物象的描绘，都是对书之“势”的比喻，是“原万物之美”启迪对书之“势”的理解。什么是“势”呢？“势”是既可感但又抽象的事物存在的状态，从“天人合一”的大生命观言之，一切事物存在的状态都是生命存在的状态，而与天合一的人，在对生命化“势”的感悟中也就融入了自我的生命意识，作为人创造的“书势”，也就成了人的自我生命形式的映现。南朝齐王僧虔的一句话，可谓得个中真谛——

> 书之妙道，神采为上，形质次之。兼之者方可绍于古人。（《笔意赞》）

何为神采？曰：生命的气息、生命的外射、生命的显现。神采须负载于形质，故二者当“兼”，但形质本身并不就是神采，故“神采为上”。那么，书法艺术的本质内涵是什么呢？我们还能用简单的“笔墨情趣”概括之么？从人文学的艺术哲学角度言，“原天地之美而通万物之理”可以作为中国书法乃至一切艺术内在精神的深刻说明。也许，古今中外的一切艺术理论，从某种意义上均可视作对这句精赅而睿智之语的注脚，都是这一朴素而深刻思想的阐释。而思想的主体是人，思想的内容、思想的成果，乃是人文精神的最高体现。

四、意犹未尽的结语

当尊敬的读者耐心读完本文后，或许会有人提出这样的问题：你所说的，是不是太玄？与我们今天的书法创作，是不是隔得太远？况且，宋代以后，“纵横有象”的论题不是就几乎消失了吗？是的，从六朝后期开始，在“书”的名义问题上，“纵横有象”的自然物喻说逐步为人格象征说替代，“天人合一”语境的中心逐步由“天”向人自身转移，在书评中，我们经常可以看到这样的评价：“王右军书，如谢家子弟纵复不端正者，爽爽有一种风气。”“羊欣书，如大家婢为夫人，虽处其位，而举止羞涩，终不似真。”（南朝梁袁昂《古今书评》）这种人格论书评方式，与六朝文人间人格品评风气的盛行有极大关系，而从书学思想本身的角度言，从“原万物之美”返照自我到自我的直接观照，也是思维逻辑的必然。但这并不意味着“物象”说已失去价值而只有书学史研究的“学术”意义。事实上，从“原万物之美”到直接观照自我，固然是历史的进步,同时也留下了历史的遗憾——因为,将自我置身于大生命中,可以更多地体现“无我”之自然,其广阔无垠的想象空间也为一维化的人格象征或狭隘的“情感表现”远远不及,虽然“天人合一”的“物象”说不免有某种玄学色彩和幼稚思维的痕迹,但同时也就有一种可贵的天真、探寻与发自本心的创造欲望。而这些,在“成年化”的人格象征论和表情论却几乎消失了,书法的进程日益成为几个“大家”的重复或叠合性重铸、某些典范风格的承传或局部变异。古代书法艺术创造力的某种僵化与衰退,不能不说与此有关。个中原因,在于人格象征论总要内在地设定一个人格标准(这一标准在古代是由士夫文人确立的),一旦这种人格标准固定化,一切与之相联的艺术现象势必会走向自我封闭。而物象说则是自由的、开放的,“大生命”,没有极限,汉末魏晋南北朝直至盛唐,之所以成为古代书史上最富创造活力的时代,“纵横有象”说及由之衍生的、尚处于创造性阶段的人格象征论在思想上的支撑,应是重要因素之一。

由此想到当代书坛(脱离汉字的现代派书法除外)。现在,尊崇传统(严格地说,是文人书法传统)的称为“传统派”,此“派”(是否能称为“派”尚可讨论,姑言之。)对目下书坛追求其认为的“怪”与“审丑倾向”颇有微辞(所指者多为中青年书家)。笔者对此并非全无同感,但从历史的眼光观之,在其“怪”与“审丑倾向”的底层,涌动的乃是一种新的人文意识,一种对传统文人书法中蕴涵的人格规范的批判,一种有意识的创造意向。虽然,与强大而深厚的传统相比,其创作或许还不够成熟,一些青年书者缺乏人文意识的盲目追求乃至模仿,更增加了“传统派”的口实,但在文化语境已与古代大不相同的今天,书坛的“变”是必然的。只是我们在热衷笔墨之外,还应当多增加一些对书法艺术、传统书法(文人书法与民间书法)和古代书论的人文学理解,从而使“变”具有更丰厚、更自觉的文化内涵,而这一点,我们的书坛和书学界做得似乎还很不够。

(原载《第五届中国书法史论国际研讨会论文集》)

论中国古代书法实践观

近几年来，书法界对中国传统书法艺术进行了颇为深入的研究，论者从美学、社会学乃至心理学的角度对书法艺术所作的有益探讨使其艺术的奥秘日益为人们所认识。但是，这些研究主要集中在书法的物质形态方面，而另一个重要角度似尚未引起足够重视，这就是从书法艺术的创作主体出发，对人们的书法艺术实践观念加以探讨和分析。这对弄清中国书法艺术为什么以现存的历史风貌呈现在我们面前是至关重要的，对当前面临的书艺创新亦有重要的意义。本文即尝试对这一问题作一些初步探讨，望诸同道指正。

书法审美意识的产生：从单纯技艺到"任情恣性"

就实物所见，远在公元前十六世纪的殷商时期，中国就产生了纯文字(甲骨文)。"书法"当然随之产生。但当时书法的意义仅在书写文字，其唤起的是文字的概念意义构成的思维和情感。书法本身没有其他更多的功用和意义。当时，文字主要用以卜筮，甲骨文记载着大大小小的占卜活动就是证明。这种现象一直延续到周代。周代各种钟鼎铭文的内容乃是甲骨文同类内容的扩大和记事范围的拓展。因此，青铜器上庄严的文字和狰狞的饕餮共同显示着象征"天意"和权力的神秘意味，书法本身潜伏着的一切美的意义似乎都被这庄严神圣的意味淹没了。

但是，与上述历史进程相联系的还有一条文字本身进展的线索。暂撇开文字形体的变化不论，文字的内质随着文字的增多也在改变。

中国文字的起源至今尚无定论，但它的重要来源之一乃是具有原始图腾意义的图画和符号则可肯定。像大汶口文化、江西吴城文化中的那些史前文字，其意义虽已邈难测定但决不能简单加以推测，其中含有复杂的多层意义。殷商青铜器中保留的几百个古老族徽说明：远古的人们决不是从纯自然的角度去认识自然，创立文字的，它包含着信仰、祈求，崇拜和某种认知。文字首先用于占卜正与此密切相联。但随着文字的日益增多，文字实用功能的扩大，文字的连贯意义取代了单字复杂混朦的多层意义，文字的概念内涵逐渐单一化、固定化，单字中包含的原始神秘意义日渐退化消失，文字便成为单纯的符号，书写文字渐成了一种技艺。这一过程当从殷商时已逐渐开始，明确的记载始见于周代。《周礼·地官司徒》："保氏掌谏王恶，而养国予以道，乃教之六艺。"六艺者，礼、乐、射、御、书、数。书，即识字，写字。《汉书·艺文志》："周官保氏掌养国子，教之六书，谓象形、象事、象意、象声、转注、假借，造字之本也。"保氏，乃是史、巫之官，国子也是贵族之子，但书法毕竟从较纯粹的巫术功能中解放出来，为最早的一批文化阶层人所广泛应用。同时，书法既作为一门技艺，其中潜伏着的自身若干美的因素就有可能找到脱离其文字概念意义而表现自身的机会。

幸运的是，历史似乎对书法这种表现自身的要求特别关照，在青铜器上，文字和饕餮在显示庄严神圣意味的同时又是那么吸引人地显示着美的魅力。尽管古人对此恐怕还没有自觉意识，但在他们朦胧的观念中，文字毕竟成了美的装饰的一部分。这种现象到秦代更为突出，所谓"秦书八体"，其产生的重要原因之一就是适应装饰器物之美的需要，像鸟篆，简直就是古代的美术字。这样，随着书法实践面的步步扩大，经过"书隶"等下层文人的长期实践，人们不断地提高书法技巧，总结书法美的规律，书法水平便逐渐上升到一个新的阶段，作为一种与美相联的技艺，它不仅有功利的意义，同时又有了某种审美的作用，书法实践中的审美意识便产生了。就文献所见，这种意识的产生在东汉。东汉·赵壹《非草书》、蔡邕《笔论》《九势》等文是历史上最早的论书专文，它显示了当时书法的审美意识已经达到一个相当成熟的境地。蔡邕《笔论》云：

> 书者，散也。欲书先散怀抱，任情恣性，然后书之；若迫于事，虽中山兔毫不能佳也。

蔡邕在这里把“任情恣性”作为书法实践时必须的精神状态，这种精神状态又必须是超功利的，这就把书法实践活动引向了审美境界。与之相联系，书法中“笔软而奇怪生焉”（《九势》）的种种形体之美便得到重视。《笔论》又云：

> 为书之体，须入其形；若坐若行，若飞若动，若往若来，若卧若起，若愁若喜，若虫食木叶，若利剑长戈，若强弓硬矢，若水火，若云雾，若日月，纵横有所象者，方得谓之书矣。

我们暂不去分析这种种审美要求的内蕴，仅仅说明：至此，书法已跨入了具有自觉意识的艺术殿堂。《笔论》中提出的从书法实践的审美境界到对书法物质形态的美感要求，乃至他在《九势》中具体地提出以“力”和“势”为中心的用笔、结体要求和准则，意味着书法从此在人们的观念中真正走上了美的历程。甲骨、青铜、石碑、尺牍，在人们眼中不仅是一堆文字，除了文字的意义外同时也有了书法审美的意义。

书法美的表现对象：自然精神到人的精神的重心转移

书法实践一旦有了自觉审美意识，紧接着就是进一步发现、界定、扩展书法美的问题。

书法美有两个层次:其一是书法本身所包含的各种美的因子、美的素质;其二是一定历史时期人们已经认知的若干美的因素。前者是后者的基础,也是书法审美意识得以产生不可或缺的条件;后者则是对前者的某种提炼和表现,对前者并不是一种消极的认知关系,人们在“发现”的过程中可以充实、扩大乃至再塑书法美的因子和素质,并将其中的某些方面升华为主导核心,从而日益使书法成为自具特色的一门艺术,这过程构成古代书法实践观不断演化的核心线索,其主导趋向是书法美从表现自然精神到人自身精神的重心转移。

还是从蔡邕的《笔论》谈起。从上文所引的“须入其形”一段话可以看出,其将“纵横有象”作为书法美的最高准则。像什么?一连许多“若”说明,所“象”者,自然也。但这自然又是如此丰富和不可确定,从具体有形的弓矢日月到难以描摹的愁喜之态,都汇集于书法一身。值得注意的是,它并非要求此字如弓,彼字如矢,或此字似喜,那字若愁,而是对书法的一种整体性境界要求,并非某种直接的对应(即使个别字可以找到对应)。有的论者看到书法“象”的审美要求,但却看不到“象”的实质所在,于是便把书法形体和实物作简单比附,我们不反对可以有这种想象的自由,但绝大多数汉字无法作此比附,直观性的简单想象不能解决问题,推究汉字的原始象形意味也不能回答:为什么汉字成为“不象形的象形字”以后,其美的内涵不仅没有萎缩,反而更加扩大?其论所偏,便是误解了古人书法实践观念,把一种境界要求当成了简单物质形态的对应。

那么,既不是简单的对应,又要“纵横有象”,既然不是物质形态的低级相像,而是某种境界的“同形同构”,其实质又在何处?换句话说,在古代书法实践观中,他们要表现的是什么“自然美”?

问题还得从汉字的造字之法说起。东汉·许慎《说文解字》把汉字造字法规定为六种(参见前引《艺文志》语),其实,这已是后人的理性描述和分类,它并没有反映古代造字观念的精神实质。所谓“皇颉作文,因物构思,观彼鸟迹,遂成文字”(西晋·成公绥《隶书体》)流衍不衰的传说;所谓庖犠氏参“天地之序”而演为八卦,文字因此而起的神秘之谈，今人视之，荒诞不经，然而它却用类似神话的方式透露了最初汉字与自然的关系。所谓“仰观奎星圆曲之势，俯察龟纹鸟迹之象，博采众美，合而为字”（唐·张怀瓘《书断》），说明文字是在古人对自然浑然一体的认识基础上，汇集了天地万物之“序”而创出的自然之“象”。它排除了实物的简单形似，而抓住万物之“理”和精神，用高度抽象又高度象征的方式，用文字的结构形态反映了自然万物的生存组合秩序和“草木之生气”之类的精神状态和运动节奏，所表现的自然的实质不在其外形而在这种体现万物沟通和根本上一致的内在精神。不要小看一个小小的“木”，它似乎只是一棵高度简化的小树，那主干，那下生的根，上升的枝，为什么不以其他的方式、形体构成？它绝非仅仅是“简化”的需要，其中积淀着古人对自然的认知观念。两根上升的小枝，为什么不是平行或下垂呢？因为他象征着生长，一种物自体运动的“序”和“势”，向下生长的根的意义同样如此。无怪乎蔡邕《九势》中以得到“势”作为形体美的标准。“势来不可止，势去不可遏”，“无使势背”等等，反映了书法须合乎人的运动之“序”，也合乎自然之“序”的要求。“夫书肇于自然，自然既立，阴阳生焉；阴阳既生，形势出矣”（《九势》）。生生不息，互相转化，按一定规律运动着的阴阳关系便是天地之序和书法中“形”、“势”的根本。上举古文“木”字就是以最简略的形式反映了这种阴阳两极的运动。“势”者，“象”者，最根本涵意即在此。

因此，尽管中国字越来越不象形，而它与自然的这种“序”“势”的精神对应关系却成为一种深层意蕴决定着汉字的构造方式，辅之以人们最早认识到的平衡、对称等审美规则，汉字的形体变化便始终没有离开丰富多彩的阴阳流动之势和美的规律。我们把汉字与自然的这种对应和相象关系称之为“内象”方式，它的基点不在外形的摹拟。

“内象”方式可谓中国一切艺术不同于西方艺术的主要特征。中国诗歌的比兴手法，绘画中的写意、神似等等都是这种艺术精神的反映。书法于此最为突出，中国古代历来对自然作整体性的把握，它既是直观的，又是理性的，把人与自然在精神上的契合作为主要认识模式，从而导致了中国书法以其特定的方式反映自然之美，这就是自然“神理”。当这种神理在朦胧意识中被自觉认知，当书法中蕴含的“势”在人们的书法实践中与人的心理、情感之“势”产生某种“异质同构”的关系，书法就以自觉美的姿态，带着对自然和自身的审美意识和审美价值进入到人们的实践活动之中。

一个迹象随之产生：在书法“纵横有象”的审美活动中，由于其本质是体现自然精神和人的认知精神的“内象”，联系和构造这“内象”的人、人的主体精神从书法实践观诞生的第一天起就占有了重要位置。中国古老的“齐物”（物我同一）论把人与自然的精神作一体观，但在同时，个体和自然便呈现着二律背反的趋势：一方面，它把人的主体精神消融到自然中，另一方面，人也由于与自然同观而价值增大，人的主体精神又得到高度重视。前者决定了中国艺术“内象”方式的形成，后者则使这种“内象”最终要归结到人的主体精神。艺术，毕竟是人的活动，当人越来越认识到自身价值时，书法审美观由自然向人的重心转移就必然产生。如果把蔡邕的观点当作古代书法实践观的起始，其“纵横有象”乃侧重于物自体，人的主体精神还是一种与自然对应的潜在要素，那么，再看看古代书法实践观的“尾声”，上述重心的转移就显得很清楚了。

清代周星莲《临池管见》说：“字有筋骨、血脉、皮肉、神韵、脂泽、气息，数者缺一不可。”和蔡邕“纵横有象”的内容比较一下便可看出：“象”的内容已由侧重物自体转向人自身。清刘熙载《艺概·书概》说得更清楚：“笔性墨情，皆以其人之性情为本。是则理、性、情者，书之首务也。”这里已明确地把人的精神情感作为最高表现对象。

或曰：蔡邕不是也讲“任情恣性”么？不是也要求表现人的性情吗？既对，又不对。蔡邕并没有明确提出表现人的性情，恰恰相反，他要求书法时“先散怀抱”“任情恣性，然后书之”的精神状态正是一种高度的“忘我”。所谓“默坐静思，随意所适，言不出口，气不盈息，沉密神彩，如对至尊，则无不善矣（《笔论》）”。这里的“意”，不是情感，而是如同悟道参禅时排除了任何“我”的杂念、“我”的意识的心手两忘，唯有那个与“物”自然一体的我之“势”在“纵横有象”地进行书法创作。这是一个相当有意味而相当深刻的思想，实际上，这正是“我”的最高体现，但在自觉的理性认识上，它并没有以人的性情为主宰。所以，蔡邕最后还是把自然美作为书法的主要表现对象和首要审美标准。刘熙载曰：“蔡中郎但谓书肇于自然，此立天定人，尚未及乎由人复天也。”(《艺概·书概》)这是个很中肯的一针见血的看法。而“由人复天”正是人对自身充分认识基础上对“肇于自然”的升华，是古代书法实践观把美的表现对象由自然精神引向人之精神的重大转移。

以上我们从一头一尾两端说明了中国古代书法实践观关于美的表现对象的重心转移，这种重心转移在古代是一个渐进过程，早在南梁王僧虔《笔意赞》就提出：“书之妙道，神彩为上，形质次之，兼之者方可绍于古人。”这里的“神彩”，在南朝人心目中已经介入了有意识的人自身，梁袁昂《古今书评》以“谢家子弟”“大家婢作夫人”“南冈士大夫”等评价比喻右军、羊欣、淮南等人的书法就是一例。到了唐代，张怀瓘《书议》云书法当“囊括万殊，裁成一相。或寄以骋纵横之志，或托以散郁结之怀，虽至贵不能抑其高，虽妙算不能量其力”，把自我的情感胸怀更自觉地作为书法艺术的表现对象；宋苏轼云：“人貌有好丑，而君子小人之态，不可掩也；言有辩讷，而君子小人之气，不可欺也；书有工拙，而君子小人之心，不可乱也。”(《论书》)书法，已是书家人格的体现和象征，书法艺术就这样越来越成为渗透着自我、表现着自我的一种高级艺术。“书者，如也。如其学，如其才，如其志，总之曰如其人而已”(刘熙载《书概》)。对人的全面展现使书法表现的美越来越成为人的自我本质和精神情感的外化和凝结。

值得注意的是：上述书法美表现对象的重心转移并不是从一极端走向另一极端，它是人们认知的自然精神在人对自身精神认识发展基础上的扩大，又是人的精神和自然精神在新的基点上的融合。自然精神并没有在书法中消失，中国古代书法实践观从来不把纯粹自我作为唯一的表现对象，或以人的精神排斥自然精神。刘熙载云：“由人复天”，人和天始终是连在一起的。因此，“肇于自然”和“由人复天”

共同构成书法实践观的核心思想。中国艺术始终没有像西方那样走极端，在表现形式上始终处于“似与不似之间”，原因即在于中国艺术主张自然精神和人的精神迭合同构，二者互相制约。中国艺术既是高度情感化的，又是高度理性化的，从书法，从古代书法实践观，我们便可体会到中国文化艺术的这一精髓。

人本质的双重体现:“功力”与“情性”的矛盾和统一

既然书法美是自然精神和人的精神的迭合，是以人的精神为中心的“囊括万殊，裁成一相”，那么，人的精神，或者说人的本质又通过什么方式，以什么来加以表现呢？这里，我们不打算涉及具体点划、结体、章法等细节的讨论，而仍然从书法实践观的角度加以探讨。

人要表现自己，首先要认知自身，不管这种认知是自觉或不自觉，朦胧还是清晰。这一认知过程体现在艺术中，对人的若干本质及其表现内容、方式和不同评价就形成一定的审美价值观和审美尺度。在古代书法实践观中，这种对人的本质理解和由之决定的审美尺度主要凝结和体现在“功力”与“性情”两个方面和由之规定的审美范畴中。

所谓功力(或称“功夫”“本领”)在书法实践中包含下列两个层次的内容：

1. 点划的书写、结体的安排、布局的经营等各种基本技巧；

2. 接受、融化传统书法的厚度、广度和深度。通俗地说，就是观、摹古人书法范本的多少和理解、体现在书法实践中的程度。

可以看出，功力体现了人的某种摹仿和再创造的本质力量。对书法这门带有造型色彩的艺术而言，这种本质力量在实践中尤具特殊意义，所以在书法实践观产生的初期，功力的意义就受到相当的重视。从蔡邕提出“力在字中”等等书写技法的准则，直到以后历经各代形成的书法中相当完备的一套“法”的体系，都是在高度重视功力基础上提出的。

任何“法”都是适应一定内容，为表现一定的美服务的，任何新“法”的产生都标志着人们对美的领域认识的某种扩大。在这个意义上，“法”又间接反映着人们的认知能力这一本质。因此，对“法”能否熟练掌握和自由运用的程度，所谓功力深浅便具有评价人的劳动和认知本质力量的意义，功夫在古代书法实践观中占有重要位置乃理所当然。

然而，问题的实质还在于：在古代书法实践观中，对功力的重视和评价并不是抽象存在，它具有实实在在的内容。这内容就是具体的某碑、某帖、某家在后代书家的书法中体现的方式和内容。所谓“翰墨功多”，即指得某某“笔意”、某某“家法”的深浅和多少。早在东汉，以前人为楷的现象就已产生。赵壹《非草书》载：“龀齿以上，苟任涉学，皆废仓颉、史籀，竞以杜、崔为楷。”南朝托名王羲之《书论》云：“每作一字，须用数种意，或横画似八分，而发如篆籀”，“数体俱入……字字意别，勿使相同。”从唐代开始崇羲之，尊欧褚，法颜柳，境随时迁，而推究某人源出某家、某派的风气日盛，它简直成了一种专门学问，并成为衡量书家功力乃至欣赏者功力的标准。

所以如此，除了前述功力有着反映人的本质这一深层意义外，重要原因即在某某笔意、某某家法已经成为一种特定的书法艺术语言，成为一种定型化的美的典范，成为经人们加工和重新创造的美的“第二自然”。晋卫衡《四体书势》说古文“若龙腾于川”，“若雨堕于天”；篆“若黍稷之垂颖”，“若虫蛇之棼缊”；隶则“焕若星陈，郁若云布”；草则如“狡兔暴骇，将奔未驰”；宋朱文长《续书断》：“（颜真卿书）如忠臣义士，正色立朝，临大节而不可夺也。”无论他们把书法比之于自然还是人，对后之书法者而言，它们都是书法实践中应当效法、汲取、参照的“第二自然”。由于书法中蕴涵的自然、人的双重精神以一种高度象征的“内象”方式体现，真实存在的第一自然在其中又那么难以捉摸，在书法者把握对象的实践中，“第二自然”就作为中间环节，因其更便于直接效法而上升到首要地位，第一自然反而退居其次。因此，功力实际上不单单是个技法的问题，具备什么样的功力，做那一家的功夫，它本身就渗透着书法实践者的学识修养，表达着他对人、对自身、对自然的某种情感的和理性的认识。这样，功力便具备了某种更高层次的意义：它不仅体现着人的摹仿、再创造和认知本质，同时也体现了一种人的审美本质。

然而，功力对自我精神毕竟是间接的表现，它首先以汲取、借鉴前人的精神成果为前提，当前人的成果积累日益丰厚，功力的内涵和值当量就越大，在古代书法实践观中，它对审美标准的影响也就越大。这么一来，日益强大的功力意识便走向自身的反面，它几乎把某某家的“法度”当成自己的全部内容，人的创造本质在“功力”中日被摹仿所替代，这就剥夺了人的自由本质，而把人的自我精神、情感缩小甚至淹没了。

但是，艺术的规律和书法的本质是不可改变的，功力的异化恰恰导致了两个方面的后果，其一是人们把功力的本质内容之一——人的精神情感从功力中分离出来，把个体性情作为一个与功力相对立的认知、审美标准，性情便在书法中彻底获得了独立的价值和意义；其二是功力的本质使它走向自身反面时必然否定自身。这个历史进程与前文所述美的表现对象重心转移形成互相辉映和交叉影响的两条线索。

先谈第一点。在说明之前，我们先简单地解释一下书法中“性情”的内涵，它大约有下列几个层次：

1. 书家的自我精神、情感、气质等等以及体现它们的方式和内容的总和，古人称之为“天然”或“性”。下面两个层次乃是它的派生；

2. 书家长期形成的某种稳定的情感、意趣，它是自我精神的主要体现者；

3. 书法实践具体过程中的瞬间情感，它受稳定性情的制约，同时又以更鲜明的方式体现和局部超越稳定性情。

在三个层次中，第一层次既是基础层次又是最高层次，它的制高点决定了二、三两个层次能够达到的高度，本文即以它作为研究中心。

在古代书法实践观中,“天然”的要求最初是与功力同时提出并交融在一起的。蔡邕所云“忘我”境界,其实质便是通过“忘我”而抛弃束缚和限制表现自我的因素,通过“法”的自觉体现而使法、我一体。换句话说,此本领、此功力本身就体现了自我精神。这一观念的根源在老庄“顺其自然”的思想,老庄哲学中的最高范畴“道”,就是事物排除一切“外役”因素而体现的自身之“自然”,对人而言,这自然就是我之本性。中国早期的书法之“道”就是这种以书法表现“物我一体”的自然之“道”。因而,早期古代书法实践观要求人与自然精神的迭合同构,心手两忘,惟以一种我与物(自然)融为一体的“意”去创作便是书道的最高极旨。换句话说,我与物、物与书法、我与书法应当化为一体并又各逞其自然,所谓“心存委曲,每为一字,各象其形,斯造妙矣,书道毕矣”(东晋·卫铄《笔阵图》)。因此,功力和性情本来就是一对形影不离的伙伴。此间,人的性情实际上是枢纽和主宰。

然而,达此化境却非易事,“我”排除外役力量的程度,自我精神能否体现,体现到什么程度都因人而异。因此,功夫和性情的和谐统一便成了衡量书法高下的重要依据。梁庾肩吾《书品》:“王(羲之)工夫不及张(芝),天然过之;天然不及钟(繇),工夫过之。”所论确否姑不论,这里把工夫和天然相对举,以二者能否达到和谐为评价标准,意味很深,说明古代书法实践观产生不久,功力与性情就产生了某种对立,而消除这种对立则又是书家孜孜以求的最高境界。在东汉末到大约唐宋时,古代书法实践观解决这个矛盾还是以天然为钥匙,“天然”是书法美的至境,所谓“先禀于天然,次资于功用。而善学者乃学之于造化,异类而求之,固不取乎原本,而各逞其自然”(唐·张怀瓘《书断》)。这一观点是正确的,因为就功力的本质言,它是从属于性情的,功力和性情虽然从不同角度体现了人的本质,构成对人的劳动和情感本质的双重体现,但性情、“天然”,却包容着历史发展到一定时代的全部文化思想积淀,既显示着也制约着功力反映的人之本质内容,又涵有功力所难以包容的社会的、地理的、哲学的、美学的乃至某种具体生活等诸方面内容的若干折光。

但是，唐宋以后，功力的值增大，功力和性情的对立日益尖锐化，和唐宋以前“意前笔后”相对立的“本领者，将军也；性情者，副将也”之类说法出现，于是，性情、“天然”便一步步与“功夫”分离，并在书法艺术中真正确立了自己的位置。明·项穆《书法雅言》：“书有性情，即筋力之属也；言乎形质，即标格之类也。”这还是企图调和功力和性情的说法；清·包世臣《艺舟双楫》：“积力既久，习过诸家之形质性情无不奔会腕下，虽曰与古人为徒，实则自怀杼轴矣。”这也是力图复归到功力与性情的统一境界，但在性情与功力的主次关系上还有些扭捏；而刘熙载则比较彻底，《书概》云：“高韵深情，坚质浩气，缺一不可以为书。”并坚决提出“书如其人”的主张。清·朱和羹《临池心解》：“书学不过一技耳，然立品是第一关头。品高者，一点一画，自有清刚雅正之气；品下者，虽激昂顿挫，俨然可观，而纵横刚暴，未免流露楮外。故以道德、事功、文章、风节著者，代不乏人，论世者，慕其人，益重其书，书人遂并不朽于千古。”刘、朱的进步就在于他们把项、包的功力与性情的主次关系来了个反拨，人自身的主体精神上升为第一位，这就在自觉理性的高度恢复了功力的本质，以新的内容复归到早期书法实践观中功力与性情的统一关系。

与之相联系，功力的异化产生的否定自身的倾向亦日益明显。清朱履贞《书学捷要》提出“功夫要是在法外”，体现了对功力执着于法度的否定；清·周星莲《临池管见》：“吾谓信笔固不可，太矜意亦不可。意为笔蒙则意阑；笔为意拘则笔死。要使我顺笔性，笔随我势，两相得，则两相融，而字之妙处从此出矣。”朱和羹《临池心解》：“作书要发挥自己性灵，切莫寄人篱下。凡临摹各家，不过窃取其用笔，非规规形似也。……得形似者有尽，而领神味者无穷。”这些都体现了对功力异化的反省和纠正。明·祝允明对功力与性情的关系有一简赅精辟的论断：“有功无性，神彩不生；有性无功，神彩不实。”性情是统帅，是根本，表现性情乃是书法的要旨，是为功力与性情的矛盾达到统一的基点。

因此，功夫、法度，在古代书法实践观中最终便形成这样玄妙的内容:法的至境是“无法”,法应“寓以无法中”;功力要“于无功力处见功力”。玄吗?不玄。它既是对功力、法的否定,又是更高一级“法”和功力的内容,法和无法结合,最高功力是功力的涵虚浑化,隐而不见,都是要求把人的自我精神、情感和人的自由本质在书法中加以完美的体现。这种表现既是高度自由化、情感化的,又是高度理性化、自觉化的,人的摹仿、创造力和人的精神、情感的审美和想象力以更高级的自由迭合于一身和融化为一体。

自我完善的道路:博采众长,自成一家

在上述研究的基础上,现在我们可以来研究本文所论古代书法实践观中的最后一个问题,即书家自我完善的道路。

任何书家都想达到自我完善,最终在书坛上独树一帜。在古代,各个书家在艺术上自我完善的具体途径千变万化,各不相同,但都遵循着一条在根本上相同的道路,这就是“博采众长,自成一家”。至今,这还是为大家熟悉并为绝大多数书法实践者遵循的道路。因此,我们便不再占用篇幅去说明它的具体内容,而是探讨这种自我完善道路产生的原因及其本质。

在前文中,我们实际上已经接触到了这条道路产生的若干原因,在此不妨加以简单的综合说明:由于中国书法美的表现对象是自然精神和人的精神的迭合同构,当这双重精神转化为美的物质形态凝结在若干书家独具个性的书法中时,它就构成了某种美的典范和“第二自然”。作为一个中间环节,“第二自然”(众长)沟通着后代书家们与自然和人类的精神情感的联系。同时,某某笔意、某某家法构成的“众长”已成为书法的一种特定艺术语言,成为书家们重新组合、构造新的美的材料,启发着书家们循前人之路进一步发现、领悟和表现新的自然和人的美。任何艺术的发展都是在既成传统基础上的发展和扬弃,从这个意义上说,“博采”之路符合艺术发展的规律,古代书家选

择这样的自我完善道路是完全有理由的，它建筑在书法艺术规律和一切艺术发展规律的基础之上。

然而，问题又非如此简单，上述原因可以说明这条道路能够形成并被采纳的可能性和某种必要性，但是，它却不能从根本上说明：这条道路为什么会历史地形成并延绵千年而不衰；也不能说明为什么历史上若干书家遵循这条道路创造出的中国书法艺术呈现着一种稳定的渐进程序，某几种书风在书法史上常常又出现大体类似的轮回。中国书法乃至绘画都不像西方艺术那样出现明显的断裂和较以前面目全非的转折跳跃，能仅仅用书法的特殊性去解释吗？可以说明部分问题，但不能在根本上说明问题。那么，问题的关键何在？

笔者以为，这条道路形成的根本原因和以独特方式体现的历史现实，根子在中国古代的人之观念和文化精神。

前文曾明，书法艺术以表现人的精神为最高本位；反过来，人的精神，人们对自身和人的本性的认识也就制约着这种表现的内容和方式。按照马克思主义的观点，人的本质就是通过各种社会实践而支配、掌握自然，获得自身的自由，因此，人能够对自然、自身进行反思，在反思中确立自己的自由方式和自由内容。而古代对人的自由方式和自由内容的理解就决定了中国书法美的表现对象、表现手段和自我完善的道路。

在理解人的自由内容中，人与客体的关系是核心。在前文第二部分，我们已经涉及到了这样一个问题，在对待人与自然的关系上，中国古代主张“齐物”，即把人自身作为自然的一个和谐部分，把人和自然看作互通的一个整体。所谓我即自然，自然即我。因此，中国古代人们在认知自然的同时即在认知自身，认知自身的同时即在认知自然。自然和人在精神上是根本一致的、相通的。中医学的内外气交侵说、人和自然的各种对应关系，人和自然阴阳变化的同一规律等等，便是这种文化精神的典型反映。因此，中国书法美体现为自然精神和人自身精神的双重迭合便不是一个简单的艺术问题，它深深凝结着中国古代对人的体性认知观念。

由此衍伸，既然人和自然在精神上一致，强调外形的差异就不是中国观察、认知自然和人的基点，而“求同”却是认知结构的主要框架。因而中国的几乎所有的艺术对其表现对象从不去刻意追求外形的真实和细节的逼真，而是去追求物我的精神吻合，象征手法因而发展得特别成熟和丰富。在文学上，主张“得意忘言”，重比兴，不重描述；绘画上要“以神君形”“以形写神”；音乐上，则要“听曲而知心”，心与高山流水等自然精神的相通、同构是“审音”的最高目的。在书法上，独具一格的“内象”方式、欣赏中辨别神采、格调；形体美的基本要求是“力在字中”，力当蕴于内而不能一味炫张于外，这些都是在“求同”、求精神沟通观念中产生的艺术表现和鉴赏方式。中国书法为什么能成为艺术，书法审美意识为什么能产生，根子也在这里。这样，追求“本同而末异”的认知结构和表现方式导致了精深细微的意蕴领悟为主导的创作和欣赏意识。一点点细节的微妙不同就启示着、表现着大同精神中的个性差异，而这种千变万化、形同而神异、只可意会不可言传的玄妙幽深之差别，只有具备了高度修养和实践经验，并在取得我与对象精神的契合和沟通后才能分辨，仅仅泥于形便会产生谬误而不能领会艺术的真谛。东坡云：“论画以形似，见与儿童邻。”论书又何尝不是如此，例如清代的钱南园“出于”唐代的颜真卿，这是首先应当看到的，但如果仅此而已，看不到二者在外形的相似外还有若干精神气质的不同，那就是个蹩脚的鉴赏家。中国艺术主张抛弃外形的障碍，直接切入精神本体，然后再去探究、驾驭、体味细节的不同，归根结底，都是由中国古代对人自身和自然的整体性、精神性认识以及“求同”认知结构所决定的，“博采众长”就是这种文化精神的反映并由此规定了它的本质。“众长”是某种整体精神在书法中的反映，因而“众长”乃是“一家”的前提和基础，没有“众长”的“一家”就会因违反了“求同”认知结构方式与人们的欣赏习惯格格不入，缺乏整体精神亦被目为“离经叛道”而根本不被承认。这种“求同”方式根子在于中国古代对人的自由方式和自由内容的理解和规定。在古代，人的自由方式和自由内容首先是在群体中的和谐，群体中的自由，个体精神只有在与群体精神根本一致的情况下才能获得，个体精神从属于整体精神，同时又补充着群体精神。所以，“自成一家”在本质上就不能是与传统的对立和异向发展，它恰恰是传统、是群体精神的个性显现。自我的位置、自我的自由就放在这样一个特定的坐标和关系上：在群体精神中体现自我，在体现自我中又节制自我。这种人的价值体现方式和自由观念看似十分矛盾和难以统一，但恰恰是这种高度伦理观念下的自我确认导致了书法乃至一切中国艺术别具一格的风味。人生活在整体之中，离开整体，个体就不复存在，在这个意义上，上述自我确认的内容和方式体现了一种辩证的合理性，尽管古代这一自我评价、自我认知的方式和内容由于过分强调群体性而不免扼杀了个性。在古代社会、政治的领域内，群体精神被统治者强行规定而失去了自由性，个体精神也就变得相当微弱而更失去了自由。可是，在书法领域内，由于它较多地带有“纯艺术”色彩，因而较少受到强制性因素的干扰，人们对书法艺术的整体精神和个体精神的认识便在较为纯粹的审美自由中进行（我们不排斥包括社会、政治的各种因素的影响，但这种影响较其他艺术——如文学，不是那么直接和强烈）。因而，中国书法艺术便从较积极的角度体现了古代人的自由观、价值观的精髓。“博采众长，自成一家”的自我完善道路就是在这样的观念中被历史地选择而采用的。“众长”者，即前代积累形成的书法整体精神，“一家”者，就是整体精神的个性化反照，在具体内容和方式上必须反映传统精神的高度，同时又在方式上、内容上追求补充和扩大传统精神的“一家”自由。

明乎此，我们就能知道中国书法长期以来总不能抛弃“众长”，它是古人自我认识的结晶，积淀着整个古代对人的认知精华。同时，我们也能知道为什么中国书法也总追求着“一家”，它同样积淀着古代对人的认识精华。

顺便指出，中国传统的这种求同认知方式导致了中国艺术形式发展中的一个规律，这就是古代一切艺术都毫无例外地在形式演进上遵循程式化的道路，形式的演进总是由凝结程式、发展程式为指归。其原因就在于中国古代总是要把某种群体精神用程式作形态上的确立。程式既是注重整体精神的产物,本身又是整体精神的折光。书法中的"众长"就是书法艺术中的特殊程式,由于形式在总体上是一致的,因而艺术家们便可以把主要精力和最高目标放在精神的追求之中,运用变化程式,有法寓于无法,既要取得与群体精神的一致,又要取得个体精神的自由,"博采众长,自成一家",既要合于古,但又不能泥于古,既要体现个性,又不能随意发挥。"一家"便既是高度个性化、自我化,又是高度传统化、群体化的。个人与自然、与群体的和谐精神在这里又一次以新的方式体现。个人的价值、个人的位置在群体与个人的关系中,决不偏于那一端。中国古代书法实践观自我完善的道路就是在这样人的本位观念中产生并决定了其全部内容和本质。蔡邕《九势》曰:"妙合古人,翰墨功多。"早在两千多年前,这"妙合"二字就宣告了"博采众长,自成一家"道路的必将形成并显示了它的全部意味。

结束语:对传统书法实践观的反思与书法创新

现在,我们可以而且应当给自己提出一个问题:如何评价古代书法实践观?更实际的问题是:古代书法实践观在当代是否已"作古",它在我们的书法观念中是否还占有位置?每个书法实践者都应当对此作出回答,因为它正在冥冥中操纵着目前书法变革和创新的趋向。回答这个复杂而深刻的问号应当是另一个专题的任务,在此仅从两方面提出几点看法。

第一,我们应当充分认识到古代书法实践观的合理内核和应有价值。姑先提三点:1. 古人对书法艺术若干本质的认识和规定值得我们重视和审慎地思考,它和古代的书法创作共同构成中国书法艺术的特质。我们今天对书法艺术的变革和创新并不是否定中国书法艺术的本质,否则就不能算是书法的创新,而是另一性质艺术的再造。

我们不反对参考、汲取书法的某些精神和手法而再创另一种“毛笔艺术”，它也有在艺术领域内生存的权利，比如日本的前卫派书法。但笔者以为，它只能算是书法的派生艺术，而不是书法艺术。与之相比，日本少数字派书法是一种尊重书法本质的创新，它把书法的自我、自然精神的迭合，把阴阳流动、黑白交错相映表现得更加强烈，并把书法的“笔墨性情”从细微的体察进一步与强烈的震动感相结合，把力的外张感这一书法原有的意蕴发展并突出了。笔者并不主张我们也一定要去走这条路，在书法创新上，我们有条件比我们邻居走更为广阔的道路。

2. 古人对传统的高度重视又不泥于传统的“通变”精神和方式，依然是今天书法创新应当遵循的基本准则之一。强调功力，最终把功力、把“众长”与自我个性融为一体，以我之精神为创作的根本所在，这是符合书法艺术以及一切艺术创作规律的可行之路。对传统虚无主义的态度是不可取的，在有深厚书法艺术土壤的中国，长期形成的某些书法艺术“语言”已经成为书法和人们相交通的某种既定词汇，我们不能无视这一现实，一步登天地创造为人不能理解的新语言。同时，我们今天对“自成一家”的精神更应该重视。艺术在塑造自身的同时也就塑造、培养了观赏对象，这也是书法艺术家的崇高历史使命。我们既要尊重、理解长期的欣赏习惯造成的书法欣赏中的某种审美的、认知的心理定势，又要以新的美去征服它、重塑它。这是二者同构而不可或缺任何一方面的统一。

3. 古人对书法既情感化又理性化的认知方式值得借鉴。一切艺术都不可能是纯情感的，理性总要或深或浅、或显或隐地对情感起着净化、升华的作用。同时，一切对艺术的认识最终都力图使自己符合科学，正如一切科学都力图达到艺术的境界一样。今天，在对书法艺术的理解和认识中，理性精神比较薄弱，特别是有些青年爱好者，他们主张创新，对传统颇多非议，但对传统的认识却非常单纯。他们以为，传统不就是那些碑帖吗？这样，缺乏对传统较清醒而深刻的了解，又怎么能去否定传统，去创新呢？

第二，在我们充分肯定古代书法实践观的合理因素和应有价值后也应该看到，古人的种种观念毕竟是过去时代的产物，我们今天的时代从社会结构到人对自然、对自身的看法都较过去有了巨大变化，不看到古代书法实践观在今天的惰性影响和对书法创新的反制作用同样是非理性和错误的。这种惰性和影响约有几点：

1. 古代书法实践观的主要精神是以小农经济为基础的社会的产物。那种自然与自我的同一迭合，由之产生的田园诗式的宁静、和谐与温柔敦厚的主导审美观念，那种消融自我的倾向，在今天便暴露出明显不足。比如，当前年轻人很喜欢草书，不仅因为草书把书法的某些美表现得更加充分，重要原因还在于草书的流动节奏与今天生活的、心理的节拍更为契合。今天的时代精神已不是人与自然的消极和谐，而更是一种积极进取的精神。一个迹象很能说明问题：当前书法的审美倾向正以外旋式的力感表现去改变、替代“力在字中”的内蕴表现方式，无论是“新派”还是“传统派”，在这一点上都有某种共同的趋向。这个苗头所显示的、包含的深刻意义很值得深思。

2. “博采众长，自成一家”的书家自我完善道路越来越把书法变成了一种“成年”艺术而缺乏一种灵感式的魅力。在书法史上，每当“一体”处在初创和刚刚兴盛的阶段，我们总可以看到一种毫无矫饰的灵感之美和率真之趣。甲骨文、西周金文、东汉的一些隶书、南北朝时的楷书，乃至唐代张、怀的狂草都还不乏这样的魅力，从唐宋以后，书法变得越来越老成持重，其生气勃勃的趣味实在不能和前代相比，尽管在很多局部领域，书法艺术仍在发展。对任何艺术，缺乏灵感和想象的魅力都不能不说是一个缺憾。

3. 古代书法实践观派生出的门户之见是古今书坛一大弊端。“博采”总有取舍好恶，高度重视传统反生出以自己认知的传统擅断别家的倾向。对王羲之，本是仁者见仁，智者见智，学王者尽可取长补短，合之双美。可惜以“我之右军”为正统的大有人在，清代刘镛的“王家笔法”不为翁方纲认可就是一例。这样，书法艺术中重视群体精神的观念就在个人认识的狭隘化中畸形发展，成为扼杀“一家”诞生的利刃。“有一千个读者,就有一千个哈姆雷特”,同样,有一千个钟王的学习者就有一千个钟王。如果以一个钟王、一个颜柳、一个苏米去限定天下,对传统的高度重视就走向了反面。古代素以一家之“礼”范围天下,这就使传统既发挥着促进文化发展的巨大力量,又顽固地成为限制新文化诞生的沉重镣铐,当某一事物刚刚面临变革之际,总有一些极端否定传统的东西诞生,它不免粗糙、幼稚,甚至是无知的愚蠢,我们可以不去趋附和赞同,但却应该理解、尊重、汲取它的勇气和胆量。经过正反两个方面的“合”,才是真正具有高级水平和新的生命力的事物,不经过否定之否定,具有新质素的事物就不会诞生。今天,我们把第一阶段的否定拒之门外,明天,我们将依据什么来进行“否定之否定”呢?创造历史,必须有历史的眼光和胸怀,而这一点恰恰是古代书法实践观缺乏和薄弱的一面。今天,当改革春风吹遍各个领域,祖国正面临着走向现代化的伟大历史性变革,在书法领域内,我们对古代书法、书法实践观难道不应当进行历史性的反思,对它作一番合乎历史潮流和历史发展逻辑的“扬弃”么?

(原载《文艺研究》1986 年第 5 期)

书法的艺术构成与书法艺术的本质

书法是中华民族的一门传统艺术，至少已有3000多年的历史。早在唐代，中国书法便传入日本、朝鲜，成为其民族文化艺术的一个重要组成部分；近代一些西方绘画大师如毕加索等，也曾从中国书法中汲取过营养。中国书法不仅是中国本土的文化现象，而且已日益成为具有世界意义的东方艺术门类之一。

从最广泛的意义说，世界各民族都有自己的文字和书写文字的技巧，因而也都有自己的“书法”；然而，为什么唯独中国书法能够成为一门引人注目的艺术？中国书法究竟是以什么构成其艺术内涵的？它不同于其他艺术的本质特征又是什么？这些问题都值得深入探讨。

从最简单的实践形式上说，中国书法就是汉字的书写艺术。书法能够成为一门艺术，最基本的原因在于汉字和毛笔的特殊性。汉字的特殊性产生了中国书法别具一格的形式意味，毛笔的特殊性丰富和拓展了书法形式意味的内涵，并由此产生了丰富的笔法体系。当二者结成一个自觉化的有机整体，成为人们表现自己心灵的方式和审美的对象时，书法就成了一门艺术。因此，书法艺术的构成包括两个内容：其形式意味和笔法体系是书法艺术的形式构成；其审美意味所表现的创作主体的心灵世界是书法艺术的精神构成。二者既相对独立，又相辅相成。书法艺术总体构成的别具一格的内涵显示了书法艺术的本质，并显示出书法艺术与其他艺术不同性质的分界。

一、书法艺术的形式构成

(一) 汉字的形式意味

1. 汉字“以形示意”的特点

在中国最早的文字中，有相当一部分是象形字。象形是描摹实物形状的造字法，如“口”即似一张开的嘴。此外，还有一些单纯的符号字，即汉字“六书”中指事字的一部分，如“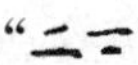”（上、下）。在汉字的“象形”“指事”“会意”“形声”四种造字法中，“象形”是原始的基本方式。这就形成了许多汉字“以形示意”的突出特点。这种特点对中国书法成为一门艺术影响极大。由于汉字字形具有相对的独立性，这就产生了两个深刻的影响：一是以文字节写形式的变更、演化为主导线索，形成了中国书法史上饶有趣味的书体演变史；书法史上各家各派标新立异，争奇斗艳，也体现在字形的差异上。如果汉字遵循以语音为主导的发展线索，中国的书法艺术就很难形成自己的特色。二是汉字“形”的独立性使中国人对字形异常重视与敏感，人们在特定情况下甚至可以撇开文字的声、义要素，而对文字的形式进行独立的欣赏。也就是说，汉字的形式除了表意的功能外，又多了一个可供欣赏的功能。汉字形式中蕴含的象形意味则为汉字成为审美对象提供了绝好的条件和内容。

2. 汉字象形意味的精髓与书法空间形象的本质

汉字的“象形”与一般绘画的“形”有本质的区别，它是对存在之事物的简化和省略了具体细节后的基本体态的概括，是某种动势的表现，即所谓“画成其物，随体诘屈”（许慎《说文解字・序》）。“象形”并不是对某物逼真、具体的描绘，而是对其“体势”的某种表现，如“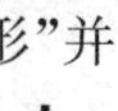”（隹，即鸟），“”（云）、“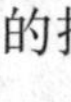”（木，似树）等等。这种对事物形体之“势”

的表现，古人又称之为“形势”。蔡邕《九势》云：“夫书肇于自然。自然既立，阴阳生焉；阴阳既生，形势出焉。”在古代书法理论中，“类物有方”是最早的美学观点之一。所谓“类物”，即指汉字的形态应具有事物的“形势”美——“云委蛇而上布，星离离以舒光；禾苯尊以垂颖，山嵯峨而连冈；……观其措笔缀墨，用心专精，势和体均，发止无间。”（卫恒《四体书势·字势》）这样，汉字的形式结构便是一种对自然“形势”的审美概括和提炼，从而形成了别具意蕴的“字势”。古人所说的“书画同源”，指的便是汉字这种“类物”的特性。但“同源”并非同质，如商代青铜器上的一些图形文字（见图一），它们像“画”，但又绝不是绘画，因为它们表现的不是事物在一定时、空中的瞬间状态，而是对事物“形势”的类型化概括，它们是“字”：

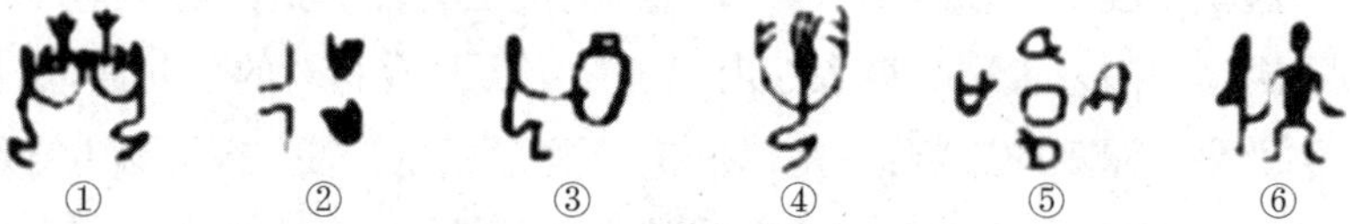

图一

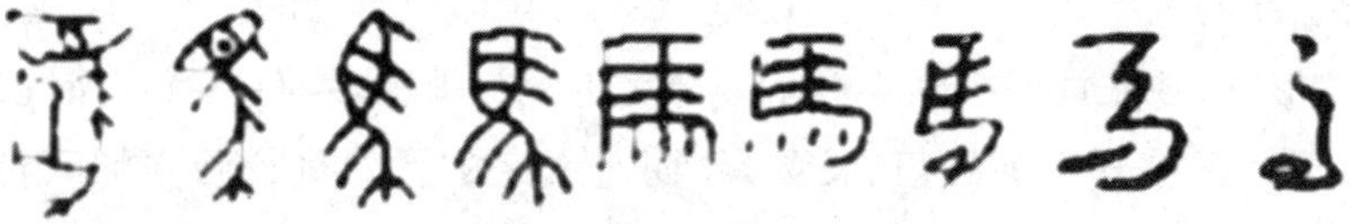

图二

①，以两人拔草状表示某种劳动；②，以“彳”表示路，一前一后两只脚表示在路上行走。①和②分别是后来“蓺”和“徙”字的前身。再如⑤，以四只脚代表一群人，他们紧紧围绕一个中心，使之不受侵犯。它就是“衛”字的初形。可以看出，这些“字”既是抽象的符号，同时也有具体的形象，只不过这种形象概括了事物的“形势”。与事物的真实形象相比较，它们是一种经过概括和抽象了的形象。汉字的初始形态是具象与抽象奇妙结合的形态，抽象化是其基本精神。这种抽象从形式的角度而言，是一种直观抽象，是从具体到更高一级的具体——即

对事物已不可再省略的基本形式的抽象。汉字书体的演变，从艺术审美的角度看，便是“形势”不断从象形意味中抽象出来的过程。例如“马”字（见图二）：这里排列的书体顺序并非严格的书体演变的先后过程，因为从隶书以后，草书与行书、楷书均是从隶书中脱胎而出的，它们在书体演变过程中是交叉影响的，但从总的方面看，这一排列却体现了汉字“形势”抽象过程的逻辑顺序。可以看出，书体越经演变，其象形意味越淡薄，但象形意味的精髓——“形势”，却是一脉贯穿的。其最后抽象的形式是草书，它用流转的线条对其他书体最基本的形势进行概括和提纯。汉字的形势是书法艺术空间形象的本质内容。在古代书论中，“字势”是最早出现的书法术语言和审美范畴之一，其原因正在于此。

3. “字势”对书法艺术性质的界定

汉字的“字势”作为书法艺术空间形象的本质内容，作为万物存在的空间形式的抽象表现，对书法艺术有两方面的意义：

其一，它使汉字成为“囊括万殊，裁成一相”的典型形式，这种形式是人们在长期的历史过程中按美的规律抽象出来的视觉形象，因此，汉字是抽象意味与直观形象的奇妙统一。从这个角度来说，书法艺术是一种以抽象的直观形象为表现媒介的造型艺术，它以汉字所提炼、创造的不同种类的“字势”为表现美的手段。汉字在书法艺术中形成一种既定的、不可抛弃的形象；对汉字点画随意变形组合，或是根本抛弃汉字而仅以点画之“墨象”为表现内容，便失去了汉字特有“字势”的意味，因而也就背离了书法艺术的特性，只能视为书法的某种派生艺术。

其二，汉字的“字势”作为人们对事物空间形态的抽象和升华，本身就意味着渗入了人的主体意识。因此，汉字的“字势”既具有稳定性和普遍性，同时又具有可变性和个体性。其稳定性、普遍性表现在它是人们对事物的空间基本形式长期审察和总结的共同结果，它具有一种总体相同的大格局，书法艺术必须受其制约，其可变性、个体性表现在每个人都可以在不改变汉字基本结构的前提下，根据自己对“字势”美的不同理解和追求在书法实践中创造出各种美的汉字形象，或潇洒，或飞扬，或险峻……使“字势”成为人的心灵和精神境界的外化和表现。由于汉字结构形式的某种规定性和字势的抽象性，这种心灵的外化和表现在书法中就不像其他艺术耶样，可以通过各种手段对创作主体的心灵和精神世界作具体的描绘。书法只能以不同的“字势”以及丰富的笔墨情趣，对创作者的心灵作一种象征性的表现。从这个角度说，书法是一种象征性艺术。

任何象征，必须以某种既定的、具有普遍公认的内涵意义的形象为基础，否则就是一个任意的、无规定的、没有意义的存在。比如，任何一个人都可以在一定的情绪中用徒手线条对一个二度空间进行随意的分割，并完全可以得到一种情绪宣泄的快感，或表现某种精神活动的痕迹，他有理由认为这种徒手线条也是一种情感的象征；但说书法是“徒手线条对空间的分割”，则不能成为书法艺术的严格定义，原因即在其未规定一种有公认含意的形象。用艺术哲学的术语说，它没有规定的艺术语言，因此无法构成创作主体和客体、创作者和欣赏者之间有一定指向的情感交流。书法中汉字的“字势”和笔墨情趣是中华民族数千年审美积淀的产物，是集体审美意识的结晶，从而构成了书法特有的艺术语言，因此，其象征意味才能为大家所接受、所理解。如果仅从“字势”的角度对书法艺术的性质加以界定的话，那么，书法便是以汉字的形体变化为造型手段，以“字势”所蕴涵的抽象自然美（即事物普遍态势的典型形式与精神）为本体意味，以表现人的心灵世界为目的的象征艺术。

4. 以“字势”为基础的书法艺术空间形象的构成

“字势”是书法艺术空间形象的基本内容，但却不是构成书法艺术空间形象的唯一要素。在书法艺术的空间形象中尚有两个极为重要时内容：一是线条（点画）自身形态所具有的审美内涵；二是整幅章法布局所体现的整体空间的审美意味。前者在古代书论中称为“笔意”；后者通常以“黑白之趣”来概括，由于它主要是对一幅作品整个布局的大形势所作的审美体察，我们姑且称之为“局势”。

“笔意”“字势”和“局势”是书法艺术空间形象的三要素，并由此构成书法“用笔”“结字”“布局”的技法体系。其中，“字势”是基础，“笔意”是核心，“局势”则是“字势”审美意味的进一步丰富、拓展和深入。

“笔意”的审美意味主要取决于毛笔的特殊功能所产生的艺术效果，但笔意的产生亦受“字势”的影响，同时又反作用于“字势”。书法史上书体的演变、笔法的变化是笔意对字势影响的内因之一。隶书成熟后，隶向草、行、楷演化，笔法更显示了重要作用。从东汉至东晋文人书派兴起后，书体的演变已告结束，因而在书法中笔法的意义便更加突出。“字势”往往因为不同的笔法而形成不同的风貌，因此“笔意”日益成为书法本体的核心内容。另一方面，“字势”对“笔意”的内涵亦有重要影响。“字势”审美价值的确立，标志着书法艺术对汉字具体象形性的扬弃，从而解脱了点画线条仅仅为构造一个“字”服务的束缚，于是，点画自身的形态便具有了某种独立的审美价值。

除了毛笔书写造成的点画不同的体积感外，汉字按既定的点画顺序形成的连贯流动感也是“笔意”的一个重要方面。在篆、隶、楷中，这种流动感尚是一种隐性存在，行书则使之外化，草书更将这种连贯性最大限度地表现出来。书法的线条本身具有了某种动态感，而这种动态感正是“字势”的灵魂所在。汉字“字势”之所以生动而丰富，其原因在于汉字的抽象意味最初是对事物典型动态“形势”的抽象。书法的点画线条既具有某种独立的审美意味，同时仍要和表现字势美结合在一起，这正是点画线条具有独立审美价值的前提。

书法点面线条具备独立的审美特性，其重要意义在于拓展了书法的空间意味。在中国书法艺术中，有两大空间范畴：字内空间与字外空间。在早期汉字中，字内空间在总体上是封闭的，它只是显示某种实物形体，字外空间与之相隔绝而几乎没有意义。隶书的字内空间已具半开放性；发展至行、草书则将字内、字外空间的界限完全打破，彻底解散了汉字方块式的封闭空间结构。这样，字的内外空间就交融为一个整体。在一幅完整的书法作品中，这种内外空间的交融就显得更加突出。从创作的角度说，这种交融不仅使“黑”（点画）具有塑造形象(体积感、流动感以及由此显示的“字势”等)的功能,同时也承担了塑造“白”(无字处)的形象的任务;而“白”也并不仅仅是衬托汉字的单纯背景,它同样也起着“塑造”书法之“黑”的作用。正如古老的太极图那样,“黑”与“白”已互相显示和规定着自身与对方的存在形式。这样,“黑”与“白”不仅都具有自身的审美价值,同时又相得益彰地塑造了书法完整的美。书家常说的“计白当黑”,意义即在此。汉字的“字势”也在这种黑白交融中从单字的意义拓展到一幅书法作品的全部空间之中,以一种黑白两极的奇妙组合及有机构成,形成了变化万千的动态空间形式。从而将汉字“字势”及其所蕴涵的显示生命存在的基本方式——动态感,以更抽象而又更鲜明的形式,赋予书法以表现空间生命运动的艺术意蕴。当古人用“兽跂鸟跱,志在飞移;狡兔暴骇,将奔来驰”等直观形象描述“草势”的意蕴时,就已经表达了他们对书法空间内涵的生命运动象征意味的领悟,我们今天只不过用当代的语言将之上升为一种艺术哲学的解释罢了。

(二) 书法“笔意”的审美意味

1. 毛笔的特性与书法点画的审美意蕴

毛笔的独特性能是中国书法成为艺术的重要原因之一。毛笔对书写过程中的动作的变化、力量的轻重有高度敏感性,哪怕是一点点动作的不同和力量的微妙变化,落在纸上的迹象便有不同。这对书法的影响极为重要,它使书写者在用笔的快慢节奏、线条的粗细变化、墨象的枯湿浓淡等方面具有极大的自由性和创造性。由此,形成了书法“笔意”中两个最基本的审美要素:一是用笔的粗细、枯湿以及用力的强弱变化,产生了点画线条的体积感、质感和力量感,并且产生不同的审美效果——或敦厚凝重,或绵里藏针;或沉着痛快,或干涩苍健;或遒劲坚韧,或柔丽飘逸。这些不同的审美效果在总体上可归入“笔意”中形态美一类,成为书法点画形式审美意味中的要素之一。二是由运笔中提按、使转、映带、垂缩等一系列复杂动作所造成的线条的流动感和韵律感。用书法的术语说,就是造成一种“气韵”。

如果说体积感、力量感呈一种静态的空间欣赏效应的话，那么，流动感、韵律感则呈一种时间性的欣赏效应，而后者更是书法艺术别具一格之所在。只有书法才能在一个有限的、静止的平面空间里令人惊异地表现出一种时间性的艺术意蕴。只不过这种时间性不是由真正的时间构成的，它不像音乐那样以一定的时间为存在条件，书法的时间性是由空间展现的，其表现的机制是靠视觉形象转化为一种心理过程。书法的每一笔都是一次性完成的，书写时又必须从第一个字写起，每一个字又必须依照笔顺从第一笔写起，绝不可倒着来。因此，书法艺术的创作过程具有不可重复性和不可逆转性的特点，这正是时间的本质特征。毛笔可以纤毫不差地将书家动作过程的先后次序再现于纸上。看一幅书法作品，越有书法实践经验，对书家在创作中一系列连续变化的丰富运动过程就越能心领神会。这样，书家的创作过程及其内涵的时间节奏就在欣赏者的心理中再现了。有的书法理论家企图从线条本身去寻找“时间性”，其实，任何线条一经画出后就是一个静止的存在，本身是不包含任何运动要素的，其运动感是由视觉转化为心理感觉实现的。毛笔的妙用正在于使这种视觉效果得以丰富地展现，从而使视觉——心理的转化来得更加迅速和自然。我们在前面所说的书法的“局势”，以一种动态的空间反映着生命的运动，其艺术意蕴也是由视觉——心理的转换机制产生的。在平面视觉艺术中，只有书法才具有这种转换机制。绘画，即使画的是一匹急速奔腾的马，依然只能表现一种马的瞬息空间状态，因而在本质上仍是静态的，它无法显示马的运动过程。西方近代绘画中的“未来派”(或称“时间派”)，用诸如画出一只狗若干条姿态不同的腿的方法，企图表现出狗“走”的过程，然而却很难为人们接受和欣赏。只有书法这种别其一格的高度抽象性艺术，才能借汉字的奇妙结构，线条的丰富变化，通过毛笔的特殊功能所形成的“笔意”，将时间意味及其表现的生命运动节奏和心理情感的韵律表现在纸上，从而使书法具有了独特的艺术素质和审美意味。

2. 笔法体系的形成与审美意味

毛笔对书写者动作、力量的敏感性所带来的另一结果是，它毫无遮掩地体现了书写者的技巧，才能乃至某种习惯，反映出书写者书法实践的广度和深度。当历史公正地淘汰了拙劣的书法技巧，保留、总结、发展、丰富了历代书家创造、积累的优秀的书法技巧时，书法所特有的技法体系便诞生了。毛笔，正因其书写技巧的丰富，才有了相对严格、恒定的用笔之“法”的体系。“法”是人们在长期实践中为创造美而自筑的阶梯，其实质是为了更好地实现创造美的自由。在这个意义上，它是人的本质力量的一种表现，其本身便构成一种书法内涵的审美价值，成为书法形式构成中潜在的审美对象和艺术意蕴之一。

之所以说笔法是“潜在”的审美对象，是因为技法不能直接体现其自身，所谓“笔意”“笔势”都是“用法”的结果。这就形成了“法”在书法艺术中特殊的意义和地位。

由于“笔意”本身有着实体形态和审美意味的双重内容，如书法线条中有所谓“锥画沙”“折钗股”“屋漏痕”等不同的形态类型，它们虽然趣味不同，但均以表现力量感（书法术语称之为“骨力”）为主要的审美意味，这样，一定的点画形态就构成了具有一定审美指向的书法艺术的“语言”。对欣赏者来说，只要熟悉、理解了“屋漏痕”等线条的具体形象，也就对书法艺术的这一特定的“语言”有所领悟了。但对创作者而言，他还有怎样“说”出这“语言”的任务，也就是说，怎样写出诸如“屋漏痕”的线条来，笔法就至关重要了。对习书者来说，理解了“屋漏痕”的审美意味，还只停留在视觉领悟的阶段，只有在纯熟地掌握了诸如“屋漏痕”的写“法”时，才把握了书法这一特定语言的全部内容。在这个意义上，“法”就是书法艺术语言的实践形态，没有“法”就没有书法艺术，虽然书法作品一经完成，“法”的意义便潜化到作品的具体形象之中，与整个作品的审美意味融为一体而不能单独抽出了。

“法”是沟通书法艺术的视觉形象与其内在的生命运动形象之间的桥梁。只有在掌握、理解了“法”以后，才能在心理上对书法微妙的一转一按等有规律的连续运动过程产生呼应，从而使欣赏者对创作者书写时的生命运动发生心领神会的感应。倘若没有“法”，这种过程就是一种无规律的，不可共同把握的存在，这种感应就不可能发生。

这是“法”的又一重要意义。

二、书法艺术的精神构成

任何一门艺术归根结底都是人的创造，因而在本质上都是人的精神的映照。书法也不例外，它能够绵延数千年而不衰，能够成为一门举世公认的艺术，正与其丰富复杂的精神意味紧密相联。从中国书法中，可以窥见我们的祖先对宇宙图式的看法和对世界万物存在的观念，可以体味阴阳刚柔转化相生的古老哲学思想，可以领略儒、释、道思想的反映，可以发现中华民族的传统风俗留下的痕迹，这些均是中国书法广博深厚的精神构成的重要内容。几千年的哲学思想和传统观念对书法艺术的形成、丰富和发展有着不同程度、不同侧面的影响。这里，我们不可能作全面展开的说明，只能从书法艺术精神构成中最核心的要素——人格象征意识出发，对中国书法艺术的精神构成作一简要阐述。

（一）书法艺术的人格象征意味

1. 古代书论中的人格象征意识

书法的人格象征意味是古代书论中的一项重要内容。在古代的书法审美理论中，有两大基本的体系，一是自然物象说，一是人格象征论。前者用自然美来比喻、联想书法美的意蕴，如前述“字势”之美；后者则以某种人格、人品作比拟来阐述书法的精神意味及艺术境界的高下。这两大体系，前者历史跨度短，主要盛行于魏晋六朝，唐代尚存余绪，至宋代以后便越来越少见；到了清代，刘熙载提出了书既“肇于自然”，更“由人复天”的“书如其人”的理论，从而将“自然物象说”与“人格象征论”结合起来，构成了以后者为核心的完整的书法美学命题。如果再来考察一下古代书论中的若干术语，就会发现相当多的词语是表述和形容人格的词汇，如雄壮、质朴、磊落、放纵、威猛、俊逸、妍美、中和、雍容、敦实、真淳、刚直、娴雅、谨束、轻媚、骏爽、深稳、放诞、凝重、壮浪,如此等等,举不胜举。而书法审美理论中最重要的几对范畴——形质与神彩、气势与风韵,姿态与法度,亦无不与人格的象征有直接或间接的联系。

这种人格象征意味严格地说并不是书法的点画、结字、章法本身所具有的,而是人类基于自身特殊的精神本质赋予书法的一种观念的联想,正是这种联想使得书法的点画、结字、章法等具有了生命的活力和精神的内涵。当这种联想成为普遍的现象,成为一种有意识状态下的自觉行为时,书法就在更高一级的文化层次上成了人的生命形式的外化和象征。这样,书法艺术的内涵就不仅是技巧的展现,也不仅是自然美的抽象和升华,而且也是人的心灵的映现。唯其如此,书法才取得了真正进入艺术殿堂的资格。所以,在中国书史上,人格象征意识的产生恰恰与书法艺术的自觉现象同步。

2. 人格象征意味中的普遍人格精神

由于书法具有一定的抽象性和表现媒介的同一性(所有书法作品均以汉字为直接的题材),因此,书法艺术难以具体地再现生活、人格和情感,而只能通过艺术象征这一表现机制对其作直观抽象性的感悟。书法艺术首先表现的是一种普遍的人格和普遍的心理情绪,诸如庄重、磊落、潇洒、放诞等等。这种普遍的象征意味不能简单地和书家的人格作机械的对应,尤其不能与史籍所载的古代书家的人格、人品简单相联,譬如一个奸佞之人,其书法未必就是奸邪之相,典型的例子是蔡京。当然,一个书家的人格、人品对其书法会有影响,但这种影响是通过这个书家对书法总体的审美取向显示的。比如赵孟頫,身为宋王朝宗室,却被迫为异朝之臣子,这就使他产生了一种恋旧心理和逃避现实的思想,在一定程度上导致他背离当时书坛的风气,以复古为其书法艺术之路;他的高贵地位、优裕的生活享受、超脱凡尘的人生观使他选择了潇洒自由的晋代书法为典范,反映了他对某种人格的追求和向往,但这些却不是其现实人格的全部反映。书法艺术的人格象征意味是抽象化、类型化的,它超越了时空的限制,具有非实指性的特点。比如，文学和绘画都可以用语言或形象描绘出王羲之“坦腹东床”，表现他独具一格的潇洒散淡的人格，但书法却无法这样做，它只能用点画笔墨的趣味映照出王羲之的人格精神，成为其人格的一种抽象形式。这样，羲之书法就超越了王羲之实指性的人格，成为一种人格类型在书法中的典型体现。

（二）书法的情感内涵与个体人格精神

1. 书法艺术中情感表现的非实指性

上文已经提及，书法艺术表现了一种广泛的、抽象化的、富有象征意味的人格精神，然而，书家们又是怎样去表现自己的心灵，表现自己独特的审美感受和个体人格精神呢？回答这个问题首先得了解书法艺术中的情感特性。

任何艺术都将情感的表现作为必不可少的内容。而情感是带有强烈的个性色彩的，对同一事物，不同的人可以产生某种一致的或爱或憎的情感，但其程度、具体内涵以及由之引发的联想决不会一模一样。因此，每一个具体的艺术作品都渗透着、表现着创作者独特的个体情感。书法艺术当然也是这样。但是，由于书法的抽象性、非实指性的特点，其表现的情感以及表达情感的方式也是别具一格的。书法对情感也不能作直接的描绘和表现，谁能从王羲之《丧乱帖》的书法形象（非文字意义）中直接体会到“痛贯心肝”的感情呢？又有谁能从黄庭坚《松风阁》帖的书法中体会到悠闲畅达之情呢？人们常举颜真卿《祭侄文稿》为书法表达情感的典型之倒，其实，仅从其书法形象中，亦很难看出颜真卿激愤悲痛的具体情感。韩愈说张旭将喜怒哀乐一寓于书，是对张旭书法创作的精神境界的一种说明，而不是对张旭具体作品的情感内容的分析。至于六朝书论中常提到一幅书法作品中的字态就有“或喜或怒”的感觉，就更是一种“字势”神态的形容了。因此，情感在书法艺术中已成一种广义的生命活力的表现。书法艺术的抽象性使其在表现情感时首先将情感抽象为某种情绪的基本状态，通过书法动态空间的疏密安排，线条的快慢节奏，表现一种或激动或闲和、或奔放或半静的情感境界。如果联系到书法作品中的文字意义和书家创作时的情境背景,便可更具体、更深刻地体会书家的情感世界,从而将书法的文字内容与书法的艺术意味结成一个互通的整体,由之而获得一种综合性的审美享受。本编古代书论篇《寄情论》所讲书法的“移情”,即是通过上述书法的情感表现方式和欣赏机制实现的。书法必须有作家情感的“移入”,才能够打动人心,否则便没有艺术魅力。但必须强调,书法表现情感是以书法特有的形质与技法,通过情感——情绪的抽象这一中间环节完成的,本编《寄情论》中所引“性情达于形质,形质本于性情”,“出入古法,陶性写情”等古人书论,所指即此。书法艺术以抽象自然美和普遍人格精神为其精神构成的基本意蕴,而情感则是沟通二者的主要中介。书法情感表现的主要特征是超实指性和非具体性,这与书法艺术的抽象性特征正相一致。

2. 书法情感表现的主要内容与个体人格精神

书法表现的情感,乃是书家在长期生活中,通过先天气质的影响、文化素质的培养、知识学养的积累等等渠道所培植的一种稳定情感。这种情感已不是对具体事物的刹那感受,而是上升到对事物带有稳定情感倾向的审美评价。它以情感表现中最基本、最单纯的“喜欢”与“不喜欢”为表达的方式和内容。在具体书法实践中,即表现为选择什么样的书法风格、哪一个时代的书法样式、哪一位大家的神采和笔法,甚至某一种点画的形态为自己的书法典范;在继承的过程中,又是怎样去“扬弃”的,他保留了师法对象的什么,又改变了什么。在“喜”与“不喜”的选择中,书家的情感世界就凸现了。在这一实践过程之中,当然有其他各种因素的影响,但审美情感却是最基本的动因。若无审美情感为基础,其他一切条件都将是徒然。

当一个人进入创作时,他就在刹那间沉入了几乎是纯粹情感的状态,其他一切——平时技法的修炼、长期培育形成的审美观念、对书法艺术本身的思考、“书外”功夫的积累等等,都潜化、凝结在审美情感之中。蔡邕《笔论》云:“书者,散也,欲书先散怀抱,任情恣性,然后书之。”说的就是这种创作时纯净的情感境界。在这种情感境界中,书家毫无掩饰地袒露了他的本性，他的气质，他的一贯思想和长期艺术实践凝聚成的经验体会，以及他有什么样的人格追求，从而使他的书法具有独特的神采和风韵。这正是书法艺术中情感表现的本质内容。如果把书法线条由视觉到心理的转化所产生的运动感与某种情绪或情感混为一谈，则不仅使书法艺术中的情感内涵显得单薄，同时也容易割裂普遍人格与个体人格精神的联系，使书法艺术中个性化的人格精神变成一个随意的存在。书家的个性化人格精神是在技法、形式审美观念、总体精神构成等一切方面，既继承传统，又拓展、丰富、变革传统的双重关系中实现的。每一个书家都力图在共性与个性、传统与现实中寻找最佳的平衡和结合，在艺术世界中，每一个艺术家都力图表现自己的生命价值和人格精神，书法艺术家也不例外。书法艺术个性化人格精神的闪光和体现，是一种以个体稳定的、上升到审美境界的情感介入为桥梁的。这种情感不同于一时的感情冲动，而是经过长期修养而成的。它导致书法艺术作品呈现别具一格的意境和情趣。书家创作时的特定情感和即时情绪对作品的风貌有极大影响。尽管书家创作每一幅作品时的情境千差万别，但其总体风格特征却总有内在的一致性。这种一致性正是书家稳定情感和一贯人格精神的折射。瞬间情感和即时情绪会使其书在总的风格中产生感情趣味的变化，但却极少超越其总体风格。因此，将稳定情感与即时情绪交融为一个整体，会使书法创作和欣赏变得更加饶有兴味。有些习书者过分夸大即时情感的作用，将书法变成一种瞬间情绪的宣泄，这是对书法艺术情感性的曲解。

以上我们从形式构成和精神构成两个方面，说明了书法艺术的构成和书法的艺术本质，其中，书法艺术的形式构成乃是书法艺术的本体，是书法之美的形象基础；而技法，则是塑造书法艺术美的形象的必要手段。由于书法具有不可重复性的特点，因此，“法”实际上便是一种潜在的书法形象，它与书法的视觉形象有直接的对应性：“法”一旦运用完毕，书法艺术形象便立即出现。这与绘画技法的可重复性大不相同。因此，在理解书法艺术形式意味的基础上掌握技法，乃是书法入门的途径，也是书法创作的必由之路。

书法的精神构成，乃是作为艺术的书法必然要反映人的精神、情感的体现。世界上从没有不表现人的心灵的艺术，书法也是如此。而书法艺术形式的高度抽象性决定了其精神情感的象征性表现方式。因此，书法艺术表现的精神内涵乃是一种抽象的普遍人格精神，而书家的个体人格精神是通过审美情感的牵动，由对普遍人格精神的个性化表现和不同的选择取向展现的。这就形成了中国书法稳定的延续性。中国书法发展的基本规律是传统的不断丰富、拓宽和深入。

任何当代艺术都不可能抛弃传统面另起炉灶。马克思曾赞叹古希腊艺术是不可逾越的高峰而具有“永久的魅力”。由此启示我们，艺术是一个不可重复的世界，同时又是一个永恒的存在，后人的任务就是尽量汲取前人的营养而再造高峰。当然，一味在古人面前卑躬屈膝是荒谬的，当一个人领悟到了艺术所以具有“永久魅力”的奥秘时，他才有可能用富于个性的作品为艺术的传统添一分光彩。古代和现在都不乏这样的书家，他们能与某一个书法大家做到“神貌俱合”，同时又在传统的基础上创造出一种新的审美形式，表现出一种卓越的个体人格精神，为时代和历史所景仰和公认，这样，其创造的审美形式和人格精神就超越了其个体的意义，从而成为一种普遍的审美典型和普遍人格精神的象征。

（本文为笔者撰写的国家“十一五”规划教材《书法篆刻》的导论）

后记

本人从事高校中文教育与研究三十七年，今年整整70岁。人间习俗，70岁算是大生日，总要为寿星做些喜庆的事，说些喜庆的话，所以出这集子自我喜庆一下，对自己说句祝寿的话：活到这年纪，还算得上没有白吃干饭。

文集中发表最早的一篇论文是大学三年级写的，幼稚得很；最晚的就是这几年的了，复读之下也多有遗憾。本人性贪玩，兴趣驳杂，从小爸妈就批评我总是见异思迁不专一，长大以后直到成了老头子，还是改不掉，所以发表的文章不多，比起论文以百为计的同道真是惭愧得很，惟可宽慰的是每一篇文章都是认真写的，说的都是自己反复思考的见解。当年受业任中敏、徐沁君等先生时，先师的第一训诫就是务实求新，不蹈故辙。几十年来，弟子成果实在愧对先师，惟恪守学术人格可告慰先师在天之灵。

感谢老同学将寅兄为我文集作序。四十一年前我们成为扬州师院中文系的同窗，以后又是中国古代文学研究的同道，学术上多有相互会心之处。捧读其序尤勾起在大学母校读书和工作的回忆，涌起对各位老师的感恩怀念和同仁间的友情。我的第一篇学术论文就发表在《扬州师院学报》的“学生论文专栏”；作助教时赴华东师大中文系进修中国古代文学专业硕士生课程，亲炙多位一流大家，视野大开，如登云梯；我的第一部专著是华东师大出版社出版的，所以对华东师大一直怀有深深的感恩之心。十五年前，我调至徐州师范大学——今江苏师范大学，文学院同人间的真挚相处和互相切磋，触发了我很多新的想法，生活在一个温馨愉悦的大家庭中，是一种福气。

本人生性懒惰，娶妻之后更得纵容，饭来张口衣来伸手，在我贪玩过分时便会一声狮吼，见我熬夜时便会来杯酸奶和一盘水果什么的，所以这些论文也是在夫人的软硬兼施下完成的。小女现在已是两个孩子的母亲了，当年就不用我多操心，现在有时夜晚会来个电话微信，说声“老爸不要太辛苦哦”，外孙女也会来一句甜甜的“阿公好”，真是好开心，更妙的是冥思苦想的问题会突然获得灵感，所以这论文集也是我们家庭的集体成果。

孔夫子说到了七十便随心所欲不逾矩了，我是苦苦写文章时想玩，放开玩一阵子别的又觉得若有所失，捧起书打开电脑才觉得舒服，自解这就是“随心所欲”。以后嘛，玩还是要玩，论文还是要写，不过好像已没了年轻时的种种强迫感，这就是一个小老头的幸福了！

李昌集

2019.10.11